丰子恺
译文集

第十二卷

丰陈宝 丰一吟
杨朝婴
杨子耘
丰睿

编

ZHEJIANG UNIVERSITY PRESS
浙江大学出版社

本卷说明

　　本卷收录丰子恺先生翻译的柯罗连科著《我的同时代人的故事》（Ⅲ、Ⅳ）（与丰一吟合译），该译本最早由人民文学出版社于一九六四年一月出版，本卷即根据此版本并参照上海译文出版社二〇二〇年二月的版本校订刊出。

本卷目录

我的同时代人的故事（Ⅲ）

[俄]柯罗连科 著

丰子恺 丰一吟 译

目　　录

第一章　荒　林

1　在加甫略·比塞罗夫家中

在上一卷里，我曾经指出我的同时代人的一个特点，这个特点恐怕不须待我指出，早已为读者所注目。我想，这个特点不是我一个人所特有，而是我这　代人所共有的。这便是：我们创造了一些偏执而笼统的观念，通过这些观念的三棱镜观察现实。在我身上，这个特点可能比别人更加明显，因为我的想象力特别发达，并且早年就读书。

在这时期内，我们眼前显出的人民形象，是那么笼统而神秘，就像屠格涅夫的一首散文诗[1]里所谈到的那个"斯芬克斯"一般。这个形象令人神往，我们努力猜测它。我曾经在第二卷中谈到，我在第一次流放中、在沃洛格达大道上穿过森林时怎样想象人民的形象：一个态度和善的勇士，体力强壮，性格温顺，然而略带病态，显出衰竭的痕迹。在这里，在这树木丛生、忽晴忽阴的丘陵之间，在我和阴沉沉的比塞罗沃人初次会面之后，这个形象略微变了样。现在，在这些树木丛生、一望无际的山坡

----

〔1〕　指屠格涅夫的散文诗《斯芬克斯》，作于一八七八年十二月。——原编者注（下面脚注如无特殊说明，皆为原编者注）

上,我眼前显现出一个斯拉夫人的原始面貌来,威严而天真,还没有摆脱同自然力的联系,并把雪风当作有生命的东西。

这个浪漫主义的三棱镜老是隔在我和我的各种直接印象之间:当我在渡口小屋中和比塞罗沃人发生冲突的时候,当甲长的妻子款待我而同时又责备我的时候,以及我望着树林边上"偷儿人家"的可怜的炊烟的时候,都是这样。我对任何一个印象都没有直接而全面地施加过影响。比塞罗沃人在渡口小屋中用骂声和威吓包围我的时候,我的确曾愤然地站起身来,用拳头在我的箱子上敲了一下,使他们畏而却步。这好像是个人直接表现出来的发怒。但只是好像而已,其实那时候我心中并没有愤怒。我的心灵深处有一个声音在告诉我说:这些人对我抱有成见是有理由的;因为人家把城市的渣滓送到他们这里来,而他们凭什么一看见我就应该把我同这些渣滓分别看待呢? 当我由于一时冲动,为了甲长的妻子一边款待我一边责备我而把一个十五戈比钱币丢给她的时候,我对她也是这样的想法。后来,这些人对我的温顺畏怯的态度和迅速的和解打动了我的心;甲长的妻子对"偷儿人家"的态度也同样地使我受到了感动。而在这一切事件之上,一直隐约地显现着那个想象的笼统的人民形象。

这个人民形象一直伴着我来到加甫略·比塞罗夫所住的地方,甚至和我一起走进他家里。……我还一直感觉到有一片"玫瑰色的烟雾"异样地蒙蔽在各种严肃的印象上。起初,当加甫略·比塞罗夫长久地不让我知道他到底收留不收留我的时候,他从高板床上回答我的那种嫌恶而颤抖的声音使我感到非常不快。但是当加甫略终于从高板床上走下来,威严地和我握手,对我说欢迎话的时候,他那并不漂亮的身子忽然在我眼前高大起来,参加到这期间一直显示在我心目中、显示在这些黑压压的森林和雪地上的那个笼统的形象中去了。这天晚上我睡觉的时候特别富有浪漫心情,我想:看哪,我终于来到了还没有被片面的文明触动过的人民生活的最底层。……如果人民生活中有"人民真理"的宝贵的珍珠,那么……这珍珠正是在这里,在这些阴暗沉寂的树林里。……我的想象中模模糊糊地浮现着那些在树林上空移行的、实实在在地出现在我所不熟悉的这个境域中的林妖,被这林区的农民以替他修屋顶为报酬雇来当牧人的心地忠厚的弗洛尔·拉甫尔,以及为古怪的树干摇炉散香的"车累米西神甫"。……在这一切上面,我在睡梦中听到加甫略的威严的家长风的欢迎辞。……

这似乎已经是玫瑰色烟雾的最后一片浪漫之云。从第二天早上起就开始过现实的日常生活了。……

我醒来的时候心中怀着一种温柔的感觉,一时弄不清自己身在何方。天还没有亮。我躺在煤烟熏黑了的圆木墙下面狭窄的冷冰冰的木炕上。墙壁和天花板伸向晦暗的高处。有一个怪模怪样的人站在我身边,他身穿一件翻羊皮短袄,头戴一顶也是翻羊皮的帽子,手里拿着一根桦木松明,照着我的面孔。这个陌生人不讲礼貌地拿起松明来,一直照到我脸上;我在这光线中只看到一张麻脸上两只灵活的小眼睛,带着几乎野兽般的好奇神色。这时候门开了,老主妇浑身带着寒气走进来,掸一掸身上的雪。

"这是谁? 我们家里来了一个什么汉子?"陌生人把松明从我面前移开了,这样问。

"别打扰他,"老妇人回答,……"这是一个新来的流放犯。刚由村长送来的。……"

"啊哟,糟糕,啊哟,糟糕!"他略带鼻音说,"老头子怎么接受了? 应该赶出去……"

"别嚷！……告诉你,这个人是愿意付钱的,……三个卢布。……村长说,这是一个挺能干的、会缝靴子的汉子,懂吗……"她突然略带不安的样子问,"你带来了什么没有? 已经打了三天猎了。……"

"什么也没有带来,……"那年轻人没精打采地回答,一面把空空的背袋解下来,丢在炕上了,……"啊哟,糟糕,啊哟,糟糕。……我饿得要命,……我想吃点东西,妈妈!"

他的声音是鼻音,带着诉怨的语气,好像顽皮孩子的声音。

"等一等吧。……你瞧,我还要生火呢。……"

她拿起一根棍子来,在高板床的床沿上敲两下,叫道:

"喂,老老小小的都给我下来吧。……我要生火了,要生火了! ……"

高板床上发出一片喧噪声和身体转动的声音。……

"我的一只草鞋哪里去了? ……妈——! 啊,妈妈……彼得罗凡,见鬼!"一个男孩子的声音说。……

"你自己找吧。……小鬼,谁会来替你找! ……"另一个声音回答。

"瞧着吧,我要拿鞭子了,"父亲的颤抖而严厉的声音回答,"我一抽你们的眼睛,你们马上会骨碌地爬起来。……听见吗:妈妈要生火了。……"

高板床上发出呜呜咽咽的声音和懒洋洋的喧噪声。……这时候主妇把一束点燃的松明塞进炉子里,立刻冒出许多烟来,充塞着屋子。同时她打开了通穿堂的门,流进一股股的冷气来,侵袭着躺在木炕上的我。我赶快穿好衣服。现在我才懂得了还在旅途中时甲长关于加甫略的屋子"没有烟囱"这一声明的意义。……原来这里的炉子没有烟囱。炉子里烧的不是一般所谓木柴,而竟是一段段的桦树干子。炉子口上冒出烟气和火焰来。主妇全身包围着一团团的黑烟,映着火焰通红的反光,好像站在地狱里一般。另一方面,门外流进来的冷气把烟冲向上方。这两种气流展开了斗争,不久就分占了这屋子:冷气停在下面,烟升向上方,达到一个人的高度,就停滞在那里,仿佛一片颠倒的波浪汹涌的海。

"符拉季米尔,到我们这里来吧,"主妇看见我犹豫不决地东张西望,就亲切地对我说,"你大概觉得奇怪,因为没有习惯。……到炉子边来吧,这里暖和些。……"

全家的人都集中在炉子口上。这里的确比较暖和,然而必须低下头站着。脚上吹着冷风,烟气向前喷出,然后升向上方。……只有主人一个人不在炉子边。

"老人家在炉炕上睡着了。……会不会中炭毒?"我带着几分恐怖的心情说。

主妇笑起来。

"他不妨事的。……习惯了!……"

"我习惯了,"加甫略在烟雾笼罩的炉炕上用愉快的声音回答,……"别人会中炭毒,我可不在乎。……"

他照旧泰然地躺在炉炕上。过了不多时,炉子燃旺了,就产生一股通风力,通向开在高板床旁边墙壁上的气窗里。上方的烟海开始稀薄起来。高板床、搁架和天花板就在晨光中出现。……只有长长的一条烟还留在高板床上面,后来这条烟也消失了。门就关上。……

我在加甫略的"没有烟囱"的屋子里的日子就这样开始了。

我怀着好奇心在白昼的光亮中观看他们一家人和周围的环境。这屋子很宽敞。高板床从比人头高的地方开始,而且一个成人站在床上可以不必弯曲身子。一只巨大的炉炕伸展到屋子的中央。旁边有一扇小门，门里有一条通路沿着扶梯下去，这里是所谓库穴，即屋子底下储藏物品的地窖。天花板上和墙上，尤其是墙的上部，密密地粘着一层烟煤，这些烟煤像棉絮一样挂着，犹如黑色的霜。桌子上、木炕上、搁架上、墙壁上和天花板上，到处爬着蟑螂，数量多得惊人。这里有成年的蟑螂，也有幼小的蟑螂。昨天我整理东西的时候，把一只盛着茶叶的铁匣子放在搁架上了。早上打开匣子一看，发现茶叶在那里蠢动，像活的一样；原来匣子没有盖紧，一只小蟑螂钻了进去。

加甫略从炉炕上走下来，洗了一个脸，把脸上的油烟抹匀了。这时候，我怀着好奇心望一望他的脸，希望在这上面看出昨天侃侃而谈时使我那么敬仰的特点来。然而我没有找到这特点，无论是他的脸上或是姿态上，都没有一点威严的样子。这是一个五十多岁的老人，身材并不高大，胸脯凹进，头顶显然秃了，略微长着几根黑胡子。他的相貌是平庸的。一双小眼睛发出易激动的病态的光辉，声音颤抖而生硬。

早上吵醒我的那个年轻人，是他的大儿子。他们按照习惯用小名称他为巴维尔哥。他长得比父亲高，但是他的体格不健全，而且脸上全是痘疮疤。一双黑眼睛同他父亲的一样细小，发出一种粗野的光。他已经结婚，妻子快要分娩了。

这家庭里立刻发生了一场小小的争执：巴维尔哥在树林里徘徊了三天，打了三天猎，然而一点东西也没有带回来。其实昨天我和甲长坐马车经过树林的时候，常常有松鸡从我们的马的脚边飞起来，在离开道路不远的地方徘徊。雪地上全是鸟禽的脚迹。两个妇人失望地望望巴维尔哥，加甫略则愤怒地责骂他。

"你这没出息的东西，没出息的东西。……符拉季米尔，你瞧：他在树林里蹓跶了三天，什么也没有带回来。……长得那么大，中看不中用。

这种蠢货，我下回不给你枪了。……"

"谁叫你不自己去，也许你能带回什么来吧，……"儿子粗鲁地回答。

加甫略从木炕上跳将起来。

"你竟敢这样回答老子(他把老子说成"老鸡")，你这下流坯！我要拿鞭子了。……"

"光说不动手。"儿子轻蔑地回答。

加甫略站在屋子中央，两手交叉在胸前，眼睛炯炯发光。儿子在新来的人面前这样粗鲁地回答他，显然使他受到了侮辱。但是儿子在准备还击他。

"算了吧，你们这些男人，"加甫略的妻子露开丽亚用调解的语气说，……"准备开饭吧，玛流希卡[1]。……"

怀孕的少妇就开始摆设食桌。露开丽亚是一个上了年纪的妇人，相貌安详而聪明，有一种特殊的表情：仿佛她平生历尽艰辛，她经受了这一切，曾经深思熟虑，而把这些思虑深深地藏在心中。那个少妇长得相当漂亮，然而有一种疲劳困顿的神色。她必须做许多工作，一清早就要把牲口赶到饮水场去给它们饮水，喂它们饲料。男人们完全不帮助女人们，孩子们学他们的样，也都懒惰而不听话。较大的那个彼得罗凡像母亲，还算肯听她的使唤；小儿子安德利哥相貌和父亲一模一样，老是和人拌嘴，只有在父亲的威胁之下才肯做事。在少妇的疲劳的眼睛里，还刚

---

〔1〕 普·恩·卢波夫在《柯罗连科的维亚特卡档案材料》[《维亚特卡生活》第一期(七)，一九二四年]中指出：《我的同时代人的故事》中白桦屯农民的名字大都是变换了的。卢波夫写道："根据一八七九年度白桦屯农民户口册可以确定：加甫略·比塞罗夫的妻子不叫露开丽亚，叫做薇拉；他的媳妇(巴维尔·比塞罗夫的妻子)叫做塔佳娜，不是玛流希卡；加甫略的小儿子叫做巴尔菲尼，不是安德利哥；加甫略的女儿叫做玛丽亚，不是阿列娜。"

刚开始出现露开丽亚所早已习惯的那种表情。媳妇跟婆婆和睦相处,而且显然偎依着她,仿佛在她那里寻求支援;她奉行婆婆的命令,对男人们不抱什么希望。……

后来邻居们不止一次地对我说,加甫略家里的男人们是不能干的,他们家的一切都和别人家不同;要不是有露开丽亚,一切都会搞不顺手。他们家的屋子很宽敞,但是没有填塞好,墙上到处漏风。别家的屋子里早已换了有烟囱的炉子,但是加甫略一直主张没有烟囱的暖和得多,有几个邻人听了他这话都暗笑。……加甫略老是诉苦,说他"胳膊抬不起来",根据这理由,他常常派儿子们去工作,自己很少去。这就可想而知:儿子们没有了工作的榜样,也都懒惰起来,常常规避或叫苦。然而这并不妨碍加甫略维持他的权威和自吹自夸。

"我啊,符拉季米尔啊,我告诉你,我有四次把老婆推出床沿去,这才教会她懂得规矩。"

他说着,得意扬扬地微笑。

"推出床沿去",意思就是说:把露开丽亚从很高的高板床上推到地上。我怀疑地看看露开丽亚。她并不反驳,我注意到她脸上又显出早先体会过的痛苦经验的表情。我想:她不知尝了多少艰苦,受了这无聊男人的多少奚落,她的聪明的眼睛里才积成这种表情;我就怒火中烧了。不知不觉之间,我初到那一晚对加甫略的回忆完全消失,两星期的日常生活在我心中唤起的只是痛苦和愤慨。于是我开始在加甫略家里热烈地维护"男女平权",却没有觉察到自己举给他们听的例子都是从城市文明生活中引证来的。……加甫略和巴维尔哥带着讥笑的态度听我讲话。那个少妇对我的话显然有了反应,有时激烈地反驳她的丈夫。……我似乎希望加甫略家中受委屈和虐待的女人们"自尊心觉悟起来"而举起起义的旗帜。每逢男人们在我面前对女人们自吹自夸的时候,我总是袒护女人们,并且向加甫略和巴维尔哥断言:他们家里的女人比他们聪明,比他们能干。……这就引起了相互之间的一些愤恨,结果男人任性胡闹的情况反而越来越多了。

然而,这件事出我意料之外地解决了。有一次,男人们出门去纵饮了一个晚上。我知道他们回来的时候一定喝得酩酊大醉,喜欢挑衅寻事,一定会向女人们发酒疯。我就准备保卫她们。黎明时候我突然醒了,因为我觉得有一个人坐到我所睡的木炕上来,用手抚摸着我的脸。这只手很粗,但显然是女人的手。

"是谁?"我问。

"别吭声,符拉季米尔,"露开丽亚低声说,"还早呢,天刚刚亮。媳妇去饮牲口了,男人们还没有回来,小伙子们睡得正熟。……我要跟你谈几句话。"

她静默一下,陷入了沉思。后来又说起话来。

"我要跟你谈的是这么一回事。……你袒护我们,我们很感谢你。……不过,请你以后别再这样做,亲爱的符拉季米尔。"

"为什么别再这样做?这完全是对的啊!"

"你说的不错。完全是对的,我们做女人的苦处就像海样深。……说也说不完,哭干了眼泪也诉不尽。……不过,你不要这样。……"

"不要怎么样?……"

"不要让我这苦命的一生里闹出笑话来。他对你说的话是真的:四次把我推出床沿,而且我还有着身孕呢。……那时候我年纪轻,想寻死。可是现在事情已经过去,我的苦日子总算过完了。你瞧,我已经给儿子娶了亲。……现在我该教训媳妇啦。这明明是上帝要我们忍耐。符拉季米尔,这种事你帮不了忙。"

高板床上有人在蠢动了。媳妇从院子里费力地走上梯级来。露开丽亚弯下身子,凑近我耳朵边,匆忙地低声说:

"就这样啦,……符拉季米尔,我哀求你,别再这样做,别闹笑话啦。"

她就离开我,去点松明了;我躺在我的又硬又冷的床上,心里十分激动。我懂得了:这个聪明而有耐性的女人的见解比我高明。事实上,我的干涉将会产生什么结果呢? 孤零零地隐没在荒林中的这所屋子里的生活,将会变成地狱。我将会阻碍露开丽亚,使她不能把媳妇引导到她的轨道上,而我自己也许不久就要离开这地方,毫无牵挂地转移到别处去。……不,事情摆得明明白白,最好还是让露开丽亚把自己的惨痛经验逐步传授给媳妇;况且有婆婆在,媳妇的痛苦多少总能减轻一些。

于是我决心听她的话,"不闹笑话",抑制自己的心情和看法。……

从这时候起,忽然大家都感到心情轻松了。正在展开的内争停止了。我的抑制发生了意想不到的效果。有时男人之中有一个人——加甫略或者巴维尔哥——又作出了粗暴的狂妄行为,这时候他就用挑衅的眼光对我看。我默不作声,照旧做我的工作。也许我的沉默瞒不过他们,然而却使他们感到为难,摸不着头脑。……我"不闹笑话",露开丽亚就用感激的眼色望着我。……

2 "住在天边,弯着腰在天底下走路。"

我走到加甫略家屋子的台阶和平台上,看见雪地、小树林和远处的森林。完全看不到乡村或市镇的特征。附近有一条冰封的小河。人们告诉我:这叫做老河,就是卡马河的旧河床,卡马河的这一段位在沼泽、沙地和树林之间。河的那面是一片片从森林中开辟出来的旷地。在约一俄里[1]半之外,有一片密密层层的松林。这已经是在卡马河新河床的彼岸了。在那方面有两缕轻烟袅袅上升,那里住着两个居民。我记得其中一个叫做瓦西卡·费列诺克。他们住在紧靠卡马河的岸边。有时树林后面某些地方也有袅袅的轻烟上升。就在加甫略所住的这条老河上,在一俄里半之外或者更近的地方,还有一户人家。再远些,在树林后面,有一户我们所望不见的人家,这是不久之后就和我结识的米开沙[2]所住的地方。……再远去,沿着卡马河走三俄里光景,便是村长家。在村长的屋子近旁,还有两三户人家;然后要再走三俄里光景,才来到另一个有人烟的地方。由此可知,这些森林居民的住屋,是散布在卡马河和老河两岸十至十五俄里的地区中的[3]。

在一切方面,无论在自然界还是在人们及其居住地中,都令人感到不够完善。在远古时代,比塞罗沃人的祖先从某一个遥远的地方来到这里,定居在这荒僻土地上的沃恰克人之间。他们发 O 音的时候声音非常柔和而带有重音,有点像诺夫戈罗德人的口音。后来有人告诉我,维

---

〔1〕　一俄里等于一点零六七公里。——译者注

〔2〕　卢波夫指出这里所提到的两个农民的真实姓名:瓦西卡·费列诺克叫做瓦西里·费里波维奇·比塞罗夫;米开沙叫做尼基福尔·尼科诺维奇·卢契尼科夫。

〔3〕　柯罗连科在一八七九年十月二十九日的家信中说:"……现在谈谈白桦屯的情形。关于白桦屯的地理位置,我能说的很少。请你们看一看地图,找出格拉佐夫来。我从格拉佐夫出发,必须渡过维亚特卡河,再到哈林诺村渡过卡马河,然后渡过这里的卡马河。如果你们能够在某一张地图上找出流入卡马河的老河,那么关于我们的白桦屯的位置便可获得十分明确的观念了。"在信纸的空白处,柯罗连科最后附记着:"所谓老河,原来是一条小支流的名称,是旧时的河床。"

亚特卡省里可以看出诺夫戈罗德移民的遗迹。也许早先的乌什库人[1]到这里来的时候,曾经带来由于莫斯科居民拥挤或政策关系而移居过来的一批批移民。他们来到之后就定居在森林中。这些最初的移民生聚繁殖起来,变成了村镇;于是一部分居民又分散开去,来到远处的一些树林里,把树林开辟成旷地,建立起一户户的人家。他们的生活很粗野,然而很自由。

"现在还有什么不好,"露开丽亚对我说,"现在我们也过人的日子了。……可是我们的老一辈人还记得往年的样子:女儿嫁到外地去了,……爹娘想去探望。坐了船,船里摆上自家的酵面桶,桶里装着和好的面。你瞧,做客人是自己带饭去的。……"

我离开白桦屯以后的一段时期里,不知那里发生了一些什么变化。但在当时,这一带地方异常荒凉偏僻。人们的生活都好像是几百年前的样子。丝毫没有现代社会关系的概念。……当我已经在白桦屯住惯,而当地的居民也都知道我是读书人之后,有一次有一个本地人来要我替他解决一个疑难。据说那个守林人不知为什么老是来找他的碴儿。终于我从他的混乱不清的叙述中听出,原来是这么一回事:他砍了公家树林的一部分,在树墩上放些苔草,把苔草烧了。这是本地的一种习惯,表示他占用了这块地方。邻人都知道是这么回事。可是守林人不承认这种旧习惯,向他要求"一张什么凭证"。……这件事终于好像是用和平协商的方法解决的。

后来我这里曾经来了几个农民请愿代表的流放犯,他们和我谈

---

〔1〕 乌什库人是十一至十五世纪诺夫戈罗德的民兵队,他们常常乘了一种叫做"乌什库"的平底大船,被诺夫戈罗德的大贵族们派去在河流上和北海水路上经商或打仗。——译者注

到他们的事情，谈到如何为了土地同公家或地主打官司，白桦屯居民听了这些话完全不能理解。加甫略算是略微知道些"外乡人"的生活情况。他并且知道那里的人民生活穷困，怨声载道；然而他有自己的一套见解。他说别地方的田地是"划分成一亩亩的"。这就是说：赶着马到田野里，只够你连犁带马横站着。你的田地就只有这么一点点。自然啰，顺着长条往前耕，可以随你耕多少，哪怕耕到天边也行。……可是耕起来不方便，因为太狭。这就叫做划分成亩。至于是谁规定了这种制度，这种制度有什么意义，那跟他这个白桦屯居民无关，他也不感兴趣。

"我们住在天边，弯着腰在天底下走路，"诙谐的加甫略微笑着对我说，"外乡人在这样讲我们，说什么我们这里的女人捣好了衣服要漂洗的时候，可以把捣衣棍搁在天上。……"

的确，后来我曾经走遍俄国各地，还到过遥远的西伯利亚，然而不曾见过这样荒僻的地方。譬如说：白桦屯的人不知道有货车，因为他们那里根本没有夏天可以通车的道路[1]。如果要出门或者要运"外衣"（白桦屯居民把一切可能搬运的东西称为"外衣"），那就把马套在船上，把船拖到卡马河边或老河边。然后放走自己的马，用船载行，尽可能多走水路；到了需要走陆路的时候，就在树林里随便抓一匹马来，让它拉到下一个渡口。

显然是由于交通这样困难的缘故，长官们不到白桦屯来打扰居民们。白桦屯里从开天辟地以来不曾看见过县警察局长。区警察局长似

---

〔1〕　冬天河面冻冰，可通车辆；夏天则需要另觅道路。——译者注

乎曾经到过比塞罗沃[1]。有一次时疫流行,地方自治会里有一个热心的女助医驾临白桦屯;然而她显然是被这地方的荒僻吓坏了,立刻逃回家去,把一只急救药箱留在一个农民家里,又给比塞罗沃人留下了惊人的谈话资料,他们说从来不曾见过女的长官。

全靠这可庆幸的位置,这地方受到行政方面的影响很有限。我来到这里之后过了若干时候,从乡里的信差那里知道:比塞罗沃人曾经聚众出动,把巡官、乡村警察和牲畜贩子所抓去的全部牲口抢了回来,这一次"暴动"竟毫无后果。这毕竟还是比塞罗沃的事。至于在白桦屯,加甫略的父亲轮到服兵役时,干脆躲起来不去。当委员会突然来到比塞罗沃的时候,马车夫们马上把这件事通知了白桦屯的居民,他们就拿了枪和滑雪板跑到树林里去。等到雷霆万钧的长官们去远了之后,他们又安然地从树林里走了出来。

白桦屯的人家几乎都没有菜园。有一次露开丽亚要特别款待我一下,因此给我吃……洋葱头。我把洋葱头就着面包吃了,这时候小伙子们都用羡慕的眼色望着我。……

"看来味道很好吧。"他们垂涎地说。

我对于吃的东西很不关心,因此现在难于详细回忆当时的菜肴。只记得伙食是极原始的。每天露开丽亚都要供给所谓的"菜汤"。然而这不是我们的菜汤,里面既没有马铃薯,也没有白菜。这是用面粉和煮烂的大麦粒子做成的半液体混合物。此外还有也是大麦制成的面包和家酿啤酒或克瓦斯[2]。这些都好像是穴居野人的食物。在星期日,露开

---

〔1〕　白桦屯属比塞罗沃乡。——译者注
〔2〕　一种清凉饮料。——译者注

丽亚有时制造一种形似奶渣饼的甜食。白桦屯里的素"奶渣饼"是由黑麦粉或大麦粉制成一个圆圈，样子像面饼，中央嵌一个小一些的小麦粉饼。

在别的人家，男人比较能干的，菜肴的花样就多些，有时有树林里打来的野味，或者河里捉来的鱼。但加甫略家里没有这种东西。

请看：维亚特卡省省长特罗伊尼茨基和县警察局长卢卡·西道罗维奇为了我对他们提出的控诉，为了我的控诉书写得太尖刻，竟狠心地把我遣送到这样原始的地方来。但是我年纪轻，身体异常健康，我所看到的一切，都在我心中唤起热烈的兴趣。我感到自己身心非常舒畅，就写了几封简直可说是喜气洋溢的信给母亲、两个妹妹和格利果列夫；维亚特卡省行政当局检查这些信的时候，一定大为吃惊。我是个都市居民，对这里的一切都惊奇地睁大了眼睛来看。我的地位似乎很稳固。我在彼得堡时还刚刚打算去做的那件事，本来必须改变了我的知识分子外貌方能做到的那件事，现在托长官们的洪福，已经靠公费在这里实现了。我在这里完全是一个庄稼汉；固然是从远处来的，然而毕竟只是一个庄稼汉，和本地的庄稼汉一样，也许我的地位还比他们低些，因为我是流放犯。……

"世界上有一种人叫做贵族，不知道究竟是怎样的一种人，"有一次巴维尔哥在我面前说，"我真想看看他们，哪怕是通过玻璃门看看也好！"

而他们之中没有一个人想到，我就是只能从玻璃门里看到的那种奇怪的贵族。

"这件外套真奇怪，"又有一次他们摸摸我的西装上衣说，"难道你们那里的人都是穿这种衣服的？……"

有一次我同几个小伙子到沼地里去，在那里砍了些质地坚密的白桦

木,拿回来制成鞋楦头,开始缝靴了。从这时候起,我的威望大大地增
高了。

"他又会拿笔,又会拿斧头,又会拿锥子。"他们说。当我把第一双替
格拉佐夫的一个流放同伴缝的靴子从楦头上拿下来的时候,白桦屯的人
都来参观,好像参加一次圣礼似的,因为他们以前只知道有草鞋。……

然而在这里,无论何种政治"宣传",毕竟都没有发展的可能。我可
以完全自由地谈论一切社会关系,谈论沙皇,谈论他的政权,谈论自由和
自治的必要;但在这方面我和白桦屯居民没有共通的语言,要使他们对
这种事发生兴趣,除非把这些当作和现实毫无关系的神话来看待。

3　白桦屯的"神"

圣诞节到了。在圣诞节前夜,我比平常早些收拾了我的工具,点起
一支蜡烛来。这支蜡烛是不久以前弟弟从格拉佐夫给我寄来的。这一
天是我母亲的命名日。除此以外,圣诞节前夜使我联想起许多童年时代
的事:这一天我们家里的人在星星出现之前不吃东西。到了晚上,在一
张长桌子上铺上雪白的桌布,桌上放着干草;屋角里放着一束禾,用以纪
念基督诞生的家畜栏。……我已经不能说是信徒,然而谁能断言:这种
回忆[1]将来有一天会失却意义呢。……我要在这天晚上写一封信给

―――――――

〔1〕　在柯罗连科的未完成作品中,保存着一篇叫做《旧习消亡》的短篇小说,其中描
写西南边区地方庆祝圣诞节前夜的情况,以及与此有关的迷信(见乌克兰国家出版社于作
者逝世后出版的《柯罗连科文集》第二十二卷,一九二七年版)。

母亲[1]。

"符拉季米尔大概要在我们家里庆祝什么了。"加甫略说着，照例闲坐在暗蒙蒙的高板床上，用他那双小眼睛隔着床沿对我看。

"加甫略，你难道不打算庆祝?"我反问他，"明天是圣诞节，现在是圣诞节前夜啊。"

"那又怎么样呢?"

"圣诞节是最大的节日啊。一年之中只有两个这样的大节日：圣诞节和复活节。"

"我们这里这不算什么节日，"加甫略淡然地回答，"圣诞村里的人才像模像样地庆祝。这是他们的奉祀神的节日。跟我们可不相干。我们的教区是归阿法纳塞夫村管的。……"

圣诞村是白桦屯以南的一个很大的村子。加甫略只承认他们自己教区里的节日。果然，第二天，加甫略全家人都到打谷场上打谷去了。

然而白桦屯里有所谓虔信的一切迹象。每家人家的屋子里都有神龛。居民每次走进别人家里，总是首先面向神龛，对着圣像划三次十字，然后向主人们打招呼。在坐下来吃饭或吃了随便什么东西站起来的时候，也不忘记划十字。

我一向不奉行这种仪式，即使当我还是信徒的时候也不奉行。我们的日常生活中没有这种习惯。我已经在第一卷中谈到过我的一些宗教心情。在我生平的那一段时期里，别的问题把宗教心情挤到第二位上去了。然而我对于真挚的信仰，始终怀着敬意，单是为了这一点，我就不愿

---

〔1〕　这封信是一八七九年十二月二十四日写的（见一九二三年乌克兰国家出版社版《书简集》第一册）。

意做虚伪的事;所以我不装假,不虚伪地奉行这种仪式。在这一点上,我有我自己的信仰。

有一次,我们吃过午饭,全家的人照例都到炉炕上或高板床上去休息了,加甫略不去休息,踌躇地替换着两脚站在那里,有时向高板床望望,仿佛在找人支持他。高板床上有几对眼睛看着我,也望望他。

"符拉季米尔,你听我说,我要跟你谈一件事。"加甫略开始说,又向高板床上看看。

"好,加甫略,我们来谈吧。"

"你在各方面都是一个挺能干的汉子,"他仿佛有点为难的样子继续说,同时用交叉着的两手搔搔自己的肚子,"你不喝酒,不抽烟。……可是,我们只怪你一件事。……"

"你们怪我什么事呢?"

"为什么你不向我们的神祷告? 他们有哪一点不称你的心?"

我在这问话里听出,加甫略怪我,并不是为了看见我不信神,却是为了我不尊敬供在他的神龛里的家神。我笑着说:

"好,加甫略,你要我回答你的话,我一定回答。不过先要你回答我一个问题。"

"好,你问。……我为什么不回答呢?"

高板床上的人都注意倾听起来。露开丽亚的纺车声音放低了。

"请你也告诉我:你为什么向你的神祷告? 你为什么要这样做?"

加甫略喉头格格作响,仿佛有人突然在他背上打了一下。他张皇失措地向四周看看。

"嘿,"他说,……"这个人真怪。……问出些什么来了!"

"嗯? 到底怎么样呢? ……你向谁祷告,为什么祷告呢? ……"

"这是为了……喏,你可知道……祷告了似乎觉得好些。……"

"就是这么说呀! ……你觉得祷告了好些,我却觉得不祷告好些。"

加甫略又站了一会儿,照旧困惑莫解地向四周看看,用力搔搔肚皮;后来突然爬到高板床上,立刻就打起鼾来。从此以后,不再谈到有关神的事。那时我感到很满意,认为对加甫略和白桦屯的其他一般居民,这种表面形式的回答已经足够了。然而后来我又有一次回到这问题上,而且已不再是那么表面上的敷衍了。

讲到白桦屯的宗教,我得出一个结论:在这偏僻的森林地区,实际上并没有什么宗教。有一个冬天,将近黄昏的时候,我在卡马河边一条狭路上走,碰见一个熟悉的农妇。她遭逢了一件不幸的事:她的马倒毙了。她已经派一个小伙子去叫人来帮助她:必须另外带一匹马来拖货车。这时候她站在死马旁边,望着它的露出的牙齿。……我站定了,我们就谈起话来。据说不久以前有一个人转告她一个新消息:司祭在礼拜堂里说,一个人死了并非一切都完结了,人死了以后还有另一种生活。

"我希望司祭的话是胡说八道。"她断然地说。

"那么照你说来是怎样的呢?"我怀着好奇心问她。

"死了就完了,什么也没有了。"她异常干脆地说。

我到现在还记得这时候的情景:在树林后面的某处,冬天的淡淡的太阳刚刚落山。雪地上笼罩着暮色。几只乌鸦沉重地拍着翅膀,在雪地上面飞翔。那只露出牙齿的马用暗淡无光的眼睛望着我们。……"死了就完了"这句断然的话,在当时不见得立刻就在我心中唤起了明确的想法。然而这整个情景牢牢地保留在我心中;后来每逢我要拿白桦屯的这个虚无主义公式来同别地方对待问题并不这么简单的农民们的思想情况作比较时,这情景总是浮现在我眼前。在那些地方也有许多宗教迷信,然而我应该承认:他们的精神世界比较丰富而复杂。……

4　森林鬼怪

　　然而白桦屯人毕竟满脑子是迷信思想。这一带地方常常发生怪异的事。有一次,加甫略用极平常的语调讲给我听,说常常有林妖来偷他们鱼篓里的鱼。去年,有一只林妖老是和一个居民纠缠不清,每天早上到老河边他藏鱼篓的地方去,趁主人还没有来到的时候把鱼篓劫掠一空。我听了这话笑起来。

　　"你笑什么?……"加甫略真心吃惊地问。

　　"是别的东西把你们的鱼拖去了,"我回答,"世界上是没有林妖的。"

　　加甫略回头看看他家里的人,表示十分惊讶,那样子仿佛在怪我不知道世界上有马、狗或狼。

　　"你们听这人说些什么话呀!……难道你们那里没有人看见过林妖?"

　　"难道你们这里有人看见过?"我继续微笑着反问他。

　　"你怎么说这话,符拉季米尔!"露开丽亚对我说,她的语气中仿佛表示:一个无知小儿说了一句不合理的话,而她正在阻止他。他们就把偷鱼的林妖的故事全部讲给我听。据说那个庄稼汉去同巫师商量,告诉他说:有一个不知什么东西常常来偷鱼,没有办法守候到它。雪地上看得出脚印,但不是人的脚印,那草鞋约摸有两尺长。巫师教导他说,你去编一只四尺长的草鞋来,把它挂在林妖去偷鱼时经过的小路旁边的树干上;你自己拿一根坚实的木棍,躲在树丛里,看一看,来的是什么东西。

你别害怕。

　　这庄稼汉听了巫师的话,编了一只四尺长的草鞋,把它挂在小路旁边了。自己隐藏起来。他瞧着瞧着,果然,天还没有亮的时候,有一只林妖走来了。

　　"是个什么样儿的?"我问。

　　"什么样儿的!……那可看不清楚,只觉得样子像个庄稼汉。这东西走到草鞋旁边,朝着它望望,笑起来。越笑越厉害。后来跌倒在雪地上了,笑得直打滚。那庄稼汉就从树林里跳出来,用棍子把这东西冬冬地打了两下。"

　　"打过之后怎么样呢?……"

　　"你听我说:他打过之后自己害怕起来,逃跑了。第二天白天到这地方来,看见雪地被踏得乱七八糟,可是什么东西也没有。好啦,从此就不再偷鱼了。……你为什么老是在笑?你这人真怪!你不相信,自己去问那个人。他住的地方并不远。"

　　我没有去问那个庄稼汉,但是后来有一次,我得到机会看见了另一个目击者。这人就是我以前说起过的酒店掌柜弥特列诺克。事情是这样的:在上述的事发生后不久,我为了要买些制靴材料,又到阿法纳塞夫村去,我就特地去访问弥特列诺克。我曾经说过:这是一个神态阴郁、沉默寡言、身强力壮的小伙子,样子非常阴沉,目光略微有点迷离恍惚。我对他说:有人告诉我他曾经碰见过林妖。他坦然地说:

　　"嗯,怎么样?"

　　"难道林妖到你这里来过?"

　　"难道没有来过?……"

　　由于我再三请求,他告诉了我下面的一段故事:事情发生在去年将近圣诞节的时候。那一天傍晚起了暴风雪,越来越大,"扇扇窗户上都堆满了雪"。弥特列诺克打定主意要关店门了,因为不会再有人来光顾。他关上店门,躺在床上,正要入睡,忽然听见有几个人乘着雪橇来到门口,接着就敲门。但他懒得起来开门。……拖延了一些时候,……听见又在敲了,而且敲得很急,几乎把门敲破。这时候暴风雪正在奔腾咆哮,眼看屋顶就要被掀去了。弥特列诺克猜到了跟暴风雪一起来的是些什么东西。可是毫无办法,他吓得牙齿捉对儿厮打,还是把门开了。走进六个庄稼汉来,个个长着一脸大胡子,胡子上盖着雪。……他们抖抖身上的雪。

"他们说:给一人倒一杯酒来。……待会儿再倒一杯。"

"你为什么知道这些是林妖呢?"

"不是林妖还会是谁?……他们走进来,并不对着圣像划十字。脸上的胡子啊,我告诉你,多——得不得了!像你这样有胡子的人,一看就知道不是本地人。可是他们的胡子比你还不知要多多少!……这还有什么话说,我难道不认识这一带地方的人?……"

"后来怎么样呢?"

"没有什么。……他们没有做坏事。喝完了酒,规规矩矩地付了账,就走了。这时候暴风雪也安静下来,给他们带走了。……"

弥特列诺克讲这番话的时候态度很坦率,仿佛这是显而易见的事。后来传来消息,说在格拉佐夫县和契尔登县交界的一带地方,人口登记的时候发现了一大批当局毫无所知的移民。原来这是一些旧教徒,是不可调和的教派之中的一派,他们避开了罪恶世界而隐匿在树林中。当我在那里的时候,有人告诉我,说有些陌生人有时从卡马河彼岸的某地方来到这里。没人知道他们是从哪里来,到哪里去的。但弥特列诺克的解说倒也很痛快。这里岂不是常常有林妖变作雪柱的模样在黑压压的树林上空来往吗？……四周都是树林，在恶劣的天气里会发出各种各样的啸声；那条阴沉沉的河分支出好几条新的河床来；在僻静的地方有各种各样的森林鬼怪居住着。白桦屯居民和教会里的人不大有往来，而且似乎也只有在必要的场合下，例如举行婚礼、洗礼、葬仪的时候，他们才请教上帝。然而他们常常去请教巫师，和他们商量许多事情：例如林妖偷鱼啦，有人患"风媒病"啦。据说夏天有人鱼在水湾上梳发辫，神秘的"寒热鬼"到处出现，夜里，火蛇飞进屋子里，落到男人和女人身上。……

　　我打从心坎里嘲笑这些故事；居民们也兴致勃勃地嘲笑我对于这种显而易见的事物一无所知。……然而，不久之后，我就要和这种森林"鬼怪"发生直接的斗争，而且在白桦屯的全体居民面前被这森林鬼怪所战败。……但关于这件事且待以后再说。

5　流放犯费多特·拉扎列夫和卡尔·涅塞茨基

　　我从比塞罗沃的波普拉甫斯基那里知道，白桦屯已经有一个政治犯。这是一个叫做费多特·拉扎列夫的工人，为了罢工而被流放的。不久他来看我，我们就相识了。他是卡卢加省的纺织工出身，是一个好青年，已经熟悉政治运动，我们立刻交成了朋友。他在这里已经相当习惯，因为他还是夏天被遣送来的。有些本地人告诉我说：当他穿着厚统靴、腰部带褶的薄呢外衣和有花纹的斜领衬衫来到这里的时候，割草场上的本地农妇们向他猛扑过去，把他拖倒在干草上，并且……作了一次强迫的检查，目的是要证实他是否是同她们丈夫一样的人。我向他问起这件事的时候，他表示很难为情的样子，羞怯地承认了。他是一个高身材、宽肩膀的汉子,很喜欢穿戴打扮。

　　他住在米开沙家里,离开我们这里约五俄里。他在教米开沙的小儿子学习教会文字,即"аз-буки"等古代字母。

　　除了费多特以外,这里还有几个刑事流放犯。有一次费多特预先通知我,说这几个刑事流放犯之中有一个要来看我,这人名叫卡尔·涅塞茨基;又说这一次访问在我将是不很愉快的,因为涅塞茨基将要和那个没有鼻子的特罗希卡一同来,这特罗希卡也是一个闯祸精,他们将要带烧酒来,并且打算让我回请他们。那时候我对自己的行为和交游的态度严肃不苟,我立刻下决心:不款待任何人喝烧酒。

　　在一个晴明的冬日,有一辆无座雪橇开到我们的屋子门口,其中坐着两个人。他们一走进屋子,我根据别人的描述立刻就认出了这是涅塞茨基和没鼻子的特罗希卡。涅塞茨基中等身材,身体瘦削,脸上有一条特殊的愁苦的皱纹。特罗希卡曾经在维亚特卡的某工厂里待过一个时期,从那里带来了一种极度放肆的习气、一只手风琴和一身花柳病。两个人都已经喝得醉醺醺的,闯进屋子之后,和主人们打一个招呼,就伸展四肢懒洋洋地在桌子边坐下来,把一瓶烧酒放在自己面前的桌子上了。我正在窗下做靴子,并不站起来迎接客人,听凭他们去款待眉飞色舞的加甫略。

　　这显然惹恼了他们。他们装作是来看加甫略的,其实他们一面坐在那里倒酒喝,一面不时地在指桑骂槐。他们说:有一种人眼睛生在额角上;又说对这种人他们自会有对付的办法。我一直默不作声。对他们的侮辱显然已经达到了极点。他们就站起身来,同主人告别。我觉得我这样做是在替自己招致仇敌;同时我在涅塞茨基的脸上看到了一副给人好感的可怜相。正当他们准备走出去的时候,我就从自己的小鼓凳上站起

来,收拾好围裙,走到涅塞茨基面前。由于一种突然的动机,我伸起两只手来搭在他的肩膀上,正视着他的眼睛,对他说:

"涅塞茨基,你听我说,……我不是一个好酒伴,因为我自己不喝酒,也不请别人喝酒。我不喜欢和喝醉的人谈话,而且也不懂得怎样和喝醉的人谈话。但是如果下回你肯不喝酒,清醒地来看我,大家喝杯茶,聊聊天,那么我就很欢迎你,像欢迎别的流放同伴一样。"

涅塞茨基苍白的脸抖动了一下。他低下头,想了一想,含糊地说:

"请原谅我。……同这种野兽(他毫不客气地指一指那个完全酥软了的特罗希卡)一起住在这森林里,自己自然也学狼叫了。再见吧。"

走到门口,他站定了,转过半个脸来对我说:

"我明天来。……你不会赶走我吧?"

"我欢迎。请过来吧。我这里有格拉佐夫寄来的报纸。"

下一天,涅塞茨基步行到此,没有带特罗希卡来。关于昨天的事,我们一句也不提起。晚上,我点起一支蜡烛来读报纸。涅塞茨基用心地听我读;第二天早上,他和加甫略家的人一起到打谷场上去工作。从此以后,我们常常见面;涅塞茨基每次来访,都使我感到真心的愉快。有一天夜里,高板床上和炉炕上的人都打鼾了,他两手托着后脑,用他的低钝的声音把他流放到白桦屯的始末讲给我听。

他是波兰人,服了兵役,因违犯军纪而吃官司,被判处剥夺军衔,流放到并不很远的地方。起初他被遣送到不知是奥穆特尼茨克工厂还是扎拉兹宁斯克工厂里。他在那里安居下来,并且结了婚,生了一个女儿。他和妻子都十分疼爱这个新生的婴儿。然而有一次县城里来了一道命令:把涅塞茨基及其家属送到警察局去。这时候天气严寒,涅塞茨基因为缺乏寒衣,拒绝命令,不肯前去。县警察局长是一个刚愎自用、秉性严厉的人,流放犯拒绝执行他的指令,使他大发雷霆。区警察局长接到上司坚决执行命令的指示,就把涅塞茨基和他的妻子及婴儿载在雪橇里,送进城去。到了城里,甲长带他们上警察局的时候,一看,他的妻子已经一半冻僵,手里抱着一个死婴。

　　涅塞茨基用悲哀而颤抖的声音在黑暗的屋子里对我说:"当时我不知道怎么搞的。我走进警察局,一直跑到办公室里。县警察局长就在这里。我走到他面前,挺直了身子,大声报告说:'请示局长大人,把这些冻牛肉堆到哪里去?'警察局长问:'你说什么,你说什么?……'我的问话立刻把他难住了。我又说:'劳您大驾,出去看一看。'……他自己不愿去,就派一个文牍员去看。这文牍员回来,低声对他说:如此如此,这般这般,一个半冻僵的女人和一个死婴。警察局长惊惶失措了,他说:'你去找一个什么地方……把这婴儿在雪地里埋起来吧。……'这时候我怒火中烧,我说:'哈哈,把一个受洗礼的婴儿埋在雪地里! 请大家听着!……请大家做见证。……我立刻去报告主教,说局长命令把受洗礼的婴儿埋在雪地里。'……我就在办公室里正义标〔1〕面前大闹了一场。"

　　事情闹大了,要平息它很不容易。大家都不喜欢这个县警察局长,见证人就都说了真情实话。主教也出来过问这件事。警察局长的饭碗丢了。他的代替人到任之后,两个人把涅塞茨基叫去。旧局长对新局长说:"你瞧,就是这个人使我和我的家属陷于不幸。我为他打破了饭碗。"新局长回答他说:"不妨事,我们会替他本人找到一个好差事的。"

　　"我说:'你们两个都是混蛋! 我的家属在哪里?!……'我又在正义

────────────

〔1〕　正义标是旧俄罗斯时代官衙中放在桌上的一个三面立体形的东西,上面写着彼得大帝所颁布的"法制"。——译者注

标面前大闹了一场。从这时候起,真的,我把自己的生命看得一文不值。我谁也不怕,做什么都不害羞,别人倒怕起我来了。你是第一个不怕我的人,我感谢你,你用对人的态度来和我谈话。"

直到现在,关于这个人的回忆一直保留在我心中,成为我青年时代最动人、最美好的回忆之一;那时候我自己也比现在要好得多。

6　农民请愿代表们。觐见沙皇的费多尔·鲍格丹的经历

圣诞节前,在一个寒冷而晴明的日子里,我从拉扎列夫那里回来,有一个刚刚被遣送来的新流放犯在家里等我。这人名叫费多尔·鲍格丹。他刚刚从格拉佐夫被解押过来,还不免带着张皇失措的神色向四周张望着。他们派他住在附近约一俄里半的地方。他和甲长一同来看我,为了要我替他们解决一桩纠葛:鲍格丹在故乡被逮捕后,他们没有容许他准备一下行装,就让他穿着当时所穿的一身衣服,把他带走了。现在,根据他被遣送时所随带的公文,要求在送他到达目的地之后把他所借用的公家物件取回,以便交还监狱。这显然是不合情理的,然而甲长不敢违背公文。

幸而我想出了一个办法:我这里又有纸,又有笔,我就利用它们,用流放犯费多尔·鲍格丹的名义写了一张"辩状",在其中声明:因为鲍格丹是在夏天被放逐出来的,只穿着他原来所穿的一身衣服,而现在已是严寒的冬天,因此他无法执行当局的要求。甲长带着敬仰的态度欣赏我这套写公文的法力;他得到了这张公文,认为有办法对付那张公文了,就把它揣在怀里,心满意足地回去了。鲍格丹就留了下来。

他是一个上了年纪的农民,身穿一件乌克兰长袍,头戴一顶羊皮帽

子。他诚恳地向我鞠躬,千谢万谢,称我为好老爷。我向他解释:我是同他一样的一个流放犯。但是鲍格丹摇摇头,说他有识别人的眼力,他心里明白:"我到底不能和他相比。"以后他对我一直用这种口气说话,定要称呼我为老爷。

他生长在基辅省拉多梅斯尔县的一个很大的村子里,村子的名字我忘记了。他用巧妙的方法把农民们的请愿书交到了亚历山大二世本人手里,这才被流放到这里来。

另外还有许多同样的农民请愿代表,一部分被遣送在我们白桦屯,另一部分住在比塞罗沃乡的其他地方。不久之后,这些人之间流传开一个消息,说白桦屯里来了一个农民,其人曾经觐见沙皇,向他呈递请愿书。于是我们这里来了许多别的农民请愿代表,来找鲍格丹谈话,探问详情。在这些人之中,除了对鲍格丹的叙述极感兴趣的费多特·拉扎列夫和涅塞茨基以外,还有桑尼科夫家的两兄弟;他们是维亚特卡省本省人,不过生长在比较靠南的奥廖尔县。还有一个叫做库兹明,记得是梁赞省或奥廖尔省人。桑尼科夫家的两兄弟是很出色的木匠,承包了阿法纳塞夫村小教堂的建筑工事。现在他们特地来到这里。加甫略的屋子里挤满了这些满怀兴味的听众,于是费多尔·鲍格丹就讲他这件事的经过。这一天是假日,加甫略家的人也都从高板床上低下头来听讲。……

以下就是他所讲的:

在基辅省拉多梅斯尔县里,农民们——记得共有五个村社——同地主斯捷茨基打了很久官司。这件案子千头万绪。鲍格丹叙述的口才很好,有几段情节经他叙述后显得异常生动鲜明。然而,正像这种场合下所常有的情形一样,这场官司失去了法律的本质。一方面是农民们以老年人的古老传说为根据的见解;另一方面则是地主的律师们的形式主义的诡辩和精确的法律条文。缺乏必需的证明文件、错过上诉的时期——单是这两件事,就足以使得形式主义的法律确定不易地袒护地主方面了。但是农民们不愿意知道这种形式主义的手续,却要向最高的正义呼吁,他们认为最高的正义便是沙皇。然而,以后便可知道,这一次连形式法权也并不那么确定不易地反对农民了。

不管怎样,拉多梅斯尔县里五个村社的农民打定主意:他们必须派几个机敏的人到京城去。为此,他们选出了不识字的费多尔·鲍格丹和另外两个识字的人作他的助手。显然,农民们所期望的主要角色,正是费多尔·鲍格丹。而他果然出色地实现了他的同乡人的期望。

这三个请愿代表来到彼得堡,住在一个认识的人家里,这人是他们本乡一个司祭的女婿,是在商场里做生意的。他看了岳父的介绍信,殷勤地接待这几个农民代表,并且指示他们一个内行的"书写人"。这人就根据他们从乡下带来的字条,写了几份请愿书。他们把这些请愿书分送到各级机关:参政院、司法部、土地委员会。土地委员会的主席是康斯坦丁·尼古拉耶维奇大公。他们在彼得堡既没有见到沙皇,也没有见到康斯坦丁·尼古拉耶维奇;他们认为把请愿书呈递到可能呈递的一切地方去之后,就已完成他们的任务了。至少那两个识字的同伴这样想。……

过了几个月,没有结果。于是人们就用怀疑的眼光来看待鲍格丹和他的两个同伴。大家纷纷议论,说他们白花了一大笔钱,"天晓得是怎么花的"。

鲍格丹不能忍受人们的这些责难,就决心再度到京城去。这回他一个人去,因为他已经熟悉京城的情况。他在路上得知:沙皇这时候正好到莫斯科去了。他就也到莫斯科。他在那里找到了一个人,这人根据他从乡下带来的材料,写了一张请愿书,并且教给他呈递的方法,他说:

"明天沙皇要在霍登广场检阅。去的时候要经过凯旋门。你站在这门附近,要格外当心。因为警察严密监守着,不许有人冲到路上去。这一下就要看你的造化了。如果你能够闯到路上,跪在沙皇面前,那就是你运气好。"

第二天,鲍格丹走到凯旋门外。这里人山人海。但他来得早,能够站在第一排上。他怀里揣着请愿书站在那里。不久听见远处高呼"万岁! ……"声音越来越近了。……

别的被流放的农民请愿代表都聚精会神地听他叙述,他们这种神态简直难于描写。我记得:鲍格丹讲到这里的时候,加甫略的屋子里肃静无声,连蟑螂在煤烟熏黑的墙上爬行的声音也听得见。现在所讲到的,正是所有的农民所想望的:一个农民站着等候沙皇——一切法权和一切正义的源泉——经过。以后怎么样呢? ……连一向冷静沉着的居民也都屏息静听。

鲍格丹继续讲下去:

沙皇来到凯旋门外了。路旁的人都肃静回避。望过去看得很清楚。……就连小娃娃也知道哪一个是沙皇:沙皇骑着马独个儿走在前面,后面有两个骑马的人跟着走,比沙皇落后半匹马。再后面是其他的随员。所有的将军都佩着星形勋章,照得周围亮闪闪的。等到他们走近鲍格丹站着的地方的时候,鲍格丹在长袍里面划一个十字,推开兵士和警察们,就像兔子一般突然横冲到路上。警察追过来,可是哪里赶得上他! 他跪倒在马路中央,把请愿书顶在头上,心里别别乱跳,……"就像鸟儿中了枪弹一样",……结果怎么样呢? ……

"怎么样?"桑尼科夫家两兄弟之中的一个急躁地催问。……

沙皇走到这地方,把马略微扭转些,绕过了鲍格丹,同时对副官说了些话。于是后面所有的随员就像河水碰到破冰船一般，分作了两股。将军们骑着马经过鲍格丹身旁的时候，都怀着好奇心对他看，而他只管跪着。只有沙皇的副官拨转马头，走近鲍格丹身边；等随员都走完了之后，他从马上弯下身子来，接取鲍格丹手里的请愿书。鲍格丹暂时拿着请愿书不放，对副官说："大人，请开恩：可不可以赐给我一张收据？因为家乡的人不相信我已经把请愿书呈递给沙皇。"副官把请愿书从他手里夺了过去，对他说：

"你这个庄稼汉发疯了。……难道你不知道你是对谁呈递请愿书？……怎么会给你收据？……赶快回家去吧，不然你要遭殃！"

他说过之后拨转马头，跟着沙皇走了。警察就向鲍格丹冲过来。

这一下子可真不得了。警察真是"如狼似虎"。……两个叉住了他的两臂，另一个在后面推着他的脖子，他们不让他的脚碰着地，把他提着走。……有一个身体矮胖的警察官骑了马冲着他跑来，"直对着眼睛嘘嘘地喷气，像癞蛤蟆一样"。他还哭呢，说什么：你这个乌克兰狗崽子，把整个阅兵式全都破坏了。他们把他从公路上抬到空地上，让他站好了，那个矮胖子跑过来想打他的嘴巴；另外一个高个子阻止了他，就问鲍格丹：是什么人？从哪里来的？为了什么事？他把一切都记录下来，然后对他说："好，现在你赶快回家去。今天×点钟有一班火车开往斯摩棱斯克。你搭了这班火车回去吧。你得赶快走，连影子也不许留下来！这一回算你运道好，这么便宜地解决了。"……他们就放了他。

鲍格丹回到客店里，心里想：我虽然已经把请愿书呈递给沙皇，但还是没有拿到收据。……人家还是不相信我。他左思右想，终于不乘开往斯摩棱斯克的车子，却到尼古拉车站去乘车，第二天早上来到了彼得堡，想再向土地委员会呈递请愿书；如果可能的话，呈递给大公本人。他们也许会出收据。……他在彼得堡仍旧借宿在司祭的女婿家里。他打听了一下,知道大公不在彼得堡。他跑到他的宫邸里去。那里有一个好心人告诉他说:大公的确不在彼得堡,但不久就要回来的;回来之后,一定会到土地委员会去。大约过了两天,司祭的女婿在报上看到:大公回来了。鲍格丹又准备了一份请愿书,跑到"梅尔维塔什"(其实是艾尔米塔什)大厦的土地委员会去。走到扶梯上,一个看门人拦住了他,问:"庄稼汉,你有什么事?"鲍格丹把缘由一五一十告诉了他,说:"我要到土地委员会去。"看门人说:"你到最高的一层楼上去。"另一个人在一旁说:"当心他混进沙皇的房间里去啊。……"

"我听了这话,就说:'谢谢您,先生,我懂得:要走到最高的一层楼上。……'我嘴里这么说,其实心里可真想看一看沙皇的房间。我没有走到顶层,看见有一扇门蒙着黑皮,上面钉着许多铜钉子。我划一个十字,悄悄地把门打开。一看,这门的里边还有一扇门,一半是装玻璃的。从这玻璃门里望见一个房间,房间里边还有一个房间。在里边那个房间里,有两个'委员大人'(鲍格丹常常用这个尊敬的称呼)。一个坐在摇椅里,还有一个在房间里踱来踱去。我想:不知道他们会怎么样,总不会枪毙我吧。我等那个人从门这头走到那一头去之后,悄悄地开了门,走进房间,站在门旁的墙边了。那个人要走回来了,转过头来,看见了我,就说:

"'咦!这里有一个庄稼汉站着。'坐着的那个人也转过头来,对我看看,用一根手指招呼我过去,对我说:'朋友,你有什么事?……你要到委员会去吗?那还在上面,在最高一层楼上。'

"我说:'对不起,我是一个粗人,没有弄清楚。'他说:'没有什么,没有什么,你去吧。'又对那个人说:'你指点他一下。'那个人就带我到扶梯边,指一指上面。我很高兴,我想:我到过沙皇的房间了,他们一点也没有把我怎么样。只可惜我当时没有多说话。我到了委员会,就问:请愿书该往哪里呈递?这时候正好有几个人跑来,说大公到了。他穿过房间,经过我身旁,我就扑通一声跪了下来。大公站定了,和气地问:'朋友,你有什么事?'我说:'我代表本乡的团体为了土地的事来呈递请愿书。'他说:'拿来。'我把请愿书呈上,却还是跪着。大公就问:'你还有什么事?'我回答说:'大人,我以前向委员会呈递过一份请愿书,可是家乡的人都不相信我。……这回请您开恩,赏我一张收据。'那些官员们都恶狠狠地望着我,像是要吃掉我的样子。可是大公笑起来,撕下一张纸,就在那里的桌子上写:'×月×日收到费多尔·鲍格丹请愿书一份。'下面签一个字:康斯坦丁。我自己是不识字的,可是后来别人念给我听过。

"我从委员会出来,欢喜得好像登了天堂。这一下可好啦,他们看到大公亲笔的收据,一定都相信我了。我就把收据揣在怀里,走回我住宿的人家去了。回到那里一看,有一个老爷和我的主人一起坐着。这人看见我,就问:'就是他吗?'主人回答:'就是他。'这人就对我说:'老乡,你好!'我也说:'你好! 你也是我们那边的人吗?'他说:'可不是吗! 我是从家乡一直到这里来的,还有一封信带给你。你跟我一起去,我就把信交给你。'我说:'谢谢你。'我就把主人叫到一旁,对他说:'请你把我的钱拿些给我。我要款待一下这位同乡。'他给了我钱,我就和那个人一同出去了。我借宿的那家人家——你们大概知道——是在花园街。他带我走到涅瓦大街上,这是到皇宫去要经过的路。这条街好宽啊! ……我心里想,他住在这里的哪一家客店里呢?我问他,可是他不回答,只是说:'我们走过去,你自会知道的。'我们走到海洋街口,我看见我的同乡人拐向这条路上去了。市长办公厅就在海洋街上。这一点我以前就知道。这时候我心里暗想：'费多尔！你要遭殃了。'我就放慢了脚步，东张西望起来。这时候有一个警察走近我们来。那个人向他眨眨眼睛。警察就回转身，跟着我们走。这时候我已经完全猜透了，可是没有办法，只得向前走。但觉得大公给我的那张纸在我怀里热辣辣的，我想：他们如果把这张纸抢去，我又没有收据了。走到了大门口。有一个戴铜帽子的消防队员站着。我的同乡转进大门，向我招招手，说；'来，朋友，来。'这时候那警察也在后面推我的背。

"办公厅里的官员们看见我来了都笑，他们说：'到底给带来了，就是他吗？'后来他们带我走进一个房间，里面坐着两个大官：一个是市长特列波夫，还有一个大概是副市长柯兹洛夫。他们转过身来问我：'你是费多尔·鲍格丹吗？'我说：'我是费多尔·鲍格丹。''你们的省长写信来，叫我们把你送回本乡去，不让你在这里瞎递请愿书。你呈递了没有？'我说：'已经呈递了。''往哪儿呈递的？'我说：'该呈递的地方都呈递了。司法部长啦，土地委员会啦……''还有什么地方？''还有一张递给大公康斯坦丁·尼古拉耶维奇本人手里。……'特列波夫气得转过身子去，说：'胡说，你什么时候递上去的？''我是今天递上去的。'他不相信，可是副市长低声对他说：'对的，大公今天到委员会里去过。'……特列波夫气得胡子直翘，说：'瞧这个乌克兰狗崽子！'……可是我心里在想：我要不要把向沙皇呈递的事说出来？好，管它的，说吧。我就说：'还向沙皇当面呈递过。'特列波夫在椅子上扭转身来，说：'胡说，沙皇根本不在彼得堡。'我说：'我是×月×日在莫斯科霍登广场的凯旋门旁边呈递给他的。'副市长又说：'对的，那一天阅兵。'接着又低声对特列波夫说：'你瞧，他已经到处呈递过了。自己本来就打算要回去了。'可是特列波夫动怒了，回答说：'不必多说！省长来信要押送他回去，就应该押送他。'"于是把鲍格丹解押回乡,"不让他在首都瞎递请愿书"。

这一切,鲍格丹都是用乌克兰话叙述的;然而他毕竟到过俄罗斯,所以很能迁就听众,大家都听得懂他的话。他传达几个长官的话时,几乎用纯粹的俄罗斯话,甚至模仿他们的腔调。当他讲这个几近于神话的故事——一个不识字的普通农民觐见沙皇——的时候,我津津有味地注视着听讲的农民们脸上的表情。当他讲到他的奔走的结局是坐监牢和解押回乡的时候,桑尼科夫兄弟中的老弟用手在自己膝上拍一下,懊丧地叫了一声。

"慢来,"他的老兄阻止他,"还没有讲完呢。"

"还有什么呢?除非你亲眼看见!"老弟反驳他。

"那请愿书不是递上去了吗?"

"嗯,递上去了。"

"递给本人手里?……"

"是啊!……让我们听听,后来怎样。"

故事的确还没有讲完,可是结尾也是不愉快的。他们把鲍格丹和强盗小偷一起押送回乡。可是请愿书毕竟已经呈递了。鲍格丹把大公的收据给各村社的人看,他们非常重视他的功劳,他就成了他们的首领。过了不多时,有一个"委员大人"来到他们地方上,是上头委任他来调查这件事,促使双方和解的。至少农民们认为他的使命是这样。这位委员大人一到,就召集各村社的人到乡里去。农民们都去了。他就向他们声明:争执的土地,一部分应该划归农民,另一部分仍旧留给地主。这对农民们说来已经是很大的成功了;然而他们因为看见鲍格丹当面呈递的请愿书开始发生效力,满心以为这一下全部土地都可划归他们了,就喧噪起来。那官员对他们说:"我不能一下子同时和全体人讲话,你们推举出

一个人来吧。"农民们就嚷着:"叫鲍格丹去讲话。"鲍格丹走到官员面前,
对他说:

"既然沙皇派你来赐给我们这样的恩典,那么请你禀告皇上:大伙儿
请求沙皇把全部土地都划归我们。……"

官员对鲍格丹看看,说:

"这不是太多了吗?你们是不是付得起这全部土地的租税呢?"

"为什么付不起?"鲍格丹回答,"既然地主能付,我们也能付。地主
不是沙皇的自家人。他今天在这儿,明天就到外国去,找也找他不到了。
我们却是沙皇的自家人。我们决不离开这儿。相信整个团体,总比相信
一个人更加可靠。"

众人听了这话,又喧噪起来:"不错,不错,鲍格丹说得好。"官员动怒
了,他说:

"你倒真有一套。哪里来这么一个聪明人?啊!你不是从彼得堡押
送来的那个鲍格丹吗?我连话也不愿意跟你讲。……另外派一个人来。
把他撵出去!"

"用不着撵我,我自己会走。"

鲍格丹走了出去,大家都跟着他走出去。他们说:"既然你不愿意跟
我们的代表说话,那么我们大家都走吧。"于是一拥而出。只留下一个官
员、一个村长和几个乡村警察。……

这样做显然是有利于地主拥护者的。他们把这件事算作暴动,而把
鲍格丹看作有危险性的鼓动者。从这时候起,鲍格丹就受了监视。他住
在大村子附近的一个小村子里。警察显然在监视他,但是不敢抓他。因
为这个团体不是好惹的,而他们决不会乖乖地交出鲍格丹来。后来似乎
连监视也停止了。

只是有一次,村子里有一家人家举行盛大的婚礼。小村子里的人全都去看热闹,鲍格丹家里的人也去了。突然一辆地方自治会的三套车迅速地开到他家门口,车子里坐着区警察局长和几个警察。他们走进屋里,对鲍格丹说:"鲍格丹,准备跟我们一同走吧。"鲍格丹不肯去,他们就用武力,鲍格丹抵抗。眼看就要被抓去了,恰好这时候婚礼马车队从礼拜堂里出来,经过小村子旁边。队里有几个人看见鲍格丹的屋子面前那条空落落的街上停着一辆三套车,旁边有几个警察。有几个多疑的村民就怀疑:"啊呀,这分明是我们的鲍格丹已经和警察勾搭上,把大伙儿的事出卖了。"于是就有两三辆马车转向这条街上,开到了鲍格丹的屋子门前。他们走进屋子一看,警察正在拖鲍格丹,鲍格丹死赖着不肯走,他的衬衫被撕破了。他们说:"原来是这么一回事!喂,你们从哪儿来,仍旧回哪儿去吧!"他们把区警察局长推上马车,用力把马抽了几鞭,说:"趁早给我们滚!"从此以后,人们就机警地守护着鲍格丹的屋子,谨防有人偷袭。他们甚至在这一带放哨。但以后又太平无事了。关于这件事一点声息也没有,团体里的人便想:大概他们不会再来了。……

有一次,拉多梅斯尔县的集市日来到了,鲍格丹想去赶集。他想:集市上有许多人,警察一定不敢抓他。然而等到人们渐渐走散的时候,他的大祸临头了。那时候路上空荡荡的,人极少。忽然鲍格丹看见一辆三套车飞奔而来,里面坐着区警察局长和两个乡村警官,他们赶上了他,喝道:"站住!我们正是找你来的。上车吧,不然要吃苦头。"他们就抓住了他,把他载送到城里去。三匹马像鸟一般飞。鲍格丹说:"可怜可怜这三匹马吧,老是赶得那么紧,吃不消的!"警察局长冷笑一下说:"我知道你的用意:你是想让你们那些人拦住我,好把我揍一顿。快!"于是照旧飞奔前进。……车子后面竟扬起了像柱子一般的灰尘。路上的人都闪躲到一旁。他们看见鲍格丹坐在警察中间,都顿足叫苦,然而已经追不上了。他们把他绕道载到监牢里之后,立刻解押到基辅,——就让他穿着赶集时所穿的一身衣服。……不久,又被逐出基辅,一站一站地解押到这里。……

"就是这样,"鲍格丹悲哀地结束了他的话,"我从一个监牢换到另一个监牢,从一个旅站走到另一个旅站。……我在家里的时候,以为正派人都是坐在家里的,只有小偷和强盗才坐监牢。等到我自己被从一个监牢赶到另一个监牢的时候,我又觉得坐监牢的都是最好的人了。……"

那时候,行政命令已经发生很大的作用。鲍格丹在基辅和别地方的监牢里,看到许多未经审讯而按行政命令流放的人。……这里面有大学生,有高等女校的女学生,有地方自治会议员,甚至有一个地方自治会的主席。……这些人都像鲍格丹一样并没有犯通常所谓的罪行。那时候,恐怖主义的谋刺事件还很少发生。这些人的罪行便是:他们希望有良好的制度。现在鲍格丹流落到边区来了。他在这里又看到了别的犯了违逆沙皇罪的农民。

屋子里一时充满了抑郁的沉默。第一个打破这沉默的——出乎我意料之外——是我的主人加甫略。他从高板床上爬下来,穿过屋子,站在我对面,用他那神经质的清晰的声音说:

"看来沙皇也办得不好。……"

这显然是旁观者的结论。

这故事对其他的农民请愿代表们产生了什么样的印象,很难描述。桑尼科夫家的两兄弟是从维亚特卡省奥廖尔县被流放到这里来的;他们的罪行是:为了和林业部打官司的事煽动农民。听了他们的叙述,才知道他们的事件完全是荒唐的。他们那块在森林旁边的由来已久的祖地,

被"柴政部长"占用去了。据我所知,那时候皇室的森林是划归财政部
管理的。农民们认为这是他们自己的森林,然而当局在这些森林里立
起界牌来,上面刻着"财政部"三个字。农民们认为这三个字表示一个
叫做柴政的部长看中了他们的森林,就以主人自居,把它占为己有了。
农民们不肯放弃自己的财产,喧噪起来,表示反抗。当局就镇压他们。
后来终于弱不敌强,整个村社的人都顺从了,只有桑尼科夫家的两兄弟
"不点头"。于是他们就远离家庭,被流放到这个荒僻的地方来。他们
两人都已经年老,胡须雪白了。他们都有一个大家庭,流放中的生活使
他们感到很痛苦。然而他们确信:在他们桑尼科夫兄弟俩不服从、"不
点头"的期间,那个恶徒柴政不会完全胜利。他们决意不肯服从,宁愿
为了大伙儿而在奴隶生活中死去。他们有意把自己村社的重担挑在自
己的老肩膀上。奥廖尔人库兹明也有过类乎此的一段经历。这人年纪
不人,脸上有很深的麻点,长着一绺奇怪的山羊胡子。他的相貌有点像
"没有脚后跟的安恰特卡"[1](类似俄罗斯的靡菲斯托费尔[2]),脸上永
远浮现着狡狯的微笑。他深信他们的事不会不成功。他们派几个机敏
的人到京城去,这些人现在正在沙皇的宫殿四周巡行,用心寻找机会,
以便当面呈递请愿书。……为了保证这些人不被逮捕,不被放逐,他们
都带着假造的公民证来到京城。……关于这件事,是他以前带着狡狯
的微笑对我说的。可是,瞧,现在鲍格丹叙述他如何使用机巧,煞费苦
心,终于得见沙皇,把"农民的正义"当面递给了他,……却落得这样的
下场。

---

[1]　俄罗斯民间故事中的人物。——译者注
[2]　歌德的《浮士德》中一个恶魔的名字。——译者注

　　现在,我回想起那一天,回想起遥远的白桦屯里加甫略·比塞罗夫的熏黑的屋子、听鲍格丹讲话的一群农民请愿代表,以及加甫略责备遥远的沙皇时脱口而出的那句警句,我觉得那一天我仿佛亲眼看到了那股冲走罗曼诺夫王朝[1]宝座的洪水中渗出来的一条不现形迹的细流。在那些年头,农民请愿者蜂拥地来到彼得堡。这在当时完全是一种常见的现象。他们去见解放人民的沙皇,希望他袒护他们,拥护他们的正义。然而他们从内阁和参政院所得到的只是形式的答复:证件不足,上诉逾期,或者搬出他们丝毫不能理解的某某条款来。当然,农民们的想法往往十分稀奇古怪,连最宽大的国家制度有时也要和这种想法发生冲突。从遥远的过去时代搬来的、在另一种环境下产生并形成的"人民的正义"和以罗马法为根据的现代生活制度完全对立。这当然是一个悲剧,要解决这个问题,只有集中注意于人民的切身需要,普及教育,确立法律制度,方才可能。

　　人民去见神奇的沙皇,把他看作理想的形象。……岂知在专制政体的处理下得到了一个轻便而毫不费事的答复:对一切农民事件普遍采用行政命令。人民的观点和形式法权之间的深刻矛盾,交给警察局长和宪兵来处理了。沙皇自己破坏了几世纪以来人民的想象力所创造的专制政体的浪漫传说。

　　这一点,我当然是直到现在才这样清楚地看到的。……但在那时候,我也已经考虑到这一现象,开始意识到它的悲剧的本质了。

---

　　〔1〕　罗曼诺夫王朝是沙皇俄国的王朝(1613—1917),一九一七年二月资产阶级民主革命时期为工人和士兵所推翻。——译者注

7　鲍格丹和桑尼科夫兄弟的宗教

我记不清是在圣诞节的第一天还是在主显节,鲍格丹哭丧着脸走到我这里来。这个年老的乌克兰人脸上淌着豌豆大的眼泪。他向我祝贺节日之后,就垂头丧气地坐在木炕上。我了解他的心情:他在节日里一定特别沉痛地感觉到飘泊他乡之苦。我就说些话来安慰他。

原来他痛苦的原因不止一端。他寄住的那家人家,同我这家一样,在节日也照旧工作;而鲍格丹深深地担心一个问题:他这双老眼在暮年的时候看到"这般光景",不知上帝是否会饶恕他。他就悲痛地诉说:这究竟算是什么地方,人都不像人样,连那些小孩子也都使他愤慨。做母亲的把一桶发酵的面放在炉子上,没有留神,那面团高了起来,溢出桶口外面了。

"你知道怎么样?⋯⋯那些孩子就用手抓住生面团往嘴里塞。⋯⋯母亲骂他们,还用杓子把一个孩子打了一下。⋯⋯这孩子转过头来说:你要××吗?⋯⋯这样小的孩子,脱娘胎才不久⋯⋯"

他带着恐怖的神色把这孩子对母亲说的那句下流话重说了一遍,脸上又淌下眼泪来了。显然是上帝诅咒他,所以把他遣送到这样的地方来:这地方的孩子用这样的话来回答父母,而父母自己在这种大节日里还要工作。

"请你们听我这老年人说,"他转向加甫略家里的人,带着坚强的信心说,"你们可以特为试试看:在报喜节里磨些面粉,然后在一棵树上切开一点皮,往里面撒些面粉。要是这棵树不枯干的话,我就今生今世回不了故乡,老死在你们这里!⋯⋯"

他说这话的时候显出异常激动的样子,接着又说:

"而你们还要把这种面粉做成的面包吃到肚子里去!"

我竭力安慰他;但是后来他又有好几次怀着深切的悲痛到我这里来,把他新近看到的渎神情况讲给我听。他认为:也许是他运气不好,住在这样的人家了,别的人家没有这种情形。可惜他想错了:他所住的人家比起别的人家来,并不更好,也不更坏。他常常叹息,有时哭泣。后来有一次他到我这里来,要我替他写一张呈文,说当时扰乱同村人的不是他,而是某某人。他说出一个文牍员的名字来。但我不肯写这种告密文书,即使告的是大伙儿的仇敌,我也不肯写。他看见我拒绝他的要求,十分伤心,说:"看来我要死在这森林里,葬身在罪恶的土地上了。……"他清楚地记得各种节日,从来不弄错。桑尼科夫兄弟俩来了之后,他就和他们作虔信宗教的谈话,三个人一同哭泣。

桑尼科夫兄弟也是虔信宗教的人。我在前面说过,他们担任了在阿法纳塞夫村建造小教堂的工事,而目前他们暂时在大教堂里司理司理礼拜仪式,读读《使徒行传》。他们把这项建筑工事看成虔敬的宗教事业,认为建造教堂不像建造农舍那么简单,甚至不像建造宫邸那么简单。他们在故乡有一个朋友,是个圣像画师。这人在没有做过祷告之前决不调颜料,决不用笔蘸颜料,是个讨上帝喜欢的人。他懂得每一幅圣像都是各不相同的。……

桑尼科夫用探究似的眼光望着我的脸,讲了下面的一件事给我听,企图借此证实:现在是多么危险的时代,无知的人在现代多么容易毁灭心灵。他说:有一次有些人运着一个有灵的圣母像经过他们的村子。……这不是一个普通的圣像,是从希腊地方来的。运圣像的也不是我们这里的人:几个修道尼脸色黑黝黝的,头发也是黑的,眼睛像炭火;画像上的圣母长得和她们一样,也是黑面孔。这些人来到了村子里,就征求人们替圣像做祈祷。桑尼科夫也想去做祈祷,而且还想劝大伙儿一道去。因为他们正在打官司,应该祷告圣母,求她缓和法官的心。于是他走到他的朋友圣像画师那里,把这意思一五一十地告诉了他,问他是不是应该叫大伙儿一道去做祷告。那圣像画师竟握住了他的手说:"你怎么啦!你怎么啦!快别打这种主意!"他告诉桑尼科夫说:"有一次我来到一个村子里,人家对我说,他们那里也来过这个圣像,逗留了一个多礼拜。捞了一大笔钱去。等到事情结束,这批人打算离开这村子的时候,就大吃大喝起来,闹得天翻地覆。酗酒纵淫,无所不为。后来算账了。车夫问修道尼要钱,喝醉的修道尼对他说:你跟我一起淫荡了,怎么还要给你钱?……你瞧,这算是什么圣像啊!"他又说:"现在是恶魔的时代来到了。恶魔拿他自己的圣像来迷惑人。有人不知道,向它祷告了,而有的人只是对着它划了一个十字,可是这恶魔已经把他的名字给记下来了。"

"当然啰,我们都是愚昧无知的人,我们的灵魂不用多久就会毁灭的!……"桑尼科夫脸上带着悲哀的表情,用探究似的眼光望望我,这样说,"有些人不肯对圣像划十字,大概正是为此。……我告诉你,有人说,现在就连教会事务协商会议里也是鱼龙混杂的。恶魔在到处撒它的网呢。……"

桑尼科夫这番叙述使我陷入了沉思。这里面当然也有许多迷信;然而仅仅桑尼科夫的目光——他叙述时注视着我的那种充满探究意味和苦闷神色的目光,就已经清楚地表现出他认为与抽象问题有关的那种精神苦痛。在这里,宗教问题已经和现世普遍虚伪的问题相关联,这在某种程度上使我感到他的心情很可亲,很容易理解。于是我陷入了沉思。这已经不再是加甫略关于"神"的那种谈话。那么在我这方面,怎样才能使他们理解我心中所产生的感想呢?怎样指示这些人,使他们知道最高真理的问题在我们这班人之间也存在,只是存在于他们所不理解的形式中罢了?到哪里寻找一种共通的语言,可以简单明了地表现一般真理,不虚伪,不说谎,不装假呢?……后来这问题好几次出现在我眼前,每次都使我回想起这位白发苍苍的老年人那双带着苦痛的探究表情注视着我的天真烂漫的蓝眼睛。……

8　"载来了一个姑娘"

圣诞节期间有一个傍晚,加甫略全家乘车到一个富裕的居民杜拉涅诺克家里去喝酒。这就是当我初到那天在村长家召开的会议上主张必须替弗洛尔-拉甫尔盖新屋顶的那个人。大家恭敬地听他的话,采纳他的意见。这大概是白桦屯最富裕的一个人了。

他们到了深夜才从杜拉涅诺克家回来,告诉我一个新闻,说"杜拉涅诺克家里载来了一个姑娘",也是一个流放犯。他们看见她的,她告诉他们,说她"犯的事和我相同"。

我心中焦灼,这天夜里睡得不好。"犯的事和我相同"。……莫非是伊凡诺夫斯卡雅姐妹中的一人?……然而到了第二天早上,主人们睡醒之后说了详情,我就断定我的猜测是不正确的。据说这姑娘长着一头淡黄发,剪得圆圆的,"像小伙子一样"。犯的事和我相同。……我知道了:她这样说,意思是要表明她也是一个政治犯。据他们描述,这是一个年纪很轻的姑娘。不知她到了这种荒僻地方作何感想?

第二天早上,一个小伙子——杜拉涅诺克的儿子——为了某事来到加甫略家。他给加甫略他们所讲的话作了补充:"这个姑娘由巡官亲自送来，叫她住在我们家里，说这是县警察局长亲口吩咐的，要叫她住在最好的人家，也就是杜拉涅诺克家。"

我对这小伙子说："那么，请你替我向你们这位新来的房客问好，说我明天要去访问她。"

这小伙子连摇双手，说："不，不，不。你千万别来！巡官吩咐过，说不许流放犯——尤其是你——来到离开我们的屋子一百俄丈[1]的地方。他说：'如果来，你们就开枪。'"

这倒厉害得很。这个愚笨的巡官——也许是奉了无知的区警察局长或县警察局长的命令——在我们的流放生活中加进了一条全新的规则。有一次他们曾经送一个誓约来要我签字，这誓约是"不走出村界"。我用开玩笑的口气回答说：我现在所住的并不叫村庄，所以我不能立不走出村界的誓约。现在他们竟企图像关监牢一样把我们固定在各人所住的地区内了。如果我服从了他们这企图，天晓得会导致怎样的后果。因此我愤怒起来，对这小伙子说：

"啊，既然这样，那么你去对你父亲说：明天我到他家去做客不是一个人去，我还要带涅塞茨基、李宗科夫和别的流放犯同去。就请他接待这一批客人吧。"

李宗科夫也是一个刑事流放犯。这个人神秘莫测：身材魁伟，胡须一直长到眉毛边，头发很长，披到肩上，密密地挂到额上。没有一个人知道他过去的情况。人们说，他额上和面颊上的毛发遮盖着一个烙印"кат"[2]；从前有一个时期，刽子手常常用烧红的铁给判处苦役刑的人

---

〔1〕　一俄丈等于二点一三四米。——译者注

〔2〕　кат 是 каторга（苦役刑）的简写。——译者注

烫上这种烙印。在他的片断的谈话中,有时透露出关于遥远的西伯利亚的情况来。他知道中国的烧酒叫什么名称("凶极了,一碰就醉");又说:中国的小船可以夹在胳肢窝底下带着走。……他不相信神,有时喜欢亵渎神明,用不堪入耳的话来骂上帝、圣母和奇迹创造者尼古拉,使得居民们吃惊。他说话很慢,声音低钝,说话的时候眼睛现出苦闷而没有生气的神色。然而我觉得,这可怕的外貌和这种举止态度,对他说来只是生活斗争中的一种武器,特别是在白桦屯;而实际上他的心里并无恶意。……我曾经两次招待他在家里喝茶,我在他眼睛里看到感谢的神色,甚至忠诚的神色。我确信,只要对他一说,他就会跟我到杜拉涅诺克家去的。

加甫略家里的人听见我这样声言,都吃惊地向我看,甚至带着几分恐怖的神色。他们一向认为我是"安分守己"的,想不到我现在气势汹汹地说要带一大群流放犯到杜拉涅诺克家去。然而我没有别的办法:我住在森林里,处在森林居民的生活环境中,倘使我听凭这巡官蛮不讲理地支配我,那么将来会弄到什么地步,是很难说的。况且我的想象中萦绕着这可怜的姑娘的形象。她住在这些森林居民之中,当然盼望我的访问,我怎么可以不去呢?……

"好,就这样,小伙子!就这样去告诉你父亲吧。"我坚决地重复说了一遍。那小伙子显然害怕了,回去的时候脸上带着担心的样子。大约过了三个钟头,杜拉涅诺克亲自来了。老实说,我早已料到会有这一着,因为我回想起了和比塞罗沃人初次见面时的情况。我几乎确信杜拉涅诺克会让步的。至于涅塞茨基、李宗科夫和别的流放犯,我保留着作为最后的手段。

杜拉涅诺克是一个身体结实的中年汉子,穿着一身漂亮的甚至华丽

的本地服装。他走进来,对圣像划了十字,就和我握手,对我说:

"符拉季米尔,刚才我的儿子冒犯了你。……如果你来访问我们那位女流放犯,我们很欢迎你。……好人怎么会不让来呢?……我们那个沃恰克人(我曾经说过,那巡官是沃恰克人)真是一点也不懂事的。"

"唉,这才对啦,"我说,"你们那个巡官的确是蠢货,天晓得他会对你们胡说些什么!"

"符拉季米尔,你肯替我老婆缝一双靴子吗?她穿了靴子可以到教堂里去。……"杜拉涅诺克婉颜地说。

"只要你们办到皮革,我怎么不肯缝呢?"我愉快地回答。我已经分明看到,这件事不会引起纠纷。警察局的愚蠢的要求,在白桦屯里最有威信的这个人身上失去了作用。……其余的人都向他看齐。

第二天,我在卡马河的冰面上步行前去。朴拉涅诺克的屋子位于离开加甫略家约六俄里的一个峭岸上。在这盛产木材的地带,每一户人家都有两所木房。一所夏天用,一所冬天用。每年冬天,居民们一定在冬天用的屋子里用寒气来杀蟑螂,这期间,一家人都迁居到夏天用的屋子里去。除了这段时期以外,夏天用的屋子在冬天都是空着的。现在杜拉涅诺克家新来的女房客就住在这屋子里。这人名叫爱薇里娜·柳德维戈夫娜·乌兰诺夫斯卡雅[1],生于波兰,但受的教育是纯粹俄罗斯的,已经和俄罗斯"政治"发生关系。她的屋子里整齐而清洁。墙上挂着天

---

〔1〕　爱薇里娜·柳德维戈夫娜·乌兰诺夫斯卡雅(1860—1915)夫家姓克拉尼赫费尔德。第一次被逮捕是在一八七九年,流放到奥洛涅茨省和维亚特卡省凡三年。从一八八三年起住在哈尔科夫,在那里参加了民意党。一八八七年又被流放,起初到伊尔库茨克省,后来到雅库梯州,在那里住到一九〇五年。柯罗连科在短篇小说《奇女子》里那个被流放的姑娘的形象中描写了乌兰诺夫斯卡雅的几个特点。

主教的耶稣受难十字架——是她母亲临别祝福的纪念物。木炕上和搁架上,她都用来放书。杜拉涅诺克告诉我说:我这个新相识是一个"不好惹的姑娘"。有一次,到他家里来的小伙子中的一个看见这姑娘头发剪得像男孩子一般,对她略微放肆了些。她把这小伙子一推,他竟被推倒在地上,跌得很疼。从此以后,小伙子们对她就恭敬起来了。她在表面上虽然显得这样强硬,但在实际上,我知道,这个可怜的姑娘着实被白桦屯的荒僻吓怕了。她知道我准备到阿法纳塞夫村去一趟,恳求我不要这样做。因为如果我"为违反法纪"而又被从这里遣送到别处去,那么她一个人留在这里简直太可怕了。

她本人从她的最初流放地奥洛涅茨省被遣送到这里来,正是由于犯了这样的罪行。有一大批政治流放犯住在普多日城里。这时候内务部长马科夫发出一道通令:流放犯不得走出城镇或乡村的界限之外。普多日城里的流放犯为了表示反抗这道通令,决定全体出发到城外去采蘑菇。当地县警察局长得知了这消息,派了整整一队兵去追捕。我记得首都有一家报纸用幽默的语调描写过这件事,这家报纸似乎为此而受到警告。流放犯和这些老弱残兵之间发生了一场纯粹滑稽剧式的冲突;流放犯们,尤其是那些年轻的姑娘,把发生冲突以前采集的蘑菇向兵队扔过去。然而他们还是被捕获了,兵队强迫他们坐上船,叫附近村子里的几个农民拉着纤,把这群犯罪的青年人载到了城里。结果,这"蘑菇暴动"(这件事在流放犯中间就以这名称闻名)中的几个男女罪魁就被分别遣散到各荒僻地方去,随带着当局对各地方长官的特殊指令。乌兰诺夫斯卡雅吵得特别厉害,所以流落到了白桦屯。

我听完了这个有趣的故事,不禁笑起来。我觉得特别有意思的是那些郊区农民,他们奉当局的命令,担当了拉纤的任务,把庇护他们的人送进了监狱。这个青年女子轻蔑地微笑一下。

"你亵渎了，把这些人称为'人民'。"她说。……

还在不久以前，我也许也会说这样的话。当然，无论是这些农民，或是我们白桦屯的居民，都不能称之为"人民"。然而……什么样的人才符合"人民"这名称的真正意义呢？……到哪里去寻找人民的真正意见、人民的观点、人民的希望呢？……究竟有没有这样的已经形成了的人民意见呢？波德里普村人[1]和"真正的人民"之间的界限在哪里呢？这一切问题，虽然还不很明确，但那时候常常出现在我的思考中和想象中。记得我当时把这些感想告诉了我新认识的女朋友。

她淌着眼泪恳求我不要"擅自"到阿法纳塞夫村去，因为她预感到我这行动的结果也可能引起又一次的流放。读者以后就可知道：她这预感后来证实了。这青年女子的恐惧使我感动；然而我不愿意——而且恐怕也不能够——放弃此行。我在前面已经说过：省长特罗伊尼茨基受了县警察局长的怂恿，知道我能够"从亲属那里"收到款子，就拒绝发给我合法的补助金。为此我又写了一个控诉状给部长，我在其中谈到：部长是知道的，我、我的弟弟、妹夫和表弟，也就是说，我家所有的男子，都没有经过审讯和侦查而被分别流放到各处去了，留在家里的只是全无生产力的女人。我写道：因此，现在维亚特卡省省长拒绝发给我合法补助金，尤其是这拒绝发给的理由，我认为完全是无端地侮蔑我，除此以外不可能有别的解释。这一个又是很尖刻的控诉状送到了彼得堡，后来，我还住在白桦屯的期间，终于获得了补助金。但在那时候，这件事还没有定局，我只能在自己的制靴工作上指望经济收入。而我的皮革却又全部用光

---

〔1〕　参见后面第十节"火花"开始处。——译者注

了,要重新添置,唯一的办法就是出门去一趟。

　　过了几天,我果然到阿法纳塞夫村去了。我在那里看到了第二卷中所描述的那些流放犯,还看到了秘密地来访叶里洪斯基的农民们,和弥特列诺克谈了谈到他那里去的林妖,然后收集了一些很坏的皮革,平安无事地回来,就此不再记着这件事了。

　　此行的后果如何,我在下面再叙述。

9　巡官老爷

　　过了几天,有一次我在黎明前走到加甫略家门口的台阶上,看见老河对岸的林地上有一种奇怪的景象:有几个骑马的人手里拿着火把,或者说得更正确些,拿着一束束松明,在黑暗的田野和树林间奔驰,他们显然是在替某一个人照路。在这辉煌的骑马队伍中间,可以看出一辆纵列驾马的橇车,一个身体肥胖的人独个儿坐在车子里。

　　我想:这一定是一个重要长官终于下决心来视察白桦屯,因为现在有些政治犯甚至还有姑娘也流放在这里了。然而这原来只不过是那个巡官。

　　他在离开加甫略家约一俄里半的一户人家歇足。我决定去看他,为的是要把事先写好的几封信交给他。

　　我骑了加甫略家的一匹没有备鞍的马,走了一俄里半,来到这屋子里。巡官已经穿上一套新制服,显然是最近从城里领来的,这使得他更加神气活现了。他一个人大模大样地坐在桌子面前,桌子上放着一桶家酿啤酒、一瓶开了盖的烧酒和各种食物。离开这个重要长官相当距离的地方,木炕上坐着几个居民,我看到其中有村长雅科夫·莫洛斯奈。巡官对我略微点点头,为了搭架子,他又开了两臂,尽量在桌子上多占些地位。他显然已经喝醉。我走到桌子边,把信丢给他,用坚决的语调说:

"请你转交区警察局长,让他给我转递上去。"

巡官神气活现地把一封信从信封里抽出来。我看着他的手,不慌不忙地说:

"你根本没有权力检查我的信件。这是县警察局长的事。你的事只不过是转交信件。这一点你要记住。"

巡官窘住了。他那只手仿佛不知所措的样子;但他立刻胆怯地把信藏进身旁的皮包里了。在农民们面前吃教训,显然使他感到不快。他把肢体更加扩张些,用粗鲁的语气问:

"你已经到那姑娘那里去过了吗?"

"到哪一个姑娘那里?"我问。

"那个流放犯,住在杜拉涅诺克家里的。"

"你的意思是说到爱薇里娜·柳德维戈夫娜·乌兰诺夫斯卡雅那里去吗?……去过了。……"

"你去过一次,……去过两次了。"

"去过十次也有了,而且还要去许多次呢。"

农民们都耸耳倾听了。巡官仿佛被蜂螫了一口似的猝然一振,转过头去对村长说:

"你不该让他去! 不许让他去!"

村长是一个身材高大的汉子,他踌躇地用疑问的眼光看看巡官,又看看我,我觉得无论如何必须消除他这种迟疑不决的心情,因此微笑着说:

"村长,你现在就问问巡官:我一定要去的时候,你应该用什么方法阻止我去。是不是用武力?"

"用武力来阻止!绝对不许让他去,绝对不许!随便哪一个流放犯都不许到一百俄丈以外的地方去。"

"好,"我照旧微笑着说,然后转向农民们,"你们大家都听见刚才巡官对村长说的话。这是不合法的。我以后还是要去;如果我和村长之间发生了什么不愉快的事,那么请你们做见证,证明这是巡官吩咐的。"

我的从容不迫的语调显然使得巡官害怕了。他用拳头在桌子上敲一下,急忙向村长喊道:

"不许不许!绝对不许!……碰都不许碰一下!"

村长和农民们都莫名其妙地对他看看。我猜想巡官一定是想起了公文上所写明的我的贵族身分。我就决定利用这一点,我说:

"巡官,你不懂得自己的职分,倒反把人弄糊涂了。村长,你听着,我把巡官说不清楚的话解释给你听:你既没有责任用武力阻止我去,也没有责任和我打架。你只能随时打听我到哪里去,等巡官来的时候报告他。"

"对——啊!"巡官说,同时满意地用拳头在桌子上敲一下,借以强调他这叫声,"你的责任是报告我。……可你自己连碰都不许碰他一下。至于别的流放犯,你尽管打,有我负责。"

"这又不对了,"我说,"在这里你不能打任何人。打了便是横行不法。你只能制止狂暴行为,向上头报告。……但是你自己没有镇压的权利。否则你会受到惩罚。"

"对——啊。"巡官又随声附和,虽然没有以前那么坚决。

"好,请大家记住巡官以前说的话和现在说的话。我告辞了。"

我向村长和农民们道了别,就出去了。

天色已经破晓。当我回到加甫略家里的时候,巡官的一行人又动身到别处去了。几个骑马的人照旧拿着点燃的松明护送他,虽然现在根本没有照明的必要了。

我对这件事很满意。因为这样一来,比塞罗沃人就深知他们这个沃恰克人"不懂得自己的职分",以后不会再那样盲目地执行他的命令了。然而我想起了和这个"长官"谈话的全部内容,不禁微笑起来。我刚才在这间充满无知的比塞罗沃人的屋子里做了些什么呀?我——一个怀着革命情绪的人——向他们解释了法律制度的初步知识。后来我有好几次机会看到:凡是向法律制度呼吁的人,特别是向老百姓解释法律制度的人,都被我们各种形式、各种等级的行政机关看作最有危险性的革命者。现在,维亚特卡省的整个行政当局,从这个巡官直到省长,显然都是这样看待我的。……

我的危险的鼓动者和革命者的名声,一直随伴我到老,虽然我平生所作所为,只是指出最明显的破坏法制的事例,替众人向正当的法律制度呼吁。在专制政体下生活的人们的这种本能的嫌恶,也许是有根据的:在这轴心的周围,我们的生活还可能转变方向而走上另一条道路。然而归根结底,这条道路还是必然要导向专制政体的废除。

我不能确切地说:当我骑着没有备鞍的马在冬天早晨的微曦中走回加甫略家的时候,这一切思想已经同现在一样明显地出现在我的头脑中。我只记得这一天早上我带着一种满意的心情回来,因为农民们那么容易地接受了我的观点。我知道巡官吃了这教训不会原谅我,但我又知道:他的话现在已经失去了力量。

果然,大约过了两天,费多特·拉扎列夫所寄宿的米开沙家一个青年小伙子告诉我:巡官召集几个农民到一户人家家里,对他们说我是一个危险人物,叫大家提防我。从这番"政治性讲话"的某几点上,我看到了前面说过的马科夫的通令的反响。这位内务部长的想法显然已经通过县警察局长和区警察局长的头脑传达到了巡官那里;巡官也说我既不爱喝酒,也不爱吵架,因此才是"危险"的。这种宣传策略对比塞罗沃人说来道理太复杂了,不容易理解。那青年农民传达巡官的话时带着讥笑的态度,仿佛在证实这沃恰克人完全不懂道理。他讲完之后,有一个农民率直地回答说:

"有什么危险!照我们看来,哪怕和他睡在一起,他也不会对你怎么样。……为什么要防备他!……"

当然,如果这种后果被维亚特卡省的最高行政当局得知,一定会引起他们这样的念头:我的毒害影响已经在白桦屯扎下深根,眼看要威胁俄国王位的巩固了。……

后来,我离开白桦屯之后,弟弟写信给我[1],说有几个农民到底还是把李宗科夫打了个半死。这显然是巡官的煽惑在我离去之后终于发生了作用。我很后悔当时我对这煽惑没有加以更多的注意。

10　火　花

读者可以看到:我那时候的确来到了人民生活的底层,然而在这底层找到的只是一些……波德里普村人。我现在越来越频繁地回想起今日已经被忘却了的作家列舍特尼科夫,这位作家曾经用惊人的现实手法

---

〔1〕　弟弟伊拉利昂·加拉克齐昂诺维奇当时被流放在维亚特卡省格拉佐夫地方。

和真实笔调来描写人民的愚昧无知和不开化状态[1]。离开白桦屯不远的卡马河对岸，是契尔登县的边界地区，那里就是列舍特尼科夫所描写的比拉和瘦索依卡的故乡。我有时觉得列舍特尼科夫所描写的波德里普村人就是以我现在的邻人们为根据的。

这里的一切，从语言开始，都显示着文化贫乏和落后。白桦屯居民的语言具有我国东北和西伯利亚的地方特色。例如，这里的人把"с ними"说作"с имя́"。但是有几句话，我只有在白桦屯和比塞罗沃乡一带地方听到。这里有一个词叫做"то́-оно"。白桦屯的居民每逢缺乏适当用语时，就采用这个词。而他们常常有缺乏用语的情况，倒像是俄罗斯语言到了这种荒僻地方真的变得贫乏了似的。"то́-оно"可以代表一切意思，听者必须自己猜度所指的是什么。这个词有点像名词，涵义笼统而模糊，可以适用于任何概念，同时又并不确切地表达出任何概念。当地居民又从这个词造出一个动词来，叫做"то́онать"。有一个孩子向母亲控告另一个孩子，对母亲说："妈妈，你对安德烈说说，……他干吗要то́онат！"这时候母亲所知道的只是这两个孩子之间发生了一件不快的事。还有一个词叫做"декаться"，也具有同样不明确的意义。我自己把它解释成为"在某地方""张罗着某事"等意思。"这小伙子老是 декаеться。"这句话意思是：这小伙子在不知什么地方干不知什么事。

我们的丰富而美丽的语言，到了这种荒僻地方大都失却了精密性和明确性，褪色而晦暗了。这显然反映着这里与外界缺乏联系。然而有时在这贫乏的背景上会闪现出火花来，这时命运之神就赐给我意想不到的

---

〔1〕　指费·米·列舍特尼科夫的中篇小说《波德里普村人》。

愉快,虽然这种闪现大部分是关于过去的事。有一次,我在一家相识的人家家里,人们指给我看一个还有孩子气的姑娘。她是特地到这里来瞧瞧我这个读过许多有趣味的书的远来读书人的。人们告诉我说:她不用看书也会讲故事。我来到之后,她起初一直坐在屋子那一头角落里的木炕上,时时怀着天真的好奇心用她那双乌黑的大眼睛一闪一闪地望我。人们叫她走近我来的时候,她的态度非常羞涩而胆怯,仿佛后悔自己的大胆,而竭力想躲避的样子。但当我把随身带来的有插图的书给她看了,并且答应念一个故事给她听的时候,她活泼起来,在一个地位引人注目的木炕上坐下来,许多好奇的听者围住了她,她就开始讲故事了。当时我没能把她的样子画下来,很是遗憾。她那张黝黑的脸轮廓特别秀丽,两眼立刻闪现出一种内心的兴奋。她装着仿佛倾听什么似的态度,用流畅的歌唱般的声音讲了一个"古老的故事"或民间勇士故事,可惜我现在记不起这故事的内容了。她从一个老婆婆那里听来这些故事,牢记在心,对它们是否全部理解呢?不见得吧。……大家带着惊奇之色望着她,听她讲;她自己对于她嘴里说出来的往昔之音,似乎也觉得惊奇。当我实践诺言,把普希金的一个民间故事念给她听,问她是否全部懂得的时候,她快嘴快舌地回答说:"哪能全懂。"立刻又贪婪地接着说:"念吧!往下念吧!"我的朗读比起她的叙述来,平淡而没有生气;然而我看出她在贪婪地听取普希金诗中的每一个词和每一个节奏,本能地把它们记在心中。后来当我已经在和别人讲话的时候,她的一双眼睛显出冥想的样子,嘴唇微微地颤动;大概她在默诵普希金的诗。

这一次会面给我强烈的印象。诺夫戈罗德的史诗中有许多已经失传,而我在这荒僻的森林中亲眼看到已经逝去的往昔突然复活了。……

此后我就开始注意到别的火花,它们虽然没有上述的那样鲜明,却也是纯朴的天才的表现,它们都是在这荒僻的森林中自生自灭的。在不能干而又不大可亲的加甫略·比塞罗夫身上,我也看到了这种火花。读者听了这句话也许会觉得惊奇。然而,我来到他家的第一个晚上,正是他的天赋才能使我感到了喜悦。后来我才知道:使我心醉神往的那种辞令并不是加甫略·比塞罗夫个人所独有的;他的世世代代的祖先都用这样的辞令来欢迎外来人。加甫略具有一种天赋的才能,即善于学会生活中的一切寒暄客套而把它们牢记在心。所有的外交辞令、所有的应酬方法,他都记得。有一次,有一个牲畜贩子路经白桦屯,来探听一下这里是不是可以在家畜上做几笔好生意。加甫略显然并不打算把家畜卖给他,然而还是同他讲价钱,意思是要在我这个新来的人面前卖弄一下他的本领。这牲畜贩子看来也是一个本行的能手,并不拒绝他的挑战。这场舌战中的用语漂亮而恰当,辞令异常丰富,使我感到吃惊。加甫略看见我津津有味地听他讲,觉得很高兴,带着满意的微笑对我说:"我父亲才是讲价钱的能手呢。"这时候加甫略的脸色很兴奋,两只小眼睛闪闪发光,我竟不认识他了。他显然有非常锐敏的记忆力,并且能够记牢一切带有各种应酬性质的东西,正像那个讲故事的姑娘头脑中本能地记牢古代史话中不甚易解的语言一样。这位白桦屯居民的语言在普通日常生活中贫乏而单调,但在这种场合显得特别丰富而鲜明,迸发出完全意想不到的火花来。

这一次我又领会到:这是往昔之音。现实生活给他们的印象和知识甚少。对于生活的多样性和其中的新鲜事物,居民们完全不了解;因此,我想寻找我们知识分子的要求在人民中所引起的反响,当然也就毫无所得。然而,正因为如此,我能看到保留在荒僻森林中而远离外界影响的这些纯朴的天赋才能的闪光,就更加显得有意思了。

11　荒林中的悲剧。我被林中鬼怪战胜了

雅科夫·莫洛斯奈,就是巡官拼命怂恿他严厉对付流放犯的那个村长,我觉得也是鲜明的天然火花之一。他和他的家庭的历史,使当地居民感到近乎迷信的惊奇。他的父亲叶菲姆·莫洛斯奈现在是一个风度优雅的白发老人,但仿佛永远受着过去某事物的压迫。叶菲姆的妻子看来也曾经是很漂亮的,但现在仿佛干枯了,只有那双美丽的蓝黑分明的眼睛还引起人们情不自禁的注意。他们家里一度穷困得厉害。叶菲姆和他的老婆竟不得不乞食。那时候他们常常向别的人家乞讨"孩子吃的奶",因此人们称他们为"莫洛斯奈"[1]。大家认为这户人家永远不会抬头了;到了他们夫妻两人的晚年,家里长大了一个做活的人,就是他们的儿子雅科夫。这时候他家的生计完全衰落,两个小儿子都患疝气病,因而也就不能劳动。看来雅科夫一个人似乎负担不了这家庭,这一家人家会就此贫困到没落的地步。

然而事实并不如此。想不到雅科夫竟特别交好运。凡事由他经手来做,都做得异常顺利,使得他的邻居们都认为他的成功是奇迹。他成了一个优秀的木匠,斧头在他手里使用起来仿佛特别灵便。他不满足于做木匠和耕种,又从事其他的工作;曾经学会了在马轭上画彩色花纹,甚至想画圣像。他把这些马轭给我看过,上面的花纹很细致,花花绿绿的,很有特色。显然是他对于流行的式样感到不满意,所以尽量自己想出式

---

[1]　"奶"的俄文名称是 молоко,发音是"莫洛科";"莫洛斯奈"这姓氏即由此而来。——译者注

样来画。他得知我会画画,就特地来看我,探询我从事绘画工作应具备什么条件。在雅科夫有了充分的劳动力之后的几年内,他家的境况完全改变了。现在,莫洛斯奈家在卡马河岸上建造起了一所新房子,完全用新木材,有宽敞的附属建筑,屋脊上装着各种有花纹的马头形木雕饰物,窗框上画着各种彩色的花纹,室内宽敞明亮,炉子装了烟囱。关于两位老人向人家讨奶的时代的情况,现在只留下了回忆。不过老头儿叶菲姆那张和善的脸上还反映着艰难的过去时代;老太婆的眼睛里还保留着积年成习的痛苦表情。

有一次,谈到林妖和森林里别的鬼怪的时候,人们告诉我说,小河湾里夏天还有许多人鱼出现,常常在水面上梳发辫,又说雅科夫小时候看到过它们。然而他们讲到这一点时措辞审慎,仿佛还有什么话没有谈到。而没有谈到的便是:雅科夫是个巫师,和鬼怪有交往。

这一切使我越来越感兴趣。我想象这个人一定具有极发达的想象力和艺术天赋,而这种天赋却湮没在荒僻的森林中了。他会画马轭,曾经来探询关于绘画的事,童年时代却又在河湾里看见过奇妙的人鱼。……于是我就寻找机会接近雅科夫,想和他详细谈谈。

然而这件事并不容易。雅科夫是一个身材高大的小伙子,肩膀宽阔,而胸脯微凹,脸色不十分健康。他的一双眼睛很特别:平时眼光略带晦暗之色,却给人一种警觉而幽深的印象。后来我在心中仔细分析这双眼睛给我的印象,得到了这样的解释:他的眼光仿佛是二重的,好比有两个人用这双眼睛望着你。一个人带着犹豫困惑的神色同你作平淡的毫无生气的谈话,譬如说:巡官老爷吩咐如此这般,或者乡里来了一个信差,带来一道命令,他不知道该怎么办,等等。……然而在他这平常的眼光后面,一直隐约地闪现着另一种机敏警觉、巧妙隐藏而深谋远虑的眼光。

我将要叙述燃烧在荒林中的这朵火花怎样熄灭下去。如果我所写的是一篇艺术性的特写,那么这题材是不易多得的。现在,我写的虽然是日常生活的报导,然而艺术性描写还是在诱惑着我。这一切可以描写得这样美丽:一座荒僻的森林,其中处处发出林妖的呼啸声;一个富有艺术性的个性,不满于现状而怀着一种美好的梦想,因此不安于这森林中的生活;然后描写这个性的消亡。为求文章的美丽,艺术性的描写竭力怂恿我删除过于现实的偶然情节。

然而我现在只是记录着我亲眼看见和在这些森林居民中亲身体验到的事。因此我只照我所看到的样子叙述。

叙述的开始是很平淡的:这件事发生在巡官来到——就是我和他在加甫略邻近的人家谈话的那一次——之后。巡官走遍了许多较富裕的人家,到处受到款待。村长到处都陪着他,因此也受到款待。有一家人家有养蜂场,主人同时拿出家酿啤酒和蜂蜜来招待这些贵宾。雅科夫·莫洛斯奈显然一向患着胃卡他的毛病,受过款待之后立刻发作了。有一天早上,雅科夫的父亲——老头儿叶菲姆·莫洛斯奈到我这里来,告诉我这消息。他脸上带着经常不变的沉静的悲哀相。他对我说话,仿佛是对一个假想的医生说话似的:

"符拉季米尔,请你帮助我们。另外没有人可找,只有请你……"

"可是我不是医生,完全不懂得用药,也不会看病。"

他用他那双滚圆的眼睛望着我,忧愁地说:

"不,符拉季米尔,看上帝面上,我请求你跟我去一趟。病人自己这样要求,他说:你去替我把这个远来的外地人请来;要是他帮不了忙,我就要死了。"

　　这时候加甫略和露开丽亚走近我来。他们的女儿是嫁给雅科夫·莫洛斯奈的。露开丽亚用央求的眼色对我看,使我不得不立刻答应了,虽然我觉得有点奇怪,为什么他们这样重视由于吃蜂蜜和啤酒而引起的普通的积食病。

　　"我们有药,"老头儿高兴地补充说,"夏天一个女长官经过这儿,把药留在我们家里。她说回来的时候来拿。可是后来她打菲克里斯佳特走了,就把药丢在这里了。我的老婆想来想去,不知道该给他吃哪一种药。……你一定知道很多。"

　　我想,如果这些药里面找得出蓖麻油,那么我还可以效劳。于是我就跟老头儿去。加甫略也坐着他的雪橇和我们一同去。

　　我们来到之后,雅科夫从高板床上走下来,他穿着一双毡靴,一件暖和的短皮袄。当他的身子沉重地靠在库穴旁边壁面上的时候,我似乎觉得那壁面在庞大的身体的压力之下凹了进去似的。他的脖子上裹着女人用的头巾。他用他那二重的眼光来招呼我,我在这眼光中看到一种沉着的期望。老母亲坐在桌子旁边,正在仔细察看药瓶上的亮光。她脸上带着担心和悲哀的表情。

　　"符拉季米尔,请你看看,该给他吃哪一种药,是不是吃这一种?"

　　她说着,拿一种完全不对头的药给我看。我把所有的药瓶都看了一下,没有蓖麻油。

　　"你是说都用不着吗?"可怜的老妇人说着,把两手垂下来放在膝盖上了,"叫我们怎么办呢,怎么办呢?……"

　　她用悲哀的眼色向我看看,眼色中带有恐怖的神色。病人垂了头坐在木炕上。他刚才发过冷,现在在发烧。我走近他去,摸摸他的头,叫他把舌头伸出来给我看看。他的头上发烫,舌头上长满白苔。

可惜我的全部医学知识只限于这两种检验方法。我自己从小很健康,我们不大请医生看病,一般小病只要有菩提花,或者用袜子缚住喉咙就可解决,难得有时用些蓖麻油。……

我考虑了一下,认为现在也非用蓖麻油不可。

到哪里去找蓖麻油呢？我想起了乌兰诺夫斯卡雅。她在流放前进过助医训练班,也许她那里有家庭常备药盒。我就骑着马走三俄里路,到杜拉涅诺克家里去。我同乌兰诺夫斯卡雅谈了一会儿(唉！原来她所懂得的比我多得有限),打听到另一个方子:肥皂坐药。就带了这知识和少量蓖麻油再到莫洛斯奈家去,给病人服用这泻药。他对一切都驯服地顺从,然而脸上带着一种绝望的神色。当我把蓖麻油倒进一个木杓子里去的时候,全家的人都看着我,仿佛我在举行宗教仪式似的。他们一家人对于我所认为无关紧要的这种病,依旧怀着恐怖的感觉。两个患疝气病的儿子张开了嘴巴看着我。一个年幼的女儿从他们背后向我望着,她的一双眼睛和母亲的一样富有表情,脸上流露出恐怖和期望的神色。我觉得自己变成了一个行善的巫师。

刚才我从乌兰诺夫斯卡雅那里回来的时候,天色已经昏暗。卡马河上飘着小雪,黑云弥漫,遮住了星辰。……现在,屋子里听得见暴风雪一阵阵轻微的呼啸声。……

病人照旧有时浑身出汗,有时冷得牙齿打战。

他吃完了这很难吃的药,眉头也不皱一下。吃过之后,他拉我和他一起坐在屋角里高板床底下的木炕上。这个角落里光线很暗,因为头顶就是高板床。这里已经安放好一套被褥。我觉得有点奇怪:他们为什么把被褥铺在下面,而不铺在较为暖和的炉炕上或高板床上。这时候老婆婆把家里的人打发到外边去干各种事务去了,老头儿躺在炉炕上;似乎

只留下我和病人在一起了。他用他那奇怪的眼色向我看看,对我说:

"我想和你谈谈。……"

他低下了头,默默地坐了一会儿,然后用低钝的声音问:

"我说你的药灵不灵啊?"

"灵的,灵的,雅科夫!况且你的病根本是很轻的。……"

"你说很轻,……不,不轻呢。……这是寒热。……"

我知道民间称疟疾为寒热;然而我还是认为他的声明并不具有我无意中在他的语调里听出来的那种严重意义。

"这有什么呢!"我说,"寒热也有药可医。让我写信到城里去买点奎宁来,就可以医寒热了。……"

他向四周望望,看见只有我和他两人在这角落里,就对我说:

"她常常到我这里来。……"

"谁常常来?"我吃惊地问。

"就是这寒热鬼呀!……"

"怎么会来?你说的什么话呀!……"

"的确常常来。……她老早就来缠住我了,这可恶的东西。……"

他低下了头,用不大听得清楚的声音继续说:

"有时我和她睡在一起。我怕……"

他的牙齿打起战来;后来他克制了寒战,毫无隐讳地把下面这件奇怪的事讲给我听了。

据说以前这寒热鬼常常化作女人出现。……模样儿很俊,可是很下流。……一直诱惑他。……当他准备结婚的时候,她到他这里来,禁止他和妻子同居。他没有力量反抗,就犯下了大罪过:结婚后三个月没有和"嫡妻"同居。……

这时候我们头上忽然迸发出女人的哭声;那么突如其来,而且哭得那么厉害,使得我们两人都战栗了一下。这原来是他的妻子阿列娜,她偷偷地躲在高板床上暗角落里,屏息静气地听我们谈话。

"原来他听了这鬼东西的话!"她一边哭,一边说,……"你这个远来客人,你可相信:我嫁给他之后,一直不知道丈夫是怎样的一个人。……原来他在和这鬼东西厮混。……啊哟哟,……我好命苦啊! 既然这样,你当初为什么要娶我? ……"

接着,又是一阵歇斯底里的号哭淹没了她的话声,有时竟迸出疯狂似的叫声来。老婆婆赶到高板床上,几乎用武力把她拉到了地上。……

"别哭啦,我的心肝;快别哭啦,苦命的孩子! ……"

她抚摸着媳妇的头,像劝慰小孩一样劝慰她。后来帮她穿好衣服,打发她去看家畜了。

这么一来,这家庭的悲剧清楚地摆在我眼前了。原来是这么一回事:雅科夫到了结婚的年龄,两位老人派媒人到好几家人家去说亲,然而到处遭到拒绝。因为他们家不久以前还曾以乞讨为生,附近的人家都不相信他们现在的富裕是可靠的。于是只得去向不能干的加甫略家说亲,从他家娶来了新娘。阿列娜在明达的露开丽亚的管教之下长大起来,成为一个出色的劳动力。她长得相当漂亮,然而同她的小兄弟一样,不像母亲而像父亲:脸上有一条特殊的皱纹,非常触目,损害了她的美貌。她不喜欢雅科夫。……自从雅科夫在童年时代亲眼或在梦中看见人鱼在水湾里芦苇中梳头发之后,就有另一个女人的姿态蟠踞在他心中,常常在他的睡梦中出现。……他过着二重的生活:在睡梦中"她"来陪伴他;在醒着的时候他认为她是寒热鬼,是妖精,总有一天会来取他的灵魂。……

我竭力替他驱除这种恐怖心理,说世界上根本没有寒热鬼这种女人;他只是做梦看到而已。……又说疟疾是一种普通的病,是很容易用药来治疗的。我帮助他躺下,向他预言了蓖麻油即将发生的作用,就走到屋子那一头老婆婆那里去。……她已经听见我们的谈话;我在她一旁坐下之后,她就说:

"符拉季米尔,你刚才说没有寒热鬼,……这句话不对。……我告诉你:不单是雅科夫一个人,我们大家都听见的。……"

"你们怎么会听见她呢?"我略带懊恼地问。

"我们听见狗叫了一阵又一阵。它一面叫,一面又明明在害怕;尖声怪气地叫了一阵,就躲进屋子底下去了。后来她把篱笆门打开,走进院子来,……扶梯在她脚底下轧吱轧吱地响。……"

她那双大眼睛一动不动地盯住我看,然而她的声音很平稳,仿佛谈的是极普通的事情。……

"后来,你听我说,门呀的一声开了,她走进屋子里。……后来爬到高板床上,躺在雅科夫旁边了。……"

"得了吧,你讲的是什么话呀!……"我不禁喊了起来。

"千真万确!老天爷作证。后来我们听见他在吻她。……我们还试过把门锁上。……可是锁上也没有用,她照样能进来。看起来好像连人影儿都没有,可是听得见。……随便你问哪一个,我们全都听见的。喏,你去问老头儿吧。"

这时候叶菲姆从炉炕上爬下来,走到我们这里。他脸上那种使我吃惊的沮丧而痛苦的表情,现在更加明显了。一双深蓝色的孩子气的眼睛带着天真而动人的悲哀神色向我看。

"真的,"他证明,"我也觉察到。……不单是我一个人,全家人都知道这件事。……"

我只能作这样的猜想:这一家人所体验到的是我们书本里所谓的集体幻觉。然而,怎样才可以向他们解释:这不过是一种普通的错觉,实际上卡马河上的黑松林——即使此刻也在因风吟啸——并没有派它的致命的使者到他们家里来。……

这时候雅科夫蠢动一下,从木炕上坐了起来。老婆婆连忙赶上前去,搀住他的手臂,两个人一同出去了。我心里很高兴,这显然是我的蓖麻油发生作用了。……我想:这简单而平凡的药方的力量,也许会战胜纠缠着这所林中住屋的阴气沉沉的幽灵。

过了一会儿,两个人都回来了。雅科夫在屋角里自己的木炕上坐下,老婆婆走过来坐在我旁边。她的样子显然很高兴。

"他吃了药似乎觉得好些了。"她说着,用感谢的眼光看我。

"就会好全的,"我说,"不过你们为什么把他的床铺安排在角落里?高板床上又宽敞,又暖和。……"

她把身子凑近我来,低声说:

"我们特为这样安排的。……在这里,那个鬼东西没有地方好躺。……木炕[1]是很窄的。"

子女们一个个回进屋里来。阿列娜也喂好牲口回来了。我走近雅科夫身旁,摸摸他的头,觉得热度已经降低。……

他们安排了晚餐。屋子里仿佛换了一种气氛,大家都快活起来。雅科夫要求吃东西。老婆婆倒了些克瓦斯给他,又在一只碗里研起洋

---

[1]　农舍中固着在墙上的坐卧用的长凳,宽度只能容一人躺卧,但很长,可连卧数人。——译者注

姜来。

"他喜欢这个。"她说着,用头点点雅科夫。

"慢来,这个不大好,有没有清淡些的东西?"

清淡些的东西一点也没有。这一天是斋戒日。病人就和家里人吃同样的东西。我多少还有点常识,劝病人少吃点东西;然而……恐怕任何一个医生都会说:我应该在病人饮食方面作更严格的规定。我再重复说一遍:我对医药完全是外行。

晚饭还没有吃完,听见卡马河上有铃铛的声音。这声音有时随风飘来,有时又静息了。老婆婆倾听一下,说:

"这是法齐卡在那里游荡。……听说他吃喝玩乐了三天了。"她脸上表示担忧的神色。

"瞧,转向我们这边来了。"

病人皱起眉头。……显然他和全家的人都不喜欢法齐卡来访。橇车分明已经掉转了方向,铃铛的声音越来越清楚,橇车驶到门口的坡上来了。……

后来听见一阵嘈杂的说话声和脚步声。一伙人走上阶梯来了。门一开,闯进三个汉子来。走在前面的是一个身穿翻皮袄的矮壮汉子。这便是吃喝玩乐了三天的法齐卡。跟在他后面的就是涅塞茨基初次到我那里来时一起同来的那个没有鼻子的的汉子。第三个人我不认识。三个人都喝醉了。

法齐卡没有忘记划十字,他不脱衣服,在离开桌子约三步的地方站定了,用嘲笑的眼光看看雅科夫和他家里的人。

"怎么样,老兄,她把你制服了吧?……"

雅科夫仿佛受了一下打击似的皱一皱眉头,显出懊恼的样子说:

"别提这个！……"

"干吗别提？……"法齐卡粗鲁地哈哈大笑起来，"雅科夫，你眼看着身体衰弱了。她制服了你，你对付不了她。……你看我：吃喝玩乐了三天，我对她还是不屈服。我不怕她，她倒反而怕我。……瞧我多厉害！"

他的确身体很棒，与其说是一个人，不如说像一只熊。我想起了：以前人们对我谈林妖和别的鬼怪的时候，也提到过这个法齐卡；据说也有一个寒热鬼常常到他那里去，装作他的已经故世的妻子的模样，要他和她同居。他很爱他的亡妻，她也很爱他。妻子死后他老是念念不忘。那寒热鬼就装成妻子的模样每天晚上到他那里去。……可是他对她并不屈服。法齐卡看到了我，大笑几声，吹了一声口哨，说：

"远来客人，你也在这里！唉，雅科夫，你完蛋了。……既然是你自己屈服，远来客人也就救不了你。"

"喂，"我对他说，"你下次再来吧。你瞧，他在生病，不能招待客人。"

"你要赶走我！"……法齐卡说过之后又哈哈大笑起来，"好，就听你的话。伙伴们，我们到别处欢迎我们的地方去吧！瞧，烧酒还没有喝完呢。再见吧，莫洛斯奈家的小子们！……"

这一伙人一齐从屋子里走了出去，不久，铃铛声就在卡马河上消失了。这天晚上我留在他们家里过夜。

"符拉季米尔，你睡在我旁边吧。……你把被褥铺在这里的木炕上。"雅科夫说着，指一指他的铺位后面。我知道了：他以为寒热鬼看见远来客人会害怕的。大家就寝之后，我听见老婆婆对阿列娜说：

"你听见他说吗：这不是寒热鬼，是梦魇。"阿列娜悲哀地用含糊的声音回答了她些什么。也许梦魇在她看来并不比寒热鬼好些。我半夜里醒来，倾听一下，雅科夫是睡着的，他的呼吸很平稳。这一夜寒热鬼没有来。

第二天早上,我们这屋子里的气氛完全明朗化了。雅科夫的热度显著地降低。他分明精神振作了,大家也都跟着他精神振作起来。我现在想想觉得很奇怪:昨天连我也在一定程度上受到了大家的共同情绪的感染,觉得情况非常可怕。当然,他们所感到的,对他们来说确是一种威胁。他们同小孩子一样,怕黑暗,怕树林的啸声,怕自己想象出来的幻影。然而事实上,我显然也夸大了他们所想象的这些幻影的作用。我现在倒又嘲笑起寒热鬼来了。我说:你们看,一点点药就把你们的寒热鬼赶走了。雅科夫是在梦里看见她的。一个人做梦是常有的事。你们却信以为真,觉得可怕了。

他们带着怀疑的微笑听我说这些话,就像以前人们听我嘲笑林妖时一样。他们坚决相信他们自己的一套,如同我坚决相信我自己的一套那样。对我们来说,这是两种相反的明显事实。照他们的见解,是寒热鬼"怕"我和我的药。我仿佛是一个光明的保佑者,能够驱除森林中的鬼怪。全家的人都带着感谢和尊敬的神情看我。……

直到现在我还深深地感到遗憾:我没有留在他们家里等到雅科夫完全复元才走。然而,我跟叶菲姆一起动身到这里来的时候,还有未了的工作和刚刚开始写的一封信丢在家里。我知道不久就会有便人带信到格拉佐夫,所以不肯放过这机会。我就向他们要一匹小马,准备回家去几个钟头。老婆婆抬起她那双黑眼睛来对我一看,但她听见我说在晚上以前回来,就安心了。可见他们还是很害怕。可惜我已经一点也不害怕,我想起了昨天的担心觉得有些害臊。因此我说了些俏皮话,跨上小马就回去了。这是雅科夫心爱的一匹小马。

早上天色明亮。暴风雪似乎静息了,然而天气还是靠不住。我沿着卡马河走的时候,松林中时常发出一阵阵呼啸声;河流转弯的地方,一阵风吹来,以前刮暴风雪时堆积着的雪,有几处飞扬起来。风越来越猛。我回到加甫略家里,全家的人惊惶地向我探问;听到了平安的消息,显然大家都很高兴。

时候还早。我完成了工作,然后动手写信。我在这封信里用诙谐的口气描述:客观环境怎样使我变成了一个医生;我怎样感到自己对此道是一个毫无能力的外行。又说:我现在看到,极简单的医药常识具有多么重大的意义;我很惋惜我在这方面毫无知识。

我将要写完信的时候,加甫略从院子里走进来,脸上略带惊惶之色,对我说:

"符拉季米尔,你听我说:雅科夫那匹小马在牲畜栏里乱窜。会不会是它觉得它的主人有什么不好?"

我走到外面。暴风雪厉害起来了,听了树林的啸声便可知道。附近的小树林发出各种各样的吱吱声,卡马河对岸的松林传来冗长而低钝的啸声,仿佛是这些吱吱声的背景。我去看看那匹小马。它仰起头,竖起耳朵,鼻孔里喷着气,用恐怖的眼色向前面看。有时它翘起了尾巴,在这不很大的牲畜栏里兜圈子。显然是暴风雪惊扰了它,又因为它离开了熟悉的同伴们而来到这陌生地方,不免感到不安。

我检查了一下挡住牲畜出口处的几根杆子,就回到屋里来结束了我的信。然后把信封好,交给加甫略,托他等信差来的时候交给他。——这信差前几天从乡里带了一个指令经过这里,到远处的几户人家去,不久就会回来的。这时候有一个小伙子从院子里走进来,说:

"小马逃走了。它跳过大门,飞奔着去了。……只见它后面扬起白茫茫的一片。"

加甫略和露开丽亚担心起来：

"啊哟,它的主人不好了。这不是无缘无故的：这样高的地方它竟跳了过去!……"

我跑到门口的坡上。……暴风雪更加剧烈了。但见老河那边的平原上闪现着一个黑点。这是雅科夫那匹小马正在向卡马河方面跑去。我回到屋子里,匆匆穿上衣服,也向这条路走去。我记起了昨天的克瓦斯和洋姜;今天我因为安心了,也许过分大意了,在饮食节制方面竟没有特别关照,现在想想觉得很后悔。

我将要走的时候加甫略对我说："等一会儿,等巴维尔哥的车子载干草回来,叫他载你去。……"但是我不愿意等。天色向晚,风雪载途,我的心又惊惶不安起来。

"去吧,好符拉季米尔,去吧,"露开丽亚也在一旁怂恿我,"巴维尔哥还不知道什么时候回来呢;我心里觉得事情很不妙啊。……"

从这里到莫洛斯奈家约有三俄里光景。这一段路程差不多全是走在结冰的卡马河上,两边是陡峭的河岸,有时是两座森林。迷失路途是不可能的,然而这条路上堆满了雪,走路的时候积雪没到膝盖骨上,而且面对着猛烈的风。我有时站定了,转过身子来,把背脊向着风雪,让面孔和手稍微暖一暖。天色向晚了。松林的阴惨的啸声影响着我的心情。

我走到莫洛斯奈家时天色已经深黑,他家的两所屋子在漫天大雪中不大看得清楚。忽然我望见山上有火光在移动。一束束的松明被风吹着,散出许多火花来。有几个人从屋子里出来,走向一间傍屋里去。我猜测这一定是病人要洗澡,他们到浴室里去替他生火。他的病究竟怎么样? 已经好些了呢,还是由于我的药物无效,他们正在采用自己惯用的办法?

我加紧脚步,不久就走进了屋子。……但见白发苍苍的叶菲姆垂头丧气地坐在木炕上。我问他情况,他回答说:"他们带雅科夫到浴室里去了;他今天午饭之后病重起来,又是浑身发烧,胡言乱语,一直同她说话。他威吓她:如果再缠住他,就要把她斩了。……你瞧,他自己挂起了一把镰刀。"

我看见雅科夫床头有缝隙的墙壁上,挂着一把短柄镰刀,就是森林中和沼泽地带的居民所用的那种。此外,就在这墙壁上不远的地方,挂着一把普通镰刀和一把割草刀。在稍远的地方,还有好几处矗立着各种类似的器械。显然是全家的人准备在今天夜里对寒热鬼发动一次总攻击。

"你们给雅科夫吃了些什么?"我问。

"给他吃什么! ……他完全同健康人一样了。只管要吃。他说'我想吃得厉害'。老太婆给他倒克瓦斯,把面包弄碎了放在里面,再放些洋姜。……他最喜欢克瓦斯冲洋姜。一下子吃了三碗。可是到了傍晚,病又发作,比昨天还厉害。"

我的心沉了下去。要替自己辩解,只能再说一遍:在我们家里,看护病人是极少有的事,我是惯于对付健康体格的。

总而言之,昨天服用的药的良好结果已经化为乌有。而另外没有药可用了。

台阶上发出杂乱的脚步声,后来是一片喧哗声,其中特别清楚地传来一个男人的一声发狂似的长啸。我一时听不出这是雅科夫的声音,因为这好像是一只吓破了胆的巨兽的叫嚷声,其中夹着疯狂似的诅咒声和威吓声。女人们和两个患疝气病的儿子一齐用力,把雅科夫拖进屋子里,安置在他的床上了。他翻来覆去,打着哆嗦,咬着嘴唇。……

　　我走近他去,大声地同他打招呼。他不自觉地看看我,然而显然还是认出了我。他抓住我的手,把它紧紧地贴在自己胸前,嘴里喃喃地说了些听不懂的话。我在这些含糊的话中只听出两个字:"别让……别让……"

　　他似乎渐渐地安静下来了。痉挛的动作停息了。他的头安放在枕头上,眼睛有时闭上,有时向四周转来转去。在屋子的那一头,炉炕旁边点着松明,从这里望去,这半间屋子形成了一个明亮的背景。

　　突然雅科夫放开了我的手,跳将起来。

　　"喏,她来了,来找我了!……"他用惊慌而粗暴的声音叫喊。

　　我不由得回头一看,吓了一跳。我背后站着一个女人,明亮的背景上清楚地显出着她的轮廓。我一时没有认出来,原来这是阿列娜,是刚才悄悄地走近床前来的。老婆婆也赶到儿子床边来了。

　　"你怎么啦,你怎么啦! 连自己的老婆也不认识了? ……"

　　然而雅科夫的眼睛完全不正常了。他显然已经神志不清,整个儿被支配着他的那个形象所占有了。他的面孔变了相。眼睛恍恍惚惚地左顾右盼,一闪一闪地泛着眼白。他猛力地跳了起来之后,就伸手去拿镰刀,但我立刻双手按住他的肩膀,把他按倒在枕头上,努力使他保持这状态。

　　"我要砍……我要斩……"他咬紧了牙齿喃喃地说。……

　　我用尽平生之力按住他,因为我知道:如果让这疯狂的人拿到了镰刀,可能会闯出祸来。我们两人之间就展开搏斗。我一直用力按住他的肩膀,不让他坐起来。他两手向四下里摸索,拼命想从墙上拿下一把镰刀来。我想叫人来把镰刀拿去;然而回头一看,发现我已经置身于一群疯子的中心:屋子里仿佛在举行恶魔夜会。全家的人,尤其是女人,都抓住了预先挂在墙上的器械,疯狂似的挥舞着,希望打死那个无形的"寒热鬼"。连那个小姑娘也脸色发青,疯狂地闪着一双黑眼睛,挥着镰刀,在屋子中央乱转。只有老母亲显然没有丧失理智,还能够思考。我看见她站在我身旁,手里也拿着一把很大的割草刀,在空中乱砍,打算等寒热鬼来袭击雅科夫的时候把她砍伤。她的脸色悲哀,然而很镇静,仿佛正在集中注意力做一件困难的工作。老头儿束手无策地坐在木炕上,两个患疝气病的儿子躲到炉炕旁边的角落里去了。

我居然完全制服了雅科夫,我觉得我已经能够使他不再起来。他的眼色现在似乎驯服了些,呆滞不动了。……

"她来了,她来了!……"

叶菲姆的妻子认真而悲切地叫了起来,接着就用割草刀在雅科夫脚边的空中挥乱砍。阿列娜跑过来帮助她,脸上带着凶狠的表情。

"你们怎么啦? 都发疯了!"我喊起来,"你们看,病人已经安静下来了。"

"啊哟,符拉季米尔,你没有瞧见吗?"我头上响起了老母亲的悲哀的声音。

我仔细地看一看雅科夫的脸,一阵战栗通过了我的全身。他的眼睛带着困疲和绝望的奇怪表情凝视着空中。他的全身在我的两手之下有节奏地动着,胸中也呼出有节奏的断断续续的气息来。……他像是一个为爱情而销魂的人。

我照旧慌张地按住他的肩膀,我注意到他的衬衫已经完全湿透了。他又动了几次,越来越没有气力了。……

"瞧,他已经好些了。"我说。

"完蛋了!"他的母亲说。

她说什么? ……不会的。我想这是疯话;然而过了不久,我觉得雅科夫的发烧的身体,开始在我手中冷却下来。他的面孔异样地、迅速地沉静下去了;过了不多时,好像有人在他身上罩上了一层完全静止的帷幕。……我握住他的手,这只手是冷冰冰的。……

阿列娜号啕大哭起来。

我还不能从我所经历的噩梦中苏醒过来,迫切地渴望到外面去吸些新鲜空气。我就这样不加外衣走出屋子去了。

暴风雪似乎已经静息,然而附近的树木还是咝咝地响,松林还在呼啸。这些声音有时强大起来,交织起来,融合成一片杂乱而急促的喧噪声,有时猖狂跋扈地飞向远处。我觉得荒僻的森林中充满着特殊的生命,而在暴风雪的话语里,我无意中听出了幸灾乐祸的口吻。……昨天我还无忧无虑地庆祝我对森林鬼怪的胜利;现在我打了一个寒噤,觉得自己软弱无力了。我走进屋子,看到已被大家公认的死亡的场面:雅科夫一动不动地躺着,两手握住一个不很大的圣像。老婆婆正在替他梳理头发,她的眼色同平时一样悲哀,仿佛过去这种表情只是对这个时刻的预感。……叶菲姆的头垂得更加低了,仿佛又新加了一层重压。阿列娜在高板床上数落着大哭,好像一只受伤并吓坏了的动物。两个患疝气病的儿子互相抱住了站在屋子中央,摇来摆去,拖长了声音号哭。……

老婆婆叫他们不要哭了,派其中的一个到邻近人家去叫人,因为必须在尸体发僵以前替他沐浴。然而这小伙子害怕得尖声叫喊起来,他不肯一个人去。结果只得派两个人一起去,路程约有一俄里或一俄里半。两个患疝气病的儿子穿上衣服出去了。过了半个钟头他们回来了,但并没有别人同来,因为"他们说:害怕"。老婆婆低低地垂下了头。……我懂得了:照邻人们的看法,雅科夫是在夜里被妖精拖走的。……也许这可怜的母亲自己也是这样想法。……

过了一会儿,门轻轻地打开了一点,出现了李宗科夫的巨大而阴沉的头颅。他谨慎地向屋子里张望一下,看见了我,就一直走到我坐着的地方,在我身边坐下。这时候屋子里肃静无声。老婆婆爬到老头儿的炉炕上去了,那里就发出一种声音来,好像一只大鸟的哼叫声。这是老头儿的哭声。老婆婆说了些什么话,大概是在安慰他。阿列娜不时地数落着号哭几声,那个小姑娘在睡梦中啜泣。

我和李宗科夫守着燃点着的松明,不让熄灭,一面悄悄地谈着话。他全身显示出苦闷阴郁的样子,凑近我耳朵边来,用低钝的声音轻轻地说:

"打回来了,准是这样。……"

"什么打回来了?"我问。

"风媒病呀。……你难道不知道? 邻人们就是为此不肯来呀。……雅科夫——其实我不该说这话——生前是一个巫师。能够借风力把寒热鬼往别人身上赶。……可是,看来是钉头碰上了铁头。那家伙也是一个巫师,会把寒热鬼打回来;这一下寒热鬼就缠住了他,把他拉了去。……"

"李宗科夫,"我懊恼地说,"你好像一向是不相信神道的,甚至还敢用渎神的话来骂人。……"

"我现在也敢骂。……你以为我害怕了吗?"

"不,我不是要你骂。不过这是怎么搞的:你不相信神道,却相信巫术和鬼怪。……"

"我并没有……是人家这样说。……我——哪里……"

早上,明净的太阳升起来了。阳光通过暴风雪带来的雾凇和雪,愉快地照进莫洛斯奈家的屋子里。夜间的恐怖消散了。邻近人家的一群青年妇女走进屋子来。

我觉得自己在这里是一个无用的多余人了,就想回去。然而当我表示这意思的时候,刚来的妇女之中有一个最活泼伶俐的少女走过我身旁,低声说:"喂,你别去,到了夜里我们会害怕的。"

我又在这里住了一夜。到了下一天,我回绝了送葬和谢宾酒,离开了莫洛斯奈家,仿佛打了可耻的败仗而离开战场一样。……

12　日常生活。分娩。原始而不稳定的德行

这件事过去之后,白桦屯的生活照常进行。就是在加甫略家里,女婿的死也并没有引起显著的变化和忧伤。阿列娜是出嫁的女儿,须得由她来和莫洛斯奈家分担忧患。白桦屯里死了一个人,倒了一户人家,如此而已。

加甫略和巴维尔哥开始准备运载工作了。他们为此而制备一辆橇车,就在屋里的炉子上蒸白桦木、弯滑木和马轭,削呀,刨呀,砍呀。男人们看见我津津有味地看他们工作,就在我面前夸耀本领;而露开丽亚简直面有喜色了。然而我觉得别人家这工作在秋天早已做好,现在橇车应该已经装配好并晾干了。不过这话我没有说出来。

白桦屯的居民们组织了整整一列载重车队,准备动身到科斯特罗马省的布依城[1]去。押送我和弟弟到格拉佐夫去的宪兵之中有一个人,有一次引用了一句本地谚语:"布依城和卡杜依城,魔鬼找了三年整,踏破了三双草鞋没处寻。"然而这个"城"毕竟算是附近的一个中心城市,白

---

〔1〕　柯罗连科记错了,应该是维亚特卡省的卡依城。他在一八七九年十一月二十三日写给他弟弟伊拉利昂·加拉克齐昂诺维奇的信中说:"我们只知道外界有卡依城(种子是运到那里去的)和格拉佐夫城。别的城市连名字也根本没有听到过。"按:科斯特罗马省的布依城离开白桦屯有一千俄里之遥。

桦屯的人家都向它集中。每年秋天,居民们装备起运输队来。他们替阿法纳塞夫的"做生意人"运送粮食到布依城,又从那里载回简单的农民生活所需要的各种货物来给他们。运送货物不是立刻可以实行的,起初必须"平雪",从偏僻的白桦屯一直平到某条通车辆的大道,其间有时经过卡马河的冰封的河面,有时经过森林或者森林中间的旷地;在没有触动过的雪地上平好了道路,然后载着货物二次登程。男人们去了之后,白桦屯里只听见人们纷纷谈论:"我们家的人在那边运货运得如何如何。"露开丽亚显然很不放心,我了解她的心情:她恐怕"她家的男人们"会发生和别人不同的情况。在夜里,有时在黎明时候,我听见她悄悄地爬到高板床上的气窗边,把气窗打开,很久地在那里倾听:卡马河上有没有橇车的滑木的响声。有一次,她急急忙忙地摸索着走到我睡的地方,欢喜之余,忍不住把我推醒:"我们家的人来了,来了!"我为她的喜悦感到高兴。……我们家的狗愉快地吠叫着。……

　　住在杜拉涅诺克家的乌兰诺夫斯卡雅,同我以前一样,闹了一个大"笑话"。如今已成为一家之主的拉利冯,现在停止供养自己的义父老杜拉菲了[1]。

　　我曾经说过:白桦屯的这个首富是个养子。杜拉菲没有儿子,把一个无依无靠的孤儿收养在家里,抚育成人,替他娶了亲;老妻死后,他就把全部家产交给这养子,希望在尊荣和安逸中度送他的余生。然而这个

---

　　〔1〕　关于杜拉涅诺克父子,卢波夫在他的《维亚特卡档案材料》中说:"老头儿杜拉菲(或称陀利菲)和他的儿子拉利冯,在《我的同时代人的故事》中也是改名换姓了的。我们在白桦屯居民名单中可以看到他们原来的姓名:老头儿叫做阿列克塞·马克西莫夫·施梅林(八十二岁),和他并写在一起的是保罗·陀罗菲耶维奇·施梅林(四十岁)。"

心地忠厚的老头儿打错了主意:拉利冯的妻子立刻讨厌起丈夫的义父来,强迫他同雇农一样去干活;看见他气力不济,干活干得不好,就表示不满,现在竟停止供养这"寄生虫"了。

这种现象,至少在我们野蛮的远古时代,大概是很普遍的;乌兰诺夫斯卡雅却有机会看到了古老时代的这种很有意思的遗风。我记得这里曾指出和这种遗风有关的一些迷信传说。也许老人们确曾遭到饿死的命运。我的姨父,就是那个大尉,曾经谈到我们西南波列谢地方的一桩古代诉讼案:有一次,有一家人家的儿子们杀死了亲生的父亲,为的是他在猎麋鹿的时候没有射中。他们因此而受到了审判。年老的大尉用十分幽默的口气叙述,他们如何天真率直地回答法官的问话:"杀死了又怎么样呢? 我们杀的是自己的父亲,又不是你的父亲。"我一向认为这件事是一个笑话;然而后来我在《沃伦》报上看到一个老波列谢人的回忆谈,他说:消灭老人的风习曾经长久存在于波列谢的野蛮居民中。这件事在最缓和的形式下进行得像举行仪式一般:大家和老人们告别之后,把他们安置在橇车里,载往密林之中,由命运来随意摆布他们。有几个考古家认为,在符拉季米尔·莫诺玛赫[1]教训儿子们的那番话中,"已经坐在橇车上"这一句便是远古时代这种风习的残余。

在白桦屯,取这形式的这种风习已经没有了,至少我没有看到过。所谓"停止供养",不是照字面上所示的绝对不给他吃。只是不让老头儿坐在食桌旁,而叫他坐在门槛边的一只小凳上,凶狠的媳妇把吃剩的东西像喂狗一样丢给他吃。至于家酿啤酒,他们绝对不给他喝。必须指

---

〔1〕 符拉季米尔·符塞伏洛陀维奇·莫诺玛赫(1053—1125),一一一三年起为基辅大公。他是古代罗斯最初的非宗教作家之一,著有《训子篇》。——译者注

出:家酿啤酒是白桦屯居民常用的饮料——没有家酿啤酒的时候就用克瓦斯。他们绝对不喝水。那老头儿已经老得昏聩了,有一次他在我面前悲哀而惊诧地诉说媳妇一点啤酒也不给他喝。

"她说'你就喝点儿水吧'。你们听见吗?……她叫我喝点水。……水里头是什么东西呀?……"

他说着,像小孩子一般悲伤地啜泣起来,脸上老泪纵横。就像我当初一样,乌兰诺夫斯卡雅不能淡然地忍受这家庭悲剧而不作愤慨的抗议,她常常袒护这老人,十分激昂地表示反对。她指责媳妇和养子,有时把她自己的一罐啤酒让给老人喝。这种袒护是否改善了可怜的老头儿的境况,我现在不能断定了。

有一天夜里,男人们都到某人家去饮酒作乐了,连男孩子都带了去,忽然一个响亮的婴儿的哭声惊醒了我。我清醒过来,看到了这样的景象:有一个女人身上穿着短皮袄,头上裹着头巾,坐在通向炉炕的阶梯上,手里抱着一个婴儿。起初我以为这是别人家的女人,夜里弄错了走到这里来的;然而仔细一看,原来是我们这里的媳妇。她怀着孕,今天夜里生产了。男人们都走开,大概正是为此。他们显然是对我客气,没有叫我走。其实我也可以到别处去宿夜,例如到费多特·拉扎列夫那里去也行;然而我不知道将要发生这件事,而他们照习惯是不应该通知我的。因此,这可怜的女人只得到没有烟囱的浴室里去生产,生出之后,露开丽亚立刻把她带到屋子里来。她坐在阶梯上,怀里抱着婴儿,轻声地呻吟。我在这呻吟中听得出一种由于生活忧患苦痛而显得虚弱困倦的声调。露开丽亚忙碌地奔走,有时跑出去,有时回进屋里来。她在炉子里生起火来,不久就在洗衣盆里替婴儿准备好了洗澡水。我赶紧穿好衣服,走到她那里。

"你家的媳妇看来是生产了。……男人们偏偏都饮酒作乐去了!……我能不能帮助你?"

露开丽亚笑我的天真,她说:

"不,符拉季米尔。……你不懂得我们女人的事。你就是待在这里也是不好的。……你到高板床上去睡觉吧!"

黎明时候,男人们喝醉了酒踉踉跄跄地回来了。加甫略仿佛为了生个孙子而表示欢喜;两个小伙子也显然对于家里发生的事件感到兴味。只有巴维尔哥对于这件事毫不关心。他收拾了马具走进屋子里,他的父亲告诉他,说他自己现在也做父亲了,他若无其事,爬上高板床,只是喃喃地说:

"关我什么事,生了就生了。……"不久高板床上就发出他的鼾声来。

我心中愤慨,在露开丽亚面前不能隐忍。

"别作声,符拉季米尔,别作声。……他还年轻,不懂得。……"她在高板床上传来的气势浩大而变化莫测的鼾声中坦然地说。

这一切情况,当时在我看来都近乎惨剧;然而事实上,这只是自然状态:那个产妇、那个在四面通风的很冷的屋子里洗澡的婴儿,都很健康。这一天产妇躺在炉炕上。两天之内他们还宽容她,但是到了第三天上巴维尔哥就时时叱骂她了:

"干吗老是躺着,你这母猪!……也该起来动动!……"

为了要结束关于白桦屯居民的日常生活的叙述,我必须再讲一件事情,这是一种道德问题,是刑事犯波兰人杨凯维奇给居民们提出的。这件事我还在渡口的小屋里就听人说起。

　　杨凯维奇这个人,我一共只看到两次。他个子不高,强壮有力,脸型粗大,鼻子肥大,一脸大胡子散乱地挂着。他为了什么事被流放,我不知道。他对当地居民很没有礼貌,毫不掩饰地极度蔑视他们。他是一个相当能干的细木匠,会做很精美的箱子。他替自己做了一只,他所寄住的人家的主人要求他替他也照样地做一只。杨凯维奇答应了。于是两只完全一模一样的箱子就并列在屋里了。

　　有一次,主人出门到阿法纳塞夫村去,在那里卖了粮食,又收了旧账;满心欢喜,上酒店大喝一通,还带了八十卢布回家。他想把钱放进自己的箱子里,但是醉眼蒙眬,误放在杨凯维奇的箱子里了。据有些人说,杨凯维奇预料到会有弄错的可能性,所以曾经把两只箱子互相交换一下位置。然而谁也不能确实地断定这一点。总而言之,钱放在杨凯维奇的箱子里了。第二天,杨凯维奇比喝醉的主人起得早,看到了自己的"幸运",立刻带着自己的箱子迁居到别的人家去了。主人发现损失了钱,声张起来;可是杨凯维奇决心要享受"自己的幸运"。他不否认主人的弄错,然而坚决主张:凡是落入他箱子里的东西,"按法律"是属于他所有的。这件事闹到了地方当局那里。区警察局长下令抄查杨凯维奇的物件,要把钱取回。然而抄不出钱来。

　　我第一次看到杨凯维奇是在加甫略家里。村长雅科夫·莫洛斯奈当时也在场。当我走进屋子去的时候,杨凯维奇、加甫略、村长和另外两个居民正坐在桌子旁边的木炕上,谈论刚刚过去不久的抄查事件。杨凯维奇公然地嘲笑村长和几个见证人。

　　"聪明人藏的东西,傻瓜哪里找得到!"他说,"你要知道我把这笔钱藏在什么地方吗?……喏,在这里!"

　　他指一指靴统上部的薄皮里子。

"你们都是傻瓜,笨蛋,连真正的长统靴都没有看见过,你们哪里会猜得到?……哈哈哈。……"

村长用他的若有所思的暗淡的眼光看看他,别的人表示吃惊,然而我没有看见任何一个人表示愤慨,至少在杨凯维奇面前没有表示。

杨凯维奇去了之后,居民们就抱怨流放犯们,咒骂杨凯维奇。……在一旁听他们议论的露开丽亚插嘴说:

"喂,你们听我说。……你,符拉季米尔,你来评评他们这件事看。"

她就详细地把这桩导致抄查的事件讲给我听。

"现在请你说说:难道是他偷了这些钱?是吉莫哈自己放进他箱子里去的呀。……"

我同往常一样,喜欢露开丽亚出来干预。这位公正的妇人显然体会到:责备杨凯维奇的人们假如自己碰到这种情况,也未见得不是这样做。……然而问题总还是一个问题,我就对露开丽亚说:

"你听我说,露开丽亚,……杨凯维奇明明知道这钱不是他的,而是吉莫哈的,对吗?"

"嗯,他知道的。……不过既然是那个人自己把钱放进去的……"

"那又有什么关系!比方说:你在走路,我走在你后面,我看见你衣袋里掉下一个钱包来。……我捡了它。……那么照你的说法,你没有看见我捡,就不能向我要……"

露开丽亚和其他的人都怀着兴味听我叙述这段假设的情节。当我说出最后一句话的时候,露开丽亚立刻打断了我的话头:

"难道你还给我吗?……符拉季米尔,你在瞎吹!……"

她这句话表示出一种坚定不移的信念。我在别的人脸上看出,他们都具有和露开丽亚同样的信念。在所有的居民看来,我显然是在标榜

(即所谓瞎吹)一种不可能的、完全超过预计的德行,这种德行是谁都不能相信的。在露开丽亚却还有她的真诚和对"远方人"的公正的祖护,她认为这个人只是做了当地所有的居民都可能做的事。……

我们总认为这种荒僻地方具有最起码的一般德行。我起初也是这样想,因为我看见——举一个例来说——这里的人家全家出门时都不锁门,最多在门外挂一根棍子,表示主人不在家。我当时以为:这里的人连"盗窃"是怎么回事都不知道。然而我这种想法也错了。后来我发现在贫乏的白桦屯语言中有不少表示"盗窃"这概念的动词,这才大吃一惊。这些动词现在我大都已经忘记,只记得两个在别地方听不到的动词,即"сбондить"和"сбостить",这两个动词在这里却常常听到。总之,这种原始道德要指望其巩固,是不可能的。这是一种可能倒向任何一边的不稳定的道德均衡的奇怪现象。……

杨凯维奇这件事的下文颇不平凡:终于从远处的行政当局来了一道命令,要逮捕流放犯杨凯维奇,把他押送到城里去。白桦屯从此就不见杨凯维奇的影踪了。我在即将离开白桦屯的时候,突然收到杨凯维奇一封信。另一个流放犯在格拉佐夫坐了一年多监牢,刚从那里回来,杨凯维奇就托他带这封信给我。信送到的时候我恰巧不在家。

这封信很简短,写着:"有几个人将把我的钱送交你,送到时请你代为保存,等我来取。"我起初摸不着头脑,后来才懂得了:杨凯维奇为了避免再次受到抄查,把他所偷得的钱分别寄存在好几个受人尊敬的居民那里,现在要求他们把钱送交我,他算是看得起我,相信我不会吞没他的钱。

这样一来,我就要变成一个赃物保存者了,这是我无论如何也想不到的。

过了一些时候,有一个女人到我这里来,要求我把她所收到的一封信念给她听。收到信这种事,在白桦屯是从来没有的;而能够念信的,除了我之外没有别人。这封信的笔迹和我所收到的信一样,信里写着:"我托你保存的钱,请交给某某(即我的名字)。"过了两三天,又有几个人拿着同样的信到我这里来。这些人大都是很殷实的居民,有两个人是以前两个村长的寡妇,总之,都是杨凯维奇认为可靠的人。我怀着兴味研究这些信。原来这些存款的总数,大致和他所偷得的数目相符。然而杨凯维奇失算了:居民们享用自己的幸运的本领不比他差。每次当我念完了信之后,受信人脸上总是显出惊讶之色,说:

"这个人写些什么呀!……哪里有钱?……我不知道。……"

没有一个人肯把杨凯维奇的存款交给我。……

露开丽亚公正地袒护"远方人",显然是有根据的。

13   远方生活的反响。沙皇登基纪念日。我如何得悉尼古拉铁路上的爆炸事件。白桦屯的报纸

在一个晴明而寒冷的日子,读者已经认识的那个比塞罗沃乡长来到我们这里。这就是在渡口的小屋里想要恐吓我的那个人。读者一定记得:此后我们之间的关系改善了,他就拼命留我住在比塞罗沃。这个人年纪还轻,看来并不蠢,也不凶狠。他对"巡官老爷"杜拉菲·伊凡诺维奇的亲近还没有使他受到损害,居民对他的反应不坏。波普拉甫斯基也说他好。现在他为了某些事情到这里来,也许是和村长的死有关;同时带给我一叠报纸和几封信。

我很高兴,殷勤地接待了这位乡长。

"加甫略,我们拿出茶炊来,请乡长喝茶吧。"我愉快地对加甫略说。加甫略立刻奔走张罗起来。每逢乡里的信差送信件给我时,我一定请他喝茶,这种他们从来不曾见过的款待(放糖的茶),似乎可以报答这小伙子在荒路上徒步六十俄里之劳。加甫略也喜欢这种机会,因为这时候我一定也招待他。他已经会对付我那把洋铁茶炊,不过有时从搁架上拿下来的时候忘记了自己"胳膊抬不起来"。

这一次乡长的样子有点特别。他脱下了使他迥异于别的比塞罗沃人的那件庞大的熊皮大衣,向圣像划了十字,跟我们打过招呼之后,就模仿巡官的样子,神气活现地伸展了四肢在桌子边坐下来,说:

"喂,符拉季米尔,现在你们这些人都在我手底下了。……"

我困惑地对他看看,他就坐在那里装腔作势,表示我"在他手底下"的样子。

他把四肢更加伸展些,傲慢地说:

"巡官老爷杜拉菲·伊凡诺维奇到区警察局长那里去了,或许还要到格拉佐夫去,所以他把权柄交给我。现在我是你们的代理巡官了。"

我觉得这个年轻的乡长又需要一次小小的教训了。

"加甫略,"我说,"茶炊不要了,你仍旧把它放在搁架上吧。……"

加甫略拿着茶炊在屋子中央站定,茫然若失地看看我,又看看乡长。乡长也有点茫然若失。

"我以为,"我解释道,"你是自己来看我,不是代巡官来。巡官来我是不请喝茶的。……"

这人并不傻,他懂得了。

"你见怪了吗?"他说,"我是说着玩的啊!……"

"啊,既然是说着玩的,那又是一回事了。我也是说着玩的。加甫略,加水吧!……"

我们互相开的这一场小小的玩笑,发生了极良好的作用:坐在我眼前的又是一个天真的比塞罗沃人,说话纯朴而有理了。他告诉我,说巡官是区里特地叫去的,他去的时候说,也许还要到格拉佐夫的县警察局长那里去。为了不给加甫略听见,他凑近我耳朵边来,继续说:

"长官们会问起你的情况。……他在他们面前大概会胡说一番。……他们都对你不满意。……"

他看见我对杜拉菲的眷顾满不在乎,就转向别的话题,讲列伐晓夫新近的勾当给我听。列伐晓夫就是父亲要他流放的那个贵族,我以前已经说起过了。这个列伐晓夫曾经坐了公家马车游遍全乡,每到一个驿站,拿出宫廷茶叶供应者波波夫兄弟的印着国徽的广告来冒充证件。

现在我从乡长那里知道:列伐晓夫同以前住在白桦屯的政治流放犯米哈伊尔·波波夫打起官司来了。他控告他侮辱贵族身分,见证人中有我的名字。……果然,在装着乡里带给我的信件的公文夹里,有一张给我的传票,要我于某日到调解法官室去。我明白了:贵族列伐晓夫是故意弄出这开玩笑的事件来的,这样可使我也有机会坐公家马车到乡里去和朋友们见见面。那时候我对这一类事情态度很严肃,并不以获得这种机会为幸。……而在审理的日期来到以前,我的命运起了变化,我也就不能享受贵族列伐晓夫托福公家马车夫的惠赐了。然而我还是认识了那位新的政治流放犯米哈伊尔·巴甫洛维奇·波波夫[1],因为他和波普拉甫斯基两人偷偷地从比塞罗沃来到这里,我们就在乌兰诺夫斯卡雅

---

〔1〕 不是米哈伊尔·巴甫洛维奇,而是米哈伊尔·尼古拉耶维奇。这个人为了柯罗连科这里所说的擅自来到白桦屯访晤乌兰诺夫斯卡雅,曾经坐监牢。

那里相见。

　　乡长把比塞罗沃的新闻告诉我之后,就去了。但是他带给我的报纸,却报导了另一个广大世界的许多新闻。这些报纸里充满了对于即将来临的亚历山大二世登基二十五周年纪念的反响。照例有几个流放犯聚集在我这里,听我读报,这时候发生了一场关于俄罗斯政府机构的有趣的谈话。"沙皇服务"二十五周年纪念在民间引起了热烈的议论:亚历山大二世将要继续做沙皇呢,还是不被批准"继续服务",而要把王位让给继承人? 这种话我在格拉佐夫时就已听见过。有一个秋天,我坐在契普察河岸上钓鱼。有一个俄语说得相当好的沃恰克人走近我来,把我当作博学老练的人而向我提出一个问题:"我们的沙皇当选后任期几年?"我听到这问题大为惊诧,回答他说:我们的沙皇不是像他们的村长那么选举出来的,他是世袭的,一直"服务"到寿终;他死后,把王位让给儿子,也是不通过选举的。这些议论显然和这周年纪念的反响有关,而且其中恐怕蕴藏着对这位"解放者"不满意的萌芽。现在,我在这荒僻的白桦屯又听到同样的议论:沙皇是否"继续服务"? 这问题是桑尼科夫提出的,库兹明热烈地响应。大家都希望亚历山大退位,把国事交给更年轻的继承人。这时候我又指出:我们君主政体是世袭的,沙皇根本没有任期;岂知连学识相当丰富而有头脑的涅塞茨基也不同意我的话。他凭着过去当军人的权威,坚决地声称:我的看法是错误的。他说沙皇的任期也是被"批准"的,亚历山大二世按照尼古拉制度就任,即任期二十五年;而他的继承人则按照新制度就任,即任期八年。……八年之后怎么样呢? 八年之后可以批准他,也可以不批准他。这种见解占了绝对的优势。我就问他:那么我们之中由谁来批准或不批准沙皇呢? 这一次涅塞茨基的回答就不像刚才那么坚决了,他说这是"参政员老爷们"的事。

过了新年,过了主显节,将近二月了。我们这里一切照旧,但是在中央俄罗斯已经发生了好几桩大事件。其中有一桩,我是在下述的白桦屯所特有的情况下得悉的。

在一个寒冷的晚上,暴风雪很大,老头儿莫洛斯奈到我们这里来。他的儿子死了,在新村长还未选出的期间,村长的职务要他担任,这可怜的老头儿顺从地接受了,到每一家人家去传送各种官方命令和村社规则。他走进屋子里,向我们打了招呼,在木炕上坐了一会儿,就准备走了。我想:他大概是经过十字路口弯到这里来取取暖的;但又有点诧异:他和加甫略并没有作亲戚式的谈话。我甚至觉得:加甫略仿佛总是在避免谈到他女儿的近况,只有露开丽亚在空闲时候常常到莫洛斯奈家走走。这一天老头儿和我坐了一会儿,加甫略竟管自躺在高板床上,并没有爬下来;老头儿临去的时候站定一下,向高板床上说:

"加甫略,你明天要去搬运木条。……"

"哦。要我去,那我就去吧。……"

"你礼拜天去搬运吧。"

老头儿并不再加说明,就走向门口去,然而我叫住了他。我知道"搬运木条"是什么意思:教区的居民们要在阿法纳塞夫村里建造一座小教堂(也许竟是大教堂,现在我记不清了)。木材由整个教区的人来运送。这是一种徭役,白桦屯也不能避免。他们必须运送一定数量的木条,给加甫略也摊派了一根。这徭役不很困难:加甫略只要到阿法纳塞夫村去,在这村子附近砍一根木条,把它运到教堂里去。这一切我都懂得。然而为什么一定要在这个礼拜天运呢?……通常这日子是由运送者自己定的。因此我叫住了老头儿,要求他说明。

"车累米西的神甫吩咐的。……他说你们那里一定得来一个人。

……要做祷告。加甫略反正要去运一根木条,就让他去吧。"

对加甫略说来,就是在搬运木条的义务之外又添加了另一个义务:顺便代表白桦屯去参加祈祷。……

"慢来慢来,老人家!"我又拦住了莫洛斯奈,"为了什么事情做祷告呢?"

他在门槛边回过头来,说:

"听说那里……有人射击沙皇,……所以叫我们做祷告。……"莫洛斯奈说过之后就出去了。

这是我第一次听到尼古拉铁路上[1]用爆炸的方式谋刺亚历山大二世的消息。

在透视法中,近的事物会遮掩远的事物。加甫略的搬运木条和必须在这个礼拜天去搬运这两件事,完全遮蔽了加甫略和老头儿莫洛斯奈的眼睛,使他们对于这桩惊动世界然而遥远的事件不感到兴趣。……

这件事对流放犯,尤其是对农民请愿者,却产生了完全不同的印象。费多特·拉扎列夫、鲍格丹、库兹明、涅塞茨基,以及从阿法纳塞夫村来的桑尼科夫两兄弟,常常到我这里来探听,首都的报纸到了没有。

延迟了很久,报纸终于到了。我的屋子里挤满了流放犯。桑尼科夫家两兄弟挨近我身边,贪婪地看着报纸。我很想知道这两个真正的土著老农对这件事的印象。关于那样冒渎地谋害农民心目中的中流砥柱的那些人,他们不知将说些什么话。终于,我在大家肃静的期待中展开了一张报纸,如果我没有记错的话,这是《杂谈》报。

――――――――――――

〔1〕 这爆炸事件于一八七九年十一月十九日发生在莫斯科附近,不是在尼古拉铁路上,而是在莫斯科-库尔斯克铁路上离莫斯科二三俄里的地方。

可惜我现在不可能逐字逐句地回忆起那篇记述行刺的实况和初步侦查经过的访员记事。然而这所挤满了贪婪地倾听的庄稼汉的黑暗的农舍里的一切景象,以及他们的一切见解和片言只语,我当时都记得很清楚,即使到了四十年后的现在,我也能很清楚地看到并听到这一切,仿佛这是不久以前发生的事。

这报纸上记述着:沙皇的火车在开到莫斯科以前,车厢的次序变更了:本来随员们的车厢在前面,沙皇的车厢在中央。将要到莫斯科的时候,变成沙皇走在前面,随员们跟在后面了。爆炸的时候,沙皇已经到达车站,随员们的车厢被爆炸力掀起,横在轨道上了。警察立刻跑到附近一带去侦查。他们跑进小市民苏霍鲁科夫夫妇[1]所住的屋子里。立刻查明:正是在这地方指挥爆炸的。这屋子离开铁路路基不远,围墙上开着一个方形的洞,显然是从这里侦察经过的火车,而发出闭合电流的信号的。

这一切技术上的细节,他们都不大听得懂。但接下去便是记述侦查人员和警察们走进屋子里去的情形;读这一节的时候,我的听众都全神贯注。我读完之后,桑尼科夫兄弟中的一人要求我再读一遍,他攒紧眉头用心倾听,尽量不放过一点细节。

"'苏霍鲁科夫家房间里的陈设完全是小市民风的。屋角里圣像面前点着一盏长明灯。……'"

"原来是用上帝的名义。"桑尼科夫家的老兄说,"好,读吧,读下去吧!"

---

〔1〕 苏霍鲁科夫夫妇的真实姓名是列夫·加尔特曼和索菲雅·彼罗夫斯卡雅(爆炸之后他们两人立刻躲避起来了)。

"'房间里放着一个餐具橱。……餐具橱上坐着一只很大的灰色猫。……'"

桑尼科夫的脸色兴奋起来。

"他们怎么样呢……捉住了它？……"

"捉住谁？"

"捉住那只猫呀。……"

"他们要猫有什么用？……"我惊异地问。

这个白发苍苍的农民脸上显出一种狡狯的表情,说:

"这就是他呀。……他变成了一只猫。……他们没有想到！……这是巫术呀。……"

"桑尼科夫,你怎么了！这件事怎么会有巫术！"

"我告诉你,……准是那样,这件事没有巫术不行！你把讲到圣像的地方再给我念一遍。……"

我满足了他的愿望。

"唉,这一下他可完蛋了！垮了！"

"谁完蛋了？"

"沙皇亚历山大呀。你想哪:他们用上帝的名义来对付他。要对付沙皇,靠鬼怪是绝对不行的。到底是皇上啊！可是这一回既然是用上帝的名义来对付他,那你们瞧着吧,"他对其他的人说,"我敢说:他迟早总要遭殃。……这件事会给我们带来好处。"

这种意想不到的见解使我感到为难,而且为难得很不愉快。我们这班人,都是不赞成俄罗斯革命运动迫于形势而采用的恐怖手段的。这一次我也企图坚持我自己的观点。

"这件事决不会带来什么好处,"我说,"问题不在于这个沙皇或者那个沙皇,却在于这种制度或者那种制度。杀死了一个沙皇,会再来另一个沙皇,而且还不知道是不是比前一个好些。……"

桑尼科夫向我看看。

"另一个沙皇没有告示不能登基。……"

"那又怎么样呢?"

"喏……"于是他引证了那句关于狗和一撮毛的有名的俗语[1]。

"不错,"别的人附和着他,"会有告示,也许会释放我们。……"

这一番话是敬畏神明的老农说出的,和他同样的农民们对他表示同感。读者如果认为农民头脑里这种剧烈的转变是我的"有毒的宣传"所致,那就大错而特错了。在不久以前,桑尼科夫兄弟对沙皇的看法很可能不是这样的:他们认为沙皇也许乐意释放他们,可是长官老爷们却不肯。但这是以前的看法,自从他们听了费多尔·鲍格丹的生动的故事以后,看法可能根本转变了。因为鲍格丹向沙皇当面呈递了请愿书,却落得流放到白桦屯。这是事实,这个事实——而不是某一个人的奸险的议论——在这些农民的头脑里降低了沙皇这名字的魅力。这固然只是一条个别的细流;然而,在无法无天的俄罗斯生活的影响下,当时已经不知有多少这样的细流渗透在人民的意识中了。……用来处理农民事件的行政命令,使人民的思想中越来越多地充满了这一类事实。……

_____

〔1〕 这句俗语是:"恶狗身上也能拔到一撮毛。"意思是沙皇无论怎样坏,多少还是能从他那里得到一点好处。——译者注

14 劝我结婚并定居在白桦屯

在这期间,我打算迁居到另一家人家去。加甫略家里有了一只摇篮,常常发出婴儿的哭声,没有以前那么安静了。没有烟囱的屋子里的煤烟也使我讨厌;此外,对于加甫略家的家庭制度我也看得够了。写作的愿望日甚一日地在我心中活跃起来。我以前曾经说起过我的心情的这么一段时期:那时候我决心放弃我的文学意向,因为不久将出现"民间作家",这些人才是真正的作家,而我们那种"片面文化"只能歪曲文学而已〔1〕。但现在我又日甚一日地想要亲近纸笔了。空闲的时候,尤其是晚上,我总是坐在桌子旁边。灯架上点着松明;炭火常常掉下来,落在水盆里,发出吱吱声。我就在高板床上传来的鼾声或婴儿的哭声中写作〔2〕。有时我真希望能够住在不像加甫略家那么嘈杂混乱的地方才好。

不久我就找到了这样的地方。我的新房东叫什么名字,现在记不起了〔3〕。只知道和他家并列的是瓦西卡·费列诺克家的屋子,我曾经从

〔1〕 参看本书第二卷"涅克拉索夫的葬仪和陀思妥耶夫斯基在他墓地上的演说"一节。——原注

〔2〕 柯罗连科曾在白桦屯写一篇自传体中篇小说《一个时期》,没有完成,但后来写《我的同时代人的故事》时曾取材于这篇小说。他住在这里的时候也曾为《在白桦屯》这组特写写了些草稿。一八八〇年他企图把这些特写付印,然而为审查条件所限,当时未能出版。这些特写的内容在《我的同时代人的故事》中也采用了。在柯罗连科的档案中,还保存着一篇小说草稿的开头部分,他显然企图在这篇小说里根据亲身经历的直接印象而描写雅科夫·莫洛斯奈之死。

〔3〕 柯罗连科在白桦屯的第二个住处的房东,是农民格利果利·费里波维奇·比塞罗夫。从他的家书中可以知道:他迁居到这人家是在一八八〇年一月中旬。

新居的窗子里替这屋子画过一幅画。这两家的屋子都坐落在离卡马河岸不远的地方。我和加甫略一家友爱地分手。彼得罗凡和安德利哥两个小伙子替我驾橇车,我把自己那份简单的"外衣"装在橇车里,就迁居到卡马河岸的人家去了。

这人家很清静,人口不多,给人愉快的印象。家里只有青年夫妇两人、一个年约七岁的男孩子和一个一岁多的小女孩。丈夫是唯一的劳工,非常勤劳。儿子已经略微能够帮助父亲,两个人常常连日在院子里东掏西挖,整理什么或者布置些什么。他不久以前刚刚和他的兄弟调换庄园,把自己从前的小木房搬到了这里,在房子的设备方面还有许多工作要做。他的妻子忙于照料家畜,也常常不在房子里。这时候就只有我和那个小女孩两人在家。她母亲把她放在高板床上,然而女孩子喜欢坐在地上。这小东西在这点上自有她很充分的理由。她常常爬到床沿口,做手势要我抱她下来,我总是高兴地满足她的要求。

原来是这么回事:高板床上的蟑螂要咬她,而且咬得很凶。这屋子里蟑螂多得不可思议。加甫略家里也有许多蟑螂,其实白桦屯到处如此,也许俄国所有的乡村全都如此。然而加甫略家每年冬天都要用寒气冻杀蟑螂,为此我们得搬到夏天住的屋子里去住两个星期,冬天住的屋子里就不生火。蟑螂冷起来,沿着墙壁越爬越高,后来爬到天花板上;为了取暖,挤成了几大堆,后来都冻死了,掉下来落在搁架上、高板床上、木炕上和地上。人们就用扫帚把各处的尸骸扫去。

在我的新居中,不知怎的还没有做这工作(记得他们家似乎还没有另一间屋子),因此蟑螂多得不可思议。这屋子里装了烟囱,很暖和,然而地上还是比较冷。高板床上蟑螂成群结队。这可怜的女孩子睡着了之后,它们从四面八方爬到她的小脸蛋上,攒集在嘴唇角上、眼窝里、耳

朵里,翘动着它们的长长的触须,咬她的肉。蟑螂渐渐地退去之后,但见
她脸上的表皮一整块一整块地被啃光了,这使得这个可怜的女孩子非常
痛苦。我常常赶走它们,然而它们立刻又攒集拢来。因此这可怜的孩子
情愿白天坐在寒冷的地上。她把小手指塞在嘴里,整整几小时地看我坐
在窗口小鼓凳上缝靴,或者坐在桌子边写字[1]。

　　在这一段时期内,我渐渐习惯于白桦屯的生活了。长官们住得很
远,也许已经把我忘记;我盼望着春天来到之后,大家开始干活了,那时
候我眼前将会展开这里的生活的新的方面。……已经有人向我建议过,
叫我离开这地方,设法从这里通过森林,到自由广大的世间去。然而关
于这件事我一时还没有明确地考虑过。……

　　有一次,米开沙家的几个成年而还未结婚的儿子劝我和费多特去参
加农村青年冬季晚会,我同意了。

　　我和费多特来到的时候,晚会已经开始。一间装了烟囱的宽敞的
屋子里,松明点得很亮。墙下的木炕上坐着许多青年男女,大部分是成
对的。我们走进屋子里,费多特用一句工人们惯说的笑话来向到会的
人致敬,我们也在木炕上坐下来。青年男女们集合起来,搀着手唱歌
了,唱的是什么歌,现在我已经忘记。接着大家转起圈子来,一齐用脚
踏拍子。这显然就是白桦屯的轮舞。一切都井然有序,庄严郑重,斯文
恬静。我记起了乌克兰的舞蹈,心里想:这是"北方的行乐"。唱歌和轮
舞结束之后,大家又一对对地坐在原来的地方了。我在人群中间看见
了米开沙的女儿菲克露霞[2]和她的两个成年的哥哥。这两个小伙子

---

　　〔1〕　在一八八〇年一月二十九日的家书中,柯罗连科描写他的新居的情况时,附有
他自己画的一幅新居内景图。这图刊印在本书第二卷末。
　　〔2〕　据卢波夫的记载中说,米开沙的女儿不叫菲克露霞,叫斯捷芳尼达。

都已经有了舞伴,菲克露霞还没有。姑娘们笑着把她推向我们这边来。她就穿过屋子走到我身旁,坐在我身上,吻一吻我的嘴唇。这当然是愉快的事。菲克露霞是一个十八岁的姑娘,头发和眉毛像她父亲一样呈淡黄色,面孔圆圆的,相貌很天真,非常可爱。以前我到米开沙家去,有时念书给他们听,菲克露霞总是用心地听,并且对我表示好感。这时候我就同她谈话:

"菲克露霞,我问你,这里有没有你的未婚夫?"

"没有,"她摇摇头说,接着又低下头补说一句,"我不嫁人。……"

"为什么这样呢?……也许你没有中意的人吧?"

她那天真烂漫的眼睛正对着我看看,说:

"我能嫁给你就好了。"

我笑起来。

"你这是什么话,菲克露霞。……嫁给一个流放犯!你爸爸知道了会怎么说呢?"

我认为她这话是开玩笑。原来菲克露霞并不是开玩笑。这以后我第一次访问米开沙家的时候,米开沙就把我叫到一旁,亲切而诚恳地和我谈话。他说他认为我是一个善良而聪明的人。尽管是流放犯,却比有的居民还好。如果我向他提出求婚,他一定把女儿嫁给我。……

我被这暗示的说亲感动了。米开沙家是我常去的地方;我到那里去,目的在于排遣白桦屯的严酷生活所产生的苦闷心情,而每次从那里出来的时候都觉得精神爽快。我可以把这个优秀的农民归入我以前所说的天才火花中。他身上蕴藏着一种不知从哪里来的社会道德的素质,在调解一切争执的时候,他是公认的权威人物。有一次,在我来到以前不久,发生了这样的一件事:有两个村民决定互相交换土地和庄园。这种交换在这地方普遍盛行,读者在那个"出席者"渴望和我交换长统靴的事实中就已见过一例了。至于像交换庄园那样的大事情,在这里有一定的惯例:召集许多户主来,交换者向他们声明其交换的条件,由公众的意见来批准他们的契约。这一次,交换者之中有一个人蛮不讲理,在交易已经成功之后忽然变卦,不想交换了。于是引起了纠纷。到了冬初,新主人要把他在这个不讲理的人的土地上割下来的干草垛运走了。这个不讲理的人声称:不许碰这些干草。公众出来干涉,有几个参与这交换事件的居民和新主人一同来到堆干草垛的地方,其中有米开沙。不讲理的人知道了这情况,骑着马带着枪来到这里,站在干草垛旁边,两只眼睛疯狂地闪耀着,对天起誓说,谁第一个碰干草,他就开枪打他。农民们胆怯起来,准备让步了。这时候米开沙挺身而出,泰然地对那个发狂的人说:

"你这傻瓜,伊凡科,傻瓜!⋯⋯你凭什么吓人。好吧,要是你生来是这么一副脾气,你就开枪吧!⋯⋯你以为我丢不开这个家吗?谢天谢地!我的两个儿子都会干活,经济充裕;老婆能干,儿女婚嫁的事我都可以放心。⋯⋯你爱开枪,就开枪吧。"

说着,他就从容不迫地走到干草垛旁边,首先插下干草叉去。他的话起了很大的作用,伊凡科被他的从容沉着的态度所吓倒,茫然不知所措了。于是干草垛被运走,也就是说,公众批准的契约实现了。

前面所说的我和他的那次谈话,发生在一次小小的叙会之后。记不起是为了什么缘由,我们几个流放犯决定庆祝一番,同米开沙商量,要借他家里办酒宴。他满口应允了。参加这一次集会的有我和费多特、农民请愿代表桑尼科夫兄弟、鲍格丹和库兹明,刑事犯有涅塞茨基,此外似乎还有李宗科夫。米开沙一家我们也邀请在内。酒宴主持人是费多特。他显然是依照他们卡卢加地方的仪式来安排酒宴的：有唱歌和祝颂的节目。大家轮流唱歌，祝参加者健康；在唱祝颂歌的末了，费多特又叫大家高呼"万岁"。当第一次一齐呼出的"万岁"声响彻屋子的时候，不料对这户村野人家发生了完全意想不到的作用：全家人恐怖万状，纷纷逃到炉炕上或高板床上去，以为我们这些流放犯就要向他们猛扑过来了。只有米开沙一人照旧留在座位上，虽然他也略带惊疑恐怖的神色看着我们。等到事情弄清楚之后，大家都笑起来。以后大家轮流唱祝颂歌的时候，主人和主妇也来参加，就不再引起恐怖了。宴会进行得井然有序，从容不迫。大家唱歌，跳舞，喝酒很有节制。起初对我们的集会大感恐怖的米开沙一家，看了这一切状态都觉得很高兴。

记不清就在这天晚上还是过了几天之后，米开沙就和我谈婚事。我们这些人的性情，显然很合米开沙的心意；尤其是不久以前还给白桦屯带来威胁的涅塞茨基竟完全戒绝酗酒而变成了我们团体里的模范人物之后，他对我们更有好感。因此米开沙认为：流放犯中既然有像桑尼科夫兄弟、鲍格丹、库兹明和我那样的人，那么流放犯这个名号并不能成为联姻的障碍。他们家里的人是全都对我有好感的。

我被米开沙这番话所感动，就向他表明，说我深深地感谢他的好意，我非常珍重他的家庭，又说菲克露霞是一个好姑娘；然而这件事行不得。因为我是要回到我的故乡去的。……

"不，老弟，你梦想，"米开沙确信地说，"以前有许多人从远地方流落到我们这里，他们也都说住不长久，可是一住就好几年地住下去了。……难道你能逃跑吗？要是当了逃犯，那日子才苦呢！……"

"不，米开沙，……那些人是另一回事。经过法庭审判而流放的人，是没有期限的。可是像我,像费多特、鲍格丹、桑尼科夫就不同,只要上头换了人,就可能叫我们回去。……那时候我把妻子怎么办呢?……"

米开沙沉思起来。我和这家人后来一直保持着友好关系,直到我的预言实现,俄罗斯的政治潮流又来冲击我这破烂的小舟,把它带出比塞罗沃的森林为止。

15 再度登程。法律维护者。我如何得悉皇宫的爆炸事件。忠君的俄罗斯人民

这件事发生在我和米开沙谈话后不久。有一天夜里,我正沉酣在青春的睡梦中,觉得有一个人在拉扯我。

"起来,符拉季米尔,起来呀。……有人来带你了。"我的房东说。

我睁开眼睛,好一会儿弄不清楚是怎么回事。屋子里明晃晃地点着松明。桌子旁边站着两个宪兵,都穿行军服装,带着军刀和左轮手枪。我那个小女朋友醒过来,睁大了眼睛恐怖地望着他们。主妇从高板床上走下来,脸上显出严肃而悲哀的神情,在炉子旁边摸摸索索地假装在做什么事。

这两个宪兵原来是从维亚特卡城来的。其中一个显然是"上级",拿出一项指令来给我看,上面写着:即速押送政治犯某某到省城。这个宪兵看样子已经喝醉,态度放肆而粗暴。

"把你的东西和文件拿出来,我要搜查。"

我看看指令。上面并没有说起搜查。

"你识字吗?"我问那上级宪兵。

"我是军士。"他傲慢地宣称。

"那么请你看一看指令。哪里写着要搜查?"

"没有你辩理的份儿!"说着,他就走到我的箱子边去。

"且慢,"我阻止他,"你该知道:按照法律,搜查时必须有见证人在场。"我就对房东说:"喂,朋友,请你到费列诺克、加甫略家和别的邻居那里跑一趟,叫他们到这里来。"又对宪兵说:"在见证人未到以前,不许你碰我的东西。"

房东立刻跑去执行我的请求或者可说是指令了。过了一刻钟,几个身材高大、态度冷冰冰的居民一个个地走进我屋里来。他们阴沉沉地挤在门边,若有所待地看看我,又看看两个宪兵。我之所以这样做,有我自己的理由:除了我对非法要求向来不让步以外,我记起了我的文件之中有一封给弟弟的未完成的信,写的时候是存心不给警察检查的;而在关于白桦屯生活的笔记中,也有不可给行政当局看的东西。等到屋子里聚集了相当多的人,我就对他们说:

"喂,朋友们,我要离开你们了。……过去有什么得罪你们的地方,请多多原谅。"

"有什么得罪的!"我所熟识的人之中有一个人说,"你和我们很要好。……"

"现在还要麻烦你们一件事:这两个人是来带我的。他们是宪兵。其中有一个,你们瞧,已经喝醉了。他一定要搜查我的东西,看我的文件。但是指令上并没有吩咐他搜查。……请听我念。"

我把指令念了一遍,继续说:

"因此,如果他固执的话,我要编制一份记录,请你们作见证。……"

"有什么不能作的!"又是我熟识的那个人说。

两个宪兵神气和善得多了。那个下级宪兵——后来我曾经把他描写在我的一篇特写里〔1〕——比较通情达理而性情温和,他把上级宪兵叫到一旁,对他说了些话。那人就让步了。

"不要见证人,先生,我们不搜查了。"

后来在路上,下级宪兵曾经向我坦白地说:黑压压的森林里的这些人家和唯命是听地执行我的吩咐的这些阴沉沉的人的样子,使得他们非常胆怯,而其实……一切秘诀全在我的坚定的语调中;假定他们当时坚持进行搜查,还不知道这些胆怯的农民会听从哪一面呢。

"嗯,早就该这样。"我说,接着又转向居民们:"宪兵既然放弃了他们的非法要求,那么现在你们就没有事了。要你们劳驾,谢谢你们。现在我要和你们告别了。请你们转告费多特·拉扎列夫、涅塞茨基、加甫略家和米开沙,就说我被他们带到维亚特卡去了,也许还要到远地方去,请替我向他们问好。"

"上帝保佑你!"人群中有人这样说一声,这些拥挤在门边的农民就一个个地出去了。我开始收拾行李。上级宪兵在屋角里打起鼾来,下级宪兵走出去,到橇车那里不知做什么去了;我就乘机把不宜给官方看的东西交给了房东家。房东家的人由衷地悲伤。我临别吻他们的小女儿时,房东太太眼泪夺眶而出。

我们终于走了出去。夜色深黑,四周沉静。卡马河对岸传来我所熟悉的松林悠长的啸声。上级宪兵走近车子去,向里面摸索了一会儿,掏出一瓶酒来,接在嘴上了。烧酒发出咕嘟咕嘟的声音。接着他立刻躺倒在橇车里。下级宪兵殷勤地替我打扫座位,他自己坐在对面的驾车台上了。橇车开下坡去,开到卡马河上,就在两岸的密松林中间徐徐

----

〔1〕 是指特写《奇女子》。

前进。

"你认识路吗?"我问车夫。

"载乡长和巡官来过。"

"请你走杜拉涅诺克家门前经过。"

"行。"

上级宪兵在我身旁打鼾。另一个宪兵坐在驾车台上打盹。我不打瞌睡,因为最近的种种回忆涌上我的心头。现在,河岸右面望得见莫洛斯奈家的黑洞洞的窗子了;接着,望得见弗洛尔-拉甫尔教堂了;车累米西的神甫对着焚香祈祷的那棵树也隐约可见了。……终于看见了河岸上杜拉涅诺克家的黑沉沉的屋子。

"请在这里停一下,"我对车夫说;不等宪兵醒来,我就跳下了橇车。杜拉涅诺克家的狗立刻向我奔过来,但它们看见是熟人,就把它们的狂怒转向在我背后赶来的下级宪兵身上了。

"你坐在车子里吧!"我看见他用军刀来抵抗狗,就对他喊;同时我自己快步走上台阶,转进一条黑暗的过道,这便是通向杜拉涅诺克家冬天用的屋子,即乌兰诺夫斯卡雅的住所[1]。

"是谁?"这姑娘用恐怖的声音问。

我匆匆地说明了情由,连忙把一些文件塞给她,记得还把我写给弟弟的信交给了她。她点起一支蜡烛来,我们匆匆地话别:她的预感实现了,她这个可怜的人又得独自住在这里了。

这期间,下级宪兵定要赶上我,也走进那条过道里来。他不熟悉路径,跌进了给牲畜喂饲料的地道口里,带着他的军刀和手枪卡在里面了。

---

〔1〕　这里是作者的笔误,乌兰诺夫斯卡雅是住在她房东家夏天用的屋子里的。

我拿了蜡烛走出来,帮助他爬了起来。他看见这意外事故平安无事地结束了,非常高兴,并不来妨碍我和乌兰诺夫斯卡雅话别。后来我和这衷心悲伤的姑娘作了热烈的友谊的拥抱,就出去了。上级宪兵悠哉游哉地在橇车里打鼾,一点也不知道他的同伴刚才的一场虚惊。

以后一路上平安无事,使下级宪兵大为高兴。我们有时在卡马河和它的旧河床的冰面上驶行,有时穿过河,驶进森林。在我头上像幻影一般时而掠过松树的顶梢,时而掠过天空的云雾。被我遗弃在身后的种种景象、地方和人物,正像这些云雾一般在我汹涌澎湃的想象中一一掠过。……

前面是什么命运在等待我呢?我正当盛年,身强力壮;我的想象渴望着迎接茫茫然不可知的,然而还是引人入胜的未来。在这种思想和滑木的均匀的轧轧声中,我不知不觉地睡着了。

我错过了不知是阿法纳塞夫还是比塞罗沃的驿站,醒来的时候正是一个晴明的冬晨。我们的橇车沿着很陡峭的斜坡爬上了高高的河岸。我们渡过了维亚特卡河。然而现在我已经记不清这是维亚特卡河还是别的什么河。但记得我从高高的河岸上回顾一下,看见我们后面下方是一片辽阔如海的密林——这是我到白桦屯去时所经过的阔叶树林。……这时已经是白昼了。陡坡、丘陵、盆地向远方伸展,显出各种各样的色调。我努力在其中辨认老河上游遥远的白桦屯,在那里,在极短的时间内,我曾经感受过极鲜明的印象。然而在这片茂密的林海中很难辨认出来。……

我们在维亚特卡城耽搁下来,换句话说,我被从省长办公厅带进了监狱[1]。这地方我是熟悉的:我和弟弟到格拉佐夫去的时候,途中曾经

---

〔1〕 柯罗连科于一八八〇年二月一日被带到维亚特卡,关进监狱。他在这里从二月一日住到十五日。

在这里耽搁约一星期。典狱官是一个相当和善而并不愚笨的老年人。上次我来的时候他曾警告我们,说格拉佐夫是一个极荒僻的地方;现在他听说我是从白桦屯来到他这里的,非常吃惊。……维亚特卡人听到过有白桦屯这地方,因此省公署里有两个官员特地到监牢里来,想看看我这个曾经在有名的白桦屯住过的人。我没有特别的兴趣去满足他们的好奇心。我问警察局长——一个肥头胖脑的大块头:为什么把我拘留在维亚特卡的监狱里?他用外交辞令回答我说:大概是要把我转解到省城里来住,但是现在省长出门去了,所以我只能在这里等他回来。这当然是很明显的撒谎,我直对着他的脸冷笑。

日子一天天过去,省长还不来。有一个寒冷的日子,监狱的窗子外面弥漫着一片模糊的冬雾。典狱官告诉我:今天检察官(或许是副检察官,现在我记不清了)要到监狱里来。我表示想见见他。

"他总归要到你这里来的,因为他要巡视所有的囚室,不过……"这个聪明的老头儿微笑着暗示我:我向"法律代表者"说话是没有用的。对于这一点,我大约不至于发生误解,然而我还是想向他提出我的问题。

我的囚室的门敞开了,门口出现了"检察机关代表者"。这个人年纪还轻,显然是从"特权"学府里出来的,也许是高等法政学校的学生。他的相貌秀气而娇弱,穿着一件大衣和一双深统套鞋,脖子上围着一条大围巾。看样子,这个年轻人不像是在这住着几百个人的屋子里巡视,却好像是在通过一个肮脏的地方,尽可能不让自己沾上龌龊。他一走进我的囚室,立刻草草地向墙壁和天花板扫了一眼。

"副检察官先生,"我说,"我有一个申请。"

这青年人的眼光从天花板上移到我身上,彬彬有礼地说:

"请讲吧。"

"如果我没有记错的话,我知道有一条法律:对被逮捕者应该在三天之内通知逮捕的原因。"

"一点也不错。"

"检察机关有责任监视这条法律的实行,勿使流于空文。"

"是的。"

"如果破坏了这条法律,检察机关简直有权擅自释放被捕者。我坐牢已经一个多星期了。造成这情况的唯一的原因,据警察局长当典狱官面前对我说,是省长出门去了。"

这青年人带着疑问的眼光转向典狱官。典狱官像军人那样把身子一挺,回答说:

"是按行政命令的。……"

这句话对这个青年法律家发生了闪电般的作用。他立刻离开我,向门口退去,同时说:

"对不起,……对于这件事……我毫无,毫无办法。……"

"这么说来,"我冷笑一下说,"只要用粉笔在门上写'按行政命令'几个字,这条法律就停止发生效力,可以把人拘留随便多少日子了。"

"毫——无办法。"检察官说,这时候他已经站在门口;说过之后就和他的围巾套鞋一起消失了。典狱官带着他的聪明的微笑观看这一场情景。

终于,两个宪兵来带我了。这就是把我从白桦屯带出来的那两个:一个是彬彬有礼,给人相当愉快的印象;另一个性情粗鲁,醉意朦胧。他们带我走的那条路,就是去年我和弟弟走的那条,停留的驿站也同是这几个。我在暖炉上和窗框门框上看到了当时所写的题字。看见其中有克拉芙季雅·穆拉希金采娃的姓名[1]。不久以前的往事涌上我的心头。那正是春光明媚的日子。……我们从监牢里出来,觉得流放竟同释放一样开心。……我回想起了那时候的轮舞和歌曲。……现在我要去的地方大概又是监狱吧。……曾经处在这种境况中的人们,大概都能回想起这种特殊的感觉,即途中看到壁上题字而发生的过去的回忆在心中所唤起的那种感觉。……

有几个地方的驿马车夫或驿站文牍员认识我,有时候他们问我:"上次你们是两个人一块儿走的。弟兄两个,面貌很相像。……现在你的弟弟哪里去了?"

在一个地方,替我们驾车的是一个性情活泼的年轻小伙子,这个人那时候曾经极口赞叹穆拉希金采娃的歌喉。他显然也认出了我,常常转过头来,似乎想说些什么话。但显然是上级宪兵的严肃的外貌阻止了他。后来开到平坦的路上,他放任马匹走轻捷的小快步,这时候他忍不住了,一面卷着纸烟,一面从驾车台上回过头来说:

"我告诉你……你不在那儿,那儿又出了新花样啦!……"

他看见我的目光疑惑不解,就俏皮地向我眨一眨眼睛,加以说明:

"沙皇的宫殿……老兄,完全给毁了。"

醉醺醺的上级宪兵瞌睡醒了,转动着身子说:

"什么话?……你怎么可以!……"

驿马车夫又向我眨眨眼睛,转向马的方面去了。

---

[1] 关于此人,参看《我的同时代人的故事》第二卷"到格拉佐夫去的途中"一节。

　　我就这样在科斯特罗马大道上得悉了哈尔土林所干的爆炸皇宫事件[1]。

　　这驿马车夫用愉快的语调——但实际上是漠不关心的语调——来说这些话。仿佛表示:你关心这种事,我可毫不介意。……这又使我回想起白桦屯里的人们的漠不关心的态度来。……

　　然而,当我们经过了和维亚特卡省荒林相接的科斯特罗马省荒林而逐渐向西南方前进的时候,我就觉得这种漠不关心的态度也逐渐消失了。在科斯特罗马附近的驿站上,已经可以听到关于洛利斯-梅里科夫、关于沙皇授给他的特殊全权、关于姆洛杰茨基谋杀他[2]的谈话。在一个地方,驿站文牍员——一个年轻而有见识的退伍兵——对宪兵谈到洛利斯-梅里科夫。这退伍兵本来是他手下的人,曾在高加索服务。他的评论中充满着喜悦和……政治作用,在言语中谴责那些恐怖主义的谋杀行为。他说这些话的时候对我看看,然而总算没有作什么直接的暗示。这种谈话,我在别的驿站上也常常听到。我们经过科斯特罗马城的时候是早上,并没有停留下来。这正是二月十九日,沙皇登基纪念日。人们都谈论着"解放者沙皇",谈论着废除农奴制,以及铁路上和宫中的爆炸事件。……白桦屯人的漠不关心似乎落在辽远的后面了。现在,凡我所听到的谈话,都充满了对沙皇的效忠,对那些不知何故要谋害沙皇、侵犯政权的秘密人

　　　〔1〕　冬宫爆炸事件发生于一八八〇年二月五日。干这件事的人是斯捷潘·尼古拉耶维奇·哈尔土林(1857—1882)。他从一八七九年九月起改用了斯捷潘·巴蒂希科夫这名字在冬宫里当细木工。
　　　〔2〕　冬宫爆炸事件发生后,参政院奉命成立"维护国家制度及社会安全最高行政委员会"。洛利斯-梅里科夫被任命为主任。一八八〇年二月二十日,工艺专科学校学生伊波里特·奥西波维奇·姆洛杰茨基谋刺洛利斯-梅里科夫,没有成功。姆洛杰茨基经过二十四小时的军事法庭审判后被处死刑。

物的惊诧和谴责。……桑尼科夫、库兹明和鲍格丹心中所已经完成的过程,在把一切寄托于沙皇恩典的广大群众中还没有开始。他们都在说,今天是沙皇登基纪念日,应该出一张特殊的告示,现在大概已经贴出了。

过了几天,报纸上开始发表一些消息:原来纪念日绝不是到处都安全度过的。在彼得堡的涅瓦大街上,有成群结队的工人向知识分子寻衅,有的竟把他们毒打一顿。另外有几处地方也发生同样的事故,尤其是在萨拉托夫。而在有一个县份里,记得是特维尔省的某县,农民中间流传着一种激动人心的消息,说"老爷们要干掉沙皇"。这里所谓"老爷们",是指统治阶级的一切代表。因此,某县警察局长坐着马车铃声叮当地经过某村子的时候,一群农民跟在他的车子后面追逐了很久。不知何故,车铃的叮当声这一次触怒了农民。他们说:正当沙皇屡屡受到谋害的时候,这班长官们却管自逍遥快乐。然而报纸上关于这些事件只是略提一笔,并不说明原因。

我在一路上没有亲眼看到这种特殊的效忠沙皇的现象。然而在二月十九日那天傍晚,当我坐着有篷的三套车驶近雅罗斯拉夫尔的时候,我看见前面地平线上一大片熊熊的火光,反映在积雪的伏尔加河上。有好几辆橇车在行驶着,有的是向我们迎面驶来,而更多的是从我们后面赶来,里面坐着赶进城去观光沙皇登基纪念日的居民。我打开车篷上的窗,努力倾听他们的谈话的断片。我没有听得清楚,然而我还是感觉到:现在,这伏尔加大道上,也许在伏尔加河附近的村子里,也都同这火光一样表现着对沙皇登基纪念日的庆祝心情和对解放者沙皇的尚未冷却的感谢。

俄罗斯人民那时候离开爱自由的知识分子的反政府情绪还很远。然而这里还是有一种气氛,使我觉得他们这种情绪比森林地带的居民的迟钝的漠不关心可亲得多。这里的人对我们所关心的那些问题已经感到兴趣。即使这种兴趣是和我们相敌对的,总还可使我们争论时有个共同的基础。……

我现在常常回想起这个久远以前的傍晚。在人民的心目中,就像那片火光似的存在着对于时刻关怀人民幸福、主要是关怀农民幸福的沙皇的幻想。……大约需要再过三十年,经过三个沙皇的努力,把解放后这个大国的停滞的生活状态和极端的不景气现象宣布为他的政纲,这才会破坏俄罗斯人民中间关于沙皇权力的这种传说。我已经叙述了怀着天真的期望的全村人派去见沙皇的那几个被流放的农民请愿者心中所产生的一个过程的开端。他们的经历标志着对沙皇政权的绝望,这种绝望逐渐地渗透到人民群众中间去了。

16 在莫斯科。密探。关于洛利斯-梅里科夫的谈话。愉快的宪兵和他的推测。来到维什尼伏洛乔克

我被送上火车从雅罗斯拉夫尔载到莫斯科[1],又关进了以前已经到过两次的巴斯曼区警察局。……我当然立刻就用敲墙壁的方法和邻人联系,以便探询新闻。一边的邻室里住着一个叫做乌斯齐莫维奇的乌克兰人,似乎是个有分裂派嫌疑的犯人。但我刚刚和他隔墙通话,他立刻被带到别处去了。我只得向另一边墙上通话。这边的邻人并不照通例用敲墙壁来回答,而只是用拳头在墙上敲,逐渐敲向暖炉方面去。原来这里有一个洋铁烟囱管,接通两个囚室的暖炉,这管子不知怎的已经破损,可以通过它讲话,不须敲墙壁。我立刻在这里听到了很响的絮语声:

---

〔1〕 在一八八〇年二月二十日。

"你是谁？……什么时候被捕的？……"等等。我也向这邻人提出同样的问题。但他并不回答，却急急忙忙地问我：

"你知道加尔特曼吗？我急于要把与他有重要关系的消息告诉他。他现在藏在哪里？"

"加尔特曼是谁？"

"咦，难道你不知道！"他用失望而怀疑的语气说。

"我是刚刚从维亚特卡被带到这里来的呀。……"

"那么也许你以前知道。……也许你能把他所亲近的朋友告诉我。你可以完全信任我。……"

"可是这个加尔特曼究竟是谁呢？……"

"就是在铁路上爆炸沙皇的那个人。你知道，我有很重要的话要通知他。……"

我懂得了：住在我隔壁的显然是个密探。难道是为了我而特地把他关在这里的？……这时候我在烟囱管里听到咳嗽声和脚步声。显然这囚室里还有一个人住着。

"跟你住在一起的还有谁？"我问。

"这是……另外一个人，也是政治犯。"他用很轻的耳语声补充说，"这可怜的人已经发疯了。"

这时候我的囚室的门开了，狱卒叫我出去。我走到走廊上，这里非常杂乱。走廊里有好几个人，有的被带去，有的被带来，管理员拿着钥匙跑来跑去。放我出来的显然是他，但是后来他并不来注意我。我不知道是怎么一回事，就走到我另外那个邻人的门边。乌斯齐莫维奇已经在里面了。他走近他的小窗子来，对我看看，说：

"啊哟，你的样子多粗野啊！……单凭这副外貌就可能在街上被捕了。"

我住在白桦屯的期间的确一直不曾理发。加甫略家的浴室是没有烟囱的,煤烟像棉絮一般挂着;在那里洗澡很困难,因为内衣要被煤烟弄脏。没有烟囱的屋子里的煤烟又侵入到我的皮肤的毛孔里,因此我的样子的确非常粗野。我也打量一下乌斯齐莫维奇。他是一个年约三十岁的人,相貌沉静可爱,说话带着显著的乌克兰口音。

"对了,"他说,"你要当心:住在你隔壁的是一个志愿密探。他是一个骑兵士官,伪造了他伯母的期票,正在吃官司,看来这场官司会暗中了结的。……他现在已经自由,可是他们有意把他关在这里,因为发生了一桩大窃案,引起了纷纷议论,他们就把他同这案件的一个嫌疑犯关在一起。"

这时候那个管理员急急忙忙地跑到我跟前。

"你姓什么?"他慌张地问我。我说了自己的姓氏。他又打开我的囚室,对我说一声"请",立刻又把门碰上了。

"伊凡诺夫(这姓氏是否正确,我不能担保)在哪里?"他在走廊里大声地问。

"我,我是伊凡诺夫!"我的邻人说。锁咔嚓一响,这邻人走出去了。我怀着好奇心瞧了他一眼。这人相貌不扬,穿着一身便服,面孔猥琐而惹人讨厌。他被"释放"了,很高兴地走出去,我就和留着的那个邻居攀谈起来。

"你是政治犯吗?"我问。

"他瞎说,"一个仿佛由于喝酒过多而嘶哑了的年轻的嗓音回答我,立刻又用动人的坦白语调接着说,"我是个骗子手。"

他带着几分骄傲的样子把这件大窃案讲给我听,说"连报上也登载这件事";然后对我说:

"他还巴结我来着,……当我是个傻瓜。刚才我故意向你咳嗽,叫你不要相信他。……"

下一天,两个宪兵来领我,把我带到尼古拉车站上。三等车厢里旅客很拥挤。我坐在长凳上的群众中间。一个解差坐在我身旁,另一个坐在我对面。在我们旁边,隔着狭窄的通路,坐着一个仪表优雅的青年,身穿一件罩着灰色薄呢面子的俄罗斯短皮袄,头戴一顶高高的羊羔皮帽。他颇有点贵族的风度,大概出身于名门望族,偶然不得已而坐三等车的。……他对面坐着一个瘦削而虚弱的绅士,脸上显出神经质的易怒的样子,常常和他的对座人谈话。他旁边坐着一个喝醉的商人。那绅士原来是萨拉托夫来的一个技师,有事到彼得堡去。这三个人谈论着最近发生的事件,谈论着洛利斯-梅里科夫的受任命、姆洛杰茨基的行刺和死刑。发表议论较多的是技师。贵族青年在一旁审慎地回答几句。商人则大声地插嘴,喜怒皆形于色,同时引诱其他大都没有知识的乘客参加谈话。不久火车开动了,渐渐地大家都谈开了。谈到了各种事件,大多数人都指摘革命党人。将到附近一个车站的时候,商人准备下车,他在离去之前对谈话的人们说了一句狡狯的结束语:

"喂,诸位先生,归根结底,我还得说一句话:这种事情都是像你们那样有学问的人做的;不是我们这班不受教育的大老粗做的。我的话对不对?"他说着,看看那些没有知识的听众。

这些无知无识的群众显然是站在他这方面的。他们发出表示同感的笑声,又说了些开玩笑的话。技师和他的对话者显然觉得不好意思。商人走了之后,技师低声说:

"你瞧,群众有这种见解!……不,不管怎么说,总不得不承认:皇上老迈无用了,不像从前那样了。……要是他还像从前年轻时那样,那他一定会公布(他把声音略微放低些),一定会公布宪——法——。……只要他批上'照此办理'四个字,就万事大吉了! 当然啰,丢炸弹的那些坏分子,对这个不会满意。可是凡是受过文明教育的人,像你、我……"

他用探究的目光看看我,好意地继续说:

"还有他们,大概都会欢迎这新的改革,那样就一切都上轨道了。你以为如何?"

贵族先生略微挺一挺眉毛,显然认为这番谈话不很恰当。技师改变了话头:

"请问你为什么进京?……"

"我不很清楚。我的伯父说有事要我去。"

"噢,……就是伊凡·斯捷潘诺维奇。×××(他说的姓氏是官场中很有名的)。"

"是的。……大概那边找到了一个位置,……在洛利斯-梅里科夫管辖下的最高刑事委员会里。……"

技师恭敬地默不作声了。洛利斯-梅里科夫将采取怎样的方针,显然还没有十分明确。我贪婪地倾听这些谈话,我觉得在荒僻的维亚特卡省住惯之后,现在仿佛来到了政治见解沸腾的中心点。……然而不久谈话渐渐沉寂,乘客也稀少了。有一个青年宪兵从另一节车厢里走到我的两个解差跟前来。这宪兵态度十分放肆,现在喝醉了酒,兴致很好。他是休假回家的;对于自己的宪兵司令部文牍员的职务和那双新长统靴,他觉得很可骄傲,打算穿了这双靴子回乡村去向人夸耀。当乘务员来给我们的票子打戳子的时候,他毫无礼貌地看看这些票子,快乐地吹一声口哨,说:

"维什尼伏洛乔克!先生,这是把你送到中央监狱里去。……"

这时候我才知道他们是把我从维亚特卡省送到维什尼伏洛乔克去。为什么呢?……这个嘻嘻哈哈的宪兵看见我脸上有怀疑之色,又用同样快乐的语调说:

"到中央监狱去!……这是一定的! 你不必纳闷,我是熟悉这些事情的。一送进中央监狱,就完蛋了!"

这似乎是十分荒唐的事。不经过审判怎么能送到中央苦役刑监狱里去! 不过,俄罗斯生活的道路是不可揣测的。洛利斯-梅里科夫获得了种种特殊全权,也许我们的生活竟要按行政命令沦落到中央苦役刑监狱里去了。

当我们在时间还早而天色已经黑暗的黄昏中从维什尼伏洛乔克火车站坐马车到很远的城郊某地方去的时候,我心中难免有不快之感。这正是解冻天气。天空中低低地密布着浓云,把星辰都遮蔽了。我的一般说来还算爽朗的心情中也布着同样的浓云。马车夫把车子从公路上转一个弯,开近监狱的围墙去了;挂在宽阔的大门上的灯在风中摇摆不定。围墙里面约略望得见一所二层建筑的监狱,有几个窗子里发出暗淡的光。经过照例的手续之后,他们领我们走进围墙,然后来到监狱的办公室里,我觉得这是一间阴暗的陋室。在这里,他们叫我脱下衣服来,把我的衣服和长统靴拿了去,给了我一些囚犯服装:一双暖鞋、一件呢制服、一条裤子和一个没有帽檐的帽子。制服的背部有三个黑色的字:维政监。这里的狱卒,尤其是一个样子像头儿的,态度粗暴而冷淡。他叫我在这里等候典狱官来到。我在一张空着的椅子上坐了下来。那狱卒用不赞成的眼光盯住我看,仿佛在责备我不该这样放肆。

办公室的门终于开了,有一个躯干高大的人竭力弯下身子,走进门来。这人的脸型非常粗大,我当时觉得,这仿佛是一只大猩猩。他在桌子旁边坐下来,立刻开始检查我的提篮和箱子。他看到了我所写的文稿,就怀着兴味一张张地翻阅。有一张纸上写着很细的字,显然特别引起他的注意。他蹙紧了眉头。

突然那只大面孔从桌子上抬起来，一双和善的、充满着一种天真的同情心的眼睛对我看看。

"这是什么？"他说着，用他的巨大的手掌按住了那张纸，"你是在诉苦吗？"

"诉苦"两字他说得含糊不清，我怀疑地看看他。

"你是在诉苦吗？"他重复一遍，"你知道，有许多人都是这样诉说生活中的苦处。……"

"不，典狱官先生，"我笑着回答，……"这里并没有写着诉苦的话。……"

"哦，我以为一定是诉苦了。……好，欢迎你，我们去吧。……"

他就把我带进监狱里[1]。转瞬之间我已置身于一间宽大的囚室里了；这里有好几个新的狱友接待了我，我这才知道这地方并不是中央苦

---

〔1〕 柯罗连科于二月二十一日进入维什尼伏洛乔克监狱。他是在那天晚上八点钟由典狱官拉普捷夫"连同他所有的物件及五个戈比"（据大尉拉普捷夫一八八〇年二月二十一日的报告）一起接收的。过了十天，柯罗连科向特维尔省省长递了一个呈子，其内容如下："在宣布我须进维什尼伏洛乔克政治监狱的同时，我又接到通知说：此后我须流放西伯利亚。现在我敬请阁下示知我未来流放的准确地点，是东西伯利亚还是西西伯利亚。一八八〇年三月三日贵族符拉季米尔·柯罗连科启。"在柯罗连科这个呈子的上边和旁边批着："由典狱官通知柯罗连科：他将流放到东西伯利亚。"柯罗连科于进入维什尼伏洛乔克转送监狱后一天，写信告诉他的弟弟伊拉利昂："我在维什尼伏洛乔克的政治犯转送监狱中写这封信给你。春天（大概在五月里）我要到西伯利亚去了。我身体和心情都还不错。有什么关系呢！西伯利亚就西伯利亚吧，总不见得是一片荒漠。倒是妈妈不知会怎么样……"后来（三月三十一日）他又写信给弟弟说："我再说一遍：我把流放西伯利亚这件事看成我最近经常作的旅行之一。……总之，没有什么可怕。白桦屯对我说来是上了很好的一课，我真心对你说：我很好地学习了这一课。我很感谢这一次的变迁：我在格拉佐夫不能得到像在白桦屯以及在全部监狱生活和流放生活中所得到的那么多收获；这是我体验最丰富的一个最好的时期。西伯利亚是更高的一步了，看来我会十分稳健地踏上这一步去。"

役刑监狱,而只是维什尼伏洛乔克政治监狱,我背上的“维政监”三个字就是这意思。

我所进的囚室里,已经住着五个人。最先走过来招呼我的是一个青年,举止显然有军人风度。他像是穿着装马刺的长统靴似的把两只脚跟碰响一下,表示向我行礼,然后作自我介绍:

“准尉魏列夏庚。”

“柯茹霍夫。”跟着他说的一个苍老而矮壮的青年人,好像一个胡子刮得不干净的宗教法庭官员。

“彼得·米海洛维奇·伏洛霍夫。”

这伏洛霍夫长着一头乌黑的头发,相貌很秀气。

“陀罗欣科。”一个年纪轻得像中学生一样的人说。

“伊凡奈年。……”

伏洛霍夫这姓氏使我想起了不久以前刊载在《祖国纪事》上的两篇小说:《一家报纸的经历》和《潘菲尔·潘菲勒奇》。当时许多人认为文学界出现了一个新人材。我问起这件事的时候,伏洛霍夫坦率地回答:

“对,就是我。”

伊凡奈年原来就是那个芬兰工人,斯巴斯区警察局里的典狱官杰尼秀克曾经打他耳光,为此而受到革命党人的恐吓。陀罗欣科也是我在斯巴斯区警察局时的邻人。当他走到门上的监视孔旁,用响亮的声音向走廊两旁所有的囚室宣扬我带来的新闻的时候,我立刻认出了这就是做官的父亲同杰尼秀克谈起的那个青年,他曾经用同样的声音朗诵渎神的祈祷。现在他身上已经看不出一点精神错乱的痕迹。……他竭力装出文雅的样子,把洛利斯-梅里科夫这姓氏念成法国式的发音。……

这样,我在维什尼伏洛乔克政治监狱中立刻遇到了好几个熟人。

第二章　维什尼伏洛乔克政治监狱

1　维什尼伏洛乔克政治监狱中的囚犯:安德列夫斯基、安年斯基、巴甫连科夫

　　当我被送进维什尼伏洛乔克政治监狱的时候,其中已经住着约四十个人,而囚犯的数量还在不断增加。反政府运动逐渐滋长起来,社会人士对这运动的同情也日益增长;而专制政体采取警察镇压作为唯一的对付手段。他们对付已经判罪的犯人很严厉。在哈尔科夫省的别尔戈罗德和博里索格列布斯克,都设立了中央苦役刑监狱,关于狱中的制度,有许多骇人听闻的传说。狱中的犯人简直像被封闭起来似的,不许他们和外界通信或会面。实行着一种绝对隔离的制度。狱吏们的态度异常粗暴,对囚犯讲话毫不客气。因为这制度在洛利斯-梅里科夫当哈尔科夫总督的时候也曾实行,所以他的升官使人感到怀疑和仇视。姆洛杰茨基的行刺便是这种感情的表现;而他的立即被处死刑似乎证实了镇压的加强。

　　但是除了经法庭审判的明显的革命者之外,还有许多"同情者",没有根据可以对他们进行法庭审判。于是就得由"行政命令"来和这种"同情"作斗争。宪兵制度对于这方面的改革搞得十分周密。扎苏里奇的案件就已表示出这种同情革命的危险思想流布得多么普遍。罢工的情况

开始出现了,这就表明革命的宣传已经深入到工人中间。政府把各阶层的"危险思想分子"加以逮捕和流放。然而这件事要耗费许多公款。他们就想出改良的办法来:整批地遣送行政命令的流放犯。姆岑斯克和维什尼伏洛乔克的政治监狱就被指定为"危险思想分子"批发疏散的地方。

有一批已经在去年(一八七九年)从维什尼伏洛乔克遣送到西伯利亚去了。现在正在募集另一批;我知道:他们把我拘留在这里,一直要到开航的时候才送我到东西伯利亚去。我的新狱友们已经容忍到现在了,我也只得同他们一样容忍着,静候我的前途。这时候社会上对洛利斯-梅里科夫的任命似乎产生了一种"期待"和希望,我们却抱着怀疑的态度。最近一个时期以来,一切"改革"都归结为警察措施的办法。宪兵的制度突出在俄罗斯生活的前景上了。各区设立了新的宪兵司令部,增加薪俸,扩充编制,最偏僻的角落里都有了宪兵。因此,即使现在社会和报刊方面有新的期望,在我们看来这些期望也不过像以往俄罗斯所常有的期望一样,例如已故的吉尔斯就曾经在自己的报上发表他对作战将军德连津被任命为宪兵司令这件事的期望。……结果这家报纸受到警告,而一切还是依然如故。

我在维什尼伏洛乔克政治监狱中所碰到的一群人,分子相当复杂。我们之中最年长而最稳重的,是阿列克塞·亚历山大罗维奇·安德列夫斯基。他是一位教师,在敖德萨的一个中学里教俄罗斯语文。他是我在第一卷中说起过的罗夫诺中学里我的语文教师米特罗方·亚历山大罗维奇·安德列夫斯基的亲兄弟。这是一位真正的教育家,对待自己的教职和前程态度都很认真。他和德拉果玛诺夫[1]相友善;他的落入维什

----

〔1〕 米哈伊尔·彼得罗维奇·德拉果玛诺夫(1841—1895),乌克兰资产阶级民族主义思想家、历史家、政论家、民俗学者。——译者注

尼伏洛乔克政治监狱,显然正是为了这友善的缘故。在信念上,他是一个激烈的乌克兰人,即当时所谓乌克兰派。他在监禁中很痛苦,曾经利用他所有的人情关系,以求避免流放,结果居然获得成功。他具有显著的乌克兰幽默气质,有时情不自禁地根据种种事由写一些非常尖刻的评语。……典狱官拉普捷夫对他很尊敬,并且为了他手下有这个六等文官而自豪。

过了几天,由拉普捷夫亲自用心指挥,又搬进一只床铺到我们的囚室里来。

"伊波里特·巴甫洛维奇[1],谁要到我们这里来了?"我们问典狱官。

"火车上送来的……一个七等文官。……"

这个七等文官原来是尼古拉·费多罗维奇·安年斯基[2]。在群集于《祖国纪事》周围的非法集团"冷静哲学家"的集会上,我已经和他见过一次面。我在那里看到的他,是一个已经年逾三十的人,身体胖胖的,态度非常乐观而愉快。在休息的时候,一群青年老是跟着他,听他的确切的评语和不断地夹在其间的笑话、双关语和俏皮话。……他当时已经因他的经济论文出名。他一直在准备开课讲授,然而种种情况阻碍着他的学术前程,目前他一方面从事文学事业,一方面在交通部供职,那里的部长(似乎是波谢特)是喜欢任用这种有自由思想的人物的。

---

〔1〕 拉普捷夫的名字和父称。——译者注
〔2〕 安年斯基于一八八〇年流放西伯利亚,一八八三年转移到喀山,受警察监视。流放期满,从一八八七年起住在下诺夫戈罗德,在那里当地方自治会统计部主任。柯罗连科和安年斯基最初会面(在彼得堡)是在七十年代后半期。安年斯基死后,柯罗连科曾经为他写了两篇文章:《论尼古拉·费多罗维奇·安年斯基》(《俄罗斯财富》一九一二年第八期)和《第三种人》(见俄文版《柯罗连科全集》第八卷)。

"你当然是立宪主义者，"他对候补人之中的一个说，"但这不能妨碍你的职务。现在凡是有高度文化的人，都是立宪主义者。"宪兵当然不是这样想法的；自从"不拘身分，不拘地位"的命令下达之后，他们就向自由主义的机关袭击。安年斯基就成了这袭击的牺牲者之一。

他走进我们的囚室时，一边微笑，一边说着笑话，大家立刻就和他亲近了。这个优秀人物给人一种特殊的动人的乐天之感，他的周围仿佛闪耀着明亮的大气。他对于自己的职务的前程取嘲讽的态度，仿佛对临时的旅站一样。他的丰富的学识和工作才能使他对于自己的力量具有坚强的信心。在流放中，他起初从事文学事业，后来成了喀山和下诺夫戈罗德地方统计学最杰出的组织者之一，直到他迁居彼得堡的时候为止；在彼得堡，他积极地参加了《俄罗斯财富》社的工作。

他住到我们囚室里来之后不久，他们又搬一张床铺来，这已经是第七张了。伊波里特·巴甫洛维奇向我们声称：这回来的是"少校"巴甫连科夫[1]。他说这话的时候样子特别得意。

就在这一天，晚间点名以后，我们囚室的门开了，伊波里特·巴甫洛维奇走了进来。他是来访晤少校的。他一进门，直接走向他的床位，说了几句客套之后，就坐在最接近的一张床铺上了。

我很惋惜我不能详细描摹这时候的景象。他们两人相对而坐，形成一种显著的对比。拉普捷夫躯干庞大而笨拙，面孔像丑陋的巨人那么粗糙，制服钮扣全部扣上，仿佛是来拜见上司。而和他相对的，是一个瘦小

---

〔1〕　弗洛连齐·费多罗维奇·巴甫连科夫（1839—1900）是一个出版家。一八六八年为了在皮萨烈夫坟墓上的演说而被逮捕；一八六九年被流放到维亚特卡省。他被流放和受司法追究不止一次，原因都和他的出版事业有关。柯罗连科的档案中保存着他和巴甫连科夫的通信。

的人,穿着囚犯的罩衫,面貌清秀,鼻子翘起,一双生动的黑眼睛闪耀着狡狯讥讽的光辉。……

两人默默无言地对看了一会儿之后,拉普捷夫先开口:

"这是怎么一回事,少校先生?……"

"你说的是?……"

"我说的是……到底为了什么?……"

巴甫连科夫耸一耸肩膀,冷笑一下。

"我不知道。"他简单地说。

"那末,……也许你多少……总可以猜想出来吧?……"

"我猜想不出来。"巴甫连科夫断然地说;立刻蹙紧了眉头,用他那双灵活的眼睛向拉普捷夫困窘的脸上一瞥,补充说:"可是我知道你现在心里在想什么,典狱官先生!"

"不会的吧。"拉普捷夫怀疑地说。……

"你现在在想:这个前任军官,退职少校……竟说起谎来。……"

拉普捷夫有些异样了。他那双大眼睛发呆了;他不由得站起身来,狼狈地向我们大家看看。

"不错,"他惊讶地说,"一点也不错。……请原谅我,少校先生,我刚才的确是这样想。……你怎么会猜到呢……"

后来,当我们这批目击这情景的人早已离开维什尼伏洛乔克政治监狱,而另外一些临时住户占据了我们这地方的时候,拉普捷夫总是喜欢把铺位指给他们看,说七等文官作家安年斯基、另一位作家伏洛霍夫,还有许多书籍的出版者少校巴甫连科夫,都在他这里住过。

"他是一个有洞察力的人,能看出一个人心里的思想,像看一本打开的书一样。……"每次他都要这样补充几句。

　　巴甫连科夫究竟为什么被流放呢？密探怎样把他告发，详情我不得而知；然而主要原因当然由于他是一个有危险思想的出版者。这位青年军官在杜勃罗留波夫和皮萨烈夫的时代就抛弃了军职而从事书籍出版工作。对他来说，这工作当然不是为了生计（虽然他搞这工作时很讲求实利），而也是一种"精神事业"。我记得有一次在莫斯科的历史博物馆里听讲，讲演者叙述有名的天体物理学者塞基神甫的学说时，从他所著的《体力的统一》一书中引证了一些地方来同巴甫连科夫所出版的这书的俄译本相对照。作者——杰出的学者同时又是耶稣会的神甫——在原著中说：神对于物质的基本特性有直接的影响，同引力一样；然而译本中把这些地方全部删去了。我把这次的讲演传达给巴甫连科夫的时候，他冷笑一下说："当然啰！我为什么要宣扬耶稣会的诡辩学说呢！"

　　他运用他的丰富的精力、坚强的毅力和他所特有的异常狡狯的手段，努力在一系列的出版物中建立某种世界观，因此他所出版的丛书在这方面具有一定的完整性。检查机关在这点上对付不了他，他善于应付这一关：有时行贿，有时干脆施用狡狯手段。在出版皮萨烈夫的作品时，检查机关删除了一篇论文，并且议决对出版者起诉。在没收书籍而尚未开庭审判的期间，巴甫连科夫赶紧到莫斯科去了一趟，把皮萨烈夫这篇犯禁的论文呈交给莫斯科的书刊检查机关，而且……获得了出版的许可。于是检查机关在法庭上陷入了极困窘的状态，因为彼得堡的法庭在审判莫斯科检查机关所赞同的事。法庭宣告巴甫连科夫无罪，但是决定删去那篇论文。巴甫连科夫带一个速记员到公开审判的法庭上，叫他把双方的辩论记录下来。当时检察官引证了这篇文章中构成罪状的部分。辩护人则又广泛地引证了这文章中其他的部分。这样，在辩论中几乎整篇文章都被引证到了。而那时候公开审判的诉讼程序是可以刊印出来的，因此巴甫连科夫就把速记员的记录刊登在最后一卷中。这样一来，司法追究并未妨碍这篇论文的刊行，却反而帮助宣扬了它[1]。

我还记得这样一件事：巴甫连科夫出版了一册初级识字课本，检查机关立刻把它没收了[2]。关于这册"有危险思想的识字课本"的消息立刻在青年中间传播开了，这册书就秘密地流传开来。后来巴甫连科夫请人写了一篇序言，序言的作者把巴甫连科夫所出版的识字课本狠狠批评了一通，劝大家不要采用这课本，而推荐他自己所编的一册来作为初学用书。检查机关通过了这册书，却没有注意到刊在这篇序言后面的……依然是他们所禁止出版的那册课本。……这么一来，巴甫连科夫只消把这篇序言取消，——对于这一点他有合法的权利，——那册书就照样可出，并且十分畅销，因为他这套把戏又被广大群众知道了。这一次检查机关没有冒险作第二次诉讼。

他的全部出版事业，都是这样在和检查机关的斗争中进行的。精密的合法的检查，对这一切当然都抓不到罪名。总不能因为检查员愚昧或受贿而把出版者依法惩办。然而行政命令及其所谓"危险思想"的罪名，又是另一回事。巴甫连科夫起初被流放到维亚特卡。

---

〔1〕 柯罗连科叙述的这件事，发生在一八六六年出版皮萨烈夫作品第二卷的时候。这书的被扣留，是由于《俄罗斯的吉诃德先生》和《贫乏的俄罗斯思想》这两篇论文中的"思想倾向和目的有毒害，违反现行出版法令"。

〔2〕 这册书的题名起初是《教学及自修用实观初级识字课本》。一八七六年再版的时候，改名为《看图识字及习字。教学及自修用实观初级识字课本》。

　　他在那里又使用巧计,出版了一本集子,叫做《维亚特卡勿忘草》[1],它是集合几个流放犯的文学力量来搞的。这集子有显著的揭露性,不但在当地畅销,而且在一般书籍市场上普遍风行。于是又替检查机关招来了许多麻烦。

　　在那里,还发生了一件颇能表现巴甫连科夫性格的事。京城里给他送来一个通知,要他到彼得堡去两个星期。在流放中要请假是毫无希望的。他只得又使用巧计。

　　那时候在维亚特卡已经实行一种特殊的监视方式:流放犯必须每天到警察局去签到。但他们对巴甫连科夫还算客气:他推托有病,他们就派一个警察每天到他住的地方来看他。后来巴甫连科夫又获得了更进一步的便利:警察不必看到他本人,只要问一问房东太太。巴甫连科夫使这警察的监视得到了方便,因为他的房间是在楼上的,房间的窗子朝着街道;每天傍晚在一定的时候,巴甫连科夫总是在房间里踱步,他的影子保持均匀的间隔闪现在灯光照亮的窗帘上。从某一个时期起,房东太太(顺便说一声:她对于这位"有危险思想的"房客是很忠诚的)告诉警察,说巴甫连科夫身体不好,脾气很暴躁,没有十分必要的事,就连她也不许走进他房间里去。然而这个被监视者的影子还是在一定时间出现在被照亮的窗帘上,所以警察很放心。

　　这样过了一个星期。这期间巴甫连科夫已经在彼得堡,映在窗帘上的是房东家的儿子的影子,他是"因病"而裹着围巾的。警察终于怀疑起来。他老是去纠缠房东太太,最后要求她放他上去看看这房客。房东太

────────────

　　〔1〕 是一八七七年维亚特卡省的纪念册。是非官方的出版物,于一八七七年在圣彼得堡出版。这集子里收载着从维亚特卡省各地汇集的报导,一年中发行了两版。一八七八年《维亚特卡勿忘草》被没收并销毁。

太用种种口实来拒绝他,同时用暗号拍了一个电报到彼得堡去。此后警察又勉强看了三天窗上的影子;然而他的怀疑和不安增长起来,渐渐地表现在行动中了。他坚决要求会面。形势紧张起来。最后警察忍耐不住了,他和房东太太争吵了一会儿之后,把她推开,冲上扶梯去,大声地叫嚷着,要巴甫连科夫出来见他。他已经走到扶梯顶了,这时候房门突然打开,门口出现了……巴甫连科夫。

"你为什么在这里吵闹!……滚蛋!我要去向省长控告!"

警察大吃一惊,险些从扶梯上倒栽下来。原来巴甫连科夫是半小时之前在暮色中回来,悄悄地走进屋子里的。巴甫连科夫很喜欢讲这件事,他回想起这事的时候一双生动的眼睛发出满意的光辉。

后来,全靠各方面的人情关系和自己不屈不挠的精神,他居然摆脱监视,回到了彼得堡。于是宪兵们又有机会看到他那一套对付检查机关的刻毒的嘲弄手段以及……他的《维亚特卡勿忘草》了。从维亚特卡省里雪片似的飞来了许多对这集子的控诉书,说这些"有危险思想的"流放犯在这集子里大肆讥讽忠诚的维亚特卡行政当局。最后官方厌烦了,就把巴甫连科夫送进维什尼伏洛乔克政治监狱。他怎么能够正确地回答伊波里特·巴甫洛维奇·拉普捷夫所提出的他为什么流放的问题呢?……

他是一个"同情者",这是无疑的。有一次,我们的囚室里谈论到这样一个问题:要发展俄国的政治,除了采用恐怖手段以外还有什么办法?我始终认为:必须提高人民的思想水平;为此必须由和平的知识分子到民间去作广泛的文化宣传;只要秘密地宣传一种政治观点,即非改变制度不可。巴甫连科夫坚决反对,他说:教育受到了摧毁,教师变成了官家的识字教学的机器,而秘密的思想教育工作要求宣传者具有"超预算的"品质。

因此只剩下一条路可走，这便是采用恐怖手段。

他作这反驳的时候语气非常坚决，使我吃惊。巴甫连科夫的声音平常总是柔和微弱的，这时候却带着愤怒的语调。大部分谈话者都同意他的见解。这是当时社会上的一般情绪。……这是情势使然。

2　彼佳·波波夫的经历

那时候充塞在维什尼伏洛乔克政治监狱的囚室里的知识青年之中，最奇特的人物之一，我认为是彼得·佐西莫维奇·波波夫，我们大家都用他的小名，随随便便地称他为彼佳·波波夫。他出生于彼得罗查沃德斯克，在当地和我的妹夫洛希卡辽夫同在某中学念书。我和他相识，还在自由的时候，我们曾一同到彼得堡区一位弹药厂工长列别杰夫那里去学习钳工。

那时候（一八七九年）他二十一岁。在他的外貌上全然看不出一点"知识分子"的特征。衣着很随便，穿一件普通的短褂，很像工厂里的学徒，却不像是外科医学院的学生。……只有跟这个貌似傻头傻脑的青年谈过话之后，才可看出在这拙陋的外貌里隐藏着卓尔不群而异常奇特的个性。

谢德林有一篇短篇小说叫做《倔强的柯罗纳特》。其中叙述的是：有一个牧师的儿子，不愿承继父业，却希望耕田。后来，谢德林虚构出来的这个主角的愿望和书刊检查机关的规矩发生了严重的抵触，在个别的版本里，这青年竟变成了"不孝的柯罗纳特"——表姐马欣卡的儿子；他的不孝的程度也缓和了，他已经不想耕田，而只是希望把他母亲所选定的法律职业改变为医学职业。体面人家的儿子，连在小说故事中也不应该像农民一样耕田。……

然而事实上,我这一代中的大多数青年都有这样的志愿,也许这就是危险所在。起初是耕田,后来是宣传。而多年的民粹主义文学宣传并没有徒劳,那时候已经有许多人表示希望单纯地过劳苦的生活,平民化,此外毫无别的目的;彼佳·波波夫便是这种青年之中的一个。他十分坦白地说:他的信念还没有形成;他不认为自己是革命者,他只是想试试看:他能不能过劳苦的生活;因为在知识分子的职业之中,没有一种使他感到兴趣。而同时,他的性格中有一种特点,使他能很快地和普通人亲近。他既不想从事教育,也不想搞宣传工作,他只希望在和劳动人民同样的环境中过劳苦的生活。……为此,他决心进彼得堡的一个工厂里去工作。

他和工厂——好像是弹药厂——里的青年工人们相识之后,照例立刻和他们成为亲密的朋友,就在工厂里找到了一个职位;最初上工的时候,工人们帮助他(并不瞒过工长)完成有期限的任务。那时候他还是外科医学院的学生,这一点他在工人们面前当然并不隐瞒。他对待他们很坦率,好像对待同辈或朋友一样。休假日和他们同去看戏,空闲的时候大家一起读书。读的书当然是各种各样的,因为这班青年已经部分地受到当时开始发生的骚动的影响。彼佳·波波夫不是一个宣传者,而只是工人中的一员,他们一起努力解决时代给他们提出的问题。那时候我和他很少见面,然而当我们见面的时候,他总是津津有味地把他在新环境中的生活情况讲给我听。他照旧不认为自己是革命者,坚决拒绝一切"党的委托"。

他这实验将会得到怎样的结果却很难说。然而在当时,这种"柯罗纳特"的立足点是不可靠的。谢德林的柯罗纳特(在初版中)后来也立刻就体验到了特权阶级人家的儿子从事非特权阶级工作时的种种不方便之处。彼佳·波波夫也在实验中体验到了这一点。这一班工人空闲的时候不喝酒而大家一起读书,招致了告密,引起了宪兵的注意。有一天,同事们都在工厂里,而彼佳因为身体不舒服,独个儿留在家里;他从窗子里望见警察和几个见证人正在走来。他猜想他们是到这里来的,立刻拿起一本正当的小册子《愉乐村》。这几个突如其来的访客走进来,看见他正在埋头读书。他的样子与年龄不符,看来要年轻些,很像工厂里的学徒,读起书来嗑嗑巴巴的。

他就靠这一点来实行他的防卫计划,而且表演得非常出色;执行搜查的宪兵甚至在搜出了一些秘密印刷物之后,也还是全都相信这个"傻头傻脑的小伙子"对他说的话,即:这些秘密印刷物是一个年轻的先生送来的。……

"是戴眼镜、披大绒巾的吧?"宪兵表示明察的样子插嘴说。

"对呀,戴眼镜、披大绒巾的。他叫我一定要读一遍。可是他的书读起来挺枯燥的,这本《愉乐村》要有趣得多了。……"

这时候他的同事们从工厂里回来了。波波夫奔上前去迎接他们,兴奋得气都喘不过来地说:他已经把那个戴眼镜、披大绒巾的大学生的事全部告诉了这位大人。既然这些书有毒害,那就由他自己去负责好了。……

这一切做得都很自然。所以当局虽然为了维持秩序起见把工人们逮捕起来,然而过了两三天,对他们作了相当的训诫之后就释放了他们。宪兵还特地对彼佳·波波夫另外作了一番忠告:"你还是回家乡去好,像你这样的傻瓜住在京城里是很不合适的,你要是被他们缠住,就完蛋了。你看,你连自己的姓名都不会签。……"

这件事对全体工人们原是可以平安无事地过去的,不料这时候发生了一个特殊的情况。在搜查时作见证的人之中,碰巧有一个是彼佳不久以前以医学院学生名义租住的那所公寓里管院子的人。由于这个特殊的青年的古怪想法,他迁居到工人们这里来的时候竟连姓氏都不改换,只是在公民证上把大学生的身分改成了农民的身分。这个管院子的是一个傻头傻脑的小伙子;他看见大学生忽然变成了一个工人,觉得惊奇而不可解。在搜查的时候他不敢说出他的发现来;然而过了两天,他慎重地把这件事从头至尾考虑了一下,终于把自己的怀疑告诉了这公寓的管理人,管理人立刻打发他到长官那里去。宪兵们起初不相信,因为宣传者不改名换姓是难于想象的。然而经过一番调查之后,终于证实了被他们认为是傻瓜并好意劝他离开彼得堡的原来是这么一个人。

波波夫当然遵行了这劝告。他对同事们作了极详细的指示,教他们采取怎样的态度,然后回到故乡彼得罗查沃德斯克,向征兵处报了名,因为他认为关于他个人继续求学的问题还没有解决。那些工人第二次被逮捕,然而不久又被释放了;而波波夫顺利地办完了兵役上的手续之后,暂且来到了莫斯科。

在这里,凶恶的命运打发他躲进了我在第二卷里曾经说起过的奸细林希晋的秘密寓所里。这时候林希晋的行径已经完全揭穿,他已被刺死了。我曾经叙述过这秘密寓所的主人被刺死后寓客们日日夜夜提心吊胆的情况。现在我要把这件事重提一下。林希晋的寓所里住着三个寓客:一个是波波夫;一个是我在第二卷里也曾说起过的那个"革命玩好者"斯××夫,这人不顾第一次被捕所得的教训,又参加了某种秘密活动,因此不得不躲避起来;和他们同住的还有一个不久以前从内地来的农民出身的工人。这可怜的人一到莫斯科,钱和公民证就被偷去了。彼佳・波波夫在车站上看到他为了失窃而张皇不知所措,就劝他暂时住在秘密寓所里,等候他家乡的人按照这地址补寄新公民证来。波波夫立刻和他交上了朋友,在公民证没有寄到以前,他不能抛弃他。

在大约两个星期之内,警察还不知道他们那只敏捷的走狗已经被杀死了躺在莫斯科某旅馆的房间里。"党"获悉了关于这秘密寓所的事,就决定把这消息预先通知斯××夫。半夜里门铃响了。斯××夫出去开门,和他答话的是管院子人的声音;管院子的带进一个陌生人来,这人把一封封好的信递给斯××夫,两个人立刻一同离去了。斯××夫回进卧室,打开信封,忽然脸色大变,立刻奔到扶梯平台上去喊那两个人回来。然而黑暗的扶梯上没有一个人答应他。斯××夫回到房间里,倒在床上,把面孔埋在枕头里了;波波夫再三问他,他只是挥着手说:"请你别问我,别问我! ……"波波夫用力夺取了他那封神秘的信。这信里说:屋主奸细林希晋已按照党的判决处死,特此通知斯××夫;但关于此事,即使"在死刑的威胁下"也不得告诉任何人。

第二天早上,斯××夫就离开了这屋子;然而波波夫因为同情那个对万事都不关心而天天盼待公民证的工人,不能离开这屋子。这不祥的屋子里这两个寓客的心情,是不难想象的。那工人一早就到工厂去,波波夫则到彼得农林学院和学生们的寓所里去一一通知和林希晋有关的人们。"死刑的威胁"没有吓倒波波夫,不久,所有的急进青年都知道了林希晋的命运。波波夫起初不相信他这个工人朋友是奸细,认为这杀害是一个非常不幸的错误。直到后来看了林希晋的妻子的供词,方才相信这怀疑是有根据的。而在这以前,他每晚回到他朋友那里,两人一同度着惊惶不安的夜晚,时时刻刻提防着警察的突然来到。那工人除此以外又怀着迷信的恐怖,他似乎觉得已死的屋主正在黑暗的房间里走来走去。

公民证终于寄到了,波波夫这才可以离开他的朋友,这朋友就公开地迁移到新居去了。在这以后,尸体的臭气方才从旅馆的房间里散布出来,人们把门打开,杀人事件就被发觉了。他们连忙奔向林希晋的寓所里,然而里面已经空无一人。

波波夫就同斯××夫一样开始过秘密的飘泊生活。这时莫斯科进行了严密的搜查,不久斯××夫就被捕了。这个"革命玩好者"立刻采用他一贯的办法:问他的事,他全都说出来;连根本没有问他的事也都说出来。他又说出秘密寓所里其他的寓客。警察当然断定:波波夫是一个"重要而老练的政治犯",就加紧侦查他。不久他也被捕了。

为了林希晋的事件,成立了一个特别侦查委员会,在区法院里召开会议。这些会议都开得很严肃,至少在委员会没有审讯波波夫以前是很严肃的。然而波波夫对付侦查员们完全是另一种态度。他们把斯××夫的供词给他看,这供词的末了是斯××夫对朋友们说的话,请求他们顾念他"这供词是在牢狱里写的"。波波夫看了这供词,就坦白地声明,说他还没有一定的政治信念,然而他自从出学校以来就嫌恶告密。因此无论把他在监牢里关上多久,从他那里也得不到任何关于别人的供词。关于他自己,他全部都可以说出来。然而主席还是给了他一张纸,叫他详细地看看斯××夫的供词之后,十分坦白地回答一切问题。波波夫耸一耸肩膀,拿了这张纸,就写供词,写好之后交还主席。主席起初照例庄严郑重地宣读,然而不久完全失去了严肃的态度,而且几乎不能大声地把它读完。原来波波夫的供词开头也用庄严堂皇的语调,然而后来突如其来地插入许多意想不到的幽默话,而同时又无处不采用通行的公文呈式,使得满座不断地哈哈大笑。甚至法院里其他部门的官员也推开了门,悄悄地溜进正在进行热闹的审讯的这个房间里来。以后每逢带这个傻头傻脑、其貌不扬的小伙子来审讯的时候,都发生同样的情形。他善于利用严肃的公文体裁的特点来表现幽默,又善于在官方的行为中找出出人意外的可笑之处。起初人们看他傻头傻脑,就都用傲慢的宽容态度来对付他。有一次,他要求把他从一向所拘禁的某区警察局迁移到比较像样而卫生的地方去。委员之中有一个人,是一个年轻的副检察官,傲慢地告诉他说,他自己当大学生的时候也曾被监禁在这区警察局里。波波夫叹一口气,兴奋地望望他说:

"你从那时候起就痛改前非,因此弄到了这么高贵的地位。……请你告诉我,你是怎样弄到手的? 也许上帝也会赏赐给我? ……"

又是哄堂大笑。大概这个年轻的副检察官有种种原因不能向大家公开他这张良方,因此他后悔不该对这狡猾的青年说这傲慢的体谅话。

这委员会的主席的姓氏,我现在记不起来了。这个人大概并不傻,能够看出真相。他看到:这青年几乎还是一个孩子,很有才能,特别可亲;只是由于我们这种制度的特点关系,才被牵连到政治谋杀案的惨史中来。在审讯将近终了的时候,他对波波夫完全放弃了枯燥无味的官腔,甚至……在临别时承认自己希望他今后仍然保持这样的性格,并且承认他的嫌恶告密是很正常的。……

委员会对波波夫作了极好的评语;如果这件事由委员会来作决定,波波夫当然会立刻获释。然而……宪兵们对于这个"倔强的柯罗纳特"和他的彼得堡朋友们所做的勾当,看法比较严厉。因此有一天,波波夫终于加入了维什尼伏洛乔克政治监狱的团体,后来又到了东西伯利亚。

这个人使我们的牢狱生活增加了许多生气。他自己显然越来越意识到了自己具有内在的幽默感,仿佛怀着几分得意的心情倾听着这种幽默。有时他竟喜欢考验这幽默的力量。每逢我们感到监禁的苦闷的时候,只要傻头傻脑的波波夫到囚室里来说几句出人意料的笑话,苦闷的空气就消散了。到了后来,他只要一出现,就发生这作用。我们这里有一个工人,姓伏洛斯科夫。这是一个体格强壮而略显笨重的小伙子,他的动作迟钝,仿佛不胜疲劳的样子。在有一次拘押所犯人暴动的时候,好像是特列波夫迫害鲍果留波夫〔1〕的时候,他被"戴上了袖套"〔2〕。这玩意儿如果使用得略不小心,正像伏洛斯科夫所说,"会把人一生都毁了"。而他的确给毁了:常常咳嗽,行动萎靡不振,心境苦闷起来。……只有波波夫能够替他解忧。他对他有这样的权威:有时他只要对他异样地眨一眨眼睛,或者伸出一根手指,伏洛斯科夫立刻笑起来;稍微继续长久些,他就笑不可抑,倒在床上,要求朋友们把波波夫拉走。……

然而波波夫毕竟只是像普希金称呼果戈理那样的一个"愉快的忧郁者"。有一次,他又用他的意想不到的把戏驱散了牢狱中苦闷的乌云,这时候我就和他并坐在囚犯床上,对他说:

"彼佳,你真是个幸福的人。你有这么无穷的活生生的乐趣。"

他的两眼突然晦暗,沉思地向前注视了一会儿,说:

"可是,……以后请你回忆起这番话。我将来大概会自杀的。……"

那时候我认为这是开玩笑的话。让我把后来的事在这里提前说一说:波波夫起初被流放到克拉斯诺雅尔斯克,后来来到米努辛斯克。就在同一个时候,我妹夫一家和我母亲也在这两个城市里居住。彼佳和他

---

〔1〕　见本书第二卷(即本译文集第十一卷)第四章第十二节。

〔2〕　为了使烈性的或疯狂的囚犯不能用双手给自己或别人带来损害,给他戴上一双结实的皮袖套,并用皮带紧紧地系住胸部,使双手固定在躯体两旁,不得动弹。——译者注

们很要好；常常到他们那里去，那时他照旧能使流放的同伴们大家开心。然而有时他显示出一些神经质和不正常的态度。……

这愉快的青年的忧郁的源泉究竟潜伏在哪里呢？

母亲和妹妹告诉我下面的事情：……在克拉斯诺雅尔斯克形成了一个庞大而和睦的流放犯集团。后来当局因为克拉斯诺雅尔斯克位于西伯利亚大道上，所以认为最好把这些流放犯调往米努辛斯克去。似乎正是到了米努辛斯克之后，有一个著名的西伯利亚流放考察家美国人肯南[1]来访问他们。这个美国人在描写流放犯们为他举行的几次郊外野餐之中某一次的情景时，提到了一大群年纪很轻的姑娘，她们是由敖德萨总督托特列弁——说得更正确些，是他的副官巴纽津——从南方流放过来的。肯南替其中一个像孩子一样活泼的半童年姑娘速写了一个肖像，然后引证了他对陪他同来的一个美术家朋友说的话。

"你知道，"一个美国人对另一个美国人说，"假定我是俄国皇帝，而不把这种姑娘赶到万里之外不能安枕的话，那么……我情愿抛弃这不安的王位。……"

这些姑娘之中有一个人，也许就是肯南所描写的那一个，和波波夫很要好，他们一同到我母亲和妹妹的寓所里来，常常一连几小时愉快地谈笑。这姑娘喜欢和愉快的彼佳在一起，然而有时候要生他的气，为的是他对她态度不严肃，常常讥笑她。

实际上，他对她的态度竟是过分严肃的。有一次，他们两个人又在隔壁房间里谈话，一时谈笑声停息了，突然传出那姑娘的吃惊的声音：

---

〔1〕　乔治·肯南(1845—1924)是美国新闻记者。一八八五年为了考察西伯利亚流放的情况，在西伯利亚作了一次旅行。肯南把他所得的印象发表在《西伯利亚与流放》一书中，这书曾被译成俄文。肯南和柯罗连科相识，这本书里有好几处提到柯罗连科。

"你们听,你们听!……彼佳的的确确在向我求爱了!"

"你真的相信了!你怎么算得上聪明,"波波夫用平常的嘲笑语气回答,"一个严肃的人才不会向她这种人求爱呢!"

于是他又向她说了许多挑拨性的俏皮话。……然而过了一会儿,又肃静下来,接着又传来这姑娘得意的声音。她拍手叫喊:

"千真万确,他在吻我的手。……他的眼睛里淌着眼泪!……他哭了,他哭了!你说,这还不算严肃吗?"

"你又信以为真了。傻瓜,你这傻——瓜!"

于是隔壁房间里又肃静无声了。略微听得见彼佳轻微的声音。他在说什么呢?也许是在劝告她,要她严肃地、不用儿戏的态度对待他所说的话;也许是在竭力向她表明:这些开玩笑的话有时使他感到多么痛苦,他要求她认真地重视他的感情。……但是这个无情的姑娘只知道波波夫是"滑稽的",和他在一起是愉快的;却不能设想在这没有骑士气概的外貌之下会有别的感情。不久有一个波兰籍大学生从华沙来到这流放城中,她就做了他的妻子。

我不能确切地知道:这浪漫事件对波波夫的决心有没有直接影响,或许另有别的原因。总之,还在我的流放期结束以前,流放犯之中就流传着一个消息,说愉快的彼佳·波波夫开枪自杀了。

3　青年施威佐夫的经历

在维什尼伏洛乔克政治监狱的知识青年中,还有一个有趣的人,在入狱以前有一段奇特的经历。这人叫做谢尔盖·波尔菲列维奇·施威

佐夫〔1〕,后来是有名的西伯利亚统计学者兼作家,晚年曾在失败的立宪
会议时期起过相当显著的作用。他进维什尼伏洛乔克政治监狱的时候
还不过十九岁,然而早已干过秘密工作,并且在梯弗里斯的监狱即所谓
密杰赫城堡里被监禁过。

　　他年纪很轻的时候,参加了一个也很年轻的革命集团,有一次这集
团派他去做宣传工作。他们交给他一大捆秘密印刷品,叫他沿着尼古拉
铁路步行前去。他必须在一路上作宣传,并且分发这些印刷品以加强宣
传的效果。这青年出发之后,立刻看到没有合适的条件可以开展工作,
于是他就没有作任何宣传,把那包秘密印刷品原封不动地拿着,直到后
来他在路上某地方病倒了。人们就把他连同他的包裹送进某县城的医
院里,这县城似乎是属于特维尔省的。他在这里有一个时期不省人事,
后来复元了,就出医院,带了他的没有被人拆看的包裹回到同志们那里。
这地方正在进行弹压,同志们认为应该把他送到梯弗里斯以求安全,他
在那里通过介绍参加了奥尔别里阿尼公爵的集团〔2〕,过着秘密的生活。

------

　　〔1〕　谢尔盖·波尔菲列维奇·施威佐夫(1858—1930)一八七八年被判处六年苦役
刑,改为流放西西伯利亚。后来是人种志学家、政论家、统计学家。施威佐夫曾在《苦役与
流放》杂志(一九二七年第八期)上发表一篇回忆录:《符·加·柯罗连科在维什尼伏洛乔
克》。作者在这篇回忆录里这样描绘柯罗连科的肖像:"一个永远生气勃勃、奋发有为、体
态匀称而身材矮壮的青年人,长着一头浓密的、鬈曲得很厉害的暗栗色头发,这头发特别
优雅地遮掩着他的大脑袋,弯弯曲曲地垂下去,几乎垂到肩膀上。额下长着一大片浓密的
胡须。一双乌黑的炯炯发光的眼睛有时显出特别深刻而凝神的表情。身上穿的是白色粗
麻布的囚犯衬衫,或灰色呢绒的短褂,腰里束着一条细皮带。脚踏一双长统靴。——我记
得那时候的柯罗连科便是这样。……""柯罗连科具有罕见的、我不称之为安详然而异常
稳重沉着的性格,这使得他在朋友们中间占有完全特殊的地位。对无论什么人谈话,总是
质朴而温和,毫不装腔作势,然而每个人都在这温和之中感到异常强韧和坚定的精神。他
对周围的人的态度,具有深思熟虑的特色,同时又异常清楚而明确。……"

　　〔2〕　这里显然是指约塞里阿尼的集团,因为施威佐夫是为了这集团的案件而被
逮捕的。

这个周旋于梯弗里斯上流社会中的格鲁吉亚公爵显然已经在这城里组织了一个革命的秘密集团,参加者都是上流社会的青年。那时有人说,连前任高加索总督(可惜我已经忘记了他的姓氏)的女儿也曾参加他这集团。宪兵听到了关于这集团的一些风声,甚至进行过搜查,然而找不出明确的证据。消息传到了彼得堡,这里的人认为所采取的措施之所以失败,是有权势的人参与在内而加以庇护的缘故。

在一次搜查中,改名换姓的施威佐夫被逮捕了。当局看见这青年差不多是一个孩子,就产生一种希望:也许他会说出他们所注目的组织来。然而这青年一点供词也没有。

那时候发生了一件几乎难于置信的事。有一次,施威佐夫光穿着内衣坐在他的囚室里,门忽然打开了,一个中年军官走进囚室来,这人身穿一件束腰的袍子,头戴一顶白色的毛皮高帽。军官走到囚室的那一头,把毛皮帽子放在窗下的桌子上,然后回到施威佐夫所坐的铺位方面,走近去对他说:

"青年人!你落到了一个危险的集团里,要受严重的惩罚了。可是你如果把你所知道的关于奥尔别里阿尼公爵和参加他集团的所有的人的情况都说出来,你还可以避免威胁着你的命运。"

这青年只受过最普通的教育,不懂得虚文客套,而且性子很暴躁。他知道对方是在劝他为了减轻自己应得的命运而当叛徒,就愤怒起来。

"你听、听着,"他说的时候略微有点口吃,遇到情绪激动的时候他总是这样,"你听、听着!拿起你的毛皮帽子给我滚出去,从此不要再来向正直的人作卑鄙的劝告。"

军官显然很窘,但他立刻拿起他的毛皮帽子走了出去。原来这青年用这样不客气的态度赶走的,是……米哈伊尔·尼古拉耶维奇大公本人。这位大公显然非常关心奥尔别里阿尼公爵的事件；他认为那些有权势的参加者巧妙地阻挠着侦查，因此他从报告中得悉搜查奥尔别里阿尼家时逮捕了一个青年之后，就决定用自己的威严来压制他，逼出重要的供词来。结果证明：把高贵的身分同侦察员的职权结合起来，有时是不相宜的。

　　此后不久，这青年竟还没有来得及穿好衣服，就有几个看守闯进他的囚室里来，不管他光穿着一身内衣，就把他拖去关进了禁闭室。禁闭室位于监狱的院子中央。密杰赫城堡本来是一个要塞，而禁闭室本来是火药库。墙壁几乎有两公尺厚，窗洞作锯齿形排列。里面完全黑暗，地面盖着有黏性的烂泥，有些爬虫在地面上蠢动或爬行。罪行特别重大的犯人才关进这里面。这青年这一次所犯的罪，算是"特别重大"的。

　　他们把他在这里关了几天，拖出来的时候他已经不省人事，就被送进监狱医院。他患了化脓性胸膜炎。要不是囚犯集团对关进禁闭室的人特别用心保护的话，他的结果可能更坏。就在他被关进去的那一天，午饭后，大家正在院子里散步的时候，突然传来一阵疯狂般的喧噪声：苦役犯之中演出了一场全武行，就像暴躁的高加索人所擅长的那种打架一样。这真像是一场正式的监狱暴动，眼看囚犯们要拆毁监狱的墙壁了。所有的看守和当时在场的卫兵都奔到这院子远处发出喊声的角落里去了。这时候有人用万能钥匙把石屋的门打开。一个囚犯跑了进去，把一瓶白兰地和一包食物递给施威佐夫，匆忙地对他说："做三天吃。"又照样把门锁好而离去了。此后不久，打架也就平息下去。过了三天，同样的事件又发生一次。全靠这样，这青年才得保全性命。

　　他来到维什尼伏洛乔克政治监狱的时候，身体非常虚弱，常常咳嗽得喘不过气来。全靠体格魁梧，后来终于恢复了健康。……

4   工人们

此后我们又碰到许多当时关在维什尼伏洛乔克政治监狱里的知识青年代表人物。其中有各种高等学校的学生;有中学生,例如陀罗欣科,记得还有巴齐列夫斯基,他是我的同乡,日托米尔中学的六年级生;有各种机关的职员,例如柯茹霍夫等;有一个刚刚毕业的青年医生陀尔果波洛夫;还有准尉魏列夏庚;另外有一个退职军官阿哈特金,但已经是三十岁以上的人,而且是个病人。……记得还有大学生阿列克塞耶夫和鲍果留波夫,此外似乎还有乡村小学教师克涅捷夫斯基。其中有几个人的生涯很可能也富有趣味,然而我不知道。

后来进来了一大批工人,他们是从拘押所和莫斯科的一些区警察局里被迁移过来的。其中大部分是很年轻的人,只有一个白俄罗斯人杰维特尼科夫是例外,他已经三十开外了。这些青年工人之中特别鲜明地浮现在我记忆中的,是一个几近于儿童的人,叫做施哈诺夫。当他被带进维什尼伏洛乔克政治监狱来的时候,恐怕还不满十九岁,而且外貌上看来还要年轻。他那张有两个酒窝的圆圆的脸儿,像小孩子一般鲜嫩红润,虽然这个半儿童的人已经在拘押所里关了四年光景了。秘密的政治组织红十字会的代表们立刻注意到了这个很可爱的小工人,尽力把他可能需要的东西供给他。他特别需要书籍,常常贪婪地阅读内容最严肃的作品。他一连好几天热中地读书,这种阅读使他小小的头脑里发生怎样混乱的情况,是难于想象的。这个像海绵一般吸收新思想的可怜的青年,没有基本修养,也没有指导,真是所谓弄得七荤八素。当囚室(在一天之中的某一段时间内)开着门的时候,施哈诺夫(或者小施——我们在不久以后就这样称呼他了)的响亮的声音时时从这个或那个囚室里传来,他常常跑进各个囚室里去和人们喧哗争论。他和人争论时满怀热情,异常兴奋,常常广征博引地企图压服对方。有时他的引证使人发笑,大大地违反一般正常的想法。然而施哈诺夫并不因此而感到发窘,他宁愿违反正常思想而不愿放弃引证。

他的记忆力是可惊的,他的声调总是像小孩子一般兴高采烈。

"伟大的英国经济学家约翰·斯图亚特·密尔写过一本关于功利主义和自由的英明的书,……"他的充满热情的孩子气的声音在一个囚室里响出。……

"伟大的俄罗斯哲学家尼古拉·康斯坦丁诺维奇·米海洛夫斯基关于这件事曾经说……"过了半个钟头又从另一个囚室里响出。……

"真正讲求实践的俄罗斯工人奥勃卢契夫对我说过。"又在第三个囚室里响出。……这个奥勃卢契夫显然曾给施哈诺夫这孩子以不可磨灭的印象,因为他把他的见解同最高深的引证一样看待。我们大伙儿对小施都带着几分温柔的态度,仿佛对待小孩一般。然而当他的蜜蜂般连绵不断的嗡嗡声使某囚室里的人们太厌烦了的时候,我们有时也不免带着笑把他从那里拉出来。……

他被分派在第一批里,流放到了东西伯利亚。有一个流放同伴在那边和他相会,后来讲了一件关于他的奇怪行为给我听,这也是由于博览群书而来的。据说有一次他们两人决心一块儿从克拉斯诺雅尔斯克区或许是米努辛斯克区的某流放地逃走。有一段路须得坐小船在叶尼塞河的激流中驶行。小施不会驾舟,坐着打桨;那个较有经验的同伴掌舵。有人约好了在叶尼塞河岸上某地方等候他们,以便告诉他们必要的消息和地址。为了避免错误,他们约定:打桨的人必须在面颊上扎一条手帕,仿佛牙齿痛的样子。然而当他们的小船驶近约定的地点时,出乎他的同伴意料之外,施哈诺夫竟坚决地拒绝在面颊上扎手帕。河流转弯的地方很危险,舵手不能离开他的位置;他百般地劝说施哈诺夫,可是施哈诺夫回答说:手帕会使他的样子不美观;他就向他的同伴搬出许多关于"审美因素"在生活中的重要性的引证来。他说在约定地点等候的流放犯可能是一个姑娘或者妇人。就在争吵和引证的期间,急流已经把小船冲走,于是就没有照预约那样获得消息。

在这逃亡中又有一次,他们装作矿工的模样经过一个村子。在借宿的地方,施哈诺夫想要吃点牛奶。这一天正是斋戒日,主人家指出了这一点,岂知施哈诺夫竟慷慨激昂地开始从通俗的卫生学读物中引用那些阐述乳制品的营养价值的文字,几乎露出了马脚。幸而这时候关于两个政治犯逃走的消息还没有传到这村子里。

拉甫罗夫曾在《前进》杂志上发表一种数学的计算:按照逐渐增长的级数规律,到什么时候俄国将全部被革命意识所包围。他认为一个工人宣传者等于五个知识分子。理论的计算不一定和事实相一致。我从我当时的观察中作出了另一个结论。在那时候,有许多工人狼吞虎咽地读了一大堆革命书籍之后,就不懂得率直地和他们的工人弟兄谈话了,他们没有注意到自己的过分书卷气的谈话引起了多么幽默的惊异。有一次,我已经上路了,曾看到这样一件事:一批政治犯来到托姆斯克的转送监狱。厨房里的地盘已经全部被早到的几批刑事犯占据了。大伙儿就派一个工人去交涉,这工人以读过马克思著作知名,并且同他可以自由地谈论任何抽象问题。他就被派作调停人前去交涉。当时我是这一批政治犯的领队人;过了一会儿,人们告诉我说:须得前去救出我们的军使来了。我跑到厨房里,看见他被一群囚犯包围着。他站在中央,正在引经据典地谈论团结的必要性。囚犯们好像看一个不曾见过的怪物似的看着他;四面八方发出讽刺和挖苦的话声。……其实,只用了几句简单的话,这件事就办妥了。

"早就该这么说!"群众里面传出这样的话声,"何必搬出一大套莫名其妙的理论来。"

然而,在太年轻的时候就被新思想的旋涡所包围的知识分子之中,我有时也看到过这种情况。……

5　处在作恶的地位的好人

维什尼伏洛乔克政治监狱的制度是很严厉的。我们听到一个消息,说是在另一个转送监狱里,在姆岑斯克,政治犯享受较多的自由,可以寄书甚至寄报纸给他们看;亲属可以走进囚室里,有时和囚犯一起进餐;甚至听说:监狱里举办各种会议,讨论当前的重要问题。这大概同当时的奥廖尔省长和典狱官的作风有关——这两个人对于囚犯的违背严厉法令是佯装不见的。

我们这里却不是这样。特维尔省长索莫夫——一个白发老人——纯粹官僚作风,对刑事犯一般都很残酷,常常下令用体罚,并且喜欢亲自到场监视;对政治犯则怀着严厉的敌意。因此在我们这里,严厉的法令的实行是不打折扣的。发给我们的膳食费,记得一共是十三戈比,不许自己添菜。但因为其中还有特权阶级和非特权阶级的区别,非特权阶级所得的还要少些,所以我们的膳食是很简陋的。我们没有书看。按照规定,凡有书的囚犯,倘要看书,每册都要单独递一份申请书,交到特维尔去请求省长批准,方可到手。可是我们递申请书后很久得不到回音。纸张、铅笔、钢笔绝对不许用[1],内外衣着只许用官家的。

倘使换了别的典狱官,这制度无疑会引起不断的冲突,也许会引起监狱暴动。而我们之所以忍受这制度,只是因为其执行者是伊波里特·巴甫洛维奇·拉普捷夫。

这真正是一个处在作恶的地位的好人。我已经叙述过初次遇见他时所得的印象。这人身材粗壮而高大,心地特别善良。在俄土战争中,有一个时期要他管理拘禁土耳其俘虏的监狱。有一次有人来报告他,说俘虏暴动了。他跑到喧嚷的人群那里,看清了主谋者之一,走近他去,就……突然抓住了他的两条腿,把他高举在空中。……

"他们都是些傻瓜,立刻就驯服下来了。"他提起这件事的时候,脸上流露出怜悯那些"傻瓜"的表情。……这种罕有的体力在他身上结合着同样罕有的善良和正直。因此拉普捷夫颇能和一般囚犯和睦相处,并感到自己尽了职守。

现在可不是这样了。他本来一直不愿意管理政治监狱;只因还有两年才能获得养老金,这才不得不担任了这职务。

首先,他是不赞成这职务的。我发现:加强实行"行政命令"和未经审判的监禁,一般都会引起狱方老职员们的怀疑。在这以前,他们毕竟还相信俄国已经在开始确立法律。狱中监禁的是窃贼、强盗,以及其他各种违反法律的人。每一次监禁,总是明确地指出罪状。但是现在他们所对付的人,大部分是知识分子,而且实际上毫无罪状。这就把老职员们弄得糊里糊涂,使他们怀疑起自己的职务的正当性来。这一点我在维

---

[1] 维什尼伏洛乔克政治监狱里不许使用文具这件事,并没有妨碍柯罗连科在其中写作短篇小说《奇女子》(见俄文版《柯罗连科全集》第一卷这篇小说的注释)。

亚特卡的年老的典狱官身上就已看出，而拉普捷夫则表现得更为显著，有过不少事例，像他对巴甫连科夫提出疑问的那件事便是。……

然而……强能克弱。养老金毕竟是一件重要的事，拉普捷夫只得接受了任命。他非常胆怯。一方面，他生怕违反了法令，自己变成了国事犯；另一方面，他真心地同情囚犯们的处境。于是拉普捷夫在我们看来就变成了一个奇特的善良的暴君。我们每逢看到他为了怕被告发而战战兢兢，同时又不忍束缚我们，大家就容忍了那没有道理的法令，用一种特殊的幽默态度来服从它，这种幽默态度便是我们这位善良的暴君的地位所引起的。

特别使他操心的，是关于书籍的问题。他是一个教育程度不高的人，对于书籍抱着一种迷信的尊敬态度。而愚笨的形式主义者索莫夫常常禁止发给书籍。有一次，有人请求发给屠格涅夫的作品，索莫夫不许可，他认为小说《处女地》对我们可能有伤风败俗的影响。拉普捷夫把这拒不发书的命令向我们传达的时候，带了一册亚当·史密斯的著作来代替屠格涅夫的作品。这册书不知怎的成了他的私有财产，是他案头必备之书。我在维什尼伏洛乔克政治监狱时的狱友们，一定都记得史密斯这册书（《道德论》），其中写满了拉普捷夫的附注，例如亚当·史密斯说："对我们表示友爱时，我们就喜欢；非难我们时，我们就感到不快。"拉普捷夫在空白处写着："最深刻的真理。史密斯是伟大的心灵鉴识家。"其余的评语都与此类似；所有这些评语综合起来，得出一个结论，写在封面上，而且还是以诗的形式写的。全文如下：

人们都说亚当·史密斯已经长眠！

不，他还活着，还会不断向前！

他的心灵为人类造福而存在。

宜多读此书。大尉伊波里特·拉普捷夫。

他确信这册书没有问题,所以没有请示上级就给了我们;他又确信这册书可使我们放弃促使我们进入维什尼伏洛乔克政治监狱的那些迷误。

我还记得一件事,也是他擅自越轨的行为。新来的华沙人之中,有一个叫做阿勃拉莫维奇的人,手提箱里有一册……马克思的《资本论》。他起了一个大胆的念头,想把这册书随身带进囚室。我们估计这企图会落空。然而过了些时候,阿勃拉莫维奇手里拿着马克思这册书回来了。据说拉普捷夫问他:"这是什么书?"他干脆回答:

"这本书教人发财。"

拉普捷夫好奇地翻开这册有益的发财指南,恰好碰到一条公式:"二十俄尺麻布=一件常礼服"。他似乎觉得他已经懂得了。

"我知道,"他说,"军队里的验收员常常应用这册书。"于是竭力排斥屠格涅夫作品的囚室里就容纳了一册《资本论》。

要对这样一个好心人发怒泄愤,怎么可能呢?难怪我们对付这位狱吏的态度基本上不是敌视,而是幽默的了。

我们对付他,像小学生对付形式主义的老先生一样,容忍他的善良的暴政。我不能忘记我和"七等文官安年斯基"悄悄地从办公室里偷出墨水来的那件事。我和安年斯基在办公室里的桌子上写家信,墨水瓶放在桌子的那一端,安年斯基把墨水瓶递给我,我偷偷地倒一些在一个药瓶里。那时候我们因为寂寞无聊,打算集体创作一部长篇小说,所以要偷墨水。但不幸被看守长注意到了。可是我趁他不见的时候,又把药瓶递给了安年斯基,他就走出办公室去了。当我走出去的时候,拉普捷夫在监狱的扶梯上追上了我。

"有人报告我,"他用激动的声音说,"说你带着一瓶墨水。我不想搜查你。我信任你,请你对我说,这是真的吗?"

"我对你说实话:我现在身上并没有任何墨水瓶。"

"真的吗?"

"真的,"我微笑着说,"我可以向你保证:即使你搜查我,也一定搜不出来,因为我现在的确没有带墨水瓶。"

他显然懂得了我这个含蓄的回答,然而还是很高兴,立刻走下扶梯去,严肃地对那看守长说:他已经检查过了,并没有在我身上找出墨水来。……

我们接见亲属的地方,是在监狱底层一个特设的房间里。这房间里有两个栅栏,相距约一公尺。我们站在一个栅栏里,我们的访问者站在另一个栅栏里。在我们中间的通道上,有一个行政当局的人员走来走去,而这人往往是拉普捷夫自己。我的母亲和妹妹常常同安年斯基的夫人及其甥女一起来看我们。这夫人是一位有名的儿童文学作家[1],她的甥女是养育在安年斯基家里的[2]。这女孩子当时还只七岁,拉普捷

---

〔1〕 她的姓名是亚历山德拉·尼基齐奇娜·安年斯卡雅(1840—1915),娘家姓特卡乔娃。

〔2〕 这甥女的姓名是塔佳娜·亚历山大罗夫娜·克里尔(1874—1942),夫家姓鲍格丹诺维奇。著有柯罗连科的传记,叙述到一九一七年为止(乌克兰国家出版社,哈尔科夫,一九二二年版),以及关于他的两篇回忆录:《符·加·柯罗连科的晚年(1919—1921)》,发表在《往事》杂志第十九期(一九二二年)上;《符·加·柯罗连科在下诺夫戈罗德》,收在文集《符·加·柯罗连科遗念录》中,下诺夫戈罗德省消费生产合作社联合社一九二三年出版。

夫并不阻止我们非法地把这小访客抱到我们这边来。我和安年斯基往往把小姑娘抱起来,让她坐在栅栏上,两人扶着她。而在这时候,唉,真抱歉!有时候我们竟滥用拉普捷夫的信任:这女孩子常把铅笔、字条、报纸或其他违禁品带到我们这边来。有一次,她拥抱我的时候,把一支完整的新铅笔塞给我。但是我把这支铅笔放到我的囚犯罩衫的口袋里去的时候放了个空,当的一声落在铺柏油的地上了。拉普捷夫脸上掠过一丝痛苦的表情,然而他还是从容不迫地在通道上踱着。我用脚踏住铅笔,然后把它拾起,匆忙地塞进罩衫里,不料又是当的一声落在地上了,拉普捷夫脸上也就又出现了一次痛苦的波动。我又竭力避免受人注意,悄悄地拾起了铅笔。我懂得拉普捷夫的心情:他是一个形式主义者,罪行是必须查明的,但此案的同谋犯却是一个明眸皓齿的垂髫女孩。他没有勇气查办这件事,于是……铅笔就归我所有了。

关于这支铅笔还有下文呢。一天早上,离点名时间还很远,一种奇怪的感觉使我醒来,我仿佛觉得有一座山在向我移过来。睁开眼睛一看,拉普捷夫站在我的床铺旁边,带着责备的神气摇着他的大头,眼光盯住床铺旁边椅子上的某样东西。椅子上放着一册展开的书,大概就是亚当·史密斯那册书,而书上放着那支犯法的铅笔。显然是看守长从门上的监视孔里看到了它,他大概知道我会客时所发生的事,就把住在离开监狱很远的拉普捷夫从床上叫了起来。拉普捷夫的粗大的食指指点一下这没有小心隐藏好的罪证,然后显出非常痛心的样子,回转身子,走出囚室去了。我以为他一定把铅笔拿走了。可是我猜错了:铅笔仍旧放在原处。

然而这支铅笔显然使拉普捷夫多操了许多心。以后,母亲带着妹妹又到维什尼伏洛乔克来了一次,这一次已经是来和我告别了。拉普捷夫很亲切地和她谈话。他知道我们全家的人已经东分西散,母亲即将带着妹妹和她的孩子跋涉长途,到克拉斯诺雅尔斯克的妹夫那里去,对她深表同情。他知道该怎样迎合母亲的心意,就对她称赞我。

"你有个好儿子,很好的儿子。"

然后仿佛无意地补充说:

"不过,有一点……"

"有一点什么? 请你告诉我吧!"母亲问。

"有,有一点,"他神秘地拖延答复;看见母亲惊慌不安,就说了出来:"他有一支铅笔……"

"哦,这倒还没有什么。"母亲放心地透一口气,她耽心他说出来的是有关"政治上的"什么。

"你这么想是不对的,……唉,不对的。……"

母亲须得在我们这一批人出发以前很久就动身。她这次动身时间很匆促,以致她所获得允许的几次会晤,有一次不能实现了。她动身那天早上,来和我会面,两人都很悲伤。这一次她是和我并坐着的,她忧愁地告诉我说:火车要到晚上才开,在等火车的一段时间里,她将要感到十分痛苦。拉普捷夫在囚室里走来走去,忧郁地锁着眉头。他的脸色越来越严肃而阴沉了。突然他在母亲面前猛然站定,严厉地问:

"允许你会面几次?"

"四次。"母亲回答。

"那你就应该(他说这两个字时很用力)来四次。……必须履行当局的命令。在火车开出以前你一定得再来一次。……"

他这几句话说得很严肃,仿佛宣读判决词一样,意思是要让看守长听到。于是母亲就在非规定的时间内来我这里坐了片刻,大大地减少了她等候夜车的苦闷[1]。

我们的生活是悲哀的:直到现在,生活中卑鄙龌龊的职位还是太多。亏得在这些职位上有几个好人,就像拉普捷夫,还有第三厅的宪兵,这人起初故意厉声斥责("不许讲话!"),接着低声告诉我关于弟弟的消息;还有斯巴斯区警察局里的狱卒,起初用门来夹住我的脚,后来不顾自己的危险把比特米特带进我的囚室里来。——要是没有这样的好人(连偶尔碰到的一两个也没有),那我们的生活真是太痛苦了。在我这些回忆的黑暗的背景上,幸而有"卑鄙职位上的好心人"的意想不到的人道主义表现时时像火花一般闪现出来,并且以后还会继续闪现出来。

6 维什尼伏洛乔克政治监狱中的生活。狱中的娱乐。集体创作的长篇小说

我们在维什尼伏洛乔克政治监狱中一天的生活是这样度过的:我们囚室里首先醒来的是准尉魏列夏庚。他一醒来,就把两腿向上伸,和身体成直角,然后迅速地把腿放下,像弹簧一般从床上跳到地上。跳下之后,立刻巧妙地模仿号兵吹起身号。他的响亮的声音传遍走廊,表示就要点名,大家该起身了。接着警卫军官、典狱官或副典狱官带着半排士兵巡视各囚室,检查囚犯人数。此后囚室的门继续开放一段时间。我们

---

〔1〕 一天之内和母亲两次会面,是在一八八〇年五月二十六日。母亲爱薇里娜·约瑟福夫娜第一次来到维什尼伏洛乔克是在三月里。随着她一同来的,是彼得堡密探局给特维尔省长的一个秘密通知(一八八〇年三月二十八日),全文如下:"受警察特别监视之七等文官寡妻爱薇里娜·约瑟福夫娜·柯罗连科今迁居特维尔。特此呈报阁下,并附告:该柯罗连科氏受此种监视,乃由于此妇人在政治上怀有危险思想。"

大家到公共洗脸台那里去盥洗,然后集中到公共食堂里去喝茶,或者通常是喝大麦咖啡(因为经费不够买茶叶)。

然后囚室的门又锁上了,直到吃午饭的时候为止。在这一段时期中,——特别是初入狱时——监狱生活的寂寞就潜入到我们囚室里来了。我们都是身体健康、精神饱满的人,被迫袖手枯坐,非常痛苦[1]。后来我们向省长甚至部长不屈不挠地呈递了好几次正式请愿书,方才获得了一些书籍。但起初是一本书也没有的。因此当时我们所特别宝贵的,是不怕寂寞的人。准尉魏列夏庚便是其中之一。他为什么落入政治监狱里来,我们之中没有一个人明确知道。爱讽刺的柯茹霍夫断定准尉之所以得到这个下场是"为了酗酒,为了胡闹,为了砸毁街灯"。魏列夏庚也不见得特别坚决地反驳这说法。他总是羞涩地避免谈到他被流放的原因。我们只知道他在遭难以前曾以志愿兵的身分到塞尔维亚去过。他赞叹地叙述:在塞尔维亚,士兵们在队伍之外可以自由地和陆军部长握手,部长也乐意和他们握手。他回到俄国之后,竟不能忘记塞尔维亚的制度,不能习惯俄国的军事纪律。除了这些民主作风的回忆之外,他又从塞尔维亚带来了一套塞尔维亚的、保加利亚的和土耳其的妙不可言的骂人话。此外似乎就没有别的了。总之,他具有许多日常生活方面的

---

〔1〕 柯罗连科为了避免监狱生活的枯寂无聊,又曾读医学教科书。一八八〇年七月四日他写信给弟弟说:"……弟弟,我现在在专心地研究医学。解剖学差不多全部学过了;绑扎和小手术等等的实践方法,也从这里所有的教科书中学会了;在内科学方面,我弄到了一本通俗医书,——总之,我正在逐步地钻研;在医学方面,即使我还没有像彼佳(波波夫)所说的那样'登堂入室',至少已经跨进门槛了。研究的时候倒还算有兴味,而且也容易掌握。当然,这些都还是抽象的,即只有书本知识;然而我知道,单是这一点知识,将来在某些村落里就可以派很大的用场,为人民造福。"在柯罗连科的旧笔记本中,保留着他在维什尼伏洛乔克时的一本笔记,其中有从解剖学教科书及外科绷带术教科书中摘录下来的札记,并且有作者亲手描绘的说明这些札记的插图。

才能。首先,他懂得一切军事信号,能够用嘴巴巧妙地模仿军号声。此外,又能够用各种声音来喊口令。天气暖和起来之后,魏列夏庚常常站在打开的窗子边,作示范的教练和检阅,模仿各级长官——从团长直到师长。他模仿得特别像的是一个声音异常嘶哑的老年上校。这一切他都做得非常巧妙,使得警卫军官和警卫兵们也都微笑着津津有味地听他作这些示范教练,直到准尉表演完毕。

有一个时期,我们这里的警卫军官中有一个少尉索洛维约夫。这人年纪还很轻,脸上带着不健康的、易怒的神色。兵士们和他的同僚军官们显然都对他没有好感。因此当魏列夏庚模仿老年上校责骂索洛维约夫的时候,他们都愉快地微笑着听他骂。

"少、少尉索洛维约夫!……你走路的样子算什么!你走起路来不像一个勇敢的军官,倒像是一个老太婆!"

魏列夏庚的表演常常获得很大的成功。然而后来有一次,他大概没有注意到警卫军官已经调换,或者忍不住技痒,竟当着索洛维约夫本人面前,模仿示范教练而责骂起索洛维约夫来。这军官大发雷霆,威吓拉普捷夫说,如果再有这等情事,他要命令警卫兵向窗子里开枪。拉普捷夫惊惶地跑来传达这话,于是示范教练只得从此停止。

这个愉快的准尉还有别的才能。他常常到厨房里去,有时能使我们的简陋的伙食多样化。此外他又会作诗,把不大受我们欢迎的轻薄粗俗的题材同劝谕性的题材混合起来。后者有时引起我们热诚的赞扬。魏列夏庚有一首诗,我们听了特别感兴趣,开头是这样:

"自私自利的行为!……我看不起你。"

准尉装腔作势地站着,用手指点着柯茹霍夫的床位所在的方向,兴致勃勃地朗诵。他和柯茹霍夫,由于性情不同而常常发生冲突。这个青年人小心谨慎地保护自己的肥皂和别的零星东西,以防落拓不羁的魏列夏庚染指,魏列夏庚由此看出了他的自私自利。

此外,这个愉快的准尉又曾发起各种狱中游戏供我们消遣。这些游戏都是从刑事犯那里搬来的,并且都带着或多或少的斯巴达风。例如:把两个人的眼睛都包住,把一根结得很紧的辫条交给其中一个盲人。其余的人沿墙壁站着,观看这两个表演者怎样摸索着互相追逐。有趣的地方就在于:被打者有时以极狡狯的方式倾听着打手的脚步声,却正好迎着了他的鞭打。有时轮到魏列夏庚拿辫条,柯茹霍夫逃避鞭打,或者相反,——这时候游戏就带有相当认真的性质了。

还有一种游戏,性质大致相同。午饭后,囚室的门有两三小时是开放的,我们可以自由地在走廊里散步。这时候最常做的游戏是"障碍走马"。一个人扮作马,另一个人坐在他肩上作骑手,在走廊上驰骋。每一个囚室旁边都站着别的参加者,当这骑手跑过他们门口的时候,他们有权利在他身上柔软的地方打几下。骑手只能穿一身衬衣,打的声音越是响亮,大家听了越是高兴。安德列夫斯基和巴甫连科夫不肯当骑手;而背了安年斯基在走廊里快跑也很困难。因此大家认为他们三个人的打人的权利也应该被剥夺。然而实际被剥夺权利的只有安德列夫斯基。至于安年斯基和巴甫连科夫,他们不愿放弃打跑过的骑手的那种快感,即使是难得打这么一下也好。我不能忘记巴甫连科夫的那副模样:他躲在门框后面,突然跳到走廊里,有时巧妙地设法打着了一下,高兴得两眼炯炯发光。

囚室门关闭的时候,我们大家一起读书。因为没有书,有时只得自己创作。伏洛霍夫的手提箱里有几份《新时代》的每周附刊。这是被许可带进来的。他就把他所作的几篇工厂生活特写念给我们听。魏列夏

庚或陀罗欣科供给我们诗;他们两人在诗的创作上互相竞争。对于作品
是容许提出批评的,这两个诗人之间相互的批评使我们很感兴趣。准尉
认为陀罗欣科的诗像甜水,这话不无根据。他的诗的确非常圆滑,然而
又很感伤。陀罗欣科则常常在对手的作品中找出不合逻辑或者竟是不
合文法的疏失。

　　偶然性的题材不久就涸竭了。于是陀罗欣科提供了一篇中篇小说
的开头部分:有一个美妙的黄昏,皓月当空,在一个平静如镜的池塘的岸
上,一棵繁茂的树底下坐着一对青年男女。男的是一个革命宣传者,他
召唤她脱离颓废的环境,跟他一同到梁赞省去做宣传工作。两个青年人
交换了许多有教育意义的谈话。——听他朗诵的人认为:这个青年男子
像我,于是我就变成了说笑的对象。……第二章归我写,第三章归伏洛
霍夫写,第四章归安年斯基写。这两个主角渐渐变形,情节复杂起来了。
这女子的外貌,陀罗欣科原来只写了个大概,现在具有一些特色了。她
的眼睛一只是淡蓝色的,好像明净的晴空,另一只是黑色的,仿佛地狱的
深渊。她用淡蓝色的眼睛来看叫她到梁赞省去的那个男主角,而她的黑
眼睛常常转向一个阴郁的虚无主义者,就像和母熊同住在岩穴里的冰岛
的亨[1]一样。这个虚无主义者召唤她跟着他到沃洛格达的森林里去,
并且就在那第一个晚上把温柔的男主角推进了池塘。在下一章里,须由
准尉魏列夏庚负责对女主角作一些必要的交待,作者果然做到了。他把
女主角带进一个优秀的军官集团里去,这些军官用文雅优美的辞令来引
诱她脱离了那两个非军人。然而这地方,由于作者有几处文法规则的错
乱,关于这女主角常常使人发生误解。她已经开始在月光下梦想一个威

────────────

　　〔1〕 维克多·雨果的同名小说中的主角。

风凛凛的骠骑兵。最后,当她走近她那纯洁的卧床去的时候,由于耍了
一种特殊笔法之故,床位已经被占据了。由于作者在文法上的疏忽,变
成了躺到床上去的不是那个女子,而是一个月亮。我替这小说作插图,
拟就了这样的一幅:一个女子惊讶地站在床边,床上被窝底下有一个正
在微笑的满月在望着她。

这一章引起了很热烈的批评争论。准尉魏列夏庚受到柯茹霍夫的
尖刻批评的侮辱,拿起一只拖鞋来向他扔过去。然而这是我们住在维什
尼伏洛乔克政治监狱中这一段时期内唯一的一次尖锐冲突。

读者一定会原谅我节略地叙述了这篇不足道的、开玩笑的小说;但
我之所以叙述它,是要表示我们当时的心情的一个典型例子。我们大家
好比落在冷水湾里了。外面闹着事件,进行着越来越尖锐的斗争;而我
们这一群革命者,或者“同情者和危险思想分子”,不得不在这里被动地
等候流放。况且我们中间有些人对文学并非外行;这小说照规定须从一
个囚室传到另一个囚室,因此很可能在其中反映出当时的心情的一些特
点来。结果,这个集体的监狱缪斯[1]的产儿所遭到的命运,也不失却其
特色。有一天,这小说突然失踪;过了几天,查明了它可能遭到的命运:
从一切情况看来,它一定是被……查禁了。

我们里面有一个非常严肃的人,叫做 K 君。在他的一切举止态度
中,甚至——有些人开玩笑地说——在他的步态中,都流露着一种尊严
乃至傲慢的特殊意识。据说他指摘我们这个轻率的产儿,认为“急进主
义者”做这种无聊的事是不成体统的。当这部小说传到他的囚室里的时
候,他认为他不仅有权利而且有责任毁灭它。于是,这个阴阳眼的女子

---

〔1〕　缪斯是希腊神话中司文艺的女神。——译者注

的生涯就停止在她对骠骑兵的梦想上,不再由别人继续写下去了;无论是彼佳·波波夫或是巴甫连科夫,都没有轮到写作,对于这一点,我个人感到非常遗憾。……然而,不久就发生了一件事,使狱中的平凡生活一度活跃起来,因此这部在特殊情况下被查禁的小说的命运就退居到次要的地位上去了。

7　伊美列津斯基公爵的检查

拉普捷夫通知我们,说"洛利斯-梅里科夫伯爵的副官"要来视察监狱,我们都要被传到办公室里去受审。

这是"心的独裁"的浪潮向我们冲来了。"心的独裁"这名称是卡特科夫(后来)讥讽地用以称呼洛利斯-梅里科夫专政时期的,其实他起初是热烈拥护这独裁的。一八八〇年二月十二日发出一道众所周知的指令,授伯爵洛利斯-梅里科夫以特殊全权;三月四日,在他的主持之下召开最高行政委员会第一次会议。在这次会议上作出决议:审核囚犯名单,并查明按行政命令流放而由警察监视的人。

关于这件事,我们起初当然毫无所知,后来才由拉普捷夫通知我们,说奉命前来检查的伊美列津斯基公爵将要在傍晚时候审问我们。

我们就开始等候;虽然,老实说,我们对这次审问没有多大期望,然而也不免有些焦灼。我们终于被叫到办公室去了。第一批被叫去的人里面有安德列夫斯基。我们监狱生活的秩序被打破了,囚室的门长久不关;安德列夫斯基受了审问回来,大家争先恐后地迎上前去。他笑着告诉我们说:他走进办公室,看见伊美列津斯基和他的两个秘书坐在桌子旁边,他立刻从脚上脱下一只囚犯穿的鞋子来放在桌上,说:

"瞧,殿下,皇上的六等文官不得不穿这样的鞋子。"他说过之后,又装模作样地抖一抖他的囚犯罩衫的衣裾。

他把这件事讲给我们听的时候,自己也哈哈大笑。在他的狡狯的幽默中,照例含有两种意义:一方面他是在讥笑他所对付的那些人;而另一方面,他知道这对于他们所产生的是一种完全不幽默的印象。吃惊的伊美列津斯基可能认为:这个年老的、有功勋的"六等文官"由于悲伤而精神有点失常了,然而他的激动的情绪当然是官场人所能理解的。

轮到我的时候,已经是晚上很迟的时候了。伊美列津斯基公爵穿着将官的制服上衣坐在狭窄的办公室里的桌子旁边。这人的年龄看不准确,相貌很斯文,像知识分子。一个秘书和他并坐着,正在记录口供。另一个秘书也拿着笔和纸,坐在离开他稍远的地方。这两个人都穿便服。我觉得公爵的举止中略微有点一个军人对非军事机关行政当局所能做的事的轻蔑态度。他很客气地要求我告诉他……我为什么被流放?……

"关于这一点,我以前曾屡次向当局提出质问,"我说,"我所得到的答复是:因为有危险思想。……要求指出危险思想表现在哪些事实里,回答我们总是说:这是政府的秘密。我们知道你要来了,大家希望这一次我们至少这一点可以弄明白了。但是……我听了你刚才的问话,才知道这希望落了空。……叫我们能对你说些什么呢?"

我说这话的时候大概有些苦恼的样子。伊美列津斯基劝我安静些,又问我:也许我猜度得出我第一次被流放和随后被遣送到这里的原因。我回答说:我认为作这种猜度是无用的。事实是这样:那时候我家所有的男子都被逮捕,没有说明原因就被遣送走了。我从格拉佐夫被遣送到白桦屯,再从白桦屯转解到这里,也都是不说明原因的。关于我自己,我所能说的尽在于此了。然而,如果公爵要听的话,我可以告诉他:对于向皇上呈递请愿书而获罪的农民,现在也在实行这种办法。

我就把鲍格丹和别的农民请愿者的经历简要地告诉他。他怀着兴味听我讲,坐在稍远处的秘书记录了我的叙述。审讯就此告终。

这次审讯有什么结果,读者到后来会知道。在当时这件事只引起我们怀疑的讥笑:这只不过是又一次徒劳无益地派遣一员重要将官前来罢了。这个将军显然很愿意指出非军事机关行政当局的某些错误,然而他的法律观念是和他们相同的。至多也只是对省长们——也许包括维亚特卡省长在内——提出几个徒然的要求而已。但省长回答起来并不困难,他只要说:某人是危险分子,对付他不可能采取别的办法。然后引证一下警察的呈报。对于这一切,我不可能提出反驳。而且归根结底,反驳又有什么用处呢? 毫无疑问:从行政当局——包括这位将军在内,也许还包括洛利斯-梅里科夫本人在内——的观点看来,我是专制政府所不能寄托"良好希望"的人,因为我痛恨现行制度的专横。

现在回顾当时,我觉得:维什尼伏洛乔克政治监狱里的人对付伊美列津斯基的使命概取怀疑态度,是十分正确的。当然,俄国那时离开真正的民主政治还远得很,然而任何一个国家在法律制度方面总是完备了的。倘使洛利斯-梅里科夫真正懂得这一点,那么他可以凭沙皇政权的当时还强盛的威信来维护法律制度的要求,说不定他这行为可以变成一个转捩点,变成一种轴心,俄罗斯人的生活就环绕着这轴心转移——从独裁制度通过彻底的文明的专制政体而达到立宪政体。

然而……这都是臆测而已。洛利斯-梅里科夫本人并不懂得这些,他只是实行了"心的独裁"。他一只手努力设法缓和行政当局的专横措施,释放被逮捕的子女,"替父母擦眼泪";另一只手却从根本上巩固这专

横。在这以前,至少还装装样子,表示行政方面的镇压不能被认为是惩
罚,而只是混乱时代的"预防措施"。洛利斯-梅里科夫首先实行了按行
政命令的"有期判决"。例如,关于彼得·佐西莫维奇·波波夫的妹妹和
我的朋友大学生玛米科年的案件,宪兵作了最骇人听闻的,而且应该说
是完全虚假的报导;洛利斯-梅里科夫处理这案件的方法是:不通过法院
审讯而判处有期的监禁。这期限比起那时通行的监禁期限来,是短暂
的;然而……这种措施的根本意义很明显。

是的,这只不过是"心的独裁",不能防止已经降临到"解放者沙皇"
统治头上的可怕的悲剧。而我们政治监狱里的人用以对付伊美列津斯
基的使命的那种无心的怀疑态度,正是一种凶兆,预示着对一切"从上而
下的改革"的极端不信任,三月一日的事变便是这种不信任所引起的。

8 维什尼伏洛乔克政治监狱中的"乌克兰派"

在维什尼伏洛乔克政治监狱生活的这段时期中,我们是否有过被迫
闲居在一处的人们之间极容易发生的那种痛苦的狱中无谓争吵,我简直
想不起来。一般说来,我们相处得很和睦。偶尔发生热烈的争执,主要
是关于乌克兰派的问题。

我们这里有两个人是乌克兰派:安德列夫斯基和陀尔果波洛夫。他
们已经说服了陀罗欣科,说他既然有这么一个历史性的姓氏,因而也是
真正的乌克兰人;从这时候起,陀罗欣科就常常写些甜甜蜜蜜的诗,虽然
是用俄文写的,然而采用乌克兰的主题。那个善良而天真的大学生——
生在菲奥多西雅的希腊人阿列克塞耶夫,不知怎的也和他搞在一起。我
的姓也是以 енко 结尾的,因此不久之后我在某种程度上变成了安德列

夫斯基和陀尔果波洛夫攻击的中心。

　　在第一卷中,我已经说过,有三种民族性要求占据我这年幼的不同种族的心灵:第一是波兰民族,因为我母亲是波兰人,我们家里都说母亲的波兰话;第二是俄罗斯民族,因为父亲认为自己是俄罗斯人,曾经在波兰起义之后叫家里的人都说俄语;第三是乌克兰民族,是以教师布特凯维奇为代表的,我觉得这个人仿佛在夸示一种异族风。

　　结果,这精神危机这样地解决了:俄罗斯文学最使我感到兴趣。在我心中,涅克拉索夫胜过谢甫琴科;从小不曾见过的伏尔加河胜过同样不曾见过的德聂伯河;"沮丧忧郁的纤夫"对我心灵的吸引力比谢甫琴科所描写的盖达玛克人强烈得多,更何况盖达玛克人——例如龚塔——曾杀死自己的孩子,只为了这两个孩子像我一样是波兰籍母亲所生。我变成了一个无民族的民粹主义者,在某种程度上是一个世界主义者,同我这一代所有的俄罗斯进步知识分子一样。"谁的生活中没有悲哀和愤怒,谁就不爱祖国。"悲哀和愤怒这两种因素,受到全部俄罗斯文学的激励和培养,在人们的心灵中有力地滋长起来;无论是在乌克兰人李卓古勃[1]和也是乌克兰人的奥辛斯基[2]的心中,或是在跟他们一起把生命献给全俄罗斯解放运动的俄罗斯朋友们的心中,这两种因素都占首位。在不久以前,格鲁舍夫斯基教授就已经对当时的"乌克兰派"作了很恶毒

---

　　[1]　德米特利·安德列耶维奇·李卓古勃(1850—1879)于一八七四年被捕,并受到"在帝国进行宣传"一案的牵连。"土地与自由社"的创办人之一。一八七九年受敖德萨军区法院审判,于一八七九年八月十日按法院判决被处绞刑。

　　[2]　瓦列良·安德列耶维奇·奥辛斯基(1852—1879)是"土地与自由社"的重要活动家之一。在基辅被捕时,企图武装抵抗,被基辅军区法院判处死刑,于一八七九年五月十四日被绞死。

的定评[1];而当时的乌克兰运动还一直留在"乌克兰派"的范围内,比起吸引我们青年心灵的强大潮流来,是很微弱的。德拉果玛诺夫企图赋与乌克兰运动以政治的和社会的特性。然而实际上,他这工作是在加里西亚进行的,他在那里努力设法把当时占优势的保守的莫斯科派的思潮引导到民粹主义的轨道上去;较为自由的环境使他这工作获得了相当宽广的活动范围。他提倡人民所理解的谢甫琴科和柯特略列夫斯基[2]的语言,同时又热烈地劝导加里西亚青年认识俄罗斯文学中同保守思潮作斗争的进步文学。……但是德拉果玛诺夫这工作在俄罗斯不大为人所知。况且我们认为民族文化的问题是局部的问题,应该在共享自由的基础上取得解决。……

我们在这基础上进行争论,主要是在进餐的时候。乌克兰人称俄罗斯人为"无根据的急进主义者"。他们认为只有提倡本族语言和用本族语言来宣传,才能使一般的解放宣传诚恳有力。……在安年斯基还没有来的期间,我须得招架安德列夫斯基和陀尔果波洛夫的主力攻击。安年斯基(人家问起他的故乡时他总是回答"彼得堡城军官衙")十分兴奋而热情地拥护"世界主义"观点,并且用他所固有的幽默态度来叙述敖德萨人和基辅人在"秘密辞汇"方面奔走忙碌的情况。他知道德拉果玛诺夫在加里西亚时期的工作。而正是这工作使他获得了反对"无根据的民族主义"的论证。德拉果玛诺夫在加里西亚的宣传工作的力量,在于能用本族语言对人民说话。……然而说些什么呢?……总不过是关于他们的切身利益、关于为这利益而作的斗争。那么,首先就需要有政治语言

〔1〕 指乌克兰资产阶级民族主义者米·格鲁舍夫斯基的论文《再论大小民族主义》(《俄罗斯公报》一九一六年一二二期)。
〔2〕 伊凡·彼得罗维奇·柯特略列夫斯基(1769—1838)是著名的乌克兰作家。

的自由。……其余的都可迎刃而解。

往往有这样的情况:争论有时非常热烈,使我们的食堂变成了嗡嗡之声不绝的蜂房。他们嘲笑我们没有根据,我们也指出民族主义没有根据来答复他们。他们非难"俄罗斯人"的民族压迫,我们回答说:乌克兰人的某些阶层也同样参加这种压迫。在这以前不久,有一件事给我个人以十分鲜明的印象。当我在彼得农林学院念书的时候,我有时须得到莫斯科宪兵司令部去送各种物品给被捕的朋友察列夫斯基。有一次,我交付了我所带去的物品,那个值班军官从接待室走出去之后,另一个宪兵军官从隔壁房间走到我这里来,对我说:他听见了我的姓氏,才知道我是他的同乡。他就用感动的语调谈论起我们共同的故乡来,他谈到那边有多么好的"腊肠和蜜糖烧酒",又唠唠叨叨地说了许多乌克兰的方言和俗语。……我冷淡地听这位"同乡"滔滔不绝地讲话。现在在争论的时候,我和安年斯基就引证这个例子:问题不在于"腊肠和蜜糖烧酒",而在于不要宪兵,不要宪兵这种职务,无论他们是乌克兰人或是俄罗斯人。而那个时候,正是乌克兰人乐意应募去当宪兵的时期。……

我再说一遍:这一切争论,在一个长时期内是非常温和地进行的,甚至可说具有幽默的性质。例如,我记得有一次,陀尔果波洛夫发起举行谢甫琴科逝世纪念会,为此请得拉普捷夫的许可,在平常的贫乏的午餐中添加了一种蜜饭。他亲自担任烹调,由准尉魏列夏庚做助手。这蜜饭在我们看来是一件大事,可想而知,大家都等得不耐烦了。终于,准尉搬进一只小桌子来,放在房间中央了;陀尔果波洛夫就在桌上供了一大盘蜜饭。安德列夫斯基起来致辞,说明谢甫琴科的意义,我们大家怀着同感用心倾听他的话。知道谢甫琴科的人很多,连不懂乌克兰话的人也知道。陀罗欣科朗诵了自己不很高明的诗作,其中只阐明了一点,即"谢甫琴科热爱自己的人民"。最后轮到陀尔果波洛夫说话了。他站在那盘蜜饭前面,长长的额发悬在盘子的上空,两手支在桌子上,很久默默不语,后来突然跑出房门,到走廊里去了。……这已经使大家的忍耐力受了一番考验。后来陀尔果波洛夫回来了,又把两手支在桌子上,又垂下他的额发来,几乎碰到了那盘蜜饭,于是……又默默不语。……

"好,好,开始吧,尼封特·伊凡诺维奇!"众人发出鼓励的叫声。

然而陀尔果波洛夫照旧默默不语,他的头垂得越来越低。……终于他开始说话了:

"我说,诸位……这蜜饭……先辈塔拉斯[1]……这蜜饭……先辈……"

这可怜的人不能抑制情绪的激动,哭起来了,于是又跑出房门去。

这实在太过分了。听众的忍耐力已经超过了限度,大家就拿着碟子纷纷去盛蜜饭,……转瞬之间蜜饭已经全部告罄。陀尔果波洛夫回到食堂里,用责备的眼光向大家看看,说:

"你们真卑鄙无耻,诸位,真卑鄙无耻! 一点也没有留给我。……"

然而监狱毕竟是监狱,在关于相互的"没有根据"的争论中渐渐羼入了激愤的语气。

在这件事上,双方都有过失;说得更正确些,除了监狱之外,谁也没有过失。……争论得厌烦了,就激怒起来,正像有时人们厌恶一切的样子。陀尔果波洛夫有一个响亮高亢的男高音嗓子,每天早上,有时竟比魏列夏庚的信号更早,可以听见他在囚室里反复朗诵一首二行体的诗:

---

〔1〕 塔拉斯是谢甫琴科的名字。——译者注

　　　　　　唉,我要死啦,我的妈妈呀,

　　　　　　唉,我要死——啦,唉——,要死啦!……

　　后面的不念下去了,然而这哀号声反复得很响亮,很长久,有时往往使得某一个不耐烦的人在床上转侧着愤怒地说:

　　"见他的鬼!老是嚷着要死要死,老是直着喉咙哇啦哇啦地叫……"

　　这种无对象的互相发怒在争论中也愈益频繁起来。总之,民族感情最容易产生无对象的不可理解的愤怒心理;后来这情况表现得非常明显,老教师安德列夫斯基觉察出来了。有一次在进餐的时候,他站起身来,就波隆斯基的一首诗的主题说了几句话。这首诗开头是这样:"我的天,我的天,我要很晚才回家。"结尾是一句譬喻:"我们这里有人,但没有社会。"[1]这些话说得非常及时,非常聪明,使得此后不再有互相发怒的迹象了;至少,不再出现任何激怒的情况了。于是在我心中留下了良好的回忆:关于安德列夫斯基的,关于陀尔果波洛夫的,关于我们滞留在维什尼伏洛乔克政治监狱中的这一段时期的。

9　第一批囚犯出发。华沙无产阶级分子和普列威的官运的开　端。共产主义者和贵族

　　春天到了,伏尔加河开冻了,我们就开始考虑即将来临的远行,因为

―――――――――――

　　〔1〕　雅·彼·波隆斯基的诗篇《在做客的归途上》,开头是这样:"可爱的严寒。这一夜该是明亮的。……"每一节都用这样的句子来结束:"我的天!我的天!我要很晚才回家!"在倒数第二节里有这样的句子:"我们这里有所谓世界,而且还有人,然而没有社会。……"

我们对于伊美列津斯基公爵的降临并不期望有什么结果。终于,记得是五月初,我们打听到第一批囚犯就要从维什尼伏洛乔克政治监狱出发了。

我没有被分配在这一批人里面,觉得很遗憾,因为安年斯基是被分配在内的。其中还有伏洛霍夫、施威佐夫、安德列夫斯基和巴甫连科夫。安德列夫斯基不久就生病了,他要求作体格检查。他在教育部方面的确被认为是一个优良教师,他就利用自己在这方面的一切人情关系,获得了留下来的许可,起初只是不参加第一批,后来连第二批也没有参加,终于完全恢复自由,在内地的一个中学里当了学监。他的健康的确受到很大的损害。

无论是我,或是远道来探望我的母亲和两个妹妹,都同安年斯基及其家属建立了非常巩固的友谊,这友谊竟成了永恒的。我们两人一同被监禁,两家的家属一同来探监,在这种情况之下,双方的友谊自然会巩固起来。我曾企望和安年斯基流放到同一个地方。他的夫人亚历山德拉·尼基齐娜当时就已经是一位有名的儿童文学作家,她决定带着她的甥女跟随丈夫前去。我的母亲和两个妹妹当时要到克拉斯诺雅尔斯克妹夫那里去;我认为我们两个友爱的家庭很可能会同住在某一个地方。然而第一批的名单公布出来,其中没有我的名字。

一天早上,监狱里来了一支阵容坚强的押送队。他们叫出被指定出发的人来,起初叫他们到办公室里,后来叫他们到院子里去排队。物件经过检查之后,搬出来装在运货马车上了。特维尔省长办公室里的一个官员宣读名单,其中说明了流放犯们被流放的"理由"。这大抵是根据例行圣旨而作的非常笼统的指示,对它不大有人关心。囚犯们笑着走过窗前跟留下来的朋友们谈话。我们当然都挨近窗栅栏去,努力设法和他们交换最后的祝词。我记得这一次,这一批人里少数的非特权阶级,都戴上了手铐。这已经是显著的非法措施,因为按照法律,只有被剥夺权利之后才戴镣铐。……但我记得柯茹霍夫的富有表情的姿态:他在这一批出发前最后的瞬间向我们的窗子举起他那双戴着手铐的手来。这可能引起抗议,然而监狱的院子的大门立刻打开了,排成纵队的囚犯们就夹在两排兵士中间走出院子去。……过了不久,这纵队出现在监狱旁边的公路上了。记得那时候我心中不禁发生了一种特殊的感想:仿佛这些偶然地会合在这里的人都是亲人,现在我的心不禁跟着他们驰往那不可知的远方去了。被后面的一阵祝福声和告别声护送着,这支整齐的纵队就沿着公路前进,不久就在烟尘里隐没了。

我们离开窗子,回到那令人厌恶的、空落落的监狱里。我们这间大囚室特别显得空虚,少了安年斯基、巴甫连科夫、魏列夏庚、伏洛霍夫和柯茹霍夫这么多人。然而过了不久,我们的囚室里又充满了人,甚至太多了些。

我们这里新来了许多囚犯,过了一个短时期,人数已经增加到六七十名。有一个时期,我们的监狱里竟来过一个五岁光景的小女孩,她是跟她的波兰籍母亲一同到这里来的,但在这里没有待多久。这是一个很可爱很文雅的孩子,她睁大了那双淡蓝色的小眼睛察看这个新环境。在放风的时候,她在院子里跑来跑去,每一个角落里都要去张望一下;有时跑到警卫兵那里,天真烂漫地用波兰话向他们提出些问题。她对陆军少尉索洛维约夫佩着的那把军刀特别感兴趣。索洛维约夫走起路来,常常让这把军刀锵锵地碰击路面,有一次,他用美妙的姿态把身子倚在这把军刀上,一面和一个人谈话。这女孩子竟跑到他后面,好奇地握住了这个致命的武器的柄。必须指出:这个陆军少尉平常总是竭力对我们表示嫌恶,性情非常严厉。当我们出去放风的时候,他认为有必要当我们的面把子弹分发给警卫兵们,并且大声地教导他们,必要时一定得运用这些子弹。他自己经常在作战斗的准备;这一次他感觉到后面有人握住了他的军刀,就猛地转过身去,岂知站在他面前的是一个蓝眼睛的女孩子,正在好奇地注视这个引起她兴趣的叔叔。看到这光景,不单是我们,连警卫兵们也都笑起来了。

　　新来的囚犯之中,从华沙堡垒遣送来的同所谓"无产阶级"一案有关的波兰大学生占很大的数量[1]。这是一个马克思社会主义倾向的秘密革命团体。这团体在城市工人居民中间活动。在波兰,工人无产阶级在那时候就已经比我们这里多,而且其文化程度也许比我们这里的高。农民解放,特别是一八六三年的波兰起义及其赔款和剥夺领地,对波兰地主们的影响比在俄国强烈得多。数量很可观的青年都中途辍学,被逼得非从事体力劳动不可。瓦茨拉夫·谢罗舍夫斯基便是这样的一个工人知识分子,他写的诗很出色,后来在波兰文学和俄罗斯文学上获得广大的声望。华沙大学生们通过这些旧时的同学,很容易把社会主义的宣传贯彻到工人中去。在另一方面,无产阶级分子同年轻的波兰文学有联系。我曾谈到我在白桦屯和波普拉甫斯基相会的情况。他也是这秘密团体中的一员,同时又当过《每周评论》报的撰稿人;在这报社里工作的,是一些所谓"实证论者",其中包括斯文托霍甫斯基和显克微支。现在到我们维什尼伏洛乔克政治监狱里来的,也是《每周评论》的撰稿人,是文茨科夫斯基、盖林

---

　　[1] 柯罗连科以下所叙述的那些囚犯,属于华沙社会革命宣传的案件。此案发生于一八七八年,于一八八○年四月二日按行政命令判决被告一百三十七人。

格,似乎还有别的人。

这个案件在当时引起了人们的严重的注意,而维·康·普列威也与此案一同引起了上层社会的注目。他当时还只是华沙高等法院的一个小小的副检察官。正检察官的姓氏,如果我没有记错的话,是乌斯齐莫维奇[1]。这个人很怪诞,抱着半宗派主义的思想方式而兼任检察官的职务。后来,他辞掉了这大有可为的职务之后,开始在伏尔加河沿岸的一个城市里发行一种半托尔斯泰主义的小报。对无产阶级分子一案的审讯结束之后,一份详细的报告呈到部里,乌斯齐莫维奇理应为此案获得奖赏。然而他显然并不重视这奖赏,就动身赴彼得堡,向部里说明:实际上此案并不是由他经手,而是他的年轻的副检察官普列威搞的。这就初次引起了上层官僚界对这位平凡的、那时还不很闻名的未来部长的赏识。

来到我们这里的无产阶级分子讲了许多关于这位法律界的新红人的事,对他显然怀着极大的兴味。照他们的说法,普列威无疑是一个聪明能干的人,然而是一个厚颜无耻的功利主义者。他喜欢同被审问的人作原则性的非正式谈话,同时把自己说成是一个坚定不移的立宪主义者。他说:"俄国早已达到政治成熟和立宪统治的时期了。有教养的人都已经意识到这一点,皇上也意识到了。只有你们这班革命者妨碍这改革。不管怎么说,仅就自尊心而言,也不容许在斗争的时候颁布宪法。因为这仿佛是被迫的让步;而专制政体还不至于那么懦弱。"因此连真正的自由主义者们,就像普列威他自己,也认为必须和革命作斗争,以便替改革扫清道路。……

---

[1] 当时华沙高等法院的检察官是尼古拉·阿列克塞耶维奇·特拉希莫夫斯基。

首先平乱，然后改革。

这些波兰青年不同于俄罗斯大学生之处，在于他们有较高的表面的文化修养。其中有非常文雅的人物，在监狱的环境中看来是很奇特的。其中突出的是青年工程师文茨科夫斯基，他在彼得堡住过，由于在会议上发言生动而引人注目，后来完全和彼得堡知识界人士合流了。我还记得盖林格，这人曾在《每周评论》上、似乎又曾在《声报》上发表经济学论文；又记得格拉保夫斯基两兄弟，哥哥是个医生。这医生当时在维什尼伏洛乔克政治监狱的全部囚犯中恐怕是最年长的了。他那阔大而浓密的黑胡须中已经闪现出美丽的白须来。我还记得阿勃拉莫维奇、奥古斯托维奇、加尔彼林、罗加尔斯基、蒙德希坦和另外一个医生达尼洛维奇。这些都是好青年和益友，不久我就和他们混得很熟了。此后维什尼伏洛乔克政治监狱中的生活依照以往的常轨进行，直到……发生了完全出乎意料之外的冲突，把我们和睦相处的一伙划分成了"贵族"和"民主主义者"或共产主义者。

这种派别的划分是这样产生的：在这以前，维什尼伏洛乔克政治监狱里彼此之间的态度一向单纯而友爱。我们之中有些人是"特权阶级"；有些人是"非特权阶级"，从公家领得的口粮较少。事实上，这分别当然是不存在的，因为厨房是共同的。当第一批人准备出发的时候，我们力求查明有多少钱可以存在公共储金里，以便使每个人到达了目的地之后，可以带些钱出狱，即使是几个卢布也好。为此，钱较多的人，都自动地决定他们能存多少钱在公共储金里。这种举动完全出自坦率的友谊，并没有引起任何人的怀疑。

当第二批人准备出发的时候，我们也决定要查明可能有多少公共储金。我拿了铅笔和纸张坐在桌子旁边，开始做登记工作。起初一切都同上次一样地进行,我认为做做登记工作是一件极简单的事;但是突然发生了意外的阻碍。

我们之中有一个叫做罗日杰斯特文斯基的,是一个大学生,记得是萨拉托夫的神学校出身。他还是最近来到维什尼伏洛乔克政治监狱的,样子非常可怜:满面都长着一种湿疹,这种湿疹似乎是由于他久居狱中和长期在"俱乐部"里谈话而来的。在拘押所里,倘使用一种特殊的方法把厕所的贮水槽里的水取出,可以借助抽水马桶的管子从一层楼向另一层楼通话。这个"俱乐部"并不怎么舒服,然而有几个爱好者往往接连几天地在这管子里谈话,而罗日杰斯特文斯基显然是很喜欢和人交谈的。不管怎么样,总之,他到我们这里来的时候满面都是湿疹,戴着一副很大的墨镜,使他那斑斑驳驳的面孔好像一只猫头鹰。我们很快就对这个极温厚的人发生了好感,不知为什么给他起了一个绰号叫做"牺牲者"。他立刻走上了我们维什尼伏洛乔克生活的轨道,高兴地然而不很灵巧地参加我们的斯巴达游戏。做跳背游戏时,我们看到他骑在弯腰站着的朋友的脖子上的姿态,都哈哈大笑。这光景的确是所谓"可以入画"的:一个人弯着腰,另一个人正襟危坐在他的肩膀上,两手颤抖地抓住他的肩膀,脸上都是湿疹,眼睛上罩着两个黑圈圈。

我们的一向友爱和睦的监狱生活,注定要由这个极其温良又并不愚蠢的人来破坏。轮到他声明自己加入公共储金的股子的时候,他走到桌子边来,用强硬的口气说:

"我……捐助一个卢布。……捐助一个卢布救济穷人!……"

接着克涅捷夫斯基也跑过来,用手在桌子上敲一下,照样地说:

"我也捐助一个卢布给穷人。……"

事情渐渐地弄明白了:原来他们的意思是,自动凑集款项就是"捐助”,这含有侮辱性质。他们自成了一派,认为不应该用自动捐助的办法,而应该把财产强行分配。每一个人都说出来:自己有多少钱;然后由"公众"来平分。

这"变革"的中心人物显然是克涅捷夫斯基,就是那个极严厉的人,他曾经那么残忍地对待我们集体创作的长篇小说,大家怀疑这小说是被他查禁的。他所提出的口号看来似乎很正确,于是有许多善良可亲的人立刻附和他,例如"牺牲者"、彼佳·波波夫、施威佐夫等等。工人们立刻站在"共产主义者"这方面,而觉得接受"自愿捐助"是屈辱的。波兰人大多数是"个人主义者",都退向"贵族"的阵营里去了。

我起初对于"牺牲者"所提出的这个"问题"并不介意。我以为这只是"一杯水里的风波",是监狱里常有的情形。然而不久就暴露了问题的较严重的一面。那个叫做达尼洛维奇的波兰人到我这里来,讲了下面的一件事给我听:他有一个未婚妻在莫斯科,是一个病人,身体衰弱得很,眼看不久于人世了。还在华沙的时候,他们就决定举行婚礼。这结婚不是为了幸福生活,却是为了要使这个缠绵病榻的人尽可能安心地死去。他的亲近的朋友们凑集了一笔小小的款子送给他们,主要不是为了达尼洛维奇,而是为了他的未婚妻。现在这笔款子就被认为是达尼洛维奇所有的。他为什么要把这笔钱送给由于政府的措施而偶然会集拢来的狱友们呢?……我就走进克涅捷夫斯基的囚室里去,那里正在用民主观点来讨论问题,我向他们提出了这个问题,但是没有说出其人的姓名。有几个人沉思起来,但是克涅捷夫斯基坚决地说:

"叫他向公众去说明吧。公众会加以判断,也许会同意他的要求的。"

这显然是荒谬的,竟使得波兰人都愤慨起来。他们认为这所谓"公众",只是指一同监禁的狱友,他们准备在这范围内做他们所可能做的事。然而其中每一个人在外界和别的监狱里都有更加密切的联系,他们不愿意把这种关系交给这监狱里偶然结合的成员去评判。……

从这时候起,维什尼伏洛乔克政治监狱中一向和平的生活就被破坏了。以前是朋友的人,现在加入了"敌对集团"。我记得有这样的一件事:我们之中有一个工人,叫做杰维特尼科夫。这是一个样子很结实、个子不高而显然富有膂力的白俄罗斯人。他曾到美国去寻找真理和美好生活。初看见他的时候,觉得这人像一只熊;我在我的短篇小说《哑口无言》中描写柳林村的居民马特威以及他同向他提出拳斗的那个美国人之间的斗争的时候,我眼前部分地显现出杰维特尼科夫这个人物来,因为正是他有过这样的情况。然而,这个人虽然样子像一只熊,却是神经质的,同柔弱的小孩子一样,对一切事情都有夸大的看法。起初,支配着维什尼伏洛乔克政治监狱的纯朴友爱的气氛使他十分欢喜。他力求补充他的教育,请求几个人——我也在内——教他几种功课。我请求伊波里特·巴甫洛维奇允许我们在早上点名之前在空着的食堂里教课。他得知了这消息非常高兴,我们第一次从各自的囚室里走到食堂里去的时候,他跑过来搂住了我的脖子,流出眼泪来。自从我们的和平体制发生变革之后,杰维特尼科夫变成了共产主义者;我呢,为了痛恨克涅捷夫斯基的主张,坚决地退到了贵族个人主义者方面。此后的第一个早上,杰维特尼科夫来上课的时候样子十分颓丧:他对于我们的属于两个不同的党派,觉得不能容忍;甚至连初等数学的一般问题也不大做得出了。

后来,"共产主义者"之间开始发生一些不愉快的争执。有一个工人气愤地跑来看我,说他们中间流传着这样的谈话:克涅捷夫斯基是他们的集团的首领,然而有几个人知道,他的罩衫的衣领里缝着七十五个卢布,他并没有把这笔钱向公众报告。这件事引起了许多人的反感和卑鄙的怀疑。克涅捷夫斯基声明,说这笔钱是他个人留作有越狱机会时用的。这当然是真的。但是反对他的人指出:所谓"越狱机会",正是同志们有发言权和公决权的那种机会。克涅捷夫斯基对这种指责竟用威胁来答复:有谁敢提起这个问题,他就揍他。

　　总之,我们在维什尼伏洛乔克政治监狱中这段时期的生活,保存在我的回忆中的远不及初期那么安宁。然而这里有许多有趣的朋友,而且我们的"共产主义"事件在克涅捷夫斯基那件事发生之后逐渐退避到后景上去了,这两个原因使得我的回忆缓和了些。然而"共产主义"作风在我们登程出发之后还维持着,直到西伯利亚途中的某一个旅站上,方始由于发生了一件可笑的事而逐渐消散了。

10　政治犯队伍在旅程中。农民库利曾的经历。我被推选为领队人,并确切地获悉了我被流放雅库梯州的原因

　　终于轮到我们了。记得是在一八七九年[1]七月的下半月,一批人从维什尼伏洛乔克政治监狱出发,我也被分派在内。一切手续都同第一次一样。省长派来的一个官员用单调的声音宣读名单及指令条例。……我们都忙着和留在这里的狱友们谈话,我竟无心倾听我到底是为了什么才被流放的。不消说,总不过是思想极端危险而特别有毒害。……没有什么听头。然而这手续完毕之后,有一个狱友走过来对我说:

---

〔1〕　这里是作者笔误,应该是一八八〇年。这一批犯人的出发日期是七月十七日。那一天柯罗连科写了一封短信给他弟弟伊拉利昂,告诉他:"我是在快要动身的时候写的,一个钟头之后我们就要出发了。"

"喂，……原来你在流放中逃亡过？为什么你没有把这件事告诉我们？"

我吃了一惊。

"这话你从哪里听来的？"

"刚才那官员宣读的。"

"不会有这种事。……大概是你听错了吧。……"

狱友们之间就发生了争执，其中有几个人断言，他们也曾听到这一类的话，然而是关于另一个人的。于是只有向最初的来源去查明这个问题。那官员正在一张桌子上把公文装进皮包里去，但是当我挤到桌子边去问他的时候，他匆匆地回答我说：

"我已经宣读过了。"

然后赶紧收拾好物件，消失在一群警卫军官和别的长官们之间了。狱友们愤激地喧噪起来。当时如果我坚持到底，很可能出乱子。但是我认为这里面大概有些误解，就不再追究了。

大概不是为了逃亡；不管是为什么，反正都是一样！当我们步行到车站上（约两俄里），坐上有栅栏的囚犯车厢的时候，这件事就从我头脑中消失，我的注意力集中于迎接新印象了。

我们被火车载送到下诺夫戈罗德，中途没有在莫斯科停留，一到那里立刻坐上一只载囚犯的平底船〔1〕。从这里到彼尔姆，须走伏尔加河和卡马河。我们已经从先走的狱友们的来信中知道这是最有趣味的一段路：载囚犯的平底船由库尔巴托夫的一只不很大的客轮拖着走，平稳地在伏尔加河和卡马河的景色如画的两岸之间行驶；即使是生病的人，

────────────

〔1〕 柯罗连科一八八〇年的记事册中指出，这是七月十八日的事。

出狱之后走上这条路也会痊愈。

　　船须在下一天开出，因为莫斯科和姆岑斯克有几个人要来参加我们这一批，而从那里开来的火车，记得是在清早到达的。我们一上船，立刻注意到一个青年人，这人身穿便衣，头戴一顶白色的便帽，一举一动都发出脚镣的叮当声。这个人原来就是伊凡·伊凡诺维奇·巴宾[1]，是在早期的一次诉讼案中和加莫夫、德莫霍夫斯基等人一同被判罪的。

　　听到这个人的姓名，我的记忆中便浮现出我当专科学生的最初几年中的一件事情来。有一个时期我们有一班朋友异常迷恋戏剧。在那个季节里，巴蒂和尼尔松同时在大歌剧院登台。座位全部被预订去，只剩下最高处的楼座。要买这几十个座位的戏票，须得在剧院的入口处站几个通宵。我们不顾这种麻烦和经济的拮据，还是常常去买这种廉价戏票。我们必须在上一夜十一点钟光景来到剧院入口处。这入口处面向剧院广场，傍着军官街。从这里可以望见运河对面的立陶宛监狱堡垒的黑黝黝的大门。一群经常来买票的老观众全都互相认识了，造成了一种惯例，大家说笑话，寻乐趣，借以消磨等待的时间。有一次，在清晨的微光中，立陶宛堡垒的大门突然打开；里面开出一辆带篷的囚车来，周围拥着一队骑马的宪兵。他们在我们旁边飞驰而过，在剧院的一角上消失了。过了不多时，有一个谁也不认识的大学生走近来告诉我们说：刚才载去的是最近的案件中所判决的政治犯。他说出几个人的姓氏来，其中包括巴宾。他们是被载到骏马广场去，现在正在断头台上执行剥夺他们

──────────

　　〔1〕　伊凡·伊凡诺维奇·巴宾(1850—1907)先后在彼得堡大学和莫斯科大学求学；属于亚·瓦·陀尔古欣的小组。一八七五年被判处苦役刑五年，在诺沃别尔戈罗德的苦役刑监狱中服役。一八八〇年被流放到伊尔库茨克做移民，后来"为了毒害影响"而转徙雅库梯州阿姆加村。

权利的手续。

那时候对于被判罪的贵族还采用这样的惩罚方式:在断头台上由刽子手在被判罪者的头上折断一把宝剑。我清楚地记得这个烟雾弥漫而雨雪交加的彼得堡的早晨,以及这辆由骑着马奔驰的宪兵监护着的黑色轿车。从这天早晨起,连我的戏瘾也开始衰退了。……

巴宾曾经在别尔戈罗德中央监狱住过几年,现在出现在我们之中了。他在发配东西伯利亚做移民以前虽然曾在姆岑斯克狱中过了几个月较为自由的生活,然而还是保留着多年痛苦的监禁生活的痕迹。他面色如土,用异样的眼光环视好奇地包围着他的人群。我们也把他看作来自另一个世界的人。

晚上,我们的平底船被带到库尔巴托夫码头上,并排在客轮旁边了。我们被关在底舱里。在一间很大的房间中央,有一条用铁栅隔开的通道。几个警卫宪兵站在通道上,可以看见我们的一举一动。小小的圆窗洞都敞开着,用以流通空气。我从一个窗洞中眺望,想看看伏尔加河,然而看不见。因为我们的船紧贴着那只客轮,我们的圆窗洞正对着客轮的船舱上一个也是圆形的窗洞。有一家人正在那里喝茶。有一个卷发小姑娘向窗洞里张望一下,她显然是看见我们的窗洞靠近他们,而窗洞里有囚犯在那里张望,因而感到兴味。

"妈妈,妈妈!……"这女孩子叽叽喳喳地叫起来。一个漂亮的女人走近窗子来张望一下,立刻嫌恶地拉上了窗帘。大概她认为我们在近旁会给人坏影响,也许竟是危险的。

第二天清早,我们的平底船由客轮拖着,平稳地开出了。经过检查之后,放我们到甲板上;当平底船绕过一座山,城市望不见了的时候,有空格的帆布篷拉开了,我们就可以毫无障碍地欣赏伏尔加河两岸的美妙

的全景。我们的航程就这样开始了，我相信有许多人直到现在还能津津
有味地回忆这段旅程。天色晴朗，我们一连好几天待在甲板上，和新上
船的同伴们相结识。我们的朋友之中有两个人的未婚妻是关在莫斯科
监狱里的，现在来和他们同行了。其中一个女人年纪已过青春，病魔缠
身，衰弱无力；另一个女人年纪很轻，也很消瘦而苍白，一双深沉的黑眼
睛非常美丽，眼光里还保留着孩子气的表情。参加到我们这里来的，还
有从姆岑斯克监狱里来的一批人，我记得其中有一个叫做别洛康斯
基[1]的，后来是很有名的作家，当时是敖德萨几家报纸的撰稿人；还有
政治苦役犯柯连金娜和别尔德尼科夫[2]。后者是一个青年，身体很胖，
同巴宾一样叮叮当当地戴着脚镣。

　　还有一个特殊人物引起大家的注意。这是一个普通农民，也是在下
诺夫戈罗德加入我们这一伙的，不过他是从特维尔省被送到下诺夫戈罗
德来的。他那双天真的灰色眼睛老是向我们张望，其中可以看出困惑和
恐怖的神色，他对我们这伙人显然感到陌生而不习惯。我们也觉得奇
怪：这个不折不扣的乡下人不知为什么落入了政治犯的队伍里。起初他
回避所有的人，但是后来他看见我们之中也有工人，即所谓自家人，他就
和其中某几个人谈起话来，坦率地说出了他被流放的经过。

――――――――――

　　〔1〕　伊凡·彼得罗维奇·别洛康斯基(1855—1931)是地方自治会的自由主义活动
家和政论家。一八七九年被捕，流放叶尼塞省五年。别洛康斯基在回忆录《时间的贡献》
中叙述他被流放西伯利亚的情形，其中谈起同柯罗连科、他的母亲爱薇里娜·约瑟福夫娜
和妹妹玛利亚·加拉克齐昂诺夫娜会面的情况。别洛康斯基曾和柯罗连科长期通信。柯
罗连科给他的信，一部分发表在《柯罗连科书信集。一八三三至一九二一年柯罗连科致别
洛康斯基书简》中（一九二二年莫斯科版）。
　　〔2〕　列昂齐·费多罗维奇·别尔德尼科夫(1852—1936)，在一八七七年是"土地与
自由社"的活动家之一。曾参与制订谋杀宪兵司令梅旬采夫的计划。一八七八年被捕，由
彼得堡军区法院判处苦役刑十五年。

　　他的经历很奇特。他姓库利曾,是特维尔省的一个本地农民,除了务农之外又经商。他显然已经逐渐变成了乡村富农,但他仍不放弃种田,还是分享着同村人的一切利益。他们村子里的农民为了土地同一个地主打官司,库利曾热心地参与其事。我在前面已经说起过某些地方对谋刺沙皇的看法;彼得堡和萨拉托夫的工人们在沙皇登基纪念日攻击知识分子和一般的上流人物;特维尔省里有一群农民曾驱逐一个县警察局长。当时的忠君思想,一般地显示出一种特殊的普加乔夫式倾向来:拥护沙皇而反对谋害他的上流人物。库利曾所住的村子里的农民们认为,现在他们同地主打官司最好的办法便是作政治告密。这秘密报告就在库利曾的小店里拟就,并且有库利曾参加在内。报告中说:有一个陌生人来到他们的地主家里,地主和他秘密地关在书房里,低声商谈了很久,此后就发生了谋刺沙皇的事件。这正是人心惶惶的时期。于是突然一群宪兵闯进地主家里,进行搜查;农民们很高兴,以为官司打赢了。然而这秘密报告里谈到了一个有势力的人物,记得还是当时莫斯科总督陀尔果鲁科夫的亲戚。农民们的幼稚的伪造报告的底细立刻被拆穿了。有几个农民被逮捕了;库利曾显然是主谋者,就被判决作为……"政治犯"流放西伯利亚。

　　他十分坦率地把这一切情况告诉工人们,以为他们是完全同情他的。

　　"你们想哪,……我们的地主反对沙皇。我们农民可怜沙皇,这才写秘密报告上去。……可是,你瞧,长官不去流放他,倒来流放我。可见得沙皇身边没有忠臣。"

　　此后就有许多人不理睬这个效忠沙皇的告密者;但我对于他的人生观发生兴味。这种人生观和我所认识的农民请愿代表们具有共同的基础；然而就最终结论而言是相去极远的。我决心更加用心地观察库利曾。

我们沿着卡马河来到彼尔姆。在这里，我们被从船上直接送上乌拉尔铁路的火车，载到了叶卡捷琳堡。从这里到秋明，用运货马车来载送我们，每辆坐两个人，可以自由挑选旅伴。我挑选了别人所不要的库利曾。他显然很感激，欣然表示同意。

我们的车辆在宽广的西伯利亚大道上形成了长长的行列。我们在波浪起伏、还未成熟的谷物中间行驶。库利曾睁大了眼睛观看一切，怀着纯粹孩子气的好奇心，这好奇心当然集中在农民最感兴味的东西上。和我们同车的有两个武装的押送兵和一个驾车的农民。库利曾常常问这农民：

"这块地是谁的？……那末这块呢？……这块呢？"

马车夫老是用同样的话回答他：

"谁的！当然是农民的啰。……"

"那末你们这里地主的地在哪里呢？"库利曾诧异地问。

"什么地主？……我们这里从来没有地主。"

库利曾惊讶地向我看看，甚至在自己膝盖上拍了一下。……

"你听到过这话吗，啊？哎哟，我的老弟，你们真好福气！……我们那儿地主多得像狗毛。……或者是鬼把他们放在一只漏袋袋里撒下来的。真是！我们那儿地主密密麻麻，你们这儿空空落落。你们真好福气啊！还说西伯利亚不好呢！"

于是他觉得西伯利亚并不怎么可怕了。他甚至还作一种打算：等他到了目的地之后，写信去叫他的妻子马特缭娜·伊凡诺夫娜到这里来。……

"唉,老弟!"他用信任的语调对我说,"我看看你们那些女人,那些女政治犯,都是些有气没力、看不上眼的人！我的马特缭娜·伊凡诺夫娜可完全不是那号人。……这个女人真了不起,我告诉你,简直是一把好手。什么事她都能做。在田里收割呀,在店铺里做生意呀,干什么都行。……我们有钱,可以租一点田地,开一个铺子。……你看怎么样,啊？你听我说:等我们住定了,我就写信给你,……你也请求调到我们这里来,真的！我很喜欢你。我们请你当帮工,大家住在一起。……"

我笑了,然而库利曾的话原来是很认真的。大约过了四个月,我通过流放犯督办公署收到他的一封信,信中通知我说,他已经在外贝加尔地区某地定居下来,这地方极好,田地也足够。……他出于友谊邀请我到他那边去,正像他在路上允许我的那样,甚至已经替我物色到一个未婚妻。……

总之,在这宽阔的大道上,在繁茂的秧苗中间,库利曾乐得心花怒放。不久以前的恐怖之色在他身上已经影迹全无。他说笑话,唱歌,喋喋不休地谈论"好福气的西伯利亚地方"和倒霉的俄罗斯,诙谐百出。因此在整个行列中,我们的车子恐怕是最愉快的了。……

我们就这样来到了一个地方,这里的境界上立着一根有国徽纹样的石柱,一边是彼尔姆省,另一边是托博尔省。这里就是西伯利亚的开始处。我们的长长的行列在这里停止了。大家心里蠢动着一种特殊的感觉,仿佛这境界清楚地横在每个人的心中。女人们走下车子,到路旁去采花了。有几个人抓了"一掬故乡之土",总之,所有的人都有点感动。

我记不清楚是在这里呢,还是在大道上另一处像这样停歇下来的地方,库利曾碰到了一桩可能引起悲惨结果的小小的事故。他也走下车子来，向四周眺望。我们的马车形成长长的一列停留在大道上，大道两旁围着沟渠。离开大道不远的地方望得见一丛小树林，小树林后面便是茂密的森林。库利曾愉快地微笑着，突然奔跑起来，跳过沟渠，他的身子就闪现在稀疏的树干和灌木丛中间了。

这完全是突如其来的，因此我们不能理解他这行为的意义。一个押送兵跳下车去，急忙举起枪来。这可怜的人关于"有福气的生活"的梦想眼看要发生意外的结果了；正在这时候，我们这个逃亡者突然从身上解下皮带，一边跑，一边作出几个动作，这些动作表明了他的意图是极驯良的。我们总算抓住了押送兵的手。后来我们告诉库利曾，说他碰到了怎样的危险，他吃惊地划了一个十字。

"难道你要开枪，你这怪人！"他对押送兵说，"我才不想怎么样呢！……"

"这是警卫兵应尽的责任，……"押送兵回答他，"你为什么要跑呢？……难道可以容许犯人像兔子一样奔跑吗？……"

我们的行列走得十分慢，晚上在驿站上过夜。……我们维什尼伏洛乔克的一队流放犯所选定的领队人是格拉保夫斯基，有一次，经过他的一番交涉，押送人允许我们在驿站的院子里过夜。记得这是一个温暖的夜晚，月亮高挂在天空中。……我们之中有好几对青年夫妻，在其余的人都入睡之后，他们又坐了很久，悄悄地谈着情话。……

我们就这样来到了秋明[1]。这城里有一个著名的"流放犯督办公署"，由这公署把流放犯分配到西西伯利亚各地。我们被载到一个大监

---

〔1〕　包括柯罗连科在内的这一批流放犯于一八八〇年七月三十至三十一日间经过秋明。

狱面前的广场上,我们在这里看到了我们第一批中的一部分人,非常高兴。最初到栅栏边来望我们的是准尉魏列夏庚,后来是柯茹霍夫、施威佐夫、安年斯基。大家就在广场和监狱之间热烈地互相问候和交谈,旁边的人群不久也参加进来了。记得这一天是假日,又是集市日。……然而不久就知道我们不是留在这里的。他们选出了约二十个人留在西西伯利亚,其余的人早就有船在码头上等候着,我们须得乘船走图拉河顺流而下,转入托博尔河和额尔齐斯河。经过了托博尔斯克之后,我们的船就沿着额尔齐斯河北上,于是伏尔加河和卡马河的美景就变成了人烟稀少的西伯利亚河岸的凄凉景色。这时候我就潜心于回想,写了一篇特写《不像样的城市》,其中描写格拉佐夫城,刻意模仿乌斯宾斯基的笔调。这篇特写曾经刊载在《语言》杂志上〔1〕。我又试行追记关于白桦屯的一些印象,但是后来把它们寄往彼得堡,编辑部答复我说:这些文章只能在外国的秘密报刊上发表〔2〕。

　　我们来到萨马罗沃大村,这里是我们所到的最北面的地方,由此沿鄂毕河南行,经过苏尔古特和那雷姆。鄂毕河比额尔齐斯河更加冷落而荒凉。有时冻土带绵延数十俄里,上面长着苍白的河柳。人的心情也随着这些景物而更加晦暗,更加容易发怒了。同伴们和领队人之间发生了一些不愉快的事件。格拉保夫斯基为人很不错,但他不理解暴躁易怒的青年们的心情。他认为事情很简单:我们被遣送,就应该服从,尽可能避免冲突。然而在这些场合下,有一种复杂的二重心理起着作用。在我们的船上,除了政治犯之外,还有一批刑事犯。押送我们的是宪兵,押送刑

---

〔1〕　特写《不像样的城市》发表在一八八〇年《语言》杂志第二期上。

〔2〕　指《在白桦屯》这组特写。

事犯的是普通的押送兵。这押送队的队长是一个军官;押送我们的上校符拉季米罗夫——就像一般常有的情况那样——担心这军官会把政治犯不守纪律的情况去向上头告密。我们长久地留在甲板上,到码头时不停止唱歌,有时我们的歌曲具有不很合法的性质。符拉季米罗夫要求我们更加服从些,格拉保夫斯基仅仅传达这些要求还不满足,自己又添加了一些关于必须服从的开导话。他的话大部分是正确的,然而因为他的劝告有时具有长辈教训的性质,有时又带有教师的口气,而且可能给宪兵们听到,这就激怒了群众。大家觉得:如果在这种情况下让步了一次,更进一步的要求就会接踵而来,没有个完,直到连荒谬的要求也只得甘心服从。

在另一方面,群众(我们共有一百个人左右)之中往往有不少性情过分暴躁或不知深浅的人,这些人会使关系尖锐化,转向别的方面。我们之中也有几个这样的人,其中有一个叫做巴拉诺夫的,是彼得堡或莫斯科的一个裁缝助手。这人身材矮壮,长着一双火辣辣的黑眼睛,脾气经常暴躁。还在伏尔加河上船的时候,我们就受过一次很表面的行李检查,但留下了许多狱规所禁止的东西,例如小刀、铅笔、记事册等。巴拉诺夫有一把刀和一把剪刀,他有时用它们来干活。使用的时候当然应该不让人看见。然而巴拉诺夫把他的工具全部拿到甲板上来,故意陈列在自己周围,这当然引起了押送兵的愤慨和诧异。

格拉保夫斯基虽然常常口出怨言,总算勉强到达了西伯利亚。结果形成了两个方面:一方面是我们全体流放犯,我们对巴拉诺夫和其他同样性情的人的狂妄行为虽然一般说来是不赞成的,然而对完全服从却表示坚决反对;另一方面是符拉季米罗夫和我们的领队人。两方面的关系尖锐化起来,符拉季米罗夫忍耐不住了,对格拉保夫斯基表示:他要重新检查行李。格拉保夫斯基就把这一点预先通知了流放犯。

这消息引起了很大的骚动,有许多人竟准备反击了。记得中尉索洛维约夫——一个脾气异常暴躁的人——立刻脱下自己那双长统靴来,准备拿它当作防御武器。事态很可能恶化,因为有许多不同情巴拉诺夫的挑战式行为的人,纯粹为了友谊的关系也准备采取极端的反抗措施。押送兵可能会使用武器。

这时候彼佳·波波夫和另外几个人到我这里来对我说:格拉保夫斯基要辞职,大伙儿要推选我做领队人。我认为不应该推辞。我们讲这番话的时候不是所有的人都在场。我就要求他们转告同伴们:我一般说来是站在格拉保夫斯基这边而不赞成挑战式的抗议行为的;但如果大家在这条件下仍然要推选我,那我就不推辞。大家一致推选了我[1],我就明白:实际上绝大多数人都是反对无益的挑衅行为的。

---

〔1〕 谢·波·施威佐夫在他关于柯罗连科的回忆中指出柯罗连科在流放的旅途中所起的作用。他写道:"在我们一同过囚犯的漂泊生活的时期中,我不止一次地看到:当狱友中有人同长官发生剧烈冲突的时候,有时正在最紧急的关头上,突然柯罗连科出来干预,仿佛是来掩护正需要旁人帮助的狱友的。我还知道有这么一件事,——这当然不是在维什尼沃洛乔克监狱里发生的,因为我们在那里从来不同监狱长官发生冲突;而是在西伯利亚的一个监狱里发生的。为了什么缘由,我现在已经记不起了,因为这种事情多得不可胜计。我只记得,我们囚犯同狱卒发生了剧烈的冲突。这件事闹大了,监狱里调来了警卫兵,这些兵来到我们的走廊里,排成队伍,横着刺刀对着我们,周围充满了喧噪声和叫喊声,大家情绪都很激昂。我们之中有一个人激怒到了极点,突然使人感觉到,格斗即将开始,而我们显然要吃亏了。然而我们已经不能自制。我记得一个可怕的瞬间:突然仿佛一切都黑暗了,自己和周围的一切似乎都要崩裂。在这瞬间,柯罗连科忽然出来说话,他挺身上前,仿佛用自己的身子来掩护狱友们,然后开始说话了。他用从容不迫、明白晓畅的话坚决而有力地指出了一味打算压迫无辜者的狱卒们的不公正。这个非常动听而又从容不迫的声音,这种深信不疑却又非常朴素、十分诚恳的言词,迅速地改变了形势。我们眼前仿佛忽然明亮了,呼吸立刻舒畅起来。一切渐趋平静,恢复了常态,兵队撤去了,避免了流血。"

下一天，我们来到一个码头上，购买物品的工作就要归我办理了。钱是由符拉季米罗夫支付的，他对我很冷淡。我对他也一样。船离开码头之后，他对我说，他打算进行一次搜查，叫我把这话转告大家。我说：我可以转告，但是我不能保证这次搜查平安无事地进行。结果，符拉季米罗夫这一天并没有搜查，下一天也没有搜查。这时候，大多数朋友要求巴拉诺夫勿再展示他的工具。他听了这话大为愤慨，竟跑到一个宪兵面前，把那把刀在他鼻子跟前晃几晃，然后把它丢在水里了。

骚乱渐渐平息。我对待符拉季米罗夫态度照旧很冷淡，并且十分坚决地拒绝他的征服性的企图。然而在另一方面，他也看到不再有挑战性的狂妄行为了。于是建立了一种制度：既不使我们感到拘束，也不致引起冲突。符拉季米罗夫感觉到他在某一界限内必须止步，于是他就不再企图超越这界限。

这时候他对我的态度也渐渐改变。有一次，我又得同他结算账目了，我照旧用那种公事公办的态度来做这件事，他突然在椅子上把身子向后面一仰，出乎我意料之外地说：

"嗯，……一切都很好。……我老实告诉你，我很怕你。……"

"为什么？"

"他们推选你来代替了格拉保夫斯基，我以为总要发生冲突了。……何况维亚特卡当局对你的鉴定是骇人听闻的。"

我突然记起了关于"流放原因"的那件事，我就说：

"请问……你可不可以把那个公文给我看看？……我到底是为什么被流放的？……"

"这无论如何不可以。我没有这权利。"

我就没有坚持要求。然而后来有一次停船的时候，他又对我说起这件事。

"如果你能答应我不告诉任何人,那么……"

我答应了他,他就把那个公文给我看,显然是早已准备着的。我看了一下,面孔就变色了。公文里的确写着:"因从维亚特卡省流放地逃亡,应按照一八七八年八月八日敕令,将该犯流放至雅库梯州[1]。"

我想不到维亚特卡当局的这种卑鄙的撒谎会对我发生这样的影响。

"如果附近有电报局,"我对符拉季米罗夫说,"那我一定立刻打一个电报给内务部长。这是卑鄙的捏造。我从来没有从任何地方逃亡过!"

"是的,当然,当然。……"符拉季米罗夫困窘地说,"不过,……我本来是没有权利把公文给你看的,只因你答应过……"

"嗯,是的。……可是你倒说说:我应该怎么办呢?……"

"我们到达了伊尔库茨克之后,你呈递一张请愿书,要求把这个公文摘录给你。"

"你以为这个请求会达到目的吗?……请你凭良心说。"

"凭良心说?……不行,大概是会被拒绝的。……可是,到达目的地之后……"

"你是说到达雅库梯州之后吗?谢谢你的忠告。至于我的诺言,我

---

〔1〕 柯罗连科这次流放,是被人诬告的结果。巡官孔德拉捷夫,就是柯罗连科为了访问乌兰诺夫斯卡雅而同他发生冲突的那个人,于一八七九年十二月四日向县警察局长报告,说柯罗连科擅自离开居住地,前往三十九俄里外的比塞罗沃村。县警察局长于十二月十四日将此事报告省长,并写道:"流放犯柯罗连科擅离居住地如此之远,极可能使他获得逃亡之机会。"省长特罗伊尼茨基又把柯罗连科擅离居住地的事报告了内务部长,要求把这行动作为逃亡来处罚。内务部长对维亚特卡省长发出如下的通知作为对他的报告的答复:"准照御前办公室第三厅主任建议:格拉佐夫县比塞罗沃乡警察监视下之柯罗连科,因从指定居住地逃亡,应按照一八七八年敕令将该犯流放东西伯利亚。"

当然会遵守。不过，上校，你可知道：你所押送的人里面，有多少人受到极卑鄙的诬害！……要求我们驯良地服从你的'合法要求'，是多么困难啊！"

这个宪兵样子很困窘。读者将在下文中看到：不久我就和他分手了；然而后来我听说：从我离开以后到伊尔库茨克的一段路上，他的态度一直很规矩，和群众之间没有再发生任何冲突。[1]

现在我们沿着鄂毕河南行，渐渐接近托姆斯克。天气暖和起来，河岸景色比较多样化了，人的心情也愉快起来。我还得继续谈谈关于我们的"党派"，即"共产主义者和贵族"的事。到了托姆斯克之后将要重新分配：有几个人是可能留在托姆斯克省的。因此必须在到达托姆斯克之前按人头分派公共储金。从姆岑斯克来的人们，并无这种分派。我们因那次"变革"而发生的争执也已平息下来。我作为维什尼伏洛乔克的领队人，就参加了两方面的工作。

有一次，彼佳·波波夫到我这里来，大大地称赞莫斯科参加进来的两个未婚妻之中的一人。这是一个很文雅的波兰姑娘，身体柔弱，脸蛋儿简直像小孩子似的，一双眼睛又大又深。波波夫看来是个多情的人，这时候不断地称赞她："你瞧，她的一双眼睛生得多好。真教人欢喜！她的脸蛋儿像一个小天使。"人家问她愿意参加哪一"派"，民主派还是贵族派。她毫不犹豫地回答："当然参加民主派。"波波夫说："这是她缺乏应有的理解的缘故。要知道她完全是个小天使呀，……啊呀，多迷人哪！"这一次很难分辨：他是认真地赞美呢，还是近乎讥笑而已？多半是两方

---

[1]　关于此事可参看伊·彼·别洛康斯基的回忆录《时间的贡献》一六六页。——原注

面都有一点。……

在到达托姆斯克之前,开始分派公共储金的时候,彼佳·波波夫急急忙忙地跑到我这里来,由于愉快的兴奋,几乎透不过气来。他说:

"快一点,请你快一点,……我们一同去。你去问问 M-н 看,她现在打算参加哪一边?"

我们就去找她。我向她提出了问题,并且说明了归这一派或归那一派的实际后果。她的丈夫退避一旁,任凭妻子自己去决定;他们有大约一百个卢布。听说必须把这笔钱交出来作为公共储金,这个青年女子就抬起了她那双美妙的眼睛,考虑起来。波波夫用赞赏的眼光注视着她。

"是这样的,"她终于说话了,"这在理论上是很好的,不过……在实际上的确不妥当。"

波波夫脸上流露出十分赞赏的表情。他心中有一定的想法,现在这想法证实了,他非常高兴。周围的人也善意地微笑。这是我们的共产主义作风给我的最后一个印象。此后闹派别的情况,我就不知道了。……在这以后过了两三天,我们到达了托姆斯克[1]。

11　返回欧洲俄罗斯。托博尔斯克监狱。撞门汉雅希卡。福明。流浪人崔普洛夫。抵达彼尔姆

托姆斯克有两个监狱。囚犯们称一个为"拘留监狱",另一个是转送监狱。转送监狱里除了几所固定的砖房之外,还有几间宽敞的棚屋,其

---

〔1〕　是在一八八〇年八月九日。关于这件事,在柯罗连科一八八〇年的记事册中记载着。

中也有张帆布的。这监狱里非常热闹,因为常常有一批批新来的流放犯加入进去。我们被安置在一所巨大的石造平屋里。在这里大约要停留两天。

记得好像就在第二天,监狱里来了一个省长方面的官员,他通知我们说:洛利斯-梅里科夫的最高委员会审查了我们的案件之后,决议释放几个人;此外又对六个人宣布:我们将要回到欧洲俄罗斯境内,受警察监视。

这六个人之中竟也包括我。……显然是维亚特卡当局的捏造在伊美列津斯基的检查之后被揭穿了,所以在审理案件之前,先把我恢复原来状态,即仍旧流放在欧洲俄罗斯境内。

我必须和队里的朋友们分手了。我已经和他们很熟悉,觉得对共产主义者和民主主义者似乎同样地亲近。当他们坐上马车,从监狱的院子里出发,绕过一所崭新而漂亮的礼拜堂去的时候,我们留下来的人用愁苦的眼光目送着他们。终于最后一辆马车在拐角上消失了,我们就回到空落落的屋子里。

我们在等候动身回去的期间,不得不在这转送监狱里度过好几天无聊的生活。两个大囚室,不久以前还住着近百人的政治犯队伍,现在只有我们六个人住着。我和符诺罗夫斯基住在一个囚室里,女人们住在另一个囚室里。然而这两个囚室只有夜里才关门。整个白天我们可以自由地到和我们同路的女伴们的囚室里去,或者走到监狱的院子里去。等待出发的期间,一天天地度着寂寞的日子。

我们被送回去的一批人,包括两个男人和四个女人。其中首先是符诺罗夫斯基夫妇,两个人年纪都不很轻了。女的(娘家姓米欣科)满面病容,外加带着一个需要哺乳的婴儿。幸而碰到我们这伙人里面也有一个带乳儿的母亲;否则,这婴儿的命运就很悲惨了。这另一个母亲叫做薇拉·巴甫洛夫娜·罗加乔娃,是在大案件里被判处苦役刑的罗加乔夫的妻子。她是一个强壮的黑发女子,略带几分茨冈人风度,身体异常健康,给两个婴儿哺乳绰绰有余。第三个女人叫做奥辛斯卡雅,是一个被处死刑的恐怖主义者的寡妻。第四个女人叫做菲克拉·伊凡诺夫娜·顿涅茨卡雅,是顿涅茨基的妻子,顿涅茨基也是一个囚犯,被监禁在别尔戈罗德的转送监狱里,听说在那里发疯了。

在等候出发的期间,有一天母亲和妹妹突然来看我了。她们到克拉斯诺雅尔斯克去,路过托姆斯克,请得了和我会面的许可。然而不久我们又分别了,而且这一次的别离可能为时较久。她们动身之后,过了两三天,在西伯利亚大道上赶上了我们那批流放同伴〔1〕。……

我们目前有一个相当重要的问题:谁送我们回去? 怎样送我们回去? 由押送队的兵士逐站遣送我们呢,还是由宪兵带我们坐驿马车前去? 除了一路乘驿马车的方便之外,这里还有一个问题:宪兵文化程度高得多,并且已经惯于对付政治犯。押送队则相反,由粗鲁的人组成,惯于用极粗鲁的态度对付刑事犯。他们的军官文化程度比兵士略微高些。如果由他们押送,我们势必投宿在肮脏的、满是虱子和病菌的囚犯营宿站里。因此我们那些女伴们看见院子那头出现几个宪兵的时候,其欢喜

─────────

〔1〕 伊·彼·别洛康斯基在他的回忆录中写道:"八月二十日,在离开托姆斯克五站的柯尔仁斯科耶村中,柯罗连科的母亲爱薇里娜·约瑟福夫娜和他的妹妹玛利亚·加拉克齐昂诺夫娜(夫家姓洛希卡辽夫)赶上了我们。这位母亲伴送女儿到西伯利亚去,女儿的丈夫洛希卡辽夫已经在我们之先到那里去了。"别洛康斯基流放在克拉斯诺雅尔斯克的期间,和柯罗连科的家属很亲近;据他说,流放犯特别喜欢到她们那里去。关于柯罗连科的母亲,他写道:"爱薇里娜·约瑟福夫娜本性就够诚恳而亲切的了,更何况她对所有的流放犯格外表示同情。"

当然就可想而知了。我和符诺罗夫斯基正坐在自己的房间里,突然听见很响的拍手声和叫声:

"宪兵,宪兵,宪兵!……"

六个宪兵走近门边来,他们听了这欢迎声大概觉得诧异。这差使对他们也是有利的:可以省下往返几千里路的旅费。因此他们也很高兴地登程。我们草草地准备好行装,于是"洛利斯-梅里科夫的"挽回措施又把我们从东方带到西方去了[1]。

不久我们来到了托博尔斯克。一到这里,就发生了一场小小的冲突。事情是这样:我一到这里,立刻被叫到监狱办公室去;记不起是为了什么事,好像是为了替我们这个小团体同宪兵清算账目。当我来到监狱走廊里的时候,看见典狱官和他叫来的市警察局长正在十分激烈地向我们那些女伴们解释。他们要把我们分别安置在几个囚室里,可是女伴们要求让我们大家同住一个大囚室。这典狱官是一个粗暴的家伙,脸相愚蠢而狡猾,性情很急躁。市警察局长则是一个漂亮的军官,穿着一身西伯利亚哥萨克军的制服;他心平气和地回答她们的话,然而坚决主张"执行法律"。我和符诺罗夫斯基看出同他说话比较容易,就努力向他说明情况:我们是回到欧洲俄罗斯去的,对我们采取过分严厉的态度实在毫无理由,况且这件事和其中一个婴儿的生活有关。

漂亮的市警察局长立刻让步了,我们讲定了一个折衷的办法:让他们把我和符诺罗夫斯基安置在男子监狱的未决囚犯部里,把四个女人一起安置在女子部的一间大囚室里。市警察局长由于不须采用多余的暴

---

〔1〕　柯罗连科从托姆斯克回来,是一八八〇年八月二十一日出发的。

力(起初几乎要采用了),显然觉得很高兴,就和我们谈起话来。

"喂,诸位!……俄国看来的确在出现一种新气象了。我看见过许多人,也包括你们政治犯,全都是往东方去的。……至于从西伯利亚被送回来的人,我从来不曾看见过。……现在我忠告你们,以后做人要规矩,因为……如果你们再落到这里来,那就完蛋了!……这样的奇迹不会有第二次的。那时候,柯罗连科先生,你就和西伯利亚女人结婚,在那里安家吧。……"

我们两人就和四个女伴暂时分手,来到"未决囚犯部"。关于这未决囚犯部,我后来在一篇同名的短篇小说中作了描写,我在那里遇见了教派分子撞门汉雅希卡[1]。同时我又描写了典狱官——一个愚钝而残酷的人——所施行的制度,例如冷禁闭室,受过禁闭的人都直接从那里被抬到医院去。

有一次,一个囚犯走到我们囚室的监视孔边,塞给我一张字条。这是拘禁在军事苦役刑监狱单人囚室里的福明[2]写给我们的。我们都知道这个人的姓氏。宪兵押送魏纳拉尔斯基[3]到新别尔戈罗德中央监狱去的时候,福明企图和别的几个人在路上救出他。拦路袭击的时候,有一个宪兵受了伤;但实际上福明并不曾参加这袭击,因为他走错了路,到

---

〔1〕 参看俄文版《柯罗连科全集》第一卷短篇小说《雅希卡》及其注释。

〔2〕 真实姓名是梅德维杰夫·阿列克塞·费多罗维奇(1852—1926),一八七九年被哈尔科夫军区法庭判处死刑,后改为无期苦役刑。曾监禁在托博尔斯克和鄂木斯克的苦役刑监狱中,后来从这里转解到彼得罗要塞。于一八八五年来到卡拉。一八九一年出狱,在赤塔做移民。

〔3〕 波尔菲利·伊凡诺维奇·魏纳拉尔斯基(1844—1898),一八七八年因"一九三人案"被判苦役刑十年。一八八四年出狱,在雅库梯州做移民。一八九七年回到中央俄罗斯。

场的时候迟了一步，事情已经结束，营救的企图失败了。然而宪兵们看见一个人骑着马在袭击之后跑到这条路上来，立刻把他捉住，而且知道他原来就是从基辅监狱里逃出来的福明，——自己越狱，还要参加营救别人。经过审讯之后，认为他是一个特别危险的分子，就把他拘禁在托博尔斯克的监狱里。他在字条上告诉我们说：他由一整队宪兵押送到这里来；每到一个营宿站，还要从村子里赶出一群农民来做宪兵的助手。一到夜里，这些营宿站就像军营一般，四周点着篝火，防备敌人来袭。……

现在他被关在单人囚室里。这囚室有一条专用的通路，经过为他特设的监视人的房间。食物从一个可以独立关闭的洞里递进去。一扇窗子朝着军事苦役刑监狱的狭小的院子，然而窗外遮着木板，他只能看见一小块天空。不让他出去放风，澡堂里也不准他去。每月一次把澡盆送进囚室里来，他就在典狱官直接监视下在澡盆里洗澡。这时候这个愚钝而残酷的人就说出许多挖苦取笑的话来，他说："瞧！这里住着一位多么阔气的老爷！在澡盆里洗澡的。"他们不给他书看。有一次，他从窗子的铁丝网上抽出些铁丝来，用铁丝和面包制成一种仪器，表示地球绕太阳和月亮绕地球运转的样子。从这时候起，典狱官允许他再制造同样的仪器，拿去卖钱。卖的工作由这位官老爷亲自担任，卖掉一个，给福明一个半卢布。福明用这些钱来买材料，继续制造仪器。在用非常细密的字迹写在小纸头上的这封信的末了，他要求我告诉他一些新消息，多少给他送些钢笔尖、墨水和钱去。

我常常使用巧计把铅笔、钢笔尖、纸张和墨水带进监狱里来。于是我就把十个卢布塞进一条熏肠的一头，使它不露出来，然后连同文具交给送字条来的囚犯。第二天福明又叫这个囚犯送回信给我，说东西全部收到了,又叫我信托这个传送人。我就写信告诉他俄国国内的事件,谈到谋刺沙皇的事,谈到洛利斯-梅里科夫的权力,又说我们大概是放宽制度的第一声。记得那时候我竭力想安慰这个可怜的福明,因此在信中表露了比我心中更多的信心。

第二天傍晚,有一个高个子的青年囚犯走到我的监视孔边来,自称是囚犯队的领队人,他问我谢苗诺夫可曾给我送过福明的字条。我说:我不想答复这种问题。

"我告诉你,"领队人说,"你不相信我,⋯⋯可是'大伙儿'(他是指囚犯们)要我警告你:不要信任谢苗诺夫。⋯⋯这是一个卑鄙的家伙,会欺骗你的!"

这个囚犯给我的印象很好,然而⋯⋯我那时已经收到福明的回信,所以不信任自己的印象,对他的警告采取很冷淡的态度。后来方才知道"大伙儿"是正确的,而我是错误的。监狱里的联合组织对于身受特殊制度处分的狱友们,大都严格维护他们的利益。公共伙食中最先的和最好的几份菜,总是分配给福明和为其他事由进禁闭室的人吃。其次,苦役刑犯也享有一些优先权;最后才轮到有侮蔑性绰号"西班牙绵羊"的其余的囚犯群众。

就在这时候,我们得悉托博尔斯克堡垒中拘禁着一个叫做崔普洛夫[1]的人,是一个犯刑事罪的流浪人,因和政治犯交往,又因参与在欧洲俄罗斯和西伯利亚之间设立准时的秘密邮递的活动,被判处死刑。崔普洛夫在西伯利亚大道上名声很大,被认为是一个老经验的流浪人。有

---

〔1〕 其实姓名是伊凡·尼古拉耶维奇·加尔曼诺夫(生于一八四二年左右)。一八七五年因抢劫及逃亡被判处十二年苦役刑。在新博里索格列布斯克中央监狱里被伊·伊·巴宾彻底说服。

几个流放犯和他相识了,就派他送信到叶卡捷琳堡去,他从那里给他们带来回信。依靠这样的方式产生了一个逃亡计划书,这计划书后来在瓦连津·雅科文科家遭受搜查的时候偶然被发现了。有一次崔普洛夫在大道上赶路的时候,被几个乔装为农民的宪兵捉住了。当时他曾经拼命地抵抗,因此现在被托博尔斯克法庭用"武装抗拒当局"的名义把他判成死罪。这判决已经向他宣告,现在他就一天天地在那里等死。他的囚室有一个极小的窗洞,面向通往监狱大门的道路;我到监狱办公室去的时候经过这地方,总要向阴暗的窗洞里张望一下,仿佛在其中看见这个被判处死刑的人的颓丧的脸,这时候我就发生一种恐怖之感,这种感觉我直到现在还记得。死刑后来并没有执行。这本来是没有根据的,因为崔普洛夫认为他所抵抗的不是当局,而是拦路袭击的强盗。……但是当局希望这个刑事犯流浪人忍不住等死的痛苦,会出卖他的同谋的政治犯。托博尔斯克的司法女神就同意替这精神折磨效劳。崔普洛夫在单人囚室里被拘囚了四十天,有些囚犯告诉我们:几乎每天有检察机关里的人到他那里去,用即将临近的死刑来恐吓他,劝诱他说出派他送信的人和接受信件的人的姓名来。然而这个流浪人抵死不说。后来我住在彼尔姆的时候,曾经和参加这秘密活动的几个人相识,看到他们都是不可侵犯的。……显然,在当时的运动中有一种东西,它对于苦役刑犯和死刑犯也能唤起达到建立功勋的地步的自我牺牲精神。后来政治犯和刑事犯之间的关系大大地复杂化了。……

　　我们在托博尔斯克耽搁了几天,这期间我和符诺罗夫斯基住在未决囚犯部,我们在抗议者雅希卡的雷鸣般的撞门声中和住在同一个狱廊里的一个发疯的犹太人的号叫声中度着日子。终于,宪兵又来带我们了,我们就乘着"自雇马车"(即所谓"接客马车")走上了巴拉宾草原。

　　这对宪兵们来说是很经济的措施,对我们来说,一路上也有了更大的自由。在一个站头上,我们在车夫那里遇到一个从彼得堡来的律师(记得他的姓氏是伏尔肯希坦)。他是去为在托姆斯克或伊尔库茨克发生的一桩案件作辩护的。宪兵们并不阻碍我们谈话。我们一起喝茶,伏尔肯希坦就把彼得堡的新闻讲给我们听。大家心中都充满了希望的激情。据说洛利斯-梅里科夫正在拟订宪法草案。他对沙皇有很大的影响,善于使他青年时代的解放者心情觉醒起来。又说监狱开放了,他看到我们是第一批被释放的人。

　　我们决不和他共享这种乐观。我们的队伍将近一百人,被释放的只有两人(或三人),而我们回到欧洲俄罗斯后还要受警察监视。至于队伍中别的囚犯们,——大多数是按行政命令流放的,——现在还是在从托姆斯克向克拉斯诺雅尔斯克和伊尔库茨克行进。……他不愿相信洛利斯-梅里科夫的释放范围如此狭小,他认为这是误解或者暂时的拖延。(他说:"总不能一下子就全部实行呀!")我们就和他分手,带着我们的怀疑情绪向西走;他却带着他那美妙的希望向东走。宪兵们很感兴趣地倾听我们的谈话,他们的脸上显出一个疑问:那时候他们的处境将如何呢?他们的长官的处境将如何呢?他们这种有利的差使是否还会有呢?然而他们似乎同意我们的怀疑的看法:他们的江山还是很稳固的。

　　我们终于走乌拉尔铁路来到了彼尔姆[1]。市警察局长是一个身材瘦长而性情暴躁的人,他立刻带我们来到省长家里,这是一所简朴的平

---

　　[1]　柯罗连科于一八八○年九月底来到彼尔姆。十月九日他获得省长许可,在警察监视下留居在这里。

屋。我们直接被引导到客厅里,省长叶纳基耶夫就在这里接见我们。这是一个外貌奇特的中年人。身体肥胖,肚子很大,侧影轮廓分明,皮肤光洁无毛。这人好像是从十八世纪叶卡捷琳娜时代达官贵人的银版照相上走下来似的。

他接见我们时的殷勤亲切,使我吃惊。他请其余的人到餐室里去了,就和我两人单独留在客厅里。

他开始说话了:"你是被指定到我这彼尔姆省来受警察监视的。可是彼尔姆省很大,我不知道该怎样安置你:把你留在省城里呢,还是遣送到契尔登县去。……关于你的报导,按照维亚特卡行政当局的鉴定,是骇人听闻的。"

我微笑一下回答说:

"这全在你决定了;契尔登县也吓不倒我。"

他用他那双圆眼睛向我凝视一下,说:

"不知怎的,我觉得维亚特卡行政当局的报导……是夸大其词的。……"

我鞠一个躬,等候他说下去。

"如果你能够答应我,以后保持适当的行为举动,那么我宁愿把你留在彼尔姆。"

"对于保持适当的行为举动这句话,我应该怎么理解呢?"

"是这样的,……首先,要看你结交些什么样的朋友。有一些人是完全不会受到你的坏影响的。……譬如我,或者我的朋友宪兵区长,还有其他类似的人。……可是如果你亲近青年学生之类的人……"

"要是那样的话,我请你立刻把我送到契尔登去,"我说,"我不能把自己看作患了鼠疫的人,因而也不能防止任何人受到我的坏影响。我将要结识一切使我感兴味的人和愿意同我结识的人。……至于同我结识是有益还是有害,那不是由我来判断的。……"

这个十八世纪的人津津有味、深思熟虑地听我讲完了,然后说:

"你说得不错。……我看出来,你这人说话很坦白……那么还有一点:彼尔姆这地方差不多每天都有轮船开出。……如果你能够答应我不利用这情况来私下逃走,……那么这件事就可说是没有问题了。"

我不禁沉思起来;叶纳基耶夫显出好奇的样子对我看看,又补充说:

"你该考虑到:俄国内部的情况,显然不久就会发生剧烈的变化。……我确信,只要你自己不制造特殊的原因,对你的监视不久一定会撤消,你就会获得自由的。……"

"好,我答应:我不逃走。"

"那么事情决定了。……从此刻起,你可以自由行动。现在警察局长去替你的同伴们找旅馆去了,在这期间如果你愿意跟你的同伴们在这里待一会儿,那我很欢迎。……"

他给我指点一下隔壁房间的门。这门通向餐室,我走进去,看见我的同伴们正围着桌子喝茶。

顿涅茨卡雅坐在茶炊旁边,正在倒茶。两个婴儿的襁褓都已解除,他们躺在一只华丽的卧榻上,襁褓布就丢在这上面。

"喂,怎么样?"叶纳基耶夫出去之后顿涅茨卡雅愉快地问我。

我不知道该说什么好。……

"当然,这恐怕只是这位像叶卡捷琳娜时代人物的长官的个人特点。……不过……这还是值得注目的、奇怪的。"

过了一会儿,警察局长来了,他告诉我们,说旅馆已经准备好。我们就向省长告别,到旅馆里去。我在路上问警察局长:这里另外有没有受监视的人。他告诉我两个人:卢德涅娃〔1〕和巴纽津娜〔2〕。我早就知道彼得·米海洛维奇·伏洛霍夫也在彼尔姆,我还在维什尼伏洛乔克的时候曾收到他的信。然而我问起这个人,警察局长皱皱眉头。

"我劝你不要和这个人相识。这是一个很危险很危险的人,你和他交往,会受很大的毒害。"

我笑起来。我知道伏洛霍夫是一个思想很温和的人,是出于误会而遭到流放的。他的罪状同我一样,大约是从最初的流放地逃亡。其实他并没有逃亡,因为他根本不曾被流放到任何地点。他们显然是把他和另一个人弄错了。我谢过警察局长的友谊的警告之后,对他说:我并不需要和伏洛霍夫相识,因为他本来就是我的朋友,现在我只是想寻找他罢了,我还是请求他把他的地址告诉我。他的眉头皱得更紧了,然而终于把地址告诉了我。过了不久,我已经来到伏洛霍夫那里了。

"我问你,彼得·米海洛维奇,你凭什么资格获得了这么危险的名声?"

他笑了。

"这个警察局长我一向不理睬他的。当初把我从船上押到这里的时候,他对待我很粗暴;毫无必要地把我监禁在肮脏的牢房里。后来他看

〔1〕　实际上是拉丽萨·蒂莫菲耶夫娜·扎卢德涅娃(生于一八五六年左右)。一八七四年在梅希金的印刷所里参加印行违禁作品。一八七九年在彼尔姆铁路局服务,受警察公开监视。后因参加一八八一年八月十一日送别柯罗连科赴东西伯利亚,监视期延长到四年。

〔2〕　薇拉·尼古拉耶夫娜·巴纽津娜(生于一八五三年左右)于一八七七至一八七八年间因"一九三人案"受审。被判无罪,但按行政命令予流放托博尔斯克。脱逃后,于一八七九年在彼得堡重被逮捕,流放彼尔姆,在铁路局服务。一八八一年八月参加柯罗连科的送别。

见省长并不这样对待我,他也就改变了态度;现在他一心以为我要对他
献殷勤了。可是我不去巴结他。……这样,他就认为我对他不恭敬。而
他代表当局。……这就变成我对当局不恭敬而怀敌意了。"

可以说,按行政命令的流放,绝大部分都是以这样的鉴定为根据的。
……在我尚未定居下来的最初几天里,我和伏洛霍夫同住在一起;因此,
在阴森森的警察局长眼中,我当然不可挽回地丧失了我的名声。

第三章　在彼尔姆

1　亚历山大·卡比东诺维奇·马里科夫

　　过了几天,我在城郊的一个村子里找到了一个住所,这住所是靠街的,记得这条街名叫单面街。一排房屋面向着一片广阔的空地。这里有一个小店老板,本来是犹太少年兵,同一个信基督教的女人结了婚。我就是在他这里找到了一个小房间,立刻用一张包糖纸剪成一只靴子的样子,挂在窗子上,让人知道村子里新来了一个皮靴匠。

　　我为什么这样做?……对于这个问题,我不能作正确的回答。在我流放维亚特卡省以前,有一次我和弟弟、格利果列夫一起梦想,希望我们全都改行从事体力劳动,和人民共同生活。现在,当我在格拉佐夫——尤其是在白桦屯——观察过之后,这种心情就大为动摇。有时,还是在格拉佐夫的时候,我坐着缝靴坐得太长久了,尤其是在夜里,仿佛突然带着一种奇怪的感觉觉醒过来。……我手里拿着一只皮靴。……为什么要缝皮靴呢?……然而我立刻作出了解答:我住在村子里,我需要缝皮靴,为的是可以进入村民的环境中去,……此外也为了挣钱。现在在彼尔姆,我其实可以用别的方式挣钱,可是我不愿意放弃靴匠的生活方式。这有点类似心理的惯性。我已经看到并体验到不少情况,这些情况大大地削弱了我不久以前的天真的民粹主义思想。然而这仿佛还是一种地下水。不久之后它们会使地形的外貌也起变化。不过暂时它们还是无形地活动着。……村民们陆续前来光顾,我量了尺寸,配上楦头,就替他们缝制简朴的皮靴,……并不漂亮,却很结实。

然而不久我确信:在省城里的人看来,我还是一个拙劣的靴匠。我在格拉佐夫的师傅那里学来并经过短期实践的那套技术,连郊区的村民——尤其是女人们——也觉得不够精致。要做得"道地"而没有外行气,不是一件容易的事。这必须从小训练。有一次,城里有一个女裁缝拿了某顾客留在她那里的一些碎料来,要我用这些碎料缝一双暖鞋。我和她两人一起量了鞋样尺寸,一致认为这些碎料是够用的。……然而当我把这双鞋子从楦头上卸下来的时候,才发现丢了脸:这双鞋子突然变得歪斜了,其形状之滑稽,使人看了非笑不可。原来我们两人量鞋样尺寸的时候,都没有考虑到布纹的方向。……这个好心的女人安慰我,说鞋子是缝来穿在脚上的;穿到脚上之后,形状就会恢复正常了。

然而我明白了:我的手艺还不配为城市服务。这里的生活程度比白桦屯高得多,甚至比格拉佐夫也高得多;我靠缝靴的工钱难于过活,除非从日出到日没一直弯着腰埋头工作,甚至还得做夜工。勉强过了一个月,我就改行到铁路工场去当考勤员。但在这里又碰到了困难。因为我必须在大门口的一个小房间里工作,而大门终日不关,小房间里冷得墨水都结了冰,手都冻僵,甚至连思考力也会冻结。我听从命运的支配,后来改做较轻便的办公室工作:当了机务处统计科

的文牍员[1]。这铁路局是新办的,人员还没有配齐。局长是一个青年
工程师,叫做奥斯特罗夫斯基;事务主任名叫亚历山大·卡比东诺维
奇·马里科夫。关于这个人,我要较详细地说一说。……

　　这是一个非常有趣的人。图恩在他的名著《俄国革命运动》中提到
马里科夫的名字,说卡拉科佐夫的案件就已牵连到他,后来到了一八七
四年,他"在奥廖尔创办一个热情青年即所谓神人的学会"。马里科夫死
后(在一九〇四年),文学界出现了几篇短评,其中谈到马里科夫,说他在
不抵抗理论上是托尔斯泰的先驱者[2]。

　　命运使我在彼尔姆碰到马里科夫的时候,他早已有了轰轰烈烈而丰
富多彩的经历。他是乌拉基米尔省一个农民的儿子,于六十年代前半期
在莫斯科大学毕业之后,到卡卢加省日兹德拉县担任法院侦查员的职
务,这正是有名的马尔卓夫工厂所在的地方。当农奴解放的时候,有工
厂的地方都变成了工人和厂主斗争的舞台。富有的厂主善于正当地或
不正当地保卫自己的利益;例如乌拉尔的厂主和工人之间为了庄院地和

---

　　〔1〕　柯罗连科在一八八〇年十二月二十日写给他母亲和妹妹的信中说:"我到铁路
局去就职了。月薪四十卢布,房租和膳食约需二十卢布,每月可剩余约二十卢布。"这职务
显然是暂时之计,因为柯罗连科在信中写道:"在我就职的三四个月期间(不会超过六个
月),我大概每月可以汇寄你们十五卢布。"在彼尔姆,柯罗连科继续从事文学写作:他在这
里完成了短篇小说《未决囚犯部的临时居住者》《雅希卡》和特写《在白桦屯》;就在这时
期,他还写了短篇小说《普罗希卡》的初稿,这小说后来改名为《普罗霍尔和大学生们》。柯
罗连科在铁路局供职期间所获得的印象,为他的中篇小说《考勤员》提供了素材,这小说他
是在八十年代流放回来之后写的,终于没有完成,发表的只有两章——"在工厂里"(见俄
文版《柯罗连科全集》第四卷)。
　　〔2〕　柯罗连科在他的论文《托尔斯泰逝世十周年》中说:"马里科夫……常常把他和
托尔斯泰谈话的情况讲给我听。大家都知道:托尔斯泰很容易受到别人的真挚而淳朴的
心情的感染。所以我们有充分理由认为:他的不抵抗思想是在马里科夫的热烈雄辩的影
响之下开始发生的。"(乌克兰国家出版社于作者逝世后出版的《柯罗连科文集》第二十四
卷。)

耕地而长期打官司,记得直到世纪之末才结束。而且,就是在参政院宣布最后决议之后,省长也还在最高行政当局的支持下反对实行参政院的决议。富裕的厂主的势力是那么厉害。

在马尔卓夫工厂,斗争是怎样进行的,我记不清楚了。我只是隐约地记得马里科夫叙述工人们闹风潮和受镇压的情况。这个青年侦查员站在工人的一面。阿·法列索夫在他的论文(《七十年代社会活动家之一》[1])中提到:省长曾要求青年侦查员到他那里去作一番解释(关于省城的某要人——大概是个厂主——所提出的控诉),但是马里科夫认为他不是省长的下属,所以没有去。结果根据第三条款把他革职。

一八六六年,马里科夫和他的朋友比比科夫一起由于卡拉科佐夫案件而受到审讯,这朋友在日兹德拉县本地当调解人。他们两人都属于没有参与谋杀的卡拉科佐夫分子之列。结果只是把他们流放霍尔莫戈雷,后来转移到阿尔汉格尔斯克。马里科夫就在那里当省统计委员会的秘书。后来他获得了离开阿尔汉格尔斯克的机会,就到奥廖尔的铁路上去就职了。作为一个已经"有经历"的人,他对怀抱革命民粹主义心情的青年很有影响,他参加了当时有名的"柴科夫斯基小组"[2]。

---

〔1〕　阿·伊·法列索夫的论文《七十年代社会活动家之一》收在他著的《七十年代社会活动家》一书(一九〇五年圣彼得堡版)中,题名是《烈夫·尼古拉耶维奇·托尔斯泰的先驱者》。

〔2〕　一个民粹主义团体,一八六九年由尼·瓦·柴科夫斯基创立。"柴科夫斯基分子"起初帮助青年自学,后来参与"到民间去"的运动。一八七四年这团体崩溃之后,柴科夫斯基做了马里科夫的宗教教派主义思想的追随者,和他一同流亡到美国。后来,柴科夫斯基回到俄国,参加了社会革命党。在国内战争期间,他颁导白军政府(阿尔汉格尔斯克政府),后来在南方成为邓尼金政府的一员。以白俄的身分死在巴黎。

正是在这时候,他几乎突然被宗教心情所支配。他开始热心地宣传他的宗教体系:每一个人都具有神的素质,只要去探求这种素质,在人的心中找出神来,那时就不需要暴力,神会把人类心灵中的一切都安排好,所有的人都会变得正直而善良。马里科夫是一个非常富有热情的人。在屠格涅夫的长篇小说《处女地》中,涅日达诺夫对于教派主义宣扬者说过这样的话:"鬼知道他在胡扯些什么。……可是一双眼睛炯炯发光,语调坚定,拳头握紧,整个人像是铁打的。听众不了解他的话,可是虔诚地跟着他走。"马里科夫除了能言善辩和花言巧语之外,也具有这种直接感化的力量。我想:他感到自己具有这种力量,一定觉得吃惊,而认为这是从天而降的一种启示。法列索夫说:有一个柴科夫斯基分子在奥廖尔看到他时,他还怀抱着当时惯见的知识分子心情。但是过了不几天,他看见他已经完全变得神魂颠倒,在那里宣传"神人论"了。他有了一些追随者。小组长柴科夫斯基也转向他这方面。有两个炮兵军官(捷普洛夫和阿伊托夫)出门去替这新学说作公开宣传,不久两人都被捕;而且在"一九三人案"的起诉书上写着:从穆罗姆集市上捕获的捷普洛夫身上"搜出《圣经》的摘录的抄本"。马里科夫也被捕,他在委员会里(有宪兵斯列兹金和侦查员瑞列霍夫斯基参加的)发表了一番热烈的谈话,此后当局决定释放他,但是禁止新学说的公开宣传。马里科夫号召同人用和平手段说教,谈到了基督教;然而在他的学说里,还是含有对现行制度及正统教会的非难。这时候马里科夫就决定侨居美国,以便在那里根据宗教劳动原则建立"自由公社"。

在这时候,侨居美国这件事吸引着许多梦想美国自由和共产主义实验的俄国人。大家都知道:在美国已经建立起俄国侨民弗雷(根斯)的公社。这也是一个很特别的人,在这时期,《前进报》上发表了他的一封信,根据他自己的观点来叙述共产主义者的学说:要均分的不仅是物质福利,还有……自由——现今有些人享受着过多的自由,而另一些人处在奴隶状态中。我记得这封信写得扼要而有力。他号召寻求真理的知识分子参加到他的公社里来。他自己生于贵族之家(他哥哥是喀山的省长),却放弃了一切世袭的特权而住在美国,起初住在几个完全说者(《圣经》的共产主义者)那里,后来住在密苏里的"联合会"里;再后来和勃利格斯一同在堪萨斯城建立"进步公社"。"神人"集团决定去找他,他们认为在他那里可以得到相似的气氛。马里科夫和柴科夫斯基就作为代表来到堪萨斯城。

马里科夫用非常幽默的语气亲口叙述了他这一段漂泊生活的情况。两个代表满以为这次可以看到一个设备完善的公社,有很体面的建筑物,有围着围墙的田园。然而来到当地一看,只有一所简陋的小屋,墙上全是裂缝,屋里冷得要命。没有天花板,上面只有一个有裂缝的屋顶。而且不久以前一根梁木掉下来,使弗雷的妻子受了重伤。……这两个侨民就不愿参加这侨民团体,却把弗雷邀请到他们那里,在附近一带建立了自己的公社。……

这公社生活的作风,自然是由已经"有经验的共产主义者"弗雷来倡导。他是一个极严格的素食者,甚至不能说是素食者,而是一个特殊的实证主义禁欲者。例如,他认为一切人工调制的食物是违反自然的,是对身体有害的。因此他竟力求废止在厨房里煮食物。他自己连盐都不吃,还要求他家里的人也习惯不吃盐。后来他回到俄国,由于开始有不舒服的感觉而去请教医生时,医生给他诊察一下,发现他的健康已经大受损害,而把原因归结为"纵欲"。弗雷大为诧异,就对他说明了自己是怎样的一个人,过去一直过着怎样的生活,医生说:"唉,老兄,两极端的结果是一致的!"

新的公社在设备完善这点上说来,并不比弗雷和勃利格斯的"进步公社"好些。建筑也都是不合实用而蹩脚的。没有一个人能够好好地工作、挤牛奶、照管乳牛。不久那些乳牛都出毛病了。争执也开始发生。公社里有带家眷的人,这就使相互之间的关系复杂起来了;有一次一个母亲率直地声明:只要她的婴儿还活着,就让十个公社毁灭,她也满不在乎。新真理探求者们的完整心情瓦解了,只有弗雷一人像狂人一般坚定不移。马里科夫用十分幽默的语调叙述了公社终于如何摆脱了弗雷的道德管束。公社里闹饥荒了,然而有一个生物在公社里占有特权地位。这便是一口大猪,养这口猪的目的不明。共产主义者们心里渐渐发生了一种罪恶的意图:想杀这口猪。对于这可怕的罪行,弗雷竟想都不许人想。当这阴谋酝酿成熟并公布出来的时候,弗雷一直表示反对,最后他说:"由你们去做吧。我要到森林里去,这样,好让我不参加你们这残忍的宴会,好让你们不觉得难为情。"共产主义者们带着"厚颜无耻的笑容"声称,即使他在这里,他们也不会觉得难为情的。

马里科夫的口才非常出色,通过他的传达,这些插话都蒙上了浓烈的滑稽色彩。这一部分是出于他爱发奇谈怪论的特点。他善于在这一切情况中看出可笑的地方,虽然这样,……他还是不免要参加这个滑稽的团体。当我想起这一点的时候,我总是回忆到我所听见的一个教派分子所讲的一句话,这个人和另一个教派的代表者争论了很久,后来叹一口气说:"显然是各人在发各人的疯。"另一个人也叹一口气,把这句话重复说一遍。此后我不止一次地在这种情形之下听到这句话。这句话所包含的悲哀的含义,显然关联到一种必然的事实,即:承认教会的根本错误的人，必须脱离教堂的集会而在十字街头寻找真理。……

知识分子寻找社会真理的情况也是这样，也许比这更甚。整整一代人都被推往十字街头，不得不在同自己人民的联系之外寻找真理。这美国公社便是这种十字街头之一。他们到美国去，为的是在自由的天地里作一次试验，希望在那里不但可以找到他们所需要的自由，又可以找到同生活的联系，——即使是同外国人生活的联系也好。他们找到了摆脱外表禁令的自由，然而没有找到同生活的联系。而弗雷的那些美国人甚至还是一些怪人，给人半疯狂的印象。其中有一个人，有一次认为穿衣服是罪恶的，就在公社里实行裸体。这事发生在马里科夫参加公社期间还是发生在弗雷漂泊在完全说者那里或密苏里的期间，我现在记不起来了。公社承认了这个怪人有权采取亚当的生活方式。但当有一次他要以这样的方式和别的共产主义者一同乘车到附近的城里去的时候，可就引起了美国人的激愤。起初，在同一条路上驾车经过的每一个人，赶上了共产主义者的这辆车子，都一定用鞭子抽打这个裸体人。……后来，他们赶上前去，先走一步，准备到了城里用纯粹美国方式来接待这个亚当，这就是说：把这裸体人在柏油桶里浸一浸，在他身上撒一些羽毛，然后放几条猎狗去追捕他。这些胸怀成见的美国人认为他们也有权利要求公共场所看不到裸体人。因为这种权利后面有着力量，所以……新亚当不得不躲到驾车台下面去，共产主义者们终于没有到达市场，中途就折回家去了。[1]

马里科夫的这些叙述全部充满幽默的情趣，我现在很难照样传达出

---

〔1〕 非常有趣：同样的情况，在最近的一批俄罗斯侨民中间又重复出现。……这一次的亚当是一个俄国人。——原注

来。我在另一个有趣的人物那里也听到过这一类幽默的叙述，甚至在形式上和马里科夫的很相似。这是马里科夫的一个同辈，又是他的亲密的同志，也住在奥廖尔，姓扎依奇涅夫斯基。当年他在急进派人士中声名很大，大家都知道他是一个"雅各宾党人"。后来涅恰耶夫也企图实行这种"俄罗斯雅各宾"理论了，即：在整个俄国布下密切联系的基层组织的网，这些基层组织按几何级数增长起来，以铁一般的纪律从属于秘密中央。有朝一日从中央发出一个命令来，全国立刻就会转入未来的制度了。……扎依奇涅夫斯基是一个富有教养而非常聪明的人。尽管如此，他仍然免不了终身坚持荒谬的理论。马里科夫按自己的见解叙述了这个人如何努力巩固中央组织，受了他的宣传的青年们一到首都，又如何立刻转入别的党派。扎依奇涅夫斯基用同样的态度来报答这个嘲笑他的朋友。我曾经亲自听到他叙述，据说有一次他来到马里科夫家里，初次听到了新宗教的学说。马里科夫的小儿子用一只脚跳着，告诉他一个新闻：

"爸爸就是上帝！爸爸就是上帝！……"

这两个人都有天才，都很聪明，都喜欢幽默；然而两个人一直在思想的十字街头"各人发各人的疯"，而这种思想同充满奴役和虚伪的生活总潮流是没有积极联系的。……

我和马里科夫相识的时候，他快四十岁了。浓密的头发中没有一根白发，然而脸上刻上了很深的皱纹。这仿佛是激动这个生性炽烈的人的那种热情用不正确的线条在他的富有表情而略显粗糙的脸上画上了许多不可磨灭的皱纹，那时候他已经组织第二个家庭。他和第一个妻子离异了，然而依旧保持着友爱关系。她显然由于不能容忍丈夫的流浪生活，因此和他分手，爱上了她丈夫的一个朋友，把一个女儿带在自己身边。马里科夫随后也就和另一个女子克拉芙季雅·斯捷潘诺夫娜·普鲁加维娜结了姻缘。为了养家,他才到铁路上来服务。一般说来,他是一个出色的行政长官,很容易掌握各项新事业,做起一切事来都顺利。然而毕竟使人感觉到:他能掌握各项事业,却不让事业掌握他自己。他和同事们不亲近,不参加省城的交际界;围绕他四周的只是些流浪的知识分子,大都是流放犯。在他的客厅里,首先引人注目的是一架细木工的机床;全部环境使人看了觉得不像是有人安居的住宅,却像是临时的野营。这人家的主人仿佛是暂时在这里休息一下,以便重整羽翼,再度向不可知的地方飞去。……

比马里科夫的夫人克拉芙季雅·斯捷潘诺夫娜更富有魅力的人,是难于想象的了。就气质而言,她和她的丈夫似乎截然相反。她生长在北方,长着一头淡黄发和一双美丽的、像小冰块一般明亮的眼睛,然而并不使人有冷冰冰之感。反之,从她身上发出一种使人温暖的光辉。她当时显然曾深深地迷恋于马里科夫的思想;马里科夫在美国漂泊的时候,她已经有了孩子,却一直伴随着他。她对他们所遭逢的失望似乎有特别的看法。这种失望在她看来显然没有决定性的意义。她和她丈夫一样,受到命运的打击后并没有全部丧失她的青春的信念。……还剩下一点,她把它托付给她所爱的人了,信任地期待着它的新时机的来临。……

的确,即使在现在,当马里科夫似乎已经安静下来而用那么幽默的态度叙述过去情况的时候,在他身上也还潜隐着一个火种,准备重新燃烧起来。有时他的确燃烧起来了。幽默的语调消失了,他口若悬河地滔滔雄辩。他的略微卷曲而浓密的头发仿佛在他头上竖立起来,两只眼睛发出深沉的光辉,说话滔滔不绝,语调激昂,辞藻华丽,同时又往往是……玄妙难解的。……人们听了他的话会不知不觉地听得出神。克拉芙季雅·斯捷潘诺夫娜搁下了工作，一动不动地用她那双美丽的眼睛望着丈夫。

聚集在马里科夫家的舒适的住宅里的人为数不多。有一个叫做拉丽萨·蒂莫菲耶夫娜·扎卢德涅娃的女人和他们住在一起，是他们家亲密的朋友。这人和克拉芙季雅·斯捷潘诺夫娜一样，也是生长在阿尔汉格尔斯克的。她当过一个时期家庭教师；大概是受了贝尔维-弗列罗夫斯基的影响之故，满怀着解放的思想。她把这种思想传授给了她的全部学生——一群年纪很轻的姑娘，并和她们一同来到莫斯科。在这里，大概是为了和她所十分崇拜的梅希金往来的缘故，她被逮捕了；她的一群青年女学生也被监禁和流放。她们被卷入这运动太早了，因此立刻感到失望。这在惯于吸收年幼无知的青年们的那个时期中是很常见的悲剧。

扎卢德涅娃的年龄摸不准，看来已经不很年轻；相貌不漂亮，性情深刻而十分沉着。我没有机会和她谈起这件事，但我似乎觉得：她也体会着她以前的学生和现在的学生所感到的悲哀心情。在她的这些学生之中，有一个叫做薇拉·尼古拉耶夫娜·巴纽津娜的，也在警察监视之下住在彼尔姆，也在铁路局服务。巴纽津娜的性情使我想起我们维什尼伏洛乔克的小施。她也具有许多肤浅的"通俗的"学识，也喜欢引经据典。她在总局的办公厅里供职，职务是登记收发信件。邮件是十一点钟发送的，而巴纽津娜要将近十二点钟的时候才来办公，因为她要准备早餐[1]。这当然很不方便。有一次我和马里科夫在公余的时间同她谈起

---

[1]　按照俄罗斯人的习惯，早餐是很迟的。——译者注

这一点。巴纽津娜很不高兴,她从通俗的卫生学读物中引证了许多关于仔细调制食物的重要性的话,来向我们辩解。最后,这可怜的人放声大哭起来,然而还是不能改变自己的生活方式。

在这群流放犯中还有谢尔盖耶夫夫妇。丈夫是乌拉尔地方一个工厂主的儿子,在彼得堡商业学校毕业,醉心于革命民粹主义,这就把他带到了彼尔姆。他的妻子怀着和他同样的思想。马里科夫家还有两个亲近的人:亚历山大·亚历山大罗维奇·克利尔和亚历山大·亚历山大罗维奇·洛保夫。这两个人都在铁路局当商务委员,洛保夫在彼尔姆,克利尔在叶卡捷琳堡。洛保夫以前是一个炮兵军官。克利尔是安年斯基夫人的妹夫,曾在彼得堡的知识界周旋,和当时有名的、在涅恰耶夫案件之后流亡国外的新闻记者特卡乔夫有亲戚关系。他在彼得堡主要从事翻译工作。这一伙人所翻译的,大都是"有倾向"的书,其倾向正是唯物主义的。克利尔身材高大而虚胖;心地善良,富有才能,然而在各方面都只是一知半解而已。洛保夫身体瘦弱,神经过敏;他和克利尔相反,富于学究气。他寓所里桌子上的各种东西,永远保持一定的秩序;我记得每当有人漫不经心地碰了它们一下的时候,他总要显出惊惶的神色。洛保夫已经结婚,但是没有孩子。我回想到他们夫妻二人,就联想起一只叫做比尤蒂的小狗来。这小狗很讨厌,然而洛保夫夫妇简直像父母对子女一般照管它。有一次我走进他们家去,听见他们慌张而警诫地喊叫起来。原来他们刚刚给比尤蒂洗过澡,这时候正在用被单把它裹起来,生怕过堂风会损害它的健康。……

聚集在马里科夫家的,便是这样的一群人。扎卢德涅娃和巴纽津娜显然完全受着他的思想的支配。他的思想大体上还是接近于"神人论"

的。对于正统教会,马里科夫当时采取否定的态度。[1] 我那时正处在沉静的实证主义时代。伏洛霍夫一般说来是一个异常冷静的人,他很尊重马里科夫的办事才能和沉着精神。但当马里科夫神思恍惚的时候,我觉得伏洛霍夫对他表示真诚的惊奇之色。一般说来,我和伏洛霍夫的到场,在一定程度上会使马里科夫扫兴,但同时又使他受到激励。至于洛保夫和克利尔,显然都屈从于马里科夫的心情,即使不是完全屈从,也有一部分是屈从的。我记得有一次谈话的情况。马里科夫陷入了神思恍惚的状态,照例满怀狂热和炽烈的情绪,谈论着奇迹的威力。他认为奇迹是神存在于人心中的具体表现和最好的证据。在奇迹的威力面前,任何事物都站不住脚。奇迹甚至可以制服肉体。……基督教殉难者们被放在火堆上烧,或者在铁栅上烫,但他们脸上显出愉快的表情。

"对啊,这是精神的巨大威力,"我说,"可是我在这件事上并没有看到真正地制服肉体,因为精神的胜利只限于精神过程——也就是心情。殉难者的身体毕竟是被烧掉了。……"

当马里科夫处在这种心境中的时候,是很难使他窘住的。他慷慨激昂地讲下去。他说:不错,身体是被烧掉了。……不过是不是每个人都这样呢?……在这方面我们可以更进一步地设想,信念更坚定的时候,火也就没有力量来烧毁身体了。他是熟读圣书的,就举出实例来,证明的确可以这样直接制服。他仿佛浑身燃烧着烈火,就像屠格涅夫所描写

---

〔1〕 马里科夫的知友兼旧时的同志尼·柴科夫斯基斯基在反驳阿·法列索夫的论文时说:"神人论"的学说,无论就其伦理学的内容而言,或是就其对良好的经验知识的态度而言,都是和基督的教义正相反的(《欧洲通报》,一九〇五年第五期,新闻栏)。我认为:和基督的教义正相反,这话说得太过分了。然而"神人论"和正统教会相去很远,这是无疑的。——原注

的雄辩的教派分子一样。他的心情显然是传染给听众了。我对这情况感到兴趣。

"请问,"我对洛保夫和克利尔说,"难道你们也认为:在纯粹精神过程的影响之下,人的身体可以不烧掉吗?……"

洛保夫怎样回答,我记不清楚了;但记得克利尔这个老唯物主义者毫不踌躇地说:"是的,我也认为这样。"他这话其实完全违反他听马里科夫这番激烈发言以前的一般心情,而且我想,也违反听过这发言之后不久的心情。

那时候马里科夫正在和波别多诺斯采夫通信。这通信还是马里科夫在工厂区当法院侦查员的时候开始的。他曾在莫斯科大学听过波别多诺斯采夫讲授的民法学,由于行政当局对待工人采取可恶的手段,他就回想起了这位教授。波别多诺斯采夫那时候还不是像后来全俄国所知道的那样的人[1]。我不知道他关于这件事的本质怎样答复他,然而他曾经回马里科夫的信,并且关心他的命运。有时马里科夫给他的信采取十分生硬的辩论方式,然而波别多诺斯采夫还是不断地关心着他这个固执的通信者的命运,并且帮助他起初从霍尔莫戈雷迁移到阿尔汉格尔斯克,后来又从阿尔汉格尔斯克迁移到奥廖尔。

乌拉尔铁路局这位新的事务主任最初来到彼尔姆的时候,他的过去

---

〔1〕 神教院宗教事务部部长波别多诺斯采夫的名字,在柯罗连科的日记中屡次提到;他在一篇笔记中称他为"坚定不移的狂信徒"。波别多诺斯采夫死后,柯罗连科写道(在《波别多诺斯采夫和阿斯科钦斯基》这一短评中):"波别多诺斯采夫死了。公开的和秘密的半官方刊物发表几篇竞尚词藻的论文和故作悲痛的悼文,俄国其他一切刊物发表几篇有分寸的冷淡的短评,就这样把以自己的名字同俄国反动势力最黑暗的潮流结合起来的这个俄国正统教会的'伟大的宗教裁判者'送进了坟墓。"(《俄罗斯财富》,一九〇七年第三期)

的历史、他的和社会隔绝的生活方式，以及对于受监视者的亲近，曾引起当局的怀疑甚至搜查。然而刚刚开始搜查，宪兵们就发现了波别多诺斯采夫的信件，这使他们非常惶恐，竟向马里科夫道歉，说这次搜查是出于误会。从此以后，他们就让他安居，而且不妨碍他给流放犯们安插职务。

2　省长叶纳基耶夫和他的朋友区宪兵队长

我初到彼尔姆的几天，心中一直考虑着维亚特卡行政当局诬告我逃亡的勾当。这件事是谁做的？为什么要这样做？

为什么——这一点我很明白：行政当局向我报复，是为了我的文笔太尖刻；县警察局长向我报复，是为了我向省长控告他；省长向我报复，是为了我向部长控告他；巡官向我报复，则是为了我常常在农民面前愚弄他。我的逃亡，大概是在巡官的挑衅行为和格拉佐夫会议之后捏造出来的，关于这一点，比塞罗沃的乡长曾经对我说过。后来，档案的秘密渐渐公开之后，有一个西伯利亚杂志[1]上刊登了"关于国事犯柯罗连科"的往来公文的摘录[2]。原来是这样："柯罗连科居住格拉佐夫县时，曾于去年十二月擅自离开指定居住地——比塞罗沃乡白桦老河上游之白桦屯，被留住在离该地三十五俄里之比塞罗沃村。"

读者已经知道，这是伪造的话。我的确曾为了购买制靴材料而离开

---

〔1〕《西伯利亚问题》。——原注

〔2〕"雅库梯州公署据第二科第一股有关国事犯符拉季米尔·柯罗连科案件。始于一八八〇年五月二十二日，至一八八四年十月十七日结束。"——此案的主要文件登载在一九一二年第二十四期《西伯利亚问题》杂志上。

白桦屯,但不是到比塞罗沃,而是到离白桦屯最近的阿法纳塞夫村,而且并没有人留住我,自己回到了白桦屯。我明明知道,这是敕令的夸张的解释,是完全虚构出来的。这件事归咎于谁呢?现在我认为很可能是巡官取得卢卡·西道罗维奇同意而捏造出来的;然而那时候我确信:这勾当还非经省长特罗伊尼茨基批准不可[1]。而直到现在我还认为有此可能。后来弟弟写信给我说:农民管理局里有一个官员伊凡诺夫,向省长控告一个捣乱的流放犯,说这人替农民写状子,控诉当地乡村掌权的人和行政长官们对他们的迫害。这么说来,我成了一个“捣乱分子”;而一八七八年八月八日的敕令就给他们提供了制止我的危害影响的良好武器!……可能是省长对县警察局长的“意图良善的”捏造佯装不知。

不管怎样,总之,我的愤慨在寻找出路。于是我打定主意要把此事公开发表在报纸上。为此,我写了一封信给《舆论报》的编辑部,在信中对“行政命令”说了许多尖刻讽刺和诉苦的话。开头说:我认为在以前的不加审判的方式还继续存在的期间,目下的欢庆有点过早;在信的末了,我对维亚特卡行政当局——上至维亚特卡省长先生阁下,下至巡官——提出一个率直的问题:“我之所以险些被流放到雅库梯州,据说是为了我的‘逃亡’,但我在什么时候逃亡过?从什么地方逃亡到什么地方?……流放到这么远的地方,可不是闹着玩的啊!……”

在伏洛霍夫被遣送之前,我把这封信读给他听了,他只是微笑着说:“难道你以为俄国的报纸会刊登这样的信吗?”老实说,我并不作如此想;然而,如果我不在这也许是无效的抗议书中发泄出我的感情,我就没有

---

〔1〕 在省长特罗伊尼茨基给内务部长的报告中可以看到:对柯罗连科采用一八七八年八月八日的敕令,其主使者正是特罗伊尼茨基。

办法从事别的工作。信寄出去了。

　　大约过了十天,有一个假日,伏洛霍夫刚从公共图书馆回来,微笑着对我说:

　　"你到图书馆去看看,那里有你所关心的东西呢。"

　　我到图书馆里,看见一群读者聚集在一张桌子周围,许多头从各方面集中俯伏在一张报纸上面,记得这是三一二期的《舆论报》。我那封信刊登在这报上,几乎没有删节[1]。

　　当天傍晚,省长的勤务员给我送来一张字条,上面写着:省长要我明天上午到他那里去拿寄给我的信件。我如期前往,省长告诉我,说他已经作了指示:以后我的信件由他收转。我明白了。他还没有决定我的信件是否可以正式免除检查;但倘信件通过警察局转交,则一定要被拆开。他把母亲和妹妹的来信(没有拆开的)交给了我,一手按住放在桌上的一份报纸,用严肃的语调对我说:

　　"还有这件事,……柯罗连科先生,我要问问你……你有几个脑袋,敢写这样的信来发表!……要知道这是……直接公开地指责维亚特卡行政当局滥用敕令,甚至……虚构捏造。"

　　"我正是要指责维亚特卡行政当局滥用敕令和虚构捏造。"

　　"我确信接着就会有人来反驳你,可能要你负严重的责任。"

　　"相反地,我确信不会有任何人来反驳我。……至于负责任,当然是指由法庭审判,那我正巴不得这件事发作起来呢。……"

　　他表示惊奇而又为难的样子摇了摇头。

---

　　[1]　柯罗连科这封信由作者签上全部姓名发表在一八八〇年十月十二日二八二期《舆论报》上,题目是"彼尔姆(致编辑部信)"。

　　这封信自然没有引起任何反驳,虽然它在当时相当惹人注目。有几家大胆的报纸引证了这封信里的话,《俄罗斯思想》的国内评论员(普利克隆斯基[1])用时评的大部分篇幅来谈这封信。后来有人告诉我:在洛利斯-梅里科夫时代起相当重要的作用的阿巴扎,曾到人《祖国纪事》社的编辑部里提出一个要求:请勿强调《刺激并扰乱社会的消息》,他认为我这封信就属于这一类。他说:"伯爵有极好的意图。……你们可以看到,现在已经很好;将来一定更好。你们让伯爵安心做他的事业吧……"《祖国纪事》果然没有转载我这封信。

　　此后叶纳基耶夫常常邀我到他那里去,有时以信件为由,有时并无特别缘由。我看出:他对于中央俄罗斯所发生的事非常关心。

　　"这是怎么回事?"他说,"为什么常常有人谋害解放农民的沙皇和他的臣仆?"

　　伏洛霍夫告诉我:叶纳基耶夫知道他参与文学工作,起初也常常邀他去,对他提出同样的问题。然而伏洛霍夫是一个很审慎的人。他让省长去讲话,自己只是唯唯否否地回答他的问题。

　　"他要讲,让他去讲吧。我可没有什么话要跟他谈。"

　　我却相反,对叶纳基耶夫很感兴趣,而且我觉得没有理由拒绝这种谈话,尤其是在发生了一件事之后。正如我早就对叶纳基耶夫说过的,我不规避同任何人相识,不久就有中学生、神学校学生、民众教师等来访问我。这些相识的人里面,有一个神学校学生库德略夫采夫,在遭受搜查时被搜出了一个"非法的"图书馆。其中并没有直接"犯法的"书,

---

　　[1]　谢尔盖·阿列克塞耶维奇·普利克隆斯基(1846—1886),政论家,《俄罗斯公报》《俄罗斯思想》《星期报》和其他自由主义机关刊物的撰稿人。

然而有一些"因有危险思想"而禁止发行的作品,例如:皮萨烈夫的作品、有车尔尼雪夫斯基注解的穆勒的《政治经济学》、米尔托夫(拉甫罗夫)的刊载在《星期报》上的《历史性书简》等等。当时的主教是一个态度冷酷的僧侣,这人惶恐万状,坚决主张采用最严厉的措施。省长叶纳基耶夫和他的朋友区宪兵队长则相反,力求不要夸大这件事。叶纳基耶夫亲自去访问主教,劝他不要把列入犯法图书馆的读者名单中的学生全部开除。当这个驯良的僧侣坚决主张开除几十个青年的时候,叶纳基耶夫说:

"大法师!要是那样的话,我不得不禀告我的上司,说你企图把这些青年送进社会主义的怀抱里去。……"

"这是什么意思?"这僧侣惶恐起来。

"很简单:你不让他们受完教育,就把他们推出去,那么别的教师立刻就会来收容他们。"

这件事实际上当然并不那么可怕。世俗政府自己也经常在那里用这种办法把整批的青年抛弃到"社会主义的怀抱"里去。然而主教还是给吓住了,于是参加阅读有危险思想的书籍的人都没有被开除,而只开除了库德略夫采夫一人,因为在他那里抄出了某人从喀山寄给他的传单。主教真心地相信:库德略夫采夫为这件事要受绞刑了;至于留他在神学校里,那是谈都不必谈了。

库德略夫采夫是一个身体瘦长而带有病态的青年。他立刻恐怖起来,就作了过分坦白的口供。在提到和他相识的人时,他说出了我和巴纽津娜的名字。

"是不是你从他们那里得到传单?是不是他们给你违禁的书?"

库德略夫采夫回答说没有;他列举了我所推荐给他阅读的作品。

"那么,你要知道,"这个绝无仅有的区宪兵队长说,"最好不要提到这些人的姓名。他们是受监视的,这不过徒然地使事件复杂化。"

我从青年们那里知道这件事的全部情况,我当然等候着搜查。然而后来并没有来搜查,青年们就向我说明这"地方当局的懈怠"。后来叶纳基耶夫也把这件事全部讲给我听,可知我没有理由对他采取不信任的态度。对于他那句怀疑的问话"我们这里为什么会发生这种事情",我十分坦白地答复。我不是恐怖主义者。我认为恐怖手段的出现,是由于政府采取了使人难于忍受的压迫,压制了俄罗斯社会人士独立行动的自然的愿望。我知道:以前并不打算采取恐怖行为的人们,后来变成了恐怖主义者。我认为现在死在绞首台上的人,都是些优秀的俄罗斯人。政府之所以引起人们这样的绝望,使人们顾不得自我牺牲来反对它,这就说明了它是在走向虚妄和毁灭的道路。

叶纳基耶夫显然怀着兴味听取我这些坦白的见解。我们谈到这里,他站起身来,向接待室里张望一下,然后把门关上了。此后每逢我来到他那里,他总是不忘记这戒备工作。在把门关上之后,往往他也告诉我一些行政界的新闻和消息,在语气中表示他对某种尚未十分确定的未来改革显然很关心。在办公厅和省长的办公室里,甚至也弥漫着希望局势转变的情绪,可知如果实行起改革来,在别的官场中无疑也可以找到拥护者。

这时候我在《语言》杂志上发表了两篇文章,一篇是《不像样的城市》,另一篇是《在未决囚犯部里》。在后面这篇文章里,谈到托博尔斯克的监狱和教派分子雅希卡,这个人不断地敲撞他的牢门,为了"维护上帝、维护真命天子"而提出抗议。原来叶纳基耶夫知道这个撞门汉雅希卡和他的事情。雅希卡是乌拉尔一个大工厂里的人,属于"滞纳者"的教派,因此叶纳基耶夫对我这篇文章极感兴趣。他当然懂得:一味镇压是无效的;最好有一个洞察而公正的人来阐明这个不大著名的教派及其观点。他认为我胜任这件事。他说大概不久我们全都可以获得自由;即使不然,只要我同意,他也能把我转移到这个工厂区村子里去居住。这当然比较不方便些,然而既然我在未决囚犯部的走廊里都能对雅希卡进行观察,那么到了那边当可更加自由自在些。

"你所指的当然是纯粹文学目标的观察吧? ……"我说。

"当然,当然……"

"即使我写了使地方政府不快的东西也不妨事吧? ……"

"对,对! 你看见什么,就写什么。"

我们双方十分满意地分别了。我面前展开了一片可供有趣味的观察的新的前景和新的视野。

3 我在铁路局的职务。老相识

在彼尔姆的生活,一直使我不大称心。在铁路局服务,可以拿到薪俸,然而这职务本身非常乏味。

我是机务处统计科的文牍员。这一科的任务,是登记机务处人员的工作,主要是司机、副司机和司炉的工作;此外也包括机车及其各部分——一直到轴、轮箍和轴承——的工作。司机们每天打报告表到我们这里来,有时其内容是很可笑的。……例如有一个司机记录:"在离市×俄里处中途停车,缘有一躯体僵卧于铁轨上。该躯体原系×号扳道员,因酒醉卧轨,现已送往车站,俾其醒酒。"又如:"中途停车,缘有制动乘务员掉入缓冲器间。"此外不再说什么。这个倒霉的乘务员以后的命运,司机和我们做统计工作的都不得而知,因为这乘务员根本不是在机务处工作,而是在运输处工作的。

我的职务是在得到种种消息后对各级人员拟制咨询、通知、报告和命令。起初我常常出丑。有一个同事偶然看看我刚拟好的文件,用责备的口气对我说:

"唉,唉,唉! 还是一个大学生,一个受教育的人呢! 你怎么不知道:这是写给谁的,应该怎样措词?'望勿延迟通知'……这哪像写给铁路局局长的话! ……"

"那末应该怎么写呢?"

"'敬请早日赐示。'要是写给机务处处长,还可以用'望勿延迟通知'这说法。……不过不久以前他也责怪过我们来。……"

有一次我抄写一份公文,上面的称呼是"铁路局局长先生",我把господин[1]这个词简写成г-н。

"г-н? ……对铁路局局长难道可以用г-н吗? 非用господин不可。"

"这对于事务当然没有重大关系,"我的顶头上司符拉季米尔·伊凡诺维奇·德拉维(以前是彼得堡大学生,一八六八年闹学潮的时候也曾被监禁在堡垒中)微笑着说,"不过……你总该懂得这些格式。"

这是不难的,不久我就懂得:对谁应该写"望即速答复",对谁应该写"敬请早日赐复"。然而这还是不能使我避免职务上的一次重大错误。

我的直接属员是一个青年,名字就假定它是波塔普·伊凡诺维奇吧。这个青年办事异常精确,但也异常缓慢。他的职务很简单:抄写我拟就的公文;在胶印器上印刷通告;管理收文簿和发文簿。他的字迹清

---

〔1〕 即"先生"。——译者注

楚而美观,然而他的美感的癖好大大妨碍了工作所必需的迅速。他的字写在纸上,像一串串珠子那样,行间很整齐,然而他对这还感到不满意,努力设法使纸的正反两面也行行相对。他坐在隔壁房间里的门边,几乎和我并排;我有时怀着好奇心观察他,看他怎样把簿册竖起来,对着纸的一边用心察看它的两面,这一面用左眼睛看,那一面用右眼睛看。老实说,由于波塔普·伊凡诺维奇的天真和特殊的"典型性",我对他颇有爱慕之心。无论是他的待人接物,或是他的谈吐,都使我非常感到兴趣,因此我常常和他到同一家小饭馆里去吃饭。过了一些时候,我们之间的关系就变成了同等地位的友谊关系:在我这方面是宽容而幽默的,在波塔普·伊凡诺维奇方面是狎昵的。这就显然地破坏了彬彬有礼的"职位体统",引起了同事们的注意。

由于这关系发生了一种情况,几乎引起了职务上的变故。波塔普·伊凡诺维奇为求美观而工作缓慢,说老实话,一半是由于懒惰之故;这就使得他实在应付不了自己的业务。我和他相反,很快就做完了文书工作,并往往空出许多时间。于是,自然而然地发生了这样的情况:起初,我把我草拟的公文写得很清楚,免除了波塔普·伊凡诺维奇的抄写工作;后来,索性由我亲自用胶印墨水来写公文,也由我来印制;最后,遇到特别紧急的需要时,发文簿的登记工作竟也常常由我来做。不知道是德拉维自己在公文上签字的时候发觉了全部是我的笔迹呢,还是有人促使他注意到这种在职务观点上看来是不道德的现象,总之,有一次我们这位上司看看发文簿,然后审察一下胶印的通告,断然地向波塔普·伊凡诺维奇声称,说他以后不必再在统计科里工作了。我心里当然明白:这个可怜的人的遭难,大部分归咎于我,于是我就去劝说德拉维,颇费了一些口舌,总算劝服了他。波塔普·伊凡诺维奇照旧任职,然而已经受到

"申斥"和"警告"了。

当天我上小饭馆去,看到波塔普·伊凡诺维奇对我非常生气,竟可说是激怒。……我开玩笑地问他气愤的原因,他用仇恨中含有类似轻蔑意味的语调回答我说:

"你倒像不知道似的:我险些儿打破饭碗,遭到不幸。为了谁? 全为了你! ……"

"波塔普·伊凡诺维奇,"我试行反驳,"你该记得,我对你说过:你应当工作得快些,少欣赏自己的书法。"

"说过,说过! 上司对下属难道是这样说法的吗? ……如果你申斥我,更加严厉地责骂我,我早已加快工作速度了。……可是现在,你瞧! ……我根本还没有注意到你在代替我做全部工作呢! ……"

我不再反驳;过了几天,波塔普·伊凡诺维奇心情缓和下来了。

"这真是稀奇的事儿,"他毫无顾忌地说,"为什么我办起事来是这个样儿? ……你可知道,我对付起女人的事来可敏捷呢! ……"

他就讲给我听:还是前几天的事,有一个司机在非规定的时间回家,碰见他在这司机的妻子那里;严重的危险威胁着他的生命,全靠他表现了出奇的灵巧和敏捷,这才免除了危险。……

"在这件事上可是够敏捷的了,……"最后他沉思地说。……

我还得记述在彼尔姆碰见一个老相识的情形。有一次我下班回来,在路上注意到了对面走来的一个人,这人和我擦身而过,留下了一股强烈的烧酒气味。我觉得这个人很面善,就回过头去。

"是准尉魏列夏庚吗? ……"

他也回过头来;过了几秒钟,我被他拥抱着了。

"我正在找你呢。……疲倦得要命;不瞒你说,刚才为了疲劳,喝了点酒,吃了点酒菜。……怎么样,过得好吗? 我听说你被送回了。我呢,喏,也是这样。……须得在这里住下来,找一个工作。首先是要找一间房子。"

"好极了,"我说,"我知道有一间房子,我自己在那里住过的。……工作或许也可以找到。"

我怀疑地看看准尉。他的面孔浮肿,仿佛是由于饮酒过量。显然他不仅是"为了疲劳"而喝些酒。不管怎样,我把这个维什尼伏洛乔克的狱友带到了家里,然后带他到城郊村子里我从前的房东那里去。……我对魏列夏庚说,我将带他去看马里科夫,然而……这必须等他的"旅途劳顿"消除之后才行。我们两人当然都懂得这话所指的是什么。由于我和准尉曾一同被监禁在维什尼伏洛乔克政治监狱里,我心中保留着关于他的十分温暖的回忆。现在我看出,他曾有一个时期耽于狂饮,然而我认为这是暂时的,以后他会振作起来。他在维什尼伏洛乔克政治监狱里住了那么多时光,对烧酒显然连想也不曾想起啊。

然而第二天、第三天、第四天,准尉都没有来看我。后来房东来了,他要求我叫我那个朋友离开他的屋子。

"完全出我意料之外,"他怀着真心的愤慨说,"我以为他跟你和伏洛霍夫先生一样是一个规规矩矩的先生。……想不到他是一个暴徒,捣乱分子,酒鬼。……你带他来了之后,我们一直不得安宁。他一连几夜宿在下流人家,天亮前回家来,把所有的人都吵醒,成天胡闹。……我家里有老婆和女儿。……请你帮帮忙叫他走吧。……"

我立刻和他一同到他家去。准尉显然醉得厉害,还在那里睡觉。我只得叫他醒来。他面部的皮肤越发松弛了,两只眼睛暗淡无光。我一听准尉和房东之间的谈话,就确信要他们共处是完全不可能的了。准尉一醒过来,两人立刻就骂了起来。

"你瞧,一连几天都是这个样子,"房东说,"五点钟回来,醉得话也说不清楚,可是大声嚷着,成天胡闹,——他就会这一套。……"

"不许你说话,坏蛋,剥……削者……"魏列夏庚用喉头挤出来的声音说。他望一望圣像,继续说,"挂起了偶像,就自以为是个圣徒了。……好吧,你来对他说说:这些全都是偶像。……他不相信我的话。……"

"你当然不喜爱这个。礼拜堂里你是死也不肯去的,你最好是上妓院去。……难怪你把书也拿到那里去。……请你问问他:他把你那本书拿到哪里去了?"

魏列夏庚那天从我那里出去的时候,问我要了一册《语言》杂志;现在,据房东所说,他拿我那篇文章[1]去教导妓院里的人。

"不许说话,混账东西!……你以为我到那里去是为了卑鄙的享乐吗?我也许是去拯救她们的灵魂呢!……"

"你去拯救灵魂,得了吧!我家里有女儿,有妻子。……那你就该老老实实、规规矩矩地念给她们听。……不,你分明是给那儿引诱去的。……哼,你别太狠,"他说着,提心吊胆地斜过眼睛去看看准尉的雄赳赳的戒备姿态,"我可要喊警察啦!……"

"唉,准尉,我对你说,"我出来干预了,"为了你,我只得向房东家道歉了。你拿了你的东西,立刻搬到我那里去吧。"

我把他带到了我家里,对他说:

―――――――――――

〔1〕 柯罗连科常常用"文章"这个词来代替"短篇小说""中篇小说"。这里他指的是他的短篇小说《未决囚犯部的临时居住者》。

"你要知道：在你没有证实你的酒癖是暂时发作、你能够像正派人那样好好做人的期间，我绝对不能替你找职务。这需要一个时期。你暂且住在我这里吧，不过我要预先警告你：如果你半夜里来敲门，是没有人来替你开的，那时候你就得在随便什么地方过夜。"

准尉答应了，甚至流了眼泪，然而这件事结果是绝望的。有时他竟不回来过夜，有时喝醉了回来。我帮他躺在长沙发上了，他就成天地酣睡；流放同伴们供给他的路费余下来的钱，显然是被他拿来买酒喝了。我这里有时有青年男女来访问。我们或者读什么书，或者谈话。我和准尉约定：在这些时候，他必须耐心地躺在隔壁房间里，我对他们说他在生病。然而有一次他忍不住了，突然从隔壁房间里走了出来，喝得半醉，面孔浮肿，声音嘶哑。他走到房间中央，装出一个异常动人的姿势，认为有必要把一个意外的消息告诉这些不相识的人："在西伯利亚，在图林斯克和某个村子之间有一座森林。森林里有一片谷地。……这片谷地是西伯利亚所有的流浪人集会之所。……"

"嗯，那又怎么样呢？……"我不知道准尉这番醉话是什么意思，就问他。

"我想结集一个匪帮。"准尉突然结束了他的话，羞怯地笑笑，仿佛一个人暴露了秘密的野心似的。

我以为这是醉人说痴话，就笑着把他送回隔壁房间去。……依照大家的忠告，我和伏洛霍夫决定向准尉探问他的亲属所住的地方，我们凑集些钱送给他，把他打发回故乡去，——在故乡似乎有他的一个已经出嫁的姐姐。然而过了不久，他又到彼尔姆来了；不过不是从西方来，却是从东方来的，显然他曾经在那里试图实现他的"结集匪帮"的计划。在这件事上他遭遇到了什么，他并没有详细叙述。我们再度凑集些钱来，然而这一次并不把钱交给他手中,却是替他买了一张轮船票,把准尉送上船,托一个乘船到喀山去的朋友照管他。在轮船出发之前,准尉又狠狠地喝着了一顿酒;在轮船还未解缆的期间,他从舱房里殷勤地向我们飞吻。从此以后,关于我们这个有趣的维什尼伏洛乔克狱友,我不再听到任何消息。……这个人显然只适宜于同好伙伴们在一起坐牢。只有在这样的环境中,他才像一个正派人。……

4　一八八一年三月一日的悲剧。拒绝宣誓

俄罗斯制度的惊人的悲剧爆发了。……

我记不起是在第二天还是第三天,关于三月一日刺杀沙皇的消息传到了彼尔姆。这一天早上,我正在路上走,——记得是要到马里科夫家去弯弯,然后去办公,——走到十字街头,听见两个人在谈话。一个农民——或许是莫托维里哈(郊区的一个工厂)的工人,正在对马车夫说:

"你这人真是古怪! 你怎么说这不关你的事。……那么是谁给你自由的呢?……"

马车夫摇摇手。

"哪怕天塌下来……也不关我的事。……"

我到了马里科夫家里,才懂得了这番话的意义。……原来亚历山大二世在彼得堡被刺死了。专制政体蜕变为纯粹的警察制度,这伟大国家的创造性职权转化为单搞警备工作了,然而单搞这工作也还是搞不好。

过了些时候,彼得堡的几种报纸都送到了。……检查机关当然立刻

禁止各报发表非官方的消息,然而有一家报纸(记得是《声报》)总算登出了一篇未经检查的访员报导[1]。应该指出:这报导中的叙述极不正确,甚至是荒诞的。然而这篇幻想文写得异常阴惨可怕。"小市民雷萨科夫[2]",大家都知道他绝不是一个具有英雄气质的青年,他胆怯地出卖了朋友。然而在这篇报导里他被描写成一个阴森森的英雄。第一次爆炸之后,当亚历山大二世走出马车来,说着"感谢上帝"并划十字的时候,雷萨科夫仿佛还这么反驳了一句:

"嘿,还感谢什么上帝!"[3]

总之,整个事件都是以一种不可避免的语气,一种对阴暗、严厉而命定的力量不胜恐怖的语气来描述的。……

马里科夫根据他自己的观点,对这事件表示否定的态度。这事件对于我,则引起了沉痛的思虑:这是一次导致不良后果的沉重打击,是由不可避免的致命的盲目性产生的。首先是两方面都成了牺牲品。

我还记得——虽然这是童年时代的事——农奴解放后最初几年间社会上的优秀人士欢欣鼓舞的情况。这种欢欣鼓舞一直延续到六十年代和七十年代之初。然而不久就证实了:亚历山大二世距他所发起

〔1〕 显然是指《三月一日事变目击者、后备营禁卫军少尉卢达科夫斯基的叙述》。这篇文章刊登在一八八一年三月四日的《声报》上。然而除了这篇文章和官方关于三月一日事件的报导以外,在《声报》和别的报纸上又曾刊载另一些非官方报导。

〔2〕 尼古拉·伊凡诺维奇·雷萨科夫(1861—1881)于一八八一年三月一日民意党人实行刺杀亚历山大二世的计划时,他向沙皇投第一颗炸弹。一八八一年三月二十六日,他和其他参加谋杀的人一同在法院受审,被判处死刑。临刑前一天,他曾试图用改悔和变节来拯救自己的性命。

〔3〕 亚历山大二世从马车里走出来的时候,碰到的不是雷萨科夫,而是民意党人格利涅维茨基。这人走近沙皇去,几乎一直走到他身旁,然后在沙皇和他自己中间丢一个炸弹,沙皇被炸死了,他自己受了致命伤。

的高尚事业相去甚远,他意外迅速地背叛了它。到了七十年代末期,这位曾经发表解放演说的年轻沙皇,只落得一个后悔不已、惶恐万状的可怜的反动分子的下场,他从高高的宝座上说:"屋主们,看好自己的扫院人!"

　　我只有一次在近处看到他。这完全是由于偶然的机会,然而这一次给我以不可磨灭的印象。这是俄土战争后不久的事。这时候我和薇拉·佐西莫夫娜·波波娃一同在《新闻报》社工作。有一天我和她在城郊大街上向该报社的印刷所所在的豌豆街走去。我们起劲地谈着话,没有注意到街上从皇村车站开始密布着警察。他们向我们作手势,然而我们对他们的手势也没有立刻注意到,管自走到了十字街中央。这时候我们听到雷霆似的车轮声奔腾而来,看见一辆敞着篷的皇家马车,从车站方面的皇村街拐一个弯,向豌豆街驶来了。……我一眼就认出了车中的乘客之一是沙皇。然而我们直到这辆飞驰的马车拐到离开我们很近的地方,几乎撞着我们的时候,方才停下步来。我穿着长统靴和短裤,戴着阔边帽子。我的同行者蓄着短发。我们两人的样子都可以被看作一种典型人物;警察没有把我们拦住在人行道上,当然是一种疏忽。现在我们只得略微避开些,我怀着好奇心望一望沙皇,一方面当然脱帽致敬。当马车经过我们面前的时候,沙皇转过脸来,行了一个举手礼。这个在迦尔洵的《普通兵伊凡诺夫的笔记》中被描写到的不幸的人的面孔使我吃惊。其中已经完全没有和那几幅威严的肖像相似的地方了。这面孔浮肿,布满皱纹,不健康,而且……不幸。当他转过头来对一个高等女校学生和我这个大学生单独打招呼的时候,我看出这动作有些做作。据说他对于在作战地区担任卫生员的大学生和高等女校学生的事业,曾给以很温和的评价。

在那时候以及在后来,在艰苦的斗争岁月里,这沙皇的行为中有许多事情深深地激起我的愤慨。据说,他具有罗曼诺夫王朝世袭的残酷性。他的心中从来不曾闪现过一丝减轻对他的敌手的严酷的死刑和镇压的愿望。相反地,大案件里的人本来已经受到过分严厉的惩罚了,他个人却又把惩罚加重,容许对李卓古勃处以不公正的死刑,把车尔尼雪夫斯基非法监禁在威吕斯克〔1〕。……这个落在愚昧恶毒的暴吏们手中的沙皇虽然有这种行为,但在我的记忆中还是浮现出一个不幸的老头儿的可怜的面貌来。……这样地开始,这样地结束!……

我们彼尔姆的一伙同伴之中,大多数人和我抱有同感,认为没有可以特别庆幸的理由。然而也有不同的感想。有一个流放犯的妻子,一般说来为人很不错,她想起了沙皇那双鲜血淋漓的脚,想起了他的无可奈何的请求"载我到宫里去,……我要死在那里",流露出幸灾乐祸之色。

当时有一个叫做巴什基罗夫的工人住在我那里。他也是按照洛利斯-梅里科夫委员会的指令返回故乡的。我办公回来,把沙皇被刺的消息告诉了他,这个强壮而朴直的人立刻站起身来,本能地转身面对着圣像,欢天喜地地划了一个大十字来替自己祝福。我想起了白桦屯里的愤慨的农民请愿代表;想起了桑尼科夫的预言,这个畏神的血统农民得知他那句阴暗的预言实现了的时候,一定是欢天喜地的吧;我还想起了某些人的漠不关心和另一些人的觉醒了的仇恨。……如果当时还很强盛的专制政体继续走改革的道路,不知会不会发生这一切情况? 不久大家

〔1〕 车尔尼雪夫斯基的七年苦役刑期于一八七一年结束,应该被释放为移民。然而他重又被流放到离开雅库茨克四百五十俄里的荒凉的威吕斯克。他住在那里,完全与世隔绝,直到一八八三年。

就都知道:亚历山大二世正是在签署召集全权代表的指令,亦即第一步走向宪法的那一天被刺死的。……也许有许多人认为:如果这件事做得大胆些,如果当局不怕公开反对可恶的反动派,那么恐怖主义者也许不致下这毒手。……

这是错误的想法;这悲剧有更深远的缘由,不是这么容易就会解决的。恐怖行为是在长年无权的情况下成熟起来的。俄罗斯社会中最敏感的一部分人,过分长久地呼吸着地下活动和牢狱的空气,怀抱着脱离现实生活的梦想和仇恨。"宪法"只是一种欺骗人民的手段。在俄国侨民中,只有一个机构拥护宪法,认为这在俄国是必要的[1]。德拉果玛诺夫那时候看惯了很不完善的奥地利宪法,所以他已经懂得了宪法对人民政治发展的意义,甚至懂得了它对奥地利制度所看不起的斯拉夫民族的政治发展的意义。……别的俄罗斯革命党派都不承认宪法,它们各自走着和人民没有联系的道路。这种党派总是一开头就过着自己的独立生活,变成了一种特殊的孤芳自赏的政治机构。恐怖主义所形成的便是这样的一种孤芳自赏的组织。这种主义在黑暗的地下状态中成熟起来,集中了自我牺牲和仇恨的可怕的力量,把这种力量应用在恐怖主义所适合的唯一的方面。为这种可怕的创作所作的努力和牺牲,不是轻易地徒然耗费的。于是恐怖行为就达到了它所预期的最高的目的。这是由于对自上而下的一切改革极度不信任而引起的一种特殊的革命惯性的行为。……当它达到了这个直接目的之后,当它看到它所手刃的不是梅旬采夫,不是某检察官或市长,而是现行制度的首脑沙皇的时候,在为获得成

---

〔1〕 指自由主义杂志《自由谈》。这杂志从一八八○年八月至一八八三年五月刊行于日内瓦。从一八八二年底开始,其主编人是乌克兰资产阶级民族主义者米·彼·德拉果玛诺夫。

功而不惜牺牲生命的人们面前就产生一个问题:以后怎么样? 到那时候方才知道,原来恐怖主义者在最初的宣言中,就要求实行……立宪的自由[1]。

　　我请求读者诸君原谅我越出了回忆录的纯粹故事体的范围。我不能说:我在当时对这一切就作这样的理解,并且在当时就能这样叙述;然而我的观念大体上正是这样的。此后不久,命运又把我带到遥远的北方,住在荒凉而寒冷的勒拿河岸上,这时候我的想象中显现出两个形象,描绘出一部散文史诗的轮廓来。热中于解放计划的年轻的亚历山大二世和他的刺客瑞略波夫从遥远的高处眺望着自己的冷落的祖国,谈论着使他们的良好意图敌对起来的遥远的下界的悲剧。……曾经有一个时期,——虽然时间各不相同,——有一个真理照耀着他们两人,然而这真理消失在烟雾中了。……两个亡魂谈论着怎样去寻找这真理。……这是很幼稚的;这部史诗以一个革命者的两句批语来结束——他得到了客死在遥远的流放地的作者所写的这部史诗,这样说:"天老爷,多么荒谬的呓语! ……可是我们这位同志有一个时期不是头脑很清醒的吗?"现在我从旧记事册中找出当年在驿站上用冻僵的手偷空写成的模糊不清的记录来,觉得这是当时的一种合乎人情的文献[2]。有过这种想法的也许不止我一个人。……

　　过了几天,我们在办公处接到通知,说铁路局的礼拜堂里将要举行

─────────

　　〔1〕 指"执行委员会致亚历山大三世书"。这封信于一八八一年三月十二日在民意党的印刷所里刊印,就在那时候流传开来。这封信里要求普遍赦免过去一切政治犯,"因为这不是一种罪行,而是执行公民的天职"。又要求"从俄国全体人民中召集代表,来重新审查政治生活和社会生活的现行体制,按照人民的愿望加以改造"。

　　〔2〕 作者这里所说的记事册,保存在他的档案里;其中所载的记事,收录在一九三五年国家文学出版社出版的柯罗连科的《一八八〇至一九〇〇年记事册》中。

一个集会,追悼老沙皇,并且为新沙皇祈祷。……礼拜完毕之后,司祭先宣读告示,然后宣读誓言。……这时候我不禁想起:我们现在是在参加对新沙皇的宣誓了。可是我凭良心说能不能发这种誓愿呢?……记得我当时把这种想法告诉了伏洛霍夫。他具有冷静的思考力,听了这话有点吃惊。这显然是形式主义的,谁也不认为它具有严肃的意义。我很高兴,因为我眼前没有一个人不把这问题看作形式主义的。……

　　然而,……大约过了一星期,我在大街上行走,碰到了那个阴沉的警察局长。他看到了我,向我做个手势,就下了车,走近我来。

　　他递给我一张折好的纸,对我说:"你得根据这张纸上的话宣誓,表示对新国君的忠诚,由你们教区里的神甫批准,然后把这张纸还给我。"

　　"你奉谁的命令向我要求这个?"

　　"奉省长的命令。"

　　我们谈话的地方离开省长家不远,我就去访问他。他立刻出来见我。……

　　他脸上显出悲哀之色。为了沙皇的逝世,他显然十分痛心。

　　"你有什么事?"他问我。

　　"刚才警察局长交给我这张纸,他说是奉你的命令交给我的。"

　　"是的。……嗯,怎么样呢?"

　　"请问阁下,……你是不是要求所有的公民都作这种单独的宣誓?"

　　"当然不是的。没有那么多时间。……"

　　"这么说,为了我是个流放犯,才对我提出这要求的?……"

　　他的脸色变得冷淡而严肃了。……

　　"对不起,……我们需要知道:你是否认为自己是忠于新国君的?"

　　"正是因为我遭受了非法的迫害,我一家人无缘无故地被弄得流离失所，我看饱了对别人的同样的迫害，——正是因为这个，你才认为有必要把我从众人中叫出来，单独向我提出这种要求。好，我回答你：我不宣誓。……"

他又带着我看到过的那种表情沉思起来；过了一会儿，他说：

"是的，你的话也许是对的。这是一个错误。目前这还不过是我一个人的命令；可是我几乎确信：过些时候，同样的措施一定会普遍起来。……请你好好地想一想，……你为什么要损害自己年轻的生命呢？现在你暂且把这张纸交给我。……警察局长如果问起，你就对他说，纸已经交给我了。"

然后我们又开始谈论种种事情。其间我探问他：

"还在不久以前，你说你等待着即将来到的好转，盼望着我们不久就会恢复自由。……现在你还能说这样的话吗？"

他皱皱眉头，回答说：

"我当然不能断言局势怎样转变。……可是凭良心对你说：现在我不再有任何好的期望。……"

这次谈话以后我来到马里科夫家，才知道别的男流放犯也都收到同样的纸。

克拉芙季雅·斯捷潘诺夫娜用她那双大眼睛盯住我，然而一声不响，对我这决定既不赞成，也不反对。只是从这时候起，她常常用惊慌而关心的眼光来看我。

我自幼就耽于反省，因而妨碍了行为的一贯性。根据第一动机，我十分坚决、毫不犹豫地对叶纳基耶夫说：我不宣誓。可是这会儿我有时觉得心里有些刺痛。今后将发生什么事情呢？他们对于拒绝宣誓的人将采取什么手段呢？这样做是否值得？母亲和两个妹妹将再度受到怎样的打击呢? 这会不会是可笑而无益的唐吉诃德行为? 我照旧每天去办公,照旧每晚到马里科夫家去,并没有一点新的情况发生;然而我心中潜伏着一团乌云。终于有一天,记得已是五月或六月初,叶纳基耶夫又邀我到他家去,对我说:

"我所预料的事实现了,现在他们提出宣誓,是作为普遍的措施了。慢来! 我劝你现在暂且不要作出最后的决定。这是给你的宣誓纸。你明天带来给我。现在让我⋯⋯"

我和他围着一张桌子面对面坐着。他向我望望,用感动的声音说:

"我们不要把这当作省长对一个受监视的人讲话。在年龄上,我可以做你的父亲,请你听从我的忠告:你不要这样做。⋯⋯我已经和检察官谈过,——以防万一。他说:法典上没有预先估计到这种罪行,至于⋯⋯按行政命令会采取怎样的措施,那就很难说了。⋯⋯请你听从我的话。⋯⋯好⋯⋯就是这样吧,明天见!"

我拿起那张纸走了。精神上的乌云已经临近。我在心中历数反对拒绝宣誓的一切理由。实际上谁又愿意这样做呢? 这期间并没有听到广泛的"不宣誓"运动。⋯⋯只有两三个例子,⋯⋯这岂不是唐吉诃德行为吗? ⋯⋯恐怕还是照别人一样做比较好吧? ⋯⋯就像伏洛霍夫吧,他把这件事看得多么简单。⋯⋯

然而⋯⋯我不能像伏洛霍夫那样采取始终一贯的行动。不管一切实际情况如何,我心中发生了一种愤慨情绪。⋯⋯我的教区司祭是一个在宗教文学方面略微有点名气的人。彼尔姆常常有人谈起他,对他有各种议论。现在他们大概要称他为黑帮分子了。那时候他们称他为伪君子或伪善者。我不能想象将来我在他面前重述宣誓文时的情况。⋯⋯他大概会用他那伪善的声音对我作些动人的训话。我在马里科夫家度过了烦闷而忧郁的一晚。……回到家里后,我努力设想:瓦·尼·格利果列夫要是处在我的地位,他会采取怎样的行动。我许久以前就习惯于在心中请教他,并且依照我所认为他将做的样子去做。然而这一次这个好朋友的形象也不给我答复。

后来我想起了一个问题:我最初和叶纳基耶夫谈话的时候为什么并不犹豫? 那时候我毫不犹豫地声明拒绝宣誓,泰然自若。……这最初的动机显然是出于我的本性的。……现在我左思右想,犹豫不决地考虑,这就不是出于我的本性,而是一种异己的做法了。……我心中忽然回想起"手伸不起来"这句话。就让它伸不起来吧,这样显然比较好些。我怀着这样的思想醋睡了。第二天早晨在那张纸上匆匆地写上"受监视者某某人声明",在这声明中说:我并非乘此机会挑衅或示威;但倘有人认为需要征询我个人的意见,那我打算凭良心回答。我从现行制度中亲身经历到并看到的虚伪情况太多了,因此要我保证对专制政体忠心耿耿,我是做不到的。……我不大顾到文体,列举了不法和虚伪的几个显著的实例,在末尾由于匆忙还弄上了一块墨斑。我草草地在这声明书上签了个字,就泰然自若地把它送交叶纳基耶夫[1]。

他忧郁地接受了这文件,读了一遍,想再度把它退还给我;后来看见我坚定不移,就用严肃而正式的语调对我说:

"那么,你是希望我把你的声明书交付办理。好吧。按理说我现在就应该把你逮捕起来送进监牢里。可是我不愿意这样做。因此,如果

---

〔1〕 柯罗连科这个包括他拒绝宣誓的声明书的本文,登载在柯罗连科六十五岁诞辰时出版的论文和讲演集里(彼得格勒文化和自由出版社一九一八年版)。

你继续执行你以前那句诺言,我可以在上头命令来到之前容许你自由。"

我答应了他,我们就分手。这是我最后一次看到叶纳基耶夫[1]。

时候还早,我就在办公以前到马里科夫家去看看。

"你得到什么好消息了吗?"克拉芙季雅·斯捷潘诺夫娜问。我告诉她,说我刚才把我的声明书交给叶纳基耶夫了,她就惊慌地同时又亲切地对我看看,突然说:

"我觉得:如果你不采取这办法而宣了誓,那么……结果你会变成一个恐怖分子。……"

我不知道我会不会变成恐怖分子。我生来过分喜欢反省和深思,恐怕不至于走上这条路。……然而,曾有许多完全不适宜于恐怖行为的人被卷入这旋风之中,而做了违背本性的事。……后来我常常碰到一些人讥笑"不宣誓者"的唐吉诃德行为。有时我自己也讥笑自己,何况那时候又知道:原来政府对于这种极少数人的运动毫不注意,甚至并不延长我们的流放期限。……然而,回顾我过去的这段插话,我应该说:我当时这样做,正是我的良心所要求的,也就是我的性情所要求的;

─────────────

〔1〕 六月二十三日,彼尔姆省长叶纳基耶夫通知警察厅:"彼尔姆警察监视下之政治流放犯中有一人,即贵族符拉季米尔·柯罗连科,与其余诸人一同受命宣誓效忠于当今登基之君主及其合法继承人时,彼独抗拒,不肯依照法定形式宣誓,并在目下呈交之书面声明书中陈述其抗拒之缘故。此人在此地居住期间,除此事以外,别无其他可指摘之行为。"省长叶纳基耶夫这份报告由警察厅厅长普列威审阅。他根据这件事于一八八一年七月二十四日打了一份报告,并附加判语如下:"根据符拉季米尔·柯罗连科过去之危害行为,以及目下拒绝为效忠皇室宣誓之有害倾向,似应将柯罗连科送交东西伯利亚总督处理,令其在警察监视下居住于该总督所辖地区内。"普列威这报告经内务部长批准,七月三十日备公函送交东西伯利亚总督,其中列举柯罗连科一切主要罪行(自由印刷所、逃亡、拒绝宣誓),"以便惩办"。八月二十九日又将所作之决定通知彼尔姆省长,命他惩办:按照指令遣送柯罗连科。

而我作出决定后立刻感到的那种安泰心情,显著地证明了我这态度是正确的。

5　马里科夫夫人之死。罗加乔娃的悲剧

此后我的生活又进入了常轨。应该替彼尔姆行政当局说句公道话:不但没有人来逮捕我,而且我竟觉察不到自己受特别监视的痕迹。……关于这时期我所要记述的,只是马里科夫家发生的悲哀事件。

克拉芙季雅·斯捷潘诺夫娜怀孕了。产期已经临近。马里科夫家迁居到郊外一个完全乡村风的小市镇上去避暑。这市镇在彼尔姆附近,因此马里科夫自己可以每天从这里去办公。他家住在一条朴素的乡村式街道上,街道的尽头通向辽阔的田野。

对于即将来到的分娩,谁也不觉得忧虑。克拉芙季雅·斯捷潘诺夫娜是强健的北方人家的后代,具有一种特殊的女性本质:她在怀孕期间长得异常美丽,而在这时期的末了显得异常健康,真所谓白里泛红。她以往生产很顺利。

这一次全部情况都照旧。只是有一次,我到他们的别墅里去,看见她略有惊惶之色。因为她做了一个梦,梦见她生了一个女孩,而自己处在临死的状态中。……马里科夫家里有一种神秘空气,相信梦和预言。我讥笑他们这种预感。果然,过了几天,她生下来的不是女孩子,而是男孩子,这次分娩的经过又是异常平安。克拉芙季雅·斯捷潘诺夫娜躺在床上,脸上泛着健康的红晕,两只灵活的眼睛炯炯发光。……我在他们家里碰到住在邻近的一个女人,是地方医院的女医生,姓斯克伏尔卓娃。

据马里科夫家的人品评,这是一个很好的人;然而她给我一种奇怪

的印象:年纪还轻,但身体早衰,脸上显出细碎的皱纹,两眼困惫而暗淡无光。她给人的印象,仿佛是一个人负担着力不胜任的重荷,在这重荷之下东歪西倒地跨着不稳的脚步。

我愉快地闲谈着,说起马里科夫夫人的预感,指出其中一点已经不验;而另一点,根据她那绝无困疲的神色来判断,显然也是不验的。马里科夫夫人微微一笑。

"嗨,克拉芙季雅·斯捷潘诺夫娜,说实在的,"斯克伏尔卓娃说,"你的样子真奇怪!简直从来没有见过这种情况。亲爱的,让我替你检查一下吧。……"

女医生叫我们都走出去,就着手检查了。

过了几天,我到马里科夫家,看见他们都在惊惶不安。克拉芙季雅·斯捷潘诺夫娜身子发烧,手上出现了一些斑点。他们派人去请过斯克伏尔卓娃,但她还在医院里,没有回来。……我和马里科夫就再到她家去找她。

记得这是一个美妙的夏夜。皓月当空,闪烁的银光照遍这条乡村街道,影子都是深黑的。斯克伏尔卓娃家的女仆和邻家的女人们坐在土台上,她说太太已经回来了,可是很疲倦,马上睡了。窗子里没有灯光。

"你有没有对她说,马里科夫家打发人来过?"

"我说过了。……"

我们觉得这情形很奇怪。马里科夫走近屋子去,在窗子上敲几下。窗玻璃那面闪现出斯克伏尔卓娃的面孔,脸色异样而苍白,仿佛受了惊吓的样子。

"我不能去,我不能去,……"她摇手说,"我医院里有一个女人患产褥热,已经拖了一个多星期了。……"

她那张愁苦的面孔就在黑暗中消失了。……

马里科夫猛然地离开窗子。我连忙搀住了他,防他跌倒;我们就这样来到了街道中央。这时候他突然转过身来。……他的脸色像墙壁一般发白,眼睛里射出恐怖的光辉。

"她说:拖了一个多星期。……啊呀,你知道,这是死神来了啊!"他说的时候紧紧地握住我的手,握得我发痛了。

斯克伏尔卓娃出于无谓的好奇心而给产妇带来的,的确是死亡。……后来他们又请另一个医生诊治。病情是无疑的了。在一定的时期内,各种症候接连地出现;到了一定的时候,克拉芙季雅·斯捷潘诺夫娜就死了。

马里科夫仿佛被击溃了,就像一个人头上突然落下一块大石头来似的。我不能心平气和地想到斯克伏尔卓娃。……为什么她要作这不必要的检查呢?她怎么可以不考虑到:她的医院里现在正在流行产褥热,而她可能把这种致命的疾病带给她呢?他们说她是个"好人"!就算她好吧,……可是显然没有办事的能力。这是我实地看到的第一个女医生,此后我很久没有碰到第二个。……我眼前老是出现这个被无谓葬送的美貌女人的形象。这种印象像沉重的石头一般落入我的心中,过后很不容易消除掉。从此以后,我长期间反对女人业医;直到几年之后,我在喀山安年斯基那里碰到了另一个女医生,这才消除了我心中这种成见。这女人完全不是一个体格虚弱的人。反之,她长得很丰满,很有力,绝无困惫之色,是一个大家庭里的母亲。……并且有人告诉我,说她在普通鞑靼女人之间享有盛名,同时又善于在喀山的地主们之间安排自己的业务;地主们都知道,要她去看病,必须派一辆舒适的马车来接她,并且"隆重酬谢"她的辛劳。到这时候我才觉得我以前的成见消失了,这个喀山医学界代表人物排除了困惫的斯克伏尔卓娃的形象。

直到现在,我还保留着关于马里科夫夫人的记忆,认为这是我被流放和监视的漂泊期间最鲜明的回忆之一。

在早秋(或许还是夏季)的某一天,我们听说从卡马河下游开来一只船,载着一批政治犯。去叶卡捷琳堡的火车是晚上八点钟开的。在开车以前,从码头沿着山路直到车站月台,排列了两行武装押送兵。不久就有一大批囚犯从下面走上来,发出叮当的镣铐声。……其中大部分是俄罗斯革命的追随者,在制度严酷的堡垒和中央监狱里住了多年,现在被流放到卡拉去。其中有查巴达利[1]、崔崔安诺夫[2]、萨仁-罗斯[3]、罗加乔夫、梅希金、兹达诺维奇[4]、德莫霍夫斯基、加莫夫[5]、菲格涅尔家

〔1〕　伊凡·斯比利多诺维奇·查巴达利(1852—1913),一八七七年因"五十人案"被判处五年苦役刑。在新别尔戈罗德苦役刑中央监狱服满刑期,于一八八〇年底从这里被解送到卡拉。

〔2〕　亚历山大·康斯坦丁诺维奇·崔崔安诺夫(1850—1885),一八七七年因"五十人案"被判处十年苦役刑。于一八八三年到伊尔库茨克省做移民。

〔3〕　米哈伊尔·彼得罗维奇·萨仁(阿尔曼·罗斯)(1845—1934),一八六六年因卡拉科佐夫案件受到侦查,但被他躲过了。一八七一年住在巴黎时,曾参加街垒战;巴黎公社被镇压后,逃亡到苏黎世。参加过第一国际的代表大会。曾在国外刊印巴枯宁的文献,把它们运往俄国。一八七六年因"一九三人案"在边境被捕,一八七八年被判处五年苦役刑,在新博里索格列布斯克的中央监狱服役。一八八〇年被送往西伯利亚做移民,在那里度过了十六年。

〔4〕　盖奥尔吉·菲里克索维奇·兹达诺维奇(1855—1917),一八七七年因"五十人案"被判处苦役刑六年八个月。一八八〇年底以前被拘留在新别尔戈罗德中央监狱里,以后被转解到卡拉。于一八八三年到伊尔库茨克省做移民。

〔5〕　柯罗连科说加莫夫参加在流放卡拉的一批囚犯中,是记错的。加莫夫已于一八七六年在哈尔科夫死去。

两姐妹[1]等等。我早已知道这一批人即将来到,因为我和薇拉·巴甫洛夫娜·罗加乔娃通过信。她曾经和我一起从托姆斯克回来,现在跟随着她的丈夫。当这批人在两排兵士中间通过车站前面的广场的时候,我正站在群众里面,立刻注意到了薇拉·巴甫洛夫娜。她手里抱着孩子,神色很悲伤。

"薇拉·巴甫洛夫娜!"我几乎身不由主地喊了她一声。

她举目一望,看到了我,欢喜之极,竟向前猛冲,突破了押送兵和宪兵的队伍,在他们措手不及的一刹那间奔到了我面前。我们当然立刻被拉开,我被带到值班室里去作关于这次违法罪行的记录。等到办完手续之后,我走到月台上去,还能看到薇拉·巴甫洛夫娜,她已经走进车厢里,火车即将开动了。……她的神色很忧郁;从她向我猛冲过来这一点,我看出她有一桩伤心事。

我猜测着她伤心的原因。

薇拉·巴甫洛夫娜·罗加乔娃当年曾经在急进的集团中享有盛名。她是一个美貌的青年女子,带有几分茨冈人风度,一双眼睛乌黑而含有热情。她全身洋溢着一种狂热的气概。她的丈夫罗加乔夫是一个青年炮兵军官,也是一个美貌的壮士,热中于革命民粹运动。他们两人志同道合,互相热爱,是一对可以令人羡慕的好夫妻。《莫斯科公报》上曾登载几篇大约从间谍方面取材的揭发性文章,文章的作者提到:在扎苏里奇射击之前,"薇拉·罗加乔娃"来到彼得堡,要刺杀特列波夫。我不知道这话有几分正确,然而我认为这是可能的。罗加乔夫在大案件期间态

---

〔1〕 菲格涅尔家两姐妹中参加这一批的,只有叶甫盖尼雅·尼古拉耶夫娜一人,后来她是萨仁的妻子。

度非常激烈,和其他几个"魁首"一同被判处苦役刑,被遣发到哈尔科夫省的一个中央监狱里。薇拉·巴甫洛夫娜不能跟随丈夫同去。这一段时期的生活对她说来可能失却了意义,于是她准备为任何革命事业抛弃头颅。那时候由于某种缘由,她这牺牲者没有被党接受;后来薇拉·巴甫洛夫娜自己也被逮捕,流放到喀山省一个僻远的县份里。她在这里遇到一个人,似乎爱上了他。……我确信罗加乔夫不愿意束缚青年女子的自由。……他自己差不多处在死亡边缘了。那时候对于洛利斯-梅里科夫的作风谁也不抱什么希望。制度是严格的,而苦役刑监狱和它同样严格。罗加乔夫只有变了老人才能走出监狱。……薇拉·巴甫洛夫娜在流放中生了一个孩子,就是我和她一起从托姆斯克回来的时候同符诺罗夫斯基夫妇的孩子一起由她喂养的那个孩子。还在这以前,她对这孩子的父亲失望了,就同他分手。后来,回到欧洲俄罗斯之后,她听说中央监狱开放了,她那个丈夫——她对他大概尚未忘情——要转解到卡拉去了。到了那里,在最近的将来,他将获得一段"自由居住"的时期,这就是说,可以过家庭生活了。她就写一封信给他,说要跟他一起走。他欢喜地同意了。

信札往来都要经过长官之手。情况势必是这样:或者把自己心中的忏悔披露在别人面前,而且还是敌人面前;或者……把这忏悔延迟到见面时再披露。……以前,照他们年轻人的观点,他们两人都承认"感情自由",况且现在是特殊情况。……她可以认为自己是正当的。……于是薇拉·巴甫洛夫娜并不把这事写信告诉丈夫;她获得了许可,就在卡马河畔最接近她的流放地的一个码头上参加到这一批囚犯里来。

罗加乔夫焦灼地望着码头。……看见有一只小船离开码头驶过来了。船里有几个宪兵和一个女人，女人手里抱着一个孩子。后来目击他们这一次会面的人们告诉我，说罗加乔夫当时不能隐藏不快之感。唉，在爱情没有受到考验之前发表"合理的观点"是多么容易；而要抑制也许是"不合理的"然而永远活跃、永远沉痛的感情，是多么困难！这一次会面结果是不愉快的。

正因为如此，所以这个可怜的女人在彼尔姆怀着那么激烈的冲动向我猛扑过来。……她显然是需要一个人的友谊的同情。

这列火车引起了大众的注意，一大群人聚集拢来，想看看从坟墓般的牢狱里出来的俄罗斯革命的追随者。……晚上八点钟光景，火车开出，不久就在乌拉尔山方面消失了，在群众中留下了许多谈话资料，在我心中留下了关于薇拉·巴甫洛夫娜这个悲惨形象和她那双忧郁的眼睛的回忆[1]。……

6 和尤利·鲍格丹诺维奇会面。再度登程

我记不清楚是在这批囚犯经过之后还是之前，有一天傍晚巴什基罗夫来通知我，说"有一个人"在我当时所住的屋子对面的冲沟那边等我。在这以前不久，我得到过同样的通知，那时候这"有一个人"在所谓"羊栏"——就是不久以前在卡马河岸的斜坡上开拓的一个小花园里等我。

---

[1] 尼·谢·丘特契夫在关于《我的同时代人的故事》的评论中指出：柯罗连科知道罗加乔夫家的悲剧，显然是只听一面之辞，所以他所提到的罗加乔夫的情况是不正确的。丘特契夫说：他们的结婚是虚假的，直到审讯的时候，罗加乔夫才知道他的假妻子对他开始倾慕了。这时候他俩就决定由她跟随他到流放地。由于沙皇不批准参政院关于减轻判决的申请，罗加乔夫就被遣发服苦役刑，至一八八五年为止；一八八五年以后，按照法律他应该出狱做移民。然而罗加乔夫在一八八四年就死了。他们的结婚就始终成了虚假的。

　　他们告诉我,说这个人戒备极其谨严,所以我也应该谨慎小心。我须得左手拿着一条手帕,这人就凭这记号来认识我。我来到"羊栏"里,看见只有一个年纪已不很轻的大学生坐在长凳上。我左手拿着一条手帕从他旁边走过;他只是盯住我看看,就把视线转向别处去了,似乎并不想走近我来。于是我就走近他去,说出了自己的姓名,问他是否在等候我。

　　他正是在等候我,然而他说:他受人叮嘱,交给我信件的时候必须十分谨慎小心。我把信拆开来一看,原来是 T 写给我的。这人曾经是个流放犯,不久以前从托姆斯克回来,经过此地的时候和我见过面,给了我西伯利亚大道上几个人的通信处。现在他添补些这方面的无关紧要的消息,纯粹出于对秘密的爱好而把这次传递搞得很神秘。我同这大学生相识了,就向他提议:如果他不怕同受监视的人交往,请到我那里去喝杯茶。他说不怕,我们就一同来到我那里,嘲笑着 T 的秘密活动,愉快地过了一个黄昏。T 后来又送给我同样无关紧要的一封信,也同样地戒备谨严。所以这一回我想:在冲沟那边等候我的"有一个人",是他派来的第三个人了。

　　然而我猜错了。在冲沟那边等我的那个人年约三十岁;当我走到他那里的时候,他就问我姓氏。我说出了姓名,他握住我的手说:

　　"你好!我是尤利·鲍格丹诺维奇[1]。"

　　尤利·鲍格丹诺维奇! ……报上常常提到这个凶险的姓氏。他最初是民粹主义宣传者,曾经把一大群宣传者团结在轰动一时的托罗彼次

───────────

　　〔1〕 尤利·尼古拉耶维奇·鲍格丹诺维奇(1850—1888),民意党著名活动家之一。一八八三年因"十七人案"被判处死刑,后改为无期苦役刑,被拘禁在彼得保罗要塞中,后来转解到施利色堡,在该地患结核病逝世。

打铁场[1]里。然而这是一条已经走过的道路了。鲍格丹诺维奇和他的同志们对宣传的力量感到失望,对残酷的迫害感到愤怒,就毅然决然地转到了恐怖主义活动的道路上。现在我面前站着的是一位谋刺沙皇案的著名的参加者:鲍格丹诺维奇曾经用小市民柯波捷夫的名义在小花园街开设一个小铺子,计划在沙皇经过时爆炸的那个地雷的引线便是从这里面通出来的。这家小店铺虽然被搜查过一次,然而由于这是表面的搜查,加之警察办得疏忽,并没有发现什么东西;店里的人都躲藏起来了。然而现在已经真相大白,所以鲍格丹诺维奇-柯波捷夫的头可以换赏格了。

我以前没有和他会过面。我面前站着的是一个美貌的青年人,年纪大约三十开外,相貌聪明可爱,胡须是新剃的,穿着一件有皱襞的蓝色薄呢短上衣。他很像工厂里的工长,或者像一个主管人。我们坐在地上,谈了一个钟头光景,直到暮色笼罩在我们头上。

他从他的本乡朋友那里听到关于我的消息,知道我拒绝宣誓,每天在等候逮捕。他想劝我逃亡。他说他的朋友们会供给我安全的避难所;又说也许目前有一件事即将来临,这件事需要果敢的人去做。……

于是他向我叙述党所采取的计划。他说:需要推动力;预料有一天将有大批果敢的人出发到乡村去,召集会议,宣布土地全部归农民所有;在这里,需要把这件事向工厂宣布,因为工厂从初解放时就一直为了土地同工厂管理处打官司。他说我也许愿意参加这工作。

我心中怀疑。这种"恩惠"将用谁的名义来宣布? 由谁来批准这命

---

〔1〕 托罗彼次打铁场是一八七四年尼古拉·尼古拉耶维奇·鲍格丹诺维奇(1846—1881)在普斯科夫省托罗彼次县伏罗宁诺村他的领地上创办的。这打铁场为民粹主义宣传的目的服务。

令？做这件事是由沙皇出面,就像当时受到全体革命民粹派一致指摘的奇吉陵事件〔1〕一样,还是由刺杀沙皇的党出面？这一点我没有弄清楚;而且我觉得,鲍格丹诺维奇自己也没有弄清楚。我拒绝了逃亡。在那一旁,就在这冲沟的那头,苍茫的暮色中可以望见监狱的窗子。要不是叶纳基耶夫信任我的诚实的诺言,我现在就不会和鲍格丹诺维奇谈话,而是坐在这监狱中的一个铁窗里面了。我懂得:我对叶纳基耶夫的关系,比较起这个时时刻刻准备牺牲性命的人所用以衡量事件的那种规模来,是很微不足道的;然而我对恐怖行动及其后果都根本没有信心。……

　　我们谈了大约一小时,然后鲍格丹诺维奇站起身来,向城里走去了。我目送他那匀称而少壮的身躯在苍茫的暮色中消失了,然后回到我自己的住处去,一路上考虑着这个给我亲切而感奋的印象的人的未来命运。我认为他的事业是一种非常不幸的错误;然而诱导他和别的人去从事这事业的那种感情,在我觉得是亲近的,可了解的。

　　在不久的将来,有什么样的命运在等待他呢？他将到国外去,还是将和别的人一同从这个党的可怕的成就中汲取一切可能汲取的东西,然后……死去？无论怎样,我觉得我刚才是和一个真正的革命者打交道;而我的对付宣誓和对付拒绝宣誓的后果,比起笼罩在刚才离开我那个人头上的阴暗的恐怖来,真是渺小得很。分手的时候,他向我表示一种希望,说我登程之后,已经不受诺言的约束,也许可以在半路上逃脱,那时候我们可以用如此这般的方法相见。他曾经交给我一张假造的公民证,用的是前往募款建造教堂的契伦地方某小市民的姓名;但我记不清楚是

----

　　〔1〕　一八七七年,民粹派分子斯杰芳诺维奇等人在基辅省奇吉陵县建立了秘密的农民组织,准备发动反对乌克兰地主的起义。这时候,斯杰芳诺维奇曾竭力利用农民对君主制度的幻想,并假扮“沙皇特派员”的角色。结果起义军被沙皇政府击溃。——译者注

这一次交给我的,还是后来托人送给我的。我仔细地把这公民证缝在巴什基罗夫送我的短皮袄的衣领里了。

一八八一年八月十一日,判决书终于来了。这一天大清早,阴森森的警察局长带了一个警察来到我这里,向我宣布:我被逮捕了。我可以到我办公的地方去结束一下我的工作;然而到处都必须由那个警察伴随着。黄昏以前我必须准备好一切,搭那班夜车动身[1]。有两个宪兵会来押送我。至于押送到哪里去,他不知道。省长这时候不在城里。

火车八点钟光景开出。在这以前,警察不再离开我了。我和他一起到办公的地方去了一趟,把我即将离去的消息通知了马里科夫、伏洛霍夫和别的朋友们,然后和同事们告别。同事里面有不少知情达理而可亲的人,有许多人在临别时对我说出了真诚的愿望。我到洛保夫那里坐坐,去看看这时候正在彼尔姆的克利尔,在聚集于马里科夫家的朋友们中间耽搁了约两个钟头,然后,记得似乎是由伏洛霍夫陪伴着,回到了我的住处。警察局长和两个宪兵已经在这里等我。宪兵从警察手中正式地接受了我,我们就动身到车站去。我在车站看到几个同事,他们不怕替"国事犯"送行,使我感到很高兴。铁路管理局认为有必要在这一天作出决定,发给我一笔"奖金"。我服务时期不长,奖金数目微薄。符拉季

---

〔1〕 这一天(八月十一日)柯罗连科写信到格拉佐夫给他的弟弟伊拉利昂·加拉克齐昂诺维奇,信中说:"我匆忙地向你告别。又要到天涯海角去了。我拒绝宣誓,并且说明了拒绝的理由,现在要到西伯利亚去了。……"六天之后,他又在路上(从托博尔斯克)写一封信给他,说:"……关于这一次意外事故的原因,我不想多谈了,——我不愿意谈,而且谈起来也心烦。……我身体健康,钱也有,衣服也有。总而言之,必要的样样都有。我心境也泰然。当然啰,作这样的旅行是很不愉快的,天晓得有什么必要;然而因为我不能采取别的行动,所以也并没有什么可后悔的。不管命运把我带到什么地方去,我总可以工作,这就使我有力量等候好日子和自由的来到。并不可怕,只是懊恼而已。"(乌克兰国家出版社一九二三年版《书简集》第一册。)

米尔·伊凡诺维奇·德拉维亲自把它带到车站上来。

　　简短的临别谈话、月台上的热烈拥抱、车窗间的握手、朋友们和铁路宪兵的小小的冲突,——然后火车开动,把我载向东方去了[1]。……路途是否遥远,怎样的命运在等候着我,我都不知道。

---

　　[1] 这一次送行被当局看作"示威",其中有好几个人(扎卢德涅娃、巴纽津娜等等)后来被查办。

第四章　赴雅库梯州途中

1　宪兵莫洛科夫。在托博尔斯克监狱军事苦役刑部

　　车厢里几乎是空的。这里面还载着另一个行政流放犯;他们大概有意不让别的乘客坐到这车厢里来。我这位同行者由两个彼得堡宪兵押送着,因为他是直接从拘押所出来的。原来他在那里和我的好朋友格利果列夫(关十这个人我以前提到过好几次)囚室相邻,格利果列夫曾经巧妙设计,把我从白桦屯寄来的信转送给他。当我向他说出我的姓名之后,这个叫做古-奇[1]的人猛扑过来拥抱了我,其热烈使我吃惊;他把我紧紧地抱在怀里,仿佛我是他久别重逢的最亲爱的朋友。

　　在牢狱里和流放中,常常出现对同伴们——即使是偶然见面的同伴们——的这种狂热的态度。人们被截然地划分为"我们"和"他们"两个方面;有时对一方面过分轻蔑,而对另一方面过分热情。古-奇立刻和我讲话,那态度仿佛我们是同一阴谋的共犯者。而且他还讲起在我看来不应该当宪兵面前讲的话来。我把这意思暗示给他,他用德语回答说:这

---

〔1〕　即伊萨克・阿多尔福维奇・古列维奇(生于一八六〇年)。于一八七九年为秘密印刷所事件被捕,流放东西伯利亚三年。他是《农民移居西伯利亚》(1888)一书的作者。后来侨居美国,在那里逝世。

些蠢货听不懂知识分子的谈话。这时候我看见押送我的一个宪兵微笑一下,因此我坚决请求古-奇改谈别的事情。他懊恼了,甚至生了我的气。然而我自有我的理由。当我还住在城郊村子里的时候,有一次我的房东指给我看一个过路的醉汉,他身穿一件厚呢子的旧军大衣,光脚穿着一双破鞋。我那房东俏皮地笑笑,对我说:

"他是一个宪兵,是我的朋友。……他姓莫洛科夫,也许你听见过?……"

"是一个醉汉?……"

"他是故意这样的。……他准是在跟踪一个人。我告诉你:他是个眼睛最亮的包探。……"

果然,此后不久,侦察出了首都的一帮造假钞票的人,这帮人是暂时把活动转移到乌拉尔来的。这案件竟引起了首都报刊的注意。后来房东又指给我看这个莫洛科夫的时候,他已经穿着制服,我几乎不认识他了。

现在这个"包探"在押送我。他的相貌明察而敏慧。他好像根本不在倾听古-奇讲话;然而后来当我们乘三套车从叶卡捷琳堡出发的时候,他把这番谈话全部重述给我听,连古-奇用德文讲的话也包括在内。

"不过我并不需要知道这个,"他接着说,"在彼尔姆,哪里谈得到什么政令,而我们那位更加谈不到了。去年有人对你们铁路人员告密。一个人被逮捕了。上校就召我去,对我说:'莫洛科夫,你能不能打听出这是怎么一回事?我想,是些微不足道的小事吧。'我说我乐意尽力去打听。我就开始窥察你们职员之中某些人的情况。我改换了服装,到 Φ-в 先生——你该知道这个人吧——常去的小饭馆里去。我去巴结他。如此这般地说了一通。……我说,我也是在搞这方面的工作,你可不可以把我们在彼尔姆进行工作的情况告诉我？嘿,他一句话也不说,只是笑笑。'好吧,'我喝干了第二杯酒,又说,'既然你一点也不知道,那我只好去问别人了。……'我说了这句话,他可真是冒火了。……他用拳头敲着桌子说:'谁不知道这个？……我难道会不知道！……'他就一五一十地全说了出来。我如数报告了上校。……他说:'是呀,我原知道只不过是些废话。……'"

莫洛科夫讲起的 Ф-в,我是认识的。这时候他的形象就生动地出现在我面前:一个相当聪明的小伙子,可是性情狂妄,一双眼睛闪着惶惑不安的光辉,自尊心强得过分。我听到过这件事,其结果的确只是一件无谓的小事而已。

我和古-奇一同乘火车到了叶卡捷琳堡,然后乘三套车再走一段路程,就来到了两条路分岔的地方:一条路似乎通向雅卢托罗夫斯克,另一条路通向托博尔斯克。古-奇走雅卢托罗夫斯克大道。他显然为了我对他不够热情而伤心;我问他是否需要钱钞,表示我可以把我的数量不多的一笔钱分给他,他拒绝了。我懂得了:他需要一下子全有,或者索性全无。要末是热烈的友谊,否则索性连普通的同志关系都不要。我竭力向他说明:在流放中,三教九流的人都有,他不得不对所有的人都保持同志关系;而友谊则是命运的稀有的惠赐。然而他依然不受我的钱;我怀着几分悲哀的心情目送他在漫漫长路上渐渐远去。……我惋惜他伤心地离去,又预料他前程将遭逢许多失望。

果然,后来我收到他两封信。在第一封信里,古-奇痛责我的冷淡,说我给他的一番美意浇了一桶冷水。在第二封信里,感谢我对他的忠告。……雅卢托罗夫斯克的流放犯之间发生了一桩轰动远近的事件,这种事往往是由于缺乏积极的兴趣而发生的。两方面都向别的城市倾诉这件事的经过,要求组织仲裁法庭,并且提出抗议等等。古-奇的名字就出现在这场纠纷的正中心。

　　我们和古-奇分别之后,就沿着大道向托博尔斯克前进。莫洛科夫原来是一个很健谈的人,讲的话娓娓动听。他谈到我也认识的一些人,往往对他们作出非常中肯的评定。……他那双聪明的眼睛有时探究似的注视着我的脸,仿佛在问我:对不对?……我很喜欢听这个善于洞察人心的宪兵从自己的观点来发表关于彼尔姆的谈话。然而在这情况下所谈的话绝不能代表一般宪兵的观点。莫洛科夫比较喜欢侦查刑事案件,而他的上司是一个特殊人物。我离开彼尔姆以后,他在那里服务了似乎没有多久,就像他的好朋友叶纳基耶夫一样。叶纳基耶夫猝然去世,这一天阴森森的警察局长命令一切机关和学校停止活动;而宪兵区长更换了一个新的,这人在揭发预谋罪行方面较为热心,甚至用心于揭发莫须有的预谋罪行。

　　莫洛科夫在押送我之前不久,曾经押送另一个政治流放犯阿-夫[1]到托博尔斯克去。他和我谈到这个人的时候,我心目中又活生生地出现了一个非常典型的人物。这是一个扎依奇涅夫斯基派的雅各宾党人。

　　"这位先生,应该说实在话,是个好人,"莫洛科夫说,"只是性情非常急躁,真糟糕。……我和我的助手把他送到托博尔斯克去,一路上吃尽千辛万苦;尤其是在最初登程的时候。第一天夜里我就有点打瞌睡。这是赶路难免的。车铃子叮铃叮铃地响个不停,马儿嘚嘚嘚嘚地跑着小步

---

　　[1]　即瓦西里·彼得罗维奇·阿尔崔布舍夫(1854—1917),一八八○年被流放雅库梯州的维霍扬斯克。一八八五年回到中央俄罗斯,但一八九○年又被流放西伯利亚叶尼塞州省。曾著《西伯利亚自然经济》一书。在九十年代中成了马克思主义者,后来又参加布尔什维克,在彼得堡、萨马拉、乌法及其他城市积极参加革命工作。

子,这就由不得你不打瞌睡。可是忽然我觉得,有人把手伸进我的皮包里来。我一把抓住了这只手。

"我说:'你这是干什么,亚历山大·彼得罗维奇?'

"他说:'你以为怎么?你以为在我面前是可以睡觉的吗?我和你是仇敌,是仇敌自然就不能打瞌睡!如果给我拿到了公文,我还会拔出你的手枪来,砰的一枪干掉一个,再砰的一枪干掉第二个!要是马车夫来阻挡,把马车夫也砰的一枪!然后我爱上哪儿就上哪儿!'

"我说:'原来你是这样一个人?……'

"他说:'你以为我是怎么样一个人?告诉你:我不是白白地做现行制度的敌人。这就是说:我要和你们——和现行制度的一切仆人——作战。……'

"对这样的人怎么办呢?……我自己就算不相信他的话,我想他只是拿话来吓唬我的。可是我的助手害怕起来。他说:'一到前面的一个乡公署里,就得问他们要一副镣铐。'按规定我们的确有这权柄:如果囚犯捣乱,可以把他加上手铐脚镣。不过这是万不得已。这样做有什么乐趣呢!我说:'算了,也许不戴镣铐也可以对付过去。'我就把办法教给助手。到了下一个驿站,上车的时候,他躺在车子中央了,我们两个就紧紧地挤在他两边。我的身体,你瞧,是很结实的;而我的助手的身体比我还要沉重。'你们两个鬼东西怎么啦,'他说,'要把我压死了!'我说:'好,车夫,开车吧,开得快点。不要打瞌睡,要快点送到。'

"他咬紧牙齿,一声不响。这样走了半站路,他求饶了。他说:'真见鬼,说实在的,你们要把我的骨头压断了。……算了吧!''那么你还掏我们的皮包,偷我们的手枪吗?'他说:'好吧,我不再这样了。算你们气力大!''你能起誓吗?'他说:'我起誓,以革命者的名义起誓。'于是我对助手说:'好,放开他吧。'助手不敢放;我又对他说:'别怕,他以革命者的名义起誓,会遵守的。'果然,这以后一路平安无事:我们和他一起吃,一起喝。……后来似乎还出过一次乱子。车子开到一个驿站,我带着公文下车去了,助手留在车子上。有一个路过的官员,偏偏在这时候从驿站里走出来。他的马车恰巧准备好了。他走到台阶上,鬼支使他对我的助手说了些关于这流放犯的话。无非是什么'要好好地看守'之类。那一个听了这话很不高兴。就你一句我一句地争吵起来,后来我的亚历山大·彼得罗维奇跳出车子,直奔向那个官吏。……一个逃,一个追,在马车旁边绕了三圈。这时候我的助手把他拦腰一把抱住,这官吏才得坐上车子,一溜烟跑了,免去了灾难。……这个亚历山大·彼得罗维奇是个怪人。我们的车子无论开到哪一个小城市里,经过监狱的时候,他总是立刻从车子里站起身来,扯着喉咙大喊:'瑞娘,瑞娘!……'我说:'你嚷什么?'他说:'我在找我的未婚妻。……她也许在这里吧?……'对他真是又好笑,又好气。到了托博尔斯克,我们规规矩矩地把他交卸了,竟像知己朋友一样和他道了别。……不过交卸清楚以后我还是划了十字,谢天谢地!"

八月十五日傍晚,我们进了托博尔斯克城。当我们的三套车经过某条街道的时候,从一个院门里开出一辆四轮马车来,车上坐着我已经认识的那个漂亮的警察局长,头戴一顶哥萨克毛皮高帽。他迅速地跳下车子,向我们跑过来。

"啊呀呀!我看见什么了?……这不是柯罗连科先生又来了吗!唉,唉,唉!去年我对你说过。……这一回你回去,可别再来第二次啊!……"他对马车夫喊道:"到省长那里!……"自己的车子就走在前面。

　　记得省长叫做勒索果尔斯基,他并没有要我耽搁很久。他听到了我的姓名,好奇地对我望望(我发表在《语言》杂志上的那篇论文[1],大概在托博尔斯克的人们看来是一桩大事件),亲切地答应立刻把我的一些信件给我转寄出去(并且果然实行了)。然后由警察局长引导,我们向监狱出发[2]。

　　那位典狱官老爷(我在文章里对他的评价不大好)起初同警察局长窃窃私议了一会儿,后来又和看守长咬耳朵。到了天色向晚的时候,他们才叫我跟着典狱官去。我们走出了我所熟悉的大门,然而不像去年那样向右拐,却向左拐,走到了另一扇大门前。我看见大门上边写着这样几个字:"军事苦役刑部"。锁好的便门开开了,我们走进一个狭小的院子里。这里一边是圆木造的一所长长的军需仓库,紧接着监狱的墙壁;另一边是一所石造的平屋,上面有一排装栅栏的窗子。剃光头的军事苦役刑犯从这些窗子里目送着我这个新来的非军人走过。我以为他们马上要把我带进这公共狱廊里,在那里,狱友们将要纷纷向我问话,同我谈天了。然而典狱官在这石屋尽头跨上了台阶之后,并不走进走廊里去,却在一扇锁着的门面前站定了。门打开之后,我们走进看守住的一间狭窄的小房间里,然后又是咔嚓一声,打开了另一扇门,我终于来到了一个狭小的囚室里。我的行李跟着搬了进来。典狱官进来的时候,正好碰着军官带了一队兵士也走进来点名;这样,我进这苦役刑的单人囚室时是

　　〔1〕　指《未决囚犯部的临时居住者》。
　　〔2〕　在符拉季米尔·尤查科夫的短评《符·加·柯罗连科在彼尔姆》中,引证了下面关于柯罗连科到达托博尔斯克监狱的一个文件的内容:"兹由宪兵军士赫利桑夫·莫洛科夫交来国事犯符拉季米尔·柯罗连科五十八卢布七十二戈比正。此据。一八八一年八月十五日。托博尔斯克监狱典狱官卡拉梅舍夫。"这收据保存在莫洛科夫(死于一九一三年)的文件中,据作者说,后来由莫洛科夫的儿子转交给彼尔姆科学博物馆。

由整整的一队兵士和军官伴送着的。我似乎觉得典狱官带着幸灾乐祸的得意神情向我看看,然后大家走出去了。我忽然若有所思。……就开始环顾四周。但见墙壁上有刻得很深而后来被刮去了的题字的痕迹。一点也不错:第一个字显然是个"福"字。再看那个窗子,在台阶和监狱墙壁之间被高高的木板遮住,因此望出去只能看见一小块天空。这样看来,我被关在福明所住的囚室里了。……

我在这囚室里度过的那几天之内的感想,已经记录在我那篇自传体特写《诱惑》中[1]。这里无须重复叙述了。现在我只是简单地说一说:我仔细察看这囚室后,在床铺背后找到了我去年送给福明的一张字条、几个钢笔尖和一块墨。……由此看来,无可置疑了。

我不能说我特别敏感或胆怯,然而在这种情况下,我开始产生了阴郁的思想。为什么他们把我这个移解犯安顿在福明住了多年不得出头的这个囚室里?……他们固然把我的皮箱留给我,而且里面还有纸笔。然而这也许只是奉到最后指令以前的暂时办法。我回想起了叶纳基耶夫的话:法典没有规定拒绝效忠宣誓该如何处理;而行政命令将把我怎样安排,他不能预料。去年当我写刚才找到的那张字条给福明的时候,整个俄国都在谈论"心的独裁"和当前的改革。现在则是黑暗的反动势力在统治着。这个囚室里仿佛还有我的一个大约是死在这里的先驱者的幽灵在徘徊着;我住在这里,不必具有特别的敏感,就可感到未来的不可知和黑暗。

有两个看守轮流监视我。一个态度粗暴,形似野兽;另一个则相反,

---

〔1〕　见俄文版《柯罗连科全集》第一卷。

我觉得很可亲,他常常悄悄地和我谈话。九月十九那一天[1],他告诉我,说今天有一只轮船带着一只载政治犯的拖船将要经过托博尔斯克,上头也许会打发我乘这条船走。然而这条船到达之后,停了一会儿就开走了。这里有一个大山,去年我们曾经从这山上欣赏托博尔斯克的美景;当轮船的悠长的汽笛声在这大山背后的河面上静息了的时候,一阵忧伤涌上我的心头。我很少作诗,然而这时候写了一首短短的诗。现在全文已经记不起来,只记得这首诗开头是写这囚室给我的第一个印象:

> 兵器马刺绕我身,
> 军刀铿锵响不停。……
> 牢门铁闩落地上,
> 哗啷之声如雷鸣。

结尾几句,语气十分忧伤:

> 我身陷入小天地,
> 只见窗中一点明。[2] ……

在前面所提到的那篇自传体特写中,我详细地叙述了"军事苦役刑"

---

[1]　这是作者的笔误,应该是八月十九日。在下面的叙述中可以看到:九月四日柯罗连科已经在托姆斯克了。

[2]　柯罗连科对于自己的诗篇试作,从来不曾满意过,他并不重视这些作品。他的档案中只保存着几篇波兰诗的试译稿、若干篇游戏性的谐谑诗,以及这里所提及的一首诗。这首诗的全文载在俄文版《柯罗连科全集》的序言中(参看全集第一卷一一至一二页)。

囚犯们所给我的"诱惑"。

我在点名之后出去放风的时候,看见军需仓库的墙壁上有许多木片塞在壁缝里,形成一个梯子,直达监狱的墙顶上。……我只要爬上墙顶,跨两步,就可从这监狱墙上跳到空地上。

监狱尽头有一个窗子,从这窗子里可以望见院子的一角,而这一角是警卫兵和坐在院子另一端的大门边的看守所望不到的。有一个囚犯从这窗子里指指点点地向我做手势。这是什么意思? 他有什么目的? 我到现在还不明白。这只是这个坐在四堵墙里不胜寂寞的"孤客"的一种好奇行为呢,还是对被关进多年以特殊方式囚禁福明的这间囚室里的我表示好意呢? 为什么这些苦役刑犯自己不利用这看来很方便的方法来越狱呢? ——这一点我到现在还弄不懂。我只知道诱惑力很大,于是,我虽然满腹狐疑,终于决定越狱,已经在这权充梯子的木片上爬上四五尺了。要不是那个和气的看守散步时带着的一只样子很驯良的小狗偶然来干涉我,那我这行动将产生怎样的结果,我现在是否还能记述这些回忆,都不得而知了。……这只狗显然具有狱吏的本能:它平日对我很亲昵;这时候却吠叫着向我冲过来,爬上一个垃圾堆,用牙齿咬住了我的大衣的衣裾,我只得从梯子上跳下来,这时候看守跑过来喝住了这只小狗;第二天,来了两个宪兵,要带我继续赶路了。那个漂亮的警察局长又来送我,又向我忠告,劝我干脆做了西伯利亚居民,给自己物色一个妻子,购置一所房子。我问他:为什么把我这个行政命令的移解犯关在军事苦役刑监狱里? 他笑笑,回答说:

"在这里见闻少些。我们不喜欢有人记述我们的情况。……"

他以前那句预言并没有实现,因为我又回到西伯利亚来了。这个活跃的哥萨克警察局长大体上给我很好的印象;可是后来我向托博尔斯克人探问这人的情况时，听到了一个奇怪的消息：他的下场很不体面。他认为警察局长的任务光是捉拿小偷和骗子，不能使他满足；因此他又添加了一种活动，担任了……一伙盗马匪帮的头目。这件事当时曾经轰动一时。

　　照官方规定，要用驿马车来载送我。我们初登程的时候是按照这规定办理的。然而宪兵认为走了一段路之后转道到鄂毕河的一个码头上去走水路，对他们说来比较方便。记得那天晚上要渡过一条河，这时候我怀着一种特殊心情眺望着河上的远景、月光下的树林、弥漫在洼地里的夜雾。……我们渡过河去，在朦胧夜色中模模糊糊地看到一群人。其中有一个戴尖顶羊皮帽的高个子鞑靼人向我们的有篷马车里望望，对人群中站在他旁边的几个汉子说：

　　"沙皇的仇敌。……"

　　我初次听到对政治犯用这个名称。然而我在这定义中听不出愤慨和责难的意思。……

　　马车沿着村道来到一个码头上，我们就乘坐了"那雷姆"号轮船，走水路到托姆斯克去。这办法对宪兵们说来经济得多；对我说来，路上也比较舒服。我乘着轮船在荒凉的两岸中间行驶，几乎不觉得自己是在监视之下。这里已经是轮船的最后一段航程，乘客很少了。虽然还只是八月底九月初，鄂毕河上已经常常可以看到远处堆着积雪。有时为了装载木柴，船头驶近一个陡岸，从岸上架上跳板来；我就和一个萍水相逢的同路人上岸去走走。这是托姆斯克或许伊尔库茨克的一个商人，颇有知识，对我表示同情。记得有一次我们的船停靠在良明松林。除了松林的持续不断的啸声之外，四周肃静无声。河岸上只有看守木柴的人住的一个窝棚，百步之外有一间小房子。我们走近这房子去，但见那门开了一条缝,门缝里探出一双锐利的、几乎还有孩子气的眼睛来,而这小伙子的手里却亮闪闪地显露出一支步枪的枪口。

"你这是干什么,小伙子?"我的同路人问。……

"我看着,不让你们在这里偷东西。"那小伙子率直地回答。

有时轮船正在行驶的时候,有奥斯恰克人的小船靠到我们船尾上来。我初次看到这情况,以为这只双桨小舟是被轮子上进出的白浪卷过来的;然而过了一会儿,奥斯恰克人已经用缆索把他们的小船系在我们的船尾上,敏捷地沿着绳索爬上轮船来,站在微笑着的水手们中间了。他们运来了鱼。"酒,酒。"他们快乐地要求。拿鱼换了酒之后,他们再沿着绳索爬回自己的小船里去,这回往下爬,身子就略微有点摇晃了。他们的小船重又钻进白浪里,然后向轮船后面的拖船靠拢去。这种人性情温和驯良,体质柔弱,然而动作非常灵活敏捷。到我们轮船上来的奥斯恰克人之中,有一个人竟连鼻子的痕迹都没有。……"文明"显然已经深入到这地方了[1]。

2 在托姆斯克。"拘留监狱"。省长的哲学。造假钞票的人

九月四日,我们来到托姆斯克;我们在鄂毕河上度过了冬天般的日子后,到这里来碰上了几乎还是夏天一样的气候。这一次,他们把我带到省长办公厅去了一趟之后,并不把我关进转送监狱,却关进囚犯们所

---

[1] 一八八一年八月二十七日至三十日额尔齐斯河及鄂毕河上的旅途印象,由作者当场记述在他的杂记本中。这些记事被收载在《日记》第一卷(乌克兰国家出版社一九二五年版)和《一八八〇至一九〇〇年记事册》(国家文学出版社一九三五年版)中。

说的"拘留监狱"里[1]。这是一所破烂的房屋，没有围墙，那些栅栏窗仿佛厚颜无耻地直对着街道。住在楼上栅栏窗里的囚犯，常常同街上的人互相说笑，有时竟是肆无忌惮地说笑。我们必须从胡同里绕过这所房子。绕到那一头，才有围墙和大门。我们在大门口被阻住了。当他们在进行交涉的时候，我得暇看到了一种有趣的光景：通过半开的便门，可以望见监狱的菜园子里有一个穿棕色大衣的绅士，旁边围着一群狱吏和几个手持铁铲的管菜园的囚犯。这绅士原来是托姆斯克的省长梅-洛夫[2]。他显然是刚刚发现了一种不良情况：他在一颗白菜上看到一个软体虫，正在把它指给典狱官看。典狱官恭敬地对他鞠躬，接着副典狱官、看守长等等也都一个个地鞠躬。

然后我们被带到办公室里，要在这里等候典狱官的来到。我在办公室里看到一种情景，使我永远不能忘记。在一张围着栅栏的桌子旁边，坐着副司法稽查官，他是每两星期来一次，来解答囚犯们关于他们案件的进展情况的询问的。一群囚犯互相倾轧着，紧靠在栅栏上。

"伊凡·西多罗夫大人，我的案件怎么样了？……"

这官员把公文翻了一会儿，回答说："这案件在××区的陪审员那里。"

"天哪！已经几个月了，他还不来提审我！……"那个囚犯绝望地叫嚷着。

---

[1]　在刊登于一八八六年《俄罗斯公报"》(二九〇、二九八、二九九、三〇五、三一二、三一八、三二〇、三二五、三三一期)上的特写《拘留监狱》中，作者详细地叙述他住在这监狱中时的印象。这篇特写的全文发表在柯罗连科的《西伯利亚特写及短篇小说》(国家文学出版社一九四六年版)一书中。

[2]　即瓦西里·伊凡诺维奇·梅尔察洛夫。

　　他就被挤开；别的囚犯上前来探问，都得到同样的答复。这情况给人一个印象，仿佛托姆斯克的案件当时全部处在停顿状态，这一群囚犯在这里永远被遗忘了。囚犯们之间的骚动随着这种问答而增长起来，时时迸发出几句恶毒的谴责声，有时竟是咒骂声，骂的是这个也许完全无辜的官员。有一桩案件特别引起了愤慨。附近村子里有一个农民有事进城来。警察向他要公民证。公民证没有，警察为此就把这农民抓起来。抓起来而且……把他关进监牢里。这件事是极简单的：只要打听一下他的身分就是了。他所住的村子就在附近。这期间囚犯的亲属来探望他，大伙儿替他出了一张保状，村长特地拿了这保状进城来交涉；可是这案件一直长眠在某某区的陪审员那里，而这农民一直坐在监狱里，每两星期得到一次同样的答复。……当这一次副司法稽查官又对他作同样答复的时候，农民伊凡·拉利昂诺夫简直放开嗓子怒吼起来。伊凡·拉利昂诺夫的案件仿佛总结了这一大群不幸者的印象。我开始替这个可怜的官员的命运担心，因为那栅栏在囚犯们的压力之下格格作响了。连押送我来的两个宪兵，对于这异地机关也忍不住表示愤慨了。……幸而那官员匆匆收拾好公文，从办公室里溜之大吉。要不然的话，这件事结局如何，是很难说的了。

　　就在这时候，省长(梅-洛夫)却在菜园子里聚精会神地查究白菜上的软体虫。囚犯们知道了，就央求我提出申请，说我有事要见省长。他们说："他听说你要见他，就会来的。而我们哪怕是死在这里，也不关他的事。"我同意了；然而，当本来和省长一同在菜园子里的典狱官来到的时候，我们才知道省长已经走了。……典狱官答应把我的申请转达省长。这就给了囚犯们一点希望：乘这机会，他们也可以申诉他们的不平了。

托姆斯克有几个在"心的独裁"时期回来的流放犯，我已经从他们那里知道了一些关于这省长的情况。梅-洛夫起初讨好流放犯。其中有一个人(波斯彼洛夫)写了些通信稿和论文，刊登在西伯利亚的报纸上。梅-洛夫知道了这件事，就邀请这个人到他那里去，对报刊表示了热烈的同情。然而，此后当报刊上登出了几篇触犯托博尔斯克行政当局的通信稿的时候，这种客气的态度就消失了。省长大人显然认为："对报刊表示同情"，只要足以保证本省不致受到不快的揭发就够了。

我的申请发生了作用，第二天省长大人果然光临了，他不但来到监狱的菜园子里，甚至还访问了监狱。我想出了一个口实：我和一个疯子被关在同一间囚室里；而典狱官声称：不得省长许可，不能把我迁移到公共囚室里。我的同室人是一个叫做拉比诺维奇的政治犯，他曾经参与很有名的案件，这人现在好像已经被从卡拉送到喀山的精神病院去了。当时我在这囚室里晚上不得安眠，因为拉比诺维奇不断地抽囚犯们给他的香烟，后来抽完了最后一支，就像自动机器一般坐在床上，反复地说着同一句话：

"给我香烟……你有没有香烟？……喂，给我香烟！"

我不能入睡，直到天亮。

早上才知道：省长到监狱里来了。囚犯们都被赶进囚室里，门上了锁。照后来的情况来看，这预防工作竟是少不得的。梅-洛夫一直走到我的囚室里，一进来就发现一种不良情况：墙壁上有潮湿的斑点。他听完了我的申请，吩咐给我换一个囚室，然后来到走廊里。在这里，从两旁所有的囚室里传来狂暴的叫号声：

"大人！……到我们这里来！……到我们这里也来一下！……到我们这里也来一下！……我们要控诉……"

　　整个号廊里发出一片嘈杂声,仿佛被惊扰了的蜂窠;有几个囚室里,除了狂暴的叫号之外,竟又发出打门的声音。梅-洛夫身体瘦削,性情暴躁,他两眼充满怒火,显然把这种叫号声看作极度的混乱状态,甚至看作暴动。他命令打开我斜对面的一扇门,走了进去;我断断续续地听到他的一些粗暴的话。我所听到的不是全部,然而我所听到的和后来别人转告我的话,其官僚主义的厚颜无耻使我大为吃惊。这些话的内容很简单:你们是什么人? ……囚犯,那就是犯了罪的人。你们想控告谁? ……控告官员,那就是控诉沙皇的仆人。而我应该相信谁:相信罪犯呢,还是相信沙皇的仆人? ……因此,不许控告! ……

　　这三段论法在梅-洛夫显然是认为无可辩驳的,这就结束了他对第一个囚室的访问。……省长走了出来;在短短的一阵喧噪之后,警卫兵就把这囚室的门关上了。然后,被狱吏们竭力压制在各囚室里的愤怒和不平,在整个监狱里沸腾起来。省长紧锁双眉,对这些暴动者怒目而视,向前走去。他经过一间囚室的时候,里面的一个囚犯突然狂叫一声:"你们的真理在哪里! ……"省长就命令打开这个囚室的门。然而在这里,省长又说了那几句所罗门式的简短而不容分辩的话,就此了事;接着便是囚犯和警卫兵的喧噪声。然后,出口处的滑车格吱一声,走廊门砰的一响,省长的访问就结束了。……有一个人被带到密室去了。……有一段时间号廊里人声鼎沸,各处发出叫声、骂声和打门声;然后……喧嚣声渐渐地静息下去。囚室的门开放,让大家去吃饭。整个监狱的人都觉得饿了。

　　其实,只要作极表面的观察,就可知道"拘留监狱"里绝不是完全平安无事。且不谈对于案件被延搁的悲愤的控诉,这监狱如此破烂,也是我从来不曾见过的。囚犯们穿的衣服褴褛不堪,连贴身衬衣都不一定遮得住身体。我至今还记得一个被监禁的小商人的神态活现的模样。这人坐在特权囚室里,穿一件浆硬的胸衣,束一条红色的领带;然而一面挺起胸膛,一面拼命用破烂的长袍的下摆来遮盖两条腿。从囚室里发出来的控诉之中,可以听到这样的话:"你自己看看:我们穿的是什么衣服!破烂到极点了。"

虽然省长做了一切可以引起暴动的行为,虽然有几个"不守本分的"囚犯分明在努力号召全体囚犯作一种明显的表示,可是风潮不久就平息了。有几个熟悉内情的囚犯向我说明:闹事的大都是监狱中的小人物,即所谓"西班牙绵羊",而贵族囚犯即那些"伊凡们",并不支援他们。典狱官显然懂得是跟谁在打交道。当省长发现墙壁上有潮湿斑点、白菜上有虫的时候,他颇乐意认错;同时他又善于同监狱中有势力的人和睦相处。监狱里容许饮酒宴乐,这样就收买了这些"伊凡们"。……

我被调迁到了"特权的"贵族囚室里,这就获得了在整个监狱里自由来往的许可。我有机会更接近地熟悉监狱里的刑事部门,这还是第一次。因此我要记述其中几个突出的事件。首先,我在这里看到了去年我和福明通信的结局。读者该记得:那时候囚犯长曾经忠告我,说我托他转交信件的那个囚犯是个坏蛋,会欺骗福明。后来这话果然证实了:福明写几封信到中央俄罗斯去,信中说,他(他的暗名是 Ursus)被关在托博尔斯克的单人囚室里,要求寄些钱给他。然而因为寄钱的时候不能写他的真姓氏福明(他对当局隐瞒这姓氏),于是他用了这囚犯的姓氏。记得这囚犯的姓氏是谢苗诺夫。这人果然是个骗子。他的监禁即将期满,出狱后要去做移民。他收到了福明的钱,就据为己有。……然而监狱中的复仇女神已经向他伸出惩罚之手来了。事情是这样:谢苗诺夫来到托姆斯克监狱的时候,正好我住在那里,随后,囚犯们得到了关于他的行为的报导。他们就狠狠地殴打他。囚犯们告诉我,说这里有一个"大伙儿的叛徒",躲在空囚室的板床底下。……结果他总算请求典狱官把他关在密室里了。我在那里通过监视孔望见他,知道这是我以前认识的那个人。他的健康情况很糟,因为被打得太凶了;而且最不幸的是他还得转移好几个地方,每到一个地方都要挨打。……他痛楚地体会到一种阴郁的预感:恐怕未必能够活着到达目的地。他起初以为这件事不会被揭穿得这么早,他还来得及到达移住地点;然而希望落了空。……我没有勇气去谴责他,就努力设法通过囚犯们所信任的几个人去缓和囚犯们对他的关系。然而谢苗诺夫如此对待福明,被认为"大伙儿的叛徒",因此不能获得特殊的宽容。谢苗诺夫以后的命运如何,我就不得而知了。

我离开拉比诺维奇的囚室后被调迁到另一个囚室里。这里面有三个人,其中有一个是这监狱里以前的副典狱官,态度严肃而性情忧郁。他现在只得处在从前的下属的监视之下了。住在另一个特权囚室里的一伙人,更有意思。特别使我感兴趣的,是朋友两人。如果我没有记错的话,一个叫做彼卡尔斯基,另一个叫做奥夫湘尼科夫,或许是奥夫湘金。这两个人都是青年,当过乡文牍员。他们显然怀着在西伯利亚半知识分子头脑里作怪的一种思想。他们拟订了一个抢劫邮件的荒唐计划。然而,实行了计划,抓住了熟睡的邮递员和吓破了胆的马车夫之后,他们没有下"一不做,二不休"的决心,却相信了这两个人的誓言,把他们放走了。不久,他们遭到来自附近村子的围捕,就被捉住了。……

"过去的行径都是愚蠢的,"奥夫湘金和我在走廊里踱步的时候对我说,"今后我们将采取另一种办法。……"

"如果不是保密的话,这是怎样的一种办法呢?"我问。

"在省金库底下掘地道,像工程师萨希卡[1]那样。"他回答。

"抢劫邮件或者金库难道是有必要的吗?"我问。

"我们是'为了事业'。"奥夫湘金回答的时候不免有点神气活现。他的朋友性情沉着而严肃;他自己却是感情相当外露,性情软弱而富于幻想。总之,亚历山大·尤尔科夫斯基的榜样,给半刑事犯们强烈的印象。后来我从一个叫做索罗金[2]的人那里收到一大部原稿,其中详细地记录着他在格罗德诺省金库底下掘地道的情况。……

就在这托博尔斯克监狱中[3],我还认识了一个很有意思的人。彼卡尔斯基和奥夫湘金的囚室,可说是这"拘留监狱"的知识分子中心。彼卡尔斯基本人的姿态很特别:肩膀像小孩子一般狭小,嗓音低沉而宏大;在梅-洛夫来到而引起混乱的时候,他的声音像雷鸣一般传遍整个号廊。他显然很想号召那些"西班牙绵羊"起来反抗,看见他们不懂得保护自己的利益,便显出轻蔑的愤慨。此外,他的囚室里在制造帮助越狱用的各种证件。世界上一切都是相对的,我每次走进彼卡尔斯基的囚室,总有一种感想,觉得这个刑事犯倘使处在别的环境里,可以成为一个非凡

---

〔1〕 费多尔(不是后来柯罗连科所说的亚历山大)的暗名。他的父称和姓是尼古拉耶维奇·尤尔科夫斯基(1852—1896)。他在七十年代时参加民粹主义运动。一八七九年组织一批人在赫尔松省金库下面掘地道。一八八〇年被捕,由基辅军区法庭判决苦役刑二十年。被遣送到卡拉。一八八二年春天和其他七个苦役刑犯一起越狱,被抓住了,他的苦役刑期又增加了十年。一八八三年被囚禁在彼得保罗要塞中,后来调往施利色堡,死在那里。

〔2〕 此人在八十年代末期把自己的回忆录交给柯罗连科。这回忆录的写法完全不是文学性的,由柯罗连科加以修改,又写了一篇前言,定名为《商人斯捷邦·亚历山大罗维奇·索罗金的刑事犯生涯(根据本人的回忆记录)》。这部篇幅巨大的原稿保存在柯罗连科的档案中。

〔3〕 柯罗连科弄错了,不是托博尔斯克监狱,而是托姆斯克监狱。

的人物;又觉得他这个人所占的比重,不但比监狱里的"西班牙绵羊"或者"伊凡们",甚至比"大人"还重要得多。

　　我这里有几幅我所作的流放生活的素描,其中包括白桦屯、福明的囚室、托博尔斯克转送监狱的院子〔1〕等题材。彼卡尔斯基囚室里的人津津有味地欣赏这些作品。有一个好像叫做伊凡·伊凡诺维奇的囚犯,看这些画看得特别仔细。这人说得一口好俄语,但是不像俄国人,却有点像德国人或拉脱维亚人。正像彼卡尔斯基一样,在他身上可以看到高出于一般囚犯的品格。他以内行的态度欣赏了这些图画,第二天拿一张一卢布的纸币来给我看。

　　"你对于这个一定是在行的,"他说,"你说这张钞票造得好不好?"

　　我知道这是一张假钞票,然而造得很出色,简直和真的分辨不出来。原来伊凡·伊凡诺维奇也是一个艺术家——一个造假钞票的人。据说他"发动"了几家闻名一时的西伯利亚商号,这些商号以推销他的制品起家。他们在森林中自己的村子里办了一个工场,把制造出来的假钞票拿到离当地较远的地方去脱手。这时候两方面都警惕着。商人方面生怕技师们沉不住气,或者醉后失言,传播出去。……流行着一种悲惨的传说,说这些森林工场在或多或少生产过一段时期后,有时连同那些"技师们"被一把火烧得干干净净。

　　伊凡·伊凡诺维奇给人以沉着而严肃的印象;对于他,可以不必担心走漏风声。相反地,这一次他自己由于一个西伯利亚人不够沉着和谨慎而落了网。事情是这样的:生产还没有完毕,只制造了一批一卢布钞票。那西伯利亚人是贩卖牲畜的,有一次去买牲口,在同一个地方买了

---

　　〔1〕　不是托博尔斯克,而是托姆斯克。

许多,付了厚厚的几叠这种一卢布钞票。有一个贩子注意到了这情况,发现所有的钞票上号码都是一样的。

这种钞票造得的确精美,我称赞了一番,伊凡·伊凡诺维奇就走出囚室去,没想到他回来的时候,拿了一叠钞票来送给我。

"你收下吧。……天知道你以后还会遭遇到什么。……"

我拒绝不受,他就坦然地把钞票藏在袋里了。……

当时彼卡尔斯基和奥夫湘金也在场。彼卡尔斯基看见这情景,默不作声;奥夫湘金却忍不住开口对我说:

"你应该到修道院去,不该做革命工作。……"

他说出了一个最近被解送到托姆斯克省北方去的政治犯的名字,这人就没有这种拘谨态度。

伊凡·伊凡诺维奇托监狱外面的人给他弄来一块石印印版,好好地隐藏起来;他竟在监狱里恢复了假钞票的生产。我不知道监狱管理人员是否参与这勾当。我只知道就在那时候,西伯利亚有一个监狱(下乌丁斯克监狱)简直是制造伪币的工厂。所有的囚犯和监狱管理人员全都知道这件事。一批人制造,另一批人去脱手。我们那批政治犯(我留在托姆斯克了,没有和他们在一起)在这监狱里看到了十分自由的风气:买烧酒所费的钱并不比外面贵。这件事结果如何,我不知道;然而下乌丁斯克监狱当时在刑事犯中间享有广泛的声誉。

我还要在这里讲一讲我在那个"拘留监狱"里所遇到的一个人。有一次我和彼卡尔斯基、伊凡·伊凡诺维奇三人一同到监狱的教堂里去。这教堂本身给我特殊的印象。囚犯们站在祭坛正对面的上敞廊里。中间的一块地方是给"自由信众"和监狱长官们站的;两旁留出狭长的两块,下面用木栅栏隔开,稍高的地方还张着铁丝网,是给特权囚犯站的。

祭坛供桌后面正中央没有供圣像,却画着一幅很大的基督受刑图。画中的大十字架和受刑者的巨大的身子截然分明地显出在一扇大窗子的背景上,这窗子上也全部装着监狱用的粗栅栏。伊凡·伊凡诺维奇看见我凝视着这景象,便乖觉地微笑着对我说:

"是啊,……基督也被关在铁窗里了。……"

这是很自然的:监狱里的教堂,窗子上不能没有铁栅栏。然而后来我在特写里提到了这一点,才知道关于受刑的基督关在铁窗里的事,单是提一提就是非法的[1]。……有一些象征的记述是完全真实而不可避免的,然而在检查机关听来还是觉得刺耳。

我一面思索着这情况,一面倾听老司祭的朗诵声,这时候我的同伴叫我注意跪在我们前面的一个人。这是一个老头儿,身上戴着镣铐,正在热心地膜拜,嘴里似乎还在虔诚地祈祷着。

"你瞧这个虔诚的老头子。"伊凡·伊凡诺维奇用不客气的态度相当大声地说。

祈祷的人听见这不客气的话就转过头来看我们。但见这个人脸色憔悴,老态龙钟,下巴上长着一绺狭长的胡须,目光锐利逼人。这张脸上蕴藏着无比的愤怒,竟使我害怕起来,然而彼卡尔斯基和伊凡·伊凡诺维奇一点也不惊慌。后来我们离开教堂之后,他们给我讲述了这老头儿的奇怪的身世。原来这是"忏悔者"教派的头脑。这教派认为:"不忏悔就不能得救,不作孽就不能忏悔。"这么说来,为了得救,就必须作孽。关

---

〔1〕 柯罗连科这里是指他的特写《拘留监狱》。这篇特写在《俄罗斯公报》上发表时,描写铁窗里的基督像和这情景对作者所产生的印象的那一段被检查机关删掉了。在作者逝世之后,这题名为"象征"的一章方才在《往昔之音》杂志(一九二二年第一期,六月号)上发表出来。

于这奇怪的教义,我不能作更精确的解释。我只是听他们说,这个人是一伙剽悍的强盗的头目,下狱已经不是第一次,但每次都被他向西伯利亚司法机关赎免了。这一次他被戴上了镣铐,然而他在监狱中享有特权地位,因此我的两个同伴认为,这回他也一定能够摆脱干系。他们两人对这虔信的老头儿的深恶痛绝,使我感到吃惊。别的囚犯们把他看作一个重要人物,对他都怀着几分敬意。彼卡尔斯基和伊凡·伊凡诺维奇却认为没有必要隐瞒自己的感情。……

　　不久之后,我和一个年轻的马车夫出发到克拉斯诺雅尔斯克去,这人和我说起"心腹话"来,他对我说,他也坐过监牢,并没有犯罪,只是由于自称为流浪人之故。……这人的性情怪异而阴郁,有一个时期由于一种未成形的追求真理的意图而感到异常难堪的苦闷,使他不得不去"接受自愿的十字架"。现在他已经摆脱了这时期,甚至还结了婚,正过着安闲的家庭生活。在西伯利亚,虽然"旧仪式"采用得极为普遍,宗教分化的现象一般说来还是很少的。然而蕴藏在这个人心里的,正是分裂教派的要求。我回想起了"拘留监狱"里的老头儿,就把这个朴直的苦闷心灵和那个阴森森的伪善凶手的形象在想象中联结起来。我尽我所能地把这种结合描写在《凶手》这个短篇小说里[1]。然而尽管我努力打听忏悔者这个奇怪教派的详细情况,却一无所得。我只听到几句俗语,譬如:"罪孽和拯救毗邻而居""不忏悔就不能得救"等等。然而,井井有条的、多少被概括成严整系统的教义,我却没有碰到过。这个凶险的、阴森森的老头儿和他的影响,可能是独一无二的现象。

---

〔1〕　见俄文版《柯罗连科全集》第一卷。

3　在克拉斯诺雅尔斯克。陀尔古欣、马拉夫斯基、崔普洛夫、叶美良诺夫

我在"拘留监狱"逗留了四天,九月七日傍晚,由两个宪兵押送着,从托姆斯克出发到克拉斯诺雅尔斯克去了。

我们经过马林斯克和阿琴斯克时没有停留,第五天上就来到了克拉斯诺雅尔斯克。我照例被带到省长办公厅去;这时候我向省长提出,请求他允许我在这里耽搁几天,同住在这城里的亲人会会面。省长洛赫维茨基表示同意,而且态度相当客气。其实我如果不请求,恐怕也会在这城里耽搁下来的。

在监狱里我却受到了相当粗暴的接待。当时的典狱官是一个叫做奥斯特罗夫斯基的人。以前在托姆斯克我看到过去当副典狱官的人变成了囚犯;在这里则相反,一个从中央俄罗斯发配来的囚犯现在充任了典狱官的职位。起初他通过私人关系到某办公厅里去供职,后来设法恢复了权力,终于在曾经招待过他的那个监狱里当上了典狱官。他的亲身经验并没有使他特别向往人道主义。反之,奥斯特罗夫斯基是以任意胡为和虐待囚犯著名的。

不知道他根据什么理由,不把我关进关政治犯的公共囚室,而决定把我关到一间单人囚室里去。这间囚室肮脏、狭窄而低矮,而且窗子上的玻璃是打破了的。我对这一点提出了意见,奥斯特罗夫斯基断然地回答我说,他知道该怎么办,而我只要服从就是了。这时候几个看守都带着意味深长的表情;而给我端便桶来的一个身体虚弱的囚犯,等典狱官走出去之后显然想对我说些什么话,但是大概由于胆小,只是意味深长

地朝那扇窗子望了望，——窗子下端有一块奇怪的灰色斑痕，还有一段绳子在摇晃着。

这一切都使我产生异样的感觉，我惶惑不安地度过了一个夜晚。打破的窗子里吹进风来，在铁栅栏之间发出呼啸声；月亮直照着我的脸。第二天，奥斯特罗夫斯基突然改变态度，把我迁到关政治犯的公共囚室去了。到了这里，我听人说起，才知道在我来到之前不久，人们发现狱中的一个刑吏吊死在我过了一夜的那个囚室里了。这本来是一间密室。那刑吏是以残酷闻名的。手段高明的刑吏在鞭打囚犯时往往可以随心所欲。有时看样子打得很厉害，似乎要皮开肉绽了，而其实挨打的人几乎不感觉到什么。甚至在造成伤痕的时候也有窍门：可以打得使那伤痕看样子很吓人，而其实并不痛。可是这个刑吏既不屈服于权势，又不受人贿买，"打得很巴结"，所以奥斯特罗夫斯基特别看重他。不久以前，在克拉斯诺雅尔斯克执行过一次体刑，受刑者被打后送到医院里去时，几乎已经昏死过去。……这人是为了公众的事业受刑的，因此囚犯们再也忍耐不住了。第二天早晨就有人发现这个刑吏吊死在密室里的窗栅栏上。按照他的身体的地位来看，两条腿显然可以接触地面，可是他的腿却蜷缩着。这情况引起了猜疑，然而奥斯特罗夫斯基认为此事不便正式查究，于是这刑吏就作自杀论被埋葬了。事后有人说，有一个囚室里的囚犯们偷得了钥匙，半夜里打开了自己的囚室和密室的门。他们把刑吏勒死，然后布置成自己上吊的样子。墙上的斑痕是由于气力很大的刑吏被套上绞索后拼命挣扎，因此剥掉了一块灰泥。然而他们一直等到他完全气绝之后方才松手。事后这间囚室使囚犯们和看守们都产生了迷信的恐怖。我这才懂得了为什么他们看见我被囚禁在这房间里就都用异样的目光来看我。在发生这惨祸之后，恐怕我是第一个在这囚室里过夜的人,也许奥斯特罗夫斯基的用意正在于此:他要我把这间囚室"住出些生人气息来"[1]。

不管怎样,当我被调迁到关政治犯的公共囚室里去的时候,我觉得很高兴。我在这里碰到了一些很有意思的人物。其中最重要的一个中心人物是陀尔古欣[2],有一个很大的政治案件就是用他的名字来称呼的(陀尔古欣派)。他所参加的那批政治犯当我还在彼尔姆的时候曾经从那里经过,而他现在"因病"掉了队。陀尔古欣派所从事的纯粹是宣传工作。关于恐怖手段根本连谈都没有谈起过。然而他们仍然免不了受到残酷的迫害。陀尔古欣和他的同志们在彼且涅加监狱[3](哈尔科夫省)的极恶劣的条件下度过了好几年。监禁的生活使他的神经质的脸变得异常消瘦而苍白。然而陀尔古欣的举止谈吐却特别清晰明快,这个身材并不高大的人的整个身躯上显示着铁一般的意志力。他的父亲是省检察官,而且恰好在克拉斯诺雅尔斯克;陀尔古欣之所以能暂时留在克拉斯诺雅尔斯克,就是靠他的势力,同时也靠洛利斯-梅里科夫的作风。陀尔古欣有一个小儿子,即使在非规定时间也能得到许可来看他。而在这次会面以前,这小儿子还不认识他的父亲呢! 老检察官也每天来,他

_____

〔1〕 柯罗连科把这一段情节描写在他的未完成的短篇小说《片段》中,这小说的开头部分保存在他的档案里。

〔2〕 亚历山大·瓦西里耶维奇·陀尔古欣(1848—1885),"陀尔古欣派"小组的组织者,这小组的成员不是像柯罗连科所说的那样单纯地追求宣传的目的,而是怀着暴动的意向。陀尔古欣派号召知识分子"到民间去",同时又号召人民起义。一八七三年,这小组被摧毁。陀尔古欣被判苦役刑十年。他在新别尔戈罗德监狱里关了七年之后,被送往卡拉。一八八四年转解到施利色堡,患结核病死在那里。

〔3〕 为了抗议囚禁在新别尔戈罗德(彼且涅加)中央苦役刑监狱时的恶劣条件,陀尔古欣用全体囚犯的名义写了一篇抗议书《被活埋了的人(政治苦役刑犯致俄罗斯人士)》,于一八七八年秘密地匿名发表。

照例摆着省里显宦的架子,然而由于显然是他所宠爱的儿子处于这样的地位,不免有点抑郁沮丧的神色。陀尔古欣的妻子也常常来,她那时正住在公公家里。

政治犯囚室里的第二个囚犯是马拉夫斯基[1],也是被判苦役刑的。和陀尔古欣相反,这是一个身材高大的人,然而具有迟钝的乌克兰人的典型特征。和他们两个同住在一起的,就是那个崔普洛夫,去年我在托博尔斯克未决囚犯部的时候,他也在那里,他的囚室的窗子开在监狱大门的拱顶下。由于抵抗乔装改扮的宪兵的拦路袭击,他被宣判了死刑;而其实判死刑的目的是要从他那里打听出秘密组织的线索来。

我好奇地打量一下这个异常特殊的人物。他是中等身材,也许比中等身材略高,肩膀宽阔,体格结实,样子有点像一头熊,然而他的动作还是相当敏捷。他长着一双凸出的大眼睛、很粗的口髭和一个钩形的老鹰鼻。这副相貌具有一种特殊的表情,使人感到戏剧性的恐怖。一言不合,他就双目圆睁,怒目而视,满脸通红,胡子直翘。他显然知道自己有这个特点,常常做出可怕的脸相来。

在我来到这囚室的时候,这里发生了一幕小小的戏剧。这囚室里不久以前还住着一个人。这人姓辛斯基,本来是个军官。像魏列夏庚一样,他也是不知为了什么原因被当作政治犯。狱友们显然不愿意容忍他性格上的某些特点,所以他们欢迎崔普洛夫进这囚室来,而要求把辛斯基换到另一个囚室去。现在他被送进医院里。他昨天就听说我到来,把

---

〔1〕 符拉季米尔·叶甫盖尼耶维奇·马拉夫斯基(1853—1886),一八七七年在基辅因奇吉陵案件被捕,其实他和这案件没有关系。一八八〇年被判苦役刑二十年。一八八一年被遣送到卡拉。一八八三年囚禁在彼得保罗要塞,后来转解到施利色堡,患结核病死在那里。

我当作熟人,托端便桶的人带给我一个条子。他在格拉佐夫住过一个时期,现在错认我是我的弟弟。当我还在白桦屯的时候,我听见人家谈起过他;于是我就写了一个回条,力求消除他这误会。当我把回条交给那个替我们传信的、名字——也许只是绰号——叫做梅尔库利的人时,崔普洛夫在一旁用坚决的语调关照他说:

"还有,你去对辛斯基说,崔普洛夫要他把靴子送来。要马上送来!"

"知道了。"端便桶的人恭敬地回答。

原来以前囚室里有一个人得病时,辛斯基曾经把他的一双暖和的毡靴暂时借给那人穿,而自己穿了崔普洛夫的新靴子。那人病愈后,毡靴不再需要,便送回给辛斯基,可是辛斯基的靴子却迟迟不还来,一天一天地拖延下去。而他不久就要出狱,到叶尼塞省去做移民了,因此崔普洛夫担心他那双崭新的长统靴会一起跟了去。

"你关照他:一定得马上还来! ……明白吗?"崔普洛夫一再叮嘱。过了一会儿,我们这位梅尔库利回来了,可是并没有带靴子来,却送来了一张条子。崔普洛夫读罢条子,面孔涨得绯红。辛斯基这样写着:"我们都是社会主义者,也就是说,不承认私有制的。……那么我们之间还谈什么你的我的呢?"崔普洛夫满面通红,胡子乱翘,霍的一下抓起纸笔来,坐到桌子边,气喘吁吁地写了很久。他一行一行地写着,显然很费力。写毕之后,他站起来对我们说:

"你们听我念,我给他这样写着……"

他的声音时时因狂怒而中断。我们兴味津津地准备听他念出一大段反驳社会主义的话来,岂知这段话很短,他只是声言:

"狗崽子,我对你说:把靴子还给我!!!"

可是崔普洛夫念最后一句话的时候怒不可遏,声音突然变成雷鸣一般;可怜的梅尔库利显然是十分胆小的,一听这话,吓得飞也似的夺门而出。可是条子还是得托他带去,于是只得到走廊里去把他拉回来。崔普洛夫显然把他这封信的全部力量寄托在狂暴的话调上了,他没有考虑到语调是不能用字迹传达出来的。不过他并没有做错。胆小的梅尔库利显然把自己的恐怖传达了一部分给辛斯基,过了一会儿,那双靴子就到了崔普洛夫手中了。

崔普洛夫的雷鸣般的吼声还惊醒了囚室里的一个犯人。这人喃喃地埋怨着,在床上蠢动了一会,便坐起身来。这是一个年轻人,面孔浮胖而带有水肿病似的不健康之色。他坐在那里,把两只手插进头发里,好像大醉醒来的样子。过了一会儿,他清醒过来,同我打个招呼,我才认出他也是我的一个熟人,同时回想起了关于他的一件事。

当我们还在彼得堡的时候,有一次有一个日托米尔的同乡突然来到克林大街我们所住的地方。这人记得是姓斯坦凯维奇。其实他是我们的一个当军官的亲戚屠采维奇的朋友,但是作为同乡到我们这里来借住,而且很快就和我们搞熟了。他和我母亲谈论日托米尔的亲戚们;他还很喜欢做菜,想出各种波兰式的调味汁来。他在日托米尔当调解人,这次来到彼得堡是为了奔走一件业务上的事。看来他在业务上并没有什么特殊才能,然而善于替省长、省长的夫人和可爱的少爷小姐们在象牙上画极细密的肖像,他的前程就建筑在这基础上。我们渐渐地觉得他这人越来越讨厌了,况且他有时要胡说八道。有一次他谈到自己的功劳和长官们的忘恩负义,说什么省长大人有一块领地,全靠他,斯坦凯维奇,同农民们妥帖地达成了一个对省长有利的"协议"。只是由于这个爱好细密画和调味汁的人本性异常天真率直,我们才没有和他冲突起来;然而我们还是盼望着他早日办完事务离开这里。

有一次我和他两个人留在寓所里。两个妹妹上产科训练班去了,母亲去买东西了,弟弟和妹夫去工作了。斯坦凯维奇正在炉灶旁边忙着做一种稀罕的食物,打算在吃饭时用这种食物来使我们大家吃一惊,因为当时我们对他的烹饪技术已经渐渐失去信心。这时候,门铃响了,我现在在囚室里看见的那个青年人走进我们屋里来。他的服装很不整洁,穿着一件肮脏的短褂和一条下面破烂不堪的裤子。这种邋遢相有点是故意的,实际上从他的相貌和举止态度中竟可以看出非常讲究的气派。果然,他一开口就声称:他是叶美良诺夫将军的儿子[1],而他其实瞧不起将军这头衔,或许竟可说是连他父亲也瞧不起,因为他父亲沾染上了一些成见,而这青年自己是摆脱了一切成见的。他到我这里来,是为了听说我认识工人们,他想进工厂去搞宣传活动,或者即使进一个什么印刷所去也可以。

不消说,这件事在当时办起来是没有什么困难的。然而这个青年给我十分轻浮甚至可厌的印象,因此不论是我,或是那时正好回家来的弟弟,都压根儿不打算给他任何协助。然而我们拒绝他之后,他照旧坐在桌子边,伸手伸脚地赖在那里不走,嘴里老是说着同一类空话。斯坦凯维奇在厨房里,全部听得真切,过了一会儿,他走进房里来,坐在桌子边了,目不转睛地盯着这青年看。叶美良诺夫照旧往下说,不但不因这外客而感到拘束,反而好像因他在场而受到了鼓励。那时候我注意到,斯坦凯维奇的目光中几乎有一种食肉类动物的表情。终于他把我叫到另一个房间里,对我说:

_____

〔1〕 尼古拉·尼古拉耶维奇·叶美良诺夫(笔名尼古拉耶夫斯基)。柯罗连科在下面提到的他的一些小品文,曾于一八九八年出版单行本。

"你听我说。这儿只有我们四个人。让我们马上把这小子揍一顿。……他父亲要真是个可敬的人,只会感激我们呢。"

我拒绝了这建议,斯坦凯维奇感到很失望。

自从那次会面以来已经若干年了。现在出现在我面前的便是这个青年,只不过他的脸色更加充满病态了。我不知道他究竟为什么又坐了监牢。好像是为了他和维希涅威茨基[1]一同计划越狱。维希涅威茨基也是一个青年,然而朴素谦虚,给人较好的印象;他就关在这囚室里。叶美良诺夫现在不再像我们初次见面时那样轻浮冒失,然而一看就知道这是一个没有前途的人了。他的面孔浮肿,像一个年轻的酒鬼。原来他在克拉斯诺雅尔斯克时沉湎于最卑鄙的狂饮,结果沾上了吗啡瘾。有几个心肠慈悲的女政治犯曾经努力设法挽救他这种恶习,然而只是白费时光而已。几年之后他重又出头了,在《莫斯科公报》上发表了自己的平淡无奇的回忆录,有一个时期甚至获得了一种相当丑恶的名声。这些文章看得出是出自一个虽然性情活跃而尚未学成的中学生之手的;他适应了卡特科夫的报纸[2]的要求,竭尽所能来污蔑流放期间所碰到的一切人。他也回忆了和我在克拉斯诺雅尔斯克监狱的会面。他写道:"这是这样一个人:这种人即使天才增加到十倍,也没有一个政府能容忍他出现在和平的公民中间。"关于别人也有类似的评语。……

我的亲属之中每天都有人来看我,我们在一起度过一小时的时光。有时流放犯之中也有人跟母亲或妹妹一同来看我。这时候就略微自由

---

〔1〕 尼古拉·费多罗维奇·维希涅威茨基(生于一八五三年左右)在哈尔科夫的铁路局工场里工作,在工人中间进行宣传活动,于一八七七年被捕。一八七八年被判苦役刑四年,改为流放到东西伯利亚做移民。

〔2〕 《莫斯科公报》是反动分子米·尼·卡特科夫所办的。——译者注

些了。只要是典狱官奥斯特罗夫斯基所喜欢的流放犯,他就可以不经省长的许可放他进来看我。我就是这样认识了谢·尼·尤查科夫[1]。凡是当尤查科夫住在彼得堡的时期里认识过他的人,是不能想象我在克拉斯诺雅尔斯克监狱里看到的这个瘦削、活跃而文雅的青年人的。他个子很高,体态匀称,在服装方面显然很讲究,给人以温文尔雅的高尚绅士的印象。……那时候他还不曾像后来那样染上饮酒的癖好。

　　我的妹夫是医学院二年级生,他在药房里找到了一个药剂师的职位。他很能干,没多久就掌握了自己的工作,在这方面很受重视。一家人还算过得去。母亲已经习惯于命运的意外打击,虽然当她想到这一次我要被命运驱送到远方去的时候,有时不免还要落泪,然而我总算把我的乐观情绪传染了一部分给她。……在克拉斯诺雅尔斯克聚集了一群可亲的人。这里还有列塞维奇一家;这两个家庭成了在流放中十分可贵的两个中心[2]。……

　　这一次次的会晤像灯塔一样,照亮了我逗留在克拉斯诺雅尔斯克的那段时期。其他的时间在监狱的日常生活中度过。当地行政当局的态度大体上说来是相当温和的。省检察官每天来探牢,这也感染了其他的长官。警察局长常常到我们的囚室里来问我们有没有什么要求。我们大家对他都保持适当的分寸,只有叶美良诺夫一人例外。他往往从经常的萎靡状态中勉强振奋起来,说一些猥亵的亲昵话,使我们大家都觉得

---

　　〔1〕　谢尔盖·尼古拉耶维奇·尤查科夫(1849—1910),民粹主义者、政论家。一八七九年按行政命令被流放到克拉斯诺雅尔斯克,在那里住到一八八二年。他在流放中和流放回来之后曾替自由主义的机关刊物撰稿。当过《俄罗斯财富》杂志的编辑。
　　〔2〕　关于列塞维奇家和柯罗连科-洛希卡辽夫家在克拉斯诺雅尔斯克流放犯们生活中的意义,叙述在伊·彼·别洛康斯基所著的回忆录里。

难堪。……

"你怎么好久不来了？……你这两天在忙什么呀？……"

于是他作出一个下流的推测，我们听了都觉得难为情。

在外省，所有的风行事件都来得很迟，当时在都城里确立起来的新的反动方针，还没有传到克拉斯诺雅尔斯克来。在我离开之后不久，克拉斯诺雅尔斯克监狱里发生了一连串事件，此后甚至省检察官的权势也不能缓和当局的态度了。

克拉斯诺雅尔斯克监狱中正在筹划一次越狱，这件事对我说来不是一个秘密。虽然洛利斯-梅里科夫早已在一八八一年五月七日退职，反动势力已经在中心城市里确立起来，然而这转变还没有传达到遥远的东方。社会上的人士还在期待着什么，他们十分关心克拉斯诺雅尔斯克监狱中包括省里大官员的儿子在内的政治犯们，准备为他们效劳。

我们出去放风，通常是在点名之后，那时候其他的囚犯都已经被关进各自的囚室里了。每次由看守长或副典狱官来向我们宣布放风开始。这时候我总是尽量不浪费时间，把罩衫一丢，就走出囚室到院子里去了。

有一次我也是这样在第一批人之中走出囚室去。走在我前面的只有崔普洛夫一个人。我走到下面的时候，看见小院子里空无一人。一盏大灯照亮整个院子，崔普洛夫却不在那里。我疑惑地向四下里张望一下，突然崔普洛夫从一扇位在阴暗处的宽阔的大门里走出来。他快步走到我跟前，紧紧地握住我的手，握得我直发痛。他的脸在灯光之下显得很苍白，他费力地喘着气，好像受到很深的刺激的人那样。

"你怎么啦，崔普洛夫？"我问。

"刚才我到大门外去过了。"他凑近我的耳朵边来说。

原来管牢门的刚刚放副典狱官出去，奥斯特罗夫斯基突然在办公室里大声呼唤他。办公室位在监狱的菜园后面，必须从外面绕道方能进去。奥斯特罗夫斯基是他们最怕的人，所以管牢门的一听见他的急躁的呼喊声，连忙奔过去，没有来得及在大门上加上那把沉重而结实的锁。崔普洛夫把这看在眼里，他灵机一动，立刻到大门外去了一下。……

"一到那边……就自由了！"他说的时候，几乎喘不过气来，"今天是集市日。庄稼汉都喝醉了酒从市场上回去。我一看见有大车经过，就奔过去，掐住那个西伯利亚汉子的喉咙。……"

他装样子给我看，仿佛他的确已经这样做过了。他瞪出一双火辣辣的眼睛，把那可怕的脸紧紧地凑近我耳朵边来。……

"今天夜里没有月亮。……我可以照样赶马。……人家还以为是那个西伯利亚醉汉在赶呢。赶到天亮，可以到很远的地方了。……那里的森林就会像母亲一样收容我这个惯于流浪的人。……而且在早晨点名之前，他们根本不会发觉。"

"那么问题何在呢？……"

"不行，"他叹一口气说，"这样做就对不起朋友们了。我们有一个计划。……如果不能一下子全逃脱，那么该让马拉夫斯基第一个逃。……"

这时候管牢门的急匆匆地跑回大门边来，于是咔嚓一声大门上了锁。崔普洛夫沉重地叹一口气。……

我很赞赏这流浪人这种为政治犯朋友们牺牲的精神。这还不是第一次牺牲。就在这天晚上，他还讲给我听：有一次他受了革命人士的委托去传递信件，在从叶卡捷琳堡到彼尔姆的火车里，他正好和一个富商同车厢，那人从衣袋里掏出皮夹子来的时候，不当心在他面前露了白，而后来又无忧无虑地打起瞌睡来了。

"嘿，要是照我以前的习性，……我会掐住这大胖子商人的喉咙，……掏出他的皮夹子来，就在火车开着的时候跳下车去，来到森林里。……可是那时候……信念不容许我这样做。……"

崔普洛夫要证明新的信念对他发生多么有力的影响时，总喜欢引用这件事。……他讲这件事给我听的时候，一只手不由己地做出伸向商人的喉咙去的样子，那双眼睛发出可怕的光辉，——根据这种种情况，我知道"信念的力量"一定是很大的。……

后来，崔普洛夫来到卡拉之后，有一个时期仍然遵守着统一的纪律。然而渐渐地这个老流浪人对于"信念"的压迫和原则性的空论感到厌烦了，于是当彼得堡的一个官员视察监狱的时候，他呈递了一份悔过请愿书，被调迁到他所习惯的一般刑事犯中去了。……

我在克拉斯诺雅尔斯克住了十二天，在这期间没有出过任何特别的事故。但在我离开之后，发生了一连串的事件，给了我的朋友们的命运可悲的影响。越狱的计划开始执行：马拉夫斯基逃走了。监狱外面有几个人帮助他，其中有一个年轻的姑娘，好像是个女裁缝，她把他收容在自己家里。按计划，他只在她家住不多几天，避一避城郊仔细搜查的风头。她的住所很狭窄：可怜的马拉夫斯基大部分时间必须在床底下度过，特别是当长官们不知怎的把注意力转到女裁缝们身上来的时候。而且这一次的人选也不大妥当：马拉夫斯基动作太迟缓，不够精明强悍。他似乎放过了几次冒险性的然而还是颇有可能的机会，终于被他们发现了。有好几个人受到牵连，吃了苦头，检察官陀尔古欣的女儿也在内。马拉夫斯基和检察官的儿子陀尔古欣各增加十五年苦役刑。马拉夫斯基到了卡拉之后曾再度试图越狱，但又被抓回去，转解到施利色堡，以后就死在那里。……

陀尔古欣的结局也很悲惨。我不大清楚后来在克拉斯诺雅尔斯克发生的事件的详情。传到我耳朵里的是这么一回事:马拉夫斯基越狱之后,刚愎自用的奥斯特罗夫斯基狂暴起来,开始显示自己的权势和刚愎。有一次,他拒绝了陀尔古欣的不知是妻子还是亲戚的一个合法请求,而且采取了侮辱的态度。陀尔古欣白天在院子里放风的时候走到他跟前,十分沉着地向他提出一个问题:作出某某指示的是不是他——奥斯特罗夫斯基?奥斯特罗夫斯基刚刚作了肯定的回答,就挨了一个响亮的嘴巴。这时警察局长也在场,这个奇怪的、体力微弱的人的魅力还是那么大,据说警察局长竟奔过去请他息怒。

这一次连父亲的权势也不能使事件平息下来了,于是陀尔古欣和马拉夫斯基一样,为自己的行为受到了残酷的惩罚;起初加判他十五年苦役刑,后来他也被解往施利色堡,以后就死在那里。……

九月二十三日上午,我向亲人们告别;就在这天晚上,两个宪兵来押送我起程,于是一天天、一夜夜又在驿马车的单调的铃声中度过了。这一段旅途给我留下一次美妙的朝霞的印象。黎明时分,我们的马车正从下乌丁斯克郊外一个缓和的山坡上往下驶。马儿矫捷地从山上走下谷地里去。我眼前展现出一片辽阔的远景,远处地平线上停留着一长条奇形怪状的白得炫眼的云,被初升的旭日照得光耀夺目。我目不转睛地望着这景象,马车夫向那边扬一扬鞭子说:

"这是白山。……瞧,今天望过去多么清楚。"

我这才知道,原来这不是云,而是远处的雪山。……

九月三十日,我们来到伊尔库茨克。

第五章　在伊尔库茨克监狱

1　民粹主义者罗加乔夫、魏纳拉尔斯基和柯瓦里克

到了伊尔库茨克,我照例先被带到省长办公厅去。当时的省长是彼达欣科。我没有见到他本人;没多久,那两个宪兵按照办公室的命令把我带到了监狱里。

这里又是一番照例的手续,然后我和我的小皮箱被送进政治犯部门。在这里我将要和一批囚犯会面,这批人以前经过彼尔姆时我曾经看到过。

当我和监狱看守人走进十分狭窄、阴暗而肮脏的走廊里去的时候,受到了阻碍,不得不站定下来。这时候囚室的门都开着,囚犯们密密麻麻地聚集在走廊里。他们伸长了脖子,踮起脚尖,拼命向人丛中间张望,——从那里传出几个人唱民间舞曲(似乎是卡马林舞曲)和一个人急速地踏步的声音来。

原来这是罗加乔夫在跳舞。他时而蹲到地上走矮步,时而猛然地向上跳,这时候我就看得见他的容光焕发的脸。他头上雄纠纠地歪戴着一顶没有遮檐的囚犯帽,有几绺长长了的卷发从额前的帽子底下露出来(按照监狱的规矩,苦役刑犯的头发要剃去一半)。

"嘿,这个罗加乔夫真有一套!"我旁边的一个观众欢欣而羡慕地望望这位跳舞的勇士,这样说。中央监狱里的艰苦的岁月使别人都元气大丧,而罗加乔夫却好像一点也没有受到影响。我不由地回想起了去年和我同路的薇拉·巴甫洛夫娜和她的爱情悲剧。……

罗加乔夫跳完了舞,笑着擦擦额上的汗水;这时候囚犯们才注意到来了一个新成员,就都来和我相识。

我被带到一间相当大的囚室里,那里的一张大板床上已经有六七个人,我就在他们中间安排了一个铺位。这里首先使我注目的是米哈伊尔·彼得罗维奇·萨仁。他在革命团体里以罗斯这名字闻名,他是巴枯宁的知己和战友,曾经和"拉甫罗夫派"进行激战。他的头完全秃了,这使得他在我们之间显得很庄重,然而他那双眼睛却完全带着年轻人的光彩,有时闪现着喜悦和幽默的神色。后来我被注定和这个人亲密地接近,为共同事业而工作。

这间囚室里还住着高加索人卡尔达肖夫和契尔尼戈夫省的两个农民奥列尼克和彼斯科伏依,他们是为了斯捷芳诺维奇[1]和杰依奇[2]借助伪造的诏书组织的所谓奇吉陵起义而被流放来的。这两

---

[1]　雅科夫·瓦西里耶维奇·斯捷芳诺维奇(1853—1915),奇吉陵事件的组织者之一。曾参加"土地与自由社""黑分派",后来参加"民意党"。一八八三年因"十七人案"而受审,被判无期苦役刑,普列威给他改为八年苦役刑。他和普列威之间的关系引起了同志们的怀疑。

[2]　列夫·格利果列维奇·杰依奇(1855—1943),奇吉陵事件的组织者之一。"土地与自由社"分裂之后,他参加"黑分派"。一八八〇年侨居国外。一八八三年与普列汉诺夫、阿克塞尔罗德和薇拉·扎苏里奇一同创办"劳动解放社"。一八八四年被德国出卖给俄国,判处三十年苦役刑,在卡拉服刑。一九〇一年参加俄国社会民主工党,归附孟什维克。一九一七年加入普列汉诺夫的《统一报》社。对十月革命采取极端否定的态度。

个农民是道地的乌克兰人,他们在逗留于西伯利亚的这段时期内,始终看不惯这地方。照他们的见解,这里过的不是人的生活,这就是说,不是乌克兰的生活:连脂油也没有一点味道。老头儿提起这一点就痛哭起来。

我所住的囚室里,似乎还有一个叫做瑟将科的人。这是哈尔科夫一个教授的儿子,和父亲一同受到审讯。父亲被宣告无罪,儿子流放到雅库梯州。

除了以上列举的几个人之外,别的同室人我都不记得了;这也许是因为我们的囚室几乎从不关闭,我们可以连日同外界联系,因此个别的人在我记忆中是出现在共同的背景上的。

无论怎样,伊尔库茨克监狱中这批囚犯是极有意思的。这仿佛是一种革命的一代的地层剖面图,表现出这一代在情绪上的迅速更换:从大真的理想主义的民粹运动直到恐怖手段。这里有宣传者的大案件的代表人物,根据政府的报导,他们的宣传影响遍及三十六个省份。他们认为,只要使人民在自己的地位上睁开眼睛来,就能发动"俄罗斯人民所固有的创造力"。这是"到民间去"和"一九三人大案件"的一代人。

这时期众所周知的鲜明的代表人物之一,是以前当炮兵军官的罗加乔夫。关于这人,我在前面已经提到过。

除了使我想起薇拉·巴甫洛夫娜的爱情悲剧之外,他之所以使我感到兴趣,还因为他是《宣传者笔记》的作者。有一次,和军界保持联系的格利果列夫给我带来过去当炮兵的罗加乔夫的笔记。这些笔记当我们还自由的时候曾经辗转传观。

　　列夫·蒂霍米罗夫[1]在他和卡特科夫往来的时期中,在他的一篇已经属于悔过时期的小品文里,也曾提到过这些笔记。他认为这些笔记是极其平庸的作品。然而我所得到的印象完全不是这么回事。必须指出,我很不容易受"趋势"的诱惑。我不喜欢当时轰动一时的莫尔多夫采夫的《时代的标志》,而奥穆列夫斯基的在青年人之间也不算不流行的长篇小说《稳步前进》中的斯威特洛夫,我觉得太明亮[2]了,好像一只擦得很干净的铜盆。

　　记得我这些评价曾经引起和我同年龄的大学生们的愤慨。

　　然而罗加乔夫的笔记并不强求艺术化,老实而朴素,读过之后简直使我心醉神往。罗加乔夫在这些笔记里只是叙述了他在新天地里所看到的情况,而这新天地便是我们之中许多人竭力想要摆脱身上的"陈腐气息"而钻进去的。我在他的叙述中似乎看到了伏尔加河的浩大气魄和我们这一代用很大的牺牲来追求的那种理想境地。要是我现在读这册宣传者的笔记,不知会产生怎样的印象。那时候我读过之后,眼前鲜明地呈现出一片伏尔加河的景象,沿河一个个码头,码头上堆积着造船用的木材,两个知识分子锯工贪婪地观察着他们所不熟悉的新世界,或者至少是用他们所不熟悉的新观点来观察世界。

　　罗加乔夫和另一个同伴(他的姓氏我不记得了)在夏天的时候到伏尔加河的各个码头上去参加了劳动组合,被雇用去替人家锯那些堆在码

---

　　〔1〕　列夫·亚历山大罗维奇·蒂霍米罗夫(1852—1922)起初参加"土地与自由社",后来参加民意党。八十年代时,蒂霍米罗夫断然地断绝了过去的关系,转向拥护沙皇制度的一边,成了革命的背叛者,曾经当反动的《莫斯科公报》的撰稿者和编辑,写了一本对君主忠心耿耿的小册子《我为什么脱离了革命》。

　　〔2〕　斯威特洛夫(Светлов)这姓氏是"明亮"的意思。　——译者注

头上的木材。这笔记中有许多情节现在我已经忘记了,但是有几段情节却保留了下来。……例如我记得罗加乔夫有这样的一段描写:一天晚上,在伏尔加河某码头——好像是在拉博特基附近——的一块浅沙滩上,锯工们同渔人们一起在篝火旁边过夜,有一群农民走近篝火来。他们是村社里派出来的请愿代表,请愿的结果一无所得,现在要回到自己村子里去了。在他们看来,事情很简单:地主老爷侵占了农民的土地。……

这一次也许确是正式的侵占,也许只是农民们确信"土地是上帝的"等说法,因而具有一种肮脏的幻想,认为这是他们"古已有之的权利",——究竟是怎么一回事,我现在已经记不清楚了。总之,我们当时都认为:谁在这土地上耕作,这土地就归谁所有,——当时的一代革命人士在土地所有权问题上站在农民一边,而且还把他们的村社和村社制度理想化了。可是这一回,起源于罗马法而根据期限和时效的形式观点的法律,是站在地主一边的;因此农民们到处碰壁。他们好像还告过御状。……

发生了这么一个问题:以后怎么办?沮丧的沉默笼罩了篝火旁的人;终于有一个农民声称:现在大伙儿只有一条路可走。地主家的房子位在伏尔加河的岸坡上,窗子开向一个僻静的花园。只要在晚间偷偷地走进这花园去向窗子里开一枪,问题就全部解决了。……

"我哈哈大笑起来。"罗加乔夫在他的笔记里这样写着;现在我就设想这个勇士的大笑。

后来这种"家常便饭的恐怖行为"被认真地讨论,甚至采用作为革命手段之一。然而当时还没有这种情况;罗加乔夫就在篝火光下向他们解释:这样做法无非是使全村遭到灾害,此外一无所得。会有"合法继承人"出来,反正土地是不会归农民所有的。过错不在于这个或那个地主老爷,不在于参政院的这种或那种决议,而在于俄国生活的全部制度。所有的俄国人民必须觉悟起来,用一般农民的、农村公社的真理来代替沙皇所支持的统治阶级的真理。……他讲了不少诸如此类的话。

我们当时都是民粹主义者,大家都同情这种看法。现在我当然知道了,情况并不像我当时所想的那么简单。沙皇的威望在农民心目中还没有动摇,他们把一切都归咎于狡猾的老爷们的阴谋。罗加乔夫这番关于沙皇的话,大概引起了他的听众莫大的怀疑,使他们警惕起来了。然而当时在我们看来,这一切是那么简单明了。

我还记得这册笔记中的另一段情节。有一次,罗加乔夫(这回好像是一个人)悄悄地来到一个"分裂教派"村子里。必须指出,在知识分子看来,所谓"分裂教派"——一切旧教派和新教派都不加分别地包括在内——对于迫害它的政府是抱反对态度的。这看来是多么自然:政府迫害宗教信仰的自由,所以说……然而这是急进知识分子的一种错误想法。事实恰恰相反,旧教派是俄罗斯人民中最忠君、最守旧的一部分。政府这方面当时也抱着同样的错误想法,这自然是为了维护正统教会的利益。罗加乔夫又真实而朴素地描写了他所看到的一切。

他走进一个富裕的旧教徒家里,主人当时不在家,他看见一个隐居修道者模样的少女,显然是很虔信上帝的,正在那里教她小兄弟念书。教的当然是斯拉夫文,那男孩子费力地按音节读着赞美诗集。这个陌生的漂泊者听了一会儿课,决定在这方面发表自己的意见:不应该教这种课文,不应该这样教;必须使这孩子懂得课文的内容。于是他就念起当时流行的违禁作品《四兄弟的故事》〔1〕来。兄弟四人出发到世界各处去寻找真理,他们寻找真理时的各种奇遇便是这故事的内容。他们找来找去找不到真理:到处都是虚伪,虚伪受到当局的支持,连沙皇也不例外。男孩子贪婪地听这个陌生的漂泊者念这简单易懂的故事。那少女起初也听得出神了,可是后来发觉这美男子身上出现了诱惑和罪孽。这时候院子里传来大车的轧轧声。父亲回来了。少女热烈地请求这个漂泊者在父亲面前不要说这种话。

从那时候到现在我认识这笔记的作者为止,经过了很长一段时期。罗加乔夫被逮捕了,在提审以前和以后,在中央监狱里关了很久。当参政院审判的日子来到的时候,上头为了方便起见,决定把囚禁了好几年以便一同提审的许多被告分成几个组。这一大群被告(一百九十三人)本来就爱找各种理由来反抗当局,这时候就恶狠狠地决意不肯服从,于是参政院的大厅成了演出生动的话剧的舞台。据说罗加乔夫曾经摆脱了宪兵的管束,跑到把参政员和被告隔开来的铁栅边,用力摇撼这铁栅,摇得法官们恐慌起来,宪兵们好容易才把他从铁栅边拉开。

然而,现在回忆起这时代来,总不由得使人想起:这实际上是俄国革命的多么幼稚的阶段啊!……

在伊尔库茨克监狱中还有大案件和理想主义民粹运动的另外两个

---

〔1〕 《哪里好些? 四兄弟的故事》是列·亚·蒂霍米罗夫于一八七三年所作,同年在国外的柴科夫斯基小组印刷所里刊印。

代表:波尔菲利·魏纳拉尔斯基和谢尔盖·菲里波维奇·柯瓦里克[1]。

有几个事件和他们有关系,使他们两人的名字在急进的(当时这样称呼)人士之间广泛流传开来。首先有一点:他们两人和大多数被告不同,已经完全不是没有经验的年轻小伙子了。这案件发生的时候,他们已经当上调解法官。革命人士显然很重视他们,甚至几次试图让他们越狱。作第一次试图还是在拘押所里的时候。他们两人已经翻过墙头,然而其中一个人(好像是柯瓦里克)纵身一跳,摔断了一条腿,而另一个人在街上被一个坐在马车里的人主动赶上去捉住了[2]。当时人们曾提到这人的名字,说他得知他所捉住的人是谁之后,十分后悔。

作另一次尝试已经是在魏纳拉尔斯基被解送到哈尔科夫省的一个中央监狱去的途中了。这件事做得很大胆,甚至很勇敢,报纸上都纷纷登载。在青天白日之下,当农民们在田间工作的时候,突然有几个骑马的人向两个押送宪兵和魏纳拉尔斯基所坐着的这辆驿马车冲击过来。一个乔装成军官的人拦住了马车,开始盘问一个宪兵。后来他开枪打伤了这宪兵,同另外几个人一路追赶这马车,追了很久。这期间那些乌克兰农民却把身子靠在大镰刀上,冷眼旁观这场奇怪的追逐。结果还是被那马车逃脱了。不过在追逐已经结束之后,路上又转出一个骑手来,宪兵怀疑他和前者同谋,先采取了预防的措施,这骑手就交臂而过。这人就是我在前面提到过的梅德维杰夫-福明。现在他已经在卡拉了。

---

〔1〕 谢尔盖·菲里波维奇·柯瓦里克(1846—1926),民粹主义者,按其观点属于巴枯宁分子。一八七八年在"一九三人案"中被判十年苦役刑。一八八三年出狱做移民。曾研究雅库梯人的生活,并为《东方评论》撰稿。一八九八年回到中央俄罗斯。

〔2〕 关于这次越狱的尝试,可参看柯瓦里克的自传,这自传刊载在莫斯科一九二八年出版的《七十年代革命运动和一九三人案》一书中。

　　魏纳拉尔斯基和柯瓦里克入狱前很要好，在监狱里也是友爱相处。魏纳拉尔斯基身材不高，性格活泼好动。他的朋友恰恰相反，身材高大，性格沉静淡泊。可是只要仔细端详一下这个身躯庞大笨重而不爱活动的人，就可看出他的眼睛里有时显露出幽默的闪光，可以听见他说出几句确切而俏皮的评语来。总的说来，他给人以一个奢侈享乐的地主的印象，囚犯罩衫穿在他身上，有时简直就像地主穿的舒适的长袍一般。据说后来在雅库梯州，他成了一个很干练的事业家，在相当程度上是一个文化传播者。流放回来，在某一道告示之后，他靠旧时的朋友们和同事们的帮助，在自由主义的消费税部门里找到一个职位。我和他通过信[1]，可是后来彼此失去了联系。

2　伊波里特·尼基齐奇·梅希金

　　然而，不仅仅是民粹运动时期而且可说是当时革命的一切阶段的最鲜明的代表人物，大概要推伊波里特·尼基齐奇·梅希金。

　　勃兰戴斯[2]在他的一篇历史文学特写中描述法国大革命前法国社会的气氛时，谈到一个法国人，只要人家在他面前提一提"牧师"（curé；我记不清楚，也许是"神甫"）这个词，就会引起他的神经性发作。的确，必须使每个人的心灵中发生巨大的，甚至相当痛苦的波动，才能使这一

－－－－－－－－－－

　　[1]　在柯罗连科的档案中保存着柯瓦里克给他的几封信。他们的通信主要是谈已故的波·伊·魏纳拉尔斯基的儿子赫利斯托福尔·魏纳拉尔斯基（生于一八九一年）的安排和教养的问题。
　　[2]　该奥尔格·勃兰戴斯（1842—1927），丹麦文学批评家和文学史家。在柯罗连科的档案中保存着他所翻译的勃兰戴斯的著作《十九世纪文学主潮》的开头部分。

切个别的精神震荡在社会心理中唤起那种促进法国大革命的巨大的动力。自然,这不是每一个人的心灵中都表现得那么明显;然而在许多人的心灵中发生了相应的精神震荡,这种精神震荡就已经预示着火山的爆发。

梅希金便是俄罗斯知识分子心灵中这种精神震荡的典型的代表人物。

从另一方面来看,伟大的俄罗斯艺术家屠格涅夫——大家都知道他曾经研究俄国的革命者——对克拉夫钦斯基谈起梅希金[1]时说:"这是一个多么出色的人!……毫无一点哈姆雷特作风[2]的痕迹!"

屠格涅夫错了:梅希金精神上有许多不健全之处;如果说有人带着勃兰戴斯所指出的过程的痕迹,那么梅希金便是这种人。的确,除此以外,他也具有很强烈的个性特征。他是尼古拉时代一个世袭兵[3]和一个普通农妇所生的儿子,在世袭兵学校求学时就已才华卓著,作为优等生被保送到测地学院去。在测地学院毕业之后,他业余研究了当时流行的速记术,成了政府的速记员,私人办一个印刷所,开了一家小小的书店。他从事一切实际工作都很热心。在他的几篇传记中提到,说他在供职的初期当了一个参谋部将军的传令兵,这将军发明一套特殊的速记字母,曾当面给亚历山大二世看过。梅希金作为他的秘书或传令兵,当时也在场。由于他有这样的开端,有讨人喜欢的外貌,并且善于为个人目

---

〔1〕 接下去所引证的句子是屠格涅夫对彼·阿·克鲁泡特金说的(参看克鲁泡特金的《革命者笔记》)。

〔2〕 哈姆雷特是莎士比亚的悲剧《哈姆雷特》的主角。这人仅擅长于作无益的思考,但因缺乏意志,不善于实行。——译者注

〔3〕 在俄国,十九世纪上半期,兵士的儿子从生下来就登记在军事机关,以备受兵士训练和入伍,这样的兵叫做世袭兵。——译者注

的利用良好的机会,因此他面临着辉煌的前程〔1〕。

　　然而……梅希金不久就转到了当时吸引着他这一代人的道路上。他似乎曾经替卡特科夫的《莫斯科公报》速记涅恰耶夫分子一案的诉讼程序。革命情绪的微生物很可能就是在这时候初次渗入他身体里去的。

　　不管怎样,他照旧以卓越的才干和充沛的精力走上这条新的道路。他开始在自己的印刷所里印书;起初所印的书虽然并没有直接的革命内容,但总算经过一定的选择,可说是半禁书。他选取了一些知识分子姑娘来做排字工,其中包括我在前面提起过的阿尔汉格尔斯克小组里的人。我在彼尔姆碰到的拉丽萨·蒂莫菲耶夫娜·扎卢德涅娃便是这些排字工之中的代表人物。她后来经过十分急剧的转变,怀有宗教情绪了;然而据我所知,她心底里始终蕴藏着对梅希金的真心的崇拜。

　　由此可知,梅希金在当时已经有了一个志同道合的小组和一家差不多现成的秘密印刷所。在他偶然结识了魏纳拉尔斯基之后,他的印刷所立刻就为萨拉托夫的宣传者印刷起革命书刊来了。

　　有一次他走回家去,发现窗子上做了一个暗号。他寓所里正在进行搜查,想不到竟被宪兵们发现了一大批禁书。梅希金自然不再回家。所有的排字工都被捕,梅希金本人躲到国外去了。

　　在国外,他不满足于一般侨民生活,发起了一个远征团去营救当时住在威吕斯克的车尔尼雪夫斯基。这件事完全是政府方面的违法行为:

―――――――――

　　〔1〕　柯罗连科这里所提到的关于梅希金的传记材料不完全正确。梅希金并没有在测地学院念过书,也没有当过参谋部将军的传令兵。实际上,他读完普斯科夫的世袭兵学校后,进了彼得堡军事学校,在地形测绘专修班毕业,获得了地形测绘员的名衔。就在这学校里,他学会了速记术,作为优等生之一被介绍给发明特别速记法的伊瓦金将军,将军带他去见亚历山大二世。一八六八年左右,梅希金抛弃了军职,专门从事速记工作。

车尔尼雪夫斯基监禁期满之后,照理应该放出去做移民,然而(又是奉圣旨的)这合法手续没有执行,却把他移住到一个特别监狱里加以看管。这监狱在威吕斯克,是特地为优秀的起义者奥格勒兹科[1]建造的(当时他已经被释放)。从这时候起,营救车尔尼雪夫斯基成了俄罗斯各革命党派的当前任务之一。据说已经有几个人抱着这目的出发到西伯利亚去了,著名的格尔曼·洛帕金也在其中;后来我听说和我一同关在立陶宛堡垒中的格利鲍耶陀夫也有参加这意图的嫌疑。但是只有精力充沛、行动神速的梅希金一人装成宪兵军官的样子到达了威吕斯克。他在这里遭到了失败。据说他戴绶带的时候戴错了肩膀,这就引起了威吕斯克县警察局长的注意。但这说法当然是不正确的。梅希金自己在军界服务过,当然很清楚制服上的细节。然而这件事办得总不周到:怎么可以遗漏了雅库梯州的州长呢!县警察局长问他要州长的公文,梅希金只得动身到雅库茨克去。这时候他不能不注意到:陪他同去的两个哥萨克人像监视人一样死盯着他。梅希金向他们开枪,打伤了一个,自己却被逮捕了。我觉得在这件事上就有浓厚的哈姆雷特作风:梅希金与其说是真的要打死这两个哥萨克人而逃脱,不如说是要履行革命者的职责。

　　不管怎样,梅希金总是被捕了。他被捕后的行为也颇不平凡。别的人被捕之后,总是尽可能心平气和地对付周围环境,把解差看作临时的旅伴。

　　梅希金则不然。他立刻就采取了准备交战的姿态。押送他到伊尔库茨克的一个和善的宪兵军官后来说他一路上受尽了气(梅希金的传记

---

　　[1] 约萨法特·彼得罗维奇·奥格勒兹科(1826—1890)参加波兰起义,被判死刑,改为二十年苦役刑。

作者中也有几个人提到这件事)。譬如有人来通知说,马预备好了,这时候梅希金就走到房间中央,站在那里一动也不动。我看他在转解的期间大概一点也不想协助宪兵。宪兵只得替他穿好衣服,带着他走进准备好的马车里去。这自然也可以称之为屠格涅夫所说的哈姆雷特作风。这样做使得解差怀恨在心,使梅希金的处境大大地恶化了。这个朴实的俄罗斯人不懂得这种复杂情况。然而梅希金根本极少考虑到自己的处境。

这样,梅希金就从西伯利亚被提出来,落到了"一九三人案"里。政府对于这些天真的理想主义民粹派人的案件也并不等闲视之。它恐怖起来;随着恐怖而来的,通常便是残酷。梅希金立刻获得了广泛的名声。他向同志们坚决请求,要他们允许他破例在参政院发表一次演说。大概他觉得自己有非凡的演说才能。果然,他发表这演说的时候,参政院里起了不平常的变化。会议厅里简直叫嚣沸腾起来。宪兵们冲向梅希金,他的同志们不放他们过去。那些职业辩护人兴奋地跑到别的被告那里,把听了梅希金的精彩演说所得的强烈印象告诉他们。

此后,当局决定把他和别的几个人一同转解到堡垒里去。当他从走廊里经过的时候,惊动了整个拘押所里的人。"再见了,同志们,"他喊道,"他们带我去拷打了!"当时被囚禁在拘押所的薇拉·尼古拉耶娜·巴纽津娜告诉我,说经他这么一喊之后,各条走廊、各个囚室里传遍了暴风雨似的歇斯底里的狂叫怒号声。必须指出,那时候政府方面还不曾采用过拷打的刑罚。然而梅希金正是这样设想敌人的行为的。

政府张皇失措了。本来要采取温和乃至宽大政策的沙皇报之以残酷的镇压。参政院鉴于囚犯们在判决前拘押得太久了(检察官瑞列霍夫斯基竟老实不客气地说,有许多人是"作为陪衬"而拘押着的),甚至提出申请,要求大加宽恕。他们对于这宽恕那么深信不疑,在等候批准的期间竟先把许多囚犯遣发回家了。

沙皇拒绝了要求宽恕的情愿。这决定甚至受到了社会上中立阶层的谴责。沙皇显然是纵容了自己的私愤。于是,发放回家的重又被逮捕,分别流放各地;而对于那些在案件中的表现特别突出的,采用了关进中央监狱的残酷手段,这两个中央监狱是特地在哈尔科夫省建造起来的(即新别尔戈罗德中央监狱和安德列耶夫中央监狱或称彼且涅加中央监狱)。

我已经说过,这件事甚至引起了社会上中立阶层的反感,也许还决定了亚历山大二世的命运。

在这两个监狱之中,梅希金所进的是新别尔戈罗德中央监狱,这监狱的制度特别严酷。他到了这里,略微打量一下环境,发现囚室里有一块地板是动摇的,立刻就设计了一个越狱的办法。他把这块地板取去,在地板底下挖了一条地道,通向墙外,把挖出来的泥土装在便桶里。监狱里的便桶是由囚犯们自己倒的,他就在放风的时候把便桶端出去倒掉了。现在只要从地道里钻到墙外去就行了。如果不被岗哨发觉(梅希金为此而选定了复活节的前一天),那么就有了一线自由的希望。可是一种意外的情况破坏了他这越狱计划:监狱看守人在规定以外的时间向他囚室里望了望,正好望见梅希金拿起那块地板,要从地道里钻出去。梅希金越狱失败,绝望之余,决定做一些招致死刑的事。于是有一个节日,在教堂里举行隆重的礼拜仪式的时候,他打了典狱官柯普宁一个嘴巴。接着他就挨了一顿毒打,然而这件事的结局颇出人意外:这时候恰好碰上"心的独裁",梅希金只是从新别尔戈罗德中央监狱被转送到了制度宽得多的安德列耶夫中央监狱;后来中央监狱全部囚犯被发送姆岑斯克,让他们在那里将息一下,然后解押到卡拉去服苦役。我便是在这条路上先后在彼尔姆和伊尔库茨克见到他们的。

　　读者从这一番描写中就可看出，梅希金是一个注定要失败的人，因为他没有自制力，不够沉着，而这是斗争中所不可缺少的。他把敌人的行为看得过分凶恶；而他对自己又毫不留情。果然，我离开伊尔库茨克后不久，梅希金又得到了一次发表演说的机会。我们的领队人德莫霍夫斯基死了，似乎是染上伤寒病死的。我在前面已经提到过，这是一个稳健沉着的人，囚犯们都很喜欢他，长官们也尊敬他。当监狱教堂里举行葬仪的时候，梅希金突然从行列中间走出来，站在灵柩边，作了一番热烈的演说，这演说以这样的几句话结束："在用我们的血液灌溉的土壤上，将长出一株俄罗斯自由的坚硕的树来。"梅希金这篇威风凛凛的精彩演说滔滔不绝地讲下去，人们听了都惊讶得发呆了，当局竟没有一个人下决心去阻止他。直到演说完毕之后，惊慌而气忿的司祭方才喝道："你胡说，长不出的，你胡说，长不出的！"

　　为了这次演说，梅希金又被添了十五年苦役刑。作这番演说的时候，只有自己人和监狱当局的人在场；据说这一次梅希金自己也略微反省了一下，他在同志们面前表示怀疑他是否应该发表这番演说。

　　这一批流放犯一到卡拉，就计划越狱。必须指出，这段时期——中央监狱的囚犯们来到之前的这段时期——是卡拉最艰苦的时期之一。在严酷的制度上又加上囚犯们本身的内部纠纷和口角。当时的情况我不大清楚，然而囚犯们的叙述以最阴暗的色彩描绘了这个时期。据说甚至有自相残事[1]。中央监狱的囚犯们来到之后，当然略微消除了一些腐朽气氛，然而政治苦役刑犯之间还是不断地发生纠纷。越狱的时候有

---

〔1〕 一八七一年被判处十五年苦役刑的涅恰耶夫分子彼得·加甫利洛维奇·乌斯宾斯基（1847—1881）被杀害了。狱友们怀疑他有背叛行为，所以把他绞死在监狱里。后来才查明他是无辜的。

好几个人要争第一批,其中包括亚历山大·尤尔科夫斯基("工程师萨希卡")和敖德萨人米纳科夫。这两个人代表革命者的这样一个阶层:在这阶层里,猎奇的因素是占据第一位的;这当然大大地降低了这一类革命者的身分。米纳科夫在敖德萨谋刺一个密探,没有成功,被流放到此。他已经草率地试行过几次未加周密考虑的越狱,都被发觉了。

经过仔细商讨和几次或多或少热烈的争论之后,大伙儿认为应该先让梅希金越狱,由他自己挑选一个同伴。他就挑选了工人赫路肖夫。全体囚犯出力协助这次越狱:他们做了两个假人来应付点名,这样,越狱的事就被隐瞒了相当长久的一个时期。梅希金和赫路肖夫来到了布拉戈维申斯克,他们只要一坐上开往美国的轮船,便没有事了。可是这时候米纳科夫声言,超过期限之后他一天也不能等待,于是他就越了狱。这一次他又干得那么疏忽而轻率,几天之后竟不得不自动走出森林,来到典狱官的厨房里,自投罗网。这么一来,梅希金和赫路肖夫越狱的事自然也被揭穿了。……当局就派人到布拉戈维申斯克去追缉。几乎就在美国轮船出发前一天,两个逃亡者被捕了[1]。

为了这次越狱,梅希金和米纳科夫被转解到施利色堡要塞。他们在这里碰到了现在读者从许多回忆录中读到的那种骇人听闻的制度。梅希金对敌人的最荒诞的设想,在这里得到了证实:敌人老是在那里千方百计地设法侮辱落入他们手中的人。施利色堡的制度将永远成为过去制度的耻辱,上至历代沙皇,下至最后的宪兵。这里面的编制人员都是经过

---

〔1〕 关于这次越狱,可参看《卡拉及涅尔琴斯克其他苦役刑监狱》(莫斯科一九二七年版)这一集子,其中登载着这次越狱参加者的回忆录和正式审讯的文件。根据这次审讯的材料来看,到卡拉警察局长厨房里去的不是米纳科夫,而是和他一同越狱的克勒查诺夫斯基;梅希金和赫路肖夫被捕不是在布拉戈维申斯克,而是在海参崴。

精选的,而且都灭绝人性。甚至连医生(除了罕有的例外)也不敢对囚犯表示半点儿温情。不久,米纳科夫动手打了监狱里的一个医生。在法庭上申述理由的时候,他表示他怀疑这医生给他的药是毒药。这猜疑当然是不正确的;然而从这里可以看出医生和囚犯之间的关系。实际上这无疑是米纳科夫神经失常所致。然而他还是在监狱的院子里被绞死了。

这以后,梅希金发生了可怕的精神悲剧。当米纳科夫被带去就刑的时候(这件事是他的狱友们完全意料不到的),他在走廊里喊道:"永别了,狱友们,我要被带去处死了!"没有一个人回答他。连梅希金也没有回答。然而梅希金就连对狱友的态度上的偶然失策也不能原谅自己。米纳科夫就刑后,他反复说了好几遍:"米纳科夫走上绞刑台去的时候,想到狱友们之中竟没有一个人回答他的永诀,心里该多么沉痛啊!"同时,梅希金大概回想起了在卡拉时他和米纳科夫之间的私人冲突。因此,住在他隔壁、经常用敲墙壁方式同他谈话的米哈伊尔·罗季昂诺维奇·波波夫[1]开始怀疑他在那里打什么主意了。他不再回答波波夫的敲击声。后来,在圣诞节前夜,墙壁又敲响了,梅希金同他谈了一整夜关于母亲的话。他请求波波夫:如果他没有见到母亲而死去,希望波波夫转告他母亲,就说他临死时是想念着她的。

这时候他已经打定了主意。十二月二十五日,典狱官巡视囚室的时候,一只铜盘子叮叮当当地从扶梯上滚下来。原来梅希金拿这只盘子来扔典狱官。这侮辱大概是一种心理表现:梅希金为了没有回答朋友的诀别而惩罚自己。宪兵们始终忠于自己的职务。梅希金先是挨了一顿惨

〔1〕 米哈伊尔·罗季昂诺维奇·波波夫(1851—1909)先后参加"土地与自由社"和"黑分派",成为其活动家之一。一八七九年二月,直接参与刺杀密探林希晋的事。一八八〇年在基辅被捕,被判死刑,改为无期苦役刑,在卡拉服刑。后来转解到施利色堡。

无人道的毒打,然后狱友们发现他桌子上写着这样几个字:"一月二十六日我梅希金被处死刑。"……

后来从要塞内部透露出行刑时的详情来。梅希金是在要塞的后院子里木柴堆旁边被枪毙的。临死前最后的一瞬间,他还想着他的母亲。我的朋友从当时在要塞服务的一个宪兵那里听说,梅希金最后说出的几个字是:"妈妈,妈妈!"据另一个宪兵说,梅希金被带去行刑时,迎面碰见一个老妇人,大概是要塞里某职员的家属。他也喊着"妈妈,妈妈!"向她扑过去。

然而等待着他的不是母亲,而是一个掘开着的坟墓。人们把他就地埋葬了,又用木柴堆把这地方铺平。……

这个革命殉难者的一生就这样结束了。……

在这篇叙述中我扯得太远了。当我在伊尔库茨克监狱里的时候,梅希金的悲剧还完全没有发生。虽然如此,我现在不能摆脱一种印象:当时他头上就已笼罩着悲剧的凄凉的阴影。

当时他身旁经常围绕着一些最朴素的工人。我从来没有看见他放风时候同"五十人案"中以精彩演说驰名于急进人士间的彼得·阿列克塞耶夫[1]走在一起。经常和他走在一起的是工人亚历山大罗夫。这人

---

〔1〕 彼得·阿列克塞耶维奇·阿列克塞耶夫(1849—1891),纺织工,杰出的俄罗斯革命工人之一。七十年代初,在彼得堡托伦东的工厂里工作,加入了革命宣传小组。一八七五年参加制定"全俄社会革命组织"条例。一八七五年被捕,在"五十人案"中受审。在法庭上,阿列克塞耶夫发表了著名的演说,在其中强调指出专制政体必然要被工人阶级推翻:"代表着千百万工人的一只肌肉强健的手要举起来了,……那时候用兵士的刺刀围起来的专制的桎梏将四分五裂,化为灰烬。"被判十年苦役刑。一八八二年来到卡拉。一八八四年出狱,到雅库梯州做移民。柯罗连科后来在他的一组特写《土地! 土地!》(载一九二二年第一期《往昔之音》)中指出工人运动的进步作用时说:"还在民粹运动时期,工人们中间就产生了第一批革命家,像工人彼得·阿列克塞耶夫便是。"

是我们这一批流放犯中出身最低微的一个。他是育婴堂里的弃婴。亚历山大罗夫和也是经常跟梅希金走在一起的盖拉西莫夫（后来在一册历史杂志上曾刊登他的回忆录）最初几年被送在附近的芬兰村子里喂养，因此他们说起话来略带一种滑稽的口音，我曾经听到我在彼得堡第一次租屋时那个房东太太玛芙拉·玛克西莫夫娜·崔文科也有这种口音。梅希金对亚历山大罗夫表现出令人感动的关怀。他们两人常常一块儿在院子里走来走去谈论着什么。有一次，我和梅希金、亚历山大罗夫三人在我们监狱的狭小的院子里散步，米哈伊尔·彼得罗维奇·萨仁走到我们跟前，眼睛里闪现出喜悦的光辉，对我说：

"你问问亚历山大罗夫，人是怎样产生的。……我给你介绍——这是我们这里的新达尔文。"

梅希金蹙紧了眉头，可是亚历山大罗夫诚恳老实地给我讲解起他的学说米：

"从前有一种昆虫，住在树上。这种树现在已经没有了，这种昆虫现在也没有了。树上长着一种特别的果子。昆虫要摘果子吃，把重心放到两只后肢上。这就是脚。……把前肢伸出去，摘下果子往嘴里送，这就成了手。这样渐渐地就产生了人。"

我不禁微微一笑。梅希金用责备的神色看我一眼。他起初听见萨仁说这开玩笑的话，脸色立刻沉了下去；现在看见我微笑，眉头蹙得更紧了。我和梅希金当时已经渐渐接近，可是后来一直不能成为他的知交，我想一定是由于萨仁这次开玩笑时我笑了一笑之故。照他仔细倾听亚历山大罗夫说话的那种样子看来，他对他态度认真而关心，并且怀着特殊的敬意。

3　俄国革命知识分子的悲剧。没有人民参加的斗争。武装抵
　抗。恐怖主义的谋杀。我的同乡柯贝良斯基

　　我谈梅希金这个悲剧人物谈了很久,因为这或多或少也是当时俄国全体革命知识分子的悲剧。造成这种状态的原因在于:人民在政治方面无知得令人吃惊;社会上的人士采取消极态度;而一部分知识分子的意识觉醒起来,决定单独去同强大的国家斗争,像瞎眼的参孙在宴乐的非利士人中间那样[1]。全体人民还受着皇恩无边的幻想的支配。农民们即使愤怒到极点,也只能像奇吉陵县的起义那样由伪造的诏书来激起他们的反抗。工人们固然也有逐渐觉醒起来的,但毕竟是个别的情况,他们只是扩大了牺牲者的数量,并没有给运动增添显著的力量。这类工人中最鲜明的代表人物是彼得·阿列克塞耶夫,当时他也在伊尔库茨克。这是一个身材矮壮、体格强健有力的人,样子不大像工人,却像一个农民,是一股真正的蕴藏在人民中的强大神力。他所发表的演说在当时给人强烈的印象。他说,革命知识分子独力维护着工人群众的利益,一直要维护到"人民大众举起肌肉强健的拳头,摧毁专制的桎梏"的时候为止。然而离开这时候还远得很呢。

　　在大改革[2]后觉醒起来的国家里,政治生活仿佛永远被阻滞了。任何人想要独立地寻找出路,都受到最野蛮的手段的制裁。可是知识分子已经觉醒起来,痛切地意识到国家的无权地位。他们只有一条路可

---

〔1〕　参见《旧约全书·士师记》第十六章第二十三至三十节。——译者注
〔2〕　指一八六一年的《农民改革》。——译者注

走,这便是用种种方法去唤醒政治意识麻痹了的人民。感到强烈的痛楚而企图从大门紧闭的参政院里向人民和社会呼吁的梅希金,是形势的真真的表达者。在软弱无力而与人民相隔离的革命人士中间,开始出现孤立斗争的方式。一八七七年二月,在莫斯科审理了"五十人案"〔1〕。在逮捕这案件的参加者之一高加索人崔崔安诺夫公爵的时候,发生了如下的情况。宪兵们在房间里搜查,崔崔安诺夫在一旁沉思着徘徊了很久,仿佛在仔细考虑一件事,后来突然拿出手枪来放了一枪。我现在记不起他放这一枪打伤了什么人呢,还是只不过作为反抗的象征。然而我记得,在当时就有这样的感觉:放这一枪时全部环境所给人的印象,不是直接冲动的表现,而是考虑和沉思的表现。这一枪仿佛是革命人士长期商谈的反响。我在伊尔库茨克的时候,崔崔安诺夫也在那里;后来我在归途中经过基连斯克,在查巴达利家里又看到他一次。他照旧沉默寡言,而且看来神经不十分正常。

这件事成了一个榜样。一八七八年,在敖德萨审理了柯瓦尔斯基〔2〕武装反抗的案件,其结果是柯瓦尔斯基被处死刑。有不少人指出:这反抗也不是仇恨的直接冲动,而是经过考虑后履行这近乎纲领性的义务。还有人说:柯瓦尔斯基对自己的行为深深感到后悔,曾经希望当局不处他死刑,然而他并没有表示出丝毫沮丧之意。在敖德萨,人们为这件事举行了示威游行,记得还放了枪。我们这里也有这案件的代表人

〔1〕 即"反政府宣传案",从一八七七年二月二十一日到三月十四日在彼得堡由参政院特种法庭审理。
〔2〕 伊凡·马尔蒂诺维奇·柯瓦尔斯基(1850—1878),一八七六年在敖德萨组织革命小组。一八七八年一月三十日被捕时作武装抵抗。由敖德萨军区法庭判处死刑。一八七八年八月二日枪决。

物:维塔舍夫斯基[1](还完全是一个青年)和克列诺夫[2],两人都经受了中央监狱的制度的考验。

此后,印刷所工人被捕时也作了武装抵抗。关于萨表尔胡同里的抵抗,当时人们的议论尤多。据说有一个人(卢勃金[3])先向那些正在搜查的人开了几枪,然后开枪自杀。我们这里有这案件的两个代表人物:布赫[4]和楚凯尔曼[5]。布赫是一个态度认真、年纪还轻的人,脸型粗大;然而使我印象特别深的是楚凯尔曼的生动姿态。这是工人(排字工人)之中一个典型的犹太人,俄语说得很不好,不管他说什么,都自然而然地带有滑稽的语调。据说在审讯的时候有如下的一段插曲。警察和宪兵得胜之后,把已经捆绑起来的革命者们狠狠地毒打了一顿。在审讯时,被告们借辩护人的帮助尽力揭发这件事,警察方面自然矢口否认。有一个警察官尤其推得一干二净,而其实他曾亲自动手打人,而且打的恰好是楚凯尔曼。

"你揭么能歇你没有打我! 那么希哪一个在我背向打了两个耳光呢!"

〔1〕尼古拉·阿列克塞耶维奇·维塔舍夫斯基(1857—1918),柯瓦尔斯基的敖德萨小组的组员。一八七八年和其他组员一同被捕,判处六年苦役刑。

〔2〕瓦西里·德米特利耶维奇·克列诺夫(1856—1918),敖德萨港口和铁路局的工人,柯瓦尔斯基小组的组员。一八七八年被捕,由敖德萨军区法庭判处四年苦役刑。

〔3〕谢尔盖·尼古拉耶维奇·卢勃金(1857—1880),印刷工人。一八七八至一八七九年间,在"土地与自由社"的"彼得堡自由印刷所"、民意党的甘油炸药工场和萨表尔胡同的民意党印刷所里工作。

〔4〕尼古拉·康斯坦丁诺维奇·布赫(生于1852年),"民意党"党员。一八八〇年在萨表尔胡同的印刷所里和其他作武装抵抗的人一同被捕。判处十五年苦役刑。

〔5〕拉扎尔·约瑟福维奇·楚凯尔曼(1852—1887),在萨表尔胡同的印刷所里当排字工人,一八八〇年被捕。判处十五年苦役刑。

旁听席上乃至法官中间不由地发出了一阵哄笑声。这案件的判决比较缓和。被告们虽然曾经作武装抵抗,记得判死刑的一个也没有[1]。我喜欢同楚凯尔曼谈话,我发现他虽然说起话来很滑稽(有时他故意强调滑稽的语气),人倒是挺聪明,甚至有一定的文化修养。

恐怖主义的谋杀事件也越来越多了。

一八八一年,哈尔科夫省长克罗波特金被谋杀。当他乘着轿式马车在哈尔科夫城的街道上经过的时候,马车的踏板上跳上一个年轻人来,用枪口顶着他,把他打死了。这一谋杀是对中央监狱的残酷制度的答复,并且表示这种制度引起了多么激烈的、敢于自我牺牲的顽强精神。革命人士决定亲自采取极度强烈的行动来补偿传播革命思想方面的损失。谋杀哈尔科夫省长的执行者记得是犹太人高尔坚别尔格[2]。受审的结果,看来是非判处死刑不可的;这时候,高尔坚别尔格后悔了,就写下了详细的供词。记得在这些供词中并没有直接的告密;然而有许多供词后来终于被宪兵利用了去。此后不久,高尔坚别尔格就越狱;那时有人说,这次越狱是为了奖励他的叛变而预先讲定的。在这叛变中,上绞架的前途对这个性情极不沉着的人无疑有很大的影响。这不是梅希金一类的人。然而我在当时觉得,高尔坚别尔格之所以写这番供词,不仅仅是由于胆怯。在这神经质的文体中还有一种因素,说明了他的一定程度的真诚。当时他有一篇通讯曾在报上发表,我读了之后,不由地感觉

---

〔1〕　在萨表尔胡同印刷所里被捕时作武装抵抗的人,于一八八〇年十月二十五日至三十日间由彼得堡军区法庭审判(即"十六人案")。在这案件中被判死刑的有五人;但根据上级的批准,只处死了两人。

〔2〕　格利果利·达维多维奇·高尔坚别尔格(1855—1880)杀死哈尔科夫省长克罗波特金是在一八七九年二月九日,而不是像柯罗连科所说的在一八八一年。柯罗连科说他逃走了,也是弄错的,实际上他是在彼得保罗要塞自缢的。

到这是一个易受诱惑的人,而现在,当情势促使革命知识分子走上可怕的道路的时候,他正在这条道路面前筹划思考着[1]。

我曾在伊尔库茨克遇到一个参与高尔坚别尔格案件的人。我来到伊尔库茨克监狱后不久,正在走廊里走,冷不防被一个陌生的青年人抱住了。……

"我是罗夫诺的柯贝良斯基。"他看见我认不出他来,就这样解释。

在我们罗夫诺城里的确有一家姓柯贝良斯基的人家[2],是破产的小贵族阶级出身的。关于这种小贵族,我曾经在前面提到过,他们仿佛是学生知识分子和工人之间的一个中间阶层。由于经济困难的关系,他的两个哥哥被送出去学手艺。他们三人都没有什么特别的才能,然而为人都很真挚热情。老大有一个时期在德拉果玛诺夫派的侨民中间也曾占有重要的地位,不过记得是用另一个姓氏出面的。老二我后来在雅库梯州遇见过,而且是和他一道回来的。现在出现在我面前的是小兄弟。

---

〔1〕 柯罗连科所指的大概是高尔坚别尔格于一八八〇年十月二十六日在"十六人案"中所宣读的供词,高尔坚别尔格在这篇供词的开头部分申述了他认清恐怖主义活动的害处的理由。

〔2〕 埃拉兹姆·亚历山大罗维奇·柯贝良斯基(生于一八五四年)。从一八七五年起参加彼得堡的民粹派小组。一八七七年躲避到国外,积极参加波兰和俄国的侨民们的事业。以杨·柯诺比斯基的笔名为各报章杂志撰稿。

卡齐米尔·亚历山大罗维奇·柯贝良斯基(生于一八五八年左右),一个钳工。先后在平斯克和华沙的厂里工作。一八七八年被捕,在"一三七人案"中受到牵连。被放逐到托博尔斯克省,后来又转移到雅库梯州。

留德维格·亚历山大罗维奇·柯贝良斯基(生于一八五九年左右,死于一八八六年),一个钳工。先后在平斯克和华沙的厂里工作。一八七八年在"一三七人案"中受到牵连,但他逃到了国外。回到俄国之后,于一八七九年二月九日和高尔坚别尔格一同参加谋杀哈尔科夫省长克罗波特金。一八八〇年在"十六人案"中被判二十年苦役刑。为了帮助梅希金等人越狱,于一八八二年被送往彼得保罗要塞,一八八四年从该地转解到施利色堡,患结核病死在那里。

我并不认识他,然而他在罗夫诺街上看见过我好几次,也许是和我弟弟在一起;现在他奔过来抱住我,把我当作一个亲人。这人年纪还很轻,肩膀宽阔,举止笨拙,感情十分外露。在他的一切行动中都显示出极度的真诚。怪不得他这样轻易地献身于斗争,怪不得为中央监狱的残酷制度复仇的事能吸引他。

　　我还得提到几个民粹派的囚犯,这便是:彼卡尔斯基[1]、约诺夫[2]和谢略科夫[3]。他们是为了企图在工人中间乃至军队里进行宣传而受到审判的。彼卡尔斯基和约诺夫到了雅库梯州之后,成了雅库梯的风俗习惯的认真的考察者,也许这才是他们的真正的使命。

　　我还记起了褒达林[4],他曾经有声有色地描绘他在里海的渔场上做宣传工作时的种种情况。后来他把这些特写寄到《俄罗斯财富》社去,然而由于受到检查条件的限制,不能登载出来。

---

　　〔1〕　爱德华·卡洛维奇·彼卡尔斯基(1858—1934),"土地与自由社"的成员。一八七九年在莫斯科被捕,判十五年苦役刑,改为流放到西伯利亚做移民。他学会了雅库梯语言,成了著名的雅库梯研究者。他刊行了一部《雅库梯语辞典》,由德·波波夫和符·约诺夫直接参加编纂工作,由科学院出版(发行于一九〇九至一九二九年间)。一九〇五年回到彼得堡。

　　〔2〕　符塞沃洛德·米哈依洛维奇·约诺夫(1851—1922),为了在工人中间进行宣传,于一八七六年在莫斯科被捕,判处五年苦役刑。一八八三年出狱,到雅库梯州做移民。从一八九八年起住在雅库茨克,是《雅库梯边区》和《雅库梯生活》两报的实际编辑者。一九一〇年回到中央俄罗斯。

　　〔3〕　阿列克塞·伊凡诺维奇·谢略科夫(西略科夫)(生于一八五五年)为了在工人中间进行宣传,于一八七五年被捕,判处六年苦役刑。一八八三年出狱,到雅库梯州做移民。一八八六年回到中央俄罗斯。

　　〔4〕　阿列克塞·亚历山大罗维奇·褒达林(生于一八五〇年左右)为了在农民中间进行宣传,于一八七四年被捕。一八七六年再度被捕,判处五年苦役刑。一八八三年出狱,到外贝加尔州做移民。由于他企图逃亡,被转解到雅库梯州。

4　一次有意义的谈话

　　我们这一批囚犯一路解押到此,已经共同生活了很长一段时期,彼此之间当然已经作了充分的交谈。然而中央监狱的囚犯们在狱中时远远地脱离了生活,因此他们还需要向近年来在外面活动过的人探问许多情况。往往在某一间囚室里聚集了一大群人。有一个人在讲述不久前发生的一个特出事件。中央监狱的囚犯们向他探问详细情况;有时彼此之间还发生了争论。我特别清楚地记得其中的一次谈话。

　　在一间大囚室中央的一张桌子上,坐着宗杰列维奇[1]。他垂着两条短短的腿,正在叙述作出谋刺沙皇的决定的著名的利彼茨克代表大会[2]的情况。他传述了这次代表大会上的谈话,列举了参加大会的人的姓氏,其中有许多人现在已经不在人世了。讲话的人的语调悲哀而严肃;听讲的人态度也悲哀而严肃,他们听得出神了。听众们环坐在讲述者的周围,有的坐在凳子上,有的坐在床上,有的就坐在地上。我记得罗加乔夫的姿态。他坐在囚犯床上,目不转睛地望着宗杰列维奇。

　　宗杰列维奇身材并不高大,长着一团乌丛丛的大胡子。这胡子使他的样子初看起来很严峻,然而只要同他谈上几次话,就可看到他的整个

---

　　[1]　阿隆·伊萨科维奇·宗杰列维奇(1854—1923),一八八〇年因"十六人案"被判无期苦役刑。一九〇五年回到中央俄罗斯,一九〇七年侨居伦敦。十月革命后积极反对苏维埃政权。
　　[2]　参加这次代表大会的是一批拥护恐怖手段的"土地与自由社"成员,大会于一八七九年六月在唐波夫省的利彼茨克举行。

相貌都流露出一种异常温和乃至柔顺的性格。

我和他还是在伊尔库茨克亲近起来的。像这样一些温厚的人，竟会作出这种决定来，我觉得很惊奇。这显然表示出，有一种心理惯性不可遏止地推动着当时的革命知识分子走上恐怖手段的道路，而且，像当时所说，走上"中央恐怖手段"的道路。这种力量比个人的特性更强烈。

利彼茨克是唐波夫省的一个小城市，那里的风俗习惯是落后而守旧的，警察也是如此。决定性的秘密集会便是在那里举行的。我们革命人士对立宪政体一向抱有的成见，到这时候开始消散了。有许多人都感觉到，必须开一个通风窗，换一换俄国的腐朽的政治空气。新近参加执行委员会的瑞略波夫也抱有这样的信念。然而亚历山大二世照旧站在反动势力的中心，等到他从这条道路上退出去的时候，已经太晚了。梅希金作了震撼人心的演说，罗加乔夫实际地震撼了参政院的铁栅栏，——这些样子凶暴而实际上很温雅的民粹派分子，现在已经被克维亚特科夫斯基、基巴尔契奇[1]、瑞略波夫那样的人取而代之了。他们以最得体的方式向法官们解释了谋杀亚历山大二世所用的那种地雷的构造。民粹派人所想望的不是宪法，而是一下子推翻全部制度的一次全国性的大变动。民粹派的接班人任务比较简单，而执行时却危险得多。现在，罗加乔夫和梅希金津津有味地在听温厚的宗杰列维奇讲利彼茨克代表大会的情况。

---

〔1〕　尼古拉·伊凡诺维奇·基巴尔契奇(1854—1881)，起初的"土地与自由社"和后来的民意党的成员。曾参加从一八七九年秋天开始的历次谋杀亚历山大二世的准备工作。发明了谋杀亚历山大二世用的爆破弹，并且和别的人一同制造。在三月一日的案件中被判绞刑。一八八一年四月三日和瑞略波夫、彼罗夫斯卡雅等人一同就刑。

宗杰列维奇说：在代表大会上宣读了瓦列良·奥辛斯基的诀别信（他在一八七九年被处死刑），这封信后来刊登在《土地与自由》的某一期上[1]。亚历山大·米哈依洛夫[2]宣读了一篇对亚历山大二世的长篇大论的控诉文，说他"在他统治的后半期,把鉴于塞瓦斯托波尔大破坏而答应六十年代进步活动家们的一切福利几乎全部取消了"。这篇控诉文宣读完毕后，代表大会上提出了一个问题："是否能原谅这沙皇已经做了的和将来还要做的一切坏事?"这时候全体与会者一致回答："不能!"亚历山大二世的命运就这样决定了。不能说民粹派立刻就让了步。在一个长时期内它还是坚持着自己的观点的。现在从某几篇回忆录中可以看到,以前当索洛维约夫带着谋刺亚历山大二世的计划来到彼得堡时,民粹派分子根据人民承认"解放者沙皇"的功迹这一无可置疑的事实,一直表示激烈的反对。甚至有人发表意见,说必须告知沙皇,叫他戒备。后来,和恐怖手段执行委员会同时,产生了民粹派倾向的民意党[3]。

宗杰列维奇在鸦雀无声的寂静中结束了他的叙述,这时候罗加乔夫代表民粹派观点发言了：

────────

〔1〕 瓦列良·奥辛斯基的诀别信刊登在一八七九年六月十四日第六期《土地与自由》上。

〔2〕 亚历山大·德米特利耶维奇·米哈依洛夫(1855—1884),起初的"土地与自由社"和后来的民意党的活动家之一。曾参加谋杀梅旬采夫,又参加了索洛维约夫对亚历山大二世的行刺和其他的恐怖行为。一八八二年在"二十人案"中被判死刑,改为无期苦役刑。死在彼得保罗要塞中的阿克塞耶夫半月堡里。

〔3〕 这里柯罗连科显然是弄错了:应该说成"和恐怖手段执行委员会(民意党)同时,产生了'黑分派'的组织"。

"请问,宗杰列维奇,"他问,"全体人民还认为沙皇是他们的解放者,而你们去谋害他的生命,目的何在呢?"

面对着这个直截了当提出的问题,宗杰列维奇有点发慌了。他显然没有预先准备好答话。

"我们认为,"他回答说,"这样一来,会产生一种强大的推动力;这种推动力可以解放人民所固有的创造力,为社会革命打下基础。"

"哦,那么如果这一点没有实现,人民没有发动社会革命,……正像事实所证示的那样,……那时候怎么办呢?"

宗杰列维奇沉思起来,仿佛在那里犹豫,后来他回答说:

"那时候,……那时候,我们认为……要强迫……"

罗加乔夫哈哈大笑起来,笑得那么真挚,那么响亮,竟使我不由地回想起了他的笔记和他在伏尔加河码头上听说农民们想要靠谋杀地主来解决土地问题时的那次大笑。对于我来说,还在彼尔姆时同尤利·鲍格丹诺维奇的谈话中所阐明的那种论调,又一次明确起来了:这打击是由于绝望而作的,在技术上很有把握,但是完全盲目。民粹派分子是正确的:谋杀沙皇并没有成为进一步的运动的推动力,俄国后来又经过了一个很长的反动时期,也许比不谋杀沙皇还要长些。……

三月一日简直是绝望的行动。

5　政治犯们凿穿监狱墙壁的事件。又一种类型的行政长官。总督阿努钦及其属下索洛维约夫

我在九月三十日来到伊尔库茨克,到十一月六日〔1〕晚上才离开那里。他们把我和别的转解犯一同拘留了一个多月,是因为在这时期内侦查了我们这批流放犯"凿穿监狱墙壁"的事件。

在本卷前面的某一节里,我曾经谈到"处在作恶的地位的好人"。各种级别的这种好人我都遇到过,从维亚特卡和维什尼伏洛乔克的典狱官开始(读者一定记得伊波里特·巴甫洛维奇·拉普捷夫这个人),直到第三厅里的狱卒们乃至宪兵们,——他们曾经通过各种方式设法把我哥哥和弟弟的消息通知我。有这样的人在,就能使我们减轻严酷的印象,对人的本性具有良好的概念。

然而,渐渐地在行政当局方面经过特殊的心理选择,其成员发生了

---

〔1〕 在这一天(十一月六日),柯罗连科在还没有知道自己晚上就要离开伊尔库茨克的时候写信给弟弟伊拉利昂说:"我直到现在方才能够告诉你我的流放终点。那是雅库梯州。我还有一点希望:最好就流放在离开这里三千俄里的雅库茨克城。这几天我正在等待遣发。你自然早已从我们的亲人那里听说过:他们和我一同提出把我留在克拉斯诺雅尔斯克的申请没有获得许可。我和他们见过几次面之后,在九月二十三日那天分手。二十九日我已经身在伊尔库茨克(这就是说,在伊尔库茨克堡垒里了),直到现在,我还和别的政治流放们一同关在这里。我们政治流放犯在这里为数颇多;我本来可以告诉你关于我的狱友们的许多有趣的消息,可惜这里的监狱检查条件看来是不会容许这类消息传出去的。因此,我只能简单地报导一下我个人的情况。我生活平安,身体健康,衣服和其他的必需品都不缺少(你往常总是为这一点担心)。现在我胡乱度着日子,等候遣发。命运还要把我带到另一个地方去。我打算埋头工作,等待情况好转,虽然我现在还不知道,未来的情况如何,我将从事什么工作。如果有可能的话,我当然要做手艺;另外搞一些理论工作作为调剂。我打算研究一些政论题材,其中有一部分我已经弄清楚了,只是收集起资料来很困难。……"

变化。……处在作恶的地位的全都是残暴的坏人了。最后,出现了施利色堡,在监狱里也经常采用刑讯了。……专制政体不再需要像伊波里特·拉普捷夫那样的人,而需要那些愿意采取一切卑鄙手段来对付专制政体的敌人的人。对囚犯们的一切人情感都被彻底驱除了。

在这期间,新任命的阿努钦总督来到伊尔库茨克。这次任命在当时曾引起很大的希望。阿努钦是一个严肃的军事作家。他写过布加乔夫暴动的军事史,还写过好几篇有关波罗的海东部沿海地区土地权的文章。就像这种时候所常有的情况一样,俄罗斯社会人士和报刊方面对他寄与过多的期望。在彼得堡出版《东方评论》的雅德林采夫、《西伯利亚》报的出版者扎果斯基和聂斯捷罗夫,在伊尔库茨克欢迎这位作家就任总督之职,把这当作"一个新纪元的开端"。

不久,失望就来临了。阿努钦最初的一些表现就使一切希望都落了空。他在任的期间对地方报刊开始实行空前未有的迫害。《西伯利亚》报的两个出版者兼编辑者之中的一人,颇能说几句俏皮话。为了解释他为什么错把阿努钦当好人来欢迎,他在伊尔库茨克社会上散布了一个笑话,说真正的阿努钦——一个文明人和学识丰富的作家——被一帮逃亡的刑事苦役犯拦路袭击。真正的阿努钦被他们打死了,现在就任东西伯利亚总督之职的是一个逃亡的刑事苦役犯。这俏皮的说法颇风行一时,甚至流传到了雅库茨克。

阿努钦开始选择他这行政机关里的人员。要在他手下成为出众的人,单是严守法律和为人公正是不够的,还必须对具有某种倾向的思想以及实现这些思想的人怀抱明显的仇恨。然而以前在俄罗斯全国也采用过这措施,大大地歪曲并贬低了政权,也许还葬送了亚历山大二世。

在阿努钦手下担任重要角色的是一个叫做索洛维约夫的人。我在那里的时候,他曾经到监狱里来过两次。这个哥萨克军官的相当秀气的脸上有一种冷冰冰的残酷的表情,每次都使我感到惊奇。有人讲给我听,说还在我来到之前,有一次,索洛维约夫突然走进一间大囚室,很有把握地向囚犯睡的板床走去。当局按照显然是预先安排好的计划作了一番侦查,在床底下的墙壁上发现了一个凿穿的洞。这里的囚犯们立刻全部被转移到另一间囚室去,事情就这样闹开了。索洛维约夫一口咬定,说这个洞是政治犯们为越狱而凿的。他们把这件事报告了阿努钦,就成立了一个委员会。

在检查时,囚犯方面有领队人德莫霍夫斯基和米哈伊尔·彼得罗维奇·萨仁在场。萨仁立刻指出,床底下有一层好几个月累积起来的灰尘,而这一批政治犯在这里只住了一个短时期,是不可能造成这种情况的。对于这一点,索洛维约夫这样解释,他说这灰尘是囚犯们故意撒上去的,"我们知道,这种事做起来很方便!……"

但这显然是牵强附会。委员会里形成了两种意见。以索洛维约夫为首的少数人一口咬定这洞是政治犯们为越狱而凿。然而大多数人否认这说法,使我们的代表们得到安慰。省检察官也站在这一面。

不久就查明了真相,原来墙那边是女刑事犯所住的地方,当初囚犯们在墙上凿这个洞,为的是要同她们往来。甚至还查明了更多的情况:监狱管理处知道有这么一个洞,典狱官曾吩咐在政治犯来到之前把这个洞堵塞,而看守并没有执行。但是关于这一点,无论是典狱官还是看守,在委员会里都绝不谈起,他们知道这样一揭穿,对索洛维约夫是不利的。那看守现在成了索洛维约夫的主要帮手之一。……事情几乎是摆明了的:倘若是"图谋不轨",就得给政治犯们判罪。然而这太过分了。

委员会里大部分人不同意索洛维约夫的意见，于是"图谋不轨"的说法垮台了。可是，虽然这种说法显然不怀好意，几乎达到捏造的程度，却并不能影响阿努钦对索洛维约夫的信任，因为这毕竟是一种"图谋不轨"的行为。这件事的结果是由委员会作出结论，结束了监狱墙壁上挖洞的事件。

索洛维约夫以后的命运很有意思。他被调迁到萨哈林岛上当萨哈林各监狱的主管人。这是一个肥缺，然而在这里，过度的残酷摧毁了索洛维约夫的一生。他利用自己的几乎无限制的职权来做风流事。可是有些人不管堕落得多么深，总还是力求用一定的基础来维护自己的起码生活[1]。索洛维约夫没有考虑到这一点，纵欲过度了。萨哈林岛上的人就把他们这位长官围困起来……阉割了他。

在挖墙洞这件事上做了索洛维约夫的得力助手的那个看守，后来被行政命令的流放犯廖赫基打死了，不过和这件事无关。廖赫基因此而被处死刑。

6　伊尔库茨克的最后印象。工人巴钦。尤查科娃的悲剧

有一次，我和梅希金、亚历山大罗夫三个人在我们监狱的小院子里散步。这时候，对面有一扇窗子砰的一响打开了，窗栅栏后面出现一个囚犯的身影。

---

〔1〕　例如，可参看我的特写《马露西雅的新垦地》中"流浪人的结婚"这一章。——原注

"这是巴钦〔1〕。"梅希金自言自语地说了一声,就向我们这院子的围墙走去,显然是要去和他谈话。

我听见过这姓氏。我经过克拉斯诺雅尔斯克的时候,谢尔盖·尼古拉耶维奇·尤查科夫对我说:我到了伊尔库茨克大概可以看到他的妹妹伊丽莎白·尼古拉耶夫娜·尤查科娃。她被流放到伊尔库茨克省的巴拉冈斯克,和工人巴钦一同从那里逃了出来。在路上,两个人都被抓住了,被拘留在伊尔库茨克监狱中,直到关于越狱的侦查工作结束时为止。因此,巴钦没有归并到我们这一批里来,而单独被囚禁在监狱的另一个部门里。现在他的身姿出现在窗栅栏后面了。

也许是受了后来发生的事件的影响之故吧,总之,我现在觉得,巴钦当时一出现,似乎立刻就给了我一个不可磨灭的阴森森的印象。当时在工人们中间有一派人,竭力要和知识分子隔绝。后来这些人被称为"马哈耶夫分子",因为有一个名叫马哈依斯基〔2〕的人最初在这方面写了一本书。然而我明明记得,当我入狱前住在彼得堡的时候,革命人士中间早就有人纷纷议论这一"流派"。彼得·阿列克塞耶夫在审判"五十人案"的法庭上极口赞扬革命知识分子,并号召工人们和他们结盟;未来的马哈耶夫分子们却和他相反,努力煽惑队伍还不壮大的革命者,使他们彼此不和。当时人们把这情况解释成是工人中某几个领导者的自尊心

---

〔1〕 伊格纳蒂·安东诺维奇·巴钦(1852—1883),一个钳工。俄国北方工人协会会员。

〔2〕 杨-瓦茨拉夫·康斯坦丁诺维奇·马哈依斯基(马哈耶夫·阿·伏尔斯基)(1866—1927),所谓"马哈耶夫派"的创始人。这是一个小资产阶级的反动流派,接近无政府工团主义。马哈依斯基在九十年代末写了一册书,叫做《脑力工人》。他在其中指出:知识分子是一个寄生阶级,靠工人的劳动来养活,却想要统治整个社会。马哈耶夫派否定为社会主义而斗争,它是马克思主义的敌人。

所致,因为知识分子参加进来之后,这些人就不能站在前列了。我当时未曾得识这一派中的任何一个代表,巴钦是我所看到的第一个代表人物。因此我对即将开始的一场谈话感到兴趣,也走近围墙去。

然而谈话没有谈得起来。巴钦的第一句话就带有虚伪的语气,他似笑非笑地对梅希金说:

"你们这一批流放犯怎么来得那么晚!……叫我们左等右等!你们为什么在路上耽搁了那么久?……是在跟长官们接吻吗?"

我看见梅希金脸上有困惑莫解的表情。

他原来显然想同他作一番严肃的谈话。可是巴钦的语调里表示他只想说几句挖苦话,甚至不知道也不打算知道他是在跟谁讲话。而一批流放犯的行程不是他们自己作得了主的,因此这句问话显然很做作,甚至没有意义。……偏偏梅希金是一个生性真挚的人。他困惑莫解地站了一会儿,然后猛然转过身子,继续散步去了。巴钦的通风窗又砰的一响关了起来。

以后我就不再看见巴钦。那时候听人家说,可怜的尤查科娃由于意外的原因和他同居过。他们两人从巴拉冈斯克逃出来的时候,扮成一对工人夫妻;因此在西伯利亚的一个工厂里,为了免得引起人家猜疑,他们不得不亲近起来。等到他们被捕而落入伊尔库茨克监狱之后,才知道尤查科娃这次越狱归来已经怀了孕。在伊尔库茨克,她(在我离开那里之后)生了一个女孩,为了使这婴儿多少具有明确的身分起见,她决定正式嫁给巴钦。

这实在是她的下策。后来我向人打听尤查科娃的情况,人家告诉我,说巴钦性情粗暴,易动肝火,他的肝脏是有毛病的。况且他不能原谅尤查科娃是将军的女儿,是"娇生惯养的知识分子",不能原谅她受过良好的教育,在敖德萨的几家报社里工作过,会看英文书和法文书。在伊尔库茨克,早在敖德萨就认识她的一些女朋友,都劝她不要把自己的终身托付给这个人。可是她在这遥远而寒冷的西伯利亚孤立无援。越狱案的侦查结束之后,她就得出发到雅库梯州去。但她是南方人,对极地寒冷气候十分害怕,生怕在游牧民族帐篷里的艰苦生活中难以糊口。巴钦却是一个出色的工人(好像是一个铁匠),而且看来会认真地尽父亲之责。

他们正式结婚的时候,记得我还在那里。结婚后又过了几个月监禁生活,然后两人一同被送到雅库梯州,后来就在那里发生了悲剧:巴钦把尤查科娃掐死了;第二天早上,人们发现那个小女孩躺在母亲冰冷的胸怀里。

后来我从这悲剧的一个目击者而且几乎是参与者那里听到了这件事的始末,给了我强烈的印象,我将在后面叙述这件事。

7　斯塔西克·雷赫林斯基及其回忆

有一天,他们叫我到办公室去,说有一个人要探望我,获得了准许,现在正在办公室里等我。我猜测到这将是一次可喜的会面,我所要会见的那个人的形象,从童年时代起就生动地保留在我的记忆中。

读者该记得本书第一卷中雷赫林斯基所办的学馆,我们在这学馆里念过书,当时我的童心中对于我属于什么民族这个问题曾经波动过一时,而雷赫林斯基的三个儿子——尤其是我家称之为斯塔西克的那个小儿子——在这波动期间起了很大的作用。

三个儿子都是参加起义的;斯塔西克在中学毕业后马上就去参加。这个斯塔西克当时在我和弟弟的心目中仿佛是一个理想人物。他还没有到变成成年人——也就是说陌生人——而脱离我们的地步。他还完全是个少年人，面颊上长着幼儿般的汗毛，双颊嫣红，有一种孩子气的可爱相，大家都喜欢他。我的父亲被邀请参加送别晚会，在会上大发脾气，以他所固有的生硬率直的语气对雷赫林斯基夫妇说：

"你们都发疯了！大的两个就算随他们的心意吧，可是斯塔西克，要是换了我，我就把他锁起来，不放他走。他还是个孩子呀！……"

然而这建议自然没有被采纳。雷赫林斯基家的三个儿子向亲友们隆重地道了别。……最后，他们跪下来，由父母亲替他们祝福。大家淌了很多眼泪。就在这一天半夜里，三个年轻人动身走了。后来我常常梦见这个斯塔西克的各种英勇姿态，有时使我的俄罗斯朋友们感到威胁，有时使人替他本人的命运担心。

而这命运不久就确定下来。他们三个都被哥萨克人和农民抓住了。人儿子菲里克斯当场被哥萨克的长矛刺伤，后来在克拉斯诺雅尔斯克附近某驿站上死去。另外两个，即克萨威利和斯塔尼斯拉夫，到涅尔琴斯克去服苦役刑了。

现在，他们两人之中的一个——而且恰好是斯塔尼斯拉夫——在伊尔库茨克监狱办公室里等我。我们热烈地拥抱，然后开始倾诉往事。斯塔尼斯拉夫的父亲——拄着拐杖走路的瓦连青老爷——早已故世了。母亲本来住在布列斯特附近已经结婚的女儿那里，但新近也故世了，临死前还和她的一个儿子——已经获得返回故乡的权利的克萨威利会见了一面。现在站在我面前的斯塔尼斯拉夫，已经是一个年近四十的中等身材的人了。以前泛滥在我们的斯塔西克双颊上的红晕，现在已经褪色，生活过早地在他脸上刻下了皱纹。

他谈到在涅尔琴斯克服苦役刑的情况时，样子很痛苦。这几年是一段艰苦的时期。

我在第一卷里描写过起义事件在波兰社会上所引起的那种感情,后来这种感情逐渐消散而让位给"冷静的头脑"了。波兰人现在只想望着经济高涨和积聚财富。这种情绪反映在显克微支的长篇小说《波拉涅茨基一家》中,并且对起义及其爱国浪漫主义多少带有轻视的态度。

这不能不影响到在遥远的西伯利亚服苦役刑的人们的心情。苦役刑牺牲者得不到来自祖国的同情,情绪就低落了。相反地,囚犯们之间闹纠纷和争吵的次数越来越多,使囚室中的生活受到危害。起初,波兰人不是孤独的。不忘记俄罗斯进军匈牙利的匈牙利人和怀抱着加里波的义勇军情绪的意大利人,也都在起义中出过一份力量。可是后来由于各自的政府的庇护,匈牙利人和意大利人都取得了回祖国的权利,于是只单独剩下波兰人了。

雷赫林斯基谈到这一段时期,认为是最艰苦的时候。波兰政治苦役刑犯的作风腐化了。事情竟弄到这样的地步:有一次,有一个过去参加起义的囚犯,根据狱友们的决定,被鞭打了一顿。……

过了不多久,第一批俄罗斯革命者加入到波兰人的团体里来了,这些人便是:卡拉科佐夫分子,"星期学校派"[1],宣言传播者[2]。后来车

----

〔1〕 指六十年代初期广泛流行的免费星期学校的活动家。一八六二年,这些学校停办了,就在这时候,发生了在星期学校学生们中间传播革命思想的案件。在这案件中受到牵连的有外科医学院的学生霍赫略科夫和别涅伏连斯基。参政院把两人都判了苦役刑,后来别涅伏连斯基改为流放西伯利亚。

〔2〕 柯罗连科所说的宣言传播者,显然是指米·伊·米哈依洛夫、《年轻的俄罗斯》宣言的作者彼·格·扎依奇涅夫斯基以及彼·达·巴洛德等人。

尔尼雪夫斯基也被押送到涅尔琴斯克来服苦役刑了[1]。雷赫林斯基谈到车尔尼雪夫斯基时满腔热情，他这次叙述中的某些情节，后来被我引用在我所写的关于车尔尼雪夫斯基的回忆录里[2]。然而这只不过是雷赫林斯基的富有意义的叙述中极小的一部分，当时我曾力劝他把这一切全部记录下来，并且答应尽力替他设法发表，不是发表在波兰杂志上，便是发表在俄罗斯杂志上。

后来，已经是在我回到中央俄罗斯之后了，他果然这样做了。但是这些富有意义的回忆录遭到了悲惨的命运。

这几年，伊尔库茨克住着我在彼尔姆认识的一个朋友，名叫亚历山大·亚历山大罗维奇·克利尔。关于这个人，我在前面叙述我的彼尔姆生活的一章里提到过。他常常被认为政治上不可靠；他被调职到遥远的伊尔库茨克，大概正是为此。他在这里，像在彼尔姆时一样，和政治流放犯们很接近。这时候，在伊尔库茨克的行政命令流放犯之中有一个人叫做塔塔罗夫。凡是熟悉他的人，都说他很能吸引人心；大家对他怀着极大的好感。克利尔也和他亲近起来。

有一次，这位塔塔罗夫来告诉他一个可惊的消息：他从可靠方面得悉，克利尔不久将受到一次搜查。他问他："要不要把什么东西藏藏好？"克利尔和雷赫林斯基也很熟悉；雷赫林斯基在这以前不久死去，临死时把自己的笔记留给克利尔，托他转交给我。克利尔得到了这个惊人的消

---

〔1〕 车尔尼雪夫斯基于一八六四年八月被押送到涅尔琴斯克（卡达雅矿场）服苦役刑，一八六六年末从那里转解到亚历山大罗夫工厂城。

〔2〕 柯罗连科在一八八九年四月结识车尔尼雪夫斯基，几个月之后车尔尼雪夫斯基就逝世了。次年，柯罗连科就趁印象犹新的时候写了《回忆车尔尼雪夫斯基》一文（见俄文版《柯罗连科全集》第八卷）。

息,就把笔记交给了塔塔罗夫,因为后者不久就要回到中央俄罗斯去。

不料这个塔塔罗夫是个密探。这件事是在中央俄罗斯开始被发觉的。而且发生了这样的情况:两个密探——阿泽夫[1]和塔塔罗夫开始在革命人士中互相揭发。

结果阿泽夫比较机灵,他在自己被彻底揭穿之前,说服了革命者去参加对塔塔罗夫的秘密侦查。

于是塔塔罗夫被严酷地杀死了。当时他正同当司祭的父亲和母亲一起住在华沙。……

有一次,司祭家里来了几个陌生人,要见他的儿子。那时候塔塔罗夫已经在提心吊胆了,他只同意在前室里当父母亲面前接见这些陌生人。这预防措施并未见效。他一走进前室,来客中的一人就向他扑过去,当他父母亲的面用匕首把他杀死。母亲奔过去保护儿子,被枪弹打伤了。

那时候的恐怖手段就采取这种方式。雷赫林斯基的笔记就此丧失,没有落到我手里。

我离开伊尔库茨克监狱的时候终于来到了。索洛维约夫的阴谋即使在吏治极度腐败的当时,在总督阿努钦的支持下,也未能实现。委员会发表了意见,于是,凿穿监狱墙壁的事件就不了了之。同时,被拘留在伊尔库茨克的行政命令流放犯和服满苦役刑的囚犯们到了该遣发的时候了。

我也就被遣发到雅库梯州去了。

─────────────

〔1〕 叶甫盖尼(叶甫诺)·菲里波维奇·阿泽夫(1869—1918),一个奸细。从一八九三年起当警察厅的爪牙。社会革命党产生后,他加入到这队伍里,成了其"战斗组织"的领导人物。在参加恐怖活动的同时,阿泽夫还搞背叛活动。一九○八年,他的警察厅走卒和奸细的身分被揭穿。沙皇政府给他机会到国外躲避。

我的同时代人的故事（Ⅳ）

[俄]柯罗连科 著

丰子恺 丰一吟 译

目　　录

第一章　雅库梯州

1　勒拿河上

关于虚构的挖墙洞事件的侦查工作终于结束了。委员会作出了结论，索洛维约夫的诬告已经显然无可置疑。但这诬告是"意图良善"的，因此在阿努钦看来并不能损害索洛维约夫的名誉。不过现在没有理由可以把行政流放和苦役刑期满的罪犯扣留起来而不加以遣送了。

在伊尔库茨克监狱里，这样的罪犯有好几个，米哈伊尔·彼得罗维奇·萨仁也在其中。这人有过一桩突出的事件。他奉旨戴上了镣铐，记得我来到伊尔库茨克时，看见他还戴着这装饰品。俄国的专制君主们在百忙之中竟有闲暇来关注这样的琐事。亚历山大二世曾从高高的宝座上提示屋主们要"看好自己的扫院人"。亚历山大三世抽出时间来查阅一下遣送到西伯利亚去的人的名单，看见其中载着一个有名的巴枯宁分子的姓名，就吩咐给他戴上镣铐。因此，当这一批囚犯来到伊尔库茨克，当局按规定给大家除下镣铐来休息一下的时候，对于萨仁就觉得难于处理：需要专门为他去请下一道圣旨来，方能除去他的镣铐。

十一月六日，他们叫我到办公室去，还嘱咐我随身带着行李。我就和狱友们道别。经过互相祝愿和几次热烈的拥抱之后，我带着俄国革命的这一最悲惨时期的印象,走出伊尔库茨克监狱的政治犯部门去了。

一个宪兵和一个押送兵已经在办公室里等我。在伊尔库茨克,"有油水的"出差是由两个部门来分担的。宪兵自然算是上级。我好奇地望望这两个人,因为我将要和他们一道走最后一段也许是最艰苦的路程。

那宪兵是一个瘦削而神经质的人。押送兵则反之,动作迟钝,精神萎靡,是一个又肥又蠢的懒汉。我预感到在路上我将要受到他的笨重身躯的强大的压力。他们两个见了我,态度都很殷勤。到雅库茨克约有三千俄里。在秋季里照理要驾四匹马,而其实驾三匹马是毫无问题的,有的地方要是顺利,也许两匹马也对付得了。……当我提出需要买一些旅途上用的食品的时候,那宪兵指着他们预先储备好的两袋东西对我说:"我们可以从你的伙食费里扣算。"

晚上七点钟光景,我们动身上路,在苍茫暮色中经过伊尔库茨克,向北方行进。到了城郊,在我眼前展现出一片缓斜的山地,越远越高,上面长满树木。山峦起伏的远方一片模糊、朦胧晦暗。……到了城郊,马车夫把在黑暗中吟唱悠长歌调的车铃解除了。于是但听见车轮在冻结的土地上辘辘滚响。

我的两个解差在揣度,他们是否能在勒拿河上走水路,即使只走一段也行。他们可以在卡楚加买一只"什底克船"(一种小型的运货木船),这对他们说来是十分"经济"的。他们在各个驿站上向迎面来的行路人探问:从卡楚加开始,还有没有水路可走?而在这时候,我的记忆中飞逝过好些亲爱的人的形象,我离开他们越来越远,正在向不可知的黑暗中走去。

我的解差的打算未能实现,因为河面已经开始冻结,经过卡楚加之后,我们还是得坐驿马车。这件事使宪兵的情绪大大地恶化了,他老是在那里计算"他们为此而损失了多少"。后来在一个驿站上同"契尔克斯人"会面的事（我曾把这件事十分正确地描写在《契尔克斯人》这短篇小说[1]里），使这宪兵完全陷入了厌世的状态中。金矿盗窃者们的这个代理人运一批金子到伊尔库茨克去卖给中国人。如果宪兵真的抓住了这个代理人，那简直是一次极大的成功，一切"经济"的盘算在这成功面前都会黯然失色。然而契尔克斯人知道有危险性，小心戒备着，终于给他溜脱了。这件事又和押送兵的动作迟钝有关，他把武器忘记在车子里了，这就引起我这两个解差恶狠狠地攻击并争吵了一番。我不由地想：如果这件事不是这样了结，也许我会亲眼看到一次真正的劫掠性悲剧了。而现在，那个劫掠者带了一宗极大的财富向伊尔库茨克方面去了，宪兵只能倾听着他的粗野的叫喊声随着这方向渐渐地静息下去。当时还没有电报可以利用啊！……

　　勒拿河一升始就以这样一种严酷的劫掠性印象接待了我。宪兵只办成了一件事，即向契尔克斯人廉价买得了一辆很舒适的轿式雪车，他从他那里得到一张交割这雪车的字据；过了几个站头之后，我们就换乘了这雪车。

　　我们在供雪橇行驶的沿河路上走了一百俄里光景，然后驶下岸坡，来到了裂缝中（当地居民称勒拿河河面的路为"裂缝"）。我时时揩拭着我们的雪车的窗玻璃，从中窥看勒拿河两岸的荒山野地向后移行的光景。群山上往往罩着浓密的云雾，风从裂缝中把它们吹送过去。在我这个平原居民看来，这光景雄伟严肃而阴森逼人，然而毕竟是令人惊异的美景。一连好几天，我对这景色贪看不厌；有时甚至在半夜里也要从窗

─────────────

〔1〕　见俄文版《柯罗连科全集》第一卷。

中窥探,看月亮高高地在阴森森的峭壁巉岩上移行的景象。

在离威尔霍连斯克不远的地方,我看见勒拿河左岸有一座山的顶峰上矗立着一块巨石,生得很奇怪,狭小的一端向下。马车夫指着这石头对我说,这块石头被称为"巫师石",大概是因为原始林里的通古斯人和他们的巫师们每年要聚集到这里来举行两次"主教礼拜式"的缘故。后来我听人说:这块石头从老远就望得见的高处被人推了下去。大概东正教僧侣们认为巫师们的崇拜偶像的礼拜式是蛊惑人心的。

在威尔霍连斯克之后,我们经过了位在勒拿河中一个岛上的基连斯克城,并没有在那里停留;后来又从隐藏在浓雾中的金矿府维蒂姆旁边经过。没有经验的马车夫在威列杜依斯克和克列斯蒂两驿站之间迷了路,使我们在杂乱的冰块中间艰难地走了几乎一整夜。这些冰块堆积得乱七八糟,简直令人难以想象,有时堆成好几座庞大的冰塔,在秋季汹涌的流冰期间被河水冲来冲去,互相碰撞。

2　我在勒拿河上的幻想

在走这一段旅途的期间,有一种景象一直以极大的力量牵动着我的想象力。其中仿佛综合了三月一日之后我在彼尔姆和伊尔库茨克所得的印象。

在这寒冷的高空中,我似乎看到有两个形象:亚历山大二世和他的谋杀者瑞略波夫。

有其始——像亚历山大二世当初开始时那样——必有其终!……在我的回忆中,他只是一个受害的可怜而不幸的人。"载我到宫殿里去,……我要死在那里……"于是人们把他载回宫殿去,一路上鲜血淋淋,一直到这可怜的人身体僵冷为止。

在谋杀沙皇一案的主要组织者瑞略波夫身上,据我看来,就像在一个焦点上一样,集中着俄罗斯知识分子在亚历山大二世统治期间的全部悲剧。大家都知道,瑞略波夫的被捕要早几天,是与谋杀沙皇一案无关的,但他自动声称参与其事,为了正义而要求把他归并到雷萨科夫这案件中去。他认为单是雷萨科夫一人,这案件太平淡,为人民所不能理解,所以他贡献出自己的生命,好使这案件丰富多彩些。除了自身以外,他把一个心爱的女人索菲亚·彼罗夫斯卡雅[1]也推上了断头台。参加三月一日案件的人物虽然十分丰富多彩,这案件——就算不平淡了吧——在人民看来总还是像以前一样不可理解。人民群众记得,被杀害的沙皇曾经解放农民,现在沙皇的敌人虽然临到了被处死刑的时刻,他们的爱和恨在人民群众看来还是十分隔膜的。

现在,当这出悲剧结束了的时候,我似乎觉得他们两个已经互相理解而言归于好了。他们从高空中眺望着自己的冷冰冰、阴沉沉的祖国,正在这里寻找一条真理之路,——是这真理使他们成了死敌,然而我觉得当沙皇解放农民的时候,当这位革命家同当前的反动势力斗争的时候,正是这真理以独特的方式鼓舞着他们。后来,这真理湮没在曲折的生活道路中了,把一个导向悲惨的死亡,把另外几个送上了断头台。当三月一日案件的参加者们高高地站在群众面前可耻的台上时,从下面人山人海之中传来了一片威严而含有敌意的喧哗声。俄罗斯人民群众只看见了真理的一半。他们记得亚历山大二世是解放农民的沙皇,却不懂

---

〔1〕 索菲亚·里沃夫娜·彼罗夫斯卡雅(1853—1881)曾参加"土地与自由社",民粹派分裂后加入民意党,任执行委员会的委员。在一八八一年三月一日的事件中担任领导角色。一八八一年四月三日被处死刑。

得他在反对自由方面犯下了多少罪行。对于那些把自己生命贡献给人民的人的爱和恨,人民并不理解。而其实和解的可能是存在着的;现在我似乎觉得,牺牲者和谋杀者双方都在察看自己的阴森森的祖国,正在寻找这种和解。

在勒拿河上漫长的旅途中,我的思想屡屡回溯到这一主题上。夜间我并不入睡,揩拭着冻结的车窗玻璃,察看那寒冷的月亮在阴森森的山岩上空高高地移行的景象。当我来到驿站上时,我就设法把手烤暖,写下这诗篇的内容来,哪怕只写一段也好。然而驿站上的人远远地听见我们的车铃声,就做起准备工作来。因此我刚刚烤暖手,在小本子上动手写了一些形象和感想,驿站长就来通知说马准备好了。于是只得重新走到冷空气里,坐进雪车。这两个形象就又顽强地盘踞在我的想象中了。

不久以前,我找到了这些笔记本之中的一册,旧时的笔迹使我重温当时的心情[1]。我眼前浮现出一个革命家来,这人离开了杂乱的斗争,被押送着走我现在所走的这条路。他也像我一样眺望着这夜空,像我一样感觉到没有人民参加的斗争是一个绝望的悲剧。同样的思想占据着他的心灵,于是他向自己提出一个问题:在这冷冰冰的世界上何处有真理? ……"严寒——荒凉的北方的伟大统治者——压缩着空气。霜像大

---

〔1〕 记载着这些感想的一八八一年袖珍记事册保存在柯罗连科的档案里。这记事册上载有柯罗连科从彼尔姆到雅库梯州阿姆加村这一段路程的全部记录,其中详细地列举了各驿站的名称,计算了其间的里程,并记载了一路上发生的事件。这记事册里有九幅素描:西伯利亚风景,驿站,骑士像等。这里还有几篇艺术性题材的草稿。记录是用铅笔作的,字写得很小,有的地方磨损得十分厉害,要费不少力气才能看清楚(而且不是全部看得清)。在写《我的同时代人的故事》第四卷时,作者利用了这些旅途笔记。这记事册上艺术性题材草稿中的某些篇幅曾发表在国家文学出版社一九三五年出版的柯罗连科的《记事册》里。

块棉花一般纷纷而降,在月光底下闪闪发光。大河发出隆隆之声,宛如大炮正在射击。这是冰块由于严寒而爆裂的声音,冗长的轰隆声在河面上停留了好一会儿,然后远远地传到山丘和狭谷中间去了。……一八八二年[1]圣诞节的子夜就这样来临了。车铃吟唱着它的悠长的、如泣如诉的歌调,那个流放犯就像我一样记录着狂热的头脑里所产生的思想。他的手稿传到了俄罗斯恐怖主义革命者们那里。但是那里还在继续进行斗争,因此在他们看来这种心情和'何处有真理?'这样的问题是奇怪而不可解的。于是在手稿的反面用果断而粗大的笔迹写下这样一段话:'天哪,这真是无稽之谈! 我们这位亡友本来头脑是十分清醒的,这些幻想显然是他患了奇怪的脑病的结果。他终于发生了幻觉,把沙皇幻想成一个"威力无边而追求自由的"国君。怎么会产生这样痴心妄想的念头啊! ……然而他以前毕竟是一个出色的人,曾经为我们的共同事业作很大的效劳。因此,伏尔契歇好友,务请尽力设法实现这位亡友的愿望,把他的稿子送交××君。对于这部把不可和解的事说成和解的幻想诗篇,我不知道她将如何处理;然而她似乎是知道的。'……"

这诗篇终于没有完成。不久,别的思想和别的印象排挤了这些荒凉的勒拿河上的幻想。我之所以要在这里引证这些没有系统的片断,是因为这些片断综合了我从三月一日的大悲剧所得到的印象。这悲剧是全体知识分子的悲剧,也许竟可说是整个俄国的悲剧。社会上的人士都意识到这悲剧。那时甚至连谋杀沙皇的恐怖分子也邀请俄国专制君主走和平的宪法改革的道路了。……

---

〔1〕　大概是一八八一年之误。——译者注

3 受十二月党人培育的人。叶甫格尼雅·亚历山大罗娃

我们一直在勒拿河的冰面上往前行驶。到了津纳雅驿站上,我碰见一个迎面走来的路人。这是一个西伯利亚本地人;但是他的外貌上遗留着似乎与西伯利亚不相干的往昔的痕迹。他身材不高,长得很胖,然而那样子还是使我想起彼尔姆的省长叶纳基耶夫——那个"十八世纪人物"。可惜我现在忘记了他的姓氏。我只知道他生长在西伯利亚西南地区,受到十二月党人的培育。他递给我一杯茶,把一些西伯利亚干点心推近我来,对我说:

"是的,我们的西伯利亚受到了教育,受到了教育!从前受十二月党人的教育,现在受到你们革命人士的教育。俄罗斯把你们放逐出来,而西伯利亚接待你们,把你们看作对自己有益的人。在不很久以前,我就像这回遇见您先生一样遇见了一个年轻的姑娘,叫做叶甫格尼雅[1]·亚历山大罗娃。也许您知道这个名字?……她为了爱她的未婚夫,就到维霍扬斯克去找他。她的未婚夫就是阿-夫先生。大概您也听到过?"

这姓氏我确是知道的。阿-夫就是彼尔姆的宪兵莫洛科夫讲给我听的那个行为很古怪的流放犯。他曾向所有的县监狱呼唤他未婚妻的名字。那么看来他的未婚妻现在已经经过这里去找他了。……这位受十二月党人培育的人看见我对这消息感兴趣,就继续用感动的声音说:

---

〔1〕 叶甫格尼雅的小名是瑞娘,见本书第三卷第四章第一节。——译者注

"从童年时代起，我就保留着关于十二月党人的妻子的回忆——譬如公爵夫人奥鲍连斯卡雅[1]、特鲁别茨卡雅[2]等人。……现在，这种为爱情建立功勋的高尚行为重又在我们眼前出现了。这个年轻的姑娘抛弃了家庭，离开了亲人，到北极圈里来了。而且她身上衣服单薄，哪里像是在西伯利亚穿的。她向我告别，在严寒的天气里坐进雪橇去，我看看她……您可相信，竟落下眼泪来了。……是什么命运在等待着这位可怜的姑娘啊？……"

后来流放归来的时候，我结识了叶甫格尼雅·亚历山大罗娃。这果然是一个讨人欢喜的好姑娘；然而我那位浪漫主义的西伯利亚人如果知道了他所极口称赞的这位姑娘的功勋是一个错误时，不知他又该说些什么了。这姑娘克服了重重障碍去见丈夫，不久就同他离婚，回到了俄罗斯。

在穆赫图雅驿站上，当我和解差已经准备出去上车的时候，忽然听见驿站门前一阵车铃声，一个新来的流放犯连滚带跌地闯进我们室内来。这人姓布利奥特[3]。他从司书那里知道了我的姓名，立刻奔过来像一个亲人那样拥抱我。原来他是从克拉斯诺雅尔斯克来的，——直

---

〔1〕　大概是指玛丽亚·尼古拉耶夫娜·伏尔龚斯卡雅（1805—1863），娘家姓拉耶夫斯卡雅，是十二月党人谢尔盖·格利果列维奇·伏尔龚斯基的妻子。

〔2〕　叶卡捷琳娜·伊凡诺夫娜·特鲁别茨卡雅（母家姓拉瓦尔，死于一八五四年），十二月党人谢尔盖·彼得罗维奇·特鲁别茨基的妻子。

〔3〕　巴维尔·尼古拉耶维奇·布利奥特（生于一八五一年左右），本来是法国人。曾参加喀山广场上的示威游行，被放逐到雅库梯州的奥列克明斯克受警察监视。一八八一年六月转解到米努辛斯克，后来大概是由于拒绝宣誓的缘故，又从那里被送回雅库梯州。

接来到此地,中途并没有在伊尔库茨克停留,——而且他很熟悉我家亲人们的情况。可惜我们的马已经套好,而这些勒拿河种的马训练得很差,在严寒中要它们站着不走是很困难的。因此我只能听布利奥特极简短地报导一些关于亲人们的消息,就和他道别了。和布利奥特同行的有他的年轻的妻子和两个可爱的女孩子。……这天夜里我很少想亚历山大二世和瑞略波夫的事。我的思想一直被可爱的亲人们的形象占据着。

不久,邮车赶上了我们,使我们十分欣慰。勒拿河上的邮车行列呈现出一种奇特的壮观,虽然这一次规模比往常小些;有一辆供邮递用的三套车留给我们用了。我们加入了邮车行列,因此走得比通常快些了,有时甚至超过邮车,先到驿站。等我们到站之后,才听见一大队三套车在叮当声和叫喊声中从勒拿河的河面向岸上驶来。后来我们出发前进的时候,看见驿站上所有的人都在为新到的邮车队张罗。这工作每次都很复杂、困难。在这里,邮件运送工作是古代"驿村"制度的残余,驿马车夫们那时候是受"皇上的薪俸"的。这些驿站人员的特殊的生活情况,我到了流放回来的途中才详细知道,那时候我曾和两个同伴以逐站遣送的囚犯身分在还未冻结的勒拿河上走了一个多月。现在我们只是偶尔听到这些受国家奴役的人诉说驿吏们的可怕的剥削。驿吏们的行径同富农如出一辙。驿站村里的人越是穷困,非担任邮件运送工作不足以维持生活,这种运送工作的条件也就越苛刻[1]。

---

〔1〕 勒拿河上驿站人员的生活情况由作者描写在《皇上的驿马车夫》这短篇小说中(见俄文版《柯罗连科全集》第一卷)。

4　苦闷的裁缝。到达雅库茨克

　　过了瑞尔保夫斯卡雅驿站之后，就不再是伊尔库茨克省的范围了，我们进入了雅库梯州的奥列克明斯克山区，一路上经过几个驿站，又经过了隐蔽在雾气中的金矿府(即勒拿河上金矿开采公司的大厦[1])。在有一个驿站上，我疲惫不堪，倒身在木炕上，刹那间就睡着了。有一个人纠缠不清地来拉扯我的肩膀，把我弄醒了。我睁开眼睛，看见身旁站着一个人，身材并不高大，穿着一身崭新的、漂亮的灰色西服。他用抱歉和恳求的眼光望着我。

　　"请原谅我，先生，我吵醒了您。可是，看在上帝面上，请您看看我。"

　　他从头上摘下崭新的帽子来，把它翻来覆去地给我看。

　　"您看呀，唉，不，只求您看一看。恰普卡！"

　　我知道"恰普卡"这个波兰词是帽子的意思，然而这仍然不足以说明他为什么要弄醒我。这期间陌生人站定了脚跟，在我面前把身子扭转来，好像在摆姿势的样子，他脸上照旧保留着恳求的表情。

　　"卡米捷尔卡(背心)，沙拉维列奇基(裤子)，苏尔杜特(上衣)……"他把这套西服的组成部分一样样指给我看，用波兰话说出它们的名称，一方面继续在我面前扭来扭去，仿佛装着弹簧发条似的，"唉，不，只求您看一看，求求您，看一看吧，……这不是很好看吗！……"

　　起初我以为这个奇怪的人喝得酩酊大醉了。然而他并没有醉。这

　　　〔1〕　柯罗连科曾把这种金矿府之中的一个描写在《封建主》这篇特写里(见俄文版《柯罗连科全集》第一卷)。

是一个裁缝,从彼得堡流放到这里,对自己目前的工作感到烦闷了。不久以前,他被一伙金矿职员邀请去。这些职员大都是波兰人,他们订购了一大批形形色色的衣料到金矿地来,好像竟是从巴黎订购来的。这裁缝在金矿府度过了好几个星期,给所有的订货人缝完了衣服;他们除了付给他工资以外,又送了些衣料给他自己做衣服用。从这时候起,他认为用波兰话来称呼衣服的名称是最得体的。然而真可惜,他终于不得不离开热闹的金矿地,回到勒拿河上这个孤寂的驿站上来。

后来我总算懂得了他的要求。每逢听到驿马车的铃声(这在这里不是常有的事),他立刻穿上这套新衣服,跑到过路的旅客面前去尽情夸耀……"恰普卡,卡米捷尔卡,苏尔杜特,……唉,不,只求您看一看,先生,只求您瞧一眼!……求求您,再从这边来看看……"

驿站的司书讲给我的两个解差听,说不论什么时候,只要一听见驿马车的铃声,哪怕是在午夜里或清晨,他就立刻在自己的帐篷里醒过来,匆匆地穿上这套礼服,跑去给过路客人看。他看见我是个有文化修养的人,就急切地向我奔过来,再三地恳求我看看他。……

我想到这个可怜的人的无聊之极的生活,忧从中来,不觉有所感触:我将来到达了某处穷乡僻壤的流放地,会不会也像这样苦闷呢?因此我对他这套富丽的服装表示了极大的兴趣,一直称赞到我们的马匹准备好了的时候。为了感谢我的好意,他走到驿站的院子里来送我。

"的确很好吧?……"这是他最后的一句话,那时候我已经坐到车子里去了;他的眼睛望着我,眼光中照旧流露着复杂的表情:一方面是欢喜之情,另一方面是对自己的怜惜。……我想,他大概会突然放声大哭起来。

在将要到达奥列克马河的时候,有一些通古斯人的驮载商队向我们迎面而来。载货的鹿长着翘向背后的多枝的角,在重荷之下摇摇摆摆地前进;有几只鹿身上还坐着沉甸甸的通古斯人,两条腿向前伸展着。这些是勒拿河岸的捕兽人,他们从原始林里出来,把秋季的获物运出去卖掉了,然后尽力采购一些自己过冬所需的东西。有一次,我们就在这样的情况下碰到了一个所谓通古斯公爵。他的样子像一座塔楼,有一个族人在一旁急匆匆地跟着他跑,一面听取着他的命令。这族人显得那么顺从,那么渺小,使我不由得想起:在我们祖国还有多少难以根除的奴隶性啊!……马车夫乃至我的宪兵解差都对这"公爵"表示极大的敬意。

全靠和邮车在一起,加快了速度,到了十一月二十四日,雅库茨克的灯火终于闪现在我眼前了。暮色渐渐降临,空中飘着疏疏落落、寒气逼人的雪。一大片一大片的荒地被一堆堆的房屋和帐篷所代替了。有几个地方的住屋是当地人所谓的"库房",这就是俄罗斯式的用圆木建筑的房子;有几个地方则是普通的帐篷,壁面倾斜,用大冰块来代替窗子。到了暮色苍茫的时候,我被载送到了一所深色的二层楼房面前,这里住着州长,设立着他的办公厅。

5　雅库梯州长车尔涅耶夫

那时候雅库梯的州长是车尔涅耶夫。这人身材魁梧,脸型粗大而缺乏表情。他出来接见我,把我这个新流放犯仔细打量了一下,一句话也没有说就走了。后来我听人家谈起他过去的升迁史。

他是一个西伯利亚哥萨克人,在修筑贝加尔湖环湖公路的时候曾经在押送队里服务。在这建筑工地上工作的也有一些苦役犯,其中包括以前的波兰起义者。我至今一直觉得奇怪,我们对于我们历史中的一些突出事件是多么不关心啊。譬如说,很少有人知道:在这次工事中,波兰人曾打算在西伯利亚发动一次新的起义[1],目的是要偷偷地逃往中国境内。这件事的设计和实行都很不妥当,不久起义就被镇压下去。然而有一个时期贝加尔湖曾被武装起义者用火力包围起来,俄罗斯政权的代表者们被捕获而当了俘虏。车尔涅耶夫也经历了同样的遭遇。据说爱嘲弄的波兰人把他当作牲口让他从贝加尔湖替他们运水到营房里去。这种独特的"为祖国受难"为他的前程打下了基础,尽管他毫无行政才能,结果还是给他当上了州长,——虽然是雅库梯州的,但毕竟是一州之长。

这个人心地温厚,然而毫无能耐。他手下的官员们任意摆布他;后来我也曾亲身体会到这一点。

由于我在伊尔库茨克耽搁得太久,我的公文比我先到达了雅库茨克[2],因此我的指定流放地点已经确定了。办公厅里的官员告诉我,说我被指定流放到阿姆加大村,这村子离开雅库茨克约三百俄里,是属于巴图鲁斯山乡的。那官员还补充说:这是一个很大的村子,村里有一个教堂,两家小铺子,一个邮局。看来我被指定到这地方去,是全靠雷赫林斯基同州长办公厅里一个有权势的人物彼达欣科有交情的缘故。

后来我被送到监狱里去,这监狱是一所宽敞的木造房屋,位在城郊很远的地方。我在这里碰到了一个狱友——政治流放犯阿纳尼·谢苗

---

〔1〕 柯罗连科在这里提到的波兰人在贝加尔湖环湖大道上的起义事件发生在一八六六年六月到七月之间。

〔2〕 在流放犯分配名单中对于"一八八一年十一月二十四日抵达雅库茨克城之国事犯柯罗连科"有这样的评语:柯罗连科系"识字人,靴匠,画家";而在"关于受公开监视之符拉季米尔·柯罗连科"的资料中有这样的话:"因此人对政府怀有敌意并曾进行危害活动,故交警察监视。"

诺维奇·奥尔洛夫[1]，他已经被指定送往巴图鲁斯山乡，这就是说，要和我做邻居了。大约三天之后，他就出发到那里去。我们预先约好：如果有可能的话，我们到了那里再会面。

十一月二十九日，我也出发向这方面去了。

6　最后一次移解

在这最后一次移解时，只有一个哥萨克人来押送我。这是当地哥萨克人之中的一个代表人物，年纪还很轻，心地很朴质。这些哥萨克人十分善于适应严寒的气候，然而他们毫无一点威武精神。当地有一种鞋子叫做"软底毛靴"，是他们常穿的，甚至在参加大检阅时也穿它，因此人们讽刺地称他们为"软底毛靴军队"。

这一天大气晴明，寒气逼人。驿马车夫们时时勒住马匹，伸一个指头到它们鼻孔里去挖出很长的冰箸来。不作这预防措施，马跑着跑着就会突然倒下来死掉。

旅程将要结束的时候，道路进入了所谓阳马拉赫溪谷。这是位在两个缓斜的山岭之间的一片凹地，山岭上长满落叶松林。有时在这些树林的深色的背景上高高地升起一条笔直的烟来。这表示附近有一个居民点或调换马匹的驿站。这些帐篷一个个孤零零地散置在树林里。家户毗连的村庄我们从来没有碰到过。

从某一个时候起，开始有一种奇怪的声音传到我耳朵里来。除了滑

---

〔1〕　阿纳尼·谢苗诺维奇·奥尔洛夫（生于一八五一年左右，卒于一八八七年左右），一八八〇年被捕，应流放东西伯利亚。出发前在维什尼伏洛乔克监狱中拒绝向亚历山大三世宣誓，为此而被流放雅库梯州。

木在雪地上发出的单调的吱吱声和原始林的啸声之外,又出现了一个声音,像是牛虻的嗡嗡的叫声,这叫声不时地被一种呜咽声所打断。我困惑莫解地向四下里张望,努力探求这声音的来源。哥萨克人看见这情况,就微笑一下说:

"这是他在唱歌。你还不习惯吧。"

这果然是一支雅库梯歌曲——是一种从喉头发出的悠长的哀怨之音。歌曲开头的一个音是"啊唉——"……这音无尽止地拖延下去,有时转了调,变成几近于歇斯底里的号泣哽咽声。这种奇怪的声音同滑木的吱吱声和原始林的均匀的啸声奇异地融合在一起。……〔1〕

天色向晚。我们决定在一个驿站上取取暖,痛快地喝一次茶。于是我们作了一次途间休息。女主人立刻着手张罗起来。她给我们端来了茶炊,就钻到帐篷的暗角落里炉子后面去了,从那里传出单调的营营声来。

"她在磨面粉来做饼。"我的哥萨克人向我解释。

我向炉子后面张望一下,看见我们的女主人正在那里忙着。她脱去了衣服,连衬衫都不穿,只穿一条毛皮裤子和一双筒子上绣花的软底毛靴。但她还是浑身是汗,大滴的汗珠从脸上和身上滚滚而下。有时她走到炉子边,从靴筒里取出一只短烟斗,吸起烟来。这时候,帐篷里全体女眷都聚集拢来,她们挨着次序你一口我一口地吸烟,一面毫无礼貌地打量着我们,对我们发出种种议论。有时女人们叽叽喳喳的话声中突然迸发出一阵阵愉快的哄笑声。哥萨克人试图说几句笑话来把

〔1〕 柯罗连科的档案里保存着一本袖珍记事册,记的是一八八〇至一八八二年间的事。这里面记载着听了雅库梯歌曲后的印象,大概就是这位作家在去阿姆加的途中所写的。他的未完成草稿《歌曲》和《艺术家》也描写了这个题材。

她们对付过去，但是立刻屈服下来了；我就更不消说，完全失去了自卫的能力。后来女主人又走到炉子后面去，从那里又传出手磨的营营声来[1]。

我当时想，用这样的磨子来磨面粉，还是荷马时代的事。一块磨石固着在一张不很高的小桌子上。另一块磨石靠一根管子来转动，这管子装在帐篷转角处两个壁面之间的一块板上。用手转动上面这块磨石，面粉就静悄悄地撒到桌子上来了。女主人磨好了足够做一个大饼的面粉，把它和成面团，就在熊熊的炉火面前烤出一个饼来。

这时候外面传来一阵车铃声，不久就有一个新到的旅客走进帐篷来，随身带来一团团浓烈的寒气。他在炉子面前脱去外衣之后，我才看清楚了这是一个年轻的哥萨克人，我觉得他简直像我的解差的孪生兄弟一样：也是不长胡子的，也是很年轻的。他从维霍扬斯克来，要送一个紧急公文到州长那里去。

"老兄，你们那里有什么新鲜事儿吗？说来听听……"我的解差说。

两个哥萨克人坐在奥隆（帐篷的倾斜的壁面底下的木炕的名称）上了，那个来客就低声地讲出一个确实惊人的消息来：有几个陌生人从海里走雅纳河来到他们那里。这些人乘着一只小艇前进，一面测量河水的深度，派遣报信员到后面去，仿佛他们后面的河上有一只大船在开来，而他们只是来打先锋的。他们就这样到了这城市（维霍扬斯克），——只有一只小艇而并没有大船，——县警察局长不知道拿他们怎么办。他想暂且把他们关到牢房里去再说，但是被政治流放犯们劝住了。流放犯之

---

〔1〕　柯罗连科大概当时就在自己的记事册里画下了这个雅库梯女主人在手磨上磨面粉的样子。这记事册里还有几幅速写，也是柯罗连科在雅库梯州所作的。

中有一个人懂得这些外来人的语言,就同他们谈起话来;后来他对县警察局长说:

"你不要把他们关到牢房里去,而要客客气气地接待他们。这样做包你不会后悔。"

现在这个哥萨克人便是匆匆派去给州长送紧急公文的;居民们都弄不懂是怎么一回事:这些陌生人不知是来打仗的,还是来讲和的。

我的解差全神贯注地听伙伴讲完了这件事,悲伤地叹一口气说:

"唉,老兄……要是来打仗的,那他们会把我们统统征服。……"

维霍扬斯克的哥萨克人悲哀地同意了这个不愉快的结论,然后他痛快地喝了一会儿茶,重新穿上衣服,用了为我们准备着的马匹,坐上车向雅库茨克奔驰而去。

过了一两个月,全世界传遍了一个消息:"琼耐塔"号的乘员找到了。"琼耐塔"是一只到北极去探险的美国船,在西伯利亚北岸某地的冰块之间遇难,全体乘员不知去向。旧大陆和新大陆的报纸都很关心这些乘员的命运,曾经向北冰洋岸上的游牧民楚克奇人打听各种各样的消息。但是后来音信全无了[1]。

而现在这个头脑单纯的哥萨克人的口袋里揣着一个消息,这消息

---

〔1〕 美国轮船"琼耐塔"号在中尉德·朗的领导下于一八七九年七月三日从旧金山出发到北极去探险。九月五日,在格拉尔德岛附近的地方,"琼耐塔"号遇到了流冰,在二十一个月的期间一直被冰块带往西方方向去。一八八一年六月三十日,这船被冰块夹住,沉没了。但上面的小艇、雪橇和粮食都被搬运到了冰上。全体乘员尽力设法步行到西伯利亚海岸边去,然而冰块把他们带往西北方。以后他们就在小艇上进行勘察。这些小艇驶近勒拿河河口的时候被暴风雨冲散了;其中一只小艇不知去向;另一只小艇上的全体乘员——以德·朗中尉为首的十二个人——冻饿而死;还有一队人(由中尉梅尔威尔率领)被通古斯人所救。

将要惊动全世界的报纸：失踪了的"琼耐塔"号乘员来到了维霍扬斯克，使当地的县警察局长不得不在两种对付方法中选择一种：不是客客气气地接待他们，便是为安全计把他们关进牢房里。当时有人议论说：要不是这时候有一大批政治流放犯在维霍扬斯克，这些旅行家们就免不了要同维霍扬斯克的牢房做朋友了。然而政治犯们劝住了县警察局长，叫他不要采取严厉措施；于是美国客人们就享受了自由。县警察局长这样做了，果然没有后悔：北美的总统后来赠给他一柄荣誉剑。为了把这柄宝剑送到遥远的维霍扬斯克去，竟装备了整整的一队人马。而县警察局长的名字也就作为一个文明的行政长官在全世界轰动一时。

要不是俄国政府有一种可嘉奖的习性，惯于把受欧洲教育的人送到最遥远的地区去居住，谁又知道会产生怎样的结果呢？

7　到达目的地

一清早离开驿站之后，我们又继续赶路，直到晚上，中途只有换马的时候才停一下。在有一个驿站上，我们碰到了两个来自乌斯特马雅（阿尔丹河的支流马雅河上的一个市镇）的阉割派教徒。他们要到雅库茨克去。这是我一生之中第一次看到的阉割派教徒。一个是中年男子，另一个几乎还是孩子。年长的一个知道我是政治流放犯，就隐约地对我表示同情。那男孩子则慷慨激昂，两眼炯炯发光，毫无顾忌地说："这些压迫人的家伙还能横行到几时啊？"他显然还处在狂热的激昂情绪时期，我带着惋惜的心情看看他，心里想：难道他将来也要受阉割吗？难道现在闪耀着火花的这双眼睛也要暗淡而熄灭下去吗？

当月亮又在地平线上升起来的时候,我们渐渐接近了指定流放地。终于驿马夫从驾车台上回过头来说:

"阿姆加到了。"

我把长耳风帽弄弄平正,把头探到窗外的寒气里去。阳马拉赫溪谷豁然开朗,在我面前展现出一大片辽阔的平原,平原远处的尽头是一带峻峭的山岭在月亮底下闪闪发光,平原上布满了高高的白色的烟柱。在前面靠近我们的地方烟柱较少,仿佛这是一个小小的新村。但再向前去就有许多烟柱耸入云霄,宛如一座别致的烟林。

这便是阿姆加大村[1]。

我们的橇车驶入一条宽阔的街道,不久就在一间很大的屋子面前停下来。这屋子按俄罗斯式用木架造成,只是没有屋顶。这里便是所谓"村社办公室",大致相当于我们的乡公署。

这里还在办公。有一个中年男子站起来接待我们,这人长着乌黑的头发、乌黑的胡须,一双也是乌黑的眼睛发出炯炯的光辉,敏捷地转来转去。他走到我跟前,向我伸出手来自我介绍说:

"我叫尼古拉·瓦西里耶维奇·瓦西里耶夫[2],是政治犯,同时又是这里的司书。这位是这里的酋长,也就是村长,在某种程度上是长官。"

酋长庄严地从桌子边站起来同我握手。他的脸很胖,一根髭须也没有。这完全是一张异族人的脸。他穿着一件棉绒长袍,紧束着腰带。长袍的袖子高高地翘起,使他的模样儿显得很奇特,颇像旧时代的一个外

---

　　[1]　在柯罗连科的记事册里记载着,他是一八八一年十二月一日来到阿姆加的。
　　[2]　尼古拉·瓦西里耶维奇·瓦西里耶夫(1845—1888)为拟制并散布号召谋杀沙皇的《告公民书》而于一八六二年被捕。一八六三年被判死刑,改为十年苦役刑。

交官。他同瓦西里耶夫讲雅库梯话,态度不免有点神气。

"好吧,现在让我们给你的哥萨克人出一张收据,请他去喝茶。然后我带你到同伴们那里去。这里住着伊凡·伊凡诺维奇·巴宾和奥西普·雅科夫列维奇·瓦恩什坦[1]。他们自己有一个帐篷。"

他以司书的身分办好了一切手续,于是由原来那个驿马车夫载我们到村子的另一头去。我们的车子开过街道的时候,我觉得这条街异常热闹,虽然实际上街上一点动静也没有。我之所以有这种印象,是因为看到各个帐篷里冒出一团团的烟来;这些烟同寒气搏斗了一会儿,发出噼噼啪啪的声音,向高空中升去了。除此以外,还有炉子里熊熊的火光透过冰块做成的窗子变幻莫测地照射出来,总的说来给人以无声的热闹的夜景的印象。有时候帐篷的门开开了,立刻砰的一声碰在倾斜的壁面上。有几个阿姆加人听见我们马车的铃声,探出头来张望。他们看见了瓦西里耶夫,用雅库梯话问他几句,他也用雅库梯话回答他们。

大约在街道中心(这条街长一俄里多)的地方,有一座很大的木造教堂由于覆盖着冰霜而闪闪发光。我们从它旁边经过,向左转弯,来到一个小小的帐篷面前。这帐篷像别的帐篷一样装着冰块的窗子。院子里有好几个附属建筑物,其中包括一间现在空着的夏屋。我们在这里受到流放同伴们亲切的接待。

首先是我已经熟悉的伊凡·伊凡诺维奇·巴宾,我在前面已经描写过我初次被流放到西伯利亚时在下诺夫戈罗德的船上同他会面的情况。他和陀尔古欣一同被流放,在哈尔科夫的一个中央监狱里服苦役。现在

----

〔1〕　奥西普·雅科夫列维奇·瓦恩什坦(生于一八五五年)为了同彼得堡拘押所里的人交往一案,于一八七八年被捕。一八七九至一八八〇年间流放雅库梯州。

我看见他样子很壮健，不胜惊喜。以前我在途中看到他时，他的身体由于中央监狱的折磨而衰弱得厉害；而现在站在我面前的却是一个血气旺盛的青年，两眼炯炯发光，精神愉快饱满。

另一个人叫做奥西普·雅科夫列维奇·瓦恩什坦，是个犹太人，医学院的初年级学生。他为什么被流放，我现在记不起了。他的相貌和善而讨人欢喜，眼睛发出生动的光彩。

第三个人叫做哈保津。对别的两人我都用真实姓名来称呼。只是对于哈保津，我不大有称赞的话可说，因此我改用一个假姓氏来称呼他。他被流放的经过情形十分奇特。他本来是彼得堡一家小杂货铺里的伙计或学徒。有一次好像是星期天，在公共图书馆旁边一个为过往行人设立的售货亭里忽然一声枪响。警察立刻到场。他们起初以为这是自杀，但是开开里间的门之后，看见那里有一个惊慌失措的青年，这青年既不能解释为什么他有一把手枪，又不能解释怎么会放了一枪。那时正是人心惶惶的时候，于是当局并不多加考虑，没有审理清楚就把这"危险青年"直接送到了雅库梯州。他对我们也说不清楚这神秘的一枪的来历。瓦西里耶夫开玩笑地说，哈保津之所以被流放，是因为他不善于对付裤子，使裤子里偶然出现了一把手枪；哈保津听了这话，只是撇着嘴阴沉地笑笑。看到他笨手笨脚、不干不净的样子和他那双穿得破烂不堪的毡靴，就觉得瓦西里耶夫的解释很可能是正确的。起初他被流放到契普恰尔冈新村。这新村离开阿姆加不过一俄里半，村上也像阿姆加一样居住着雅库梯化了的农民。这地方的居民把自己监视流放犯的职责看得很认真，甚至当哈保津走出帐篷去解溲的时候也有看守人陪伴着他。这情况一直继续下去，直到有一次居民代表中某人因为既怜惜这个危险青年又怜惜居民们，就替他设法调迁到了阿姆加。

巴宾和瓦恩什坦接受他住在他们的帐篷里了，虽然这个青年人任何工作都不会做。

阿姆加政治流放犯中资格最老的是尼古拉·瓦西里耶维奇·瓦西里耶夫。他在六十年代的时候就因所谓星期学校案而被流放。这是一种启蒙运动，在这种运动的影响下，京城里和内地的某些地方开始有人创办起一些私立的星期学校来。参加这运动的是大学生、知识人士和社交界的女士们。起初政府对星期学校采取容忍的态度。来就学的是一些手艺人、女裁缝和工人。卡拉科佐夫的枪声响出之后，反动势力开始采取初步的打击手段；这启蒙运动也免不了遭难。不久之后发现，启蒙运动中混合着一种幼稚的政治宣传活动。这种政治宣传活动在某些地方完全公开地进行着，毫无一点隐秘之处。政府并不多加调查，就封闭了所有的星期学校，把某几个参加宣传的人加以审判，流放出去服苦役。瓦西里耶夫当时还十足是一个年轻小伙子，他止是这样被判苦役刑的。他在涅尔琴斯克和车尔尼雪夫斯基一同服苦役。期满之后他被遣送到阿姆加来做移民。他来到这里的时候，新的浪潮还没有把政治流放犯往这里送。他起初只有一个人住在这里。但他性情活跃，又很能干，很快就学会了雅库梯语，和当地一个雅库梯化的农民的女儿结了婚，替自己置办了一份家当。他同当地居民的生活休戚相关到这样的程度，大伙儿竟推举他当了他们的司书，长官们对他的主张也毫不反对。

就是因为这缘故，除了酋长以外，村社办公室里有一个政治犯同伴来接待我。他对于新来的人都殷勤接待，当地居民看他的样，也殷勤地接待我们。当瓦恩什坦第一个来到阿姆加的时候，瓦西里耶夫替他安排了一个工作——给金矿地烤面包；而且他的妻子——一个出色的女人——第一个教会瓦恩什坦烤面包的方法。后来(一年之前)巴宾来了。他起初帮瓦恩什坦烤烤面包,但是后来改行务农了,而且说服瓦恩什坦也改行务农。他们花七十个卢布买了一座有院内附属建筑物的帐篷,置备了一份家当,从去年春天起就已从事正规的农业生产了。

这天晚上,我们五个人围着茶炊坐了很久,迎接了新年的来到[1]。我把从俄罗斯和伊尔库茨克带来的消息讲给他们听,他们则告诉我一些当地的情况。终于在半夜过后很久,瓦西里耶夫回到离大村一俄里半光景的自己的庄屋里去了,同伴们也都就寝,而我照例点着蜡烛又在桌子边坐了很久,给母亲、两个妹妹、弟弟和格利果列夫写信。瞧,我终于来到了目的地,身体健康,精神饱满,在这里等待我的一切,显然将是非常有趣的。我的同伴都很好。

写好信之后,已经是深夜了,我又到室外去一次;北国的天空异常美好而清澄,简直使我吃惊。在我们帐篷的正前方闪耀着大熊星座。我觉得这星座比在我们那里略微显得高些,明亮些,大概是因为空气干燥明净之故。村子上空的烟柱照旧呈现出白色,笔直地上升,但是气势很委靡,仿佛睡着了的样子。有时这些沉睡的帐篷里有人冻醒了,就起来添柴。这时候炉子的烟囱里猛然迸出一股火花来,于是烟气就精力充沛地直往上冒,过不多久重又赶上了其他的烟柱。在阿姆加河对岸很远的地方,传来一只北方狐狸频繁而尖锐的叫声。这时候村里的狗就用像号哭一样冗长的吠声来回答它。……

寒气刺痛了我的面颊;我这才知道,要在这里欣赏冬天星夜的美景,

---

〔1〕 这里是柯罗连科记错了:他抵达阿姆加的时候不是年底,而是一八八一年十二月一日。

是不能不付出代价的。我走进帐篷，躺在冰窗下面的奥隆上了。我把蜡烛熄灭之后，有三点奇怪的磷光出现在黑暗的壁面上。我似乎觉得在它们后面又出现了那个星光闪耀的神奇的夜空。在我看来，一切都显得神幻而新奇，美不胜收。我回想着过去一年的情况，想到现在命运驱使我来到的这地方，想到遥远的克拉斯诺雅尔斯克，想到伊凡诺夫斯卡雅姐妹，想到远方的好朋友们——我想着想着，似乎又在黑暗中微笑了好一会儿。

次日早晨巴宾对我说，阿姆加还有一个政治流放犯，住在离开我们不远的地方。

这人原来就是阿哈特金，军官出身，在维什尼伏洛乔克政治犯监狱中曾与我同室，后来是第一批离开那里的。他为了同弗列罗夫斯基-别尔维的阿尔汉格尔斯克小组交往而被流放。他胸部显然有病，好像竟是肺病。我们的两个做医生的狱友格拉保夫斯基和达尼洛维奇曾预言说，如果阿哈特金被流放到雅库梯州，结局将是极悲惨的。然而当我向巴宾问起阿哈特金的健康情况时，他回答说：和众人的预料相反，他自己觉得身体很不错，虽然他的生活方式不顶卫生。除了公家的微薄的补助金（在物价最昂贵的时候一个月也不过九个卢布）之外，他靠糊烟嘴的收入略微补充些。这些烟嘴是卖给司祭们、商人们和两家小铺子的。他成天弯腰曲背地糊烟嘴，工作劲头十足，从早到夜不停息，但在一个月里有一两次纵情地放浪一下，完全不顾有害于自己的健康。他拿到钱以后，向鞑靼人买一两瓶烧酒，请一个有说有笑的谈伴来一起喝。他所请的大都是当地的一个教堂诵经员，这人以"酒量无敌"驰名。他们两人就喝一个通宵的酒。到了第二天早晨，他再喝一点酒解解宿醉，就重新开始糊烟嘴了。

　　他住的地方离开瓦恩什坦和巴宾这里很近,我决定就在当天早晨到他那里去。这一次我碰得不巧:阿哈特金刚刚结束他的通宵酒宴。我看见一个神态异常生动的人站在帐篷的台阶上,我立刻猜出他是那个诵经员。这人身材魁梧,长着一脸大胡子和一头浓密的灰白头发。他站在寒气里,身上穿着一件毛皮长褂,然而头上没有戴帽子。他用魁伟的胸脯贪婪地吸取着冷空气,显然是在那里享受着快感。

　　"阿哈特金是住在这里的吧……我可以去见他吗?"我问。

　　这位长老盯着我仔细看一眼,微微一笑,回答说:

　　"住倒住在这里,但是你要见他却枉费心机。……"

　　于是他的仪表优雅的脸上又一次泛现出微笑。他继续说:

　　"他正躲在苦闷的睡乡里。……不过,你还是进去吧。"

　　我走进去。但见阿哈特金躺在燃得很旺的炉子正对面的木炕上,面孔发黄而毫无血色。他穿着毡靴、短皮袄,戴着一顶皮帽子。我试着同他打个招呼,才知道这的确是枉费心机。照他躺在火炉对面的情况看来,显然是有一个人替他操过心;然而这份操心还欠周到,因为他的身体前面燃着熊熊烈火,而后面由于冰窗装得不好,吹进猛烈的风来。桌子上还剩着一点烧酒和几碟下酒的冷鱼。

　　"这些够他解酒了。"诵经员用内行的眼光打量一下吃剩的酒菜,这样说,"现在我该走了。再见吧。"

　　于是他端庄地走了出去。阿哈特金像一个婴儿一样睡着,然而他脸上显出痛苦而疲惫不堪的样子。

　　不过他后来离开雅库梯州的时候,毕竟要比来到这里时健康些。……

　　我回到朋友们那里,把我看到的情况讲给他们听了。巴宾和瓦恩什坦告诉我说，这个诵经员就其本身来说是一个卓越人物。他是按照地方主教的命令被流放到雅库梯州来的。以前他在俄罗斯中部某修道院里当诵经员。年轻时候以非凡的嗓音、出色的祈祷知识和不一般的优秀才能著称；但在神学校里的时候就已沉湎于酒。他没有念完神学校就被开除出去，于是他当了教堂诵经员，而上司恰好是他过去的一个同学。这人十分低能，然而工媚善陷，诡计多端。这位司祭不能原谅这旧同学在学校时对他的嘲笑，所以常常在做礼拜的时候当着教民们的面指出他的错误。他所指出的大部分是不恰当的。有一次做礼拜的时候司祭照例一再指责他，诵经员忍耐不住了，当场大声回答说：

"有内行人来指正倒也罢了，可是你……"

他在庄严的礼拜期间说出了神学校里的同学们为嘲笑这司祭而取的一个绰号。为了这件事，他起初被送到修道院里，但在那里也住不长。据说有一次，在修道院举行酒宴的时候，他把僧房里所有的圣像都摘下来装在雪橇上，运到了酒店里。那时候主教再也忍耐不住，就根据几条陈旧的教规下令把他转交给民政当局，流放到边远地区去。他就是这样来到了雅库梯州。

现在他年纪老了，行为稳重得多了。他一举一动都神气活现，颇像万军之主[1]所应有的样子。他有两个女儿，都已长大成人。据说现在他在醉醺醺的时候有时也还放肆唱几曲滑稽的甚至渎神的歌。修道士和上帝对话的那支歌更是他的拿手好戏。修道士躺在酒店里酒桶旁边，上帝正在教诲他。他俩争论起来；愉快的修道士在这场争论中始终是胜利者。这支歌他只有在特殊场合下才肯唱，例如在和阿哈特金举行通宵

---

〔1〕 "万军之主"是犹太教中上帝耶和华的称号之一。——译者注

酒宴的时候,或者在他信任得过的听众面前。平时他态度十分审慎,喝醉了酒从不忘形失礼,在教堂上司和一般居民心目中享有卓越的声誉。

8　阿姆加大村及其居民

我在阿姆加住了三年。我不能说这是我生活中最幸福的一段时期。最幸福的时期是在流放结束而回去之后,那时候我们全家重又团圆,我和我所心爱的女子结了婚,进入了文学界。但如果说我和同伴们从事农作劳动的这段时期是我一生中最健全的一段时期,那倒是正确的。

我须得介绍读者认识一下我住了三年的这个地方的情况。

阿姆加的居民们称自己为"巴格奈",以区别于雅库梯人;他们称雅库梯人为"扎库特"。"巴格奈"这名称源出于俄罗斯语的"庄稼人",意思表示他们是农民出身。据说他们是由阿穆尔的穆拉维约夫[1]总督从阿穆尔迁送到这里来的,不过迁来得一定比较早,因为他们大体上已经失却俄罗斯民族的特征。男人们还用俄语说话,虽然带有显著的雅库梯口音。女人们只说雅库梯话;她们也听得懂俄语,而且略微会讲几句,但有时仿佛觉得讲俄语是可耻的。甚至连瓦西里耶夫的妻子也如此。有时她和我讲起俄语来,但一看见有外人在场就默不作声了。她自己也不能向我解释为什么她觉得讲俄语是可耻的。但每次她脸上总是罩着一层红晕,一有外人进来,甚至自己丈夫进来,她就停止说话。女人说俄语似

---

〔1〕　阿穆尔的穆拉维约夫(1809—1881)于一八四七至一八六一年间任东西伯利亚总督。——译者注

乎是不体面的事。

以前的庄稼人保留着关于自己出身的回忆而以此为骄傲。其中有一个名叫查哈尔·崔库诺夫的（我曾根据此人描写我的马加尔[1]），后来在我获得回俄罗斯的许可之后，要求我给他寄一套俄罗斯农民穿的服装来。他打算在临死之前穿俄罗斯服装，以便到那个世界去的时候像一个俄罗斯"庄稼人"的样子。

在其他方面他们几乎没有一点与雅库梯人不同之处：他们经常上教堂去，但雅库梯人也是信奉东正教的，每逢礼拜日在教堂的围墙旁边总可以看到系着好几匹乘骑的马，上面装着高耸的雅库梯式马鞍。

阿姆加人对司祭的看法，是和雅库梯人一样的。他们认为司祭就是正教的巫师，但真正的巫师却要比司祭强些。阿姆加的居民们之所以下这样的结论，是因为他们看到：巫师在生病的时候从来不去请司祭来帮忙，而司祭有时却要去叫巫师来。在这种场合下巫师就召请异教中的亡魂来医治正教的司祭。他生起壁炉来，等到炉火烧完，屋内一片漆黑的时候，巫师就附上了鬼魂，大声呼喊起来，这时候屋子里充满了离奇古怪的声音，这些声音来自各个角落，有时在屋顶上面掠过。所有的巫师都掌握熟练的腹语技术。

除了庄稼人之外，村里几乎有一半居民是流放来的鞑靼人。其中主要是西伯利亚鞑靼人，他们有整整一村子人从南方某处迁移到此。还在旅途中，在到达伊尔库茨克之前，有人指出几个村子给我看，这里的居民常要沿路抢劫，所以省长瓦西尔契科夫公爵命令他们离开本村，迁居到别处去了。我经过这些村子的时候，有许多屋子都还空着。阿姆加的鞑

---

〔1〕　即短篇小说《马加尔的梦》（见俄文版《柯罗连科全集》第一卷）。

鞑靼人也是这样被迁送来的。后来除了最初一批移民之外,又从西南西伯利亚甚至乌菲姆省和奥连堡省迁移了几户人家来。这些鞑靼人相处得很和睦,他们组织了一个盗窃集团。行政当局命令阿姆加人分土地给他们,把一部分割草场划给他们。这些鞑靼人是干活的好手,然而他们还是不满足于单是干活,常常要去搞些偷窃的副业。在我的特写《马露西雅的新垦地》[1]分正确地描写了雅库梯人和鞑靼人在这基础上形成的关系。鞑靼人每次干盗窃勾当都像从事社会事业一样:他们召集起"穆纳克"(群众大会)来,共同商讨规模较大的各种盗窃勾当。如果有一桩特出的盗窃案被发觉了,当局要挨户搜查鞑靼人家,那时候可能被找出许多以前盗窃的赃物来。所以必须开会商讨,以防万一。傍晚时候,有几辆鞑靼大车悄悄地经过我们院子旁边的大道,驶往森林里去。那时候我们知道:鞑靼人要干一次新的勾当了,现在正在把以前偷得的赃物隐藏起来。阿姆加人也知道这一点,但他们似乎不善于自卫,只是到了下一天才突然发觉已被盗窃。

对于我们,鞑靼人是不来触犯的。他们很喜欢巴宾。他是顿河哥萨克人出身。我们时常可以看到他在阿姆加那条笔直的街上同一个鞑靼人赛马,这时候别的鞑靼人就用内行的眼光来欣赏他们的竞赛。有时经过某家鞑靼人的院子旁边,可以看到巴宾嘴里衔着烟斗,显出深思熟虑的样子,正在一伙鞑靼人中间品评一匹刚刚牵到的马的体态,这匹马大概是前一天夜里从雅库梯人那里偷来的。鞑靼人十分看重他对马的评价。大概全靠这种关系,他们规定不偷"国事犯"的东西。果然,我们有好几夜到瓦西里耶夫的庄屋里去而听凭自己的帐篷空无一人,但每次回

---

〔1〕　见俄文版《柯罗连科全集》第一卷。

来的时候，东西总是全部安然无恙。只有一次，鞑靼人通知我们说，在最近举行的一次穆纳克上，他们之间发生了争执。出现了一些跟大伙儿意见不合的"下贱坯"，向来的和睦气氛被破坏了。住在我们邻近的一个鞑靼人对我们说：现在你们也要戒备一下了，说不定也会来偷你们的东西。我们果然戒备起来，每天轮流值夜，有一个时期我甚至睡在我们的"夏屋"的平顶上。后来发生了一件可笑的事，这值夜时期就结束了。那时候是春天。太阳晒下来已经很暖和，屋顶上已相当干燥了。这一天我值了夜，早晨醒得很迟。不料我的同伴们决定考验我的警觉性。他们先把手枪从我枕头底下抽出来，后来看见我并未醒来，就把我从平屋顶上滚到了地上，把枕头和短袄从我头底下偷走了。直到这时，我方才醒过来。我醒来后看到这光景，觉得我这个看守人真太丢脸了。周围许多人都在笑我。同伴们笑我，邻近的阿姆加人也笑我，而最糟糕的是：邻近的鞑靼人也在笑我。

然而不久就有人来通知我们说：鞑靼人之间的不和睦状态结束了。于是我们又获得了保障，可以让帐篷一连空好几夜，单由一只名叫采尔贝的狗来看守它。这只狗经常坐在大门顶上，形似一座象征忠忱的雕像，看见我们回来，就用温柔的叫声来迎接。

有一次(好像是在我居住阿姆加大村的第二个冬天)，瓦西里耶夫来对我们说：鞑靼人大概在发动什么大规模的盗窃事件了，因为阿姆加的农民们看见他们做准备工作，惊慌得要命，就来通知他。他派人在自己的庄屋旁边守一个通宵。晚上我走出屋子，到自家院子的木栅边去倾听。听见村子里略有些动静，橇车的滑木发出吱吱的声音。这一天夜里很黑暗。朦胧之中出现了一个住在邻近的农民的身影。

"你在守夜吗，符拉季米尔？"他悄悄地问。

"是的,鞑靼人在发动什么……"

"嗯,我们也看出来了:他们已经有好几夜老是驾着车子到一个什么地方去。今天驾了三十辆大车去了。不过你还是去睡吧。今天夜里不会有什么事的。……他们到雅库梯人那里去了。……明天早晨可就有花样了。"

第二天早晨有整整一大队雅库梯人粗野地呐喊着飞奔到我们村里来。

原来鞑靼人在邻近的山村里盗窃了公共粮仓。这件事做得异常敏捷。鞑靼人不走一般通行的大道,而从山里走过去,他们为此而把一条还是叶卡捷琳娜时代的古道匆匆地修复起来。……所以村子里一到夜间就有响动,我们一连好几夜都听见这样的声音。雅库梯人是没有集中的村子的,他们的公共粮仓干脆设在林子里,因此鞑靼人可以毫无困难地把车子开近仓库,把门撬开,运走粮食。天色破晓以前,粮食已经运到阿姆加大村,而一到这里,就隐藏得影踪全无了。

雅库梯人像占领堡垒一样占领了阿姆加。他们整个队伍都驻扎在教堂附近的广场上,这广场就好比大本营一样,从那里出发去袭击村子,挨户搜查。我们打听到搜查是从村子的那一头开始的,他们已经搜查过磨坊主阿法纳西耶夫,现在正在搜查邮政局长鲍利辛科。

这位鲍利辛科是一个非常独特的人物。身体瘦削,面孔带有肝火旺的神色。他对于自己的称号、制服和佩剑感到无此的骄傲。他对待自己职务的态度,轻率到可惊的地步。例如寄给阉割派教徒的包裹,他往往老实不客气地打开来,把里面的金币换成纸币,然后同收件人讲价钱,有时竟一直讲到几星期之久。收件人向他要求钱或包裹,而鲍利辛科总是尽力把价钱讲得对自己更有利些。向他提出控诉是无济于事的。那时候雅库梯的官员们处理起案件来竟公然地互相庇护,正如俗语所谓"乌鸦不啄乌鸦的眼睛"。官员同人们冲突,尤其是同流放犯冲突,总是官员有理。有一次,他同样试图拆开寄给巴宾的包裹,但是遭到了巴宾强烈的反抗,使他不得不立刻把包裹交给了他,甚至没有通过警察检查的手续。

且说雅库梯人纷纷来到鲍利辛科家搜查,鲍利辛科穿着全套仪仗服装——又穿制服又佩宝剑,出来接见他们。他大声嚷着,说他们怎么胆敢搜查起官员来,他威吓他们说要去告他们的状;但是狂怒的雅库梯人熟知他对阉割派教徒们的偷窃勾当,因此觉得他的抗议越发令人怀疑了。不管怎样,他穿着制服、挥动着可笑的宝剑走来走去,是徒劳无益的。雅库梯人照旧阴郁地干着自己的工作,由他们的司书拉普契克带头。这位司书是宗教界出身,住在阿姆加,也是一个很滑稽的人物。他带领着整整一队狂怒的雅库梯人,一家一家地搜查,不屈服于任何抗议。他们甚至搜查了司祭的屋子。我们在自己的大门口等候着,轮到搜查的时候决定不提出反抗,因为我们认为雅库梯人确有权利及早搜寻自己的公共粮食。

瞧,他们终于走近我们的院子了。拉普契克走在前头,这人身材矮胖,此刻脸上显出大权在握的神气。走到我们院子面前,他突然站定了。他招呼几个雅库梯人走过去,同他们商量了一阵,然后亲切地向我们挥一挥手。

"索赫！(不!)"他喊道,"这些人不会隐藏赃物的。"

"国事犯不必搜！"有一个雅库梯人大声附和他的话,于是大队人马从我们院子面前走过去了。

这情况使鲍利辛科受到了更大的委屈,他在自己的诉状里特别强调指出：他身为官员,倒要被搜查;国事犯却反而不被搜查。

这件事当时不仅轰动了阿姆加大村及其附近一带,也轰动了雅库茨克。后来雅库梯人大概去向长官们作过解释,他们提出了许多论证,都是很有说服力的。然而不管怎么说,用三十二辆大车运来的粮食却无影无踪了。当然有警察从雅库茨克来突击搜查过全部鞑靼人的住宅,但什么也没有找到。

我在《马露西雅的新垦地》这篇特写里十分详细地描写了鞑靼人同包围阿姆加大村的雅库梯人之间的斗争。这篇特写里只有一个地方描写得不符合实际情况,那就是:这场斗争的中心人物不是我在特写里提到的那个人,而是一个住在阿姆加大村的俄罗斯人。除此以外,特写中正确地描写了斗争双方的关系。

在那篇特写里还描写了关于一对瞎眼的雅库梯老夫妻的插话。他们两人靠辛勤劳动(用手磨来磨谷子)赚得了过冬用的暖和的棉被。他们把这宝贝交给阿姆加大村的一个居民保管,鞑靼人盗窃这居民家时把棉被也偷了去。老夫妻两人手拉着手在阿姆加大村的街上走着,失明的眼睛里淌出泪水来,流在面颊上。我迎面碰到他们,鞑靼人也望着他们。我受到这情景的强烈的刺激,就走近一个鞑靼人去。这人是我们的邻居,记得名字叫做亚历山大。我指着这对老夫妻对他说:

"你瞧,亚历山大……你们鞑靼人这样做是对的吗?"

大概我的语调里有什么地方深深地刺激了他。

这位亚历山大的为人,对我说来是一个谜。他有一双美妙的眼睛,而且是浅蓝色的,完全不像鞑靼人的样子。我对他感到浓烈的兴趣,有时简直怀有好感。他也似乎自然而然地亲近我们,有时到我们这里来"坐上一会儿"。在这种时候他很少说话,大都是听我们说,仿佛在那里

熟思我们谈话的内容。在他生活中也有很大的不幸。大家都知道,他神
魂颠倒地爱着他的妻子。他的妻子也一点不像鞑靼人的样子,她长得很
漂亮,然而大家都知道她对丈夫是不贞的。阿姆加大村里有一种传闻,
说亚历山大有一次半夜里去"远征",回来的时候太急促了些,看见一个
年纪很老而又十分丑陋的伊斯兰教士在自己家里。他把他打得个死去
活来,但是对妻子却并不报复,照旧千依百顺地服从她。有时他喝醉了
酒来到我们这里,嘴里喃喃地说着些话,显然情绪很苦闷。有一次他把
双手搭在我的肩上,对我说:

"你们是什么样的人啊？……我不知道你们是什么样的人。……我
却是这样的一个人:要不是因为我有妻子,我一定早就给自己挣来苦役
刑了。"

显然他认为"挣来苦役刑"是一种象征着勇敢的品格。有一次人家
当着他的面谈到一个家中人口很多的富裕的雅库梯人。鞑靼人早就在
他身上打过主意,但老是失败。他家里有许多人;要撬开他家的粮仓,是
一件很危险的事。亚历山大听了这些议论,眼睛突然炯炯发光。

"我倒知道该怎么办。……只要把他们的帐篷放一把火。……这时
候雅库梯人一定都往门外跑,我们就派两个人手里拿着斧头站在门口。
来一个,杀一个。"

说着,他的眼睛里就闪耀出发明家的兴奋之色。我没有把握断定他
在适当的条件下不会去实行自己发明的这个办法。

在这人的幽暗的心灵中同时还存在着性质完全不同的另一面。我
为了一对失明的老夫妇而向他指责鞑靼人之后,他的情绪显然有好几天
受到这指责的影响。终于有一次,他带了一家从山乡里迁居到阿姆加来
的鞑靼人来见我。由于鞑靼人和雅库梯人之间发生过斗争,雅库梯人怀

恨在心，就不再给他们工作做，眼看着一家老老小小由于挨饿而身体衰弱下去，他们全不放在心上。这家人家没有办法，只得挣扎着来到阿姆加大村，到农会里去把家里的老老小小推给了他们。现在亚历山大带着这些不幸者之中的一人来见我，眼睛炯炯发光地问我：

"喂，符拉季米尔，……你说这样做是对的吗？……"

我当然不能说这样做是对的。我眼前清晰地呈现出这幕残酷的生活悲剧，生活用冷酷的经验教训把性格可爱的人变成了强盗。

当然，决不是所有的鞑靼人都是这样辉煌的人物。我们旁边有一个小帐篷里住着一个鞑靼人，叫做屠斐，大家常常称他为小屠。这人身体瘦削而虚弱，一双眼睛溜来溜去，像一个小偷。我们常常看见他半夜里悄悄地从我们院子旁边经过，把偷来的财物（也许竟不是他自己偷来的）运往森林里去。他的老婆像他一样瘦削而虚弱，孩子们一到夏天，就像小猛兽一般窜来窜去攫取偶然的获物。在这件事上，个人的责任心显然已经消失，而且发生了一个问题：叫他们怎么办呢？我们很可怜农民们和雅库梯人，可怜到这样的程度，有时自己也变得残酷无情起来，准备同他们一起斗争。……然而……我们也可怜某些鞑靼人。……这样，我们就不知不觉地想起了使我们流落到此的原因，即想起了社会制度的改革。……在这次斗争中，他们两方面都承认我们的权威。可以毫无疑问地说，当我流放在雅库梯州的期间，"国事犯"这名称——或者干脆"罪犯"这名称，是一个相当光荣的头衔。有一次我听见一个阿姆加居民同一个政治流放犯争吵起来，说他对他行为不端，那居民脸上流露出一种难以形容的责备的表情，对他说：

"你这种人还配叫做罪犯！……"

9　阿姆加的文化阶层

阿姆加有两家店铺。其中一家是塔佳娜·安德列耶夫娜·阿法纳西耶娃开的。不久之后我就通过同伴们的介绍同她认识了,我教她的孩子们念过书,直到现在我还和她家保持着友好关系[1]。

另一家店铺是波兰人魏连保甫斯基开设的。这是一个正直善良的人,因参加起义而被判苦役刑,也是在涅尔琴斯克和车尔尼雪夫斯基一道服苦役的。现在他身上似乎丝毫没有和以前青年时代的迷恋共同之点了。这是一个枯燥无味的人,个子矮矮的,长着一大片下垂的髭须。他经常穿着毡靴,看来似乎一心一意在为自己的买卖盘算着。然而大家都知道,魏连保甫斯基是一个十分正直的人,从不欺侮任何人;他说的话像石山一般可信。有时在他的古波兰式的髭须底下露出一个和善而略带讥讽的微笑。我常常感觉到,这微笑是作为魏连保甫斯基的处世态度而铭刻在他脸上的:他是一个头脑清醒而讲究实际的人,只因一度迷恋幻想,就此被抛到了这天涯海角。

还有一个商人,自己并没有店铺,而同原始林里来的通古斯人进行着交易。提起了这个人,我还得提到一个磨坊主。这磨坊主在村子的那

----

[1]　在柯罗连科的档案里保存着几封信,是塔·安·阿法纳西耶娃和她的儿子尼古拉·叶果罗维奇写给他的。这儿子现在已经是雅库梯自治共和国的功勋教师。这些信是以后的一个时期内写的,那时候阿法纳西耶娃家已经不住在阿姆加,而住在雅库茨克了。一九〇四年,尼古拉·叶果罗维奇写信给柯罗连科说:"我们喜欢阿姆加大村里所有的人,时常回想起他们;记得其中给我印象最深刻的便是您和奥西普·瓦西里耶雅奇[·阿普捷克曼]。同这样的人会晤,是我们全家的命运中具有决定性意义的时刻:以后我们就一直和这圈里的人交往了。"

一头有一个用畜力带动的木造磨坊。雅库梯人认为他具有特殊的才智，所以能够磨出数量多得出奇的面粉来。雅库梯人还处在把一切手艺都看作几近于巫术的那种文化阶段上。我在山乡里看见过两个铁匠。他们同时又被看作医生、巫师。

关于文化界的代表人物，我想只谈一谈司祭的情况。司祭有两个。一个是本地人，是我在《马加尔的梦》里提到过的教士伊凡的儿子。这位伊凡教士是一个心地十分善良的人；阿姆加人对他保留着极好的回忆。但他有一个缺点：是一个酒鬼。有一次他喝醉了酒，跌进火焰熊熊的壁炉里，给烧死了。他的儿子仪表异常优雅，人却异常愚蠢。据说住在雅库茨克附近修道院里的雅库梯主教认为自己有责任授予伊凡教士的儿子以司祭的职位。这位主教是一个身体异常肥胖而心地也同等善良的人[1]。他头脑里显然盘桓着一种主张。他向某几个司祭建议，要他们结识卡拉科佐夫分子斯特朗坚和尤拉索夫，说他们是聪明绝顶的人，可以向他们学到许多东西。有一次"求学"以十分奇特的方式结束了：一个司祭断言说，他比斯特朗坚更聪明，因为他在某一件承包工作上把他哄骗了。这位性格温良的主教在授予伊凡教士的仪表优雅的儿子以司祭职位的时候，在教堂里众人面前不止一次地扯起了喉咙伤心地高声喊叫：

"噢，主啊，主啊！你将责怪我不该叫这样一个蠢货（他说得还要生硬）来做牧师和向导。"

现在这位尼古拉神父已经在阿姆加当了好几年司祭，学会了一般的祈祷式，碰到特殊情况就靠诵经员帮助一下。居民们看在他父亲面上，

---

〔1〕 柯罗连科在一篇未完成、未发表的草稿《牧师》中描写了这个主教。

对他很宽容;加之他的嗓子很好,做起祈祷来气魄很雄壮。

另一个司祭担任教堂的住持,这人身体瘦削,肝火很旺,有不健康之色。他的头发稀疏,而且据说他从前服务的那个教堂里有一个诵经员喝醉了酒同他打起架来,把他的头发拔掉了许多。司祭大怒,写了一份控诉书控告这诵经员,把一绺头发附在里面,一起呈送到主教那里。温良的主教把两个人都叫来,十分严肃地训诫了一番,劝他们"遵照福音的教导"和睦相处。

有时僧侣们遇到命名日之类,就在一个司祭的房间里开筵狂饮。我们也参加过这种庆宴。鞑靼烧酒很凶,加之浸过烟草,大家喝了很快就醉。住持本人往往醉得最快。他撩起自己的法衣的衣裾,跳起舞来,两条腿作出各种奇妙的姿态。年纪较轻的尼古拉司祭在这时候通常演奏小提琴,他那仪表优雅的脸上照旧保留着不动声色的表情;而我所已经熟悉的那位威严的诵经员,是完全受不到烧酒的影响的,他用责备的态度摇摇他白发苍苍的头,望着住持说:

"唉,阿爹,阿爹!……可惜你没了老婆。……要是她还活着,她准会揭起你的法衣,打你一顿屁股。……当住持的跳这样不成体统的步子,成什么话?"

住持站定在他面前了,伤心惨痛地回答说:

"别提这个,诵经员,别提这个!我没了老婆,而且也不可能再有了,……"说着,他脸上掉下眼泪来。

这时候尼古拉神父继续吱吱格格地拉他的小提琴。一般就来,这种晚会总是使我们感到枯燥无味,一直要到唯一的一个生动而独特的精彩节目开始的时候为止。这时候来了刑事流放犯中的两个正式的演员。一个是深沉的男低音,一个是高亢的男高音。他们两个形影不离;

在阿姆加的时候,他们总是一同来参加晚会。我就在那时给他们两人画过一幅素描[1]。那男低音头发异常散乱,体格很结实;男高音则身体瘦削,细细的颈子上长着一个很小的头。在他们的表演之中给人印象特别深刻的是一支古代劝谕性的浪漫曲。这曲子开头的词句是这样:

　　在游戏和娱乐之中,
　　在平安……平安……平安无事的日子里……

这开头两句由男高音用最高的音唱出。接着出现了深沉的男低音:

　　在富贵和荣耀之中,
　　叫人真心地欢……欢……欢喜……

"欢……欢……欢喜"这几个字像雷鸣一般响出,声音充满了整个屋子,在每个角落里发出回声。这以后,男高音又插进来,于是两个声音一齐响出,歌声闯出了僧侣住宅的范围,远远地传到严寒的空气中。司祭的房间仿佛变成了一只嘈杂的蜂箱。歌声传遍远方的草地,吸引着孤独的旅客的注意。僧侣住宅中所有的人都挤在客堂门口:仆役们呀,男女雇工呀。他们一个个伸长了脖子站在那里。……有时在他们之中出现了一个过路的雅库梯人,身穿一件袖子略微翘起的棉绒长袍,头上戴着

─────────────

　　〔1〕　这幅素描保存在作者的档案中。关于阿姆加的这两位歌手,柯罗连科在他的未完成短篇小说《艺术家》里描写过,这篇小说的另一种改写本冠用《歌唱家》的题名。

一个尖顶帽。他也贪婪地倾听着这闻所未闻的歌声，脸上不免露出惊奇之色。雅库梯人不但不懂得合唱，甚至连二重唱我也没有听见他们唱过。他们只会一个人独唱，而且嗓音很不完善，喉头常常发出哽咽之声。不消说，这种二重唱——加之又是音响如雷的——吸引得雅库梯人心向神往了。有时这两个演员听说有雅库梯人举行婚礼或酒宴，竟自动去参加。于是那儿又响彻了"在游戏和娱乐之中"的歌声。这首歌曲大概是某一个宗教诗人所作。对于其中的诗意，雅库梯人当然是不懂得的；然而他们迷恋和谐的音调。在游戏和娱乐之后，发生了意外的波折：命运对人的威胁一步步紧逼拢来，男低音的歌声越来越威严、深沉，男高音则越唱越尖锐。眼看毫无慰藉的余地了。……可是这时候音调突然又缓和下来，男高音柔和而亲切地唱出最初的旋律：在游戏和娱乐之中。通过和谐的歌声，一场风暴渐渐平息下来，重又回复到游戏和娱乐的境地；所有的音都摆脱了绝望的深渊，重新升上了协调的高峰。

我已经说过，这两个歌手是正式的演员，而这是他们最爱唱的一支歌。他们自己对这歌曲显然也入了迷，同时又迷恋着听众。他们的名声远远地传播到阿姆加的范围之外。雅库茨克的主教合唱队也听到了他们的名声，那男低音不止一次受到这合唱队的邀请。但他忠实于友谊，不愿意单独去参加合唱队，一定要和男高音一起唱。然而真挚的友谊有时竟也会变节：有一天，男低音实在熬不过，撇下他的伙伴走了。他这一走，男高音陷入了极度的不幸，不幸的程度简直令人难以想象。这件事发生在复活节前后，他来到我这里，我的同伴们都不在家。我觉得他比以前更加瘦弱了。他一来就开口向我讨烧酒喝。……我竟拒绝了他，后来回想起来不免受到良心责备。我拿出复活节吃的种种食品来，叫他在桌子旁坐下,开始款待他。他坐下来,一心盼望着我会发慈悲,给他端烧酒来喝。可是我样样都听任他吃,单单不给他烧酒。我这样残酷地对待他,是由于什么缘故,现在记不起了。也许当时我的确没有烧酒,也许只是出于年轻人残酷的过分严肃。他用哀怨的眼光望着我,后来突然站起身来,跪倒在我脚边了。

"恩人,"他说着,用垂死的人暗淡无光而又极其痛楚的眼色看看我,"我现在一点也不需要吃东西。……给我烧酒,烧酒……哪怕只有一小杯……很小的一杯……"

我很想把我这种残酷态度说成是有正当理由的。记得那时候巴宾和瓦恩什坦都不在家。他们到不很远的地方去访友了。而我是从来不替自己买烧酒的。我很想把当时的情况设想成这样,否则我就不能饶恕自己这种残酷态度了。记得他后来还是站了起来,拒绝了我的款待,摇摇晃晃地走出帐篷去了。不久,他也离开了阿姆加。二重唱的声音从此消失;关于这两个演员,我也不再听到什么消息。

10 我独住的帐篷

然而我必须略微回过头去谈谈我初到阿姆加那几天的情况。

我决定和同伴们分开住。我们的帐篷很狭窄;而我又在阿姆加找到了教课的工作:起初是塔·安·阿法纳西耶娃打发她的小儿子来就学,后来又来了鳏居的司祭的男孩子,最后,那个没有店铺的商人的儿子成了我的第三个学生。此外,又因为我有时很希望一人独处,好写些笔记或在日记里记录些新的现象;因此我问同伴们,在他们附近能不能找到一个单独的帐篷。

　　不久就找到了这样的帐篷。这帐篷里没有人住，一个人住在里面相当宽敞。地点是在村子的尽头，离开同伴们的帐篷有半俄里。我向房东租这帐篷，一年花三个卢布的租金。房东是一个很可亲的本地农民，由于自己过去是"庄稼人"出身，还保留着口髭和须髯的痕迹，他仔细地用割草刀来修刮这些髭须。他自己不住在这帐篷里（他家人口众多），因此这帐篷有很久不修葺了。从同伴们所住的地方到这里，中间隔着两三户人家和一片空地。……

　　再过去是村庄外围的栅栏、长街尽头的旋门和草地中间的大道。这帐篷里竟有俄罗斯式的火炉和玻璃窗，——不过玻璃当然是很小的，装在桦树皮的框框里。没多久我就发觉还是装冰块好，因为玻璃上结满了霜，竟完全不能透光了。俄罗斯式的火炉也很不方便：这火炉的后部向下陷落，因此烟囱里出现一条裂缝。裂缝越来越大，就有烟冒出到帐篷里来，有时竟喷出火焰来。我往往不得不用黏土来涂抹它。还有，当我为了驱除冻结的屋角里的寒气而生炉子的次数多了些的时候，整个帐篷都下沉而豁裂，而那炉子时而像老太婆一样呼哧呼哧地喘息，时而发出另一些奇怪的声音，时而从里面撒下些什么东西来。到我这里来的人认为，住在这个帐篷里简直是危险的；但我以青年人的无忧无虑的态度来对付老太婆的呼哧声。我往往在她的窃窃私语声中入睡，如果我在白天生炉子，这种情况就更显著。但也不是每天如此。

　　早晨我通常是在同伴们那里度过的。后来回到自己这里，给男孩子们上完课，然后再到同伴们那里去吃午饭，此后往往要到晚上才回去。我至今还记得一人独自回到自己的空帐篷里去时的那种轻微的恐怖之感。我来到这村子里之后，这里散播开一种传说，说我很富有。这首先是因为我随身带来了一条蓬松的红色毛毯,其次是因为我一到这里就买了一匹马。好心的农民们把这种传闻告诉了我,于是我每次走进阴暗的前室里去时,就有一种想法不知不觉地在我心头掠过:在这静默而隐蔽的空屋里,会不会已经有一个人埋伏在那里等我了?……后来我开始生炉子,于是帐篷里明亮而热闹起来,恐怖的暗影全部消散了。生炉子的期间,我坐在桌旁写点东西;炉子生旺之后,我把烟门关好。要关烟门必须爬到平屋顶上去;这时候我总不肯牺牲欣赏一下北国天空的雄伟景象的乐趣。我的帐篷位在高地的边上,因此在我面前展现出一片辽阔的平原,平原那边是阿姆加河,再过去是一带陡峭的山岭在月色和星光下发出银闪闪的光辉。有时我不由自主地倾听起深夜间轻微的声息来。……雪橇的滑木吱吱地响,……大概有一个鞑靼人偷偷地出发到雅库梯人那里去偷东西了。还有深夜迟归的行路人在雪地上行走发出咯吱咯吱的声响——这是一个刑事流放犯从山乡回到大村里来。……狗在吠叫。

　　在这屋顶上,在微微地吹来的冷风里,我体会到了俄语中所谓"咔嚓有声的严寒"的真正的意义。有一次我站在那里欣赏夜色,听见一种咔嚓咔嚓的声音。我不由自主地转过身去。这时候咔嚓声也从另一个方向响出了。我这才明白:原来这是我呼出的气息在冻结的声音,真好像附近有人在那里翻动晒燥了的干草。

　　有时到了晚上就有同伴们或阿姆加人到我这里来闲聊。我最喜欢我的房东亚历山大来访。这是一个聪明而可亲的庄稼汉,他对于天气有异常灵敏的预感。有一次我向他借一个马鞍子。

　　"你什么时候出门呢?"他问。

　　"明天一早。"

"鞍子我一定借给你,可是下雨天你要上哪里去呀?"

这时候是夏天。天气炎热,空中一丝云彩也没有。我听了他的话就笑起来。岂料第二天中午时分果然下雨了,我淋得像一只落汤鸡。

"问问亚历山大,他知道的。"有时阿姆加人这样说。我很乐意同亚历山大聊天。我喜欢他的安详的风度,也喜欢听他的见解。

有一天晚上,我生起了自制的白铁茶炊——就是我早先款待过白桦屯人的那把。我们正坐在那里闲聊,突然我的帐篷格格一声响,响得很蹊跷,亚历山大竟跳将起来。

"你听我说,符拉季米尔,"他不安心地说,"最好还是让我设法去弄三个卢布来还给你。……这个帐篷要垮了。"

他仔细地倾听一下之后,坚持要我下一天就搬家。我知道亚历山大说话一向是有经验的,就听从了他。

我离开这帐篷,实在觉得可惜。我在这里住了三四个月,已经很习惯了。到了晚上,四周鸦雀无声,我独自坐在桌旁写作,觉得很愉快。每天上午我还在这帐篷里给男孩子们教课。

我说起过,我的学生一共有三个。第一个是塔·安·阿法纳西耶娃的儿子加尼亚。他母亲是俄罗斯人,父亲是雅库梯人;他本人相貌像雅库梯人,行动活泼得像一只猴子。他每天由一个雇工骑着马送来,他骑在雇工背后。到了这里,雇工照旧骑在马上,加尼亚敏捷地从马屁股上滑下来。这时候他往往老实不客气地在马的后腿上站一会儿,有时还十分滑稽地抓住马的尾巴。课毕之后,他也是这样爬上马去。雅库梯人一般说来都很机敏伶俐,他们在别的异族人中间充当商贩的角色。加尼亚回答问题的时候从来不假思索。不管回答得对不对,他总是立刻回答,一切都理解得非常快,在所有的新鲜花样中都担任主要角色。当鞑靼人和雅库梯人之间经常不断的斗争尖锐化起来的时候,他常常首先闯进我屋里来报导最新的消息。有时他报导这些消息采用很别致的方式,另外两个孩子纷纷向他提出种种独特的见解,使我听了就想立刻把他们的谈话记载下来。孩子们一致同情雅库梯人及其首领。有一次他们争先恐后地讲述上一夜发生的事件给我听:鞑靼人出发到最近的一个山村里去行事,雅库梯人暗中埋伏着,偷袭了他们留在一旁的马,抢走了其中的一匹。著名的鞑靼好汉亚历山大只得步行回家。这一切都被大村里的人知道了,于是孩子们津津有味地谈论着雅库梯人这次的成功。

"老师……"有一个孩子问,"您以为怎么样:是他教他们埋伏起来的吗?"

所谓他,是指住在阿姆加担任雅库梯人首领的一个俄罗斯人。

"是他,"加尼亚接嘴说,"一定是他。……他做得很对,老师您说是吗?"

雅库梯人的首领在这次斗争中引起了我这小小学校里的人真心的喜悦。以后接连有好几个夜晚,鞑靼人骑着马小心翼翼地走向雅库梯人的帐篷,从远处叫嚷着要他们交出马匹来。……

"他们不会交出去的,因为他们已经把它吃掉了。……"加尼亚断然地说,"他们在集会的时候宰了它,吃掉了。亚历山大这件事真糟糕极了!现在大家都在嘲笑他;可是他也算得是一条好汉。……您说是吗,老师?亚历山大也挺勇敢,算得是一条好汉,就像故事里所说的一样。"

俄罗斯恐怕未见得有哪个教师同这样的事打过交道。……斗争是开诚布公地进行的,勇敢和力量的问题遮掩了我努力灌输到他们视野中去的别的主题。

我迁出亚历山大的帐篷之后,起初孩子们到我同伴们的帐篷里来上课，以后我在查哈尔·崔库诺夫(后来我根据这人描写了我的马加尔)那里找到了一个比较舒适的住所。查哈尔是庄稼人，娶了一个雅库梯女人为妻。他们有一个小女儿。他们家的住所包括一个帐篷和一间平顶的俄罗斯式木屋。他们自己住在附带着霍东(即畜栏)的帐篷里[1]，把壁面垂直、窗子宽阔的俄罗斯式木屋租给我。查哈尔同他的雅库梯妻子之间的关系很特别。他们从来不打架，但有时要靠……歌曲的帮助来相骂。开头的往往是妻子。她有许多伤心的理由：查哈尔喝酒往往瞒着她，一直要等到那匹浅黄马驮着酩酊大醉的主人从鞑靼人那里回来的时候她方才知道。如果他偶尔带一瓶鞑靼烧酒回来款待她，她起初总是高高兴兴、和和气气的，但后来一想起以前受的气，就唱起歌来数落他的一切罪行。有时他们和睦地就寝，但等到即将入睡的时候，突然响起一声几近于歇斯底里的抽噎声，于是我在自己房间里听见那雅库梯女人哀怨而悠长地唱起歌来了。查哈尔试图照样用歌调来反驳她，但往往没多久就不得不屈服了。有一个这样的晚上给我特别深刻的印象。记得那是

---

　　〔1〕　柯罗连科在一八八三年十二月二十六日写给小妹妹爱薇里娜·加拉克齐昂诺夫娜的信里，对查哈尔·崔库诺夫的住屋作这样的描写："你在流放生活方面还没有见过'世面'，恐怕难以想象这种生活是在怎样的环境中度过的。让我给你描写这帐篷：这是最蹩脚的帐篷之中的一个。这里没有玻璃窗，只有两片小小的冰块。帐篷旁边是霍东(即畜栏)，霍东和帐篷之间的门从来不关好，因此主人住屋里有暖气流到母牛那里去，而畜栏里有臭气冲到主人这里来。炉子的烟门也从来不关好，所以夜间他们家的温度总是在零度以下。不论工作日或假日，他们都是在这寒冷、黑暗和臭气中过活的。"继柯罗连科之后住在阿姆加的政治流放犯们，后来给柯罗连科寄了两张照片来：一张是查哈尔·崔库诺夫的，一张是他的帐篷的(这两张照片都附在俄文版《柯罗连科全集》第一卷里)。他们还告诉查·崔库诺夫，说他以前的房客柯罗连科写了一篇关于他的短篇小说。查哈尔为此感到很骄傲，据尼·谢·丘特契夫和别人回忆，每逢有政治流放犯新到这里，他总是去向他们作自我介绍："我就是《马加尔的梦》里那个人。"根据现有的资料，查哈尔·崔库诺夫死于一九〇七年左右。

圣诞节的前夜。查哈尔因节日将近,带了一瓶烧酒回来,夫妻两人十分和气地把它喝完了。后来又同样和气地就寝。但静默了一会儿之后,妻子抽噎起来,接着就滔滔不绝地唱出雅库梯的歌调。那时候我已经听得懂雅库梯话,我就好奇地倾听着。妻子唱着,说她悔不该嫁给庄稼汉,要是嫁给雅库梯人就好了。雅库梯人一定不会瞒着妻子喝酒,她一定过得比现在愉快。查哈尔也用歌曲来反驳她。他喘息哽咽地唱着,说也许他也可以找到比她好的妻子。但他的歌声里没有信心。的确,他的罪行大大地超过了他所能责难妻子的地方。除此以外,他的唱歌技巧也不及他的贤内助那样灵活自如。因此他的歌声越来越轻,而她的华彩经过句则相反,越来越尖锐响亮。那时候他就拿我来威胁她,说那个"纽契"(即俄罗斯人)在门外全都听见,他不会容许雅库梯女人欺侮庄稼人。……这一切仿佛全是梦境里的事。她闭着眼睛唱她的哀怨的歌调,他也闭着眼睛反驳她。但是在圣诞节前夜那一回,我的可怜的查哈尔的处境恶化到了极点,最后他终于出现在我门口了。他的一双眼睛哭得十分红肿。

"符拉季米尔,"他说,"你为什么听凭这雅库梯女人欺侮我?……她干脆把我从帐篷里赶出来了。你去说她几句吧。她怕你的。"

他的模样儿是那么可怜,我只得走到他家门口去替他说几句话,虽然语调是十分温和的:

"斗斗玛(别作声啦),露开丽亚,……你也叫丈夫委屈得够了。"

她立刻静下来,但这时候又响起了孩子的呜咽声。这回轮到她的小女儿在梦中唱歌。雅库梯歌曲一般都给人哀怨的印象,但这个交织在双亲的歌曲相骂中的童声的歌调,我不知道该拿什么来比拟。

她唱些什么,我听不清楚。

11　山乡人

我们自己人之间用这名称来称呼那些散居在阿姆加附近或远处单独的雅库梯帐篷里的同伴们——政治流放犯们。他们自然而然地都以阿姆加大村为中心，经常到我们这里来买东西，有时干脆到这里来谈心。

这些山乡人之中第一个到阿姆加来的是阿纳尼·谢苗诺维奇·奥尔洛夫，我在雅库茨克的监狱里遇见过他。我到阿姆加后没多久他就来了，我们见面的时候像熟人一样。这人中等身材，一张纯粹是俄罗斯风的脸，颧骨略微有些突出，一片大胡子遮住了整个胸膛，心地十分善良。他会写诗，然而老实说，写得极坏。他看见我们不承认他是诗人，很生气。他认为这是我们对他有偏见之故。他说，照我们的见解，诗人必须是"命里注定"的；在我们看来，他是一个普普通通的人。有一次，他要考验考验我们，就从最近一期杂志上抄下纳德松[1]作的一首诗来拿给我们看，假称是他自己作的。他料想我们必然会挑剔，因而预先感到高兴；岂知我不但断定这不是他作的，并且猜出了作者的姓氏，这就使得他十分惊奇。

这个人——柔和性格的真正化身——为什么被捕，我现在说不上来。他原先是一个电报员，是在一个小县城里被逮捕的；他有声有色地讲述自己被关在这县城的监狱里时的情形。在这监狱里看守他的是一个老头儿——尼古拉时代的兵士。这人心地善良，对待他就像立陶宛堡垒里的老年看守对待崔布尔斯基一样，采取保护而略带专横的态度。

---

〔1〕　纳德松（1862—1887），俄国诗人。——译者注

"我看得出你是一个好小伙子,可就是不安心于职务,你瞧,竟弄到进监狱的地步。……你这是怎么搞的?……"

奥尔洛夫试图说明他为什么入狱,他说:政府在迫害整个俄罗斯,而我们想要解放人民。

老头儿用宽容的态度微笑着听他讲,就像听小孩子胡说八道一样。

"这么说,你们是在反对沙皇。……哦,原来如此。……你们真是蠢货,什么也不懂。……要是沙皇派军队来打你们,又怎么办呢?……沙皇的军队可多呢!……"

奥尔洛夫就向他解释:军队也是人民,宣传工作也已经深入到军队里去了。说着他就举了几个例子。

"怎么?照你这么说,你们已经在那里煽动军队造反了!……好,既然这样,进囚室去吧。你玩儿得够了,就给我在铁窗里坐坐吧。……原来你是这么一个人:煽动军队造反!……给我坐监牢吧,坐监牢吧,不然你还要去耍花样呢。"

于是钥匙叮当地响了一阵,他嘴里咕哝着,把奥尔洛夫赶进了囚室。

除了这番真实生活的叙述之外,我再也没有听见过奥尔洛夫谈起他入狱的情由。我想,实际上也并没有什么严重的事件:政府对革命运动的态度,无非就是这位看守所说的一套哲学;所不同者,这是一个心地善良的人的哲学,而政府又在这上面加上了许多残酷措施。

在数月之内,奥尔洛夫到阿姆加来了好几趟,因为他就住在附近的山村里,离开阿姆加只有二十俄里光景。过了一个时期,他开始向我们提起,说他的帐篷里住着一对新婚夫妇,年纪轻得几乎像孩子一样。这是他房东的儿子小两口儿。这以后,我们开始注意到,奥尔洛夫写起雅库梯诗来了,这些诗是献给一个"理想人物"的。

大约过了四个月或许更多一些时间,有一次我们从瓦西里耶夫那里回来,一路刮着暴风雪,突然我的马前出现了一个人影。我勒住马一看,原来是奥尔洛夫。

"为什么你那么迟了还回去? 你应该等我们的。"

"我一个人待在你们屋里,心里害怕。……尤其是因为我发现你们架子上有一把手枪。"他沮丧地回答。

我们回到家里,大家都发现奥尔洛夫真是所谓面无人色。他脸色苍白,形容憔悴之极。原来他的诗人的心深为那个年轻的雅库梯女人所动。他写雅库梯诗给她,但她一直无动于衷。这些他都能忍受得了,但是昨天夜里,丈夫不在家,屋子里传来种种声音。……诗人怀着醋意倾耳细听,才知道他的理想人物对丈夫不贞,正在和一个过路的雅库梯人要好。这变节的最后一幕特别刺痛了他的诗人的心。

"你们知道:我清楚地听见四个五戈比钱币发出叮当声。……"

可怜的人脸上显出极其痛苦的表情,简直使我害怕起来。

"这件事要好好地提防着点,"我对同伴们说,"看来情况很严重。你们瞧,这小伙子消瘦得厉害。"

"没关系,"我们新来的同伴罗马斯说,"我知道他的性格:决不会消瘦到致命的地步。你看他瘦了瘦了,到后来自会好起来的。"

果然,过了不多久,奥尔洛夫来到我们这里,样子愉快得多了。为了解释自己神彩焕发的原因,他掏出一本记事册来,给我看上面的一项记载:"给理想人物三个卢布。"

当我回到俄罗斯去的时候,途经伊尔库茨克,看见奥尔洛夫已经在那里了,他比我先离开流放地。他把自己的诗仔细誊写成两三个册子,交了给我,要求我一定把它们转交给随便哪家编辑部。我执行了他的

要求,然而不幸这件事没有成功!我把我同编辑部的全部通信寄给了
奥尔洛夫,好让他知道,我的"成见"并没有影响这个使作者伤心的答
复。……在几家编辑部碰了两三次钉子之后,可怜的奥尔洛夫才死了这
条心。……大约过了两三年之后,我怀着沉痛的心情听说阿纳尼·谢苗
诺维奇·奥尔洛夫撇下妻子孩儿,在伊尔库茨克逝世了。最后一段时
期,他是在雷赫林斯基那里供职的。……这人在我的生涯中一闪而过,
在我的记忆中留下了善良、温柔、和气的印象,有一次我曾经痛悔不该过
分轻率地对待他的一次告诫[1]。

12 巴甫洛夫的悲剧

    不久,我们这批移民中又增加了两个同伴。这便是罗马斯[2]和巴
甫洛夫[3]。罗马斯出生在西南区,就相貌和语言而论,是一个道地的乌
克兰人。这人的性格十分独特。他没有受过任何教育,却给人以受过完

〔1〕 指关于亚·巴·巴甫洛夫之死,参见下一节。——译者注
〔2〕 米哈依尔·安东诺维奇·罗马斯(1859—1920),七十年代末在基辅铁路局当注
油工。一八七九年参加宣传小组。一八八○年流放东西伯利亚。去西伯利亚的途中,在
维什尼伏洛乔克监狱里拒绝向亚历山大三世宣誓,因此被流放到雅库梯州。一八八四年
回到基辅,后来卜居伏尔加河上的克拉斯诺维多沃村,为了进行宣传工作而在那里开设了
一家小铺子。高尔基在他的回忆录《我的大学》里对于罗马斯这一段生活时期曾有鲜明的
描写。一八九四年,罗马斯被捕,重又流放东西伯利亚五年。一九○二年回到中央俄罗
斯。柯罗连科和罗马斯之间的关系几乎维持到了他们一生的最后时期。作为一个艺术
家,柯罗连科对罗马斯的独特的个性颇感兴趣,在九十年代中期时他曾试图在短篇小说
《美术家阿勒莫夫》中描绘他的形象,称他为《小市民罗马内奇》(见俄文版《柯罗连科全集》
第三卷)。
〔3〕 亚历山大·巴甫洛维奇·巴甫洛夫(1856—1883),钳工,曾参加俄国北方工人
协会。一八八○年被捕,按行政命令流放西西伯利亚三年。在维什尼伏洛乔克转送监狱
里拒绝向亚历山大三世宣誓,于是被流放到雅库梯州。

善教育的人的印象,而且能够持久地同人作最复杂的知识分子谈话。他之所以有这一切成果,全靠自己努力读书。他样样都会,就是写字不会。他写的字乱七八糟,像一个目不识丁的人写的。这情况后来给他带来很大的害处。铁路局有许多行政长官在同他初次交谈之后,打算给他任何一种知识分子职位,但一看见他的笔迹,就大为踌躇了。我曾经多次建议他利用空闲时间把知识分子的笔迹也学一学,由我来协助他;但他坚决拒绝学习,事实上恐怕在他这年龄学起来也很困难了吧。

他的同伴巴甫洛夫是彼得堡的一个工人。他是哈尔土林的学生。哈尔土林就是假扮木匠到冬宫去安排爆炸的那个人。巴甫洛夫讲给我们听:这个恐怖主义者如何热泪盈眶地劝说他的工人学生要继续进行宣传工作,但无论如何不要走上恐怖主义的道路。他说:"走上这条路就退不回来了。"事实确是如此,哈尔土林自己在敖德萨谋杀了军事检察官以后便是在绞架上结束生命的。

罗马斯和巴甫洛夫两人毫无相像之处,看来没有比他们更不相像的人了。巴甫洛夫出身于沃洛格达省的农家,是俄罗斯人;他身体很丰满,甚至可说是肥胖的,动作相当笨拙,举止方面保留着许多农家风度,虽然他并不喜欢农家工作,从来不同我们一起务农。罗马斯则相反,中等以上的身材,体格结实而瘦削,工作劲头十足。他们表示愿意住在一起,就住在离开我们二十五俄里的一个雅库梯帐篷里了;如果我没记错的话,那便是从我们的大村顺着阿姆加河南下的巴拉古尔山村。不久我就知道,他们在计划一同逃走:他们决定明年春天逃,这样可以让两三条冻结的山溪在他们逃过之后开始流冰,自己就能及时脱身。不久我也参加了他们的计划,我们就一同做起准备工作来。起初他们住在一个雅库梯人

家的帐篷里。我就经常到他们那里去。彼得·达甫多维奇·巴洛德[1]
也和我们一同拟订计划,关于此人我以后再谈。我们开始为鞋子的事操
心起来。如果不能订购到矿工靴子的话,就归我来制作。订购矿工靴子
的事我们可以托巴洛德设法。巴洛德还给我们指出了一条道路:以前有
一家同西伯利亚通商的"北美公司"的通商大道横贯阿姆加大村。这条
美国道路从雅库茨克开始,经过阿姆加大村,再往前伸展一千俄里,起伏
在山峦之间。现在山里还保留着旧时的大道和支路的痕迹。我们想使
当地居民特别是长官们对于我们一同进进出出不加注目。然后只要在
流冰期即将开始之前越过两三条山溪,就可以在当地长官们还没有发觉
之前有充分的时间赶路。……以后……

　　以后怎么样呢?我们打算在走了一千俄里左右的童秃峰(这一带地
方的山峰的名称)之后偷偷地来到鄂霍次克海;到了那里,如果运气好的
话,就乘上一只美国轮船去。但这只能碰机会。如果搭不到船,我们只
得沿着鄂霍次克海而下,来到阿穆尔河的河口,然后沿河而上,走流浪者
通常所走的道路。然而,可能性最大的恐怕还是被人追赶上来,于是一
切希望落空,换来最枯燥无味的铁窗风味和继续流放。

　　但在这时候,从俄罗斯传来消息,说是要规定流放期限了。我们对
自己这个计划不觉就冷淡起来;在阿穆尔河上艰难地步行,至少要费三
年的时间。因此我和罗马斯不久就放弃了逃走的打算。只有巴甫洛夫
一人还忠实于计划,竭力坚持要按计划行事。这时候,巴拉古尔山村决
定为自己的流放犯在一条小河边的密林中间新建一所木屋。所选择的

　　[1]　彼得·达甫多维奇·巴洛德(1839—1918),一八六二年和德·伊·皮萨烈夫等
人因所谓"袖珍印刷厂"事件一同被捕,一八六四年被判十五年苦役刑。在亚历山大罗夫
工厂城服苦役。出狱后被遣送到雅库梯州,在勒拿金矿公司的开采场工作。

这个地点是阴森森的。

我还得提到一件事，这件事给这次悲剧涂上了阴暗的迷信色彩。有一次巴甫洛夫在森林里闲步，发现一辆木制的玩具雪橇，上面载着一个也是木制的乘客。他就把这当作好玩的东西带了回来。我们看了他拾来的这个东西，也觉得好玩，百般嘲笑那乘客的模样。这件事发生在罗马斯和巴甫洛夫还住在雅库梯帐篷里的时候。那时我经常到他们那里去，夜里就宿在那边，同他们很要好。拾到玩物的那天，我正好到他们家去。房东家有一个人不知为了什么事到俄罗斯人的帐篷里来了一下，看见这玩意儿，大吃一惊，他劝我们无论如何要把这雪橇和乘客立刻拿到森林里去放在原来的地方。他还怀疑我们这样做了之后是否定能免去灾难。原来这是病魔所附的偶像。雅库梯人得病后，总是请巫师来驱除病魔，让病魔附着在偶像上，把它送到森林里去。这么说来，巴甫洛夫带来的是有害的精灵。我们对于这种迷信说法，当然只是取笑而已。但我觉得巴甫洛夫很不自在，因为他们沃洛格达森林里的农民们也和异族巫师打交道的。

单独的木屋建成以后，巴甫洛夫和罗马斯就迁居进去。我又去看他们。那住屋的阴惨光景使我吃惊：旁边一点附属建筑物也没有，连拴马桩都没有一根。屋子紧靠着湍急的小河，崭新的木料显出在深暗的原始林的背景上。原始林稠密地高耸在屋子周围和对面岸上。从那里传来低钝的林啸声。

"好在不长久了，"巴甫洛夫说，"只要等到春天……"

但冬天就开始公布期限了。……这时候再要坚持逃走，简直可以称之谓狂妄了；但巴甫洛夫仍然执意坚持，其态度之激烈，使我们颇觉惊奇。就在这件事上，两个同伴之间开始出现了一些分歧的意见，他们的友好关系渐渐冷淡下来。巴甫洛夫仿佛预感到他的悲剧就要开始了。

罗马斯开始抱怨,说和巴甫洛夫同住在一起很不好受。罗马斯常常到我们村里来一连住上几星期。有时巴甫洛夫也来,但没有待多久就回到自己孤零零的屋子里去了。以前我们三个人边钓鱼边谈笑或者同雅库梯人聊天的那种情景已经一去不复返。……我至今一直不能原谅自己,为什么我当初没有充分的想象力,不能设身处地地替巴甫洛夫着想:他一个人住在阴森森的河流旁边也很阴森的树林中间的这所屋子里,是多么孤单啊!根据罗马斯的描述,巴甫洛夫的性格越来越古怪了。

这时候春天来到,我们要准备做田间和菜园里的工作了。这是一年里最愉快的一段时期。我们叫巴甫洛夫一同参加工作,但他看来不愿意来。他现在把罗马斯看作仇敌,大概他以为罗马斯唆使得连我们也反对他了。就在这时候,我们这里新来了一个同住者奥西普·瓦西里耶维奇·阿普捷克曼[1](这人现在还住在彼得堡)。巴甫洛夫以前就认识他,托人送一张条子来,请他立刻到他那里去。这是一个不合情理的要求,因为阿普捷克曼刚刚从乌斯特马雅来到这里,身体疲倦得很。因此他写了一个回条,说他不能前去,但希望巴甫洛夫到阿姆加来。我也写了一封亲热的信,恳切地对巴甫洛夫说,我们大家都欢迎他来。我把信交给巴甫洛夫托带便条的那个移民送去。第二天,就是

---

〔1〕 奥西普·瓦西里耶维奇·阿普捷克曼(1849—1926),从一八七七年起是"土地与自由社"的成员,该社分裂后参加"黑分派"。一八八〇年被捕,流放雅库梯州五年。一八八六年回到中央俄罗斯。一九〇六年侨居国外,十月革命后回到俄国。曾和柯罗连科长期通信。

那个移民给我们带来一个悲惨的消息:就在上一天夜里,巴甫洛夫开枪自杀了。

直到现在,这个晦暗的日子和种种细节还历历地保留在我的记忆里:天上飘驰着春日的云彩,有时从云端里洒下毛毛雨来,有时倾泻下一阵寒冷的暴雨来。一切都充满朝气蓬勃的生趣。我在那移民的话里听得出责备的口气。他仿佛在说:你瞧,要是你们看见了那张便条就去,你们的朋友现在就活着了。我有更大的理由来责备自己。阿纳尼·谢苗诺维奇·奥尔洛夫对我说过,最近一次他到巴甫洛夫的阴森森的屋子里去,发觉巴甫洛夫的行径很古怪:他屋子里的天花板上画上了格子,有几个地方钉着几个大钉子,其中一个钉子上挂着一根绳。而且巴甫洛夫还同奥尔洛夫谈起自杀的事。这一天我在菜园里耕作了一整天,疲倦得很,对于奥尔洛夫这番告诫没有加以应有的注意。我觉得要自杀的人是不会掠先把自杀的企图告诉朋友的。而且阿普捷克曼的来到在我看来是一个很合适的借口,可以乘此机会叫巴甫洛夫到我们这里来。等他来了之后我们就可以劝服他了。想不到现在传来了这消息。……

我记得最近一个夜晚的情况。我在屋子里觉得窒闷,就走到帐篷的平屋顶上去,从我们"夏屋"的斜屋顶底下眺望着天空。灰色的浮云在天空中移行,有时从云端里洒下雨滴来。这天夜里,有许多关于生死的念头在我脑海里掠过。

过了几天,一个医生和一个陪审员从雅库茨克前来验尸。我们接到通知,说验尸时要请我们也到场。我就决定和罗马斯一同到巴甫洛夫的屋子里去。这一天是标准的春日,充满着格外生气蓬勃的景象:鲜明的云彩在空中移行,春风阵阵吹来,森林发出低钝而特别清晰的啸声。自然界有时很奇怪地和人的心情相呼应,我和罗马斯似乎觉得,现在它正在清楚地数说着我们的过错。……"你们疏忽了,你们疏忽了。"我在风啸声中听到这样的话声。

当我们的车子驶近阴森森的小河旁边的新屋时,那里正在哗啦哗啦地下着又急又斜的大雨。医生和陪审员已经到场,窗子开着,里面传出那个我们已经熟悉的移民的声音。

"喂,朋友,翻过身子来!"我在他对死人说的这句话中听得出一种善意而粗俗的口气。

"进去吧。"我指着门对罗马斯说。

他摇摇头表示不愿意。尽管外面下着倾盆大雨,他却不走进去,一直站在墙脚边。……我提心吊胆地走了进去。……

巴甫洛夫的脸色很安详,毫无一丝痛苦的表情。……看来他全部原谅我们了。……我身旁有一个人操着雅库梯口音在轻声地说着什么。我回过头去,看见见证人中间站着那个上次见了巴甫洛夫拾着的东西大惊失色的雅库梯人。

"你们那时候还笑呢。"他用责备的口气对我说。我不觉回想起了白桦屯的森林之中另一个人的死亡,又回想起了巴甫洛夫听人说他带来了魔鬼时脸上的异样的表情。他也是一个农民。在他一生最后的时刻里,谁又知道夜神对他说了些什么呢!也许他在期待着朋友们的解救。"你们疏忽了,你们疏忽了。……"我心中还念念不忘奥尔洛夫的告诫。

尸体剖验过之后,把它装进一口草草钉就的棺材里,抬到阴森的小河边埋葬了。葬穴掘得很深,而在那一带地方,土地到了夏天也有一俄丈以上不解冻的。所以我想,直到现在,巴甫洛夫一定还照旧带着悲哀而总算平静了的表情躺在那里。

当我们走出屋子去的时候,罗马斯脸上还是显出同样的表情,冒着大雨站在原地方。

青年时代是无忧无虑而容易忘怀的。不久就产生了新的印象,有了新的操劳。现在我回想起这次死亡,觉得比一个月以前的体会深切得多了[1]。

13   彼得·达甫多维奇·巴洛德

彼得·达甫多维奇·巴洛德这人是整个阿姆加大村都闻名的,虽然他当时并不住在这村里。有一回,我经过魏连保甫斯基的小铺子,听见魏连保甫斯基敲敲窗子招呼我,我走进店去,看见他面带喜色。

"巴洛德来了。"他说。从他的表情可以看出,他是把这消息当作一个重要的喜讯来报导的。

巴洛德同阿姆加大村的全部生活有直接的关系。瓦恩什坦和巴宾最初的工作便是靠他而谋得的:他们烤面包来供给他的在阿尔丹河上原始林里工作的金矿开采队。他还常常通过瓦西里耶夫给农民们找工作做;而每年到了冬季开始的时候,总有一大队货车从阿姆加出发到原始林去。全村的人都来观看这一列橇车怎样经过草地而从冰面上渡过河去,然后出现在对岸,形成一条狭长的带子,沿着陡峭的道路爬上岸坡

---

〔1〕 这一段回忆是一九二一年所写。同年五月二十四日,柯罗连科写信给奥·瓦·阿普捷克曼,向他打听一些关于巴甫洛夫的事,信上写道:"谢谢你告诉我关于巴甫洛夫的回忆。这是我的回忆录中最阴惨的篇幅之一。我们——他的朋友们,特别是我,对这年轻的生命疏忽大意了。在这件事上过失最大的是罗马斯,其次是我。"

去。到了道路拐弯的地方,车队消失了。这是阿姆加人给"巴洛德先生"送储粮去。阿姆加人随身带去的只有一车干草和人吃的粮食。他们的刻苦耐劳的马匹是靠牧草来喂养的,这只有雅库梯本地的马才做得到。行了一整天路以后,人们把马匹放到雪地上去,让它们去给自己找饲料。它们找饲料的方法很有趣:它们用一只脚在雪地里画一个圆圈,然后用力地打一个响鼻,使冻结在那里的轻柔的雪四下里消散了,就露出去年的草来。这些本地马可以像这样走几千俄里的路。可想而知,人走起这段路来也很艰苦:有遮蔽的住宿处根本找不到,只能在露天宿夜,只有好赚头才能激励人们来克服这些困难。……当阿姆加人运送完毕归来,第一批出现在对岸陡峭的道路上的时候,村里的人都欢天喜地起来。给他们带来这种欢喜的,又是那个彼得·达甫多维奇·巴洛德:原来阿姆加人从原始林里带来了收据,魏连保甫斯基就根据这些收据来付钱。巴洛德自己住在阿尔丹的原始林里。有时他的金矿开采队里有几个工人到我们这里来,他们谈出许多关于自己生活情况的有趣的话来,谈着谈着又谈到了巴洛德。在他们的谈话中充满了对彼得·达甫多维奇·巴洛德的赞叹和爱戴。

"彼得·达甫多维奇·巴洛德先生是不会出卖我们的,"他们这样说,指的是他在金矿开采公司面前对他们的保护,"他坚决地袒护我们。"

他们谈到他精力充沛、刻苦耐劳而善于观察地势的种种事例,使人听了简直吃惊。他有西伯利亚地图,但他不大相信这些地图,曾经举出好几个例子来,例如在两条河中间,照地图上所示,相距数百俄里,实际上只有数十俄里;还有相反的例子:从地图上看来,两条河流之间的距离应该是十分接近的,实际上却要在森林里走好几个星期。有时他让开采队和带路的通古斯人留下来,自己根据一种本能,独自翻山越岭而去,只在衣袋里装满了巧克力糖。

"有时总以为我们的彼得·达甫多维奇要完蛋了。甚至通古斯人都摇起头来。……可是瞧啊,过了几天,我们走到一条小河边,……咦,那儿燃着一堆火,火边站着我们的彼得·达甫多维奇,在那里等我们。"

有一次,他碰到了下面这样一桩真正叙事诗式的事件:一只货船载了开采队的全部财产顺着湍急的河流向下游驶去。突然来了一股急流,挟住货船,把它冲向河中的一个岩礁上去。眼看着开采队的财产要全部覆没了。这时候只有巴洛德一个人没有惊惶失措,他把缆索缠绕在一棵大松树的树干上,终于把货船拉住了。巴洛德建立了这样的功迹,却折断了一条腿。那地方离开起码的医疗机关所在地有数千里之遥。可是巴洛德也设法克服了困难:他指挥工人们制造了一些这种场合下所需要的夹板,亲自把腿绷扎起来,在森林里躺了一个时期,一方面继续给大伙儿布置工作。

总之,这是一个真正的勇士,无怪乎有人说:他才是车尔尼雪夫斯基所描写的拉赫美托夫[1]的原型。也许这话是正确的。他被捕的经过情况也很奇特。据瓦西里耶夫说,他之所以被捕,是因为印刷六十年代著名的秘密传单《大俄罗斯人》——这种传单是很粗暴的[2],就像通常那样号召人们去做自己都还不大清楚的事。但这被捕原因靠不住。巴洛

---

〔1〕 车尔尼雪夫斯基的小说《怎么办?》的主人公。——译者注
〔2〕 《大俄罗斯人》的传单(从一八六一年七月到九月共出三次)并不"粗暴",其政治立场是很坚定的。《大俄罗斯人》对社会上立宪运动的力量估计过高了。据尼·谢·丘特契夫推测,是柯罗连科把《大俄罗斯人》的传单同《年轻的俄罗斯》的传单混淆起来了,后者曾在保守派和自由主义的人士中间引起惊慌。

德是一个性格温柔的人，——这是精力充沛的人所常有的情况，——他对《大俄罗斯人》采取否定的态度。他是因皮萨烈夫[1]的案件而被捕的。皮萨烈夫——那时候已经是一个著名的批评家——在要塞里关了三年。巴洛德读大学时和皮萨烈夫同学，同他称兄道弟。然而我觉察到巴洛德在评论皮萨烈夫的时候缺乏友谊，也许竟不怀好感。对于这种细致的表情，我直到现在读了《往事》杂志上关于皮萨烈夫案件的回忆文[2]才明白。巴洛德对我说，皮萨烈夫的观点太不一贯了。他一方面鼓吹感情自由，同时却在尼古拉车站上毒打一个军官，只因为一个姑娘认为这军官比皮萨烈夫好。当巴洛德和皮萨烈夫被逮捕时，他们都还年轻，两人都只有二十一岁。巴洛德劝皮萨烈夫写一篇关于在六十年代攻击赫尔岑的奴颜婢膝的作家舍多-费罗蒂的文章，答应他在袖珍印刷机上刊印。皮萨烈夫这篇文章语气很激烈，内中包含着对专制制度和亚历山大二世个人的许多抨击。由于偶然有人告密，巴洛德那里受到了搜查，于是出于皮萨烈夫手笔的这篇已经完成了的文章就落到宪兵手里。在这样的情况下，巴洛德认为没有理由可以否认这篇文章出自皮萨烈夫的手笔，因为皮萨烈夫的笔迹是众所周知的，一看就知道是他所写。但是皮萨烈夫不知为什么一直否认，于是巴洛德不得不同他面质而揭穿实情。这件事大概给巴洛德带来了相当大的痛苦，这一点我在他提到皮萨

[1] 德米特利·伊凡诺维奇·皮萨烈夫(1840—1868)，优秀的革命政论家和批评家。一八六二年写了一篇文章反对沙皇政府的走狗费尔克斯男爵，因为这人用舍多-费罗蒂的笔名在国外出版了两本诽谤赫尔岑的小册子。皮萨烈夫在这篇文章里为赫尔岑辩护，发表了反对专制政体的见解。皮萨烈夫这篇文章在巴洛德的秘密印刷所被查封的时候给发现了。皮萨烈夫被捕，在彼得保罗要塞关了四年半。

[2] 指《德·伊·皮萨烈夫案件》一文，该文系列姆凯所作，登载在《往事》杂志一九〇六年第二期上。

烈夫时可以觉察到。

　　总之，必须指出一种情况，即那时候被捕的人和我们现在被捕的人所采取的态度完全不同。大家都知道，有许多十二月党人在专制政体和沙皇本人面前卑躬屈节。大家都知道，彼得拉舍夫斯基分子也逃不了这种责难。总之，可以这样说：那时候被逮捕的俄罗斯人认为自己有义务回答当局所提出的一切问题，而且知道他的同志们也会采取同样的态度。我曾经举出一个幼稚的革命"玩好者"斯××夫作为例子，这人已是属于我们这时代的了。他认为每次被捕总是理所当然地要回答宪兵提出的一切问题而出卖同志。在我们的时代，这种类型的人已经是罕见的了，但在二十、四十和六十年代，专制政体的威力还很强大，我不能断定这位真正的拉赫美托夫当时没有作出坦白的供词。到了我们这时代才培养出来的对政权的轻蔑态度，甚至在六十年代也还没有。我们现在已经把上书请求饶赦看作不成体统的事；但在那时候，岂但是巴洛德，就是皮萨烈夫自己，虽然在关于舍多-费罗蒂的那篇尖锐的文章里轻蔑地斥责了专制政体及其代表者，却认为上书解释该文乃自己年幼无知的轻率表现，还是无伤于他的尊严的。时代不同，风尚也不同，不能用同样的尺寸去衡量不同时代的人。那时候专制政体还有威力，而到了我们的时代，这种威力完全消失了。请求饶赦被看作卑鄙的事，人们宁死不屈。……失败者对专制政体的这种态度，也许正是专制政体灭亡的良好征兆。……

　　在巴洛德来到阿姆加的日子里，晚上我常常和他一起聊天，现在回想起来很有趣。我和他有时在瓦西里耶夫家碰头，有时在魏连保甫斯基那里碰头——这时候魏连保甫斯基必定是喜气洋洋的；或者有的时候，巴洛德到我们的帐篷里来。在这里，如果他突然挺一挺身子,我们的低矮的天花板和他的魁梧的身躯之间就显得极其不协调。这几次谈话给我留下了十分愉快的印象。我们有时对他的看法提出激烈的反驳,这时候他总是采取泰然自若的态度,——这种态度和他的勇健的体力之间具有一种协调的感觉。当时我还是一个热烈的民粹主义者,巴洛德所谈的关于他在西伯利亚村社中的生活情况,充满了一个个人主义者的拉脱维亚人的观点,往往引起我的剧烈的反驳。这时候巴洛德就回击我的反驳,他的态度安详而尊严,使我永远不能忘记。

后来我在俄罗斯看到他。那时候他已经不住在雅库梯州,而到彼得堡来了。他到这里来,是为了同金矿开采公司打官司。原来公司方面看见巴洛德对人容易轻信,任人造谣中伤也不加以辩护,就利用他这一点来同他打官司,企图从中获利。那时候他照旧是勇士模样,据说新近结了婚。如果现在他还活着而能读到我这段文章,那么我要向他问候并致以最热诚的祝愿。

14

在早春某一个晴明的日子里,我爬到我们的屋顶上,看见契普恰尔冈方面的草地上有一辆橇车由两个骑马的人陪同着在行驶。起初我以为这是某长官出行。后来才知道是一些新朋友到我们这里来做客,我们以前还没有同这些人见过面呢。不久我们的帐篷就充满了愉快的喧嚣扰攘之声。

这是从楚腊朴查来的一群政治流放犯。我们早就听人说起过他们。

这里首先要提到的是李涅夫[1]和丘特契夫[2]。他们两人几乎就在我离开伊尔库茨克的前一天被遣送到那里。当时和他们在一起的还有沙马林[3]和叶卡捷琳娜·康斯坦丁诺夫娜·勃列希科夫斯卡雅[4]。他们起初被流放到外贝加尔州的巴尔古津城，曾计划从那里逃走，然而没有成功。给他们领路的布里亚特人起初甘愿引导他们到中国边境去，但后来害怕起来，改变了主意，终于悄悄地溜走，把这一伙人抛弃在荒山幽谷中了。这地方风景如画，然而一小队人没有向导就寸步难行。

　　丘特契夫有声有色地讲给我听：有一次（领路的人已经不在了），他们费了九牛二虎之力爬到一块凹地里去，那坡十分陡峭，几乎是垂直的，马匹必须用绳索放下去。他们就在这凹地的底上安顿下来休

---

　　〔1〕　伊凡·洛根诺维奇，李涅夫（生于一八四二年左右，死于一八八五年或一八八六年），一八七七年为"友谊会"事件被捕，一八七九年流放到雅库梯州，为期四年。

　　〔2〕　尼古拉·谢尔盖耶维奇·丘特契夫（1856—1924）曾参加"土地与自由社"。一八七八年初被捕，按行政命令流放东西伯利亚。一八八一年从巴尔古津逃出，但又被缉获，流放雅库梯州五年。回到中央俄罗斯之后，于一八九四年重又被捕，流放西伯利亚八年。在丘特契夫所写的未出版的柯罗连科回忆录中，作者叙述了他和同伴们初次来到阿姆加大村同符拉季米尔·加拉克齐昂诺维奇相识的情况。据丘特契夫说，这是一八八二年秋天或者初冬的事："在这里，我初次结识了符拉季米尔·加拉克齐昂诺维奇。那时候他和伊·伊·巴宁、奥·雅·瓦恩什坦两人一同住在一个有地板和玻璃窗的帐篷里，这帐篷给我们山乡人以安闲舒适、清洁整齐的感觉。……符拉季米尔·加拉克齐昂诺维奇那时正当盛年，精力充沛，——虽然已经长着一脸大胡子，这大胡子配合着他的一头浓密的波浪形头发，使他在别的阿姆加人中间显得威严而庄重。在这次初相识的时候，使我特别惊奇的是他的健全的幽默讽刺态度，他善于温和而毫无恶意地嘲笑我们这些'野头野脑的山乡人'。"

　　〔3〕　康斯坦丁·雅科夫列维奇·沙马林（1854—1902）同柴科夫斯基小组有亲密交往。从1878—1885年被流放在东西伯利亚。

　　〔4〕　即勃列希科-勃列希科夫斯卡雅（1844—1934）。在"一九三人案"中被判五年苦役刑，起初在卡拉服役，后来被遣送到巴尔古津。一八九六年回到欧洲俄罗斯，积极参加社会革命党的组织，属于该组织的极端右翼。十月革命后逃亡国外，是苏维埃政权的死敌。

息了。这些逃亡者明明知道他们现在的处境很困难,但这一时刻却给他们留下了富有诗趣的回忆。看来似乎只要一举目,就一定会找到出路的。此刻他们暂且尽情享乐,把自己看成完全置身文明社会之外,不管怎么说,总是远离一切行政长官的。……突然……犹如青天霹雳一般,从他们刚才爬下来的那个陡崖的顶上传来一个年轻人的响亮的声音:

"尼古拉·谢尔盖——耶维奇! ……"

有人在叫丘特契夫。原来当局派熟悉山路的布里亚特人来追缉了。布里亚特人对于政府和他们现在所追捕的人之间的斗争,自然抱着叙事诗般的冷漠态度。然而既然县警察局长命令他们来追捕,那他们总是惯于执行他的指令的。逃亡者被包围起来,于是只得投降。富有诗意的一页结束了:离开了无边无际的群山万壑之后,这一伙人重又被关进巴尔古津的监狱,然后被分别送往各地。沙马林、李涅夫和丘特契夫来到了雅库梯州。

现在他们住在楚腊朴查附近的地方,彼此相距不远,常常见面。他们的住处仿佛成了一个中心,当地有许多流放犯都群集在这中心周围。我不能担保他们没有再度计划逃走。这些人年纪很轻,性情活泼好动。李涅夫曾在美国受到正式的农业训练,因此他决定"在意图变更之前"把自己的知识应用到新的环境中去。丘特契夫和他合作。沙马林是这一伙人中年纪最轻的,性情活泼,行动积极。他也置备了产业,而且因为他在兽医学院(记得是在杰尔普特)待过,所以把医务工作也应用到自己业务上去,朋友们都笑他。丘特契夫不需要生活费,可以把赚来的钱供给同伴们。全靠他的关系,大伙儿才置备了乘马和猎枪。我从我们帐篷顶上望见的两个骑马人,是基泽[1]和陀勒[2]。这两位都是年纪很轻的彼得堡工人,而且是外国籍:一个是法国籍,另一个是德国籍。他们出生在俄国,除了俄语以外,任何别的语言都不会说;但这并没有妨碍他们提出抗议,反对行政当局迫害他们。过了不久,这抗议受到重视,于是其中一人被押解出国,他对这件事自然觉得十分遗憾。但这悲惨的一页还在后面呢。现在他们两位都住在楚腊朴查附近,替雅库梯人当铁匠或钳工。我相信:此刻基泽回想起自己这一段生活时期,一定觉得是最幸福的。法国人陀勒除了本行业务以外,又是一位打猎的好手。随着春天的来到,雅库梯一带地方飞来多得难以计数的野禽。这时候陀勒就不再露面,日日夜夜在森林里和湖面上盘桓了。他不愿意用霰弹来打这些野禽。他要等到两三只鸭子游成一行的时候,设法用一颗子弹来贯穿它们。……

　　这一伙青年人周围有一种特别愉快的气氛,现在也带到我们村里来了。自从他们来到后,阿法纳西耶夫家每天晚上都有晚会,可惜我参加的次数最少。因为这群愉快活泼的青年人来到这里的时候,靴子往往已经穿得很破旧;为了使楚腊朴查这伙人能够在阿法纳西耶夫家里跳舞,我就脱下自己的靴子来给他们穿,自己坐在家里替他们修补靴子。同伴们都笑我,说这批"哥萨克人"一来到,我就注意他们的靴子。在楚腊朴查本地也有不少青年人:司祭的女儿、商人的女儿等等。在那里也

---

　　〔1〕　文采斯拉夫·爱德华多维奇·基泽(生于一八六〇年左右),一八八〇至一八八一年是基辅"南俄工人协会"的会员,在协会的印刷厂里工作。一八八一年被捕,被判苦役刑,后来改为流放东西伯利亚十年。一八九〇年作为外国国民被驱逐到国外,住在罗马尼亚。

　　〔2〕　亚历山大·伊凡诺维奇·陀勒(1862—1893)加入"南俄工人协会"。一八八一年被捕,判二十年苦役刑,改为流放到西伯利亚做移民。

经常举行游乐。结果基泽和陀勒都在楚腊朴查结了婚。

15　伊凡·洛根诺维奇·李涅夫的史诗

这一伙人之中最年长的是伊凡·洛根诺维奇·李涅夫。我们这些人都是阅世不深的青年。李涅夫则已经有过一段很长的生活经历了。他是科斯特罗马的一个以前相当富裕而后来破产了的地主的儿子,曾先后在戈雷-戈莱茨基学院和德国研究农业,又在美国身受了相当艰苦的经历。

在那个时期,美国特别吸引着俄国人。我们从马里科夫、柴科夫斯基和别的"神人"们的漂泊生涯中已经看到过这方面的例子。李涅夫在这时期也受到了吸引。他本来显然是一个性情愉快而酷爱饮酒的人,但这并不妨碍他十分严肃地对待生活。他做事有始有终。七十年代初,他和一个朋友一同侨居到美国,这朋友的姓氏我忘记了。

他谈起自己在美国的种种奇遇来,态度十分幽默。他们乘了侨民的轮船来到美国,就在当时一般侨民登岸的地方上了岸,到一个叫做城堡花园的机关里去。各农场主是到那里去雇用工人的。我们俄罗斯人即使抱着最民主的思想方式,对于美国雇主们的手段也不由得会感到屈辱:他们竟毫不讲理地摸摸要来做工的人的肌肉,就像对付牲畜一样。虽然我们这些同胞体格显然很强壮,身体上没有什么特别的缺陷,并没有衰弱的迹象,然而他们还是经常被淘汰。后来行政当局有一个人劝他们在雇主面前声言自己懂得农业方面的专业知识。他们听从了这个劝告,果然被录用了。

最初一段时期事情进行得不很顺利。我们这两位侨民是有几个钱的，因此他们并不把自己的境况看得很急迫。加之美国人对待工人态度极其粗暴，喜欢运用拳术。新的老板不懂得俄国话，就采用起人人都懂的语言来。结果工人们把老板狠狠地揍了一顿；但因为他们在劳动的要求上没有缺点，所以没多久又找到了职业。只是他们决定，必须使自己处于不享受特别权利的地位。李涅夫不免带着幽默的口气讲给我们听：他们如何雇用了一支黑人乐队，带着他们从以前那个老板门口经过。……他说：让他知道知道。……他们大吃大喝把钱花光了之后，为饥饿所迫，不管什么工作都做，身体大大地消瘦了，然而要找按日计算的零工还是很容易。

那位朋友家里看来是很殷实的，不久就给他寄钱来，于是他放弃了这种实践。他劝李涅夫也照他的样去做，但李涅夫和他性格不同。他决定留下来，无论如何要达到目的。那位朋友离开他走了，他却留了下来。

此后他过了很久穷苦的日子，有时竟穷到困窘的地步。李涅夫是一个能言善道的人。每当晚上他讲自己过去的情况给我们听的时候，我们这小小的帐篷里总是肃静无声，大家全神贯注地倾听，他真是一个擅长讲话的人。有时我们劝他把这些叙述记录下来。我甚至试图自己来做这工作，但结果毫无所得。李涅夫讲话很慢，要记录下来是不难的。然而那种微妙的语气、抑扬顿挫的音调、炯炯发光的眼神和讽刺的口吻都无法表达出来，——而正是这些因素使他的语言简直像音乐一样动听，有时引起一阵阵难以遏止的愉快的笑声。

我还记得他所讲的一个精彩的场面。李涅夫消瘦得很厉害了，有一次他经过一个小城市。忽然他看见广场上停着一辆大车，样子像断头台，车前套着一对马，装着稀奇古怪的挽具。原来这是"西伯利亚医生"。但见有两个犹太人拦住了广场上的一辆板车，口口声声说他们有能医百病的良药。其实无非是一些北方熊的油脂。像这样的治疗法在美国竟绝不禁止。如果这两个西伯利亚医生穿的是像中世纪炼丹术士所穿的那种稀奇古怪的服装,戴着尖顶帽,举止十分放肆,那也就不难想象,他们一定是生意兴隆的了。李涅夫心中狂怒,顿时发作起来。

"忠厚的人老老实实地挣钱,却要饿死;五花八门的骗子手倒在这里欺骗无知无识的老百姓,……"他猜想犹太人会说俄语,所以自言自语地用俄语发起议论来。

群众站定了,开始听他这番听不懂的话。两个"医生"突然碰到这意料不到的障碍,认为他们今天的生意已经完蛋,就赶快收拾起来要走,还邀请这位萍水相逢的同胞一起去。

"喂,先生,你要干什么呢,"他们说,"各人凭各人的一套本领吃饭。要是你肚子饿,就跟了我们一同去吧。也许我们也会给你想出些花样来。"

这两个犹太人原来心地很善良,他们果然想出来了:他们现在需要一个西伯利亚马车夫。他们也将给李涅夫穿上稀奇古怪的服装,从此他们三个人就一块儿来来去去。这样很好,他们都可以吃饱了。而这对谁会有害处呢?

但这合伙的勾当没有成功,因为李涅夫不愿意,不过他也不再揭穿"西伯利亚医生";他向两位乡亲探问了道路,在他们家宿了一夜之后,继续赶他的路去了。

李涅夫后来又遭受了许多苦难。……他从事过种种行业:在锯木厂里当过砍柴人和锯木工等等。他的漂泊生涯中有一件事曾在文学界闻名。这事发生在七十年代初。这群流浪的俄国人偶然来到堪萨斯州,耽搁在塞内卡城附近。两个俄国人从一把坏了的手枪里退出弹药来,不小心开了一枪，其中一人就此丧命。

当时著名的作家马奇捷特[1]在不知是《星期报》还是《观察家》杂志上叙述了这件事。可惜马奇捷特的叙述带着这位作家所固有的夸大口气。我曾经听李涅夫直接谈起这件事，那可要简单而生动得多了。被打死的人姓什么，我记不起来。开枪的人叫做列契茨基。这一群俄国人全都感到束手无策：他们打死了一个同伴，而且这一带地方都是异邦人。人家可能会怀疑这件凶杀案是为了报私仇。幸而李涅夫那时候已经颇会说几句英语，加之这城里有一个来自加里西亚的犹太人略微懂得一点俄语。就在这一天举行了有陪审的审判，这案件很快就了结了。辩护人——就是那个犹太人——说了一番很动听的话。他把这群俄国人说成是在世间寻找真理的，他们在自己的祖国——说得更正确些：在自己的政府里——没有找到真理。于是他们到美国来寻找真理，就在这里遭逢了这不幸的意外事件。……美国人听了这番奉承话心花怒放。他们就宣布被告无罪，而且邀请这些俄国人去挨家挨户地款待了两天。这在这座小城市里算是一件大事情。后来流浪者们撇下了那个默默无闻的坟墓，又出发到别地方去了。

李涅夫不久就离开了这一伙人。因为他需要深入到美国生活中去，而别的人仅仅把这看作一个短暂的插曲。李涅夫运气很好。我不能一一叙述他以后的漂泊情况。我只记得他受了一个富裕的企业主的雇佣，

---

〔1〕　格利果利·亚历山大罗维奇·马奇捷特（1852—1901），小说家，民粹运动的参加者。从一八七二到一八七四年住在美国，后来回到俄国。一八七六年被捕，流放阿尔汉格尔斯克省，后来又流放西伯利亚。一八八五年回到中央俄罗斯。一八七五年进入文学界。柯罗连科所提到的是他的短篇小说《两个世界》，刊载在他所著的《历世记——美国生活特写》（1889）里。

这企业主在一座几乎没有采伐过的森林里建造了一个锯木厂。企业主的妻子是一个知识分子,这位年轻的俄国锯木工引起了她的注意。她同他攀谈起来,而且在丈夫面前提起这个人。好像就是从那时候起,企业主开始让他担任责任较重大的也就是报酬较丰的工作。李涅夫积聚起了一小笔款子,给自己置备了一辆带篷的货车。他决定自己经营。这时候爆发了似乎是最近的一次同印第安人的战争。李涅夫跟随军队当了一个食品商贩。他买食品来贩卖给美国军队。后来他购置了一块土地,自己办了一个农场。

于是李涅夫成了道地的美国农场主,基础很稳固了。但这时候他怀念起祖国来。他的目的已经达到。现在须要把他在美国所获得的一切应用到祖国去。

这时候俄国的民粹运动搞得正激烈,政府的专横措施已经使这运动转到恐怖主义的道路上。在阿尔达托夫县出现了一个名叫费里普斯的美国人。这人有美国公民证、美国作风和一笔款子。他向寡妇西曼斯卡雅租了一座庄园,让各种"可疑分子"聚集在这庄园里。毫无疑问,这些人的确都是"可疑"的,后来在其中发现了像巴兰尼科夫和克维亚特科夫斯基那样的著名的恐怖主义者。但在当时这批人还只是民粹主义宣传者。尼日戈罗德的宪兵司令部注意到了这个神秘的美国人,突然来搜查他的屋子。担任搜查工作的是少校伏龙尼奇。这可怜的人办起事来显然很不聪明,加之化名费里普斯的李涅夫引起了少校对他的美国身分的莫大尊敬,因此从宪兵工作的观点看来他有好几个地方大大地失策了。在还没有弄清楚国籍之前,费里普斯还是被恭恭敬敬地逮捕起来,然而那一群"可疑分子"已经像突然受惊的麻雀一样四散飞走了。李涅夫遇到了我们这里惯常采用的纯粹俄罗斯式的诉讼程序:其中行政命令和法院手续是混合起来应用的。结果李涅夫被流放到"西伯利亚边远地区"，我就在这里遇见了他。

由于他在美国备尝艰苦，这时候他的健康情况已经大大地恶化。他实在需要彻底地休养一番。美国让他无拘无束地生活，却要求他付出紧张的劳力。丘特契夫告诉我：有一次，还是在外贝加尔州的时候，他和李涅夫一同在一个狭谷里冒着暴风雨赶几匹马。突然李涅夫坐倒在一条急流的正中央了。丘特契夫吃了一惊。那急流里的水越涨越高，眼看要把坐着的李涅夫淹没了。丘特契夫就用话来激他：

"你备尝艰苦，难道为的是要在这条溪水里淹死？"

"你们听听：他这是想要刺激我的自尊心呀，……这会儿可不行！我很清楚我自己的处境，可是我的两条腿突然瘫痪下来，好像有千斤重担往下压似的。是啊，我在美国挣钱的确是不容易的。……"

又有一次，我和李涅夫、丘特契大三人坐一辆三套车。这时候照例由李涅夫驾车。时候已经是黄昏；这条道路相当宽阔。突然我们注意到李涅夫把三套车驾到桥旁边去了。我们好容易才把车子扭回到大道上，不然简直就有跌进溪谷里去的危险。原来李涅夫有夜盲症，常常发作，这显然也是以前疲劳过度所致。

似乎是在我回到俄罗斯后一年，我收到一封信，说是李涅夫也要回来了，但因为他犯的是刑事罪（用美国公民证住在俄国），不能像释放行政流放犯一样释放他，而要一路押解而来。我已经准备在下诺夫戈罗德拥抱他，但一直没有听见他来到的消息，后来打听到李涅夫死在一个叫做基米尔捷的驿站上了。这驿站位于伊尔库茨克和克拉斯诺雅尔斯克之间。一八八七年的时候还有人能在墓地上指出他的坟墓。现在大概连影迹也找不到了。这辉煌的生命就此结束。

16　农　作

在我来到雅库茨克那一年,院士尤尔根斯[1]也来到这地方。他走勒拿河到北冰洋去研究气象。据雅库茨克来的人说,他把自己的温度表放在勒拿河上正对着雅库茨克城的地方,这些温度表一连几星期都在零下五十四度以下。

我们也有一只水银温度表,但已经冻住好几个星期了[2]。

终于有一天早晨巴宾欢天喜地地从院子里进来。

"兄弟们,春天来了,春天来了! 今天大概不会冷到零下二十五度以下了。"

的确,温度不低于零下二十五度,我们就觉得有真正的春意了。这是可想而知的。最近几个星期来我们不得不放弃了近处的饮马场而把马匹赶到河边去,因为近处饮马场的水是静止的,一直到底都冻结了。既然胸中呼出的气息都会冻得咔嚓有声,既然在露天连五分钟都待不住,要冻坏耳朵或者指头,那么可想而知,零下二十五度的确可算是有春意了。

一旦春意萌动之后,气候就不断地转暖。白昼迅速地延长。冬天渐渐地退避。过渡阶段所占的时间很短。只有到了半夜里,冬神才在帐篷

---

〔1〕 尼古拉·达尼洛维奇·尤尔根斯是俄罗斯地理协会的正式会员而不是院士。一八八一年被任命为地理协会所组织的勒拿河口考察团的团长,这考察团在勒拿河的三角洲上建造了一个磁性气象观察台,从一八八二年九月一日起到一八八四年七月一日止进行观察。

〔2〕 水银温度表太冷了要冻结,酒精温度表则不然。尤尔根斯的那些显然是酒精温度表。——译者注

周围飞驰叫嚣。……那些马都感觉到这一点,它们睁着一对疯狂的眼睛,迎着风在院子周围奔来奔去,尾巴毛和长长的鬃毛都吹得松散了。这时候每一匹马各有不同的习性。我们一共有三匹马。最不安分守己的是巴宾那匹马。这是一匹灰色斑马,长得很漂亮,动不动就冒火发疯。春天刚刚开始,半夜里初出现冬天的回光反照现象时,它就披散了尾巴毛和长长的鬃毛(雅库梯马的鬃毛都很长),迎着风在院子周围奔来奔去。瓦恩什坦的马是白色的,体力很强壮,但略微有点笨拙。我的马是银灰色斑点的,鬃毛和尾巴都是白色的。我和瓦恩什坦的两匹马都斜着眼睛看巴宾的马发狂,仿佛对此很感兴趣,渐渐地自己也不安分守己起来了。春天的夜里,在暴风雪的呼啸声中,我们听见帐篷周围有急促的马蹄声。这就表示巴宾的马的疯狂症已经传染到其余两匹马身上了。我们的马是养在后院里的干草堆旁边的。有时巴宾的马设法跳过了第一道木栅,在我们帐篷周围驰骋。后来蹄声静息下去。这就表示巴宾的马决心去从事英勇的功绩了:第二天早晨,我们在木栅上发现一小束毛,有时还带有血迹。那匹马奔到牧场的盐沼地上去了;它到了那里,立刻担任起保护几匹母马的任务来,为了它们而同公马们展开斗争。早晨,我和巴宾骑上其余两匹马,出发到盐沼地去。到了那里,我们要费不少气力,才能套住这逃亡者,把它带回家来,直到又一个狂风咆哮的夜晚,又一次的逃亡。

　　在那一带地方,冬天还坚持自己权利的这段时期是并不长久的,到四月初为止。这期间风常常起变化。有时从大洋方面吹来彻骨的寒风,有时又出现比较温暖的解冻天气。这样在变化多端的情况下过了两三个星期。这期间泥土坚硬得像石头一样。由于白昼越来越长,空气中终于有了温暖的感觉。雪仿佛苏生过来了:雪底下出现了潺潺的溪水,在坚硬如石的土地上奔流。此外还来了一种怪现象:冬季里出现了夏季。遍地都是雪,但气候完全像夏天一样暖和。我们住在帐篷里已经感到窒闷,我就到我们的平屋顶上去工作,只穿一件衬衫。……

我们这些人过惯了欧洲的冬天,对于西伯利亚冬天的意外现象竟难以想象。首先是这里的河流不像我们那里一样从上面冻起,而是从下面冻起的。有一个阳光灿烂的日子里,我的车子驶到伊尔库茨克附近的额尔齐斯河[1]边(这是后来的事了)。有一层浓密的雾简直像一道壁障似的屏挡着河面,我看了这情景,不胜惊奇之至。我们的车子不得不在暮色般的雾气中走了一段路,河水在这雾气下面汹涌澎湃。那时候天气已经严寒,河水却还在那里翻腾。由于滚滚不绝的关系,水的温度很快就达到了两度半,这么一来,冰比水重了,便往下沉。流水把河底上像稀饭一样的冰带着走,后来这稀饭在下面暖和起来,浮出到河面上,终于使河水凝结了。……西伯利亚的许多河流便是这样冻结的。

河流开冻的时候,又要演出一幕威严堂皇的戏剧。有一天早晨,我突然听见河面上传来一大片嘈杂声。我们有一个习惯:碰到这种情况,立刻装备起马来骑着去看。我就出发到阿姆加河边去。

我在这里看到的光景,气魄雄壮得使我吃惊。阿姆加河上的冰起初开始移动了,后来突然又停留下来,造成了"壅塞"的现象。冰块一块块堆积起来,形成了一堵巨大的壁障,在这上面又有别的冰块和树林里倒下来的圆木不断地堆积上去,这就使得河水翻腾起来。旁边狭谷里流出来的一股股水源变成一条条小河,给这混乱景象添上了更多的杂乱感。

---

〔1〕　这里是柯罗连科写错了,伊尔库茨克是位在安加拉河上的。

我看了这光景，不胜惊讶，就站定下来。但听见有的地方水声嘈杂，忽而冲出一个决口，奔腾澎湃起来。有时在壅塞处仿佛有什么东西震颤了一下。……

当我骑在马上欣赏着的时候，突然听见高处的岸上有人拼命地在叫喊。这呼声是对我而发的：有一个朋友在向我挥动着手臂做什么手势。我领悟到自己站的是危险地方，就把浑身发抖的马掉过头来。我一拨转马头，马就旋风似的飞奔到高岸上去了。再过几分钟，壅塞的地方开始蠢动。有一大块冰和几根圆木摇晃起来，震颤一下，于是壅塞的地方哗然崩溃。杂乱无章的冰块和圆木全部随波逐流而去，发出轰隆轰隆的声音，仿佛地震一般。阿姆加河冲击着两岸，发出冗长的怒吼声。……我不得不再逃远些，这时候水一直在我的马后面追逐。过了一会儿，壅塞的冰块渐渐以较缓的速度顺着河水流去。冰块互相碰撞着，咔嚓咔嚓地碎裂开来；一整株一整株的树木杂乱地翘出在冰块之间——这一切发出轰隆声和爆裂声，顺着河水流下去，——起初流到阿尔丹河里，后来流入勒拿河和北冰洋。河的两岸一路发出劈劈啪啪的爆裂声。

但在河流向周围一带隆重宣布春天彻底胜利的那一天之前，春天早已在各地高唱凯歌了：牧场上已经草色青青，开放着五色缤纷的鸢尾花，到处出现明蓝色的湖泊。流冰期过去之后，河面上飞来难以计数的鸟禽。我们已经开始在菜园里工作了，有时鸭子在暮色苍茫中从我们身旁飞过，翅膀差点儿碰着我们。在比较小的湖泊即当地所谓"勒瓦"上面，黄昏时候由于群鸟乱鸣，简直形成一片隆隆之声。这里有鹤唳声，有磨齿似的声音，还有各种各样其他的声音，——一切生物都用叫声来表示生的狂喜。

但这时候北国的大自然又给我们展示了意料不到的景象。有一次

巴宾走进帐篷来(他通常比我们都起得早)说:

"快爬到屋顶上去望望野外,……你们会看到意外的景象。……"

我走出去一看,果然出乎意料之外。在春天的这个时节,我们住屋周围有大大小小的许多湖泊,有的简直小得像水洼一样。这些湖泊里的冰早已融化,在深色的地面上十分美丽地反映出一块块青天来。但在这天早晨,有一个湖泊又变成白色的了,仿佛是在上一夜冻结起来的。

要解释这现象很容易。这些湖泊都是连底冻上的。解冻的时候从上面融化下去,底上的冰还要在水草茎上附着很久。最后水草茎周围也融化了,于是有一大片冰浮到水面上来,惊起了无数的鸭子,它们在这样的湖泊上面回翔很久,空中充满了惊惶的叫声。不过这情况不是每年都有的。有时冰块不知不觉地融化到底上去了,只是偶尔有一两个小"勒瓦"突然变成白色。这一回离开我们帐篷半俄里处的一个湖泊全部变成白色了。

真奇怪,鸟禽们能凭某种本能知道,今年夏天湖水会不会全部干枯。

"你瞧,符拉季米尔,"春天亚历山大对我说,"今年夏天一定很热。鸟禽都飞到河面上和大湖泊上去了。"

从四月半起,我们着手搞菜园工作。我对于这工作的开头部分感到极大的兴趣。担任领导的是巴宾。我们很早就开始工作。那时候土地还没有完全解冻,有时犁会从冻结的泥土里跳出来。当地居民是用笨拙的俄罗斯木犁来耕作的。我们也有这样一把木犁,但同伴们设法买来了一把双马犁(类似维亚特卡省那种)——好像是从阉割派教徒那里买来的。所以我们总是用这比较完善的工具来耕作。这样要容易得多了。最大的困难是我们那几匹马。整个冬天我们一直把它们喂养得很饱,而且娇惯得厉害:除了从秋天起到相距七俄里光景的树林里去运载木柴和

载我们出门访友之外,我们一概不让它们担任别的工作。雅库梯的马大
都很粗野。它们世世代代都没有养成从事艰苦的农事劳动的习惯。一
不留神,它们就疯狂似的想把轻巧的犁拉着就跑。瓦恩什坦的马尤其常
常发生这种情况。他像好些犹太人那样,在驾驭马匹方面总是没有充分
的把握,这一点马立刻就觉察出来。因此瓦恩什坦出事的次数竟比我第
一年还多。还在冬天的时候,只要瓦恩什坦一坐上自己的橇车,他的马
就从街的一头拼命向另一头跑去,弄得他没有办法,只好把马赶到雪堆
里去。当我们驾着马到耕地上去的时候,尤其是在最初一段时期里,那
些马常常发抖,斜着眼睛看人,使我们不得不加倍地警惕起来。有一次
瓦恩什坦驾驭的两匹马带着犁跑掉了,它们跑过木栅边的时候,我那匹
白鬃马的身子在木栅的一根矗起的杆子上碰伤了。我只得招请好心的
邻居们来作一次正式的会商。首先来了彼卡尔斯基——一个波兰农民,
起义者,是我们的好朋友。这人的样子很奇特:身材并不高大,长着一脸
大胡子,像契尔诺莫尔[1]一样。他娶了本村的一个半雅库梯女人。他
有好几个孩子,全都是女儿,他为此很懊恼,在这件事上似乎不能原谅他
的妻子——一个身体极其虚弱而生性很胆怯的女人。后来来了几个鞑
靼人,都是巴宾的朋友。我们一齐出力把受伤的马的前腿捆起来,把它
推翻在地上,开始诊断。伤势原来并不危险:我们把刺在皮肤里的很长
的一段杆子取了出来之后,就用纯粹的土法来治疗。有一个鞑靼人在他
的同族中算是一个有经验的马医,我们听了他的劝告,每天把我们的病
马翻倒在地上,用……小便来浇它。后来富有经验的医生阿普捷克曼来
到我们这里,他对我们大加指责,说我们不该听信这种愚昧的处方;但在

---

〔1〕　俄罗斯神话中的恶妖精。——译者注

那时候我们毫无别的办法,因为出主意的是内行人,而我们在这方面又是一窍不通的。我至今不能忘记当时那鞑靼人带着多么滑稽的严肃态度说:

"浇……呀,诸位,浇……呀,别偷懒。"

彼卡尔斯基也赞成这番权威的劝告。不久,马的伤势果然痊愈了。

雅库梯马一般说来比较适宜于乘骑。它们不像我们的马那样世世代代受到做劳工的训练,因此它们常常突然狂病发作。有一次在耙地的时候我们看到有一个鞑靼人的三匹马带着耙奔走了。这光景真是可怕:耙接触到不平整的地面,就跳跳蹦蹦起来,时常去碰伤本来就已发狂了的马。我们自己的马发疯似的斜着眼睛,拼命想跟着别的马冲出去,我们费了好大的力气才拉住它们。鞑靼人的马奔到村子里,在那里闹得天翻地覆:女人们好容易把孩子们从街上抢救过来。……

我在冬天的时候就学会了驾驭马匹的本领,不久耕地就成了我所喜爱的工作。不记得是在这第一年还是在下一年,我们打了个主意要开垦一片生荒地。查哈尔·崔库诺夫曾经清理了一块林地,但是自己对付不了它。他的工作太多了:冬天他要替我们运木材,还要替鞑靼人运(换烧酒喝)。因此他把早在十来年前就清理好的这块地让给我们了。这工作很艰巨,但是我和巴宾担当起来了。

巴宾整顿好了我们的犁,有一天早晨我就在这犁上套上我们的两匹马,出发到森林附近的地里去了。起初我和巴宾两个人一起干,但是干了一天,把两匹马弄得精疲力尽之后,我确信现在我一个人也可以对付了。我再说一遍:工作是很艰巨的。土里的树根清除得不够干净,有时我不得不停止耕作,动手来砍这些埋在土里的根。那犁要用尽平生之力才压得住,我的身体常常被它抛得东倒西歪。有时我疲倦了,趁马站定了喘息的当儿,索性躺倒在它们面前的犁沟里。

天气热得简直像热带的气候。夜晚只有两三小时光景,其实这也不过是黄昏而已。其余的时间,太阳虽然不是当空高照,却照射得很长久,斜斜的阳光灼热了大地,天气炎热得几乎像热带地方。加之空中飞舞着一团团各种各样的蚊子,其中有的蚊子毒得非凡,这种毒蚊在树林边和湖面上尤其多。有时我们在耕地旁边的上风头上燃起马粪堆来,这样多少可以驱除掉一些蚊子,虽然绝不能全部驱除掉。

将近中午的时候,巴宾骑着他那匹白马,载着碗盏和午饭用的食品到我这里来了。我看见了他,高兴之极,就卸下马匹,放它们到一个阴凉地方,自己躺在地上休息了。附近的一个湖泊发散出凉气来。湖面上浮着一些笨重的鸭子,它们看见我们在近旁,一点也不害怕。我躺在地上休息,巴宾就做起饭来。直到现在我回想起这些时刻还是觉得很甘美。我们的篝火熊熊燃烧着,我和巴宾有时在想望着冬天。

“你想想,伊凡·伊凡诺维奇,的确有过这么一段时期,那时候我们周围都是白雪。”

“啊,多么好啊!”他浑身是汗,一面赶着蚊子,一面回答说,……“现在能坐在雪橇上该多好啊!……”

可是周围炎热逼人。鸭子在湖面上游来游去,望过去好像许多黑斑点在移动。有时它们突然惊慌起来,笨重地飞到空中去了。这就表示罗马斯正在走近我们来。有两三只鸭子经常在湖面上盘旋,保卫着其余的鸭子的安宁。我们的宁符罗德[1]只要一出现,哪怕还在很远的地方,它

---

〔1〕 传说中的人物。古代的犹太人和阿拉伯人有许多关于酷爱打猎的宁符罗德的传说。

们就会用惊慌的叫声把这个可怕的消息通知同伴们。但危险性实际上恐怕并不大。罗马斯一早就出门,他的枪声时时传到我们这里来。

"又有一只鸭子飞去找死啦。"巴宾笑着说。

这是我们经常听见那位固执的乌克兰人说的一句话。他耗费了无数火药,但从来没有(的的确确一次也没有)带一只鸭子回家来。

我们耕地的工作终于结束了,巴宾就开始播种。播种这件事也相当艰巨:必须撒布得均匀,我常常欣赏巴宾的手有把握地挥动的样子。关于生荒地里的收获,我们这里流行着一种神话般的传说。离开我们村子不远的地方,有一个富裕的雅库梯人砍伐了一块林地,在这上面仔细耕耘,后来得意地告诉我们,说获得了四十倍于种籽的收成。他那块土地位在森林里面,有妥善的保护,因此可以不受到秋季的初寒的侵袭。而这初寒来得很早,六月底就开始了。如果庄稼经受得住这几天紧要关头的考验,那么就有可能保全,种籽就会坚实和稳固了。

六月底,我和巴宾、瓦恩什坦忧愁地骑着马站在我们这块田地旁边——这田地位在一个斜坡上,因此正好迎着冷风。此刻地上布满严霜。我们断定这块地已经完蛋了,在九月——即割草期结束——之前就不再去看它。突然有一次,巴宾来告诉我一个喜讯:

"骑上你的白尾巴马跟我走吧,我给你看一样稀罕事儿。"

我们赶紧来到森林边一看,原来我们的地复活了,现在已经长出秧苗来,虽然长得并不像早先期望的那么好,倒也能迎风摆舞。我们从这块地所得的收成是种籽的十八倍。这就是说,我这番开荒的劳力并没有白费。

17　割草季节

　　到了八月底,我们开始割草。阿姆加人得到上头的命令,要他们分出一块割草场给鞑靼人。这命令不知道是根据什么理由而来的,但阿姆加人同意了。只是他们提出一个条件,要鞑靼人把割草场分一部分给"国事犯"。鞑靼人毫不反对,于是我们就分得了一块割草地,这地就在鞑靼人的地段旁边,离开村子七俄里的阿姆加河上。去年同伴们就已参加分配,现在我们就来到去年分配好了的地段上。

　　河面上一片热闹景象。鞑靼人愉快地互相呼应着,又亲切地呼唤着我们。我们首先要做的工作是搭一个窝棚。这件事又归巴宾来安排。我们砍了好些粗大的柳树枝条,把它们插在地里,编织起来,在上面盖上刚刚割下来的干草。割草的好手又要推巴宾。他为了好玩,故意和鞑靼人中间第一把割草好手并列着割草,这样割了很久,一直不比他落后。

　　"伊凡·伊凡诺维奇,你真是个好样的!……可是你同阿赫美疆比,只怕不能持久吧。"有一个鞑靼人这样说。

　　我割草一点也不会,因此起初觉得很困难。第一天我割得喘不上气来,到了夜里,身体完全垮下来了。邻近的鞑靼人劝我不要用力过度。"你太性急了,"他们说,"这样下去,用不了多久,就会把身子彻底搞垮。"但我那时候体格很强壮,过了几天,就大有进步,不再成为同伴们的累赘了。我们对于割草这件事,的确是把它看作一件娱乐的,因此并不在这上头花费过多的气力。关于这时期的情况,我至今回想起来一直觉得很高兴〔1〕。

我还得学一件事。以前同伴们都免除我烤面包的义务。我有时替他们补补靴子,教教课。现在这理由不存在了,我们便轮流从割草场骑着马回村子去烤面包和准备热腾腾的午饭。烤面包我还不会。因此当我第一次接受了这任务出发到村子里去的时候,同伴们详详细细地指导了我一番。

想不到这件事并不像我和同伴们意料中那么容易。他们的指导虽然很详细,但光是口头叮嘱是不够的;我第一次就出丑了。……我把他们的指导忘了个干净,第二天早晨搅拌发面桶时,忘记了应该再加些面粉在内。……我弄得束手无策,走出帐篷去,看见了彼卡尔斯基,连忙跑过去请他帮忙。但他一向不参与女人的事,因此这方面的知识很差。我们两人凑合起来搞,但烤出来的不是面包,却是一种稀

---

〔1〕 柯罗连科在一八八二年十二月十日从阿姆加写给弟弟伊拉利昂的信里叙述着自己的生活情况:"冬天我缝靴子。夏天我们从事农作,今年工作进行得很顺利。我们的谷物够我们吃到新谷出来的时候。总之,我已经学会了耕地、耙地、刈草甚至割麦(这最后一桩工作做得不大好)。这一切做起来并不怎么困难。我们自己耕种的土地一共有十四俄担[这里的土地是用俄担来计算的,每俄亩——三千二百二十平方俄丈——是八俄担(一俄担等于十六点三八公斤;一俄亩等于一点零九公顷或两千四百平方俄丈[但这里每亩等于三千二百俄丈];一俄丈等于二点一三四米。又:所谓"用俄担计算",是指每俄亩下多少俄担的种籽。——译者注)]。从这些土地上——还有一部分是从租地和对分地上——收得了一百俄担以上的种谷物。干草也割得很多。我们割起干草来都不差,就连我这个新手也已经能够用自己的劳动力(割草)去和农民交换收割庄稼了(我替他们割一天草,他们替我收割一天半庄稼)。我有一匹马。……我学会了管马、套马、在大车上装干草,至于乘骑的本领,现在是再好也没有了。你可以想见,我在这里的生活是相当不错的。不过这只是指阿姆加而言。在各山乡里就不像我们这里那么开心了。我不是说笑话,我的确觉得生活很美好,这一点你一定可以设想到。干活——尤其在夏天干活——是有益于健康的。有时我们在五俄里以外河边割草场上的用草和柳枝搭成的窝棚里一连住上几星期。固然也有较艰苦的时候,但这算不了一回事。……"

烂的饼。下一天我就把他们的指导详细地记录下来,这一回烤出来的面包很像样。

我们的割草工作进行得十分顺利,其间只发生了一件小小的事故。鞑靼人告诫我们要看好马匹,因为河对岸是雅库梯人的割草场,只要我们的马一摆脱约束,泅过河去,就被看作鞑靼人的马而立刻落到雅库梯人的锅子里去。有一次一个鞑靼人跑来问我:

"一匹灰色斑点的马跑过草地去了,这是不是你们的马?……好像是巴宾的马。"

我连忙奔到巴宾系马的地方去一看,那马已经不在。事不宜迟,我立刻给自己的马加上勒,追踪而去。马蹄印把我引导到河边,就在这一刹那间,巴宾那匹精明强干的马正在爬上对岸去。……我不加迟疑,就从岸上跳下湍急的河水里去,刹那间就被冰冷的急流包围住了。不久我注意到,我的马吃不消这急流,它在水面上痛苦地呲牙咧嘴,眼看着要往下沉了。我就从马上翻身跳入波浪,同时不忘记抓住马笼头。我很会游水,但那只马受了惊吓,缠绕着我,又把我拖回到急流里。我领会了它的意思,就让它回到岸边,放开马笼头,把它赶到了岸上。然后,我奔到同伴们那里,靠他们的帮助,总算在那匹精明强干的马还没有跑进雅库梯人的割草场以前捉住了它。

"要不然它准得落到雅库梯人的锅子里去了。"几个熟悉情况的鞑靼人都这样说。

最后,割草的工作结束了;现在只要把干草堆成垛,在周围加一道木栅就行了。其实我们当时堆干草垛堆得很马虎,由于缺乏经验的关系,没有精确地计算。因此到了秋天,大概是被雨水湿透之故,有一部分干草受到了损失。却说那时候我们只剩下在干草垛周围筑木栅的工作了。

这工作由我来担任,而且我一个人去。为了这点好胜心,我差点儿送了性命。

　　这一天老是刮风,很不安静。秋风在割草场上呼啸。人一个都没有了——鞑靼人完工得比我们早。我一早来到这里,已经砍好杆子,把我们的干草垛围起来了。这工作做得正及时。阿姆加人在割草期间总是把马放到森林里去,它们到了那里,性子完全变野了。如果在这时候经过森林里,往往可以碰见不少马群,都由一匹公马率领着,这公马老是斜着眼睛看人。有时这公马粗野地转动着眼睛,奔到丛林稠密的地方去了。于是整个马群都跟着它奔去,这时候但听见树林里一片马蹄声和树枝的折裂声。到了秋天,这些马群又回到村子里来,它们第一件事便是奔向割草场。新鲜的干草垛对它们说来是很大的诱惑,如果有干草垛没有围好栅栏,有时简直会被它们全部毁坏。

　　且说我及时地围好了木栅,已经套起马来了。那马很不安宁,风一阵阵吹来,它的耳朵一翘一翘地动。现在我只要坐上车子,就可以回家了。但在这时候狂风骤起,把我的单薄的长袍吹起来,刮到了马身上。马儿受了惊吓,疯狂病发作,拉着车子就向前冲,把我压倒在地下了。我觉得马蹄从我身上踩过,包铁皮的轮子在我脸上滚过。幸而我在这千钧一发的关头没有惊慌失措,没有放脱缰绳,终于设法把发狂的马赶到了稠密的柳丛中。马在那里卡住了,浑身打着哆嗦。

　　起初我觉得自己完全软弱无力了,就试着喊了几声,希望有像我一样工作迟归的人能听见。但回答我的只有空阔无人的柳丛中的凄惨的风啸声。当时我已经筋疲力尽,但是必须把马卸下来,把车子从柳丛中拉出去,然后重新套上马。起初我觉得身体虚弱不堪,已经打算在草地上过夜了。我想,到了明天早晨同伴们一定会来找我。但我那时候正当盛年,身强力壮,对我说来没有做不到的事。我在地上铺些干草,躺着休息了一会儿,就开始行动:起初把车子从柳丛中拖出来,然后重新套马。现在只要驾车到村子里去就行了,但一路上有好几个陡峭的溪谷。我决定先消耗一下马的精力,就爬到车子里的干草堆上,放任那匹马在平坦的草场上竭力驰骋。这样来回奔了好几转,方才动身回村子去。这时候马儿已经疲倦,危险的下坡路才得平安无事地经过。但我终于支持不了,到了家里,全靠同伴们把我从车子上扶下来,此后我又在我们的帐篷里直挺挺地躺了好几天。

我想,这次遇险在一定程度上是由于我疏忽大意的缘故。要是换了鞑靼人,或者即使是巴宾,就不至于发生这事故。多年阅历得来的经验是很宝贵的。我当时还没有这种工作经验,因此起初差点儿淹死在阿姆加河里,后来又险些儿死在草场上。

18　在阳马拉赫悬崖上[1]

在这悬崖下面我曾度过了极危险的几分钟,而在它的顶上,又曾体验了我生涯中某一个决定性时刻。

那时候巴甫洛夫还活着,罗马斯和他住在一起,亲密的友谊把我们三个人联结起来。我常常到他们那里去。这一次我不记得是为什么事

---

〔1〕　这一节是作者在一九二一年秋天寄到辛菲罗波尔给阿·鲍·杰尔曼在该地出文学集子用的,到了作者逝世之后方才刊印出来(辛菲罗波尔克里木出版社一九二二年出版的《南方文选》第一集)。柯罗连科在给杰尔曼的信里说:“这是谈到我成为作家的一个篇幅。在这以后我写了《马加尔的梦》。……这在一定程度上是我的 profession de foi (法语:观点的阐述。——原注)。”

去的,只记得所骑的不是自己的马,而是向我前面提到过的那个农民亚历山大借来的马。我已经去过,现在动身回来了。

　　我不知道怎么会发生这样的事。……朋友们说是因为我的脑子里常常在考虑各种文学题材,所以有时要忽略应该记住的事,——不管怎么说,总之我所碰到的伤脑筋的事要比他们多些。这一天我一清早就动身,在朋友们那里待了几个钟点,就出发回阿姆加。那时候春天的气氛已经完全明确了。这是一个明媚和暖的日子。我骑着马在阿姆加河岸上走,一面欣赏着落日的美景。在有一处地方,阳马拉赫悬崖靠近河边了。这地方有几条溪水从地底下涌出,顺着倾斜的岸坡流下去。它们在这里显然受到强大的压力,因此一流出来立刻冻结,到了河边才解冻。记得我骑着马一面沉思一面走,但我脑子里还是隐约地考虑到:到了这地方必须下马步行。可是那匹马有点倔强,不立刻停步,一踏就踏进倾斜的冰流里去了。我还来不及看清楚,它早已跌翻在地。幸亏我叉开了两条腿,总算没有跌到它身子底下去。但这时发生了一件很糟糕的事:马立刻站了起来,我的一只脚却留在马镫里了。马高高地站着,我却躺在地上,一只脚插在马镫里。

　　幸而亚历山大的马相当驯良,但我的处境毕竟是很危险的。我的头倒挂着躺在那里,千方百计地设法站起来,使马受了惊吓。它睁大眼睛和张大鼻孔,有时跳上几跳。我料想它也许会拖着我在岩石嶙峋的河岸上奔跑,要是那样的话,我今天就无缘同读者共话当时的情景了。

　　这一时刻的景象永远铭记在我的脑海里,像照相一般确切。太阳正向着大村的一头沉下去。我可以看见整条河,一直到上游转弯的地方。我甚至还看得见村里的钟楼的轮廓。我上面的悬崖上挂下一株弯弯曲曲的树来,前面岩石嶙峋的河岸上可以望见大大小小的许多石块,是陆续从岩崖上落下来的。记得有一块石头的边缘很锋利。还记得我当时曾设想着:几分钟之后,我的马失去了忍耐力,将要拖着我的腿奔过这块石头旁边。我记得被夕阳照得通红的河水,特别清楚地记得那株弯弯曲曲的落叶松,它从岩崖上挂下来,呈现在我头顶碧蓝的天空中。

幸而我在这样的时刻并不惊慌失措。我料想马不会从人身上跑过,就把身子挪过去,一直躺到它的前腿跟前。我不打算描写我在这状态中所度过的几分钟了。我唯一的一点希望,便是设法让马用它的嘴脸把我吊起来。我是身强力壮、动作敏捷的人。我把马的嘴脸扳下来,突然从下面狠狠地打它一下。它把头猛烈向上一抬,我就趁机抓住它的长长的鬃毛。马疯狂地跳了几跳,我就坐定在鞍子上了。马载着我旋风似的飞奔而去;然而当我回到家里的时候,同伴们还是不免为了我脸色苍白而感到惊讶。几近于十二俄里的狂奔还没有驱散我的惊慌心情。

还有一次,我也是到罗马斯和巴甫洛夫那里去,但这回是步行。我给他们带一把锯子去。昨天我们工作了一整天,现在我步行回家来。我下方的河水又被阳光照得通红。一切都同那危险的时刻一样。我爬到了悬崖顶上,觉得很疲倦,就在草地上躺一躺,不料睡着了。正像一般常有的情况一样,我突然醒来,像有人推我一把似的,一醒来就想:我现在在哪里?是怎么一回事?

我的思想回溯到了最近的往事。首先,我现在是在阿姆加河边的阳马拉赫悬崖上。喏,这就是在那可纪念的危险时刻挂在我头顶的那株弯弯曲曲的落叶松。那时候我是从下面望上来看见它的。……然后我那似乎是命中注定不祥的处境清楚地出现在我面前了。

从彼得堡到莫斯科六百俄里,这一段路程是我和弟弟一起走的。从莫斯科到彼尔姆是一千五百俄里。这时候弟弟已经不和我在一起了。

这段路所经过的是雄伟的伏尔加河和严峻而有时阴沉沉的卡马河。从彼尔姆走七千俄里到伊尔库茨克。……一路是宽阔的河流,有时远处望得见笼罩着白雪的山峰。从伊尔库茨克走了将近三千俄里,来到雅库茨克。……

宽阔的勒拿河,一阶一阶的石头岸坡,烟雾弥漫的狭谷,峭壁巉岩上低回的白云,两岸的通古斯荒漠,还有在这一带光秃秃的岩石上替俄罗斯国家当苦差使的驿马车夫们的简陋的帐篷……

然后从雅库茨克出发,向东走二百七十五俄里光景。路很窄,一会儿穿森林,一会儿走阳马拉赫狭谷。……有时出现一所简陋的帐篷,顶上矗立着一条很长的烟,有时碰见一个骑马的人,戴着尖顶皮帽,坐在很高的马鞍子上,或者一个哥萨克人骑着马从城里飞奔而来或飞奔到城里去。……接着便是这个简陋的大村,里面住着雅库梯化了的移民。……邮车每两星期来一次,到这里为止,不再往前开。电报只能发到三千俄里之外;从俄罗斯来的消息要经过两个月光景才到达。三月一日的事件发生之后,这里还为亚历山大二世的健康祈祷了三个礼拜。

从大村出发再走六俄里的草地,然后涉过一条小河,再走三俄里光景,来到阳马拉赫悬崖。这里有一块光秃秃的岩石突出在河里,阻隔了道路。接着便是一坡高似一坡,一阶高似一阶,就来到了我此刻所在的阳马拉赫悬崖顶上,我便是在这里考虑着自己的生涯。

我不能断定这些思路当时确是像我所叙述的那样进行。但记得当时我经受到类似轻微的精神打击那样的一种冲动。我此刻在这里,……以后又怎么样呢?

我已经在前面提到过我的农林学院同学瓦西里·尼古拉耶维奇·格利果列夫对我的影响。当我在生活中遇到紧要关头的时候,我眼前往往就出现了他的坦白诚恳的脸，于是我想：如果他处在这样的境况中，不知会采取怎样的行动。不久前我接到他一封信，给我极深刻的印象。他差不多是和我同一个时候被捕的，监禁了将近一年，起初就关在我也关过的斯巴斯区警察局，后来关在拘押所里。后来他被释放了。刚刚释放出来，他没有征得任何人许可，立刻就投身到巴甫洛夫手工业区；等到行政当局发觉，他已经写出了一部出色的著作，现在文学界都在谈论这作品。我设想着他在搜集材料时的那张脸。那时候在知识分子中间以不可遏止的力量产生了一种要求，即希望熟悉一下我们为之效劳的那些人民。正是这种要求促使知识分子去从事地方自治会的统计工作，并且在这方面作出了巨大的成就。按说，我现在应该是和他在一起的。……

但我走上了另一条道路。为了追求什么呢？为了追求"人民的智慧"。……

我和格利果列夫常常谈到对自己的诚实。现在我回顾一下自己所走的道路。我对自己是否诚实呢？所谓人民的智慧，这东西究竟在哪里呢？它把我引到了什么地方？

瞧，我现在身在阳马拉赫悬崖上。我前面的下方有一个沙岛，有一些长腿鸟在沙地上走来走去，互相呼唤着。它们的呼唤声是不可理解的，正像人民的智慧一样不可理解。……在远方，左边望得见阿姆加大村和村里的钟楼，右边沙岛后面有河水在一座座的树林和一层层的岩石之间奔流。在这些树林后面住着我的同伴们，我将要和他们一起走一条漫长的、默默无闻地消失的道路。……

就为了追求这神秘而模糊的人民智慧，我放弃了文学，也许这就是放弃了我的真正的使命。这种模糊不清的"人民的智慧"曾经引导我走向兹拉托夫拉茨基[1]的迷雾中,现在又引导我走向我的直感愤慨地反对的方面,即走向温顺,走向服从。……

知识分子所痛恨而坚决反对的,却是人民所承认的。那么真理究竟何在呢?

无论是我的直感或是我所反复考虑的一切,都清楚地告诉我说:真理在知识分子这边。兹拉托夫拉茨基所号召的温顺,只能引起我愤慨而已。如果有必要的话,简直要反对全体人民!我确信真理就在这里,而且仅仅在这里。如果我的心声那么清晰地说出来的话是正确的,那我也有武器来对付这一点,这武器便是文学。但是为了这声名狼藉的人民智慧,我有一个时期曾把这武器压制在心头。……

现在我面前有一条烟雾弥漫的漫长的道路,大概是我所不能摆脱的。……最后,对自己的诚实又要求我提出一个问题:我果真是革命家吗?请看,尤利·鲍格丹诺维奇叫我去从事革命事业,但我拒绝了。真正的革命家在这种情况下会拒绝吗?我认为真正的革命家处在我的地位上,一定已经牺牲过好几回,或者早已陷入比我糟糕得多的困境中去了。首先,当我还在维亚特卡省的时候,就有过这么一次值得我纪念的逃亡机会。那时候我的记忆中闪现出向卢卡·西道罗维奇报仇的念头;但我知道,即使在当时,我这念头也不是很剧烈的。闪现了一下就消失了。真正的革命家绝不会这样。……我当时为什么摒除了这念头呢?……是为了诱人的观察。我不是革命家,而是观察家。……后来在托博尔斯克又有一次这种机会。……我总觉得,虽然那时候一只狗妨碍了我,……但我当时所体验到的情绪,要是换了一个真正的革命家,一定更

---

〔1〕　兹拉托夫拉茨基(1845—1911),俄国民粹派作家。——译者注

加强烈。

总之一句话,对自己的诚实迫使我承认:我不是革命家。……最后,我在勒拿河上还有过一番幻想。……要真是个革命家而不是幻想家,哪里会产生这种幻想呢?在我看来,被我称之为"狠"的那个假定人物对革命心理学所发表的见解,比我的一切论断贴切得多。

当我正在这样沉思的时候(我再说一遍:关于这些思想,我传达得很不精确,只是力求它们能正确地阐明我的大体的思索进程而已),在通达阳马拉赫悬崖的道路上传来一匹乘骑的马的马蹄声,接着在悬崖的边缘上就出现了一个雅库梯帽子的尖顶。我把身子挪动一下。……那雅库梯人立刻消失了。大概他以为悬崖上坐着一个鞑靼人;而在荒凉的悬崖上遇见鞑靼人,显然不是他所愿意的。因此他立刻隐避起来。

但这又不是我所愿意的了。我在这时候渴望同一个人谈谈话。因此我叫住了他。

"陀各尔(朋友)!"我喊道,"明·钮契·苏达尔斯科依。鞑靼人·曼纳·索赫(我是俄罗斯人,国事犯。这里没有鞑靼人)。"

在路的转折处又出现了那雅库梯人的脸,满脸欢喜的样子。他跨下马,把马系好了,就和我并坐在草地上。我们亲热地互相问候,接着立刻就聊起天来。原来这是一个和善而健谈的人。他住在河对岸的一个山村里,就在有长腿鸟响亮地叫着的那个岛子后面。我现在记不起这山村叫什么名字了。他讲了关于这山村的来历的一个传说给我听。这是一个关于爱情的传说。从前有兄弟两个。一个是好人,对家里人和外人都很和气;另一个竟是强盗。有一个姑娘爱上了好兄弟,答应嫁给他。但那强盗也爱上了这姑娘,他看见姑娘要嫁给好兄弟了,就决定去抢劫她。他带了一群像自己一样的强盗,把好兄弟和他的未婚妻包围起来。好兄弟连忙骑马逃走,到了岸边,他给诸神念了一篇祈祷文,就纵马跳过河去。族人们见此情状,深知神明在保佑好兄弟,他们就赶走了坏兄弟,推选好兄弟为这部族的酋长[1]。

讲过这传说之后,他又改变话题,谈到了比较接近当前的事件。他们不知道亚历山大二世为什么被杀死。大概是因为有一些俄罗斯人不赞成他做皇帝,而另一些俄罗斯人却赞成。但选举时必须求得一致的同意。赞成的人占大多数。我们这些人便是因此而从故乡被流放到这遥远的地方来的。因为当许多人不赞成的时候,沙皇不能戴帽子(在雅库梯话里,皇冠和帽子是用同一个词来称呼的)。沙皇只得经常不戴帽子。这自然很不方便。于是他就下令把不赞成的人流放掉。现在上头要求全国各地派代表去。也要求他们的山乡派代表(亚历山大三世举行加冕礼时的确曾要求各地派代表)。他们山乡里的人说:"让沙皇去戴帽子吧。我们不反对。可是我们的山乡很穷,派代表到那么远的地方去不合算。"瞧吧,他补充说,现在沙皇得到大家的同意,就要戴帽子了。而你们这些人也就要被批准回故乡去了。可惜戴帽子的时候不会有我们的代表在场,要不然我们这些族人会对沙皇说:"酋长,等你戴上了帽子,就把这些国事犯叫回去吧。我们看出他们都是好人,不是贼,也不是强盗,不像这班鞑靼人……"

这时候,太阳正在大村那边往金光灿烂的河里沉,我们该回去了。我很感激这位不相识的雅库梯人,他给我讲了关于两兄弟的天真的故事,还发表了更加天真的政治观点。人民的全部智慧恐怕正是这样天真

---

　　[1]　这里所提到的传说,柯罗连科当场就记录在他的一本雅库梯记事册里。这传说所涉及的那个山村,在记事册里被称为第二恰扣尔山村。

的吧？不管怎的,我还是觉得他这番话使我有点回心转意了。爱这些人民——这岂不是我们的任务吗？而我在当时对人民确是怀着热爱的感情的。

我们走下悬崖之后,他握住我的手摇了很久,亲昵地凝视着我的眼睛。我也诚恳地同他握手,觉得这次谈话在我也有很大的收获。我们终于分手,他的黑沉沉的背影在阿姆加河边的草地上隐没了,而我带着我的锯子走上草地中间的大道,这时候月亮正在我面前爬上来,阿姆加大村这方面已经充满月光,教堂的钟楼以月亮为背景,显出一个深色的轮廓。

19　雅库梯诗歌。参加"欧塞赫"

我已经试过把我对于雅库梯歌曲的最初印象传达给读者。这是一种原始的、毫无旋律可言的东西。但雅库梯人有自己的诗歌。有一个朋友告诉我,说有一次黄昏时候,他和一个熟悉的雅库梯人一同驾着车经过森林里。雅库梯人照例唱着歌,歌声和森林的啸声融成一片。这首歌是押韵的。我那个朋友仔细倾听,辨别着歌词的含义。那雅库梯人唱道：

> 布·奥尔都克·蒂特·马斯·图尔杰,
>
> 布·奥尔都克·明·阿特·巴尔杰……

这意思就是说：

　　你看,这儿长着一株落叶松,

　　你看,我的马儿跑得快如风……

　　我的朋友仔细地往下听,这歌曲渐渐把他吸引住了。雅库梯人所唱的内容是这样:再过三俄里……森林里有一个湖。在那儿,幽暗的林木中间会出现他的帐篷的火光。他心爱的妻子将跑出来迎接他,还有孩子们。……他唱这一切的时候,几乎歇斯底里般地哽咽着。这所谓歌曲,和我们的歌曲含义不同,是没有旋律的。但这里有一种气氛,同此时此刻的情绪、原始林的冗长的啸声和梦寐般的黄昏是那么融洽,我的朋友竟完全被这歌曲吸引住了。……

　　有一次我们邀请几个姑娘和少妇到我们家来做客。有一个叫做林奇克的姑娘特别引人注意。她长得并不漂亮,甚至因为身体肥胖,有点滑稽可笑的样子。看看她就不由地要善意地笑出来。她自己常常用突然迸发的笑声来打断自己的话。在这点上颇有女性的妩媚之感。姑娘们表示愿意给我们唱一些关于我们的歌曲。这是一种富有诗意的即兴之作,我们当然要求她们唱。林奇克向我望了一眼,开始唱道:

　　堪察加半岛上有一棵银色的树(白桦树),

　　树的第二根枝条上停着一只黑琴鸡。

　　黑琴鸡展开尾巴,

　　尾巴上弯弯曲曲的羽毛真美丽。

　　你的胡子就像它尾巴上的羽毛一样美丽。

　　你运木柴从我院子边经过,

我走到柴堆上来看你……

可是你一眼也不睬我，我只得叹气。

　　她们照这样子轮流地给我们其他的同伴们各唱了一首。可惜我不能把这些歌全都记下来。譬如她们唱到哈保津的时候，用了许多粗俗的名称。她们称哈保津为"萨克萨勒"，意思就是瘸腿的鸭子。（他常常把毡靴踏破了底，穿着靴筒走路，这样子的确像瘸着腿。）这首歌很粗俗，唱着唱着，常常被年轻的歌手们银铃般的笑声所打断。

　　总之，雅库梯人是十分喜爱诗歌的，虽然这种诗歌和我们的诗歌含义不同。我已经说过，他们没有完整的旋律，但有另一种特色，那就是即兴而作。雅库梯人善于在自己的歌曲中流露出瞬息之间的情绪。我已经谈到过查哈尔·崔库诺夫同他的妻子唱着歌吵架的事。这种歌曲充满了真挚热烈的感情，这一点无论如何是不容否认的。雅库梯人常常坐在壁炉旁边，凝视着炉火，听唱这种很长的即兴歌曲，有时简直是整整的一篇长诗。……有的长诗可以一连唱好几夜，听众一直聚精会神地倾听着。记得有一篇长诗，专门描述一个人的经历，叫做《埃雷达赫-布雷达赫，埃尔·索果托赫》——这几个词翻译过来意思就是"孤身人的奇遇"。这种奇遇可以无尽止地唱下去。真有意思，这位埃雷达赫的奇遇花样百出。有时他来到一些地方，唱歌的人十分详细地加以描写。例如描写一个割草场。这时候竟描写到各种形状的土墩：圆头形土墩，尖头形土墩，每一种形状还有一个专用的名词。还有一点也使我感到惊奇，即这首歌里提到了苹果、橙子等水果，对于这些水果，雅库梯人显然连概念都不会有。这情况可以这样来解释：雅库梯的叙事诗是从南方输入到这冰天雪地的北国来的，歌手们不但沿用了这些名称，而且连它们的概念也仔细地照原样保留下来而不忘记。

　　有一次，一伙青年人去参加所谓"欧塞赫"。这是春季里的一个节日，在这一天要举行各种古老的仪式，使春天的马乳酒圣洁化。雅库梯人为此而建造一些"楚姆"（通古斯人的一种窝棚）作为纪念，表示他们以前有一个时期住过这样的楚姆。

　　我们和这群年轻人一同出发。有许多男男女女的雅库梯人聚集到阿姆加河的岸边来，有乘车的，有步行的。当我们的车子驶到渡口的时候，有一个喝醉了的雅库梯人带着三匹马回来（他显然刚刚载送一个长官过河去），他激烈反对"钮契"（俄罗斯人）也去参加"欧塞赫"。他认为这样做会破坏自古以来的惯例，是不成体统的。别的人并不反对我们参加，就都劝这醉汉。但这醉汉脾气急躁之极，竟卷起袖子来，显然准备和我们打架了。于是众人干脆把他和他的马匹驱逐上岸，不要他搭船，船径自开了。他便在岸上叫骂起来，说他这个萨哈勒（雅库梯人）被驱逐上岸，"钮契"倒反被载走了，又说不管怎的，他定要走到对岸去，哪怕淹死在水里也好，说着，他就走进水里去了。

　　"你们瞧，水已经齐我的膝盖，"他喊道，"瞧，齐我的腰了。我这个雅库梯人要淹死，不得参加'欧塞赫'，俄罗斯人倒去参加了。让我把这件事说给我们整个山村里的人听听。还要说给整个山乡里的人听听，……看我们的族人是不是赞成。"

　　我们的船渡到对岸去的期间，那雅库梯人一直在向我们高声叫嚷，说着威胁的话，说什么水要齐他的颈子啦，他就要淹死啦。别的雅库梯人对于他的叫嚷都置之不理，但这时候走到渡口来的人把醉汉从水里拉了出来。"国事犯，"——我听见渡手们轻声地互相传述着这几个字，表示我们的在场。

上岸走半俄里路，我们一眼就望见一个通古斯式的楚姆按照古老的风习建造在那里。这是一个尖顶窝棚。窝棚里面已经在举行马乳酒圣洁化的仪式。窝棚前面站着一排排雅库梯人，正在唱着些什么。我请求一个熟悉的阿姆加人把这些歌曲翻译给我听。他就翻译起来，但看来连他自己也不完全懂得歌曲的内容。我掏出记事册来打算记录歌曲，这时候一群老年人里有一个德高望重、白发苍苍的老者看见了，就向我走过来。这使得雅库梯人十分注目，他们就用心听我们谈话。我以为他是来反对我记录的，岂知相反，他很高兴地给我解释当时所唱的歌曲。他俄语说得挺不错，况且还有几个熟悉的阿姆加人在一旁帮助我们，因此我把这些宗教歌曲的意义大致都弄懂了。雅库梯人在这些歌曲中祈求上帝，希望他"从七重天上"望一望这第一批春季祭品，仁慈地接受了它。我觉得这老者很明白道理，他向我解释，说所有的人只有一个上帝。雅库梯人起初不懂得这一点，但有一个聪明的司祭给他们解释清楚了。他还向他们解释，说俄罗斯人所崇拜的神灵在古老的雅库梯宗教里也有的：例如住在七重天的圣父，作为神与人之间的媒介的圣子，还有圣灵（神的呼吸），生儿子的圣母（雅库梯人对于圣母的概念似乎太唯物主义了），最后——这一点显然给雅库梯人特别强烈的印象——雅库梯人竟也有安琪儿。那老者称安琪儿为安琪，复数的时候叫做安琪勒，和俄语的发音很相近。

老者说话的时候态度神气而略带庄严之感。其余的人在一旁随声附和，点头称是，而且很关心我的笔记，希望我记得正确。

我走森林里回去的时候，脑子里留下了对于这次节日和老者的庄严解释的深刻的印象。当我们来到河边时，太阳已经在河对面熄灭下去，落日的余辉照彻了暮天。夜色降临了。

我心里想:基督教还没有失却其意义,它在联合人类这一点上还无法用别的东西来代替;天知道它这种作用要到什么时候才结束。

森林里传来赞美歌的回声,虽然是喘息哽咽、歇斯底里般的,却使我发生独特的印象。

在河岸边,那个反对我们参加"欧塞赫"的雅库梯人向我走来。他看见长老们刚才同我说过话,这时候就握住了我的手向我道歉。

总之,雅库梯诗歌中虽然缺乏旋律(它在这点上很像蒙古歌曲),却有一种我们所欠缺的东西——十分直率的感情。雅库梯人一有所感立即倾吐出来,能毫无困难地为表达感情找到韵脚和独特的节奏;而这一点正是我们已经丧失了的。……

20 马尔克·安德列耶维奇·纳唐松和他的妻子

马尔克·安德列耶维奇·纳唐松[1]和他的妻子[2]从遥远的巴拉冈山乡被移解到我们这里来了。我不知道当局移解他们是出于什么动机,总之他们被迁移到距我们只有二十俄里的地方。在这里的一座森林里(似乎是属于仁昆山村),特地为他们建造起一所孤零零的屋子来。

----

〔1〕 马尔克·安德列耶维奇·纳唐松(1850—1919)曾先后当柴科夫斯基小组和"土地与自由社"的组织者。一八七八年流放雅库梯州,在那里住到了一八八七年。一八九四年重又流放东西伯利亚五年。流放回来后,参加社会革命党,侨居国外。一九一七年回到俄国,参加"左派"社会革命党的组织。

〔2〕 瓦尔瓦拉·伊凡诺夫娜·纳唐松(亚历山大罗娃)(1852—1924)。一八七七年因"五十人案"被判五年苦役刑,改为流放到西伯利亚做移民。住在伊尔库茨克省的威尔霍连斯克。一八八二年随马·安·纳唐松来到雅库梯州的阿姆加大村。

　　我和纳唐松早在彼得农林学院时就见过面,有一天我们正在开会,来了一个年轻的犹太学生,这人戴着一副眼镜,相貌很聪明的样子。记得就在这初次见面的时候,他向我声称,说我们对分裂教派太不关心了,革命工作者应该去注意乌拉尔,那里有许多分裂派教徒中心区。他这番话说得很聪明,但我当时觉得这一切全是空洞的理论。

　　自此以后,纳唐松的名字常常出现,为革命人士所普遍闻名,就同他的前妻俄罗斯人奥尔加·纳唐松[1]一样。奥尔加·纳唐松已经死了,最近他又另娶了一个莫斯科商人的女儿,是赞同他的革命信念的。这女子在这以前不久来到雅库梯州他所住的地方,来了没多久就结了婚。纳唐松起初被移解到阿尔丹河上,后来又转解到离我们村子更近的地方。我和他在彼得农林学院相识的时候,他属于柴科夫斯基派——即马里科夫所参加的那个小组,但他从来没有当过"神人派"。他这人太讲究实际,对于这一派是不相宜的。

　　纳唐松夫妇在等待他们所要住的那间林中小屋完工的期间,暂时卜居在我们村子里,先在这里安排起自己的生活来。就在这时候,我们替他们物色了一个仆人。这是一个老资格的流浪汉,在各处牢狱里度过了一生。他名叫"三十八岁的伊凡"。其实他的年龄要比这大得多,但有一回这样登录了,从此他就正式固定在这年龄上。

　　这是一个很奇特的人。我们阿姆加的流放犯对他都怀着好感,曾屡次劝请他参加我们的农作。这对他显然是有好处的,但他不知为什么坚决拒绝。起初我好奇地观察这个流浪汉,力图探明他拒绝的原因。后来

――――――――――

　　[1] 奥尔加·亚历山大罗夫娜·纳唐松(娘家姓施列斯涅尔)(1850—1881),柴科夫斯基小组组员。一八七六至一八七七年间是"土地与自由社"的成员。一八七八年被捕,监禁在彼得保罗要塞,一八八○年被判六年苦役刑,改为流放出去做移民。

我觉得我已经理解他了。他少年时候是个农奴,在日常的农奴生活中犯了过错。……我觉得过去的历史对他有着一种不可制胜的权威。农奴制早已废除,但他仍然生活在农奴制时代。他希望由于坐牢而中断了的生活重新恢复起来。他希望有朝一日他能找到"真正的老爷太太",那时候便可以恢复他从前的生活了。我们这些人在他看来不是真正的老爷。当我们的朋友们(例如彼卡尔斯基)同他谈起我们的时候,他对我们的评价很好,说我们都是好人,但他在言语之中终究对我们不大满意:在他看来,我们的作风太民主了。我们很少老爷气息。我们不是"真正的"老爷。

我给纳唐松说明了,我是怎样理解这个老农奴的心理状态的。纳唐松同意我的看法,于是"三十八岁的伊凡"的理想终于实现了。纳唐松夫妇把这流浪汉安置在一间狭小的穿堂里。每当"老爷"或"太太"经过他的住处的时候,他必定立刻跳将起来表示致敬,而且对这样做感到十分满意。他终于有了真正的"老爷太太"了。

除此以外,他又是一个门门在行的人。"因为流浪之故,我样样都自己动手做。"他说。因此,当我们即将出发到纳唐松家去而后轮子突然坏了的时候,他立刻就来修理,——虽然修理得并不怎么牢固:车子还没有到达目的地,在离开屋子不远的地方,这轮子又脱落了。但这时候流浪汉也有办法。他砍下一棵幼小的落叶松来配在上面,充当车轮。幸而这事故发生在离开纳唐松家不远的地方,我们总算勉强地到达了那里。但自此以后,每逢这种场合,我们就用上了那句口头语:"这是因为流浪之故。"

我套上了我们的两匹马,亲自驾车送纳唐松夫妇到他们的新居去。在这里我还得谈谈我的一次小小的疏忽。在这段时期里,我养成了每天在阿姆加河的冷水里洗澡的习惯。当我们的车子来到纳唐松家的时候，已经是暮色沉沉了。我卸下马匹，把它们拴好了，立刻出发到森林里去，料想那里一定有一条河。这河位在离开屋子不到半俄里的地方，不久我就听见了湍急的河水的嘈杂声。我跑到岸边，迅速地脱下衣服，略微向前跑几步，就纵身跃入冰凉的波浪里。老实说，我一跳下去就害怕起来。有一个漩涡立刻卷住我，把我带向下游去了。黑压压的树木一棵棵从我旁边疾驰过去，立刻就连成了模糊的一片，我一直往下漂呀，漂呀。加之前面又传来一片嘈杂声，好像有一个瀑布在那里似的。……我用尽平生之力，使自己的身子略微转了一个向，于是撞着在被河水冲积起来的一堆堆枯枝上了。我费了好大的劲，爬到相当陡峭的岸上，在黑暗的森林里跑了半俄里光景，才来到放衣服的地方。在纳唐松的屋子里，"三十八岁的伊凡"生起的茶炊已经在沸腾着。纳唐松夫妇正在等我，渐渐有点担心了。那流浪汉高高兴兴地殷勤伺候着老爷太太。但纳唐松夫妇倒一杯茶给他，叫他不要在这里伺候；不过他们的态度表现得十分庄严，那流浪汉只得唯命是从。过了没多久，他已成了一个最最忠诚的仆人，——像这样的忠仆，当时即使在俄罗斯的旧式家庭里也已经绝迹了。……

从此以后，纳唐松夫妇就在森林的啸声中开始在这屋子里度日了。但他们也常常到我们这里来，在我们的村子里住上一星期，留"三十八岁的伊凡"一个人在那里管家。我们的春耕工作开始的时候，马尔克·纳唐松有时也来参加。当他在我们开垦的菜园里耙地的时候，那副可笑的样子我一直不能忘记。这不仅因为纳唐松是个犹太人。犹太人一般说来是不大擅长体力劳动的；但也不尽然：我们还有一个同伴瓦恩什坦也是犹太人，却颇能对付一切田间工作。后来奥西普·瓦西里耶维奇·阿普捷克曼参加到我们这里来,他虽然体力薄弱,对付起马匹来倒只嫌他太大胆了。所以原因全在于:纳唐松这个人在我们眼里是一个理论家,一向比较熟悉书本子上的事和秘密的革命活动,而不大接触实际工作。在他的一举一动中都显示出他在这方面的无能。他把拿缰绳的手尽可能伸出去,然后通过眼镜战战兢兢地望着那只马,那只马也同样战战兢兢地望着他;瓦尔瓦拉·伊凡诺夫娜站在一旁,也不免担心地望着他们两个。

21　雅库梯行政当局的作风

我们邻居之中有一个生活穷困到赤贫程度的雅库梯人,决定到城里去当雇工,以求略微改善一下自己的生计。过了一个时期他走了运:我们听说他当上了警察局长家的雇工。可是又过了一个短短的时期之后,他重又在我们这一带出现了。我们问他为什么不干了,他起初支支吾吾,后来胆子大了些,给我们讲了这样的一件事:

有一天半夜里,雇工头子把他叫醒,命他和别的雇工一起整装出发去运干草。我们这位雅库梯人诧异起来:有谁在半夜里运干草的?但别的雇工都把这件事看作理所当然,仿佛这是老规矩。他们来到一个地方,工头就指挥他们该运哪一堆干草。

"可是这堆干草不是我们的呀。"雅库梯人说。

"傻瓜,要是自家的干草,又何必半夜里来运!"工头回答。别的雇工都笑起来。雅库梯人害怕极了,第二天立刻逃出他家,回到自己这里来了。

关于这位警察局长,城里还流传着更加耸人听闻的流言。据说他连偷马的事也做得出来。有一次他看中了某居民的一匹漂亮的骏马,就要向他买。那人很喜爱马匹,尤其喜爱这匹马,不愿意出让。但他知道警察局长的作风,所以预先采取了措施:他把马蹄铁取下来,在马蹄上烫了烙印为记。过了几天,马果然不见了;警察局长的马群里却多了一匹马,不过毛色是不相同的。

这居民原来是一个机灵而顽强的人。他正式宣称他失落了一匹马,而且他有充分的理由怀疑这匹马现在在警察局长的马群里。这件事简直闹大了。那居民是一个颇有权威的富商,他把这件事告诉了省长,——告诉了省长倒还不要紧,行政当局对省长是可以任意摆布的,最严重的是又告诉了爱管闲事的检察官。于是警察局长的马群受到了检查。那商人一眼认出了自己的马,——虽然毛色不同,但马主人可以证实这马是被染了颜色的。检察官认为自己有责任同地方当局的非法行为作斗争。于是吩咐取下马蹄铁,那烙印就显露出来;过了不多久,马毛的本色也显露出来了。这件事简直荒唐透顶,即使在雅库茨克当局看来也太不成话,于是警察局长只得丢掉饭碗。

这些详情细节是巴宾从城里听来的,他在那时候为了出售我们的一些储备品,到雅库茨克去过一趟。他还带来了另一个消息,也是相当耸人听闻的。雅库梯行政当局的作风在当时完全像果戈理所描写的那样。州法院里有一个法官,他有一个不知是妻子还是情妇,酷爱珍奇的鸟禽。秘书也有一个不知是妻子还是情妇,恰好养着一只珍奇的交趾支那鸡。法官替自己的夫人去要这只鸡,不知是秘书还是他的夫人执意不允。两下里争吵起来,后来法官把这只引起争论的鸡赶到了自己院子里,这一下双方竟在街上大叫大骂起来。秘书高声数落法官的罪行,法官也不示弱,反过来数落秘书的罪行。两相比较,法官的罪行比秘书多一点。而那个检察官就在这揭露丑事的现场附近,把这一切揭发都暗暗地记在心里了。

这大概是雅库梯官场中由来已久的传统作风:吵了一阵架,后来又和好了,仍旧做朋友,仿佛什么也没有发生过似的。但这一次不能那么顺利地过去。如前所述,那检察官是一个"爱管闲事"的人。他是法学院出身,他的相貌使人看了觉得奇怪:他怎么会流落到这边远的雅库梯州来。更奇怪的是:他不但来了,而且卡住在这里了。据说他在官场中态度高傲,爱管闲事,就像一只胡蜂出现在一群苍蝇中间。有一个时期他甚至宁愿同有危险思想的革命人士交往。却说这个爱管闲事的检察官把秘书叫了来,要他把揭露法官的全部事实写下来。那秘书正在气头上,就同意了。检察官把这份"密告"送到伊尔库茨克,于是那法官在案件审理之前就丢了饭碗。

官场中认为这件事太过分了。有一次有几个陪审员到我们这里来,我们用讥讽的语气同他们谈到这件事,他们(甚至其中最温厚的斯列普卓夫)装出冷冰冰的面孔,尽量把话头岔开去。我们看到:检察官的行为引起了官场一致的反对。这一点虽然没有明言(庇护人家盗马,哪怕是庇护警察局长,毕竟须要有很大的勇气),然而总可以感觉得出。……我们对于行政当局的这些风暴采取幽默的态度,我们觉得这种事很可笑;然而我们不知不觉地倾向于同情那个爱管闲事的检察官,一直到他这爱管闲事的脾气发作到我们身上来的时候为止。不过关于这件事容后再谈。

22　我到雅库茨克去。波兰作家施曼斯基

我仿照巴宾的例子,也要求上头准许我到雅库茨克去一趟[1]。我并没有什么特定的事,但接受了一个朋友的委托:当我还在伊尔库茨克的时候,米·彼·萨仁要求我,如果我到雅库茨克去的话,替他向一个早在国外时认识的女友斯梅茨卡雅[2]问候。她曾参加他在日内瓦组织的反拉甫罗夫派小组——说得更正确些是巴枯宁派小组(当时巴枯宁还活着)。以前她是一个热心的政治家。她的脾气很急躁,有一回在街上打了一个著名的拉甫罗夫派分子的嘴巴,为的是那人撰文激烈反对巴枯宁,——这件事使她在侨民们中间出了名。

现在她和波兰人施曼斯基[3]结了婚,生下一个孩子,从此以后就显然安分守己起来。施曼斯基夫妇得知我要到雅库茨克去,而且受人委托要找施曼斯基夫人,便邀请我在他们家里住下。我来到他们那里,转达了萨仁的问候,他们就亲切地接待我。斯梅茨卡雅是一个相貌俊美而仪容高贵的女子。她的一双大眼睛有时还闪耀出以前的光辉来。

施曼斯基——后来是著名的波兰作家——在结婚以前极度纵酒作

---

〔1〕 据柯罗连科一八八三年二月十一日递给雅库茨克县警察局长的呈文看来,他到雅库茨克去是这一年二月里的事。

〔2〕 娜杰日达·尼古拉耶夫娜·斯梅茨卡雅(1850—1905)属于巴枯宁派的小组。一八七七年被捕,放逐到东西伯利亚。一八七九年逃亡,但被缉获,流放雅库梯州,在那里同亚·伊·施曼斯基结了婚。

〔3〕 亚当·伊凡诺维奇·施曼斯基(1852—1916)因波兰爱国协会的事件于一八七九年被流放到雅库茨克。他在这里写下了第一批短篇小说(描写流放犯生活的),这些小说使他跻身于波兰名作家之列。

乐,而且乐意和爱管闲事的检察官做酒友,检察官那时候心情忧郁,时常借酒浇愁。据说斯梅茨卡雅嫁给施曼斯基,就是为了把这波兰人从狂饮病里救出来,因为她看出他具有杰出的才能。她的计划成功了。自从结婚以后,施曼斯基变得十分稳重,他抛弃了寻欢作乐的伙伴们,开始过纯粹的家庭生活。施曼斯基家的儿子那时候已经一岁多了。

当时雅库茨克几乎没有什么政治犯,全都被分送到各山乡去了。记得经常在晚上到施曼斯基家来的人中间有一个姓施略耶夫的,是死在施利色堡的施略耶夫的兄弟,还有一对夫妻,是莫斯科的相当富裕的商人,他们的姓氏我现在忘记了。

我在这一伙人中间朗读了我那时已经写成的《马加尔的梦》。我这篇小说对施曼斯基产生了特殊印象。我可以毫不怀疑地说:正是在这天晚上,他心中第一次产生了自己写作的念头。他在房间里来回走了很久,仿佛深有所感,正在考虑着什么。他竭力劝我不要丢掉写作,但我觉得他当时也在暗中劝他自己。果然,施曼斯基回到祖国之后,波兰文学界就出现了一个新的光辉的名字。施曼斯基的短篇小说中谈到在遥远的雅库梯边区和祖国同胞会面的情况。其中描写了对祖国的怀念,施曼斯基找到了真挚而深刻的笔调来表达这种怀念。这恰好是波兰人认为最容易发挥的主题,而施曼斯基又善于用鲜明的色彩来渲染它。有几篇小说被译成俄文。给我印象最深的是《祖国纪事》上译出来的一篇叫做《来自留巴尔托夫的斯鲁尔》的短篇小说,在这篇小说里,那个主题(即怀念祖国波兰)被巧妙地反映在一个犹太人的心灵中[1]。总之,施曼斯基

---

〔1〕　亚当·施曼斯基的短篇小说《来自留巴尔托夫的斯鲁尔》刊载在一九〇〇年圣彼得堡出版的《犹太人面影》这集子里,后来又有另一个人的译文刊载在一九〇五年第一期《教育》杂志上。

的文学活动成了波兰文学界很惹人注目的现象。

施曼斯基是在不久以前才去世的，那已经是在一九一六年了；但他很久以前就病了。他的妻子比他死得早，两个人患的是同一种病：精神病。我觉得当她还没有显露出任何症状来的时候，我就已经看出他有点不正常了。有一天晚上，他告诉我们：住在他们家里的一个流浪汉如何企图谋害他们的生命。"这班流浪汉懂得用特殊方法打开锁上了的门。"施曼斯基对我们说，他的声音里听得出一种异样的语调。……有一天深夜他醒过来，再也睡不着了，头脑中就产生了各种各样的思想。他想到替他们当仆人的那个流浪汉。施曼斯基当时由于某些迹象而正在怀疑他。他似乎打算离开他们到什么地方去，但丝毫没有同他们谈起自己的意图。突然……他听见有人正在小心谨慎地从楼下走上来（他们住的是楼房）。扶梯上的门是关着的。但他想起了流浪汉们的种种手段。他就起床，走到门边，让蜡烛留在隔壁的房间里。

说到这里，这个瘦长而富有表情的施曼斯基就踮起脚尖，走到门边，仿佛愣住在那里了。

"喏，就是这样……我听见……他在开门了。……我把手按住门闩。……一下……两下……三下……后来又是接连三下。……他看见门闩拔不动……就照旧这样……悄悄地……"

施曼斯基转过身来，照样踮起脚尖，装模作样地表演着流浪汉走下扶梯去的样子。

他是那么紧张地表演着这一切，他的叙述那么深深地吸引着全体在场的人，老实说，我当时觉得这是一种阴惨的幻想。

而且我似乎觉察到，施曼斯基的夫人怀着异常不安的心情望着他。

后来施曼斯基夫妇向我们发挥一套特殊的教育方法，他们打算把这套方法运用到自己儿子身上。她是俄罗斯人,他是波兰人。两种民族同样有权利来占有他的童心。……暂且让他有两个祖国。……因此他们流放回去之后,将要在俄国和波兰两地轮流居住。这样,可以让儿子轮流受到波兰和俄国的影响。等他长大之后,由他自己选择祖国。我不知道他们后来是如何实施这套方法的,我只知道两人都患了精神病。起初是她,后来是他。……

　　过了一段时期,我又见到他们,那时候我们已经来到俄罗斯了。这一回我发觉她已有精神病症状。记得我同她谈了一次话。我当时在《俄罗斯公报》上发表了一篇关于阿尔查马斯的《神屋》的小品文[1]。她对我说,现在轮到她了,这就是说,他们要住在俄国了。她选中的地点恰好是阿尔查马斯。可是现在我提出了一个纯粹民族性的问题,在这点上妨碍了她(《神屋》里谈到阿尔查马斯附近的一座山,山上全是小"神屋"——实际上是指被处死刑的射手们的坟墓)。我一直弄不明白是怎么一回事。等到弄明白之后,我的心郁结了;她说话时态度那么激烈,仿佛怀疑我和她丈夫暗中串通。总之,她身上已十分清楚地显露出精神失常的迹象。我回想起了施曼斯基讲流浪汉的那个晚上,当时我觉得她怀着不安的心情望着他。我心里想:哦,原来从那时候就开始了。如果我当时没有弄错的话,正是这不安的心情破坏了她的精神平衡。后来他们为了这难以解决的民族问题纠缠不清。施曼斯基毕竟比夫人坚强些,因此她比他早离人世。但后来他也走上这条致命的道路,跟随着她去了。

　　波兰批评家列·柯兹洛夫斯基在施曼斯基逝世后写了一篇关于他

---

　　[1]　指一八九四年二一五期《俄罗斯公报》上刊载的《神城(旅途手册中的草稿)》。

的文章,登载在《俄罗斯公报》上[1],其中说:

"亚当·施曼斯基立刻以自己的别出心裁的描写迷住了读者,他既描写西伯利亚的自然景象,(我们知道,有多少波兰人死在那里啊!)又描写被放逐的波兰人的形象。……

"众所周知的波兰作家来到了莫斯科,而当地的波兰侨民区里竟没有一个人知道,这是怎么搞的? 我弄不明白;但我确信,只有施曼斯基——波兰文学界的这位神秘而沉默的客人,才会发生这样的事。他进入波兰文学界完全是突如其来的,——带着他的已经成就了的天才,发出无比辉煌的光彩;后来又突如其来地长年退出波兰文学界。他一共只写过几篇短篇小说,却在文学界留下了不可磨灭的印象。后来又沉默了好几十年。"

我对那个爱管闲事的检察官很感兴趣,施曼斯基夫妇就劝我去看看他。他们担保说,他对革命人士颇有好感,甚至大体上赞同我们的宗旨。我不记得这一次施曼斯基因什么事而没有去看他,总之,我独自去看他了。

检察官住在一所小巧玲珑的屋子里,屋内收拾得整整齐齐,虽然并没有什么特别讲究的布置。我当时的服装很奇怪。在白桦屯住过、在好几个监狱里关过、在阿姆加待过(在这里,我们的服装上增添了不少皮制品)之后,我可以说,我的服装变得稀奇古怪了。加之我又穿上了伊凡诺夫斯卡雅家的大姐给我寄来的一件短衫,样子也很稀奇古怪,袖子又长

〔1〕 指列·柯兹洛夫斯基所写的《纪念亚当·施曼斯基》一文,载《俄罗斯公报》一九一六年三月二十九日七二期上。

又宽,外加边上绣着一些花。而在我面前的却是一个二十八岁模样的青年人,虽然穿着家常衣服,但一举一动都很有风度,甚至梳着对分的发式(à la Capoule,——当时这发式正时髦)。

我现在记不得当时我们谈些什么了,我只记得当时在我看来,这位爱管闲事的检察官比后来他的某些行动所显示的要聪明得多。我之所以要这样说,是因为过了不多久,他对纳唐松耍了一个很奇怪的把戏,使自己成了雅库梯行政当局全体人员的取笑对象。

这是我在雅库茨克的最后一次访晤。以后我就同施曼斯基夫妇亲切地告别,一对"居民马"又把我载向东方,后来进入阳马拉赫溪谷,向阿姆加去了。

23　爱管闲事的检察官的狂妄行为

现在我要讲一个小小的幽默故事,在这故事中担任主要角色的便是那个爱管闲事的检察官。……

冬天又来了。各种声音清楚而明晰地从远方传来。在寒冷的空气中,声音似乎一点也不会消失,一直凝滞在那里,发出反响,传向远方。有一天,波兰人彼卡尔斯基走进我们屋子里来。他常常讲一些新闻给我们听,讲的时候他那张聪明的脸上显出幽默的表情。

"你们出来,爬到自己帐篷上去看看。那边坐着马车来的大概是什么长官,来办重要公事的,——这样冷的天气都挡不住他。"

我们爬到帐篷上去。别的帐篷上也有几个鞑靼人由于利害关系而在那里瞭望。他们之中有的已经套起马车来,以防万一发生什么就可以运东西到森林里去。……只是有一点不方便:这天夜里亮得像白天一样,通向森林的路上看得清清楚楚。

突然车铃声在离开村子一俄里半的地方停息了。后来铃又响起来,但这回显然已经系住,因为声音是短促的。村里的人更加警惕了。这显然是一个毫无经验的人所做的事。没有比这更好的方法,足以引起全村人的极度的好奇心了。

"这是怎么回事?"彼卡尔斯基问,"政治犯先生们,莫非是来对付你们的? 没有错,准是来找你们的! 或许是来找鞑靼人的? 阿赫美特卡,阿赫美特卡,你听见吗?"

"听见的,我们全都听见的! ⋯⋯"

"你们打听到什么,就来告诉我们吧。"巴宾说。

"行!"

马蹄声从各处响起,年轻的鞑靼小伙子向村子的入口奔去了。从这时候起,我们得知了长官的每一个行动。

首先我们打听到,长官的车子果然来到了村社办事处门口。所谓长官,便是陪审员斯列普卓夫和检察官两人。第二个使者来报告,说除了长官之外还有一个⋯⋯隐瞒身分的人,没有放他走进村社办事处去。⋯⋯然而过了一会儿,他冻得吃不消了,要求到暖和的地方去,他们就放了他进去,这时候才知道这人是凯尔根涅赫的儿子。"凯尔根涅赫"照雅库梯话的意思是"多子女的"。我已经说过(还是在谈维亚特卡省时说过),政府对于犹太人问题竟也采用行政命令来解决。有道是伐木伤枝。倒霉的"凯尔根涅赫"便是这样的枝条之一。他有一个大儿子,起了一个虚荣的意图,想参加到革命人士中间来,也许还要叫家中的一员也来加入这特权阶层。他住在离开我们不远的地方。

纳唐松是一个绝顶聪明的人,但他有一个小小的缺点。即使是在法国这样一块完全自由的土地上，他也要保持秘密。最近几年来，已经是在战争的前夕了，我还看见他采用老办法：譬如他正在同某某人说话，忽而把这人拉到一旁，同他咬起耳朵来。这种偷偷摸摸的态度在他已经养成根深蒂固的习惯，有时在陌生的环境中，这种态度就会引起人家怀疑。我们知道他有这个特点，有时要嘲笑他。

这情况给凯尔根涅赫提供了一点希望。他认为他可以通过纳唐松进入革命人士中去，同时就可以获得这称号所应得的每月九个卢布。……于是他开始行动。起初他表示了自己对革命的同情，然后用心听取纳唐松的教训。纳唐松有一条规例：对于以后可能有用的人，他不放弃他们。他也不放弃凯尔根涅赫的儿子，就同他攀谈起来，把他看作一个"同情革命的青年人"。此后人们就经常看到这个年轻的犹太人同纳唐松在一起密谈。但那犹太人认为走这条路太慢了。必须指出：有许多刑事流放犯都希望转为政治犯，有一个人（姓什么我现在忘记了）甚至正式来向我讨教，他怎样才能成为政治犯。有的人竟也做到了。最可靠的方法是告密：只要一告密，就把自己也牵连在内，于是目的达到了。凯尔根涅赫的儿子所选择的正是这条道路。他诬告纳唐松，说他在森林里隐藏着一个甘油炸药库，企图炸毁州长的府邸和一些官衙。这告密捏造得太荒谬了，就是一般行政长官也难以相信。首先要问：当地的政治犯要炸毁遥远的雅库茨克的官衙，有什么益处呢？岂料竟有一个人相信了这种荒唐话。这人便是……我在雅库茨克相识的那个爱管闲事的检察官。

我不知道这件事应该怎样解释，总之，检察官开始庇护凯尔根涅赫的儿子，尽力劝别人相信他的诬告很可能是事实，于是……就在这明亮而寒冷的夜晚带了他来到阿姆加。……

从这时候起，我们获得了关于两个长官和凯尔根涅赫的儿子一举一动的详细情报。根据某些迹象可以看出,陪审员(斯列普卓夫)显然不相信凯尔根涅赫的儿子的诬告,但这件事不是由他做主,而是检察官做主的。因此过了不多久,车铃又响起来,一直响个不停,车子朝着纳唐松夫妇所住的森林方面开去了。车铃的最后一阵回声终于在冷空气里消失。我们派定了几个志愿守候的鞑靼人,自己就去睡觉了。

第二天早晨,我们打听到了这件荒唐事的下文。两个长官来到森林里纳唐松的屋前,进去搜查了一番。不幸而在他们那里搜出了一些图章(自然是伪造的)和制造逃亡用的假公民证的全套设备。纳唐松夫妇想要把这些东西全部投入壁炉,付之一炬,但图章是金属的,被抢了出来。只烧掉了一些文件。凯尔根涅赫的儿子胜利了。但随后他和检察官都陷入了困境。

在这森林里离开屋子不远的地方有一座小山。山上堆着某雅库梯人的一个十卓垛。凯尔根涅赫的儿子告密说,这干草垛里藏着整整一个甘油炸药库。别的官员对这件事表示怀疑。但检察官相信了。我们的朋友们看见整整一组人员出得门来,向那小山走去;又看见哥萨克人爬上山头去。

"瞧见什么吗?"检察官问。

"什么也没有瞧见,大人。"干草垛里的声音回答。

"我早就对你说过了。"斯列普卓夫向他指出。

黎明时候,村子里又听见车铃声。他们把纳唐松夫妇解押进城去了。

瓦西里耶夫告诉我们,说凯尔根涅赫的儿子弄得很窘,但更窘的是检察官,因为行政当局本来就对他没有好感,经过这件事之后,他预料自己更将成为他们的笑柄了。

可是不管怎么说,纳唐松夫妇还是被解押到雅库茨克给关在监狱里
了。后来夫人被释放,纳唐松本人又被监禁了几个月。

这期间纳唐松施展出他的全套手腕来了。他原是一个机灵俏皮的
人,笨拙的检察官不是他的对手。纳唐松利用了一切可利用的机会。

这件事一时轰动全雅库茨克城,但在结束之前我早已离开那里,所
以没有看到其结局。据说这件事又牵连了一个流浪汉,这是被纳唐松拉
来参加秘密活动的一个十分轻率浮躁的人。还有法官和警察局长也被
牵连在内,他们两人是作为"编外人员"在办公厅里供职的,站在谁的一
边也就可想而知。他们忠心耿耿地为纳唐松服务。结果竟弄得连那些
物证都不翼而飞了,于是纳唐松被释放,这件事就此告终(大家都知道物
证在旧式的审判中起着多么大的作用)。政治流放犯获胜了。这时候我
们就觉得检察官当上了大傻瓜。后来他脱离仕途,做了律师。如果最近
传来的消息是可靠的,那么据说他和流放犯们仍然保持着良好的关系。

后来纳唐松再度流落到西伯利亚,这一回是来到伊格纳捷夫伯爵的
总督管辖区。伯爵后来当了基辅的总督。这位总督在任的期间,似乎可
以划分为两个时期:在伊尔库茨克时是一个样子,这时候他的自由主义
色彩要浓重得多;在基辅时又换了一个样子。这是由于受到纳唐松影响
之故。

24 伊丽莎白·尼古拉耶夫娜·尤查科娃的悲剧

我在前面已经谈到过:伊丽莎白·尼古拉耶夫娜·尤查科娃跟一个
叫做巴钦的工人一同从巴拉冈斯克逃出来,回去的时候怀了孕。后来她
正式嫁给他了,他俩因逃亡而受到审判,在伊尔库茨克度过了判定的监

禁期,后来被放逐到雅库梯州。他俩来到纳姆山乡的时候,好像已经是一八八二年了。这地方相当热闹。离他们不远住着一个卡拉科佐夫分子叶尔莫洛夫[1],还有好些阉割派教徒的村子:大马尔哈村、小马尔哈村、巴甫洛夫村和其他一些更小的村子。巴钦是铁匠兼钳工,这里的环境给他很大的方便,所以他的工作有保障了。

我在前面已经描写过巴钦,这是一个性情暴躁而粗鲁的人。然而他并不推卸自己做父亲的责任,辛勤工作着来赡养他的妻子和女儿,虽然他对于她们——甚至对于他的小女儿,显然没有真正的爱。据传闻,尤查科娃和他住在一起,生活很痛苦,但这种痛苦生活是隐藏在帐篷的四壁之内的,我们只能根据不可靠的传闻约略地知道我在伊尔库茨克就已知道的一些消息:巴钦是一个难以共处的人,尤查科娃和她丈夫之间竟连一点普通的友谊都没有。

突然传来一个消息,说巴钦掐死了尤查科娃,自己服毒自尽了。我们听了这话,无不大吃一惊。起初这不可靠的传闻从一个山乡传到另一个山乡。后来方知是完全确凿可信的了。我从戈伏留兴[2]那里听到了这件事,而他几乎可说是这悲剧的目击者。

“我的生活在被捕以前就已支离破碎了,”可怜的尤查科娃在写给母亲的一封信里说,“所以我从来不考虑如何来安排自己的命运。我从来也不会爱上一个人并且为了想过幸福生活而嫁给他,因为我不能嫁给我

---

〔1〕　彼得·德米特利耶维奇·叶尔莫洛夫(1845—1910),一八六六年因卡拉科佐夫案件被捕,监禁在彼得堡要塞。被判死刑,改为二十年苦役刑。一八七一年出狱,到雅库梯州做移民。一八八四年回到中央俄罗斯。

〔2〕　亚历山大·费多罗维奇·戈伏留兴(生于一八五九年,卒于九十年代初)曾参加敖德萨宣传小组。被判苦役刑,改为流放到西伯利亚做移民。

爱了多年的那个人——关于这个人我永远也忘怀不了,除非我知道了监
禁生活已经把我和他永远隔绝。……如果说还有什么能给我温暖的话,
那便是这样的一种意识,即意识到我是那种没有出头希望的不幸者之中
一人的支持和安慰。"她选定了敖德萨人米纳科夫。据她的意思,这人处
在毫无希望的境地中,所以最值得怜悯。

　　为改善政治苦役犯中某一人的命运而牺牲自己——这念头早已占
据着她的想象。起初她告诉她的一个女友说:她受到判四年苦役刑的军
官克利伏舍英[1]的这种性质的求婚。"我知道,如果他被批准结婚的
话,境况一定要改善些。我不能下决心拒绝他,虽然我们结为夫妇很不
相称。不过我还希望能够婉言劝阻他,况且他是能够替自己找到别的对
象的。这里还有一批去服十五至二十年苦役的人。其中有一个叫做米
纳科夫的,我很愿意嫁给他,在他的苦难境遇中给予他帮助。"在随后的
一封信里,她通知女友说:克利伏舍英的问题已经安排好,现在只剩下米
纳科夫了。父母亲同意他俩的婚姻,就设法在洛利斯-梅里科夫面前替
他们斡旋。然而必须指出:这一次的选择也是十分失败的。米纳科夫为
人轻率浮躁到极点,甚至碰到生命攸关的问题时也是这样。残酷的判决
使他成了整个敖德萨集团的类似领导的人物,但这个公认的领导者很会
钻营。尽管越狱的希望极小,但他总是千方百计地利用一切机会。他和
尤查科娃结婚的计划丝毫不能改变他在这方面的行径。

　　戈伏留兴还给我讲述了他和米纳科夫被流放的最初原因。这件事
也带有同样轻率浮躁的性质。在他们小组里有一个密探,叫做戈希托夫

---

　　〔1〕　亚历山大·伊凡诺维奇·克利伏舍英(1859—1881)曾参加为谋杀梅旬采夫而
张贴传单的工作。一八七九年被捕,判处四年苦役刑。一八八〇年来到卡拉。

特。这件事被发觉后,米纳科夫和戈伏留兴决定要弄死他。有一天晚上,他们三人正在一片荒地上走,他俩拉住戈希托夫特,言明了他的过错,就宣告对他的判决。可是他们身上没有带一把像样点儿的短剑。米纳科夫所带的短剑完全不适用。戈伏留兴讲到这一段情节,叫人听了简直滑稽可笑之极。却说他们两人用短剑向密探刺去,可是竟连正式地刺伤他都不可能。那密探就向他们哀求。他保证说,他现在已经认识到革命党的全部力量,这革命党"会追寻他到天涯海角";他答应以后决不再出卖革命党人。米纳科夫和戈伏留兴被他哀求得让了步,就决定这一回饶赦了密探。他们要他郑重地保证了一定离开敖德萨,然后……把他带到戈伏留兴的寓所里。米纳科夫出门办事去了(办理送戈希托夫特出敖德萨的事宜),戈伏留兴就和密探同榻而卧。戈伏留兴睡熟之后,密探立刻起身到警察局去。戈伏留兴醒来一看,自己已经给警察包围起来了。……

所谓"米纳科夫案件",便是这么一回事。自不必说,如果我们这里的政治案件是由陪审员来审判的话,那么这两个假定的凶手应该只受到轻微的惩罚,因为他们这件事实在做得过于温情,幼稚轻率到极点了。但那时候我们这里所采用的是特别审判。米纳科夫被判为长期服苦役,在一定程度上成了一个"中心人物"。从这时候起,在他的案卷上就不断地出现有关同样幼稚的好几次"越狱"的记载,结果,正如我们在前面已经提到过的,使得梅希金和赫路肖夫那次经过周密考虑的越狱也遭到了失败。此后,米纳科夫被流放到施利色堡,在绞架上结束了生命。在米纳科夫这案件中,也许比其他案件更明显地反映出了当时政府的盲目的残暴行为,这政府完全不善于分析指使着它的敌手的那种动力。

　　就是这样的一个人,尤查科娃决定和他缔结白首之盟。不消说,对于这个为他牺牲的女子,米纳科夫也不能够采取严肃的态度。于是他们两人陷入了山穷水尽的地步:他死在绞架上了;她当了巴钦的妻子,和他一同在帐篷里度着落落寡欢的日子。

　　偏偏就会发生这么不幸的事:戈伏留兴访问了巴钦夫妇。他告诉我她一生最后这个晚上的情况,从他的叙述中可以想见,巴钦那时候几乎已经精神失常了。他精神失常的主要表现是过分的自尊心。在他对妻子和客人的乖常行为中可以看出他激愤到了极点。他显然是担心他的妻子要回忆亲近知识分子的那些年代,因而感到妒忌。妻子对知识分子的接近激怒着他,使他经常要做出些粗鲁行为来发泄一下。尤查科娃见了戈伏留兴,好像见了一个志同道合的老朋友似的(他们相互间称呼很亲热),这种态度显然使巴钦大受委屈。他不自然而神经质地冷笑着,嘲讽着他们的回忆。他对知识分子的仇恨在这里起着极大的作用。后来他走出帐篷去,留下尤查科娃和戈伏留兴单独在一起。戈伏留兴这个人,朋友们都称他为害人精。他有时会闯些祸事,要别人付出很大的代价。这一次,巴钦刚刚走出去,他就同尤查科娃谈起她丈夫的怪脾气来,他表示惊奇:尤查科娃怎么会同这样一个人住在一起。尤查科娃被这位老友一激励,就向他坦白说,她确已失去忍耐力,已经向雅库茨克当局提出申请,请求调迁她到另一个山乡去。她希望日内就能获得调迁的批准,好和巴钦分手。岂知巴钦就隐藏在墙脚边偷听,两人在帐篷里讲的话全被他听见了。他就回到帐篷里来,用十分粗暴的态度对待戈伏留兴,最后竟把他赶了出去;原来讲好留他在这里宿夜的,现在也不准许了。戈伏留兴就到叶尔莫洛夫那里去。……这天夜里帐篷里发生了什么事,不得而知,但是到了第二天早晨,人们发现尤查科娃死在地上。巴钦到乡公署去自首了,撇下一个惊慌号哭的小女儿伏在母亲的冷冰冰的胸前。

不久以后,我从一个早先在《新闻报》社共事的老朋友陀里宁那里收到一封信。这位朋友现在被流放在雅库梯州,曾经从那里逃走,被捉住了,现在坐在监牢里。他信中说:"前天,他们突然把巴钦送进我的囚室里来。他一进门,就站定在囚室中央,说:'我昨天夜里就是用这双手来掐死尤查科娃的。掐死之后,我把三盒火柴溶解在水里,喝了这水。可是你瞧,到现在还活着。'"后来上头发觉事情不妙,就有几个狱卒来把他带到另一间囚室里。巴钦的话使陀里宁产生了装腔和虚伪的印象。他下结论说:"我认为,这坏蛋在撒谎。"

在这件事刚发生后不久,他还写了同样的一封信给另一个朋友阿·阿·德罗贝希-德罗贝舍夫斯基[1]。那人在回信中谈到此事时,就莎士比亚的奥赛罗作了绝妙的分析,断言说:现在巴钦大概已经不在人间了。这猜测竟是正确的:当时巴钦情绪激动得很厉害,所以毒药没有立刻起作用。大家都以为巴钦是在说谎,况且在他的叙述中本来就有许多装模作样的地方。连医生都不相信他已经服毒。其实巴钦说的倒是真话。还不到一昼夜的工夫,毒药就开始起作用,力强无比,任何解毒药都无济于事,巴钦就此一命呜呼。

尤查科娃和巴钦的惊人的悲剧就这样结束了。后来我听人说,巴钦

---

〔1〕 阿列克塞·阿列克塞耶维奇·德罗贝希-德罗贝舍夫斯基(1856—1920)因"一三七人案"被捕,流放东西伯利亚。后来在伏尔加沿岸一带的几家定期刊物的编辑部工作(笔名阿·乌曼斯基),一度担任《下诺夫戈罗德小报》的编辑工作。曾和柯罗连科长期通信。

家的女儿由谢密夫斯基家抚养成人〔1〕,结婚成家。

25　涅恰耶夫和涅恰耶夫分子

已经是我逗留在雅库梯州的第三个年头了,有一回,我们邻近的一个山村里——好像就是纳唐松夫妇所住的那个仁昆山村——载来了第一个所谓涅恰耶夫分子〔2〕。我们立刻出发去访问这位新伙伴。

政府想出一个办法来,利用最靠北方的几个省份里的渔村居民来组成一支特别警卫队,用以看守彼得保罗要塞。这些人必须直接从渔村来到要塞里,在这里服满了役之后,仍旧回到原地。这样,可以使他们完全与世隔绝,不受到任何宣传的影响而安然回家。

然而正是这一番打算几乎摧毁了政府所筹划的全部计谋。这时候要塞里监禁着涅恰耶夫。这是一个精力异常充沛的人。按照规定,是禁止囚犯们同警卫兵谈话的,警卫兵甚至不应该回答囚犯所提出的问题。可是涅恰耶夫以可惊的毅力打破了这些障碍。被载送到我们这边来的那个新伙伴告诉我们,涅恰耶夫是如何一步步地战胜了警卫兵们的愚钝的倔强。起初他只是问起家乡的情况。警卫兵们不回答他。他再三探问。终于有一个人忍耐不住,回答了他一个无关紧要的问题。

---

〔1〕　根据尼·阿·维塔舍夫斯基的回忆,这小女孩起初由车尔涅夫斯基夫妇抚养。后来车尔涅夫斯基夫妇把这女孩子转交给她的外祖母。

〔2〕　柯罗连科这里所提到的涅恰耶夫分子,是指阿尔汉格尔斯克省农家出身的兵士蒂莫菲·叶菲莫维奇·库兹涅卓夫(1857—1914)。这人从一八七九至一八八一年间在彼得保罗要塞阿列克塞耶夫半月堡的警卫队里服务时,被谢·根·涅恰耶夫的宣传说服了,协助他与监狱外面的人联系。一八八二年初被捕,流放雅库梯州,在离阿姆加三十五俄里的斯卡拉乌尔山村里做移民。

涅恰耶夫再接再厉,扩大了问题的范围。他问他们可知道他们看守着的是些什么人。警卫兵又是默不作声。于是涅恰耶夫就讲述政府的迫害,讲述某一些人如何同这些迫害作斗争,现在正在为此而受苦。这样点点滴滴、日积月累地,终于收到了成效:起初涅恰耶夫受到了警卫兵的注意,后来更博得了他们的同情。又因为警卫兵时常更换,涅恰耶夫的囚室边有各种各样的人来站岗,所以他拥有较广泛的发展对象。

涅恰耶夫逐步逐步地、终于日甚一日地获得了自己这班警卫兵的注意和同情。必须补充说明一点:这些警卫兵来自遥远而十分闭塞的县份,在那里,文化知识竟是稀有之物(这正是宪兵所希望的),这些人连最粗浅的职责概念也搬不出来,所以无法反驳涅恰耶夫,在他面前简直完全束手无策。渐渐地,涅恰耶夫几乎控制了所有的警卫兵。他除了精力旺盛和忠实于自己的事业之外还有一个特点,即做事不择手段。过了不多久,他让警卫兵们知道,他们现在落在他的掌握之中了。这人的行径可想而知。他首先是一个厚颜无耻的人。

他欺瞒最亲近的同盟者并且嘲笑他们。他哄骗像巴枯宁和奥加辽夫〔1〕这样的著名革命活动家。不消说,这情况没多久就被揭穿,于是涅恰耶夫的策略破灭了。人人都知道他是一个对最亲近的同盟者都不顾惜的革命骗子手;当瑞士政府决定把他引渡给俄国政府时,侨民们虽然也曾提出抗议,但显然抗议得不够坚决。不过对于这件事还是呈递了抗议书,只因涅恰耶夫不曾引起任何人的同情,所以抗议书无济于事。俄

国政府对他采取毫不客气的无耻手段。据说还行了贿。

　　不管怎么说,总之,他当时控制了全体警卫兵,毫无拘束地任意摆布他们。他同一些秘密寓所取得了联系,已经拟打好越狱的计划。但正当这时候,三月一日的事件在筹划起来了。涅恰耶夫接到了这通知,就坚决要求把他个人的事搁一搁。这件事是通过格尔曼·洛帕金来接洽的[1]。由于这人的一个疏忽,越狱的事被揭穿了。接着就来捕人。全体警卫兵都被逮捕起来,因为除了少数几个人例外,其他的人全都受了涅恰耶夫的影响。

　　在这次巧妙安排的越狱计划败露之后,就连这个心坚如铁的人也显然陷于绝望了。警卫兵们服满了刑期,被遣送到雅库梯州,其中的一人就定居在离开我们二十俄里的地方。

　　这个涅恰耶夫分子的姓氏我记不起来了。但记得我到他那里去过一次。我们这里他一次也没有来过。其原因是由于他立刻陷入了和阿纳尼·谢苗诺维奇·奥尔洛夫同样的境地。在他所住的帐篷里有一个可爱的雅库梯姑娘,她把我们这个涅恰耶夫分子完全给迷住了。必须指出:年轻的雅库梯女子具有一种魔力。而老妇人呢,就连雅库梯人自己也认为她们是"阿罢蒂",即恶魔的意思。我们这位涅恰耶夫分子性情忧郁而意气消沉,是一个名副其实的北方人;我想,涅恰耶夫对付他,一定比对付别的人更容易些。他对涅恰耶夫颇有好评,虽然有时当他提到涅恰耶夫的狡猾行为时,语气中显然带着苦痛。这是可想而知的。他们感觉到自己受了他的愚弄。

---

　　〔1〕　这里柯罗连科弄错了。格·洛帕金当时不在彼得堡,这件事是通过叶·阿·杜勃罗文、格·伊萨耶夫和阿·阿·菲里波夫来接洽的。

那时候在俄罗斯有一种所谓"雅各宾党人"。我已经谈到过其中的一人，即住在奥廖尔的扎依奇涅夫斯基。他有一种理想：他打算在自己一组里逐步增收组员，范围越来越扩大，最后把俄国用一个秘密活动网笼罩起来；这些搞秘密活动的人互不知道，有朝一日，中央突然下一道命令，俄国就全部革命化，有现成的政府、现成的新制度了。这现象有点像蜕变。照他们的想法，俄国会出乎它自己意料之外地建立起新制度。

26 归 途

上头终于开始宣布期限了。第一个接到通知的是哈保津。我曾谈起过，这个年轻人罕有值得赞扬之处，所以他离开我们，没有引起任何人的惋惜和关怀。不妨这样说：他根本不是我们一伙里的人。他和我们一同吃喝，却不和我们一起劳动；他回到自己的雅罗斯拉夫尔省去之后，没有在我们的记忆中留下丝毫痕迹。

后来巴宾也接到了通知。对于他的离去，我们感到十分惋惜。这时候须得把财产略微分一下了。必须指出：我们的运气很好，三年来我们的收成一直是中等的，而这种情况在当地极为罕见。我们的庄稼从来没有冻死过一次，可是等到我们离去之后，一连五年歉收，居民们生活穷困不堪。却说当时我们以友爱的态度分配了财产：需要顾到的只是留在这里的一些人；至于离开这里的人，大家都认为是幸运儿，只分给他路上开销的钱。巴宾回到了他的故乡西西伯利亚。

继巴宾之后是瓦恩什坦，我们友爱地送别他。他后来进喀山大学，在那里修完了医科，以后我又有一段时间和他相会，那已是来到俄罗斯之后的事了。在饥馑的那年,他甚至到尼日戈罗德省来工作过,我和他常常会面。后来双方失去了联系。我知道他在彼得堡当过医生,而且成了家。

终于轮到我回去了。我很关心一个问题:他们会不会叫我宣誓?我决定不宣誓。必须指出,在我们来到雅库梯州后,曾发生过一件小小的事:有一次,我们决定到我们的流放同伴车尔涅夫斯基夫妇家去聚会,却被上头知道了。这件事的处理拖延了很久,直到我离去之后方才结束。我当时心里忐忑不安,怕只怕回去的事为此受到阻碍。后来我被判决下来了,好像判的是坐两星期监牢;这是流放同伴们写信告诉我的。但这案件就到此为止,不再有下文了。

我的期限终于也宣布下来了。在我流放西伯利亚之后,应该还有三年。我的弟弟一直留在维亚特卡省,现在他的期限也宣布得和我相同;我的妹夫洛希卡辽夫带着家眷住在米努辛斯克,期限也是一样。这样看来,上头并没有因为我擅离流放地而增加一点期限。

关于我——“国事犯柯罗连科”——的期限,早已听见陪审员斯列普卓夫、另一个陪审员安东诺维奇和县警察局长布比亚金在那里谈起了;但接替布比亚金的新任县警察局长比涅维奇却坚决不把这消息通知阿姆加的村社办公室。

这县警察局长根本是个很奇怪的人。首先大家都知道:他是不受贿赂的;后来又知道了另一个情况:他懒惰得无出其右,办事一点都办不出来。我们的信件一连几个星期、几个月地在他那里睡大觉,这情况引起了流放犯们极大的不满,我们打算向他提出控告。我更有理由为这件事而急躁。大家都知道,对于别的即将期满的流放犯,警察局也绝不发通知给各山乡。我到雅库茨克去的时候探悉到:我二妹从彼得堡寄给我的一个包裹已经在警察局里搁了几个星期了。我收到了包裹，打开一看，原来里面除了别的东西之外，还有一盒糖果。可是盒子里已经空空如也，有一个在警察局当差的俏皮人仿佛故意嘲笑我似的在盒内放了一个字条，上面写着"祝君健胃"。这张字条给我搞丢了，所以后来当我提出控告〔1〕而警察局要求看字条时我拿不出来。总之，比涅维奇所领导的机构的疏忽大意，使我们大家再也忍耐不住了。我深恐我这个人也要给他们耽误下来，就向阿姆加村长呈递了如下的一份申请书：

根据行政流放犯案件再审委员会对我宣布的判决，我的流放期到今天九月九日结束，从此以后，我不再受村社监视。正如警卫条例所示，要延长流放期限必须得到内务部长先生的特别命令，而我从未接到这类命令，因此认为自己有权离开阿姆加。又因道路泥泞期即将开始，我必须利用最近的良好天气登程，所以尤其需要早日离开阿姆加。但不知何故，城里至今还未打发任何人来领我；如果阿姆加村长认为此事唐突而不愿派村社主任用居民马匹来送我，那我就不得不使用租赁的马匹离开这里。至于违反了最高委员会正式向我宣布的命令而对我加以拦阻，我认为无论是村长乃至警察局，都无此权力。

贵族符拉季米尔·柯罗连科

一八八四年九月九日

〔1〕 这控告是以致雅库梯县警察局长的私人信件（一八八三年三月四日）的方式提出的。

　　我向我们这个温厚的阿姆加酋长呈递了这份申请书,使得他大伤脑筋。他向我声称,说他不接到县警察局长的公文是无权处理这件事的。但我坚决对他说:如果他没有别的措施安排下来,到了九月十日我就要骑上自己的马进城去了。如果他加以拦阻,我会抵抗。村长拟了一个公文,——说得正确点,是尼古拉·瓦西里耶维奇·瓦西里耶夫拟的,公文中作如下的说明:

　　"国事犯柯罗连科除此申请书之外,又作口头声明,谓村长若不设法派村社主任送彼出境,彼将不顾村长禁止,单骑前往雅库茨克城。本人曾劝其暂待,"酋长接下去说,"候城里派信差或送指令来此。柯罗连科坚决不同意,断然声称:九月十日定欲赴雅库茨克,决不再在阿姆加多住一小时。由于当前无陪审员在场,又因国事犯柯罗连科语气坚决,本人就不得不派阿姆加村社主任叶果尔·阿尔捷密耶夫陪送他前往。"[1]……

　　这是我的坚决态度所促成的;于是,就在九月十日这天,在阳马拉赫溪谷的一棵挂满种种驱邪物的大树底下(雅库梯人要远行的时候,总是在树上挂一些零碎布片、从马尾巴上拔下来的毛以及诸如此类的媚神祭品),阿姆加及其近乡和我相识的人全都来给我举行送别会[2]。记得这里有阿法纳西耶夫全家、尼·谢·丘特契夫,还有阿姆加大村的几个同伴(奥尔洛夫早在我之前就离去了)。记得当时在这棵枝叶繁茂的大树

---

　　〔1〕　阿姆加村长于一八八四年九月十日呈给雅库梯警察局的报告,全文刊载在一九一二年第二十四期《西伯利亚问题》杂志上,报告的一边注着"机密"的字样。

　　〔2〕　一九〇四年,塔·安·阿法纳西耶娃从雅库茨克写信给柯罗连科说,她曾请求一九〇三年前来雅库梯州作科学考察的符·斯·潘克拉托娃(施利色堡的囚犯)"在阿姆加寻找以前送别柯罗连科时分手处的那棵树"。"可是,遗憾得很,"她写道,"这棵树没有找到。大概是被砍掉了,真可惜。他们还打算替它拍照的,但它已经不在了。"

底下举行送别会的时候,我们的心情中微微交织着快乐和悲哀。最后,送别会结束了,流放同伴们和朋友们把我和村社主任阿尔捷密耶夫送上马车,我就登上了归途[1]。

在雅库茨克近郊,我们被暴风阻留了一昼夜以上。勒拿河像海一样汹涌澎湃起来。我问那个管摆渡的雅库梯人,是否可以送我渡过河去,他回答说(这句雅库梯话我至今犹念念不忘):

"布·蒂兹卡·波契塔·达·凯尔雅巴特(这样大的风,连邮车也不通行呢)。"他扭回头去,重又在狂风巨浪声中睡着了。

没有办法,我只得眼睁睁地望着雅库茨克,在波涛汹涌的河岸上度过了几乎一个半昼夜。

这件事真令人着恼。天气晴朗。雅库茨克城了如指掌,却又可望而不可接。河水汹涌澎湃;波涛起伏,喧嚣万状。我不得不承认:要渡过河去的确是不可思议的事。好像正是在这时候,我们这些流放移民之中发生了一件悲惨事故。我在前面已经提到过,我们中间有一个勇敢的猎人叫做陀勒的。他不管暴风如此剧烈,定要渡过勒拿河去。同伴们和旁人百般劝说无效,他终于独个儿出发了;到了河中心,船就翻了,陀勒淹没在水里。不知道是这一次还是在另一次,总之,陀勒正是这样结束他的生命的。

---

[1]　参加送别会的奥·瓦·阿普捷克曼在自己的回忆录里这样描写这次送别:"我们安顿在一片小草地上,塔·安·阿法纳西耶娃煮起茶来,准备了小吃的盆菜。要作最后一次道别了。我们大家站起来送别。塔·安·阿法纳西耶娃和孩子们嚎啕大哭。其余的人全都黯然销魂。我不知道自己当时是个什么样儿,但尼·谢·丘特契夫向我看了一眼,脱口说出:'送别对于各人所产生的影响是多么不同啊。'大概我当时脸色很苍白吧,因为我自己觉得心头热血沸腾。符拉季米尔·加拉克齐昂诺维奇跳上马车,脱下帽来向我们全体致意。"

次日,河水还没有完全平静,但我们终于渡了过去。他们对于村社主任,倒也并没有加以指摘。村社主任把我交到警察局里,我就和他亲切地道别,同时还托他代我向阿姆加全村人致意。警察局里的人告诉我说,从各山乡来到这里的人,通常都耽搁在苏勃利洛夫[1]那里,他们就把他的地址给了我。

我动身前去。苏勃利洛夫十分亲切地接待我。我和他以前已经有过一些往来。有一次,我们阿姆加的全体流放犯从他和跟他住在一起的鲍格丹诺维奇[2]教授那里收到一封奇怪的信。他告诉我们说:他和跟他住在一起的尔沃夫教授鲍格丹诺维奇一同去见雅库梯州长的时候,州长举出我们这批雅库梯移民来向他们示范,说我们都参加劳动,给当地居民做了好榜样。写信的人认为这对我们来说是极不体面的事。我们回信给他说:我们并不去迁就当局对我们的行为的看法;我们认为需要怎样做,就怎样做。我们之间的通信就到此为止,以后不再谈起这件事了。后来我们得到证实,原来这声明是由苏勃利洛夫首先提出的,鲍格丹诺维奇只是由于性格温柔软弱,才附和了他。现在鲍格丹诺维奇根据奥地利政府的要求,已经被送往伊尔库茨克,正在西伯利亚的这个都城里等候继续发放,我将要和他在那里相会,也许会

---

〔1〕 瓦西里·彼得罗维奇·苏勃利洛夫(1851—1917),一八七九年,由于在农民中间进行宣传活动的案件,被判苦役刑四年。在卡拉服刑。一八八三年刑满,被遣送到雅库梯州做移民。

〔2〕 弗洛利安·格利果利耶维奇·鲍格丹诺维奇(1845—1894),奥地利人。他于一八七六年担任尔沃夫大学副教授时,曾设法把国外的出版物运送到俄国来。一八七九年在基辅被判苦役刑六年,在卡拉服刑。一八八四年被送往奥地利。鲍格丹诺维奇在柯罗连科从雅库梯州回去的时候与他同行,这人的某些特点被柯罗连科描写在短篇小说《严寒》中伊格纳托维奇的形象里(见俄文版《柯罗连科全集》第一卷)。

和他同行。

苏勃利洛夫是我在彼得农林学院时一个同学的兄弟[1]，这个同学为人很好；所以我和苏勃利洛夫相见时，好像早就认识一般。我到了他的寓所里，发现罗马斯早在我之先已从巴拉古尔山乡来到这里，还有柯贝良斯基也来了，——这人就是我在前面提到过的我的同乡柯贝良斯基兄弟中最小的一个[2]。苏勃利洛夫住在一个商人的寡妻家里一所木房子的狭小的阁楼上。这寡妻似乎在同通古斯人经商。我曾在阿姆加大村阿法纳西耶娃家里看见过她，那时候她正带着鹿运商队出外经商。除了我们三人之外，我们看见苏勃利洛夫的寓所里还有一个年轻的雅库梯姑娘。苏勃利洛夫难为情地向我们解释，说这个雅库梯姑娘是流放同伴们从山乡里送来请他"保护"的。原来是这么一回事：近来在流放犯们中间开始流行一种特殊方式的婚姻。流放犯只要付一笔聘礼给姑娘家里，把这姑娘买下来，就算是她的丈夫了。有许多人都觉得这种方式的婚姻是不道德的。新娘和她的父母亲认为这样做很可靠，可是对男方来说，这种婚姻是很容易被解除的。这一次便是某山乡里的流放犯们决定解除一桩婚姻，为了保护新娘的贞洁，就把她送到苏勃利洛夫这里来。这种特殊的信任方式(而且这年轻的姑娘不得不和这年轻的男人同居一室)使我们感到有点滑稽。但苏勃利洛夫对此态度十分严肃。他对我们说，他在顿河上有一个未婚妻名叫娜杰日达·伊凡诺夫娜，又说他接到来信，知道她不久就要到这里来。

---

〔1〕 这同学是米哈伊尔·彼得罗维奇·苏勃利洛夫。他和兄弟一同在米哈依洛夫斯卡雅驿站被捕，被牵连在同一个案件里，但经过审判后被宣告无罪。

〔2〕 指卡齐米尔·亚历山大罗维奇·柯贝良斯基。

　　一般说来,苏勃利洛夫这人不免有点怪脾气。他被捕的时候,表现得十分胆怯,作出了莫名其妙的供词。此后他曾企图自杀,同伴们研讨了前后的事件,原谅了他的胆怯,决定以后不再提到这件事。

　　整个寓所里充满了娜杰日达·伊凡诺夫娜的名字。柯贝良斯基这人一向口没遮拦,常常肆无忌惮地说出些极粗鲁的话来,有时使得房间里充满了猥亵的气氛;每逢这样的场合,苏勃利洛夫必然脸红,用严厉责备的眼光望着柯贝良斯基,好像娜杰日达·伊凡诺夫娜已经在这里似的。在这点上颇使人感动。此外大家又都知道:苏勃利洛夫在自杀未遂之后,上了吗啡瘾。他把保护雅库梯姑娘的贞洁的任务看得过分严肃。当他在这方面对我们有所请求的时候,我和罗马斯向他担保,说我们在这点上了解他的处境。

　　"你们想啊,"他说,"要是娜杰日达·伊凡诺夫娜来了,听到了什么谣言……"

　　喜欢说笑的罗马斯向他保证说:我们是没有问题的,只是我们不能担保柯贝良斯基也这样,所以最好夜间把柯贝良斯基的一条腿缚在桌子上(必须指出,其实这也是冤枉柯贝良斯基)。于是,有一天夜里,我们寓所里发出砰砰嘭嘭的响声。原来柯贝良斯基怀着最纯洁的动机起身,没有想到一条腿被缚住了,他一起身,桌子上的器皿就砰砰嘭嘭响起来。苏勃利洛夫从自己房间里奔出来,满脸是惊慌的神色。柯贝良斯基知道了是怎么回事之后,十分生气。

　　我还要说一件小小的事故,其实这在我们当时看来不能算一件小事。

　　有一天清晨,我们大家冷得要命,被冻醒了。柯贝良斯基坐在自己的地铺上,用毫无表情的眼神向前面望着,嘴里老是说着同一句话:

“怎么回事？怎么回事？……”

所有的门都被打开了，甚至外面通向扶梯的一扇门也开着，这扶梯装得很没道理，从外面直接通向我们的阁楼门。我们的全部物件，其中包括苏勃利洛夫的一架显微镜，都被拖到这扇门旁。我们都知道柯贝良斯基的枕头底下放着一条皮裤子，裤袋里有七十五个卢布，是他做钳工时辛勤劳动积聚下来的。现在这条裤子不见了。柯贝良斯基大吃一惊，跳起身来，向扶梯口奔去了。过了几秒钟，从那里传来他的欢呼声：“裤子在这里了！”罗马斯讽刺地冷笑一下，说：“可是裤子里的东西还在吗？”话刚说完，柯贝良斯基就在门口出现了。他双手拎着那条裤子，可怜巴巴地说：

“我真命苦，真命苦，运气不好！这一下我没有路费了。我为什么定要住到这寓所里来呢？如果照旧住在雅库梯人那里，钱就不会被偷走了。”

我和罗马斯安慰他，说我们把这次的不幸看作是我们大伙儿的事，把路费也看作是大伙儿的共同财产。而且事后得知，柯贝良斯基在迁到苏勃利洛夫这里来之前所住的那家雅库梯人家，昨夜也遭到了偷窃。这天白昼我们上街去经过勒拿河旁的时候，听见河面的船只上飘送来流浪汉们的愉快的歌声。这些船只每年在雅库茨克集市之后总要停留下来，流浪汉们在入冬以前就在这些船上栖身。

“把我的钱拿去大吃大喝，这些下流坯。”柯贝良斯基伤心地说。

我认为这件事告到警察局里去是无济于事的，可是柯贝良斯基还是去告了。结果我们这里来了警察局的一个官员鲍保霍夫，他劝我们向警察局提出，说我们怀疑是女房东偷的。但我们懂得他这套狡猾手段，坚决拒绝了。我们知道警察局有意要造出这种事来，如果说这样做会对谁有利的话,那只有对警察局自己有利。说起这警察局,那时候我正和它发生了一些不快事件。

我在前面已提到过县警察局长比涅维奇的罕有的懒惰。同伴们要求我在和州长谈话时提出控诉。我果然提出了。这当儿县警察局长本人也在场,他见我这样做,大吃一惊,心中甚是不快。

我是一个性情温和的人,我和他谈话的时候,一般说来态度是很亲切的,但我认为自己有责任向州长说出我的同伴们对警察局的一切不满。比涅维奇的温文尔雅的脸仿佛立刻凶狠起来了。这么一来,加上州长具有我在前面已经提到过的那种特性,这件事无论对我或是对同伴们就都没有任何益处,倒反而给我、罗马斯和柯贝良斯基带来了很大的害处。我们已经有一纸公文,上面写明我们此番前行,不作被捕的囚犯看待,而是采用逐站遣送的方式。

勒拿河上逐站遣送的方式和所有其他地方都不相同。在勒拿河上,就连被解押到居住地去的普通流浪汉,通常也用马匹来遣送。这是可想而知的:照理,驿站人员也应该步行押送这种流浪汉,可是勒拿河的驿站上并不短少马匹。因此驿站人员自己宁愿早些把流浪汉一站一站送出去,但求摆脱这些需要喂养的讨厌的家伙。然而有时从伊尔库茨克来的喝酒喝穷了的行商伙计没有盘缠回去,在警察局里给自己谋得一纸公文,就也可以受到逐站遣送的待遇。居民们都熟悉警察局的这种作风,知道他们是认为没有必要拒绝为"好人"效微劳的。这个狡猾的乌克兰佬取去我们以前的公文而调换给我们的,正是这样的一张公文。

这给我们以后一路上带来了极大的不方便。驿站上的人把我们看作那种滥用同警察局的私交的喝酒喝穷了的行商伙计。

终于有一天,一辆铃声叮当的雄赳赳的三套车开到了苏勃利洛夫家门口[1]。我们走第一站路的时候,车铃声夹着话语声,非常热闹。以为以后一直是这样的(警察局里的人向我们保证过这一点)。岂知到了下一个站头,他们给我们套的不再是铃声叮当的三匹马,却是一对犍牛。我们起初想回到雅库茨克去换一张公文。我们明白了县警察局长的复仇计划。这张公文中只是含糊地说:今有某某人等须逐站遣送,交付到奥列克明斯克警察局。但这驿站上的人对我们说:在别的站头上犍牛恐怕要找都找不到呢,人家还是会用马匹来载送我们的,——既然这样,我们就决定这一站让犍牛来拖车。况且这一天气候虽然寒冷,天色倒也晴明。我们让车子运载着我们的东西,自己在一旁步行,同时愉快地嘲笑着比涅维奇的复仇。我写了一封很刻薄的挖苦信给县警察局长和州长,我在信中表示遗憾:像这样轻而易举的一件事——即根据既定办法遣送三个人——竟使局长大人费了这么多心血。县警察局长当然没有把这封信转交给州长而把它归入了警察局的档案;直到革命以后,这封信方才被取出来刊登在一册西伯利亚杂志上[2]。

我们继续前进,没有料到前面还有很多困难。到了下一个站头,驿站长老头儿竟老实不客气地怀疑我们是好吃懒做的掌柜。加之我们自己又做错了一件事:竟答应了付一匹马的费用。这样一来,以后每到一

───────────────

〔1〕 柯罗连科和他的同伴们于一八八四年九月二十三日从雅库茨克出发。从这时候起,他开始在记事册里写旅途日记,一直写到同年十一月十八日(即离开伊尔库茨克的那天)。

〔2〕 柯罗连科于一八八四年九月二十一日写给雅库梯州州长盖·费·车尔涅耶夫的这封信刊登在一九一二年第二十四期《西伯利亚问题》杂志上。

个站上,总要发生一场大争执。驿马车夫们要求我们付全部费用;这件事竟发展到这种地步:有一次,他们压根儿拒绝载送我们,于是我们只得饿着肚子在毫无饮食供应的驿站上坐等。我们这样坐了一昼夜。我曾把当时的印象描写在《皇上的驿马车夫》这个短篇小说里。后来突然来了一班邮件,我们方才得救。我开始写一封信给州长,大概我当时的脸色非常激昂慷慨,所以驿马车夫们答应了载送我们继续前进。此后直到奥列克马,我们就不再有什么阻碍了。

当我们和站方发生争执的时候,特别使我们感到不快的,是我们觉得自己处在十分虚伪的地位上。我从来没有碰见过像勒拿河上这些驿站人员那么境况艰难的人。记得有一次,从伊尔库茨克来了一个特别委员会,他们来了三年光景,目的是要确定驿马费的价格。这时候,委员会里的官员当然一心一意地要把价格尽可能定得便宜些。有些驿站人员日子过得比较好,例如有自己的田地或割草场,不赶驿车也能维持生活,——每逢官员们同这些人打交道的时候,向他们提出的条件就比较宽大。至于在既无田地又无割草场的地方,人们必须仰承驿吏们的鼻息,因此不得不接受各种各样的条件。有些驿站上,居民生活穷困到惊人的地步;在这些站上办交涉,在我们看来真是一件苦事[1]。我就开始收集一些资料,打算把它们送到报刊上去发表。我每到一个驿站,就记录下当地住民、财产和国家薪金的数目。就这样积聚起了许多资料。

————————

〔1〕 柯罗连科在流放回来多年之后所写的《皇上的驿马车夫》这个短篇小说里写道:"我现在回想起当时的情况来,还不免有点惊心动魄;多么乏味而漫长的道路,一路上老是和驿站人员争吵个不休,——这些人的生活有时不幸到极点,难怪他们要猜疑我们蓄意侵犯他们的免费劳动。……啊,这真使人苦恼啊。……"

有一次我们从一个站头出发,勒拿河上骤然笼罩起一大片乌云。我们骑着马走,把行李装在马鞍两旁,像驮包一样。我们要经常留神,不使这些驮包里的东西落到岩石嶙峋的河岸上去。特别给我们带来困难的是柯贝良斯基这个人。他身体异常壮健,能够坐在马鞍上睡觉。他的马经常掉队,驿马车夫时时用尖锐刺耳的声音呼喊:

"不要掉队,不要掉队!"我至今还听见他扯着嗓子高呼"不要掉队,不要掉队!"的声音。

在暴风雪中,我们不提防柯贝良斯基已经不见了。我只得回去寻他,但见他在马鞍上安然睡着了。他的马站在河岸边,正在那里啃吃尚未枯黄的树叶;柯贝良斯基全身积满着雪。我唤醒了他,我们就一同前进。"不要掉队,不要掉队"的喊声还不时地从前面传来,不过因为暴风雪的关系,不大听得清楚。我那本记录着统计资料的册子是放在我口袋里的。当我们急急忙忙地赴路的时候,我没有注意到我的口袋已破,笔记本落在雪地上了。到了驿站上我才发觉,但是关于前去找寻的事,是谈都不必谈的,因为外面的暴风雪厉害得很。到了第二天,积雪深厚,已经是一片银白世界了。我的记录就此完蛋,到了次年春天,大概那册子被一块冰载送到北冰洋去了。

我们经过克列斯托夫驿站之后,遇到了寒潮。由于帐篷里气闷,我们一向喜欢在露天过夜。但在这驿站上,我们冷得实在熬不住了。勒拿河已经冻结。记得我的枕头周围都结上了霜,我冒着冻坏鼻子或耳朵的危险宿在外面。同伴们都宁愿宿在帐篷里。

27　奥列克马。夜访阉割派教徒

我们终于来到了奥列克马[1]。

到了这里,我们就可以摆脱雅库梯警察局发给我们的那张公文而另外得到一张去基连斯克的公文了。摆脱了那张公文,同时也就摆脱了和各驿站的车夫们之间经常不断的最不愉快的冲突。

当地的县警察局长是一个心地很善良的人。而且这里住着政治流放犯别雷[2]医生,这人原籍契尔尼戈夫省,是一个颇有名望的人。在来到奥列克马之前,记得他是住在维霍扬斯克的;人们常常谈到关于他的一些轶事。据说有一次他在玩纸牌时同县警察局长争吵起来。

“可以这样对待长官吗?”县警察局长开玩笑地说,“我要下令把你逮捕起来!”

“这么办好吗,”流放犯回答,“让我们吩咐你的软底毛靴军队排列起来,然后两个人一同走出去。你下令逮捕我,而我下令逮捕你。……你看你的军队会听谁的话?”

县警察局长搔搔头皮。

“大概会听你的话,”他半开玩笑地说,“这么说来我不上算了。”

这位无忧无虑的医生同奥列克马县警察局长之间的关系大致也是这样,因此我们到了奥列克马以后再登程时,另外换了一个文件。

---

〔1〕　按日记里记载,到达奥列克马(柯罗连科所谓奥列克马,是指奥列克明斯克)是在一八八四年十月四日,离开奥列克马是十月十六日。

〔2〕　雅科夫·莫伊塞耶维奇·别雷(1847—1922),一八七九年因“政治思想上有极端危险性”而被捕,按行政命令流放雅库梯州五年。一八八五年回到中央俄罗斯。

　　在这里，我认识了几个阉割派教徒，觉得很有意思。我在阿姆加的时候就认识过这种人。在阿姆加住着七十年代轰动一时的一桩莫斯科案件的一个代表人物。这是一个干瘪而瘦长的老头儿，是莫斯科一家有名的富商的同族。他显然是真正的阉割派教徒，从事绘画，常常画一些圣像；不过当地的大司祭曾指出，说他画的基督像一个阉割派教徒。

　　阿姆加还有一个地区住着一大批阉割派教徒。这群人中间最受人注意的是一个叫做姆-洛夫的人。他和两个女人住在一起。其中一个女人也是阉割派教徒，担任管家的职务。另一个女人没有受过阉割，不免要卖弄一下风情。有时村子里传开一个消息，说姆-洛夫放荡起来了。那时候他和他的情妇真是所谓面无人色了。只有那个女的阉割派教徒还是照常管理着家务，一点也没有可以引起人们议论的地方。这样继续了好几天。后来姆-洛夫不再放荡，这才一切都进入了常轨。

　　这批人虽然不和别的人住在一起，但偶尔也举办一些晚会，邀请别人到他们那里去。他们之中有一个人叫做普·阿尼西莫夫。这人性情凶恶，大家都知道他常常写告密信，尤其喜欢告发司祭们。

　　"一个阴险毒辣的人。"人家这样议论他。

　　我们在奥列克马所租赁的寓所的女主人，也是一个阉割派教徒，但这个阉割派教徒很特别。

　　我从来也没有看见过比这女人更纯洁无瑕的人。

　　她这样叙述她被阉割的经过情形。有好几批流放犯乘着船在勒拿河上前进。她当时几乎还是一个孩子。他们刚刚从勒拿河上游动身的时候她就注意到：她这一批流放犯对她态度似乎有点特别。他们把她赶来赶去，称她为不干净的东西。终于开始威吓她，说要把她丢到勒拿河的岸上去。他们装作就要把她丢上荒凉的河岸去的样子。那里是光秃秃的山岩,冷酷无情的峭壁,绝对的孤独。他们只有在一个条件下才答应带她一起走,即她必须同意阉割。她还有什么办法呢?只好同意了。于是她被交到"感化者"手里。他们把她拖到船底上,在那里替她动了手术,并且称之为志愿的。她自己也不知道这次手术是怎样经受过来的。天气是那么冷,两岸峭壁森严,她处在残酷的人们手中,得不到真正的出路。……但在她谈论时,言语之中一直透露出一种温柔的态度,虽然有时为了一生受到摧残而不由地显出激愤之色。比这个阉割派教徒更柔和的人,我一生中只遇到一个,而且也是一个阉割派教徒,不过是男的(这件事发生在罗马尼亚〔1〕)。

可想而知:一个人既有决心忍受像阉割这样违背自然的事,那么看来就没有不能忍受的事了。但一般说来,阉割派教徒都很残酷。我知道在罗马尼亚有过这么一回事:有一个阉割派教徒把自己的亲生儿子诱骗到一个秘密集会上,不顾他的抗议,在那里把他阉割了。这儿子有一个未婚妻,而且他非常爱她。……阉割派教徒们居然把这件事平息下去了,虽然花了不少代价。总之,这是我所知道的教派中最残酷的一派;必须指出,甚至教徒们自己也对这教派非常憎恶。很少有阉割派教徒不痛悔自己不该走这条路。有许多年轻的阉割派教徒向我供认,说他们后悔得很,如果能挽回当初作出决定的那个时刻,他们该多么高兴,那他们决计不容许犯这个"错误"了。

在奥列克马,有一个阉割派教徒邀请我到他那里去玩。……有人劝我不要去(大概是开玩笑地说的),说常常有强迫阉割的情况发生。但我

---

〔1〕 柯罗连科把这件事描写在《俄国的阉割派教徒在罗马尼亚》这篇小品文里(《俄罗斯公报》一九〇三年二六四期,署名 W)。

不相信这话。而且我们的女房东说:

"去吧,去吧,符拉季米尔·加拉克齐昂诺维奇,×××(她说出了那位主人的名字)是一个好人,决不会做出这种事来。况且你到他家去是大家都看见的。"

我就去了。

这是一个美好的冬夜;当我走近那阉割派教徒的家门口时,时候已经很晚。我敲敲门,院子里发出钝重的回声。狗叫起来。里面有人开始走动,发出一些嘈杂的声音。……我后悔没有同他约定一个较准确的时间。我只得耐心地等候,等了很久,终于陆续地传来一些声音,越来越接近门口了。

"是谁?"一个女人的声音问。

"政治犯……应主人的邀请来的。"

但听见那女人轻声地说了些话。

"请吧。"接着就响起拔门闩的声音。

我走进去。主人在第二个房间里迎接我。这是一个性情愉快的老头儿,虽然经过阉割,行动还是很活泼。

"啊,我们知道是你。……给我们拿茶炊来,快一点! 我先还以为你不会来呢。人家都怕来看我们,尤其怕在晚上来。"

屋子里静悄悄的。过了一会儿,那女人端进一把茶炊来。她进来后恭恭敬敬地鞠一个躬。这时候主人正在同我谈话。他给我看一幅印着达齐阿罗[1]商标的版画。这版画很有趣。上面画着一个沙皇,大概是尊荣的亚历山大,他躺在卧榻上,看来正打算坐起来。这一天天气晴朗,

---

〔1〕 彼得堡当时一家规模很大的画店的老板的姓氏。

有一支军队站在那里准备迎接他。士兵一个个排列在有玻璃格子的墙边。有几个高级长官——可惜我一个名字都叫不出——表示竭诚欢迎的态度向沙皇这边跑来。

这显然是有关亚历山大一世之死所产生的大批传说之中的一个。亚历山大一世之死后来被反映在一个逝世于西伯利亚的长老的传说中，但略微有了改变。托尔斯泰有一个时期倒很重视这传说[1]。

"这是尊荣的亚历山大复活。"主人这样解释。

我认为没有必要向他解释：亚历山大一世从来没有复活过。我们谈话时声音很轻，大概主人为了防止发生什么意外，认为有必要这样做。我也就跟了他低声说话。可惜我当时认为没有必要一回家就把这场谈话的详情细节记录下来，我以为可以记在心里，岂知不行，忘掉了很多。有许多话颇饶风趣。阉割派教徒对最近全部历史的看法完全荒诞无稽。从普加乔夫开始（他们认为普加乔夫不是僭称王）继之以尊荣的亚历山大，——他们认为提到这些沙皇时有必要压低嗓门，说话的声调也总是很特别；而且语气中仿佛把你也设想为和他们一同相信这全部荒唐话。看来这有一部分是在模仿知识分子同文化程度比他们低的人说话时的那种特殊语调，即认为没有必要同对话者争论的那种宽容语调。……

要不是信念受到迫害的话，阉割派教徒和政治犯之间真正的关系究

---

[1] 大家知道，列·尼·托尔斯泰的未完成中篇小说《费多尔·库兹米奇长老遗作笔记》便是以这传说为基础的。柯罗连科当《俄罗斯财富》编辑时，为了发表这篇作品（一九一二年第二期），被控告为"对最高政权横蛮无礼"而诉诸法院。这案件于一九一二年十一月二十七日在彼得堡高等法院审理，结果作出了宣告无罪的判决。柯罗连科在法庭上说的一番话，被他引用在《〈俄罗斯财富〉编辑者案件》这篇文章里（见俄文版《柯罗连科全集》第八卷）。

竟怎样,就很难说了。恐怕有许多误会争执都不存在了。那时候每一个阉割派教徒都将预先认定我们是他们的同盟者。尽管我们每一个人在心灵深处对这种行径感到憎恶,政府却使我们成为同盟者。

必须指出:阉割是一种特殊现象,我们之中没有一个人能对这种现象漠然置之。只要回想一下我们的女房东被阉割的情况便可想而知了。就在这奥列克马城里,也有一个很悲惨的阉割的事例。有一个青年爱上了一个少女,她也爱上了他。双方的爱情真挚而热烈,可是那青年受到了阉割之灾。关于他们的事,是我那个性情温柔的阉割派女教徒讲给我听的。当司祭的显然是一个能够体会深切悲痛的人,他为他们在这无法解决的困境中找到了一条出路。他给他们祝福,当然不是祝福他们结婚,而是祝福他们结合,结合之后可以让他们做他们所能做的事。这便是阉割派教徒的残酷行为。对于那些强迫别人阉割的人,是不能原谅的。

必须补充一点:我所访问的这位主人认为有时不妨说一些开玩笑的猥亵话。这些话是毫无恶意的,但毕竟使人产生憎恶的印象。

这一晚终于过去了,我就从这位阉割派教徒的殷勤好客的家里走出来。老实说,我一走到街上,便觉得心情舒畅,轻松地透了一口气。我不觉回头一望。凉爽的风沿着街道一路吹来,吹散了我从屋主人那里带出来的腐朽的印象,吹散了他那些穿插着阉割的猥亵话的叙述。当我在村子的街道上一路走着的时候,我眼前掠过种种印象,有时是听了那些幼稚的传说而来的印象,有时是对屋主人产生的印象,有时是一些被摧残了的妇女的形象。

28　基连斯克

在十一月初,我们来到了基连斯克[1]。

我在这里有几个相识的人,即查巴达利夫妇和崔崔安诺夫;他们邀请我到他们那里去住。我接受了他们的邀请,但后来后悔了,因为到了那里之后,起初完全同其他一切流放犯隔绝了。我向查巴达利和奥尔加·柳巴托维奇[2]问起别的流放犯们的情况,他们回答说我:这班人不值得去注意他们,我要去同他们相识,毫无好处。可是我却听人说起,当地的流放犯中有许多很有意思而给人好感的人。我在伊尔库茨克监狱里同查巴达利相识时,觉得他是一个所谓直性子的人,是一个诚恳善良的同伴。别的狱友们对他的看法也是这样。奥尔加·柳巴托维奇属于另一种类型,她是一个性子急躁而要求严格的人,到处和伙伴们发生冲突。奥尔加·柳巴托维奇比丈夫厉害些,所以丈夫随着她改变了性格。查巴达利夫妇同别的流放犯们之间的关系由于查巴达利发动的一次逃亡而特别尖锐化起来,因为在这次逃亡中他俩毫无理由地要求其他的流放犯承认他们享有某些特权。这件事引起了一场争吵;这件事使得我在基连斯克流放犯中间处于孤立的境遇。

我很快就摆脱了这境遇,坚决声称我不愿脱离大伙儿,接着就去访

---

[1] 到达基连斯克的日期在日记中未见记载,只记载着离开基连斯克是在一八八四年十一月四日。

[2] 奥尔加·柳巴托维奇·斯比利多诺夫娜(1854—1917),查巴达利的夫人。一八七九年加入民意党,担任执行委员会委员。一八八一年在莫斯科被捕,一八八三年流放到伊尔库茨克省基连斯克,在那里同流放犯移民伊·斯·查巴达利结了婚。

问他们。罗马斯和柯贝良斯基早先就受到别人邀请而和我分开住了。我就到处去走访,毫无顾忌。

我认识了梁德[1]和他的妻子[2],认识了他妻子的妹妹辽纳尔达·列凡多夫斯卡雅[3],还认识了尼·维·阿隆斯基[4]以及其他许多人。

读者大概记得关于维什尼伏洛乔克政治监狱那一章。那里有一节提到工人施哈诺夫以及他对工人奥勃卢契夫的热烈称赞。奥勃卢契夫便是流放到基连斯克来的。他重演了陀思妥耶夫斯基作品中一个主角的行径:为了革命的目的,他不知是打死了还是企图打死一个有钱的老妇人。大伙儿知道了这件事,立刻和他断绝往来,他就此沉沦在平凡的囚犯群里了。关于"真正讲求实践的"工人奥勃卢契夫的这段插话便是这样结束的。

在其余的流放同伴之中最突出的是潘克拉齐耶夫[5]。可惜我后来

──────────

〔1〕 斯坦尼斯拉夫·阿达莫维奇·梁德(朗多)(1855—1915),一八七八年因在华沙进行宣传一案("一三七人案")受到审讯。一八七九年因参加监狱风潮并武装抵抗警卫兵而被判十二年苦役刑,改为流放西伯利亚边远地区。后来当了《东方评论》报和《西伯利亚汇编》杂志的编辑。一九〇五年以后住在莫斯科,在《处女地》杂志社工作。

〔2〕 即菲里克西雅·尼古拉莫夫娜·列凡多夫斯卡雅(生于一八五三年左右)。一八七八年在敖德萨被捕。和李卓古勃、威登堡等人一同受审("二十八人案"),一八七九年被判十五年苦役刑,改为流放西伯利亚边远地区。

〔3〕 辽纳尔达·尼古拉耶夫娜·列凡多夫斯卡雅(生于一八六三年左右),一八八五年在基辅被捕,一八八七年按行政命令流放东西伯利亚三年。

〔4〕 尼古拉·维克托罗维奇·阿隆斯基(1860—1929),因民意党小组的案件于一八八一年在基辅被捕,按行政命令流放东西伯利亚五年。后来住在下诺夫戈罗德和波尔塔瓦,在那里常和柯罗连科见面。

〔5〕 瓦西里·阿勃拉莫维奇·潘克拉齐耶夫(生于一八五五年),一八七八年被控告和尼·谢·丘特契夫一同谋杀警察爪牙别兰诺夫,受到逮捕和流放。一八八一年从基连斯克逃走。一八八二年在莫斯科被捕,重又流放到基连斯克。一八八六年回到中央俄罗斯。

才认识他。那时候他从当地一个衰败了的修道院出差到伊尔库茨克去了。后来他把他在修道院供职时的一些滑稽可笑的故事讲给我听。还讲到一件事,说这修道院里烧出来的鱼汤的味道吸引了他的注意。有一次他问厨子这种烧法的秘诀何在,厨子回答他说:"我们烧鱼汤是放肉的。"

　　这里还有斯维斯图诺夫[1],米基将[2],盖里斯[3](政治苦役犯的兄弟),贝拉耶夫[4]——这人在监狱里被宣传所说服,现在已经以政治犯的身分被流放了。所有这些人都是半知识分子,唯一例外的是梁德的家庭。梁德是波兰犹太人,是一个优秀的爱国者。他的妻子娘家姓列凡多夫斯卡雅,也是一个十足的知识分子,又是一个颇为出色的音乐家。我在这里结识了老急进派波波娃[5]。

　　这里还有一群所谓涅恰耶夫分子[6]。看来他们流放到雅库梯州要比我们迟些。阿隆斯基形容这班人,说他们是文明程度极低的人,和其他的流放犯格格不入。

―――――――――

〔1〕　格利果利·瓦西里耶维奇·斯维斯图诺夫(生于一八五六年)因参加民粹派宣传运动,于一八七九年被捕,流放东西伯利亚。

〔2〕　伊凡·加甫利洛维奇·米基将(尼基津)(生于一八五〇年左右),排字工人,在敖德萨叶·奥·扎斯拉夫斯基的印刷所里工作并参加他的小组。一八七八年被捕,流放东西伯利亚。

〔3〕　平库斯·扬凯列维奇·盖里斯(生于一八五八年)曾参加敖德萨青年小组,在敖德萨工人中间进行宣传。一八八〇年被判苦役刑十年,改为流放出去做移民。被指定居住在基连斯克。

〔4〕　叶弗列姆·费多罗维奇·贝拉耶夫(生于一八五一年)在敖德萨监狱里被政治犯们的宣传所说服,执行他们的委托,后依靠他们的帮助在一八七八年越狱。就在这一年被捕,一八七九年流放东西伯利亚。

〔5〕　这大概是指克拉芙季雅·加甫利洛夫娜·波波娃(1849—1921),她在西伯利亚享有政治流放犯的知心朋友的名声。

〔6〕　指彼得保罗要塞阿列克塞耶夫半月堡里被谢·根·涅恰耶夫的宣传说服的那些警卫兵。

　　在一八八二至一八八三年间，基连斯克的流放犯人数有了增长。其中最杰出的是米·彼·萨仁（罗斯）、叶·尼·菲格涅尔[1]（后来是萨仁的妻子）、波兰作家施曼斯基（后来转移到雅库茨克）。我去访问萨仁，重新恢复了早在伊尔库茨克就开始的交谊，这交谊后来转变成为亲切的友爱关系。

　　在我离去之后，崔崔安诺夫又在流放犯们中间出现了。这是一件颇出人意外的事，因为他曾和查巴达利夫妇一样不惜采取各种敌视手段来反对大伙儿。……但流放犯们自然不加拒绝，照例收容了他，而且并不盘问他为什么离开了查巴达利夫妇。据猜测，大概是崔崔安诺夫——作为正在策划的逃亡的同路人——使查巴达利夫妇觉得碍手碍脚起来。但也许还有别的原因。可能是查巴达利夫妇早就注意到崔崔安诺夫开始有精神失常的症状，所以不愿意冒险和一个精神病患者同行。起初他照旧保持阴沉和孤僻的性情，后来渐渐显露出不正常的兴奋状态。他发表出一种理论来，说是让猫和狗交配，可以得出一种特殊的、介乎猫狗之间的品种。结果，崔崔安诺夫得了狂暴的精神病，进了疯人院，有一次突然死去。流放犯们要求侦查，但并未查出外表上有使用暴力的痕迹。

　　后来查巴达利逃走了。这件事发生在我经过当地之后很久。起初他说服了一个警察和他一同逃。但后来那警察后悔了，当查巴达利果真逃走了的时候，他赶上去追缉，在很远的地方追着了他，把他带了回来。这件事给查巴达利轻易地对付过去了。他说他心目中只是去和亲人会

---

　　〔1〕　叶甫盖尼雅·尼古拉耶夫娜·菲格涅尔（1858—1931）曾参加一八七六年十二月六日喀山广场上的示威游行，并在农民中间进行民粹派宣传活动。一八七九年因"十六人案"被交付法院，判处苦役刑，改为流放出去做移民。一八八一年被指定居住在基连斯克。

会面,三言两语地居然就使侦查机关当局相信了他。

　　不久我们就和基连斯克的一伙流放犯道别,继续前往威尔霍连斯克。我们离开基连斯克时天气晴朗,驿马车夫是一个有说有笑的人,他给我们讲了许多关于基连斯克流放犯和长官们的独出心裁的故事,——当时的种种情况直到现在我还记得。

29　威尔霍连斯克

　　下一次停歇是在威尔霍连斯克[1]。这是一个衰落了的小城市,在我的回忆中只留下关于瑟将科逃亡的故事。

　　瑟将科是哈尔科夫一个教授的儿子。他和父亲一同受到审判。父亲被宣告无罪,儿子流放到了威尔霍连斯克。他计划从这里逃走;为此而结识了一个哥萨克人。这一段故事不妨称之为哥萨克的忠诚的故事。瑟将科本人是一个颇能给人好感的青年,那哥萨克人对他忠诚得简直连性命都不顾。……但瑟将科不久就看出来,对这位旅伴必须小心提防。

　　开头是这么一回事:瑟将科没有公民证,这件事给两位逃亡者带来不少麻烦。

　　有一次,勒拿河上出现了一只小舟。舟中乘着一个人,显然是从金矿地回来的。那哥萨克人立刻想到这正是他们所需要的。瑟将科一转眼,采金砂的人已经被这神枪手瞄准。这件事总算被瑟将科阻止了,但哥萨克人对此表示十分惊奇:恰好需要一张公民证,那人自动送上门来

---

　　[1]　据柯罗连科旅途日记记载,到达威尔霍连斯克是一八八四年十一月十一日,离开威尔霍连斯克是十一月十四日。

吃枪弹,朋友却来阻止他。

又有一次,瑟将科被关进了驿站看押所;他行动不及哥萨克人机灵,所以容易让人捉住。瑟将科坐在驿站看押所里,突然听见驿站上骚扰起来。忠诚的朋友来了,从头武装到脚,甚至嘴里也衔着两把匕首。他把一把给了瑟将科,另一把自己拿了,叫瑟将科快去袭击警卫兵。那警卫兵显然没有提防。只要把匕首刺过去,一下,两下,就可获得自由了!可是瑟将科的道德观念和他朋友不同。他决定不去袭击,仍旧让警卫兵看守着他。而那时候驿站上已经跑拢许多人来,忠诚的朋友非得独自逃跑不可了,于是他逃走了。这段故事是瑟将科在威尔霍连斯克亲口讲给我听的,讲得十分幽默动听。

在威尔霍连斯克有一大批流放犯。我记得现在的科恩〔1〕(费里克斯·科恩〔2〕的妻子)也在其中。

我们在威尔霍连斯克没有待多久,不久就继续上路。

在这里,我还要谈到几段插话,否则旅途的描写就不够丰富多彩了。

在有一个地方,我被驿马车夫唤醒。……"有一头熊。"他用惊慌的

---

〔1〕 赫丽斯蒂娜·格利果利耶夫娜·科恩(娘家姓格林贝格)(1857—1942),一八八〇年加入民意党。一八八二年被捕,一八八三年在"十七人案"中被判十五年苦役刑,改为流放出去做移民。一九〇四年回到中央俄罗斯。

〔2〕 费里克斯·雅科夫列维奇·科恩(1864—1941),一八八四年因"无产阶级"党的第一个案件("二十九人案")被捕。被判死刑,由于犯人未成年而改为苦役刑。在卡拉服了八年苦役,然后被移解到雅库梯州做移民。在流放期间研究人类学、人种志学,并为各定期刊物撰稿。一九〇四年回到华沙。加入波兰社会党,积极参加其左翼的组织工作。一九一八年起加入苏联共产党(布尔什维克)。是乌克兰共产党(布)中央委员会书记,全俄中央执行委员会委员。写过不少回忆录及其他有关革命运动史的著作。《纪念符·加·柯罗连科》一文是他所作(载《无产阶级革命》杂志一九二二年第五期)。一九二一年十二月二十七日在莫斯科大剧院举行第九次苏维埃代表大会时,为纪念于十二月二十五日逝世的柯罗连科发表了一篇演说。

语调说。同伴们之中有一个人带着手枪。但他们都睡着,要唤醒来是需
要一点时间的。马拼命想往前走。那熊坐在山腰里,在明朗的天空衬托
下清楚地显出一个侧影。熊要从上面走下来,显然是需要费一点气力
的。它明明只是要吓唬一下马匹,使马匹狂奔起来;这时候可能损坏马
车,也许会有人从车中跌出去。驿马车夫看到用手枪对付费时较久,就
振作起精神来,向马匹狂叫一声。那些马就是在等他下这号令。它们立
刻开步走。岸上的卵石在雪橇底下结结轧轧地响起来,我们的车子从熊
旁边飞驰而过。这岸很平坦,畅通无阻;那熊眼睁睁放获物过去了,觉得
很可惜,它大声地咆哮起来。

"给我们侥幸脱身了。"当我们离开那熊有好一段距离之后,驿马车
夫这样说,"嘿,这坏家伙,瞧它在打什么主意啊。"

熊的侧影又在笔直的河道边明朗的天空中显露了好一会儿。

我们有好几次落到狼群里去。那时候驿马车夫就拼命赶马,嘴里不
住地呐喊着,呼啸着,长驱直入狼群中间,这样一来,危险显然要减少些。
狼从旁边跑过,离开我们那么近,连身上的毛都碰得着。但我们未敢作
这种危险的尝试。

30

我们经过了基连斯克和威尔霍连斯克,向伊尔库茨克前进。我们在
斯科金斯卡雅驿站上宿了一夜。这里的人正在举行痛饮的酒宴。他们
发起了一个"协助会",请大伙儿把船只从大冰块里砍出来,这酒宴正是
酬劳众人的。尤其使我吃惊的,是一个十岁模样的可爱的小姑娘,竟也
喝得酩酊大醉。

"是谁带你来的?"一些年长的人问她。

"自己来的。"

"有九俄里路呢! 你撒谎。"

"谁让你来喝酒的?"

"妈妈。"

"那么是谁端酒给你喝的?"

"谁端酒给我喝? 也是妈妈呀!"

人家盘问她的时候,显然认为小姑娘喝醉酒算不得一回事。我们出面干预,责备他们不应该让小孩子喝酒,这样做是有害的。有几个人同意我们的看法,但大多数人都反对,他们说:做母亲的应该尽可能把最好的东西给亲生女儿吃,而比烧酒更好的东西是找不出来的了。

"我为什么不喝呢? 反正是不要钱的呀!"小姑娘这样说,这句话显然是背得烂熟的了。

她的眼睛神色暗淡起来,罩上了一个黑圈,可爱的小圆脸瘦削下去了。……

"我丢了一顶帽子。"一个脖子上长瘤的醉汉闯进屋里来说。

"什么样的帽子?"

"貂皮的。"

"噢,貂皮的,早就给我们换酒喝了。"

于是谈话的主题从小姑娘转到了貂皮帽子。

"瞧这班人。"脖子上长瘤的人说着,把灰白色的头探到正在刮暴风雪的门外,这样说。

当我们翻过了重重山岭而看见眼前展现出辽阔的地平线时,心中充满了狂烈的喜悦。笑得最多的是柯贝良斯基,最少的是罗马斯,我居中。

到了一个地方,驿马车夫指给我看树木丛中的一个十字架。我对这纪念物发生了兴趣,便走出车厢来和驿马车夫一同去看,听任那几匹温顺的马留在那里。驿马车夫给我讲了下面的一件事。这地方有一个勇敢的驿马车夫,他有好几次从强盗手里把乘客抢救出来。后来强盗设计埋伏,把他杀死了。地方当局和商人们(其中有不少都是靠他搭救的)凑拢钱来,替他建立了这个十字架。

夜色明亮如水,十字架上头低垂着树枝,月亮照在十字架上,发出闪闪的反光。这个纪念物和驿马车夫的故事给我产生了特殊的印象,使我久久难以忘却[1]。

我们的车子终于从山岭上驶下来,转到了安加拉河边。这里的一个驿站是最接近伊尔库茨克的了。我们在这里遇到了给阿努钦送行的人,其中有许多长官。……据说阿努钦(前任总督)是由于引起人们极度不满而被赶走的。他批准了涅乌斯特罗耶夫[2]的死刑,为的是要报私仇,尽管亚历山大三世曾授予他赦免权,意思明明是希望

---

〔1〕 柯罗连科在一八八五年为自己的短篇小说《凶手》付印而进行加工时,曾在一定程度上利用了这里所转述的驿车夫的故事。

〔2〕 康斯坦丁·加甫利洛维奇·涅乌斯特罗耶夫(1859—1883),一八八一年在伊尔库茨克当教师。同政治流放犯们保持着联系,曾协助柯瓦尔斯卡雅和鲍果莫列茨越狱。他通过一个刑事犯同监狱中的囚犯们秘密通信;一八八二年,由于这刑事犯的告密而被捕。文中所描述的他和阿努钦总督冲突一事,发生在一八八三年十月二十六日。涅乌斯特罗耶夫打了阿努钦一个嘴巴,为此被交付军事法庭,判处枪决罪,于一八八三年十一月九日执行。

他不要批准这判决。这件事的经过情形如下：涅乌斯特罗耶夫是一个年轻人，在伊尔库茨克当教师。有一次为了一件区区小事被捕。当总督来视察监狱的时候，他恰好坐在自己囚室里和政治犯们下象棋。总督走近囚室来，站在门口了，伸出一根手指向涅乌斯特罗耶夫招了一下。涅乌斯特罗耶夫起初不知道总督是在叫谁；据说他疑惑地回头一看。但总督又招了一下手指。涅乌斯特罗耶夫就走过去。"你同这帮恶汉厮混在一起，怎么不害臊？"（或许不是这样说的，但大致是这意思。）这两句话才说出口，就挨了一记响亮的耳光。涅乌斯特罗耶夫的案件就是这么一回事。他被处了死刑。伊尔库茨克的人，甚至官员们，也都对这次批准死刑的事产生了不良印象。人们编造了一个传说，送走了这位总督。这次的判决不是在奉行公事，而是在报私仇。

我们终于来到伊尔库茨克[1]，下一步便是从这里出发。这座城市里还充满着阿努钦的遗风，各政府机关和它们的制度都是如此。

我们一同从雅库茨克来的同伴们，到了这里就散了伙。罗马斯在伊尔库茨克有要好的朋友。以后需要组织起一批新伙伴来了。在这批伙伴里参加了一个很有趣味的人进来，即尔沃夫的教授鲍格丹诺维奇。关于这个人，尔沃夫政府曾和伊尔库茨克进行谈判，这就使得他在别的许多转送流放犯之中占有特殊的地位。伊尔库茨克的波兰小组，包括雷赫林斯基在内，都对他表示极大的好感。我和他亲切地相会，并在他那里遇见了雅库梯的老友阿纳尼·谢苗诺维奇·奥

---

〔1〕　柯罗连科于一八八四年十月十六至十八日逗留在伊尔库茨克。离开伊尔库茨克以后，柯罗连科就不再在旅途日记里作系统的旅途笔记。

尔洛夫。还在雅库梯州的时候,就听见人们传述着关于鲍格丹诺维奇的奇谈。我曾根据他的朋友苏勃利洛夫的叙述传达过这些奇谈,虽然传达得很简略。譬如有这么一种传闻,说是他买下了一匹打算在公众宴会上吃的马。事情是这样的:起初人们唱着歌把马洗干净了,后来有几个讨厌的老婆子开始嘲笑这马,描摹着它即将遭遇到的命运。鲍格丹诺维奇听懂了这支歌的意思,就自己出钱把这匹马买下来,把它带到自己的帐篷里;为了安置这匹马,他还得额外添付一笔房钱。这且不去说它,他竟还牵着这匹马出去散步,认为这样有益于它的健康。雅库梯人奉劝这个古怪人,说既然这匹马那么需要这种保健式的散步,那他满可以骑了它去蹓跶一两小时(鲍格丹诺维奇是一个出色的骑手),又何必牵着它走呢?然而百般劝说都无效。鲍格丹诺维奇不同意这样做,他认为骑一匹有病的马是残酷的。雅库梯人看见他这种古怪行径,感到一种带有一半神秘色彩的惊奇,正像普通人看待神经不正常而又神秘莫测的人一样,这就是说,怀着极大的敬意。

只有一次,我听到了对鲍格丹诺维奇的满怀敌意的评语。这事发生在雅库茨克和伊尔库茨克之间的一个驿站上。我在同驿站长的谈话中看出,鲍格丹诺维奇是一个个性十分奇特的人。

"咳,就算是仇敌,我也不希望他有这样古怪的脾气。"他说出了自己的意见,就不愿再作进一步的解释。我对此事深感兴趣;后来当我和鲍格丹诺维奇一同赶路,并坐在驾车台上驿马车夫旁边度过漫长的夜晚时,有一次我向他本人问起这件事。他微微一笑说:

"这大概是××驿站上的事。你可知道……这件事很特别。……我们两人谈起话来。他说:教授,你怎么甘愿和这班下贱人厮混在一起?

……大概这是最后一次了,以后你总不致再受他们诱惑了吧?……我就对他说:你知道,我不是一个脾气暴躁的人。要是碰到一个脾气暴躁的人,就会在脸上侮辱你。"

很明显,虽然这里用了一种特殊的说法,而也许正是为了这种特殊的说法,驿站长不能原谅鲍格丹诺维奇"在脸上侮辱"这句话。我记得他那凶狠狠干巴巴的语调,完全显示出他将成为一个官僚主义的驿吏。

我们这一伙包括如下的几个人:首先是鲍格丹诺维奇教授,我,柯贝良斯基,哥萨克人阿尔达谢诺夫[1],一个需要特别照料的病人(好像叫做魏尔青斯基),此外还有一个犹太人,大概是某办公厅受了贿赂暗中安排到我们这里来算是护送魏尔青斯基的。这位先生一上马车立刻居于特权地位,他挤开病人,占据了一个最好的位子。我提出抗议,但毫无用处。过了几个站头之后,我终于忍耐不住了。我有一个极好的靠枕,我把它给病人用了。那个特权乘客要把它侵占过来给自己用。我看到这情况,第一件事是把靠枕收了回来,然后声明我是贵族,根据这理由,我也可以像任何一个商人一样做保证人,我向上头担保把这病人送到目的地;至于他,随他爱怎么办。如果驿马车夫们要继续载着他走,那这是他们的事;但我们坚决声明这和我们毫不相干。出乎我意料之外,这番话竟起了作用,我们这位独裁者屈服了。虽然他照旧占据着最好的座位,但我们并没有坚持要完全摆

---

〔1〕　阿列克塞·加甫利洛维奇·阿尔达谢诺夫(即阿尔达湘诺夫,又名阿达都罗夫)(生于一八五五年左右),一八七五至一八七六年间,先后参加弗拉基高加索和莫斯科的民粹派宣传小组。一八七六年在莫斯科被捕,一八七九年放逐到伊尔库茨克省,后来转移到雅库梯州,在那里待了三年。

脱他。我们就这样继续前进:那特权乘客带着他的部分特权,我们也带着我们的部分胜利成果。

秋夜月色明朗。时而有狼群从我们车旁边跑过。记得有一个月色溶溶的清丽的夜晚,我们看见一头巨大的狼被一群狗包围起来。那狼站在中央号叫着:向其他的狼求救。……我们并没有看到这一场壮丽辉煌的情景的结局,车子就开过去了。

有一次,柯贝良斯基从我们驾车台上翻了下去,而且我们没有马上觉察到。要是这时候恰好有一群狼跑过,真不知道我们的柯贝良斯基会有什么样的下场。

31

我们将要经过著名的西伯利亚城市克拉斯诺雅尔斯克。马林斯克城就位在去这城市的路上[1],我在那里有一个相识的人,叫做谢·波·施威佐夫。这人年轻时坐监牢的期间,有一次曾把大公米哈伊尔·尼古拉耶维奇从自己的囚室里赶了出去。马林斯克是一个工商业城市,他在这里找到了一个统计学方面的工作,这工作后来给他带来了显著的名声。我和他见过面之后,就继续前往克拉斯诺雅尔斯克。

在克拉斯诺雅尔斯克,住着我的几个亲人(现在都已故世了):母亲、大妹妹和妹夫。我在这里办了一件很棘手的事。读者大概记得薇拉·巴甫洛夫娜·罗加乔娃这个人。她曾经把孩子托付一个女人抚养,现在她和丈夫离婚后,委托我把孩子从这女人那里领来,带去

---

〔1〕　柯罗连科记错了,马林斯克城位在克拉斯诺雅尔斯克再过去的路上。

交给她。可惜这件事并不像我起初所想的那么容易。这孩子生了好几次病,现在这位养母对他就像亲娘一样恋恋不舍。在克拉斯诺雅尔斯克时,我和鲍格丹诺维奇之间发生了好几次热烈的争论。他是一个真正的浪漫主义者,坚决主张任何人都无权干涉生身母亲的权利。我却认为:既然做母亲的自愿把一个需要悉心照料的病孩子让给别人管,那她同时也让出了做母亲的权利。那个养母和男孩子知道我受了怎样的委托,起初对我十分恐惧。后来我表明了自己的看法,他们这才改变了对我的态度。我同这两个人结成了知己,高高兴兴地分手。

从克拉斯诺雅尔斯克出发时,我妹夫的一个同事和我们同行。我眺望了一下克拉斯诺雅尔斯克的监狱,——我曾被监禁在这里,受到尔热夫斯基的管辖[1]。

我们渐渐接近托姆斯克,也就是接近文化区的边境了。在托姆斯克,那时候有两种自由主义报纸。一种是以前在伊·瓦·魏尔纳兹基的斯拉夫印刷所里工作的柯尔希发行的。他曾在这报纸上刊载扎苏里奇的一封信,引起了纷纷议论[2]。就是这个柯尔希,后来不自检点,犯下了盗用公款的罪,受到审判,流放到托姆斯克。他父亲继承了他的职业,于是,在托姆斯克就出现了一种新的自由主义报纸。另一种报纸也是自由主义性质的,由菲里克斯·瓦季莫维奇·

---

〔1〕　作者写错了。克拉斯诺雅尔斯克监狱的典狱官是奥斯特罗夫斯基,而不是尔热夫斯基。

〔2〕　关于此事,见本书第二卷(即本译文集第十一卷)第四章第十二节。

伏尔霍夫斯基[1]主办。

　　经过喀山的时候,我会见了安年斯基一家[2]。他们共有三人住在该地:尼古拉·费多罗维奇、夫人亚历山德拉·尼基齐娜以及他们的甥女。他们也在流放中度过了不少岁月。现在安年斯基担任着喀山统计局主任的职务(统计学在当时颇为流行)。后来导致他离开喀山的种种不快,在那时候已经发生。他还是那么乐天,他的夫人还是那么稳重端庄。我们相见之下,颇有亲切之感。

　　喀山还住着我的弟弟[3]和一群大学生,其中有一个格拉佐夫人叫做恰鲁希尼克。

　　安年斯基给我写了一封信,介绍我去见住在下诺夫戈罗德的加崔斯基[4]。我们在喀山只逗留了一天,便继续赶路,向伏尔加河上游前进。这天夜里,不断有朦胧的山峦从我们两旁掠过。……黎明时候,我看见我们的车子正停在一个入境处。……在齐河面的地方写着几个大字:"请用缆索系住铁圈,小心栅栏,勿碰壁面!"……这里便是下诺夫戈罗德[5]。

----

　　[1]　菲里克斯·瓦季莫维奇·伏尔霍夫斯基(1846—1914),一八七三年参加柴科夫斯基派,担任敖德萨和赫尔松两小组的组织者。一八七四年被捕,一八七八年在"一九三人案"中被判处流放托博尔省。一八八一年转解到托姆斯克。一八八九年逃往国外,住在伦敦,在那里编辑俄罗斯自由出版物基金会的杂志《自由俄罗斯》和《传单》。柯罗连科于一八九三年夏天旅行美国时经过该地和他相见。

　　[2]　根据塔·亚·鲍格丹诺维奇(安年斯基夫人的甥女)的回忆,柯罗连科逗留在喀山的时期是一八八四年十二月二十四日至二十六日。

　　[3]　伊拉利昂·加拉克齐昂诺维奇流放格拉佐夫回来,当时正在喀山。

　　[4]　亚历山大·绥拉菲莫维奇·加崔斯基(1838—1893),文学家、统计学家、下诺夫戈罗德地区的考察家、下诺夫戈罗德学术档案委员会的主席。

　　[5]　从喀山开始,柯罗连科和弟弟伊拉利昂·加拉克齐昂诺维奇同行。他们来到下诺夫戈罗德大概是在十二月二十七日。

我们的车子登上入境的坡路,在一座面向河流的庞大建筑物前面停下来。河面朦胧之色犹未消散,上面停着一些冻牢在这里过冬的平底船和轮船。那大建筑物原来是个旅馆,我们就在这里安歇下来。这房子里几乎空无一人。河面上时时传来守卫人的吆喝声。

次日,我上街去观光一下这座城市。这城位在山地上,颇有特色。我们需要筹划接家属的事了,这件事决定由我去办〔1〕。

我一清早来到彼得堡〔2〕。人家劝我一出车站就直接到市长办公室去。我就去了。我在这里看到了一幕颇有特色的情景。有几个著名的犹太富商在向市长申请准许他们在彼得堡逗留几天。市长坚决不答应,而且我听见他在说:"哼,想剥削市民!"我以为市长也会用这样生硬的态度来接待我,……岂知相反。他对我很客气。他同意我的一切要求,并准许我在彼得堡"随心所欲地"逗留多少日子。我思忖一下他这种转变,就记得了解决犹太问题的格拉佐夫方式。

---

〔1〕 柯罗连科到彼得堡去,为的是把已经从克拉斯诺雅尔斯克流放地回到彼得堡的母亲、大妹妹及其一家接到下诺夫戈罗德来住。

〔2〕 在这里,柯罗连科没有提到:他在去彼得堡的路上曾在莫斯科耽搁下来同叶·谢·伊凡诺夫斯卡雅会面,并将自己的短篇小说《马加尔的梦》的手稿交给《俄罗斯思想》编辑部。然后他来到特维尔。他在克拉斯诺雅尔斯克时所领到的通行证到这里为止,因为他自己指定这城市作为未来的居住地。柯罗连科到了特维尔就去见省长,要求准许他去彼得堡;省长拒绝这要求,其理由是:还未接到有关柯罗连科的公文,而单凭驿道旅行证是不足以证明身分的。于是柯罗连科向警察司呈递了一份申请书,要求准予到彼得堡去两个星期,以便安排一些家事。但他不等这申请书批下来,就在当天来到了彼得堡。警察司不但没有答应柯罗连科的申请,而且命令特维尔省长向他说明:他不仅没有权利住在都城,而且也没有权利住在其他一切戒严的城市。然而,从以后的叙述中可以看出,警察司的这个迟到的答复对柯罗连科并没有起实际的作用。

　　我在当天就来到尼基青[1](二妹夫的姓)家里。朋友们会集到这里来看我和妹夫,我们就讨论起动身的事来。

　　我们在数日之后动身,一昼夜就来到了莫斯科。阿芙朵佳·谢苗诺夫娜·伊凡诺夫斯卡雅和我们是旧交,特地到车站上来迎接。我们一同出发到往下诺夫戈罗德的车站去,但中途在花园街的一家旅馆里歇了歇足。旅馆的主人和茶房知道我们是流放归来的,招待得十分殷勤,简直使我们吃惊。可见社会风气有了根本的变化。

　　我到《俄罗斯思想》杂志社的编辑部去了一趟,知道我的《马加尔的梦》已被采用。我在那里认识了编辑符科尔·米哈依洛维奇·拉甫洛夫[2],这人显然是商界出身,心地善良,身体肥胖。第二编辑戈尔采夫[3],一看就是一副调皮相,是一个心地狡猾的人。……编辑委员会里还有一个成员叫做雷密佐夫[4]。这人是书刊检查机关硬塞给拉甫洛夫的。书刊检查机关在批准拉甫洛夫当编辑时提出一个条件,要求他答应让他们的检查员雷密佐夫来当第三编辑。拉甫洛夫同意了。

---

　　〔1〕 柯罗连科的二妹爱薇里娜·加拉克齐昂诺夫娜的丈夫。有一个时期在参政院档案室供职,同时担任杰马科夫的印刷所的校对工作;后来在《彼得堡报》当校对员。一九〇七年死在彼得堡。

　　〔2〕 符科尔·米哈依洛维奇·拉甫洛夫(1852—1912),自由主义的新闻工作者和翻译家。从一八八〇年起当了《俄罗斯思想》杂志的发行人。

　　〔3〕 维克托尔·亚历山大罗维奇·戈尔采夫(1850—1906)在《俄罗斯思想》杂志社里担任每月一次的"政治评论",从一八八五年开始成为该杂志的实际编辑。《俄罗斯思想》社出版了柯罗连科的最初几册特写及短篇小说集。

　　〔4〕 米特罗芳·尼洛维奇·雷密佐夫(1835—1917),作家。一八八八年以前在莫斯科担任外国报刊检查员。从一八八四年起,是《俄罗斯思想》杂志的编辑和撰稿人。该杂志曾发表他的长篇小说(用姆·阿纽津的笔名)、短篇小说和历史特写。

　　我的文学事业就这样安排好了;在动身去车站时,我可以说是已经开始了文学生涯[1]。我们欢天喜地地出发到车站去,这时候虽然是冬季,却是一个明朗可喜的日子。阿芙朵佳·谢苗诺夫娜·伊凡诺夫斯卡雅陪我们乘火车走了两个站头,方才回莫斯科去。

　　第二天,下诺夫戈罗德的群山在望。所谓波赫瓦林斯基河坡也近在眼前了。我们渡过伏尔加河,欢天喜地地登上山坡去。我和母亲同一辆车。她仔细地观察着这个新的居住地。只有到了一个地方,她的脸色阴沉起来了。我们面前是笔直的瓦尔瓦尔卡街,街道尽头有一所监狱。

　　"又是监狱。"母亲说。

　　"不要紧。"我回答说。看来的确"不要紧"。我刚刚来到这新地方,不但违法乱纪的事没有做过,根本任何事都没有做过呢。

　　我们愉快地住进新租的寓所里[2],——这寓所十分简朴,甚至到简陋的地步,一共只有一个房间,一隔为二,我们就在这里住下来,尽可能过着愉快的日子。不久立刻结识了一些朋友,不消说,都是些有危险思想的人;我们还常常跑公共图书馆等等。

　　可是就在这时候,我的神秘的危险思想已经在作祟,其不良后果已经在酝酿中了。

　　在一个倒霉的日子里,黄昏时分,突然有几个警察来找我,……使得家里的人大受惊吓。

---

　　〔1〕　从一八八五年起,柯罗连科除了《俄罗斯思想》杂志外,又为《北方通报》杂志和《伏尔加通报》《俄罗斯公报》两报纸撰稿。

　　〔2〕　柯罗连科一家在一八八五年一月十五日左右迁居到下诺夫戈罗德。这第一个寓所位在瓦尔瓦尔卡街三十五号。

　　母亲对这件事深感诧异,我也是如此。警察把我拉进监狱里[1],幸而就在离家不远的地方。监狱已经客满。不久前这里集市的时候爆发了反犹太风潮,打死了几个人。这是新近一次反犹太"政策"的结果,这次反犹太政策现今已以"贝里斯案件"告终[2]。

　　我一进监狱,就碰上了可怕的严寒。我对此提出抗议,因而同监狱的长官冲突起来。

　　过了不多久,我的囚室里搬进一个反犹太的恶徒来。我对这件事也提出了抗议。于是那恶徒就被送往冷室,而我被安排在暖室里了。

　　次日,我在放风时同他相会。这人心地很好,对我丝毫没有不满的意思。他告诉我,说只有那些请得到"普拉浮卡"的人,才能获得无罪的宣判(所谓"普拉浮卡",显然是普列瓦科[3]这姓氏之误)。他请不到"普拉浮卡",所以要去服苦役。下一天,我写了一份很长的抗议书,要求见

---

　　[1]　从"下诺夫戈罗德监狱第一号子政治犯日托米尔城贵族符拉季米尔·加拉克齐昂诺维奇·柯罗连科调查表"中可以看出,柯罗连科是"根据宪兵上尉卡萨特金的独立宪兵团应喀山省宪兵司令部司令的要求于一八八五年二月二日发出之命令而被捕"的。

　　[2]　犹太人贝里斯在基辅赞采夫的砖瓦工厂当职员,被控告以"宗教仪式"为名而杀害信奉基督的男孩安德烈·尤欣斯基。其实是一伙盗贼怕尤欣斯基告发而把他杀死的。贝里斯的案件于一九一三年九月至十月间在基辅的区法院审理,虽然案件主持者们采取各种手段,务求作出有罪的判决,但经过陪审员的审判,终于宣告贝里斯无罪。柯罗连科曾以记者身分到庭;他在法庭上写的评论文、通讯报导和电报,发表在《俄罗斯公报》《基辅思想》《波尔塔瓦日报》等报纸上。在《陪审员先生们》一文中,柯罗连科指出这些陪审员是预先经过挑选的;由于这篇文章,他被交付法院,受到监禁的威胁。但这案件本身拖延了很久,后来由于发生了一九一七年的二月革命,就不再审理。

　　[3]　普列瓦科(1843—1908),当时的名律师。——译者注

检察官，但没有发生效用〔1〕。于是我只得再和我的"普拉浮卡"在一起散步了两三天。

　　我终于被载回到莫斯科，接着又来到了彼得堡〔2〕。凡是可能提抗议的地方，我都提出了抗议，但他们不加理会，说："反正你就要到达目的地了。"但我等不及到达目的地，我想念母亲，心情很焦急。我想起了不知是将军还是上校谢列达〔3〕以及他安慰我的那句话："既然你没有犯

---

　　〔1〕《苦役和流放》杂志（一九二七年第八期二〇一至二〇二页）上登载着柯罗连科在下诺夫戈罗德监狱中所写的最后一份申请书的全文：

贵族符拉季米尔·加拉克齐昂诺维奇·柯罗连科

致下诺夫戈罗德省长大人阁下

申 请 书

　　阁下谅必知道我被捕之事。在等候宪兵当局对此事作解释的期间，谨将有关我在此拘留之情况报告如下，敬请尊裁。此间囚凡单人囚室，故我被囚禁在与公共号廊相隔二重门的一座所谓塔楼中。对于此点我并无异议。但监狱中照惯例规定：进塔楼大都是为惩罚，故概不供给灯火。门外走廊内悬挂一灯，只有极微弱之光线通过门顶小格子气窗射进囚室中。漫长的冬夜中不供给灯火，原是惩戒的办法；而典狱官先生以此乃由来已久的惯例为借口，认为不可废除。因此我谨向阁下恳切要求，务请准许我使用灯火（其他囚室皆有灯火悬挂室内）。

　　更有第二个要求：请准许我使用文具。逮捕我的宪兵军官曾向我声称：对于此事，宪兵当局其实并不加以阻拦。他准许我使用纸张和墨水，但有一条件：凡我所写的，每页都须由典狱官先生送交宪兵司令部审阅。但典狱官先生以监狱总章为借口，认为此事不能容许。因此之故，我一方面由于受宪兵当局逮捕而身受分外严重的监禁条件（即坐在受惩罚的刑事犯所坐的塔楼中，此塔楼直径仅三步半，加上二重锁），而另一方面，逮捕我的宪兵当局认为可容许之事，"根据总规章"认为不可。因此我敬请阁下注意其中之矛盾，即逮捕制度本身与监狱总规章相矛盾，致使我身受双重压迫；又请注意另一情况，即我独处在双重锁闭之下，绝不可能非法地利用文具。

贵族符拉季米尔·柯罗连科

一八八五年二月六日

　　〔2〕　柯罗连科从下诺夫戈罗德出发赴彼得堡，是在一八八五年二月六日，亦即他写申请书给下诺夫戈罗德省长的同一天。

　　〔3〕　尼古拉·阿基莫维奇·谢列达，莫斯科省宪兵司令。

罪，那么不久一切都会弄清楚的。"但我根据自己以往的经验知道，这"不久"实在很长久呢！因此我还是尽可能地到处提出抗议。

我终于被载到彼得堡，直接关进了拘押所。我又呈递了一份抗议书；大概是他们被我弄得厌烦了吧，案件进行得比以前快了些。

当我被带到拘押所的囚室里，门砰的一声在我身后关上之后，我在房间中央站定，向四壁环顾了一下。瞧，我作了一次几乎周游世界的旅行，现在又来到了老地方。这就表示：尽管有无数的人作了牺牲品，俄国在这一段时期内却一步也没有向前进。还是像以前一样的一些拘留所，还是像以前一样的一些宪兵司令部，……其结果将如何呢？……

而且，当我被载送到彼得堡，带进宪兵司令部去的时候，我在那里碰到了第一次逮捕我的那个宪兵上尉诺仁。我提醒了他这一点，他回答说：

"我记不起来了。"大概他听出我话中有讽刺的意味。

他们终于提出了我的罪状。这是一封信，这信很像是我的笔迹，因此我一时难以否认。我要求把信全部给我看，他们就给了我。

信里谈到一个青年的革命奇遇，这青年写信给一个相识的少女，说他周游了某某县的各个地区，使那些地方全都布满了秘密组织网，……此外又说了些别的话。署名是符·柯罗××。

"这不是你写的吗？"站在我后面的一个不相识的官员问〔1〕。

"不是我！"我怒气冲冲地回答。

"我早就知道，"他说，"而且对他们说过。"

---

　〔1〕　这是检察官柯特略列夫斯基。当他在基辅做副检察官的时候，一八七八年曾有人企图杀死他。

"为什么你这样断定呢?"我听见这陌生人口气这样坚决,颇觉诧异,所以问他。

"你可知道,我读过你和格利果列夫的通信;至于这封信呢,你也承认,文笔很嫩弱。……"

"可是这并没有妨碍你们把我拖到拘留所来,并且搜查我的屋子,使我家里人受惊。"

诺仁发窘了,但并不立刻让步。他要求我正式地回答问题,说明这封信并非出于我的手笔[1]。……这件事现在已经真相大白,所以只要办理一些例行手续就行了。但在办例行手续之前,我重又被带回拘留所里[2]。这一回我走进拘留所去,心情和上次不同,甚至相当愉快了。

过了若干天,他们要我具结,保证决不离境,然后把我释放了。

---

　　[1] 柯罗连科是由于"与受侦讯的国事犯尤丽雅·波诺索娃有非法通信嫌疑"一案而被捕的(见《往事杂志》一九一八年第十三期所载《符·加·柯罗连科在警察监视下》一文)。

　　[2] 在彼得堡的拘留所里,柯罗连科结束了在雅库梯州就写好初稿的中篇小说《在坏伙伴中》(见俄文版《柯罗连科全集》第二卷)。在他这时候所用的一本自制的记事册末尾,附记着如下的几行字:"二月一日在下诺夫戈罗德被捕""二月六日离开下诺夫戈罗德""八日进拘留所""第一次审问:九日(星期日),十至十一日"。二月十一日,柯罗连科离开拘留所。在这一天前夕,他还不知道明天要被释放,他写信给哥哥尤里安和嫂嫂说:"不知这封信是否会使你们吃惊,或许你们已经获悉我最近的遭遇,——不管怎样,我现在从施巴列尔纳雅街上向你们问候。我当然无法说出我被捕的原因来,——不管怎样,我总希望不久就能和你们相见,那时候我们可以一同来笑谈这次事件,——这实在很像一部荒唐而逗趣的通俗小说中引人入胜的一段;但现在我还笑不出,而且我想你们对于这个'坏兄弟'也会感到一些怜惜吧,——你们的弟弟受到厄运的判决,似乎命里注定要经常从一个监狱转换到另一个监狱。"

后来我打听到,使我受到法律制裁的这封信,是布尔采夫[1]写的。他那时还是一个中学生,就这样开始了自己的革命事业。

我终于来到下诺夫戈罗德,在这里开始了我的下诺夫戈罗德生活。……

---

〔1〕 符拉季米尔·尔沃维奇·布尔采夫(1862—1936),一八八四年被捕,流放东西伯利亚。一八八八年逃亡到国外,在那里从事出版工作。接近社会革命党集团。一九一七年二月革命之后,在俄国出版《公共事业》报,在这报上大肆造谣,污蔑布尔什维克。十月革命后流亡到法国,在那里积极参加建立白党君主制组织的工作,反对苏维埃政权。

俄文版编者说明

　　本书中收入《我的同时代人的故事》第三卷和第四卷。柯罗连科写第三卷经过两年的时日,从一九一八年十月到一九二〇年秋季,那时他住在波尔塔瓦。在国内战争的这几年间,乌克兰不断地变换临时政权:中央会议、盖特曼政权、德国人、彼特留拉匪帮、邓尼金分子。每次变换政权,总有一番对居民的暴行、蹂躏、劫掠,以及非法的死刑。波尔塔瓦和附近村子里的居民不断地向柯罗连科请求保护和帮助。一九二〇年四月间柯罗连科写信给谢·德·普罗托波波夫说:"我的心疲乏之极。加之波尔塔瓦的执政者竟变换了十来次,我每次都得在某方面奔走斡旋,而且往往是有关生命的事。这就可想而知,我的心无法得到安宁,疲劳会越来越增加。"一九二〇年十二月,柯罗连科写信给瓦·尼·格利果列夫说:"我不知道我能不能把我的同时代人一生的经历一直写到现今。这工作很繁重,但是只要精力够得上,我一定努力完成。"

　　一九二〇年底,柯罗连科开始写第四卷,一直写到一九二一年十二月中旬。

　　柯罗连科写《我的同时代人的故事》第三卷和第四卷的时候,曾经把他从监狱和流放中寄给亲属们的信札重读一遍,并且参考他的旧笔记本和草稿,注意《往事》上发表的论文。然而作家的主要源泉还是他的记忆力;他的记忆中保留着与他所描写的时代和事件有关的许许多多事实、人名、日期、地名。一九二〇年三月二十九日他写信给伊·彼·别洛康斯基说:"我那时候不作任何笔记,一切全凭记忆回想起来。我的记忆力真是老年人样子了:过去的事记得清清楚楚。"他写信给尼·谢·丘特契夫说:"许多昔年老友和依稀往事,都鲜明地复活起来了。"

从一九二一年初开始,柯罗连科的健康剧烈地恶化。然而即使在生涯的最后几个月中,他还是和许多人来来往往地通信,例如伊·彼·别洛康斯基、尼·谢·丘特契夫、奥·瓦·阿普捷克曼、米·彼·萨仁、阿·阿·德罗贝希-德罗贝舍夫斯基,以及其他的流放同伴们、死去的同伴们的亲属等等;他在通信中孜孜不倦地检验着自己的回忆并加以修正。

一九二一年三月,柯罗连科病重的消息传到莫斯科。列宁曾经写一封信给保健人民委员谢马希科,要求他采取措施,把柯罗连科送到德国去疗养。但是柯罗连科不愿意到外国去。他还是继续工作。《我的同时代人的故事》的最后几页,是他在十二月十六日即逝世前九天写成的。

《我的同时代人的故事》第三卷最初于一九二一年由"大家族"出版。第四卷的最初十七节由作者寄送《往昔之音》杂志,于作者逝世后发表在该杂志"一九二〇至一九二一年"的一册上(没有注明第几期或几月号)。其余的几节刊登在一九二二年《往昔之音》第一期(六月)上。就在这一年内,第四卷全部由"大家族"出版。

现在出版的《我的同时代人的故事》第三卷和第四卷,根据"大家族"版刊印,而在第三卷中加入作者校阅时的修改,在第四卷中则加入作者在原稿上的修改。